FILHO DO TEMPO

Deborah Harkness

FILHO DO TEMPO

Tradução de
SOFIA SOTER

Rocco

Título original
TIME'S CONVERT

Copyright do texto © 2018 *by* Deborah Harkness

Todos os direitos reservados, incluindo o de reprodução no todo ou em parte sob qualquer forma.

Website da autora: www.deborahharkness.com

Edição brasileira publicada mediante acordo com Viking, um selo da Penguin Group (USA) LLC, uma Penguin Random House Company.

Ilustrações de abertura de capítulo e parte: Júlia Menezes

Direitos para a língua portuguesa reservados
com exclusividade para o Brasil à
EDITORA ROCCO LTDA.
Rua Evaristo da Veiga, 65 – 11º andar
Passeio Corporate – Torre 1
20031-040 – Rio de Janeiro – RJ
Tel.: (21) 3525-2000 – Fax: (21) 3525-2001
rocco@rocco.com.br
www.rocco.com.br

Printed in Brazil/Impresso no Brasil

Preparação de originais
ANNA BEATRIZ SEILHE

CIP-BRASIL. CATALOGAÇÃO NA PUBLICAÇÃO
SINDICATO NACIONAL DOS EDITORES DE LIVROS, RJ

H245f

    Harkness, Deborah
        Filho do tempo / Deborah Harkness ; tradução Sofia Soter. - 1. ed. - Rio de Janeiro : Rocco, 2024.

        Tradução de: Time's convert
        ISBN 978-65-5532-430-3
        ISBN 978-65-5595-256-8 (recurso eletrônico)

        1. Ficção americana. I. Soter, Sofia. II. Título.

24-88725   CDD: 813
                         CDU: 82-3(73)

Gabriela Faray Ferreira Lopes - Bibliotecária - CRB-7/6643

Este livro é uma obra de ficção. Nomes, personagens, lugares e incidentes são produtos da imaginação da autora e foram usados de forma fictícia. Qualquer semelhança com pessoas reais, vivas ou não, estabelecimentos comerciais, empresas, acontecimentos ou localidades é mera coincidência.

O texto deste livro obedece às normas do
Acordo Ortográfico da Língua Portuguesa.

*Um longo hábito de pensar algo de errado
lhe dá a aparência superficial de estar correto
e, de início, suscita um clamor formidável na defesa do costume.
Porém, o tumulto logo diminui.
O tempo converte mais do que a razão.*

— Thomas Paine

1

Nada

12 DE MAIO

Em sua última noite como sangue-quente, Phoebe Taylor foi uma boa filha. Freyja insistira.

— Não vamos causar alarde — protestara Phoebe, como se fosse apenas passar alguns dias de férias, na esperança de se despedir casualmente da família no hotel em que estavam hospedados.

— De modo algum — retrucara Freyja, fitando-a por cima do nariz longo. — Os Clermont não se escondem... exceto por Matthew, é claro. Faremos isso do modo adequado. Com um jantar. É seu dever.

A festa que Freyja organizara para os Taylor era simples, elegante e perfeita — do clima (um exemplo de maio impecável) à música (todos os vampiros de Paris tocavam violoncelo, por acaso?), passando pelas flores (a quantidade de rosas Madame Hardy colhidas no jardim bastaria para perfumar a cidade inteira) e pelo vinho (Freyja tinha preferência por Cristal).

O pai, a mãe e a irmã de Phoebe chegaram às oito e meia, como combinado. O pai vestia black tie; a mãe, um *lehenga choli* turquesa e dourado; e Stella, Chanel da cabeça aos pés. Phoebe se vestiu toda de preto, com os brincos de esmeralda que Marcus lhe dera antes de partir de Paris, e um par de sapatos de salto altíssimo de que ela (e Marcus) gostava.

O grupo de sangue-quentes e vampiros começou tomando drinques no jardim atrás da casa suntuosa de Freyja no oitavo *arrondissement* — um Éden particular, do tipo que não se encontrava na apertada cidade de Paris havia mais de um século. A família Taylor era habituada a ambientes palacianos — o pai de Phoebe era diplomata de carreira, e a mãe vinha do tipo de família indiana que se casava com ingleses que trabalhavam no serviço público desde a época da colonização —, mas o privilégio dos Clermont era de outro nível.

Eles se sentaram para jantar a uma mesa posta com cristais e porcelana, em um salão cujas janelas altas deixavam entrar bastante luz e davam vista para o jardim. Charles, o chef lacônico contratado para trabalhar nas casas dos Clermont quando eles convidavam sangue-quentes para jantar, gostava de Phoebe, e não tinha poupado esforços, nem gastos.

— Ostras cruas são um sinal de que Deus ama os vampiros e lhes deseja felicidade — anunciou Freyja, erguendo a taça no início da refeição.

Phoebe percebeu que ela usava a palavra "vampiro" com a maior liberdade possível, como se a pura repetição pudesse normalizar o que estava prestes a fazer.

— A Phoebe — brindou. — Felicidade e vida longa.

Após o brinde, a família dela perdeu o apetite. Apesar de saber que aquela era sua última refeição, Phoebe achou difícil engolir. Então se forçou a comer as ostras, tomou a champanhe que as acompanhava e beliscou o resto do banquete. Freyja manteve a conversa viva durante os acepipes, a sopa, o peixe, o pato e os doces ("É sua última chance, Phoebe querida!"), alternando entre francês, inglês e hindi entre goles de vinho.

— Não, Edward, não acredito que *exista* algum lugar ao qual eu nunca tenha ido. Sabia que meu pai talvez tenha sido o primeiro diplomata?

Essa foi a declaração chocante que Freyja utilizou para atrair o pai circunspecto de Phoebe para uma conversa a respeito dos dias em que ele trabalhara a serviço da rainha.

Quer a avaliação histórica de Freyja estivesse correta ou não, Philippe de Clermont nitidamente ensinara algo à filha sobre aliviar a tensão nas conversas.

— Richard Mayhew? Creio que o conheci. Françoise, não conheci um Richard Mayhew quando estivemos na Índia?

A criada de olhar aguçado tinha surgido misteriosamente no instante em que a patroa precisou dela, atenta a uma frequência vampírica inaudível aos meros mortais.

— Provavelmente.

Françoise era uma mulher de poucas palavras, mas cada uma que dizia transmitia várias camadas de significado.

— Acho que o conheci, sim. Alto? Loiro? Bonito, tipo os meninos no colegial?

Freyja não se deixou abalar pelo comentário infeliz de Françoise, nem pelo fato de estar descrevendo metade do corpo diplomático britânico.

Phoebe desconhecia algo que pudesse enfraquecer o ânimo alegre de Freyja.

— Adeus, e até a próxima — disse Freyja, tranquila, ao fim da noite, ao se despedir dos Taylor dando-lhes beijos nas bochechas com sua boca fria. — Padma, você é sempre bem-vinda. Avise na próxima vez que vier a Paris. Stella, por favor, fique hospedada aqui na época dos desfiles de inverno. É muito próximo dos ateliês, e Françoise e Charles cuidarão muito bem de você. É claro que o George V é excelente, mas faz *tanto* sucesso com os turistas. Edward, manterei contato.

A mãe de Phoebe se mostrou estoica e fria, como de costume, apesar de abraçar a filha com um pouco mais de força do que era habitual na despedida.

— Você está fazendo a coisa certa — sussurrou Padma Taylor ao pé do ouvido da filha antes de soltá-la.

Ela entendia o significado de amar alguém a ponto de abrir mão da própria vida em nome de uma promessa vindoura.

— Dá uma olhada para confirmar se o pacto antenupcial é generoso como eles alegam — murmurou Stella para Phoebe quando ela cruzou a soleira. — Só por garantia. Esta casa vale a porra de uma fortuna.

Stella levava em conta apenas as próprias referências ao avaliar a decisão de Phoebe, preocupada com glamour, estilo e o corte diferenciado do vestido vermelho vintage de Freyja.

— Isso aqui? — perguntara Freyja, rindo, quando Stella elogiara a roupa dela, e posara por um momento, inclinando de lado o coque alto e loiro para exibir melhor o vestido e a silhueta. — Balenciaga. Tenho há décadas. Aquele homem sabia mesmo fazer um corpete!

Foi o pai, normalmente reservado, quem teve mais dificuldade para se despedir de Phoebe, os olhos marejados procurando nos dela (que se pareciam com os dele, como Freyja tinha notado no início da noite) sinais de hesitação. Quando a mãe e Stella saíram pelo portão, o pai afastou Phoebe dos degraus da entrada, onde Freyja estava.

— Não vai demorar, pai — disse Phoebe, tentando tranquilizá-lo.

Mas ambos sabiam que se passariam meses até ela ter permissão de reencontrar a família — pela segurança deles, e pela dela também.

— Tem certeza, Phoebe? Mesmo? — perguntou o pai. — Ainda dá tempo de reconsiderar.

— Tenho certeza.

— Seja razoável por um momento sequer — disse Edward Taylor, com tom de súplica na voz, pois era habituado a negociações delicadas e não tinha pudor de usar a culpa para dar mais peso ao próprio argumento. — Que tal esperar mais alguns anos? Não há necessidade de tomar uma decisão tão importante com tanta pressa.

— Não vou mudar de ideia — respondeu Phoebe, gentil, mas firme. — Não é uma questão para a cabeça, pai. É para o coração.

A família dela se foi. Phoebe ficou com os criados fiéis dos Clermont, Charles e Françoise, e com Freyja — irmã adotiva do criador de seu noivo, o que a tornava uma parente próxima em termos vampíricos.

Logo em seguida, Phoebe agradeceu a Charles pelo jantar elegante, e a Françoise por cuidar de todos durante a festa. Depois, sentou-se na sala de estar com

Freyja, que lia e-mails e os respondia à mão, em cartões cor de creme com bordas lilás, que depois punha em envelopes pesados.

— Não há a menor necessidade de aceitar essa maldita preferência atual por comunicação instantânea — explicou ela quando Phoebe perguntou por que não responder no computador, como todo mundo. — Logo você descobrirá, minha querida Phoebe, que nós, vampiros, não temos pressa. É muito humano e vulgar correr por aí como se o tempo fosse escasso.

Após passar uma hora com a tia de Marcus, por educação, Phoebe sentiu que já tinha cumprido suas obrigações.

— Acho que vou subir — disse Phoebe, fingindo bocejar.

Na verdade, sono era a última coisa que estava sentindo.

— Mande um beijo para Marcus — disse Freyja, lambendo delicadamente o adesivo no envelope para selá-lo.

— Como... — Phoebe olhou, atônita, para ela. — Quer dizer, o que...

— Esta é minha casa. Eu sei tudo o que ocorre aqui — respondeu Freyja, colando um selo no canto do envelope com o cuidado de alinhá-lo às bordas. — Sei, por exemplo, que Stella trouxe três daqueles telefonezinhos horríveis na bolsa esta noite, e que você os recolheu quando foi ao banheiro. Suponho que os tenha escondido no quarto. Não entre suas roupas íntimas, porque você é muito criativa para isso, não é, Phoebe? Nem mesmo sob o colchão. Não. Acho que estão nas latas de sais de banho, no peitoril da janela. Ou dentro dos sapatos... aqueles de sola de borracha, que você usa para caminhar. Ou talvez no alto do armário, naquele saco plástico azul e branco que você guardou depois da visita à quitanda na quarta-feira...

A terceira hipótese de Freyja estava correta, até o detalhe do saco plástico, que ainda tinha o leve cheiro do alho que Charles usara em sua magnífica *bouillabaisse*. Phoebe sabia que o plano de Marcus para ignorar as regras e manter contato não daria certo.

— Vocês estão descumprindo os acordos — disse Freyja, direta. — Mas você é uma mulher adulta, com livre-arbítrio, capaz de tomar as próprias decisões.

Tecnicamente, Marcus e Phoebe haviam sido proibidos de conversar até ela completar noventa dias como vampira. Tinham pensado em como descumprir tal regra. Infelizmente, o único telefone de Freyja era fixo e ficava no saguão, onde todos ouviriam a conversa. De qualquer modo, ele raramente funcionava. Vez ou outra, soava dele um toque metálico, e a campainha interna do antigo aparelho era tão forte que fazia o gancho de bronze sacolejar. Na maioria das vezes, era só atender para a linha cair. Freyja alegava que o problema vinha de uma tentativa incompetente de interceptação por um membro do círculo mais íntimo de Hitler durante a última guerra. E ela não tinha interesse em consertar o telefone.

Após considerar os desafios da situação, Marcus, com o auxílio de Stella e do amigo Nathaniel, tinha pensado em um modo de comunicação mais discreto: celulares baratos e descartáveis. Era o tipo de aparelho usado por ladrões internacionais e terroristas — pelo menos de acordo com Nathaniel — e seria impossível de rastrear caso Baldwin, ou qualquer outro vampiro, quisesse espioná-los. Phoebe e Marcus compraram os celulares em uma loja suspeita de aparelhos eletrônicos em uma das ruas mais cheias de empreendedores do décimo *arrondissement*.

— Considerando a situação, tenho certeza de que vocês serão breves na conversa — continuou Freyja, e olhou de relance para a tela do computador enquanto endereçava outro envelope. — É melhor que não sejam pegos por Miriam.

Miriam estava caçando nos arredores do Sacré Coeur, e provavelmente voltaria de madrugada. Phoebe olhou de relance para o relógio sobre a lareira — um objeto extravagante de ouro e mármore, com esculturas de homens nus deitados, segurando o mostrador redondo como se fosse uma bola de praia. Faltava um minuto para a meia-noite.

— Boa noite, então — disse Phoebe, agradecida por Freyja não estar apenas três passos adiante dela e de Marcus, mas também pelo menos um passo adiante de Miriam.

— Hmm.

Freyja já tinha voltado a atenção para a página à sua frente.

Phoebe escapou da sala e subiu. O quarto ficava no fim de um corredor comprido, decorado com quadros de paisagens francesas antigas. O carpete grosso abafava os passos. Após fechar a porta do quarto, Phoebe se esticou para pegar o saco plástico do alto do guarda-roupa (estilo francês imperial, de aproximadamente 1815). Ela tirou um dos celulares e o ligou. Estava com a bateria carregada, pronto para uso.

Apertando o celular contra o peito, Phoebe seguiu para o banheiro anexo e fechou a porta. Duas portas fechadas e uma vasta extensão de azulejos de porcelana grossa eram o máximo de privacidade oferecida por aquele lar vampírico. Ela tirou os sapatos e, inteiramente vestida, sentou-se na banheira vazia e fria para discar o número de Marcus.

— Oi, meu bem. — A voz de Marcus, normalmente alegre e calorosa, trazia a aspereza da preocupação, por mais que ele se esforçasse para disfarçar. — Como foi o jantar?

— Uma delícia — mentiu Phoebe.

Ela se deitou na banheira, que era do período eduardiano e tinha um espaldar alto magnífico cuja curva aninhou o pescoço dela.

A risada baixa de Marcus indicou que ele não acreditava nela.

— Comeu duas colheradas de sobremesa, mais uma ou duas mordidinhas? — brincou ele.

— Uma colherada de sobremesa. E Charles se esforçou tanto.

Phoebe franziu a testa. Ela iria se redimir com ele. Como a maioria dos gênios culinários, Charles se ofendia quando os pratos levados de volta à cozinha ainda continham comida.

— Ninguém esperava que você comesse muito — disse Marcus. — O jantar era para sua família, não para você.

— Sobrou muita coisa. Freyja deu tudo para minha mãe levar para casa.

— E Edward? Como ele estava? — perguntou Marcus, que sabia das ressalvas do pai.

— Meu pai tentou me convencer a desistir. De novo — respondeu Phoebe.

Fez-se um longo silêncio.

— Não funcionou — acrescentou ela, para o caso de Marcus estar preocupado.

— Seu pai quer apenas que você tenha certeza.

— Eu tenho. Por que não param de me questionar? — Era impossível disfarçar a impaciência na voz.

— Porque te amam — disse Marcus, simplesmente.

— Então deveriam me escutar. O que eu quero é estar com você.

Não era tudo que ela queria, claro. Desde que tinha conhecido Ysabeau em Sept-Tours, Phoebe ansiava pela reserva inesgotável de tempo que os vampiros possuíam.

Ela observava como Ysabeau parecia se dedicar plenamente a qualquer tarefa. Não fazia nada rápido, nem apenas para resolver e riscar de uma lista eterna de afazeres. Havia reverência em cada gesto dela — no ato de cheirar as flores do jardim, em seus passos de suavidade felina, na pausa lenta entre um capítulo e outro no livro que lia. Ysabeau não sentia que o tempo ia acabar antes de ela beber a essência da experiência que vivia. Para Phoebe, nunca parecia haver tempo suficiente para respirar; estava sempre correndo do mercado ao trabalho, à farmácia para comprar remédio de gripe, ao sapateiro para consertar os saltos, ao trabalho de novo.

Mas Phoebe não compartilhou tais observações com Marcus. Ele saberia o que ela pensava do assunto em breve, quando se reunissem, quando ele bebesse da veia do coração dela — o rio fino e azul que cruzava o seio esquerdo — e descobrisse seus segredos mais profundos, seus medos mais sombrios e seus desejos mais queridos. O sangue continha tudo que um apaixonado esconde, e bebê-lo representava a sinceridade e a confiança que a relação exigiria para dar certo.

— Vamos dar um passo de cada vez, lembra? — A pergunta de Marcus trouxe a atenção dela de volta para a conversa. — Primeiro, você vai se transformar em vampira. Depois, se ainda me desejar...

— Desejarei.

Phoebe não duvidava daquilo nem por um segundo.

— *Se* ainda me desejar — repetiu Marcus —, nos casaremos, e você ficará comigo para sempre. Na riqueza e na pobreza.

Era uma das rotinas que tinham como casal: ensaiar os votos do casamento. Às vezes, se concentravam em uma das promessas e fingiam que seria difícil cumpri-la. Outras vezes, tiravam sarro da jura inteira, da irrelevância das preocupações contidas ali, se comparadas com o tamanho do amor que sentiam.

— Na saúde e na doença — respondeu ela.

Phoebe se ajeitou na banheira. O frio da porcelana lhe lembrava de Marcus, e as curvas sólidas a faziam desejar que ele estivesse sentado atrás dela, a envolvendo.

— Prometo ser fiel a ti — continuou ela. — Por todos os dias de nossa vida.

— É muito tempo — advertiu Marcus.

— Fiel a *ti* — repetiu Phoebe, com ênfase cuidadosa na última palavra.

— Você não pode ter certeza. Não antes de me conhecer, sangue a sangue — respondeu Marcus.

As raras brigas que tinham estouravam depois daquele tipo de conversa, quando as palavras de Marcus sugeriam que ele não confiava nela, e Phoebe entrava na defensiva. Tais discussões normalmente eram resolvidas na cama de Marcus, onde os dois demonstravam, até o outro se satisfazer, que, apesar de talvez não saberem *tudo* (ainda), tinham adquirido — e muito bem — conhecimentos importantes.

Porém, naquele momento, Phoebe estava em Paris, e Marcus, em Auvergne. A aproximação física era impossível. Uma pessoa mais sábia, mais experiente, teria deixado o assunto para lá — mas Phoebe tinha vinte e três anos e estava irritada e ansiosa em relação ao que estava prestes a ocorrer.

— Não sei por que você acha que eu mudarei de ideia, e não você. — Ela pretendia que as palavras soassem leves, uma brincadeira. Para seu horror, tinham saído em tom de acusação. — Afinal, eu te conheci quando você já era vampiro, mas você se apaixonou por mim como sangue-quente.

— Eu ainda vou amá-la — respondeu Marcus, com uma rapidez gratificante. — Isso não mudará, mesmo que você mude.

— Você pode odiar meu gosto. Eu deveria ter feito você experimentar... antes — disse Phoebe, tentando comprar briga.

Talvez Marcus não a amasse tanto quanto imaginava. Racionalmente, ela sabia que era besteira, mas uma parte irracional dela (a parte que a controlava no momento) não estava convencida.

— Quero que compartilhemos essa experiência, como iguais. Nunca compartilhei meu sangue com uma parceira, assim como você. É algo que podemos fazer juntos pela primeira vez.

A voz de Marcus era gentil, mas continha uma pontada de frustração.

Aquele assunto era frequente. Igualdade era uma questão de importância profunda para ele. Uma mulher pedindo dinheiro com o filho, uma injúria racial ouvida no metrô, um idoso com dificuldade de atravessar a rua enquanto jovens passavam apressados, distraídos por fones e celulares — tudo isso o deixava furioso.

— Deveríamos ter fugido para nos casar em segredo — disse Marcus. — Deveríamos ter feito isso do nosso jeito, sem dar importância a tanta tradição e cerimônia.

Porém, fazer o processo assim, em etapas lentas e cautelosas, também havia sido uma escolha conjunta.

Ysabeau de Clermont, a matriarca da família e avó de Marcus, tinha apresentado as vantagens e desvantagens de abandonar os costumes vampíricos com a clareza de sempre. Ela começara com os escândalos familiares mais recentes. O pai de Marcus, Matthew, se casara com uma bruxa, violando quase mil anos de proibições contra relacionamentos entre criaturas de espécies diferentes. Então, ele quase fora morto pelo filho abandonado e perturbado, Benjamin. Com base nisso, Phoebe e Marcus tinham duas opções. Poderiam manter a transformação e o casamento em segredo pelo tempo que fosse possível e enfrentar uma eternidade de boatos e especulações. Ou, como alternativa, Phoebe poderia se tornar vampira antes de eles se casarem, com toda a pompa — e transparência — adequada. Se optassem pela segunda solução, provavelmente passariam por um ano inconveniente, seguido por uma ou duas décadas de notoriedade, para então terem a liberdade de aproveitar uma vida eterna de paz e tranquilidade.

A reputação de Marcus também pesara na decisão de Phoebe. Ele era conhecido, entre os vampiros, por ser impetuoso e se atirar na luta contra os males do mundo, sem nem pensar na opinião das outras criaturas. Phoebe esperava que, ao seguir com um casamento tradicional, Marcus pudesse adentrar o rol mais respeitável, de modo que o idealismo dele pudesse ser visto como algo positivo.

— A tradição tem um propósito útil, esqueceu? — disse Phoebe, firme. — Além do mais, não estamos cumprindo *todas* as regras. E seu plano secreto do celular não é mais secreto. Freyja já sabe.

— Bom, pelo menos, tentamos — suspirou Marcus. — Juro por Deus, Freyja tem alguma coisa de cão de caça. Não dá para esconder nada dela. Não se preocupe. Ela não vai se incomodar tanto com o fato de estarmos conversando. Quem é rígida é Miriam.

— Miriam está em Montmartre — contou Phoebe, olhando de relance para o relógio.

Era meia-noite e meia. Miriam logo estaria de volta. Ela precisava mesmo desligar.

— A caça é boa nos arredores do Sacré Coeur — comentou Marcus.

— Foi o que Freyja me contou — respondeu Phoebe.

Fez-se um silêncio. Um silêncio pesado por causa de tudo que não podiam dizer, não queriam dizer ou queriam, mas não sabiam como dizer. No fim, apenas três palavras eram importantes o suficiente para pronunciarem.

— Eu te amo, Marcus Whitmore.

— Eu te amo, Phoebe Taylor. Não importa o que decidir daqui a noventa dias, você já é minha esposa. Está em minha pele, em meu sangue, em meus sonhos. E não se preocupe. Você vai ser uma vampira brilhante.

Phoebe não duvidava de que a transformação fosse funcionar, e felizmente duvidava pouquíssimo de que gostaria de ser eterna e poderosa. Porém, ela e Marcus conseguiriam construir uma relação duradoura, como aquela que a avó de Marcus tivera com o parceiro, Philippe?

— Pensarei em você — disse Marcus. — A todo instante.

Ele desligou.

Fez-se silêncio, mas Phoebe continuou com o celular junto ao ouvido por alguns segundos. Ela saiu da banheira, esmagou o celular com a lata de sais de banho, abriu a janela e arremessou o emaranhado de plástico e circuitos o mais longe possível pelo jardim. Destruir a prova da transgressão era parte do plano original de Marcus, que Phoebe obedeceria detalhadamente, mesmo que Freyja já soubesse dos telefones proibidos. O que restou do aparelho caiu no pequeno laguinho dos peixes com um ruído satisfatório.

Depois de se livrar das provas, Phoebe tirou o vestido e o pendurou no guarda--roupa, com o cuidado de esconder o saco plástico listrado mais uma vez no alto do móvel. Vestiu, então, uma camisola simples de seda branca que Françoise tinha deixado para ela na cama.

E então ela se sentou na ponta do colchão, quieta, imóvel e decidida, pensando no futuro, e esperou que o tempo a alcançasse.

PARTE I
ENCONTROU-NOS O TEMPO

Temos o poder de recomeçar o mundo.
— Thomas Paine

2

Menos do que nada

13 DE MAIO

Phoebe subiu na balança.

— Deus do céu, como você é minúscula — comentou Freyja, antes de ler o número para Miriam, que registrava a informação em algo que parecia uma ficha médica. — Cinquenta e dois quilos.

— Eu mandei ganhar três quilos, Phoebe — repreendeu Miriam. — A balança mostra um aumento de apenas dois quilos.

— Eu tentei — retrucou Phoebe, que não sabia por que se desculpava para aquelas duas, que seguiam uma dieta de comidas cruas e líquidos. — Que diferença faz um quilo?

— Volume sanguíneo — respondeu Miriam, tentando soar paciente. — Quanto mais pesada estiver, mais sangue terá.

— E, quanto mais sangue tiver, mais precisará receber de Miriam — continuou Freyja. — Queremos garantir que ela devolva a você tanto quanto retirar. Há menor risco de rejeição no caso de uma troca equivalente de sangue humano e sangue de vampiro. Queremos que você receba o máximo possível de sangue.

Havia meses que elas faziam aqueles cálculos. Volume sanguíneo. Débito cardíaco. Peso. Volume de oxigênio máximo. Se Phoebe não entendesse do assunto, imaginaria estar sendo selecionada para competir no time nacional de esgrima, e não para entrar na família Clermont.

— Quanto à dor, você tem certeza? — perguntou Freyja. — Pode tomar alguma coisa para aliviá-la. Não é necessário sentir nenhum desconforto. Renascer não precisa ser dolorido como era antigamente.

Aquele também tinha sido o tema de muitas discussões. Freyja e Miriam tinham contado as histórias horripilantes das próprias transformações, da agonia de serem preenchidas pelo sangue de uma criatura preternatural. O sangue dos vampiros era agressivo e devastava cada rastro de humanidade na tentativa de criar o predador perfeito. Ao absorver o sangue devagar, o vampiro renascido poderia se ajustar à invasão do novo material genético com pouca dor, ou até nenhuma — mas havia evidências de que, assim, o corpo humano também tinha mais oportunidade de rejeitar o sangue do criador, preferindo morrer a virar outra coisa. A transfusão rápida de sangue de vampiro tinha o efeito oposto. A dor era insuportável, mas o corpo humano, enfraquecido, não tinha tempo nem recursos para contra-atacar.

— A perspectiva da dor não me incomoda. Vamos acabar logo com isso.

O tom de voz de Phoebe indicava que ela esperava interromper aquela conversa — de vez.

Freyja e Miriam se entreolharam.

— Nem um anestésico localizado para a mordida? — perguntou Miriam, mais uma vez em tom clínico.

Phoebe sentia que estava na consulta pré-operatória mais completa que já tinha feito na vida.

— Pelo amor de Deus, Miriam. Não quero anestesia. Quero sentir a mordida. Quero sentir a dor. É o único processo de nascimento que viverei. Não quero perder nada.

Phoebe estava decidida.

— Nenhum ato de criação é indolor — continuou. — Milagres devem deixar marcas, para lembrarmos como são preciosos.

— Então tudo bem — disse Freyja, seca e eficiente. — As portas estão trancadas. As janelas também. Françoise e Charles estão a postos. Por segurança.

— Ainda acho que deveríamos ter feito isso na Dinamarca — disse Miriam, que, mesmo naquele instante, não conseguia parar de reavaliar o procedimento. — Há corações demais batendo em Paris.

— Le re tem quase quinze horas de sol por dia nesta época. Phoebe não suportaria tanta luz tão rápido — argumentou Freyja.

— Sim, mas a caça... — começou Miriam.

Viria em seguida, Phoebe sabia, uma longa comparação das faunas francesa e dinamarquesa, considerando os valores nutritivos de ambas e avaliando a variação de tamanho, a diferença entre animais criados e silvestres e os apetites imprevisíveis da vampira renascida.

— Chega — disse Phoebe, seguindo para a porta. — Talvez Charles me transforme. Não suporto falar desses arranjos nem mais uma vez.

— Ela está pronta — disseram Miriam e Freyja em uníssono.

Phoebe puxou a gola larga da camisola branca, expondo veias e artérias suculentas.

— Então faça isso logo.

As palavras mal tinham saído de sua boca quando Phoebe foi atingida por uma sensação aguda.

Dormência.

Formigamento.

Sucção.

Os joelhos de Phoebe bambearam e a tontura subiu à cabeça quando ela foi tomada pelo choque da perda sanguínea rápida. O cérebro registrou que ela estava sendo atacada, em perigo mortal, e sua adrenalina disparou.

O campo de visão se estreitou, o cômodo escureceu.

Braços fortes a seguraram.

Phoebe flutuou na escuridão aveludada, afundando no silêncio.

Paz.

Um frio ardente trouxe a consciência de Phoebe de volta.

Ela estava congelando, queimando.

Abriu a boca em um grito apavorado enquanto o corpo pegava fogo por dentro.

Alguém ofereceu um braço, molhado por algo de cheiro... delicioso.

Cobre e ferro.

Salgado e doce.

Era o cheiro da vida. Da *vida*.

Phoebe farejou o braço como um bebê em busca do seio da mãe, a pele provocante, próxima dos lábios, sem chegar a tocá-la.

— Escolha — disse sua criadora. — Vida? Ou morte?

Phoebe usou toda a energia para se aproximar da promessa de vitalidade. Ao longe, ouviu uma batida firme e regular. A compreensão veio logo em seguida.

Coração.

Pulsação.

Sangue.

Phoebe beijou a pele fria do pulso da criadora, reverente e com a consciência ofuscante da dádiva que lhe era ofertada.

— Vida — sussurrou Phoebe antes de tomar o primeiro gole de sangue de vampiro.

Quando a substância poderosa invadiu suas veias, o corpo de Phoebe explodiu em dor e desejo: pelo que perdera, pelo que viria, por tudo que nunca seria e por tudo que se tornaria.

O coração dela começou a entoar uma nova música, lenta e deliberada.

Eu sou, cantou o peito de Phoebe.
Nada.
E ainda.
Agora.
Eternamente.

3

O retorno do filho pródigo

13 DE MAIO

— Se forem os fantasmas fazendo esse estardalhaço, vou matá-los — murmurei, agarrada à desorientação do sono na esperança de prolongá-lo por mais alguns instantes.

Eu ainda estava afetada pela mudança de fuso horário devido ao voo recente dos Estados Unidos para a França, e tinha pilhas de provas e trabalhos para avaliar por causa do fim do semestre de Yale. Puxei a coberta até o queixo, me virei e rezei pelo silêncio.

Batidas fortes ecoaram pela casa, reverberando pelos pisos e pelas paredes de pedra grossa.

— Tem alguém na porta — disse Matthew, que dormia pouquíssimo e estava à janela aberta, farejando o ar noturno em busca de pistas da identidade da visita. — É Ysabeau.

— São três da manhã! — resmunguei, calçando as pantufas.

Estávamos acostumados a crises, mas mesmo assim aquilo era atípico.

Em um piscar de olhos, Matthew foi da janela do quarto à escada e começou a descer com agilidade.

— Mamãe! — chorou Becca no quarto vizinho, chamando minha atenção.

— Ai! Alto. Alto.

— Já vou, meu bem.

Minha filha tinha a audição aguçada do pai. As primeiras palavras dela na vida tinham sido "mamãe", "papai" e "Pip", apelido do irmão, Philip. "Sangue", "alto" e "au-au" vieram logo depois.

— Vaga-lume, vaga-lume, ilumine meu caminho.

Em vez de acender a luz, escolhi iluminar de leve a ponta do meu indicador usando um feitiço simples, inspirado por uma música de um álbum velho de canções que encontrei em um armário. Minha *gramarye* — a capacidade de colocar em palavras a minha magia emaranhada — estava melhorando.

No quarto das crianças, Becca estava sentada, com as mãozinhas tampando as orelhas e o rosto contorcido de angústia. Cuthbert, o elefante de pelúcia bem recheado que Marcus lhe dera, e uma zebra de madeira chamada Zee davam voltas em seu berço medieval e pesado. Philip estava no próprio berço, agarrado à grade e preocupado com a irmã.

Enquanto os gêmeos sonhavam, a magia em seu sangue meio bruxo e meio vampiro emergia, perturbando o sono leve. Apesar de eu me preocupar um pouco com aquelas atividades noturnas, Sarah dizia que podíamos agradecer à deusa pelo fato de, até então, a magia dos gêmeos ter se restringido a reorganizar os móveis do quarto, soltar nuvens brancas de talco e construir móbiles improvisados com bichos de pelúcia.

— Dodói — disse Philip, apontando para Becca.

Ele já seguia os passos médicos de Matthew, e inspecionava minuciosamente todas as criaturas em Les Revenants — de duas ou quatro patas, de asas ou escamas — em busca de arranhões, machucados ou picadas de inseto.

— Obrigada, Philip — falei, e mal consegui desviar de Cuthbert indo na direção de Becca. — Quer colo, Becca?

— Cuthbert também quer.

Becca já era uma negociadora talentosa, graças ao tempo passado com as avós. Eu temia que Ysabeau e Sarah fossem más influências.

— Só você e Philip, se ele quiser — respondi, firme, fazendo carinho nas costas de Becca.

Cuthbert e Zee caíram no chão com baques petulantes. Era impossível saber qual das crianças era responsável pelos animais voadores, ou por que a magia os abandonara. Será que Becca os erguera, e o carinho lhe dera conforto o suficiente para não precisar mais deles? Ou tinha sido Philip, mais quieto porque a irmã não estava mais sofrendo? Ou era porque eu tinha dito "não"?

Ao longe, as batidas pararam. Ysabeau tinha entrado.

— Gam... — começou Becca, interrompida por um soluço.

— Mer — concluiu Philip, com a expressão mais alegre.

A ansiedade embrulhou o meu estômago. De repente, percebi que algo muito grave deveria ter ocorrido para Ysabeau aparecer de madrugada, sem nem mesmo telefonar antes.

Os leves murmúrios no térreo eram baixos demais para meus ouvidos de bruxa, mas a cabeça inclinada dos gêmeos indicava que eles conseguiam acompanhar a conversa entre o pai e a avó. Infelizmente, eram muito jovens para me inteirarem sobre o assunto.

Olhei para a escada escorregadia, abraçando Becca junto à lateral do corpo e pegando Philip com o outro braço. Normalmente, eu me segurava na corda que Matthew tinha amarrado à parede curva para impedir os sangue-quentes de caírem. Limitava o uso de magia diante dos gêmeos, por medo de tentarem me imitar, mas aquela noite seria uma exceção.

Venha comigo, sussurrou o vento, serpenteando ao redor de meus pés em uma carícia apaixonada, *e eu satisfarei seu desejo.*

A chamada elemental era enlouquecedoramente nítida. Por que, então, não podia trazer as palavras de Ysabeau até mim? Por que queria que eu me juntasse a ela e a Matthew?

O poder podia ser uma esfinge. Sem a pergunta correta, ele simplesmente se recusava a responder.

Abraçando bem meus filhos, me entreguei à atração do ar, e meus pés se ergueram do chão. Esperava que as crianças não notassem que estávamos a centímetros da pedra, mas algo antigo e sábio ganhou vida nos olhos verde-acinzentados de Philip.

Um raio prateado de luar cortou a parede, atravessando uma das janelas altas e estreitas. O brilho capturou a atenção de Becca enquanto flutuávamos escada abaixo.

— Bonito — cantarolou ela, esticando a mão para tentar pegar a luz. — Bebês bonitos.

Por um momento, a luz se curvou na direção dela, desafiando as leis da física compreendidas pelos humanos. Um calafrio arrepiou meus braços, e palavras brilharam em vermelho e dourado sob a superfície da minha pele. Havia magia no luar, mas, mesmo como bruxa e tecelã, eu nem sempre via o que meus filhos, de sangue misturado, conseguiam perceber.

Feliz de deixar aquilo para trás, permiti que o vento me carregasse escada abaixo. Quando chegamos, meus pés de sangue-quente percorreram a distância restante até a porta de casa.

Um sopro gelado bateu em meu rosto, indicação do olhar de um vampiro, e anunciou que Matthew nos vira chegar. Ele estava com Ysabeau à porta. O contraste entre prata e sombra destacava as maçãs do rosto dele e dava uma aparência ainda mais escura ao cabelo, mas a mesma luz, por estranha alquimia, fazia Ysabeau parecer mais dourada. Sua legging alaranjada estava suja de terra, e a camisa branca havia sido rasgada pelo puxão de um galho. Ela me cumprimentou com um aceno de cabeça, respirando com dificuldade. Viera correndo — com esforço e pressa.

As crianças perceberam a estranheza do momento. Em vez de cumprimentar a avó com o entusiasmo de sempre, me abraçaram com força, escondendo o rosto na curva do meu pescoço, como se quisessem se proteger da misteriosa escuridão que invadia a casa.

— Eu estava falando com Freyja. Antes do fim da conversa, Marcus disse que ia ao vilarejo — explicou ela, com uma pontada de pânico na voz. — Mas Alain ficou preocupado, então o seguimos. De início, Marcus parecia bem. Até que fugiu.

— Marcus fugiu de Sept-Tours?

Parecia impossível. Marcus adorava Ysabeau, e ela havia pedido que ele passasse o verão com ela.

— Ele seguiu para o oeste, e supomos que estivesse vindo para cá, mas algo me disse para acompanhá-lo — continuou Ysabeau, arfando outra vez. — Até que Marcus virou para o norte, no sentido de Montluçon.

— No sentido de Baldwin?

Meu cunhado tinha uma casa lá, construída muito tempo antes, quando a área era conhecida apenas como Montanha de Lucius.

— Não. De Baldwin, não. De Paris — disse Matthew, com o olhar sombrio.

Ysabeau confirmou.

— Ele não estava fugindo de nós. Estava voltando... para Phoebe.

— Algo deu errado — falei, estupefata.

Todos tinham me assegurado de que Phoebe não teria problemas na transição de sangue-quente para vampira. Houvera tanta cautela, tantos arranjos.

Pressentindo minha preocupação crescente, Philip começou a se remexer e pediu para descer do colo.

— Freyja disse que tudo ocorreu de acordo com o plano. Phoebe agora é vampira — disse Matthew, pegando Philip do meu colo e o deixando no chão ao nosso lado. — Fique com Diana e com as crianças, *maman*. Vou atrás de Marcus para descobrir o que houve.

— Alain está lá fora — contou Ysabeau. — Leve-o com você. Seu pai sempre achava melhor levar um par de olhos extra nessas circunstâncias.

Matthew me beijou. Como a maior parte das despedidas, continha uma nota de ferocidade, como se para me lembrar de não abaixar a guarda em sua ausência. Ele acariciou o cabelo de Becca e lhe deu um beijo muito mais suave na testa.

— Se cuide — murmurei, mais por hábito do que por preocupação genuína.

— Sempre — respondeu ele, com um último olhar demorado antes de partir.

Após a agitada chegada da avó, as crianças levaram quase uma hora para se acalmar e voltar a dormir. Igualmente desperta, repleta de nervosismo e perguntas sem resposta, fui para a cozinha. Lá, como esperava, encontrei Marthe e Ysabeau.

Normalmente, aquele conjunto de cômodos vastos e conectados era um de meus lugares preferidos. Era sempre quente e aconchegante, com os antigos fogões à lenha acesos, prontos para preparar algo delicioso, e cestas de frutas e verduras frescas à espera de Matthew para transformá-las em um banquete gourmet. Naquela madrugada, porém, o ambiente estava frio e escuro, apesar das arandelas iluminadas e dos azulejos holandeses coloridos que decoravam as paredes.

— Existem várias coisas que não gosto em ser casada e prometida a um vampiro, mas ficar em casa esperando notícias deve ser a pior — desabafei, me largando em um dos bancos ao redor da enorme mesa de madeira irregular que servia de centro daquela esfera doméstica. — Ainda bem que existem celulares. Nem imagino como era ter apenas cartas escritas à mão.

— Ninguém gostava — disse Marthe, servindo uma xícara de chá fumegante para mim, acompanhada de um croissant recheado de pasta de amêndoas e salpicado de açúcar de confeiteiro.

— Divino — elogiei, inspirando o aroma de folhas escuras e a doçura amendoada que subia da xícara.

— Eu deveria ter ido com eles — disse Ysabeau, que nem tentou arrumar o penteado ou limpar a sujeira do rosto. Não era do feitio dela aquela aparência menos do que impecável.

— Matthew quis que você ficasse aqui — lembrou Marthe, espalhando farinha pela mesa com um gesto treinado. Ela pegou um monte de massa de uma tigela próxima e começou a sová-la.

— Nem sempre dá para ter o que queremos — disse Ysabeau.

— Alguém pode me dizer o que aconteceu para Marcus ficar daquele jeito? — perguntei, tomando um gole do chá e ainda sentindo que tinha perdido algo crucial.

— Nada.

Ysabeau, como o filho, às vezes era sovina com informações.

— Com certeza aconteceu alguma coisa — insisti.

— Nada aconteceu, de verdade. Organizaram um jantar para a família de Phoebe — contou Ysabeau. — Freyja me garantiu que correu tudo muito bem.

— O que Charles preparou? — perguntei, com água na boca. — Algo delicioso, sem dúvida.

Marthe parou de mexer as mãos e franziu a testa para mim. Em seguida, riu.

— Qual é a graça? — perguntei, dando uma mordida no croissant folhado, preparado com tanta manteiga que derretia na boca.

— Phoebe acabou de ser transformada em vampira, e você quer saber o que ela comeu na última refeição. Para uma *manjasang*, parece um detalhe estranho em um momento tão solene — explicou Ysabeau.

— Claro que pode parecer isso para você, que nunca comeu o frango assado de Charles — respondi. — Aquele alho... O limão... Delícia.

— Serviram pato, não frango — relatou Marthe. — E salmão. E bife.

— Charles fez *seigle d'Auvergne?* — perguntei, olhando o trabalho de Marthe, pois o pão de centeio era uma das especialidades de Charles, a que Phoebe mais gostava. — E *pompe aux pommes* de sobremesa?

Phoebe amava doces, e eu só a tinha visto hesitar na determinação de virar vampira uma vez, quando Marcus a levara à padaria em Saint-Lucien e explicara que o folhado de maçã exposto na vitrine teria um gosto nojento se ela fosse adiante.

— Fez as duas coisas — respondeu Marthe.

— Phoebe deve ter ficado muito feliz — falei, impressionada com o vasto cardápio.

— De acordo com Freyja, ela não tem comido muito bem.

Ysabeau mordeu o lábio.

— E Marcus foi até lá por isso?

Visto que Phoebe, como vampira, nunca mais comeria uma refeição humana, me parecia exagero.

— Não. Ele foi até lá porque Phoebe ligou para uma despedida final — disse Ysabeau, balançando a cabeça. — Os dois são tão impulsivos…

— Eles são apenas modernos — argumentei.

Não me surpreendia que Phoebe e Marcus tivessem perdido a paciência com o labirinto bizantino de rituais e regras vampíricas. Primeiro, Baldwin, líder do clã Clermont, tivera que aprovar formalmente o noivado deles e o desejo de Phoebe de se transformar em vampira. Era um passo essencial, devido ao passado peculiar de Marcus e à decisão escandalosa de Matthew de se casar comigo, uma bruxa. O casamento e a união deles só seriam considerados legítimos com apoio absoluto de Baldwin.

Em seguida, Marcus e Phoebe tinham escolhido uma criadora dentre uma curta lista de candidatos. Não poderia ser ninguém da família, pois Philippe de Clermont fora firme em sua oposição a qualquer indício de incesto entre membros do clã. Filhos deveriam ser tratados como filhos. Parceiros deveriam ser encontrados fora da família. Porém, havia também outras considerações. O criador de Phoebe precisava ser antigo, com força genética para gerar filhos vampíricos saudáveis. Ademais, como o vampiro escolhido estaria eternamente conectado à família Clermont, a reputação e o histórico dele deveriam ser impecáveis.

Quando Phoebe e Marcus decidiram quem a transformaria em vampiro, a criadora e Baldwin organizaram tudo com precisão. Ysabeau cuidara dos aspectos práticos de moradia, finanças e emprego, com auxílio do amigo demônio de Matthew, Hamish Osborne. Abandonar a vida de humano sangue-quente era uma questão complicada. Desaparecimentos e mortes precisavam ser coordenados, além de licenças profissionais por motivos particulares, que se transformariam em pedidos de demissão em seis meses.

Após a transformação, Baldwin estaria entre as primeiras visitas masculinas de Phoebe. Devido à conexão forte entre fome física e desejo sexual, o contato inicial entre ela e outros homens seria limitado. Para evitar qualquer decisão apressada influenciada pela primeira onda de hormônios vampíricos, Marcus não poderia vê-la até Baldwin sentir que Phoebe era capaz de tomar uma decisão prudente quanto ao futuro deles. Tradicionalmente, vampiros esperavam no mínimo noventa dias — o tempo médio necessário para um vampiro se desenvolver, passando de recém-renascido para um filhote com algum grau de independência — antes de se reunir com possíveis parceiros.

Para o choque de todos, Marcus aceitara os planos elaborados por Ysabeau. Ele era o revolucionário da família. Eu esperava que ele protestasse, mas ele não dissera uma palavra.

— Até anteontem estavam todos tão confiantes com a transformação de Phoebe — observei. — Por que tanta preocupação agora?

— Não estamos preocupados com Phoebe — respondeu Ysabeau —, e sim com Marcus. Ele nunca foi paciente e não gosta de obedecer a regras. Ele segue o coração com rapidez demais. Sempre se mete em problemas.

Alguém escancarou a porta da cozinha e entrou na casa em um borrão azul e branco. Eu quase nunca via vampiros se mexerem na velocidade desregulada, e foi espantoso quando o borrão indistinto se tornou uma camiseta branca, calça jeans desbotada, olhos azuis e cabelo loiro volumoso.

— Eu deveria estar com ela! — gritou Marcus. — Passei a maior parte da vida querendo me sentir pertencente, desejando minha própria família. Agora a tenho, e dei as costas a ela.

Matthew o acompanhava como uma sombra. Alain Le Merle, antigo escudeiro de Philippe, vinha na retaguarda.

— Tradicionalmente, como você sabe bem… — começou Matthew.

— E desde quando eu me importo com a tradição? — rebateu Marcus, subindo o tom de voz.

A tensão no ambiente se intensificou. Como chefe da família, Matthew esperava obediência e respeito do filho, e não contestações.

— Está tudo bem? — perguntei.

Na minha vida de professora, eu tinha aprendido a utilidade de perguntas retóricas para dar a todos a oportunidade de parar e refletir. O clima, então, ficou um pouco mais leve, mesmo que fosse por estar óbvio que não estava *nada* bem.

— Não esperávamos encontrá-la ainda acordada, *mon coeur* — disse Matthew, vindo até mim para me dar um beijo. Ele cheirava a ar puro, pinheiro e feno, como se tivesse corrido por prados e bosques. — Marcus está apreensivo em relação ao bem-estar de Phoebe, só isso.

— Apreensivo? — retrucou Marcus, franzindo a testa, carrancudo. — Estou desesperado de preocupação. Não posso vê-la. Não posso ajudá-la...

— Você precisa confiar em Miriam.

O tom de Matthew era tranquilo, mas um músculo tremeu em seu maxilar.

— Eu não deveria ter aceitado esse protocolo medieval — argumentou Marcus, cada vez mais agitado. — Agora estamos separados, e ela só tem Freyja...

— Foi você quem pediu pela presença de Freyja — lembrou Matthew, calmo. — Poderia ter pedido a qualquer pessoa da família que acompanhasse a transformação. Você a escolheu.

— Nossa, Matthew. Porra, precisa ser tão racional assim o tempo todo?

Marcus deu as costas para o pai.

— É insuportável, né? — comentei, compreensiva, e segurei meu marido pela cintura para mantê-lo ao meu lado.

— É, sim, Diana, sem dúvida alguma — respondeu Marcus, disparando até a geladeira batendo os pés e escancarando a porta pesada. — E aguento isso há muito mais tempo do que você. Caramba, Marthe. Passou o dia fazendo o quê? Não tem uma gota de sangue nesta casa.

Foi impossível dizer quem ficou mais espantado com a crítica à venerada Marthe, que cuidava das necessidades de todos da família antes mesmo de percebermos. Ficou claro, porém, quem ficou mais furioso: Alain. Marthe era a senhora dele.

Matthew e Alain se entreolharam. Alain inclinou um pouco a cabeça, reconhecendo que a necessidade de Matthew disciplinar o filho era maior do que o direito que tinha de defender a mãe. Suavemente, Matthew se soltou de meus braços.

Em um segundo, ele atravessou o ambiente e empurrou Marcus contra a parede da cozinha. O movimento teria sido suficiente para quebrar as costelas de uma criatura comum.

— Basta, Marcus. Eu esperava que a situação de Phoebe trouxesse de volta lembranças de seu próprio renascimento — disse Matthew, segurando o filho com firmeza —, mas você precisa mostrar certo comedimento. Não vai ganhar nada voando pelo campo e invadindo a casa de Freyja.

Matthew encontrou o olhar do filho e o sustentou, desviando apenas quando o outro abaixou os olhos. Marcus deslizou vários centímetros para baixo na parede, inspirou fundo e pareceu reconhecer onde estava e o que tinha feito.

— Perdão, Diana — disse Marcus, com um olhar breve de desculpas, e se dirigiu a Marthe. — Nossa, Marthe. Não quis dizer...

— Quis, sim — interrompeu Marthe, dando um tapa na orelha dele, que não foi lá muito leve. — O sangue está na despensa, como sempre. Pode pegar sozinho.

— Tente não se preocupar, Marcus. Ninguém cuidaria de Phoebe melhor do que Freyja — disse Ysabeau, tocando o ombro do neto em um gesto apaziguador.

— *Eu* cuidaria — disse Marcus, se desvencilhando da avó e entrando na despensa.

Marthe olhou para o céu como se implorasse ser salva dos vampiros apaixonados. Ysabeau levantou o dedo em alerta, o que calou qualquer outro argumento de Matthew. Considerando que eu era a única pessoa presente sem envolvimento completo nas regras dos Clermont, ignorei aquele comando de minha sogra.

— Na verdade, Marcus, não sei se seria assim — falei e fui até o cômodo anexo para me servir de mais chá.

— Como assim?

Marcus ressurgiu em um instante, com um copinho de prata nas mãos que não continha a bebida para o qual era mais adequado. Sua expressão era de indignação.

— É claro que sou a melhor pessoa para cuidar dela — continuou ele. — Eu a amo. Phoebe é minha parceira. Sei melhor do que ninguém do que ela precisa.

— Melhor do que a própria Phoebe? — perguntei.

— Às vezes — respondeu Marcus, erguendo o queixo em um ângulo beligerante.

— Até parece. — Eu estava falando como Sarah, grossa e impaciente, e atribuí aquilo à hora da madrugada em vez de a qualquer predisposição à franqueza entre as mulheres Bishop. — Vocês, vampiros, são todos iguais... Acham que sabem o que nós, pobres coitados sangue-quentes, queremos *de verdade*, especialmente se somos mulheres. Na verdade, o que Phoebe queria era *isto*: ser transformada em vampira seguindo a tradição. O que você deve fazer é garantir que a decisão dela seja honrada, e que o plano funcione.

— Phoebe não entendeu o que aceitou. Não inteiramente — argumentou Marcus, sem querer ceder. — Ela pode se viciar no sangue do criador. Pode ter dificuldade para matar a primeira presa. Eu poderia ajudá-la, apoiá-la.

Viciar no sangue do criador? Quase engasguei com o chá. Que história era aquela?

— Nunca vi ninguém tão preparado para se tornar *manjasang* quanto Phoebe — disse Ysabeau, tranquilizando-o.

— Mas não há garantia. — Marcus não conseguia deixar a preocupação de lado.

— Não nesta vida, meu filho. — Foi com dor no olhar que Ysabeau se lembrou de quando a vida ainda trazia a promessa de um final feliz.

— Está tarde — observou Matthew, tocando o ombro do filho. — Vamos conversar melhor depois do amanhecer. Você não vai conseguir dormir, Marcus, mas tente descansar.

— Talvez eu saia para correr. Para ver se assim me canso. Só os fazendeiros vão estar acordados a esta hora. — Marcus olhou para a luz cada vez mais clara que o atraía através das janelas.

— É melhor não chamar muita atenção — ponderou Matthew. — Quer que eu o acompanhe?

— Não precisa. Vou me trocar e sair. Talvez eu pegue a estrada para Saint-Priest-sous-Aixe. Tem umas boas subidas no caminho.

— Esperamos você para tomar café? — perguntou Matthew, em um tom excessivamente casual. — As crianças acordam cedo. Vão aproveitar a oportunidade de dar ordens ao irmão mais velho.

— Não se preocupe, Matthew — disse Marcus, com um vestígio de sorriso. — Suas pernas são maiores do que as minhas. Não vou fugir de novo. Preciso só me acalmar.

Deixamos a porta do quarto entreaberta para o caso de Philip ou Becca acordarem, e voltamos a deitar. Eu me enfiei debaixo das cobertas, agradecida naquela manhã quente de maio por meu marido ser vampiro, e me aninhei ao corpo frio dele. Soube quando Marcus saiu para correr porque Matthew finalmente relaxou os ombros no colchão. Até então, ele estivera levemente tenso, pronto para se levantar e correr ao auxílio do filho.

— Quer ir atrás dele? — perguntei.

Matthew tinha mesmo pernas maiores do que Marcus, e era rápido. Havia tempo suficiente para alcançá-lo.

— Alain o está acompanhando, por segurança.

— Ysabeau disse que estava mais preocupada com Marcus do que com Phoebe — comentei e recuei para olhar o rosto de Matthew à luz da alvorada. — Por quê?

— Marcus ainda é muito jovem.

— Jura?

Marcus tinha renascido como vampiro em 1781. Com mais de duzentos anos, parecia bem adulto para mim.

— Sei o que está pensando, Diana, mas, quando um humano se transforma em vampiro, precisa amadurecer outra vez. Pode levar muito tempo até estarmos prontos para nos tornar independentes. Nosso juízo pode falhar nas primeiras ondas de sangue de vampiro.

— Mas Marcus já superou essa fase rebelde.

A família adorava contar histórias dos primeiros anos de Marcus nos Estados Unidos, dos escândalos e das encrencas nas quais ele se metia, das dificuldades das quais precisava ser salvo pelos membros mais velhos da família Clermont.

— E é por isso que ele não poderia supervisionar a transformação de Phoebe. Marcus está prestes a reconhecer como parceira uma vampira recém-renascida. Já seria um acontecimento enorme sob qualquer circunstância, mas, considerando a juventude dele... — Matthew hesitou. — Espero estar fazendo a coisa certa ao deixá-lo tomar tal decisão.

— A *família* está fazendo o que Marcus e Phoebe quiseram — observei, garantindo que ele percebesse minha ênfase na palavra. — Eles já têm idade, sejam vampiros sangue-frios ou humanos sangue-quentes, para saber o que querem.

— Têm mesmo? — perguntou Matthew, virando-se para encontrar meu olhar. — É uma noção muito moderna essa sua, de que um homem de vinte e quatro primaveras e uma jovem de idade semelhante teriam experiência suficiente para determinar o percurso da vida futura.

Era brincadeira, mas as sobrancelhas franzidas indicavam que parte dele acreditava no que dizia.

— Estamos no século vinte e um, não dezoito — observei. — Além do mais, Marcus não tem vinte e quatro "primaveras", em suas palavras elegantes. Tem mais de duzentos e cinquenta.

— Marcus sempre será um filho daquela época — disse Matthew. — Se fosse 1781, e Marcus estivesse vivendo seu primeiro dia como vampiro, e não Phoebe, seria considerado que ele necessitasse de conselhos sábios, além de uma orientação firme.

— Seu filho pediu conselhos para todos os membros desta família, e da de Phoebe — lembrei. — É hora de deixá-lo se responsabilizar pelo próprio futuro, Matthew.

Matthew se calou, passando a mão pelas leves cicatrizes deixadas nas minhas costas pela bruxa Satu Järvinen. Ele acariciou repetidas vezes as linhas que o faziam se lembrar, com amargura, de todas as vezes que não tinha conseguido proteger aqueles que amava.

— Vai ficar tudo bem — garanti, me aconchegando.

Matthew suspirou.

— Espero que sim.

Mais tarde, um silêncio maravilhoso caiu sobre Les Revenants. Eu aguardava aqueles raros momentos de paz — normalmente meros vinte minutos, mas às vezes prazerosos períodos de mais de uma hora — desde que despertava.

As crianças estavam no quarto, cochilando aconchegadas. Matthew estava na biblioteca, trabalhando em um artigo que escrevia em conjunto com nosso colega em Yale, Chris Roberts. Eles pretendiam revelar mais da pesquisa em conferências no outono e já estavam se preparando para apresentar um artigo para uma revista científica importante. Marthe estava na cozinha, preparando uma conserva de vagem em salmoura apimentada enquanto via a novela *Plus belle la vie* na televisão que Matthew tinha instalado lá. Ela insistira que não tinha interesse em tais frescuras tecnológicas, mas logo se viciou nos dramas dos residentes de Le Mistral. Quanto a mim, eu estava evitando corrigir trabalhos e mergulhando na minha nova pesquisa sobre as conexões entre os princípios da cozinha moderna e as práticas de laboratório. Porém, havia limite para o tempo que eu conseguia passar debruçada em imagens de manuscritos alquímicos do século XVII.

Depois de uma hora de trabalho, o glorioso calor de maio me atraiu. Preparei uma bebida gelada e subi para o deque de madeira que Matthew construíra entre as ameias de uma das torres de Les Revenants. Supostamente, a intenção era possibilitar a vista do campo que cercava a área, mas todos sabiam que o principal propósito era defensivo. Servia como um bom posto de observação e ajudaria a ver a aproximação de um desconhecido com muita antecedência. Com nosso novo posto no telhado e o fosso limpo e cheio, Les Revenants tinha o máximo de segurança que Matthew conseguira garantir.

Encontrei Marcus ali, de óculos escuros, deitado sob o calor do meio-dia, o sol de verão reluzindo em seu cabelo loiro.

— Olá, Diana — disse ele, deixando de lado o livro. Era um exemplar fino, de capa de couro marrom, manchada e desgastada pelo tempo.

— Você parece precisar disto mais do que eu — comentei, e ofereci meu copo de chá gelado. — Tem muita hortelã, sem limão nem açúcar.

— Obrigado. — Marcus tomou um gole para provar. — Delícia.

— Posso me juntar a você, ou veio até aqui para fugir?

Vampiros viviam em grupos, mas gostavam de ficar sozinhos.

— A casa é sua, Diana.

Marcus tirou os pés da cadeira de madeira que usava como apoio improvisado.

— É a casa da família, e você é bem-vindo — respondi, querendo corrigi-lo, porque ele não precisava se sentir um intruso em um momento tão frágil. — Teve notícias de Paris?

— Não. *Grand-mère* me disse para não esperar mais ligações de Freyja nos próximos três dias, no mínimo — respondeu ele, deslizando os dedos sem parar pela umidade que se formava ao redor do copo gelado.

— Por que três dias?

Talvez fosse uma espécie de escala de Apgar para vampiros.

— Porque é o tempo que se espera para dar a um vampiro recém-renascido algum sangue que não venha das veias de seu criador — explicou Marcus. — Desmamar o vampiro do sangue do criador pode ser difícil. Se um vampiro ingerir muito sangue de fora muito cedo, pode desencadear mutações genéticas fatais. Às vezes, vampiros recém-renascidos morrem. Além do mais, será o primeiro teste psicológico de Phoebe, para garantir que ela possa sobreviver à base do sangue de outra criatura. Mas vão começar com algo pequeno, como um passarinho ou um gato.

Soltei um murmúrio de concordância, tentando demonstrar aprovação apesar do embrulho no estômago.

— Eu confirmei que Phoebe era capaz de matar... antes — continuou Marcus, olhando para o horizonte. — Às vezes, é mais difícil tirar a vida quando não temos opção.

— Eu teria imaginado o contrário.

Marcus fez que não com a cabeça.

— Estranhamente, quando não é mais na esportiva, podemos perder a coragem. Por instinto ou não, é um ato egoísta sobreviver às custas de outra criatura.

Ele bateu com o livro na perna, em um ritmo ansioso.

— O que está lendo? — perguntei, querendo mudar de assunto.

— Um antigo favorito.

Marcus jogou o exemplar para mim.

Normalmente, o descuido da família com livros provocava sermões meus, mas aquele exemplar obviamente já tinha sido muito maltratado. Algo havia mastigado um canto da capa. O couro estava ainda mais manchado do que parecia de início, e a capa, coberta de marcas redondas de copos, canecos e xícaras. Havia rastros dourados nas decorações estampadas, e o estilo indicava que o livro fora encadernado no início do século XIX. Fora lido tantas vezes que a lombada tinha rasgado e sido consertada várias vezes — em uma delas, com fita adesiva amarelada.

Um item querido como aquele continha um tipo específico de magia, que não tinha nada a ver com valor ou condição, e tudo a ver com significado. Cautelosa, abri a capa desgastada. Para minha surpresa, o livro lá dentro tinha décadas a mais do que sugeria a encadernação.

— *Senso comum*.

O texto de Thomas Paine era um dos fundamentos da Revolução Americana. Eu esperava que Marcus estivesse lendo Byron, ou um romance, e não filosofia política.

— Você serviu na Nova Inglaterra em 1776? — perguntei, notando a data da publicação em Boston.

Marcus tinha sido soldado e, depois, cirurgião no Exército Continental. Era a parte que eu sabia.

— Não. Ainda estava em casa — respondeu Marcus, e pegou o livro de minhas mãos. — Acho que vou dar uma volta. Obrigado pelo chá.

Parecia que ele não estava no clima para mais confidências.

Marcus sumiu escada abaixo, deixando um rastro de fios discordantes e cintilantes: vermelhos e azuis-índigo, embolados em preto e branco. Como tecelã, eu percebia os fios entrelaçados do passado, do presente e do futuro que uniam o universo. Normalmente, os tons claros de azul e âmbar que compunham o invólucro mais resistente eram visíveis, e os fios coloridos da experiência individual surgiam como notas fortes e intermitentes na trama.

Naquele dia, não. As lembranças de Marcus eram tão poderosas, e lhe causavam tamanha angústia, que distorciam a trama do tempo, criando rombos na estrutura e abrindo espaço para algum monstro esquecido emergir do passado.

As nuvens no horizonte e a comichão nos meus dedos me alertavam que tempos de tempestade viriam por aí. Para todos nós.

Um

13 DE MAIO

Phoebe estava sentada diante das janelas trancadas do quarto — cujas cortinas cor de ameixa estavam abertas, revelando a vista de Paris —, saciada pelo sangue de sua criadora, devorando a cidade com os olhos, faminta apenas pela próxima revelação que teria com sua nova visão.

A noite, ela descobriu, não era apenas preta, mas também composta por milhares de tons e texturas de escuridão, algumas tênues e outras aveludadas, variando dos roxos e azuis mais fortes aos tons de cinza mais claros.

A vida não seria sempre tão simples. Por enquanto, batiam à porta antes que a fome tivesse a oportunidade de começar a lhe devorar o estômago. Phoebe acabaria precisando sentir fome para entender como era desejar o sangue vital de uma criatura e aprender a controlar o impulso de bebê-lo.

Entretanto, naquele momento, seu único impulso era pintar. Phoebe não pintava havia anos, desde que um comentário casual de um professor — afiado e desdenhoso — a levara a estudar história da arte em vez de praticá-la. Os dedos tremiam de vontade de pegar um pincel, mergulhá-lo em tinta a óleo espessa ou em pigmentos delicados de aquarela e passá-lo em tela ou papel.

Conseguiria capturar a cor exata das telhas que cobriam o jardim, em cinza-azulado com toques prateados? Seria possível reproduzir o negrume do céu lá no alto, escuro como tinta, e o brilho forte e metálico do horizonte?

Ela entendia por que o bisneto de Matthew, Jack, cobria todas as superfícies com imagens em chiaroscuro de suas lembranças e experiências. O jogo de luz e sombra era infinito, um movimento que ela poderia observar por horas, sem cansar.

Percebera aquilo depois que Freyja deixara uma única vela acesa em um castiçal de prata, na mesa de cabeceira. A luz ondulante e a escuridão no cerne da chama eram hipnotizantes. Phoebe suplicara por mais velas, querendo cercar-se das pontas claras que cintilavam e oscilavam.

— Uma já basta — dissera Freyja. — Não queremos que sofra uma queimadura de luz logo no primeiro dia.

Desde que Phoebe se alimentasse com regularidade, o maior perigo para ela, como vampira recém-criada, era o impacto sensorial. Para evitar qualquer desastre, Freyja e Miriam controlavam cuidadosamente o ambiente, minimizando as chances de Phoebe se perder nas sensações.

Imediatamente após a transformação, por exemplo, Phoebe quisera tomar banho. Freyja considerara que o chuveiro, com gotas finas como agulhas, seria muito agressivo, então Françoise preparara um banho morno na banheira, e o tempo fora calculado para que Phoebe não se entregasse ao toque suave da água na pele. Todas as janelas da casa, não apenas as do quarto de Phoebe, tinham sido trancadas para afastar os odores atrativos de sangue-quentes, dos bichos de estimação dos vizinhos e da poluição.

— Perdão, mas um recém-renascido enlouqueceu no metrô ano passado — explicou Freyja, quando Phoebe perguntou se poderia entreabrir uma janela para deixar entrar a brisa. — A fumaça do antigo sistema de freios foi irresistível, e ele se perdeu na linha oito. Causou inúmeros atrasos para os passageiros da manhã e chateou o prefeito. E Baldwin também.

Phoebe sabia que conseguiria quebrar o vidro com facilidade, além das esquadrias, e que poderia até abrir um buraco na parede aos socos, se fosse necessário. Porém, resistir à tentação era um teste de seu controle, sua obediência e sua adequação como parceira de Marcus. Ela estava determinada a passar no teste, então ficava sentada no quarto abafado, vendo as cores piscarem e vagarem quando uma nuvem cobria a lua, uma estrela distante morria no firmamento, ou o movimento da terra aproximava o sol em uma fração.

— Eu poderia pedir umas tintas e pincéis? — perguntou Phoebe, em um sussurro que ecoou nos ouvidos.

— Vou pedir a Miriam — veio a resposta distante de Freyja.

De acordo com o som arranhado e incessante que causava uma levíssima comichão nos nervos de Phoebe, Freyja estava escrevendo no diário com uma caneta tinteiro. Ocasionalmente, Phoebe ouvia o coração dela bater devagar.

Ainda mais distante, na cozinha, Charles fumava um charuto e lia o jornal. Farfalhar. Sopros. Silêncio. Batida. Farfalhar. Sopros. Silêncio. Assim como a noite de Paris tinha a própria paleta de cores, toda criatura tinha o próprio ritmo — como a melodia do coração de Phoebe ao beber o primeiro gole de sangue de Miriam.

— Precisa de mais alguma coisa? — perguntou Freyja, parando de mexer a caneta.

Na cozinha, Charles apagou o charuto em um cinzeiro de metal. Ambos aguardaram, atentos, a resposta de Phoebe. Ela demoraria um pouco para se acostumar a conversar com pessoas em cômodos diferentes, ainda mais em andares diferentes de uma casa tão grande.

— Apenas Marcus — respondeu Phoebe, saudosa.

Ela havia se habituado a pensar em si como parte de um *nós*, e não de um *eu* solitário. Havia tanto que ela queria contar a ele, tanto que queria compartilhar sobre seu primeiro dia de renascimento. Porém, estavam separados por centenas de quilômetros.

— Que tal treinar caminhar? — sugeriu Freyja, tampando a caneta.

Momentos depois, a tia de Marcus estava à porta, girando a chave na fechadura.

— Eu ajudo.

Phoebe pestanejou ao notar a mudança da atmosfera do quarto quando o brilho suave das velas da casa se espalhou pela porta aberta.

— A luz é uma coisa viva — disse Phoebe, fascinada.

— Em ondas e partículas. É espantoso que os sangue-quentes tenham demorado tanto para entender isso — disse Freyja, com as mãos esticadas em gesto de assistência. — Agora, lembre-se de não empurrar a cadeira com as mãos, nem o chão com os pés. Levantar-se, para um *draugr*, é apenas questão de se desdobrar. Não é necessário fazer esforço.

Phoebe era vampira havia menos de vinte e quatro horas, e já tinha quebrado várias cadeiras e amassado a banheira.

— Flutue. Pense apenas em *subir*, e se erga. Devagar. Muito bem.

Freyja fazia comentários constantes, como uma professora de balé que Phoebe tivera quando criança, uma figura igualmente draconiana, apesar de ter apenas uma fração da altura de valquíria de Freyja. Madame Olga a ajudara a entender que tamanho não tinha nada a ver com estatura.

Ao lembrar-se de Madame Olga, ela empertigou a coluna bruscamente e, por instinto, pegou as mãos de Freyja como se fossem a barra de madeira. Escutou um estalo e sentiu algo ceder.

— Ah, querida, lá se foi um dedo.

Freyja soltou a mão de Phoebe. O dedo indicador esquerdo dela estava torto, pendendo em um ângulo estranho. Freyja o alinhou com um puxão rápido.

— Pronto. Tudo de volta ao normal. Você ainda vai quebrar outros ossos este verão — disse Freyja, e deu o braço para Phoebe. — Vamos andar pelo quarto. Devagar.

Era evidente o motivo de sangue-quentes acharem que vampiros voavam. Vampiros precisavam apenas pensar no destino para lá chegar em um piscar de olhos, sem memória do esforço da locomoção.

Phoebe se sentia mesmo uma recém-nascida, dando um passo trêmulo por vez e parando para recuperar o equilíbrio. Como tudo nela, seu centro de gravidade parecia ter mudado. Não pesava mais na pélvis, e sim no coração, o que fazia com que se sentisse inebriada e estranha, como se tivesse exagerado na champanhe.

— Marcus me disse que aprendeu rápido a viver como vampiro.

Phoebe começou a relaxar no ritmo imponente de Freyja, que lembrava mais uma valsa do que uma caminhada.

— Ele teve de aprender — observou Freyja, com um toque de pena.

— Por quê? — indagou Phoebe, franzindo a testa. Ao virar a cabeça abruptamente para analisar a expressão de Freyja, ela tropeçou.

— Você sabe que não deve perguntar, querida. — Freyja a endireitou com cautela. — Guarde as perguntas para Marcus. Uma *draugr* não conta essas histórias.

— Vampiros têm mil nomes para a própria espécie, assim como o povo Sami tem mil nomes para renas? — questionou Phoebe, registrando mentalmente aquele novo verbete no vocabulário crescente.

— Acredito que tenhamos até mais — respondeu Freyja. — Ora, temos até uma palavra para o vampiro enxerido que conta o passado de alguém para seu parceiro sem permissão.

— Jura? — Phoebe estava ávida pelo conhecimento.

— Certamente — disse Freyja, solene. — Vampiro morto.

Phoebe ficou exausta pelo esforço de se mover devagar como uma sangue-quente, sem rachar o assoalho nem quebrar um osso, após meras duas voltas seguras pelo quarto. Freyja deixou que se recuperasse em paz e voltou à sala íntima, onde continuaria a escrever no diário até o amanhecer.

Phoebe apagou a vela para enxergar melhor a transformação da noite em dia, os dedos frios mal sentindo o calor do pavio ardente. Ela se deitou na cama por hábito, mesmo sem qualquer esperança de adormecer, e puxou a coberta até o queixo, deliciando-se com o tecido macio e perfeitamente passado.

Ficou deitada na cama confortável, admirando a noite, escutando a música da caneta de Freyja, os sons abafados do jardim e a rua do outro lado dos muros.

Eu sou.

Eternamente.

A melodia do coração de Phoebe tinha mudado. Estava mais lenta e regular, pois não havia mais todo o esforço exagerado do batimento humano; ele fora aperfeiçoado, transformado em algo mais simples e envolvente.

Eu sou.

Eternamente.

Phoebe se perguntou qual seria o som da melodia do coração de Marcus. Tinha certeza de que seria harmônico e agradável. Ela desejava ouvi-lo e decorá-lo.

— Em breve — sussurrou Phoebe, para se lembrar de que ela e Marcus tinham todo o tempo do mundo. — Em breve.

5

Os pecados dos pais

14 DE MAIO

A manhã estava chegando ao fim. Eu transcrevia à escrivaninha a receita de Lady Montague para um bálsamo restaurador — um remédio que poderia ser usado para "falta de ar em homens ou cavalos" — a partir de uma imagem digital do manuscrito na Biblioteca Wellcome. Mesmo sem o texto original, eu adorava desenhar as espirais e curvas aparentemente sem sentido feitas com as penas do século XVII. Aos poucos, o manuscrito digital aberto no meu notebook revelava um padrão de evidências que demonstravam conexões profundas entre cozinha e química moderna, que era um assunto para meu novo livro.

Sem aviso, minha área de trabalho foi invadida por uma chamada de vídeo de Veneza, que reduziu a página do manuscrito ao canto da tela. Gerbert de Aurillac e Domenico Michele, os outros dois representantes vampiros da Congregação, queriam conversar.

Apesar de ser bruxa, eu ocupava a terceira vaga dos vampiros — aquela que, por costume, pertencia a um membro da família Clermont. Apesar de eu ser filha de Philippe de Clermont por juramento de sangue, a decisão de meu cunhado Baldwin de me conceder a vaga ainda era controversa.

— Finalmente, Diana — disse Gerbert, quando aceitei a ligação. — Deixamos recados. Por que não respondeu?

Contive um ruído de frustração.

— Não é possível resolverem a situação, qualquer que seja, sem mim?

— Se fosse, já teríamos resolvido — retrucou Gerbert, irritado. — Devemos consultá-la nas questões relativas ao nosso povo, mesmo que você seja bruxa e sangue-quente.

Nosso povo. Era o cerne do problema enfrentado por demônios, humanos, vampiros e bruxas. O trabalho de Matthew com Chris e a equipe de pesquisadores que reuniram em Oxford e Yale provara que, a nível genético, as quatro espécies de hominídeos eram mais semelhantes do que diferentes. Porém, seria necessário mais do que evidências científicas para transformar as atitudes, especialmente entre os vampiros antigos e apegados aos costumes.

— Estes clãs húngaro e romeno estão em guerra há séculos na região de Crişana — explicou Domenico. — A terra sempre foi contestada. Porém, essa última crise de violência já apareceu nas notícias. Fiz com que a imprensa interpretasse o fato apenas como uma nova intensidade do crime organizado.

— Lembre-me de quem divulgou essa história — pedi, procurando na escrivaninha bagunçada pelo meu caderno da Congregação. Folheei-o, mas não encontrei menção a ninguém ligado à imprensa. Mais uma vez, eles não tinham me informado de acontecimentos cruciais.

— Andrea Popescu. Ela é uma de nós, e seu atual marido, que infelizmente é humano, é repórter político no *Evenimentul Zilei* — contou Gerbert, com os olhos brilhando. — Fico à disposição para viajar a Debrecen e supervisionar a negociação, se assim desejar.

A última coisa de que precisávamos era Gerbert na Hungria, colocando as próprias ambições em uma situação já volátil.

— Que tal mandar Albrecht e Eliezer de volta à negociação? — sugeri, mencionando dois dos líderes vampíricos mais progressistas naquela parte do mundo. — Os clãs Corvinus e Székely simplesmente precisarão chegar a uma solução razoável. E, se não chegarem, a Congregação terá de tomar posse do castelo em questão até a resolução do conflito.

Por que alguém queria aquela ruína desastrosa, eu não entendia. Era impossível adentrar aqueles muros ocos, por medo de ser soterrado por pedras caídas. Tínhamos visitado o lugar em missão diplomática em março, durante o feriado de primavera de Yale. Eu esperava encontrar um palácio grandioso, e não amontoados de pedra e musgo.

— Não se trata de uma disputa imobiliária a resolver de acordo com seus critérios modernos de justiça e igualdade — disse Gerbert, com um tom infantilizador. — Muito sangue foi derramado, perdemos muitos vampiros. O castelo Holló é sagrado para esses clãs, e os senhores estão dispostos a morrer por ele. Falta a você a compreensão completa do que está em jogo.

— Você precisa ao menos tentar pensar como vampiro — disse Domenico. — Nossas tradições devem ser respeitadas. Acordos não são o caminho.

— Massacres nas ruas de Debrecen também não funcionaram — argumentei. — Vamos experimentar meu método, para variar. Vou conversar com Albrecht e Eliezer e volto a falar com vocês.

Gerbert abriu a boca para protestar. Sem aviso, desliguei a chamada. A tela do computador se apagou. Eu me recostei na cadeira e suspirei.

— Dia ruim no trabalho?

Marcus estava recostado na porta, ainda com o livro na mão.

— Os vampiros pularam o Iluminismo? Parece que estou presa em uma fantasia de vingança medieval, na qual não há a menor chance de solução que não envolva a destruição total do adversário. Por que vampiros preferem matar uns aos outros a sustentar uma conversa civilizada?

— Porque a conversa não tem tanta graça, é claro — respondeu Matthew, entrando no escritório para me dar um beijo doce e lento. — Deixe Domenico e Gerbert cuidarem da guerra dos clãs por enquanto, *mon coeur*. Os problemas deles ainda estarão aqui amanhã... e depois de amanhã. É a única coisa com que se pode contar entre vampiros.

Depois do almoço, levei os gêmeos à biblioteca e os instalei diante da lareira vazia, com brinquedos suficientes para ocupá-los por um tempo, enquanto eu continuava a pesquisa. Estava com uma transcrição provisória da receita de Lady Montague em mãos, anotando os ingredientes indicados (aguarrás, enxofre ventilado, feno), o equipamento necessário (um penico de vidro grande, uma panela funda, uma jarra) e os processos utilizados (misturar, ferver, desnatar), para comparar com outros textos da idade moderna.

A biblioteca era um dos meus cômodos preferidos de Les Revenants. Tinha sido construída em uma das torres, e as paredes circulares eram revestidas por estantes de nogueira escura que iam do teto ao chão. Escadas de mão e as escadarias atravessavam as distâncias em intervalos irregulares, dando ao ambiente a aparência desvairada de um desenho de Escher. Livros, documentos, fotos e outros objetos colecionados por Philippe e Ysabeau ao longo dos séculos ocupavam cada canto. Eu mal tinha começado a analisar o que tinha ali. Matthew construíra alguns arquivos de madeira para guardar as pilhas de papel — um dia eu teria tempo de organizá-las —, e eu tinha começado o trabalho de avaliar os títulos dos livros em busca de grupos temáticos mais óbvios, como mitologia e geografia.

Entretanto, a maior parte da família achava a atmosfera daquela sala sufocante, devido à madeira escura e à memória de Philippe. As únicas criaturas que passavam tanto tempo ali eram eu e alguns dos fantasmas do castelo. Dois deles, naquele momento, não concordavam com minha recém-criada seção de mitologia, e rearranjavam os livros com desaprovação confusa.

Marcus entrou, assobiando, com o exemplar de *Senso comum* debaixo do braço.

— Olha! — Becca empunhou um cavaleiro de plástico.

— Uau! Um cavaleiro de armadura. Estou impressionado. — Marcus se juntou aos gêmeos no chão.

Sem querer que a atenção de Marcus fosse monopolizada pela irmã, Philip derrubou a torre de blocos, causando um estrépito forte. Os gêmeos amavam aqueles cubos polidos, que Matthew tinha esculpido para eles a partir de restos de madeira recolhidos das várias casas da família. Havia blocos feitos de macieira e carpino da Bishop House, em Madison; carvalho-vermelho e limoeiro de Sept Tours; e faia e freixo da Velha Cabana. Havia também alguns blocos manchados feitos a partir dos galhos de um plátano que crescia perto de Clairmont House em Londres, coletados quando a prefeitura fora podar a árvore a fim de abrir espaço para a passagem dos ônibus. Cada bloco revelava diferenças sutis em textura e tonalidade, o que Philip e Becca achavam fascinante. As cores primárias que atraíam a maioria das crianças não eram interessantes para nossos gêmeos Nascidos Brilhantes, que tinham a visão apurada do pai. Eles gostavam de passar os dedinhos pelos padrões da madeira, como se aprendessem assim a história das árvores.

— Parece que seu cavaleiro vai precisar de um castelo novo, Becca — observou Marcus, rindo da pilha de blocos. — Que acha, cara? Quer construir um comigo?

— Tá bom — disse Philip, simpático, e ofereceu um bloco.

Entretanto, Marcus se distraiu com os livros deslizando pelas prateleiras, movidos por mãos espectrais que nem vampiros enxergavam.

— Os fantasmas estão aprontando de novo, hein — comentou Marcus, rindo ao ver os livros irem para a esquerda, para a direita, e mais uma vez para a esquerda. — Mas não fazem progresso algum. Eles não perdem a paciência?

— Parece que não. Podemos agradecer à deusa por isso — respondi, azeda como vinagre. — Para fantasmas, esses dois não são tão fortes... diferentemente daqueles que assombram a saleta anexa ao salão.

Os dois homens de armadura que faziam barulho naquela salinha escura e apertada eram um terror: arremessavam móveis e roubavam itens de outros cômodos para redecorar o espaço. A dupla pouco substancial da biblioteca era tão vaporosa que eu ainda nem sabia ao certo quem ou o que eram.

— Eles sempre mexem na mesma prateleira. O que tem lá? — perguntou Marcus.

— Mitologia — respondi, erguendo o olhar das anotações. — Seu avô adorava o tema.

— Vovô dizia que gostava de ler sobre as aventuras de velhos amigos. — Marcus deu um sorriso sutil.

Philip me ofereceu um bloco, na esperança de eu brincar com eles. Como era muito mais interessante me divertir com as crianças do que ler Lady Montague, deixei as anotações de lado e me juntei a eles.

— Casa — disse Philip, feliz com a perspectiva de construir algo.

— Tal pai, tal filho. — O comentário de Marcus foi seco. — Cuidado, Diana. Daqui a uns anos, vai se ver no meio de uma reforma total.

Dei uma risada. Philip vivia erguendo torres. Becca, por outro lado, tinha abandonado o cavaleiro para construir ao seu redor algo que parecia uma muralha. Marcus entregava blocos para os dois, disposto, como sempre, a servir de assistente nas brincadeiras deles.

Philip me entregou um bloco.

— Maçã.

— M de maçã. Muito bem.

— Você parece estar lendo uma das cartilhas que eu tinha quando menino — disse Marcus, passando um bloco para Becca. — É estranho ainda ensinarmos o alfabeto às crianças do mesmo modo, quando todo o resto mudou tanto.

— Como assim? — perguntei, interessada.

— A disciplina. As roupas. As cantigas. "Glorioso nosso Rei divino / Que reina do céu astral" — cantarolou Marcus, em voz baixa. — "Como um Filho ousa tocar seu sino / À majestade real?" Era a única música na minha primeira cartilha.

— Não é bem "Ciranda, cirandinha, vamos todos cirandar" — concordei, sorrindo. — Quando você nasceu, Marcus?

Minha pergunta era um desrespeito imperdoável à etiqueta dos vampiros, mas eu esperava que ele a permitisse, por vir de uma bruxa — e, ainda por cima, historiadora.

— Em 1757. Agosto. — A voz dele estava neutra e friamente factual. — No dia após a tomada do forte William Henry pelos franceses.

— Onde? — perguntei, apesar de ser ousadia demais tanto questionamento.

— Hadley. Uma cidadezinha no oeste de Massachusetts, à margem do rio Connecticut. — Marcus puxou um fio solto na calça jeans. — Nasci e cresci lá.

Philip subiu no colo de Marcus e ofereceu mais um bloco.

— Quer falar um pouco sobre isso? — arrisquei. — Não sei muito do seu passado, e talvez ajude a matar tempo enquanto espera notícias de Phoebe.

Mais importante ainda, lembrar-se da própria vida poderia ajudá-lo. Considerando o emaranhado impressionante de tempos que o cercava, eu sabia que ele passava por dificuldades.

Eu não era a única a ver os fios emaranhados. Antes que eu pudesse contê-lo, Philip pegou um fio vermelho que saía do braço de Marcus com a mãozinha gorducha e, com a outra, pegou um fio branco. Mexeu o biquinho, como se murmurasse um encantamento em silêncio.

Meus filhos não são tecelões. Eu dizia aquilo a mim mesma inúmeras vezes, em momentos de ansiedade, nas profundezas da noite, enquanto eles dormiam e nas horas de desespero absoluto, quando o rebuliço da rotina cotidiana era tão agitado que eu mal conseguia respirar.

Mas, se não fossem, como Philip via os fios furiosos que cercavam Marcus? Como conseguia capturá-los com tamanha facilidade?

— Como é que é? — A expressão de Marcus paralisou quando os ponteiros do velho relógio, uma monstruosidade de ouro que emitia um tique-taque ensurdecedor, pararam de se mexer.

Philip puxou os punhos na direção da barriga, arrastando junto o tempo. Fios azuis e âmbar guincharam em protesto enquanto o tecido do mundo se esticava.

— Tchau, tchau, dodói — disse Philip, dando beijinhos nas mãos e nos fios que segurava. — Tchau, tchau.

Meus filhos são meio vampiros, meio bruxas, me lembrei. *Meus filhos não são tecelões*. Não eram capazes de...

O ar ao meu redor tremeu e ficou tenso enquanto o tempo continuava a resistir ao feitiço que Philip tecera na tentativa de aliviar a angústia de Marcus.

— Philip Michael Addison Sorley Bishop-Clairmont. Solte o tempo. Imediatamente — ordenei, com a voz dura.

Meu filho soltou os fios.

Após mais um segundo apavorante de inatividade, os ponteiros do relógio voltaram a se mexer. A boca de Philip tremeu.

— Não brincamos com o tempo. Nunca. Entendeu? — Eu o puxei do colo de Marcus e o olhei nos olhos, onde conhecimentos antigos se mesclavam à inocência infantil.

Philip, assustado pelo meu tom, caiu no choro. Apesar de ele não estar nem perto dela, a torre construída por ele desabou.

— O que acabou de acontecer? — perguntou Marcus, meio atordoado.

Rebecca, que não suportava ver o irmão chorar, veio engatinhando por cima dos blocos caídos para oferecer conforto. Ela estendeu o polegar direito. Antes de falar, tirou da boca o polegar esquerdo.

— Brilho, Pip.

Um fio violeta de energia mágica fluía do polegar de Becca. Eu já tinha visto vestígios de magia nas crianças, mas supunha que não tinham uma função específica na vida delas.

Meus filhos não são tecelões.

— Merda. — A palavra escapou de minha boca antes que eu conseguisse me segurar.

— Nossa. Que esquisito. Eu conseguia ver vocês, mas não escutar. Acho que também não conseguia falar — disse Marcus, ainda processando a experiência. —

Tudo começou a esmaecer. Até que você tirou Philip do meu colo, e tudo voltou ao normal. Eu viajei no tempo?

— Não exatamente.

— Merda — repetiu Becca, solene, dando tapinhas carinhosos na testa do irmão. — Brilho.

Examinei a testa de Philip. Aquilo era um sinal de *chatoiement*, o brilho típico dos tecelões, entre seus olhos?

— Ai, meu Deus. Esperem só até o pai de vocês descobrir.

— Descobrir o quê? — Matthew estava na porta, com um olhar alegre e relaxado depois de consertar as calhas de cobre da porta da cozinha. Ele sorriu para Becca, que soprava beijos. — Olá, meu bem.

— Acho que Philip acabou de fazer, ou tecer, seu primeiro feitiço — expliquei. — Ele tentou aliviar as lembranças de Marcus para que não o incomodassem.

— Minhas lembranças? — perguntou Marcus, franzindo a testa. — Como assim, Philip teceu um feitiço? Ele nem sabe falar frases completas.

— Dodói — explicou Philip para Matthew, com um solucinho fraco e trêmulo. — Passou.

O choque tomou o rosto de Matthew.

— Merda — disse Becca, ao notar a mudança de expressão do pai.

Philip pareceu perceber a gravidade da situação, e sua frágil compostura mais uma vez se desfez em uma enchente de lágrimas.

— Isso quer dizer... — Marcus olhou de Becca para Philip, primeiro com espanto, depois com fascínio.

— Devo cinquenta dólares a Chris — declarei. — Ele estava certo, Matthew. Os gêmeos *são* tecelões.

— O que você vai fazer em relação a isso? — perguntou Matthew.

Tínhamos nos retirado — eu, Matthew e os gêmeos — para a suíte que usávamos como quarto, banheiro e sala de estar particular. Castelos medievais não eram especialmente aconchegantes, mas aqueles aposentos eram confortáveis e calorosos, dentro do possível. O grande quarto principal era dividido em várias áreas diferentes — uma dominada por nossa cama de dossel do século XVII; outra com poltronas e sofás para relaxar diante da lareira; e uma terceira com uma escrivaninha, para Matthew trabalhar um pouco enquanto eu dormia. Cômodos menores, à esquerda e à direita, tinham sido adaptados, transformados em closets e em um banheiro. Lustres pesados com fiação elétrica pendiam do teto abobadado, o que ajudava a impedir que os aposentos parecessem tão cavernosos nas noites escuras de inverno. Janelas altas, algumas ainda revestidas em vitral medieval, deixavam entrar o sol no verão.

— Não sei, Matthew. Deixei a bola de cristal em New Haven — retruquei.

A situação na biblioteca tinha me pegado desprevenida. Eu atribuía minha resposta lenta ao tempo parado, não ao pânico sufocante.

Fechei a porta do quarto. A madeira era robusta, e muitas paredes grossas de pedra nos separavam do restante da casa. Ainda assim, liguei o aparelho de som para oferecer mais uma camada contra a audição aguçada dos vampiros.

— E o que faremos quando Rebecca mostrar sinais de talento mágico? — continuou Matthew, frustrado, passando os dedos pelo cabelo.

— *Se* mostrar sinais.

— *Quando* — insistiu ele.

— O que você acha que devemos fazer?

— A bruxa é você!

— Ah. Então, a culpa é minha! — exclamei, furiosa, com as mãos na cintura. — Eles não são *seus* filhos, né?

— Eu não disse isso. — Matthew rangeu os dentes. — Eles só precisam de um bom exemplo da mãe.

— Você está de brincadeira. — Eu estava chocada com aquela sugestão. — Eles não têm idade para aprender mágica.

— Mas já têm para fazer, aparentemente. Não vamos esconder das crianças quem somos, lembra? Eu estou cumprindo o combinado. Já levei eles para caçar. Eles já viram eu me alimentar.

— Eles não têm idade para entender o que é magia. Quando eu via minha mãe fazer feitiços, era apavorante.

— E é por isso que você não anda usando muita magia — concluiu ele, respirando fundo e finalmente entendendo. — Você está tentando protegê-los.

Na verdade, eu *andava* usando magia — apenas quando e onde ninguém me visse. Fazia aquilo sozinha, à sombra do luar, distante de olhares curiosos e impressionáveis, quando Matthew achava que eu estava trabalhando.

— Você está diferente, Diana — continuou Matthew. — Todos percebemos.

— Não quero que Becca e Philip acabem em uma situação que não consigam controlar.

Fui dominada por visões aterrorizantes de todos os problemas que aquilo poderia causar: os incêndios que eles poderiam atear, o caos que poderia ocorrer, a possibilidade de se perderem no tempo e eu não conseguir achá-los. Tudo o que mais me preocupava em relação aos meus filhos, tudo o que queimava em fogo baixo, finalmente ferveu dentro de mim e transbordou.

— As crianças precisam conhecer você como bruxa, além de mãe — argumentou Matthew, com o tom mais suave. — Faz parte de quem você é. Também faz parte de quem eles são.

— Eu sei. Só não esperava que eles mostrassem inclinação para a magia tão cedo assim.

— Por que Philip tentou consertar a memória de Marcus?

— Marcus me contou onde nasceu, e quando. Desde que ele foi atrás de Phoebe, anda cercado por uma nuvem espessa de lembranças. O tempo está embolado ali, deformando o mundo. Para tecelões, é impossível não notar.

— Não sou tecelão, nem mesmo físico, mas não parece possível que as lembranças individuais de uma pessoa tenham efeito tão sério no espaço-tempo — disse Matthew, com tom praticamente professoral.

— Ah, é? — Marchei até ele, peguei um fio especialmente iridescente de lembrança verde que pendia dele havia dias e dei um puxão forte. — E agora, o que acha?

Matthew arregalou os olhos quando eu puxei mais o fio.

— Não sei o que aconteceu, nem quando, mas isso aqui está pendurado em você há dias. E está começando a me irritar — falei, soltando o fio. — Então nem ouse jogar física na minha cara. Ciência não responde tudo.

A boca de Matthew tremeu.

— Eu sei, eu sei. Pode rir. Não pense que não notei a ironia — falei, soltando um suspiro ao me sentar. — O que estava incomodando você, por sinal?

— Estava me perguntando o que aconteceu com um cavalo que perdi na batalha de Bosworth — respondeu Matthew, pensativo.

— Um cavalo? Só isso? — Joguei as mãos ao alto, em pura exasperação. Considerando o brilho daquele fio, esperava um segredo cheio de culpa ou uma antiga paixão. — Bem, não deixe Philip notar que você está preocupado, senão vai acabar parando em 1485 e precisando se desvencilhar de um espinheiro.

— Era um belíssimo cavalo — explicou Matthew, e sentou-se no braço da minha poltrona. — E eu não estava rindo de você, *mon coeur*. Apenas achei graça de como mudamos desde a época em que eu achava que odiava bruxas e você, magia.

— A vida era mais simples.

Mas, para ser sincera, na época, parecia muito complicada.

— E muito menos interessante — acrescentou Matthew, e me deu um beijo. — Talvez você não deva agitar mais as emoções de Marcus até ele e Phoebe se reencontrarem. Nem todo vampiro gosta de revisitar vidas passadas.

— Conscientemente, pode até ser, mas há algo que o incomoda, algo sem resolução.

O incômodo de Marcus podia ter ocorrido havia muito tempo, mas ainda o amarrava todo.

— A memória dos vampiros não é organizada em uma linha racional — explicou Matthew. — É uma bagunça caótica, uma confusão de felicidade e tristeza, luz e sombra. Talvez você não consiga isolar a causa da infelicidade de Marcus, muito menos entender o sentido dela.

— Sou historiadora, Matthew. Entendo o sentido do passado todos os dias.

— E quanto a Philip? — perguntou Matthew, levantando a sobrancelha.

— Vou ligar para Sarah. Ela e Agatha estão em Provence. Ela terá bons conselhos sobre a criação de bruxas.

Jantamos no deque da cobertura para aproveitar o clima agradável. Eu devorei o frango que Marthe assou, servido com verduras recém-colhidas na horta — alface crocante, rabanetes apimentados e as cenouras mais doces do mundo —, enquanto Matthew abria uma segunda garrafa de vinho para ele e Marcus passarem o restante da noite. Nós fomos da velha mesa de jantar para as cadeiras arrumadas ao redor de um caldeirão repleto de madeira. Quando acendemos o fogo, a madeira começou a soltar fagulhas e luz em direção ao céu. Les Revenants se tornou um farol no breu, visível a quilômetros dali.

Eu me recostei na cadeira com um suspiro contente enquanto Matthew e Marcus discutiam o trabalho que compartilhavam no campo da genética de um modo lento e relaxado, muito diferente do que ocorria entre os acadêmicos competitivos modernos. Vampiros tinham todo o tempo do mundo para refletir sobre as descobertas que faziam. Não tinham motivo para chegar a conclusões apressadas, e as trocas honestas resultantes eram inspiradoras.

Entretanto, conforme a luz enfraquecia, foi ficando evidente que Marcus sentia a ausência de Phoebe de forma ainda mais aguda. Os fios vermelhos que o amarravam ao mundo se tornaram rosados, brilhando com notas de cobre quando ele pensava na parceira. Normalmente, eu passava sem problemas por pequenos nós no tecido do tempo, mas era impossível ignorar aqueles. Marcus estava preocupado com o que acontecia em Paris. Na tentativa de distraí-lo, sugeri que me contasse sobre sua transformação de sangue-quente em vampiro.

— É você quem sabe, Marcus — falei. — Mas, se achar que falar do passado pode ajudar, eu adoraria escutar.

— Eu nem saberia por onde começar — disse Marcus.

— Hamish sempre diz para começarmos do final — observou Matthew, tomando um gole de vinho.

— Ou pode começar com sua origem — argumentei, apresentando a alternativa óbvia.

— Como Dickens? — perguntou Marcus, com um leve toque de humor. — Primeiro capítulo, "Eu nasci"?

Eu tinha que admitir que o modelo biográfico habitual de nascimento, infância, casamento e morte poderia ser estreito e convencional demais para um vampiro.

— Segundo capítulo, morri. Terceiro capítulo, renasci — continuou Marcus, e fez que não com a cabeça. — Temo que a narrativa não seja simples assim, Diana. Coisas estranhas e mínimas se destacam, mas nem lembro direito das datas de eventos importantes.

— Matthew me avisou que a memória dos vampiros pode ser complicada. Por que não começamos com algo fácil, como seu nome?

Ele usava Marcus Whitmore, que não era o nome de batismo.

A expressão sombria de Marcus me indicou que aquela pergunta simples não tinha resposta fácil.

— Vampiros normalmente não compartilham essa informação. Nomes são importantes, *mon coeur* — lembrou Matthew.

Para historiadores, assim como para vampiros — era o motivo da pergunta. Com um nome, seria possível rastrear o passado de Marcus em arquivos e bibliotecas.

Marcus respirou fundo, e os fios pretos que o cercavam estremeceram, agitados. Troquei um olhar de preocupação com Matthew.

Eu avisei, dizia a expressão do meu marido.

— Marcus MacNeil — soltou ele.

Marcus MacNeil de Hadley, nascido em agosto de 1757. Um nome, um lugar, uma data — eram as bases da maior parte da pesquisa histórica. Mesmo que Marcus parasse por ali, eu provavelmente conseguiria descobrir mais sobre ele.

— Minha mãe era Catherine Chauncey de Boston, e meu pai... — Marcus engasgou nas palavras. Ele pigarreou e recomeçou. — Meu pai era Obadiah MacNeil, da cidade vizinha de Pelham.

— Você tinha irmãos? — perguntei.

— Uma irmã. Ela se chamava Patience.

Marcus empalideceu. Matthew lhe serviu mais vinho.

— Mais velha ou mais nova? — Eu queria tirar o máximo possível de Marcus, caso fosse a minha única chance de conseguir informações.

— Mais nova.

— Em que lugar de Hadley vocês moravam? — Desviei a conversa da família, que nitidamente era um assunto doloroso.

— Em uma casa na estrada a oeste da cidade.

— Do que você se lembra da casa?

— Pouco — respondeu, parecendo surpreso pelo meu interesse. — A porta era vermelha. Tinha um arbusto de lilás na frente, e o perfume entrava pelas janelas abertas em maio. Quanto mais minha mãe negligenciava as plantas, mais floresciam. E tinha um relógio preto acima da lareira. Na sala de estar. Tinha sido herdado por ela, da família Chauncey, e ela nunca deixava ninguém o tocar.

Enquanto Marcus relembrava detalhes do passado, a memória dele — que ficara enferrujada, em tons de sépia, por falta de uso — começou a funcionar com mais liberdade.

— Havia gansos em todo canto de Hadley — continuou. — Eram agressivos e vagavam pela cidade, assustando as crianças. Me lembro de um galo de latão em cima do campanário da capela. Zeb o colocou lá. Nossa, fazia séculos que não pensava nisso.

— Zeb? — perguntei, menos interessada no cata-vento da cidade.

— Zeb Pruitt. Meu amigo. Meu herói, na verdade.

O tempo soou em alerta, ecoando em meus ouvidos.

— Qual é a primeira lembrança que você tem dele?

— Ele me ensinou a marchar como soldado — sussurrou Marcus. — No curral. Eu tinha cinco ou seis anos. Meu pai o flagrou e, depois, não me deixou mais passar tanto tempo com ele.

Uma porta vermelha.

Um arbusto de lilás.

Uma revoada perdida de gansos.

Um galo no campanário da capela.

Um amigo que brincava de soldado com ele.

Aqueles fragmentos encantadores eram parte do mosaico da vida de Marcus, mas não eram suficientes para formar um retrato coerente do passado, nem para revelar uma verdade histórica maior.

Abri a boca para fazer outra pergunta. Matthew balançou a cabeça, me advertindo para não interferir na história e deixar Marcus conduzi-la na direção necessária.

— Meu pai era soldado. Ele fez parte da milícia e lutou no forte William Henry. Ele levou meses para me ver depois do meu nascimento — contou Marcus, abaixando a voz. — Sempre me perguntei se as coisas teriam sido diferentes caso ele não tivesse passado tanto tempo na guerra, ou nunca nem tivesse ido.

Marcus estremeceu, e eu senti uma pontada incômoda.

— A guerra o transformou. Transforma a todos, é claro. Mas meu pai acreditava em Deus e na nação em primeiro lugar, e em regras e disciplina, em segundo — continuou, inclinando a cabeça para o lado como se considerasse uma proposta.

— Suponho que seja um dos motivos para eu não ter muita fé nas regras. Nem sempre elas nos protegem, como meu pai achava que fariam.

— Seu pai parece um homem típico da época — comentei. Regras e regulamentos eram parte fundamental da vida no início dos Estados Unidos.

— Se quer dizer que ele parece um patriarca, é verdade — concordou Marcus. — Cheio de rigor e pregação, o Senhor e o rei sempre a seu lado, por mais besta que fosse a posição adotada. Obadiah MacNeil comandava nossa casa e todos os que ali moravam. Aquele era o reino dele.

O olhar de Marcus se desfez sob o peso das lembranças.

— Tínhamos uma descalçadeira — continuou. — Era feita de ferro, na forma de um diabo. Tinha que apoiar o calcanhar entre os chifres, pisar no peito do demônio, e assim tirar a bota. Quando meu pai pegava a descalçadeira, até o gato sabia que era hora de fugir.

6

Tempo

MARÇO DE 1762

As badaladas do relógio preto na prateleira polida acima da lareira anunciaram a chegada do meio-dia. O objeto se destacava nas paredes caiadas da sala de estar, pois era o único ornamento no cômodo. A Bíblia da família e o almanaque que o pai de Marcus usava para anotar datas importantes e as mudanças no clima ficavam apoiados nele.

O som penetrante do relógio era um dos sons familiares do lar, junto com a voz suave da mãe, o ganso que grasnava na estrada e o balbuciar da irmãzinha.

O relógio rangeu e se calou, aguardando a próxima oportunidade de se apresentar.

— Quando o papai vai voltar? — perguntou Marcus, erguendo o olhar da cartilha.

O pai estivera ausente no café da manhã. Deveria estar morto de fome, pensou Marcus, já que tinha perdido o mingau, os ovos, o bacon, o pão e a geleia. A barriga de Marcus roncou de pena, e ele se perguntou se precisariam aguardar a volta do pai para almoçar.

— Quando ele acabar — respondeu a mãe, em tom estranhamente severo, com rugas de preocupação no rosto sob a touca de linho engomado. — Vamos, leia a próxima palavra.

— No-me — leu ele, destacando as sílabas devagar. — Meu nome é Marcus MacNeil.

— Isso mesmo — incentivou a mãe. — E a próxima palavra?

— No-te — disse Marcus, franzindo a testa, pois não achava que tinha acertado. — Ni-te?

— São duas vogais juntas, lembra que já falamos disso?

A mãe pegou Patience, que estava no assoalho de tábuas largas, e foi até a janela, a saia marrom farfalhando. Uma camada de areia subia do rejunte no chão com os passos dela.

Marcus lembrava, sim... vagamente.

— Noite — disse Marcus, e ergueu o rosto. — Foi quando o pai foi embora. Estava chovendo. E escuro.

— Encontrou a palavra "chuva" no livro?

A mãe olhou pelas frestas da persiana. Ela tirava o pó das janelas todos os dias, passando uma pluma de ganso em cada abertura estreita. Era muito cuidadosa com aquelas coisas e não deixava mais ninguém arrumar a sala — nem mesmo a velha Ellie Pruitt, que vinha uma manhã por semana para ajudar com outras tarefas domésticas.

— Água. Bola. Chuva. Encontrei, mamãe! — exclamou ele, animado.

— Muito bem. Um dia, você vai estudar em Harvard, como os outros homens da família Chauncey.

A mãe dele tinha um orgulho exagerado dos primos, tios e irmãos, que estudaram por anos e anos. Para Marcus, aquela ideia era tão triste quanto o tempo chuvoso naquele dia.

— Não. Vou ser soldado, que nem o papai. — Marcus chutou as pernas da cadeira, sinal do compromisso com aquele plano. O gesto fez um barulho tão agradável que ele o repetiu.

— Pare de besteira. Um filho insensato é o quê?

A mãe balançava Patience sem parar no colo. Os dentes da bebê estavam começando a nascer, o que a deixava inquieta e manhosa.

— A tristeza de sua mãe — respondeu Marcus, se virando para a página de versos alfabéticos.

Ali estava o provérbio, bem no começo: *O filho sábio alegra a seu pai, mas o filho insensato é a tristeza de sua mãe*. A mãe vivia lembrando-o daquele verso.

— Recite o resto do alfabeto — instruiu ela, dando voltas na sala para distrair Patience. — Sem resmungar. Meninos que resmungam não são aceitos em Harvard.

Marcus tinha chegado ao *M* — *Mentirosos, a parte que lhes cabe será no lago que arde com fogo e enxofre*, a mãe entoou quando ele não conseguiu ler — quando o portão de madeira que protegia o quintal dos gansos e do tráfego foi aberto. Ela ficou paralisada.

Marcus se virou na cadeira e olhou para os dois furos da tábua mais alta do espaldar. Os furos serviam para pendurar a cadeira nos ganchos perto da porta da cozinha, mas ele tinha descoberto que eram ótimos olhos-mágicos. Sentia-se um bandido ou um olheiro indígena quando espreitava por ali. Às vezes, quando os pais estavam ocupados e ele deveria estar estudando ou cuidando de Patience,

Marcus puxava a cadeira até a janela e via o mundo passar, imaginando que estava à espreita de malfeitores, ou que era o capitão de um navio atento à luneta, ou um salteador aguardando a próxima vítima atrás de uma árvore.

A porta de casa se abriu com um rangido, deixando entrar uma rajada de vento e chuva. Um chapéu de lã preto, de aba larga e encharcado de umidade, voou pelo ar e aterrissou no balaústre do corrimão. O pai de Marcus usava o globo de madeira no balaústre para lhe ensinar geografia: tinha desenhado a costa leste dos Estados Unidos ali, com uma tinta preta que manchava a madeira, e acrescentado uma linha irregular que indicava a distância do rei pelo oceano. Ainda assim, dizia o pai, ele cuidava de todo o seu povo. Ellie sempre polia o balaústre, mas a tinta nunca apagava.

— Catherine?

O pai tropeçou em alguma coisa no hall e soltou um palavrão.

— Aqui, pai — chamou Marcus, antes que a mãe tivesse a oportunidade de responder.

Marcus aprendeu que o pai não gostava de ser pego de surpresa, nem mesmo por alguém tão pequeno e familiar quanto o filho, e que não deveria se jogar no colo dele assim que o visse chegando em casa.

Obadiah MacNeil entrou na sala, cambaleando um pouco. Vinha acompanhado do cheiro de fumaça e de algo adocicado e enjoativo. Ele trazia na mão a descalçadeira de ferro pesada que ficava perto da porta.

Espreitando pela fresta da cadeira, Marcus viu que o pai não estava usando o cachecol de lã habitual, cujo tom alegre de vermelho se destacava como a cor das frutas restantes no roseiral quando caía a primeira neve. A camisa de linho estava com o colarinho aberto, e a gravata simples, torta e manchada.

— Cadeira é para bunda, não para joelho. — Obadiah passou a mão suja por baixo do nariz comprido e reto, onde ficou um rastro de terra amarelada. — Escutou, moleque?

Marcus se virou e deslizou os pés na cadeira, com o rosto ardendo. O pai já tinha dito aquilo dezenas de vezes. A mão áspera empurrou as costas da cadeira, jogando Marcus contra a mesa. A beirada o atingiu no peito e o deixou sem fôlego.

— Eu fiz uma pergunta.

Obadiah apoiou os braços na mesa, cercando o filho com aquela lã úmida e aquele cheiro adocicado e nauseante. Ainda segurava a descalçadeira, esculpida na forma de um demônio, cujos chifres serviam para apoiar o calcanhar e cujo corpo suportava o resto do pé. Os olhos do demônio piscaram para Marcus, dois buracos pretos acima da boca lasciva.

— Perdão, pai.

Marcus pestanejou para segurar as lágrimas. Soldados não choravam.

— Não me obrigue a me repetir.

O hálito dele cheirava à maçã. Ele se afastou da mesa, aprumando a postura.

— Por onde você esteve, Obadiah? — perguntou a mãe de Marcus, pondo Patience no berço, perto da lareira.

— Não é da sua conta, Catherine.

— Na rua Oeste, imagino.

O pai não respondeu.

— Josiah foi com você? — perguntou a mãe.

Marcus não gostava muito do primo Josiah, que desviava os olhos ao falar e tinha uma voz que ecoava até as vigas do telhado.

— Deixe disso, mulher — retrucou Obadiah, com a voz cansada. — Vou para o curral. Zeb está lá cuidado dos bichos.

— Vou ajudar! — Marcus desceu correndo da cadeira.

Diferentemente do primo Josiah, Zeb Pruitt era uma de suas pessoas prediletas. Ele o tinha ensinado a preparar a vara de pescar, a capturar camundongos no curral e a trepar na macieira. Também fizera-o entender que os gansos da cidade eram mais perigosos do que cachorros e podiam dar mordidas ferozes.

— Zeb não precisa de ajuda — disse a mãe. — Fique aí e termine a lição.

Marcus fechou a cara. Ele não queria ler. Preferia ir ao curral para marchar de um lado a outro sob os comandos de Zeb e brincar de soldado, escondendo-se atrás do bebedouro quando o inimigo imaginário o perseguia.

A mãe saiu da sala correndo atrás do pai, que tinha deixado a porta de entrada aberta.

— Cuide de Patience — pediu a mãe a Marcus, pegando o cachecol do cabideiro antes de sair de casa.

Marcus olhou para a irmã, desanimado. Ela chupava o punho, que reluzia de baba e estava vermelho de tantas mordidas.

Patience seria uma soldada horrível. Marcus se animou.

— Quer ser minha prisioneira? — sussurrou ele, ajoelhado ao lado do berço.

A bebê murmurou, consentindo.

— Então, tá. Fique onde está. Não se mexa. E não reclame. Senão vai levar chibatada.

Marcus balançou o berço devagar, esquecendo a lição, e se imaginou em uma caverna na mata, esperando que o comandante chegasse para elogiá-lo pela bravura.

— Você deve ter passado a noite toda em claro com essa comoção, e ainda teve de enfrentar o trânsito entre a cidade e o cemitério.

A velha sra. Porter pôs uma pequena xícara com pires na mesa, próxima ao braço da mãe dele. Marcus via o papel de parede, azul como o céu de primavera, através da xícara que, de tão fina, lembrava uma casca de ovo.

A casa da sra. Porter era uma das mais elegantes de Hadley, revestida em madeira lisa e tinta colorida, além do papel de parede estampado. As cadeiras eram esculpidas e estofadas para serem mais confortáveis. As janelas se abriam do jeito mais moderno, diferentemente das esquadrias da casa deles. Marcus amava visitá-la — até porque, normalmente, ela servia bolo de groselha com cobertura de geleia.

Marcus contou até cinco antes da mãe pegar o chá. Os Chauncey não devoravam a comida, nem se comportavam como se mal lembrassem da última refeição.

Algo cutucou a costela de Marcus.

Era um cata-vento de madeira, segurado pela neta da sra. Porter, a srta. Anna Porter, que sempre o lembrava de que era um ano e um mês mais velha do que ele. Revirando os olhos castanhos e balançando a cabeleira ruiva, ela sugeriu que deixassem as adultas conversando e fossem se divertir em outro lugar.

Marcus, porém, queria ficar e ouvir o que tinha acontecido no cemitério. Era algo ruim, a ponto de ninguém falar na frente de crianças. Marcus esperava que envolvesse um fantasma, porque gostava de histórias de assombração.

— Pediram minha ajuda, e eu só tinha Zeb disponível no momento — disse a sra. Porter, sentando-se com um suspiro pesado. — É nessas noites de tempestade, quando batem à minha porta, que sinto falta de um marido.

A mãe de Marcus fez um som de compreensão e bebericou o chá.

O marido da sra. Porter tinha morrido como herói, em batalha. Contudo, Zeb contava histórias sobre o sr. Porter que faziam Marcus duvidar de que se tratava de um bom homem.

— Honestamente, Catherine, você deveria alugar uma casa no centro. Morar tão perto do cemitério é insalubre — disse a sra. Porter, mudando de assunto. Ela pegou o bordado e começou a costurar uma estampa colorida no tecido.

— Minha avó disse que seu pai é um beberrão — sussurrou Anna para Marcus, semicerrando as pálpebras sardentas sobre os olhos pálidos. Ela balançava o cata-vento de um lado para o outro, movendo as pás em círculos lentos. O rosto desenhado nelas, de cabelo preto cacheado e pele escura, lembrava Zeb Pruitt.

— Não é, não — disse Marcus, estendendo a mão para o cata-vento.

— É, sim — provocou Anna, ainda sussurrando.

— Retire o que disse! — Ele arrancou o cata-vento das mãos de Anna.

A sra. Porter e a mãe se viraram, chocadas com o estardalhaço.

— Ai! — exclamou Anna, e pegou a ponta de um dos cachos ruivos e compridos, com a boca trêmula. — Ele puxou meu cabelo.

— Não puxei, não — protestou Marcus. — Nem encostei em você.

— E pegou meu brinquedo. — Os olhos de Anna marejaram, até que lágrimas escorreram pelo seu rosto. Marcus bufou.

— Marcus MacNeil — disse a mãe, em voz baixa, mas intensa. — Cavalheiros não fazem isso com moças indefesas. Você sabe muito bem disso.

Anna tinha braços fortes, corria mais rápido que gato escaldado e tinha muitos primos. Não tinha nada de indefesa.

— Nem atormentam mocinhas com beliscões e empurrões — continuou a mãe dele, acabando com qualquer esperança de salvação que ele pudesse ter. — Já que não está apto a conviver em sociedade, você vai pedir perdão a Anna, e também à sra. Porter, e me aguardar no curral. Quando chegarmos em casa, você vai contar ao seu pai o que houve.

Obadiah ficaria furioso. A boca de Marcus tremeu.

— Perdão, minha senhora — disse Marcus, com uma leve reverência, para a sra. Porter, cerrando os punhos atrás das costas. — Por favor, Anna, me perdoe.

— Um belo pedido de desculpas — respondeu a sra. Porter, com um aceno de aprovação.

Marcus fugiu até o curral sem esperar a resposta de Anna, engolindo o medo do que o aguardava em casa, além das lágrimas depois da reprimenda da mãe.

— Está tudo bem, seu Marcus? — Zeb Pruitt estava apoiado no ancinho em uma das baias. Ao lado dele, de membros compridos e ombros largos, estava Joshua Boston.

— Aconteceu alguma coisa na casa? — perguntou Joshua. Ele cuspiu um fio comprido e fino de líquido marrom. Diferentemente de Zeb, que usava roupas de trabalho manchadas, ele vestia um casaco de lã com botões polidos.

Marcus soluçou e balançou a cabeça em negativa.

— Hmm. Algo me diz que a dona Anna aprontou — disse Zeb.

— Ela chamou meu pai de beberrão — respondeu Marcus. — Não é verdade. Ele vai à igreja todo domingo e sempre diz que Deus atende às nossas preces. E vou ter de contar para ele o que aconteceu. Ele vai ficar com raiva de mim. De novo.

Zeb e Joshua se entreolharam devagar.

— Passar na taberna do Smith para se secar à lareira em uma noite chuvosa não torna um homem um beberrão — disse Zeb, enfiando o ancinho em uma pilha de feno antes de se agachar até alcançar o olhar de Marcus. — Que história é essa do sr. MacNeil ficar com raiva?

— Ele passou a noite fora e, quando voltou, eu estava ajoelhado na cadeira. Ele já me mandou não fazer isso mil vezes — contou Marcus, tremendo só de pensar. — O papai disse pra eu não desobedecer de novo, senão vou apanhar outra vez.

Joshua murmurou algo tão baixinho que Marcus não escutou. Zeb concordou com a cabeça.

— Bom, se afaste quando seu pai estiver com um humor difícil — aconselhou Zeb. — Se esconda no galinheiro, ou debaixo do salgueiro na beira do rio, até achar que é seguro.

— Quando vou saber que é seguro? — perguntou Marcus, pensando que, ao seguir o conselho, poderia perder a hora do jantar.

— Você vai saber — disse Zeb.

Naquela noite, Marcus pegou o travesseiro e o arrumou no alto da escada. A dor no traseiro e nas pernas passou de uma ardência forte a um incômodo mais constante. O pai lhe dera uma surra, como prometido, usando uma tira de couro do curral em vez das mãos, para que Marcus não se esquecesse da lição.

Os pais estavam discutindo na cozinha. Marcus não conseguia entender o motivo da briga, mas desconfiava que fosse por causa dele. A barriga dele roncou de fome — não tinha muita comida no jantar, e a mãe tinha queimado o pão que seria o acompanhamento.

— Não se esqueça das suas obrigações, Catherine — disse o pai dele, saindo com raiva da cozinha e pegando o chapéu no balaústre. O feltro de lã tinha secado, mas a aba estava murcha, não sustentando mais a forma triangular habitual.

Marcus abriu a boca, pronto para exclamar outro pedido de desculpas, na tentativa de acabar com os gritos. Entretanto, ele não deveria interromper a conversa dos pais. Então esperou, na esperança do pai se virar, vê-lo ali e perguntar o que fazia acordado.

— Minha obrigação é impedir a ruína desta família — retrucou a mãe. — Mal temos o que comer. Como vamos nos virar se você continuar bebendo o que resta do dinheiro?

O pai dele se virou com a mão erguida.

Catherine se encolheu contra a parede, protegendo o rosto.

— Não me obrigue a dar uma surra em você também — ameaçou Obadiah, baixinho, antes de sair pela porta.

Sem nunca olhar para trás.

Dois

14 DE MAIO

No segundo dia de Phoebe como vampira, não houve experiências oníricas e arrebatadoras como no primeiro. Enquanto o corpo aprendia a se aquietar, a mente não conseguia — não iria — se calar. Lembranças, imagens dos anos estudando história da arte, letras de músicas prediletas — tudo isso, e mais, passava voando pelo cérebro em um filme incômodo, no qual ela estava no papel principal, mas também ocupava a plateia inteira. Desde a transformação, a memória dela estava estranhamente confusa e atipicamente nítida.

Sua primeira bicicleta era azul-marinho com listras brancas nos para-lamas.

Aonde foi parar aquela bicicleta? Phoebe refletiu. Achou que tinha andado nela pela última vez na casa de Hampstead.

Havia um pub em Hampstead, perfeito para entrar e almoçar durante a caminhada de domingo.

Não que ela fosse voltar a ter um almoço de domingo, Phoebe percebeu. O que ela faria nos domingos nos anos vindouros? Como receberia os amigos? Nem ela, nem Marcus frequentavam a igreja. Teriam de criar uma nova rotina dominical depois do casamento, que não girasse em torno de uma grande refeição.

A igreja em Devon onde a melhor amiga dela se casou tinha uma janela linda com vitral rosa e azul. Phoebe tinha passado a missa inteira olhando as cores e o padrão elaborado, maravilhada com aquela beleza.

Que idade teria aquela janela? Phoebe não era especialista em vitral, mas desconfiava que fosse vitoriana — não era nada antiga.

O vaso de celadonita lá embaixo era muito mais antigo.

Será que era romano, talvez do século III? Se fosse o caso, deveria ser caro. Freyja não deveria guardá-lo em um lugar fácil de quebrar.

Phoebe tinha passado um verão em Roma, escavando ruínas e aprendendo sobre tésseras. O clima estava tão quente e seco que o ar queimava os pelinhos do nariz e cada inspiração ardia no peito.

Será que o nariz dela havia mudado? Phoebe se levantou e olhou o espelho embaçado pelo tempo, reparando no reflexo do quarto atrás dela: as curvas elegantes da cama da época do Segundo Império francês, o pequeno dossel que transformava a cama em um retiro aconchegante, o guarda-roupa elegante e uma poltrona funda e ampla o suficiente para sentar com as pernas dobradas enquanto lia.

Uma ruga havia ressurgido na colcha.

Phoebe franziu a testa. Tinha alisado aquele vinco.

Antes de completar o pensamento seguinte, já estava ajoelhada no colchão. Alisou o tecido de novo e de novo. Todas as fibras do lençol eram palpáveis e ásperas ao toque.

— É por isso que não consigo dormir. Que roupa de cama áspera.

Phoebe puxou as cobertas, na intenção de arrancá-las do colchão e trocá-las por algo mais adequado, algo que não arranhasse a pele nem a mantivesse acordada.

Em vez disso, acabou dilacerando os lençóis, rasgando-os com unhas que tinham a mesma ferocidade afiada das garras de uma águia.

— Parece que chegamos àquela idade horrível. — Freyja entrou no quarto, com os olhos azuis gelados acima das maçãs do rosto altas, e analisou o estrago.

Phoebe fora alertada quanto ao segundo dia de vida, que parecia se assemelhar às dificuldades do segundo ano da idade humana, mas não sabia o que de fato aconteceria por não ser mãe. Ela não se lembrava de quando era pequena e não tinha nenhuma amiga com filhos.

— Está fazendo um ninho? — perguntou Françoise, observando a bagunça de Phoebe. Sua onipresença, antes milagrosa, se tornara outra fonte de irritação.

— A roupa de cama está áspera. Não consigo dormir — disse Phoebe, sem conseguir conter a petulância na voz.

— Já falamos sobre isso, querida. — A voz de Freyja era razoável, cheia de compaixão. Ainda assim, as palavras carinhosas irritaram os nervos frágeis de Phoebe. — Só daqui a alguns meses é que você vai conseguir tirar seu primeiro cochilo. Sono profundo, só daqui a vários anos.

— Mas estou cansada — reclamou Phoebe, soando como uma criança encrenqueira.

— Não, está entediada e com fome. Como *draugr*, é importante ser muito precisa quanto a suas emoções e seu estado mental, para não se envolver em fantasias de sentimentos. Seu sangue ainda é muito forte e inquieto para precisar dormir.

Freyja notou algo na janela, uma minúscula imperfeição. Um dos vidros estava rachado. Ela focou a atenção na rachadura.

— Como isso aconteceu?

— Um passarinho.

Phoebe abaixou o olhar. Havia uma rachadura no assoalho... ou era apenas a textura da madeira? Ela podia acompanhar aquela linha eternamente...

— Essa rachadura começou por dentro — disse Freyja, olhando de mais perto. — Vou repetir a pergunta, Phoebe: como isso aconteceu?

— Já falei! — respondeu Phoebe, na defensiva. — Um passarinho. Ele estava na árvore lá fora. Queria chamar a atenção dele, por isso bati no vidro. Não queria quebrar nada. Só queria que ele me olhasse.

O passarinho não parava de cantar. De início, Phoebe achara a melodia encantadora, sua audição vampírica mais atenta do que nunca aos pios e gorjeios. Porém, conforme continuava — e continuava —, ela quisera torcer o pescoço do bicho.

Se bebesse o sangue de um pássaro, entenderia por que cantavam o tempo todo?

A barriga de Phoebe roncou.

— Não tenho mais idade para ser mãe. Tinha esquecido como crianças são chatas — comentou Miriam, entrando no quarto.

Ela pôs as mãos na cintura fina e adotou a sua postura preferida: pernas levemente separadas, pés calçados em uma espécie de bota (naquele dia, de camurça e salto alto) e cotovelos ocupando o espaço ao redor, desafiando alguém a considerá-la insignificante.

A onda de orgulho que Phoebe sentiu por ela ter sido sua criadora foi instantânea, surpreendente e envolvente. O sangue de Miriam fluía pelas veias de Phoebe, forte e poderoso. Talvez Phoebe ainda fosse pequena e inútil, mas, com o tempo, também seria uma vampira temível.

Uma pontada de decepção a atingiu. Phoebe sentiu a garganta apertar.

— O que houve? — perguntou Freyja, preocupada. — A luz está forte? Françoise, feche a cortina imediatamente.

— Não é o sol. É que eu cresci só dois centímetros e meio.

Phoebe estivera marcando o progresso aproximadamente a cada dez minutos, no batente da porta do banheiro. A marca não subia havia oito horas. Ela riscara tantas vezes o mesmo local com a unha que estragara a pintura.

— Se queria ficar mais alta, deveria ter escolhido Freyja como criadora — disse Miriam, seca, e passou pela mulher dinamarquesa de mais de um metro e oitenta. Com um movimento dos olhos escuros, ela analisou a bagunça do quarto, confirmou que o vidro estava mesmo rachado e fitou Phoebe. — E então?

Não havia como evitar a exigência de explicação no tom da criadora.

— Estou entediada — sussurrou Phoebe, envergonhada pela confissão pueril.

— Excelente. Parabéns — disse Freyja, com um aceno de aprovação. — É uma conquista tremenda.

Miriam estreitou os olhos.

— E — continuou Phoebe, com a voz cada vez mais chorosa — com fome.

— É por isso que ninguém deveria virar vampiro antes dos trinta — comentou Miriam com Freyja. — Falta recurso interno.

— Você tinha vinte e cinco anos! — argumentou Phoebe, acalorada e na defensiva diante do insulto.

— Na época, vinte e cinco anos era praticamente a terceira idade — retrucou Miriam, fazendo que não com a cabeça. — Não podemos vir correndo sempre que você se sentir inquieta, Phoebe. Vai ter que dar um jeito de ocupar seu tempo.

— Você joga xadrez? Borda? Gosta de cozinhar? Fazer perfume? — listou Freyja, sugerindo as atividades de uma princesa dinamarquesa medieval. — Escreve poesia?

— Cozinhar? — Phoebe ficou chocada com a ideia, e a mera noção fez o estômago vazio se revoltar. Ela já não gostava de cozinhar quando era humana. Sendo vampira, não havia a menor chance.

— Pode ser um passatempo muito satisfatório. Conheci uma vampira que passou uma década aperfeiçoando o suflê. Ela dizia que era muito relaxante — comentou Freyja. — É claro que Veronique tinha um marido humano na época. Ele ficava bem feliz com o esforço dela, apesar de, no fim, ter acabado morrendo por isso. O coração ficou tão entupido de açúcar e ovos que ele morreu aos cinquenta e três anos.

— A Veronique do Marcus, que trabalha em Londres? — perguntou Phoebe. Ela não sabia que Freyja conhecia a ex-amante de Marcus.

Marcus.

Pensar nele era eletrizante.

Quando Phoebe era sangue-quente, os toques de Marcus incendiavam suas veias, parecendo derreter seu corpo humano e frágil. Sendo vampira… A mente inquieta de Phoebe se entregou às possibilidades. Ela curvou a boca em um sorriso lento e sedutor.

— Ah, não — disse Freyja, com certa preocupação no tom, ao notar no que Phoebe se concentrava. — Que tal um instrumento musical? Você toca alguma coisa? Sabe cantar?

— Nada de música — interrompeu Miriam, cujo tom de soprano melodioso transformou-se em trovão, algo que apenas um vampiro conseguiria fazer. — Quando Jason descobriu a bateria, eu e o pai dele quase enlouquecemos.

Phoebe ainda não conhecia Jason, o único filho sobrevivente do falecido parceiro de Miriam.

Ela começou a tamborilar os dedos na mesa, animada. Phoebe nunca teve um irmão, apenas Stella. Irmãs eram diferentes — especialmente as mais novas. Como seria ter um irmão mais velho?

Miriam fechou a mão sobre a dela, esmagando os ossos até provocar dor.

— Nada. De. Batucar.

Entediada, faminta e inquieta, enclausurada por Freyja e Miriam... como Phoebe suportaria? Ela queria correr lá para fora e respirar ar puro.

Queria perseguir algo que não fosse um pensamento, depois lançar ao chão e...

— Eu quero caçar.

Phoebe ficou surpresa pela conclusão. Ela passara semanas preocupada com a caça antes de se tornar vampira e, nas últimas seis horas, afastara aquela ideia. Porque, após aquela fase, vinha a de se alimentar de um humano vivo, e Phoebe não sabia se estava pronta para isso.

Ainda.

Ela instintivamente entendeu que caçar diminuiria a quantidade de pensamentos inquietos. Caçar alimentaria uma parte oca e desejosa dela. Caçar traria paz.

— É claro que quer — disse Freyja. — O progresso de Phoebe não é maravilhoso, Miriam?

— Você não está pronta — proclamou Miriam, esmagando a animação de Phoebe.

— Mas estou com fome. — Phoebe se remexeu na cadeira, o olhar fixo no punho de Miriam.

Alimentar-se do sangue da criadora era como receber uma refeição e uma história de ninar ao mesmo tempo. A cada gota engolida, sua mente e sua imaginação eram inundadas pelas memórias de Miriam. Ela aprendera mais sobre sua criadora naqueles últimos dias do que nos quinze meses desde que a conhecera.

Parte do que Phoebe sabia parecia intuitivo, uma enchente de acontecimentos dispersos da longa vida de Miriam, em que prazer e dor eram parceiros inseparáveis.

Na sequência de refeições, Phoebe conseguira se concentrar nas impressões mais fortes do sangue de Miriam, em vez de ser dominada pelas ondas de lembranças embaçadas.

Assim, entendera que aquele homem alto e forte, de olhos sábios e desconfiados, com um sorriso largo e tranquilo, tinha sido o parceiro de Miriam. E que apenas ela o chamava de Ori, enquanto outros o conheciam como Bertrand e Wendalin, Ludo e Randolf, e a mãe o chamara de Gund.

Miriam tinha transformado mais homens do que mulheres ao longo dos séculos por uma questão de sobrevivência: na época, a presença de homens servia como medida de proteção contra estupro e roubo. Filhos poderiam fingir ser irmãos, ou mesmo maridos, em emergências. Também serviam para afastar humanos interesseiros, com cobiça incessante de riqueza, e vampiros com desejo de dominar mais terras. Os filhos dela, assim como o parceiro, Ori, já tinham falecido, mortos na guerra violenta que percorria a memória de Miriam em uma fita sombria de luto.

Havia também as filhas. Taderfit havia sido morta pelo parceiro vampiro em um acesso de ira e ciúmes. Lalla, a segunda filha de Miriam, fora atacada pelos próprios filhos, esmagada e dilacerada em uma competição para determinar quem iria liderar o clã após a morte dela. Depois de se livrar dos filhos briguentos de Lalla, Miriam havia parado de criar filhas por um tempo.

Entretanto, não havia apenas história antiga no sangue de Miriam. Acontecimentos mais recentes também tinham espaço. Matthew de Clermont, o senhor de Marcus, estava presente em muitas lembranças de Miriam. Na movimentada cidade de Jerusalém, Matthew e Ori tinham impressionado muita gente e aberto muitos caminhos; um sombrio como um corvo e o outro, dourado. Os dois eram muito amigos.

Até Eleanor. No sangue de Miriam, Phoebe via que a inglesa tinha sido uma beldade, cuja pele de porcelana e cabelo dourado indicavam sua origem saxônica. Era seu entusiasmo irreprimível pela vida, porém, que atraía vampiros constantemente. Sangue vampírico aperfeiçoava ossos e músculos até atingirem o potencial máximo, então não faltavam espécimes atraentes. Vitalidade, por outro lado, era diferente.

Miriam se sentira atraída pela alegria de Eleanor St. Leger, como a maioria das criaturas da cidade: demônios, humanos, vampiros ou bruxas. Então, fizera amizade com ela ao chegar na Terra Santa com a família em uma das ondas das cruzadas. Fora Miriam quem a apresentara a Matthew de Clermont. Ao fazê-lo, sem saber, Miriam tinha semeado a futura destruição do próprio parceiro.

A vida de Bertrand fora sacrificada para salvar Matthew, uma prova de laços de amizade tão profundos que eram quase fraternais. A maior parte dos vampiros, contudo, via a morte do guerreiro como efeito colateral da ascensão da família Clermont.

Prometa que vai cuidar dele, pedira Ori a Miriam antes do amanhecer que traria sua execução, ao acinturar a túnica colorida e empunhar a espada de cavaleiro pela última vez.

Miriam concordara. O pedido de Ori e a promessa feita ecoavam pelo sangue dela.

Aquilo ainda unia Miriam e Matthew. Matthew tinha o cuidado de Diana, assim como da mãe, Ysabeau, de Marcus, e de todos os outros membros do clã Bishop-Clairmont, do qual Phoebe em breve faria parte. Nada daquilo diminuía o compromisso de Miriam — ela nunca descumpriria a promessa que fizera a Ori.

Phoebe estava tão concentrada no que tinha descoberto com a memória de Miriam que mal percebeu que Freyja e Françoise as deixaram a sós e fecharam a porta. Ela sentiu o cheiro de Miriam se aproximando e tentou agarrá-la pelo pulso.

— Nunca faça isso — disse Miriam, com um tom glacial.

Phoebe abaixou a mão.

Miriam esperou que a fome de Phoebe aumentasse e ficou bem próxima, a ponto dos corações delas começarem a bater, aos poucos, como um só. Só então lhe ofereceu o braço.

— Amanhã, poderá fazer isso — disse Miriam. — Mas não comigo. Nunca comigo.

Phoebe assentiu de leve, grudando a boca no pulso de Miriam. Um rosto por vez, ela absorveu a história que o sangue contava com o primor de Scheherazade.

Lalla.

Ori.

Lalla.

Taderfit.

Ori.

Eleanor.

Ori.

Matthew.

Marcus.

Nomes boiavam na superfície com os rostos, borbulhando no mar de experiências de Miriam.

Phoebe.

Ela também estava lá. Phoebe se viu pelos olhos de Miriam, com a cabeça inclinada de lado, uma expressão de questionamento no rosto, enquanto escutava algo que Marcus dizia.

Assim como Miriam era parte de Phoebe, ela era parte de Miriam.

Quando Miriam se foi, Phoebe se concentrou naquela conexão sobrenatural e percebeu que não estava mais entediada, nem inquieta. Organizou os pensamentos ao redor da verdade central do elo que ela e Miriam compartilhavam, se agarrando àquela conclusão como se fosse o ponto focal de um sistema solar recém-descoberto.

Se ela fosse sangue-quente, e não vampira, a confirmação reconfortante de que ela pertencia a algum lugar teria sido relaxante o suficiente para que ela pegasse no sono.

Em vez disso, Phoebe segurou aquele conhecimento, quieta e imóvel, acalmando a mente, até então inquieta.

Não era sono, mas era o melhor possível.

8

O cemitério

15 DE MAIO

Matthew me encontrou na biblioteca, sentada em uma escada de mão, vasculhando a estante.

— Será que Philippe tinha algum livro de história dos Estados Unidos? — perguntei. — Não estou encontrando nenhum.

— Duvido. Ele preferia ler o jornal para acompanhar as notícias. Vou levar as crianças ao estábulo. Quer ir com a gente?

Desci, ainda me segurando aos degraus enquanto, com a outra mão, trazia um atlas antigo e um exemplar de 1784 de *Lettres d'un cultivateur américain* autografado pelo autor.

— Se não tomar cuidado, vai cair dessa coisa e quebrar o pescoço — disse Matthew, se posicionando, atento, ao pé da escada enquanto eu descia. — Se precisar de algo, é só pedir que eu pego para você.

— Se tivesse um catálogo, ou mesmo uma lista do que há nas prateleiras, eu fingiria estar na Bodleian, preencheria um pedido e mandaria você localizar no estoque — brinquei. — Mas, como não faço ideia do que tem aqui, serei eu a subir e descer as escadas, por enquanto.

Um dos fantasmas empurrou dois livros na prateleira e pegou um terceiro.

— Tem um livro flutuando perto do seu braço esquerdo — comentou Matthew.

Ele não enxergava a assombração, mas era impossível não ver o livro aparentemente pairando no ar.

— Fantasma — falei, pegando o livro em questão para ler o título impresso em ouro na lombada. — *Cartas persas*. Não estou procurando livros de cartas, estou procurando livros sobre os Estados Unidos. Mas obrigada pela tentativa.

— Me dê isso aqui — disse Matthew, pegando os livros dos meus braços.

Desci bem mais rápido a escada sem eles — o atlas era muito grande — e logo cheguei ao chão. Dei um beijo em Matthew.

— Por que você quer livros sobre os Estados Unidos? — perguntou, analisando os títulos que tinha em mãos.

— Estou tentando desenvolver uma narrativa histórica a partir do que Marcus nos contou ontem.

Peguei os livros e os pus na mesa. Lá já estavam várias anotações e folhas impressas do *The New England Primer* de 1762, além de um relato da batalha do forte William Henry aberto na tela do computador.

— Não entendo muito a história dele no século XVIII... Não além do que me lembro de *O último dos moicanos* e da aula que fiz na graduação sobre o Iluminismo.

— E acha que um atlas e o relato de Crèvecoeur sobre a vida em Nova York vão ajudar?

Matthew parecia cético.

— Já é um começo. Senão, não conseguirei encaixar a vida de Marcus em um contexto maior.

— Achei que o objetivo fosse ajudá-lo a enfrentar as lembranças, não escrever um relato definitivo dos Estados Unidos no século XVIII.

— Sou historiadora, Matthew. Não consigo me conter. Sei que os detalhes cotidianos são importantes, mas Marcus viveu uma época emocionante. Não faz mal tentar enxergar o momento pelos olhos dele.

— Talvez você se decepcione com as poucas lembranças de Marcus que historiadores considerariam importantes. Ele ainda era adolescente quando a guerra começou.

— Eu sei, mas foi a Revolução Americana — protestei. — Ele deve se lembrar de alguma coisa.

— O que você se lembra da invasão do Panamá, ou da primeira Guerra do Golfo? — perguntou Matthew, meneando a cabeça. — Aposto que pouquíssimo.

— Eu não participei desses conflitos, como aconteceu com Marcus — observei, lembrando que Matthew também estava lá. — Espere. Você escreveu para Philippe enquanto estava nos Estados Unidos com Lafayette?

— Sim. — Matthew parecia desconfiar do rumo daquela conversa.

— Será que as cartas estão por aqui? Posso usá-las para destrinchar os detalhes que Marcus talvez não lembre.

A ideia de examinar fontes primárias atiçou minha curiosidade. Eu tinha me especializado em um período anterior, em outro país, e não era historiadora militar, nem política, mas era emocionante voltar a estudar. Havia tanto a aprender.

— Posso procurar, só que é mais provável que estejam em Sept-Tours, com os arquivos da irmandade. Eu estive nas colônias como oficial.

Os Cavaleiros de Lázaro, a organização militar-caridosa e supostamente secreta da família Clermont, parecia estar metida em toda situação política, apesar da Congregação proibir a interferência de criaturas na política e na religião humanas.

— Seria fantástico. Se estiver aqui, você vai encontrar muito mais rápido do que eu — respondi, olhando rapidamente para a tela do notebook antes de fechá-lo. — A queda do forte William Henry parece ter sido horrível. Obadiah deve ter sofrido por anos devido ao que testemunhou.

— A guerra é sempre terrível, mas o que aconteceu com o exército britânico ao sair do forte foi uma tragédia. A incompreensão, seguida por má comunicação e frustração, levou a violências inexprimíveis.

O relato que li afirmava que os indígenas atacaram o exército britânico, esperando levar os espólios da guerra — armas variadas — para casa. Porém, os aliados franceses obedeciam a regras diferentes e permitiram que os britânicos ficassem com os mosquetes, desde que entregassem a munição. Sem acesso às armas, os indígenas capturaram outros prêmios: vidas e reféns.

— E Obadiah viu tudo isso... — Balancei a cabeça. — Não me surpreende que ele bebesse tanto.

— Batalhas nem sempre acabam quando alguém negocia a trégua. Para alguns soldados, a luta continua pelo resto da vida, moldando tudo que ocorre a seguir.

— Obadiah era um desses soldados?

Pensei na descalçadeira e no olhar de Marcus ao falar do pai — apesar de já ser adulto e de falar de acontecimentos de séculos antes.

— Acho que sim.

Não me surpreendia que a memória de Marcus estivesse tão embaraçada e furiosa. Não eram a porta vermelha e as flores de lilás que lhe causavam dor: era o pai agressivo.

— Quanto ao contexto histórico mais amplo — continuou Matthew, pegando minha mão —, acho que você vai precisar investigar muito mais para descobrir do que se trata... e ainda mais sua relevância.

— Quando viajamos no tempo, fiquei surpresa com como a vida era — expliquei, pensando no que vivemos no século XVI. — Mas ainda consegui encaixar o que descobri com o que já sabia. Imagino que eu possa fazer o mesmo com a história de Marcus.

— Mas relembrar o passado não é o mesmo que viajar por ele — observou Matthew.

— Não. São tipos de magia inteiramente diferentes.

Eu precisaria tomar muito cuidado ao pedir para Marcus escavar aquela antiga vida.

Sarah e Agatha chegaram perto do meio-dia.

— Esperávamos que fossem chegar só ao fim da tarde — disse Matthew, beijando primeiro Sarah, depois Agatha.

— Diana disse que era uma emergência, então Agatha ligou para Baldwin — explicou Sarah. — Aparentemente, ele tem um helicóptero disponível em Mônaco, que conseguiu chamar para a gente.

— Não falei que era *emergência*, Sarah — corrigi.

— Disse que era urgente. E cá estamos. — Sarah pegou Philip do colo de Matthew. — Que drama todo é esse, mocinho? O que você fez desta vez?

Philip ofereceu uma cenoura para ela.

— Pocotó — disse ele.

— Cenoura — falei, porque sabia que os gêmeos às vezes confundiam a comida dos animais com os próprios animais.

Becca tinha esquecido os cavalos e estava inteiramente absorta no ato de cumprimentar Agatha. Agarrava mechas do cabelo da visita para examinar os cachos, fascinada.

— Cuidado, Agatha. Às vezes ela se empolga e puxa — adverti. — E ela é mais forte do que parece.

— Ah, estou acostumada — disse Agatha. — Margaret vive tentando trançar meu cabelo, e acaba só fazendo nó. Cadê o Marcus?

— Atrás de vocês! — avisou Marcus, distribuindo abraços de boas-vindas. — Não me digam que vieram até aqui para cuidar de mim?

— Desta vez, não — disse Sarah, rindo. — Por quê? Está precisando?

— Provavelmente — confirmou ele, alegre, apesar de uma leve ansiedade no sorriso.

— Quais são as últimas de Paris? — perguntou Agatha. — Como anda Phoebe?

— Por enquanto, tudo bem — respondeu Marcus. — Mas é um dia importante.

— Hoje Miriam vai começar o desmame de Phoebe — disse Matthew, querendo explicar a cultura vampírica para as convidadas bruxa e demônio. Se tudo corresse como previsto, seria o dia de Phoebe provar pela primeira vez sangue que não vinha da criadora.

— Parece até que estamos falando de um bebê — comentou Sarah, franzindo a testa.

— De certa forma, é isso mesmo — respondeu Matthew.

— Phoebe é uma mulher adulta, Matthew. Podemos dizer "Hoje Phoebe vai experimentar comidas novas", ou "Hoje Phoebe vai começar outra dieta" — sugeriu Sarah.

A expressão de Matthew era confusa e exausta — e Sarah e Agatha mal tinham chegado.

— Por que não vamos ao solário? — sugeri, conduzindo Sarah e Agatha para a porta da cozinha. — Marthe fez uns biscoitos amanteigados deliciosos, e podemos conversar enquanto Matthew alimenta os gêmeos.

Como eu desconfiava, a ideia de comer doces foi irresistível, e as duas se instalaram nas cadeiras confortáveis com café, chá e biscoitos.

— Qual é a crise? — perguntou Sarah, com a boca cheia de biscoito.

— Acho que Philip teceu seu primeiro feitiço — expliquei. — Não escutei as palavras, então não tenho certeza. Mas, no mínimo, ele brincou com o tempo.

— Não sei o que você acha que eu posso fazer, Diana. — Qualquer que fosse a situação, Sarah era sempre sincera. — Não tive bebê para cuidar, bruxo ou não. Você e Matthew vão ter que se virar.

— Achei que você poderia se lembrar das regras que meus pais determinaram quando eu era bebê... — sugeri.

Sarah pensou por um momento.

— Não.

— Você não se lembra de *nada* da minha infância? — Meu tom de voz saiu afiado de irritação e preocupação.

— Pouco. Eu estava em Madison com sua avó e vocês moravam em Cambridge. Não dava para dar um pulo lá e fazer uma visitinha rápida — disse Sarah, mostrando um ar de desaprovação antes de continuar: — Além do mais, Rebecca não era lá muito acolhedora.

— Minha mãe estava tentando esconder o segredo do meu pai... e o meu. Ela não teria conseguido mentir pra você — retruquei, incomodada com a crítica. Bruxas farejavam mentiras de outras bruxas com a mesma facilidade com que os cães de Matthew procuravam veados. — O que a vovó fez com você e minha mãe, quando vocês eram pequenas?

— Ah, ela era fã do dr. Spock, não dava muita bola pro que a gente fazia, desde que não botássemos fogo em casa.

Não era o que eu queria ouvir.

— Não precisa se preocupar com seus filhos desenvolvendo talento mágico, Diana — disse Sarah, tranquilizadora. — Os Bishop fazem isso há séculos. Você deveria ficar emocionada por eles mostrarem sinais de aptidão tão cedo.

— Mas Philip e Becca não são bruxos comuns. São Nascidos Brilhantes. São meio vampiros.

— A magia vai se revelar, com ou sem sangue de vampiro — retrucou Sarah, mordendo outro biscoito. — Ainda não acredito que você interrompeu nossas férias só porque Philip se meteu em uma brincadeirinha com o tempo. Não deve ter feito mal a ninguém.

— Diana está ansiosa, Sarah, e queria que você a acalmasse — disse Agatha, o tom sugerindo que aquilo era perfeitamente óbvio.

— Deusa do céu, de novo, não — disse Sarah, levantando as mãos em frustração. — Achei que você tivesse superado esse medo de magia.

— Por mim, talvez, mas não pelos meus filhos.

— São bebês! — argumentou Sarah, como se fosse motivo suficiente para deixar para lá a preocupação. — Além do mais, você tem espaço demais e mobília demais. Talvez eles quebrem alguma coisa. E daí?

— Quebrar alguma coisa? — perguntei, incrédula. — Não estou nem aí para as *coisas*. Estou preocupada com a segurança deles. Estou com medo porque Philip vê e manipula o tempo sem nem saber andar em linha reta. Estou com medo de ele desaparecer e eu não conseguir encontrá-lo. Estou com medo de Becca tentar segui-lo e acabar em outro lugar e outra época. Estou com medo de Satu Järvinen descobrir, ou alguma de suas amigas, e exigir que as bruxas investiguem essa manifestação precoce de magia como revanche por eu ter enfeitiçado ela. Estou com medo de Gerbert descobrir que Philip e Becca são ainda mais interessantes do que ele imaginava e ficar obcecado por eles. — Meu tom de voz subia a cada novo medo listado, até eu estar praticamente gritando. — E estou morta de medo de ser apenas o começo! — concluí.

— Seja bem-vinda à maternidade — disse Agatha, serena, me oferecendo um biscoito. — Coma um doce. Vai melhorar. Confie em mim.

Eu acreditava piamente no poder dos carboidratos, mas nem os doces de Marthe — por mais espetaculares que fossem — resolveriam aquele dilema.

Mais tarde, eu e os gêmeos estávamos brincando sob o grande salgueiro que ficava na curva do fosso ao redor de Les Revenants. Tínhamos recolhido galhos, folhas, flores e pedras, que arranjávamos em padrões na lã macia de uma manta.

Fascinada, observei Philip selecionar itens de acordo com formas e texturas, enquanto Becca preferia organizar por cor. Mesmo naquela idade, os gêmeos desenvolviam as próprias preferências.

— Vermelho — falei para Becca, olhando uma folha colorida de um bordo japonês plantado em um vaso no pátio, um broto bem fechado de rosa e um raminho de lobélia.

Ela assentiu, franzindo o rosto, concentrada.

— Consegue encontrar mais vermelho? — perguntei.

Tinha uma pedrinha avermelhada e uma flor de monarda de um rosa tão escuro que era quase carmim.

Becca me entregou uma folha verde de carvalho.

— Verde — falei, e pus a folha ao lado da rosa.

Becca imediatamente a mudou de lugar e começou a fazer outra pilha.

Observando as crianças brincarem sob o céu azul, enquanto os galhos de salgueiro suspiravam suaves ao vento e a grama formava uma camada colorida e macia sob a manta, o futuro me pareceu menos sombrio do que enquanto eu conversava com Sarah e Agatha. Fiquei feliz pelos gêmeos crescerem em uma época na qual brincar era visto como forma de aprendizado. As lições que Marcus tinha aprendido na cartilha *The New England Primer* eram muito mais focadas em controle do que em liberdade.

Ainda assim, eu precisava ensiná-los a encontrar equilíbrio — não apenas entre brincadeira e disciplina, mas entre as tendências opostas que existiam no sangue deles. Magia precisava fazer parte da vida dos gêmeos, mas eu não queria que eles crescessem com a impressão de que bruxaria era uma ferramenta para poupar trabalho. Nem uma forma de exercer vingança ou poder sobre os outros. Na verdade, queria que a associassem a momentos comuns como aquele.

Peguei um ramo de *muguet de bois*. As flores perfumadas de lírio-do-vale sempre me lembravam da minha mãe, e o formato delas, como sinos brancos e cor-de-rosa, lembrava touquinhas de babados que poderiam proteger rostos sorridentes.

A brisa fez as pequenas flores dançarem no ramo delicado.

Sussurrei no vento, e o som suave de sinos se ouviu. Era um toque de magia elemental, tão pequeno que não despertava o poder que eu tinha absorvido com o *Livro da Vida*.

Philip ergueu o rosto, a atenção atraída pelo som mágico.

Soprei as flores, e o som de sinos aumentou.

— Mamãe, de novo! — disse Becca, batendo palmas.

— Sua vez. — Estiquei o ramo entre nós duas. Becca fez biquinho e soprou com força. Eu ri, e o som de sinos ficou ainda mais alto.

— Eu. Eu. — Philip tentou pegar as flores, mas eu as segurei.

Desta vez, com três bruxos soprando os sinos dançantes, a música soou ainda mais alta.

Temendo que o som pudesse chegar a sangue-quentes, que se perguntariam como escutavam sinos se estavam tão distantes da igreja, enfiei o caule no chão.

— *Floreto* — falei, e salpiquei um pouco de terra no ramo.

As flores cresceram e se esticaram para o alto. Dentro de cada uma, os estames verde-claros pareciam formar olhos e boca ao redor do pistilo mais comprido, que servia de nariz.

Naquele momento, as crianças já estavam hipnotizadas e boquiabertas diante da criatura floral que acenava as folhas em cumprimento. Becca acenou de volta.

Matthew veio em nossa direção, parecendo preocupado, até ver o lírio-do-vale acenar. A expressão dele se transformou em surpresa e, enfim, orgulho.

— Achei que tinha sentido cheiro de magia — disse Matthew, em voz baixa, ao sentar-se conosco na manta.

— Sentiu mesmo.

O caule da flor estava começando a murchar. Decidi que era hora de o lírio do vale fazer uma reverência e concluir aquele show improvisado.

Matthew e as crianças aplaudiram. Fazer magia raramente me inspirava a rir, mas, naquela ocasião, foi o que aconteceu.

Philip voltou às pedrinhas lisas e às rosas aveludadas enquanto Becca continuava a reunir tudo de verde que encontrava, correndo pela grama espessa com pernas cambaleantes. Eles não pareciam achar que eu tinha feito algo que merecesse preocupação.

— Foi um grande passo — disse Matthew, me abraçando.

— Sempre vou me preocupar quando eles fizerem magia — confessei, me aconchegando nos braços dele enquanto víamos os gêmeos brincarem.

— Claro que vai. Vou me preocupar sempre que eles correrem atrás de um veado — respondeu Matthew, e encostou a boca na minha. — Mas uma das responsabilidades dos pais é servir de bom exemplo de comportamento para os filhos. Você acabou de fazer isso.

— Tomara que Becca espere para experimentar com feitiços e para brincar com o tempo... Um bruxo em crescimento já é o suficiente por enquanto.

— Rebecca talvez não espere tanto assim — observou Matthew, vendo a filha soprar beijos para uma flor, com a expressão atenta.

— Não vou me preocupar com isso hoje. Nenhum deles fez nada de perigoso em quase seis horas... desde que Philip colocou Cuthbert no pote de ração do cachorro. Queria congelar este momento e guardá-lo para sempre.

Olhei as nuvens brancas que voavam pelo céu azul-claro e repleto de possibilidades.

— Talvez você tenha conseguido... pelo menos na memória deles — disse Matthew.

Era confortante pensar que meus filhos, dali a cem anos, talvez se lembrassem do dia em que a mãe deles fizera magia — só por diversão, só porque queria, só porque era um lindo dia de maio, com espaço para prazer e fascínio.

— Queria que ser mãe fosse sempre tão simples.
— Eu também, *mon coeur*. — Matthew sorriu. — Eu também.

— Espera... você animou um lírio-do-vale bem na frente dos gêmeos? — Sarah riu. — Sem aviso? Sem regras? Só... *puf*!

Estávamos sentados ao redor da mesa comprida da cozinha, confortáveis perto do fogão. Os dias do calendário dedicados a *les saints de glace*, que, naquela parte do mundo, indicavam o início da primavera, tinham acabado oficialmente na véspera, mas aparentemente os santos Mamertus, Pancras e Servatius não tinham sido avisados, e ainda restava certo gelo no ar. Um copo de *muguet de bois* se encontrava no meio da mesa, para nos lembrar do tempo mais quente que viria.

— Eu nunca diria *puf*, Sarah. Usei a palavra latina para "florescer". Estou começando a achar que o motivo para tantos feitiços serem escritos em línguas antigas é para crianças acharem mais difícil de pronunciar.

— As crianças ficaram encantadas... em todos os sentidos — disse Matthew, com um sorriso raro e sincero, que vinha do coração. Ele pegou minha mão e beijou meus dedos.

— Então, decidiu abrir mão da ilusão de controle? — perguntou Agatha, assentindo. — Que bom.

— Não exatamente — respondi, apressada. — Mas eu e Matthew concordamos, há muito tempo, que não vamos nos esconder das crianças. Não quero que aprendam o que é magia a partir de filmes e televisão.

— Que a deusa nos acuda — disse Sarah, estremecendo. — Tantas varinhas.

— Estou mais preocupada pela magia sendo mostrada como atalho para evitar algo tedioso, ou trabalhoso, ou as duas coisas.

Eu tinha crescido com reprises de *A feiticeira* e, apesar da minha mãe professoral às vezes usar um feitiço para dobrar a roupa lavada enquanto revisava as anotações de um seminário, não se tratava de uma ocorrência cotidiana.

— Desde que a gente estabeleça regras claras, acho que vai ficar tudo bem — continuei, tomando um gole de vinho e pegando algumas verduras na travessa no centro da mesa.

— Quanto menos regras, melhor — disse Marcus, que encarava a chama das velas e conferia o celular a cada cinco minutos, esperando notícias de Paris. — Existiam tantas regras durante minha infância que eu não podia dar um passo sem tropeçar em alguma. Regras sobre ir à igreja e sobre falar palavrões. Regras sobre respeitar meu pai, os mais velhos e os socialmente superiores. Regras sobre como comer, falar e cumprimentar as pessoas na rua, e também sobre tratar as mulheres como porcelana delicada e cuidar dos animais. Regras sobre como plantar, colher e guardar comida para não morrer de fome no inverno. Regras podem nos ensinar a ser obedientes sem pensar, mas não são proteções no mundo real. Porque, um dia, a gente esbarra com tanta força numa regra que a quebra... e não resta nada para nos afastar do desastre. Foi o que descobri quando fugi de Hadley para me juntar à primeira luta em Boston em 1775.

— Você estava em Lexington e Concord? — perguntei. Eu sabia que Marcus era patriota por causa do exemplar de *Senso comum*. Ele poderia ter respondido à convocação quando dispararam os primeiros tiros da guerra.

— Não. Em abril, eu ainda obedecia às regras do meu pai. Ele tinha me proibido de ir à guerra — contou ele. — Eu fugi em junho.

Matthew jogou um pedaço torto de metal que foi girando pela mesa. Era escuro, quase chamuscado em alguns lugares. Marcus o pegou.

— Uma bala de mosquete... bem velha — disse Marcus, com uma expressão curiosa. — Onde arranjou isso?

— Na biblioteca, entre os livros e documentos de Philippe. Estava procurando outra coisa, mas encontrei uma carta de Gallowglass.

Matthew tirou do bolso da calça jeans um embrulho de papel dobrado. A letra escrita à mão na parte de fora estava rabiscada, e subia e descia como ondas.

Era raro falarmos do grande Gael, que desaparecera mais de um ano antes. Eu sentia saudade do charme tranquilo e do senso de humor afiado dele, mas entendia por que poderia ser difícil ver eu e Matthew criarmos nossos filhos e nos acomodarmos. Gallowglass sabia que o que sentia por mim não seria retribuído, mas, até eu e Matthew voltarmos ao presente, onde era nosso lugar, ele se mantivera dedicado à tarefa dada por Philippe, ou seja, garantir minha segurança.

— Não sabia que Gallowglass estava na Nova Inglaterra quando eu era menino — disse Marcus.

— Ele estava trabalhando para Philippe.

Matthew passou a carta para ele. Marcus leu em voz alta:

— "Caro avô: Eu estava na capela Old South hoje cedo quando o dr. Warren se pronunciou sobre o quinto aniversário do massacre em Boston. Eram muitos os ouvintes, e o doutor se vestiu com uma toga branca, segundo o estilo romano. Os Filhos da Liberdade responderam com vivas ao espetáculo."

Marcus ergueu o rosto, sorrindo, e comentou:

— Me lembro das pessoas em Northampton falarem do discurso do dr. Warren. Na época, ainda achávamos que o massacre tinha marcado o ponto mais baixo de nossos problemas com o rei, e que conseguiríamos resolver nossas diferenças. Não tínhamos como saber que o rompimento permanente com a Inglaterra ainda viria.

Finalmente, a história que eu poderia usar para contextualizar o relato da vida de Marcus.

— Posso? — pedi, estendendo a mão, ávida para ver a carta.

Relutante, Marcus me entregou.

— "Os muitos elos dos pequenos e grandes acontecimentos que formam a corrente na qual está suspenso o destino de deuses e nações" — li em voz alta.

Lembrei o que Matthew tinha dito a respeito da memória dos vampiros, que preservava ocorrências cotidianas. Pensei na minha tarde de brincadeira com os gêmeos e me perguntei se tinha, naquele momento, plantado uma lembrança futura para eles.

— Quem teria imaginado que, pouco mais de um mês depois de Gallowglass escrever esta carta, um disparo em uma ponte de uma cidadezinha nos arredores de Boston seria o "tiro ouvido ao redor do mundo" de Emerson? — ponderou Marcus. — O dia em que decidimos que o rei George tinha nos maltratado demais começou como qualquer dia de abril. Eu estava voltando de Northampton. A primavera tinha sido quente, e o solo estava macio. Naquele dia, porém, sopraram os ventos frios do leste. — O olhar de Marcus se desfocou e foi com um tom quase sonhador que ele relembrou aquela época. — E, com eles, veio um cavaleiro.

Les Revenants, cartas e documentos das Américas
Nº 1
Gallowglass para Philippe de Clermont
Cambridge, Massachusetts

6 de março de 1775

Caro avô,
Eu estava na capela Old South hoje cedo quando o dr. Warren se pronunciou sobre o quinto aniversário do massacre de Boston. Eram muitos os ouvintes, e o doutor se vestiu com uma toga branca, segundo o estilo romano. Os Filhos da Liberdade responderam com vivas ao espetáculo.

O dr. Warren agitou a assembleia ao mencionar seu país ensanguentado, com clamor para se erguer contra o poder tirano. Para evitar a guerra, disse ele, o exército britânico precisa se retirar de Boston.

Será preciso apenas uma faísca para deflagrar a rebelião. "Mortais míopes não enxergam os muitos elos dos pequenos e grandes acontecimentos que formam a corrente na qual está suspenso o destino de deuses e nações", disse o dr. Warren. Eu anotei no momento, pois me soou sábio.

Entreguei esta carta em mãos a Davy Hancock, que cuidará para que seja entregue em segurança e pela rota mais rápida. Voltei a Cambridge por causa dos outros negócios do senhor. Aguardo seus desejos relativos aos Filhos da Liberdade, mas prevejo que a resposta não chegará a tempo de alterar o que agora me parece inevitável: o carvalho e a hera não se fortalecerão juntos. Eles serão dilacerados.

Escrita com pressa na cidade de Cambridge por seu criado devoto,
Eric

Postscriptum: Incluo aqui um item curioso que me foi dado como lembrança por um dos Filhos da Liberdade. Ele disse que se tratava do que restou de uma bala de mosquete disparada pelos britânicos em uma casa na rua King, quando os cidadãos foram atacados em 1770. Aqueles presentes para a oração do dr. Warren compartilharam muitas narrativas de tal dia terrível, que alimentaram ainda mais as paixões daqueles que desejam liberdade.

9

Cerca

ABRIL-JUNHO DE 1775

Marcus equilibrou o balde de peixe entre as mãos e empurrou a porta da clínica de Thomas Buckland em Northampton. Buckland era um dos únicos médicos a oeste de Worcester e, apesar de não ser o mais próspero nem o mais estudado, era, de longe, o mais seguro para quem queria sobreviver a uma consulta. O sino de metal pendurado na porta soou, animado, anunciando a chegada de Marcus.

A esposa do médico trabalhava na sala da frente, onde o equipamento de Buckland — fórceps, alicates ortodônticos e ferros de cauterização — brilhava enfileirado sobre uma toalha limpa. Potes com ervas, remédios e bálsamos estavam expostos nas prateleiras. A vitrine da clínica tinha vista para a rua principal de Northampton, de modo que pedestres interessados podiam testemunhar a dor e o sofrimento lá dentro, enquanto Buckland alinhava ossos fraturados, examinava bocas e ouvidos, arrancava dentes e avaliava dores.

— Marcus MacNeil. O que veio fazer aqui? — Mercy Buckland ergueu o olhar da mesa, na qual apoiou unguento em um pote de pedra.

— Tinha esperança de trocar um pouco de peixe por aquela infusão que a senhora deu para minha mãe mês passado — disse Marcus, mostrando o balde. — Está fresquinho, pesquei na cachoeira ao sul de Hadley.

— Seu pai sabe que você está aqui?

A sra. Buckland tinha testemunhado a briga que ocorrera alguns meses antes, quando Obadiah flagrara o filho conversando com Tom sobre um bálsamo para curar hematomas. Depois disso, o pai o proibira de buscar tratamento em Northampton. Obadiah insistia que a família se consultasse com o médico míope de Hadley, que tinha metade da competência e cobrava o dobro do preço, mas cuja idade e tendência a exagerar na bebida diminuíam a probabilidade de interferir nas questões da família MacNeil.

— Não adianta perguntar, Mercy. Marcus não vai responder. Ele virou um homem de poucas palavras — disse Tom Buckland ao se juntar à esposa, a careca cintilando à luz da primavera. — Já eu sinto saudade do garoto que não parava de falar.

Marcus sentiu o olhar da sra. Buckland, que analisava seus braços finos, a corda que apertava o calção na cintura estreita, o furo no pé esquerdo do sapato e os retalhos na camisa quadriculada branca e azul, feitos de um tecido grosseiro que a irmã dele, Patience, tinha costurado a partir do linho cultivado na fazenda.

Ele não queria a piedade dos Buckland. Não queria nada — apenas a infusão. A mãe de Marcus sempre conseguia dormir depois de tomar um pouco do famoso preparo da sra. Buckland. A esposa do médico tinha dito a ele o que o chá continha — valeriana, lúpulo e escutelária —, mas não eram plantas cultivadas no jardim da família MacNeil.

— Tem notícias de Boston? — perguntou Marcus, tentando mudar de assunto.

— Os Filhos da Liberdade estão se reunindo contra os casacas vermelhas — respondeu Tom, olhando através dos óculos para as estantes em busca da mistura de ervas adequada. — Está todo mundo agitado, graças ao dr. Warren. Alguém que passou por Springfield disse que se espera mais confusão... Mas oro a Deus que não ocorra outro massacre.

— Estavam falando o mesmo lá na cachoeira — disse Marcus.

Era como as notícias se espalhavam em cidades pequenas como aquela: uma fofoca por vez.

Tom Buckland entregou um embrulho para ele.

— Para sua mãe.

— Obrigado, dr. Buckland — disse Marcus, e deixou o balde no balcão. — Estes são para o senhor. Vão dar um bom jantar.

— Não, Marcus. É exagero — protestou Mercy. — Metade desse balde já é mais do que suficiente para mim e para Thomas. Você deveria levar o resto para casa. Já tive que ajustar os botões da calça de Thomas duas vezes só neste inverno.

Marcus fez que não com a cabeça, recusando a oferta.

— Obrigado, dr. Buckland, sra. Buckland. Fiquem com o peixe. Tenho que voltar para casa.

Tom jogou um potinho para ele.

— Pomada. Pelo restante dos peixes. Gostamos de pagar nossas dívidas. Pode usar para seu olho.

Tom havia notado o hematoma no rosto de Marcus. Ele achava que já tinha desbotado o suficiente para arriscar uma visita a Northampton sem dar margem para boatos, mas Tom era atento e pouco lhe escapava.

— Pisei em um ancinho, e o cabo me acertou bem no rosto. O senhor sabe como sou desastrado, dr. Buckland — explicou Marcus, abrindo a porta da loja, e se despediu do casal com um aceno do chapéu carcomido pelas traças. — Obrigado pela infusão.

Marcus usou uma canoa capenga emprestada para atravessar o rio, em vez de pegar a barca, e já estava na estrada cheia de poças que o levaria para casa quando quase foi atropelado por um homem a cavalo que se encaminhava ao centro de Hadley.

— O que houve? — Marcus agarrou as rédeas do cavalo, em uma tentativa vã de conter o animal.

— Nossa milícia enfrentou os soldados em Lexington. Houve sangue derramado — exclamou o cavaleiro, o peito arfando de esforço. Ele virou a cabeça do cavalo, arrancando as rédeas das mãos de Marcus, e disparou na direção da capela.

Marcus correu pelo resto do caminho até a fazenda da família. Ele precisaria de comida e de uma arma caso fosse se juntar à milícia que marchava para o leste. Ele derrapou na grama úmida diante do portão do jardim e escapou por pouco de um ganso furioso que tentou morder sua calça.

— Ganso maldito — murmurou ele.

Se não fossem os ovos, teria torcido o pescoço daquela criatura há tempos.

Ele entrou pela porta vermelha desbotada. A velha viúva Noble dissera que a rachadura no painel superior da porta era relíquia de um ataque indígena ocorrido no século anterior — mas aquela senhora também acreditava em bruxas, fantasmas e cavaleiros sem cabeça. A casa estava silenciosa, o único ruído era o tique-taque regular do velho relógio da mãe na lareira da sala.

— Ouvi o sino.

Catherine MacNeil veio correndo da cozinha, o único outro cômodo do térreo, secando as mãos em um pano de prato puído. Ela estava pálida, com olheiras escuras pela falta de sono. A fazenda não andava bem, o pai vivia fora, bebendo com os amigos, e o inverno tinha sido difícil e longo.

— O exército atacou em Lexington — contou Marcus. — Estão convocando a milícia.

— E Boston? Está segura? — Na opinião de Catherine, a cidade de sua infância era o centro do mundo, e tudo de bom e importante vinha de lá.

Marcus estava menos preocupado com a ameaça em Boston do que com a que compartilhava com a mãe em casa.

— Cadê o pai?

— Em Amherst. Foi visitar o primo Josiah — disse a mãe, comprimindo os lábios. — Seu pai não vai voltar tão cedo.

Às vezes, Obadiah passava dias fora e voltava com as roupas esfarrapadas, coberto de hematomas, com mãos ensanguentadas e hálito fedendo a rum. Se Marcus tivesse sorte, conseguiria ir a Lexington e voltar antes do pai ficar sóbrio o suficiente para dar falta dele.

Marcus foi até a sala de estar e pegou o velho bacamarte nos ganchos acima da lareira.

— Essa arma era do seu vô MacNeil — disse a mãe. — Ele trouxe da Irlanda.
— Eu lembro.

Marcus passou os dedos pelo velho punho de madeira. O vô tinha contado histórias sobre as aventuras com a arma: a primeira vez que caçara um veado quando a família não tinha o que comer, e quando a usara para caçar lobos, na época em que Pelham e Amherst eram povoados minúsculos.

— O que digo pro seu pai quando ele voltar? — perguntou a mãe, parecendo assustada. — Você sabe que ele tem medo do que pode acontecer se houver outra guerra.

Obadiah havia lutado na última guerra contra os franceses. Ele tinha sido o destaque da milícia local, corajoso e forte. Na época, os pais de Marcus eram recém-casados, e Obadiah tinha grandes planos para a fazenda que acabara de comprar — ou, pelo menos, era o que Catherine lembrava. Porém, ele tinha voltado da batalha com o corpo fraco e o espírito destruído, e tinha a lealdade à família em conflito com a lealdade ao rei.

Por um lado, Obadiah acreditava piamente na santidade da monarquia britânica e no amor do rei pelos próprios súditos. Ainda assim, vira atrocidades na fronteira que o fizeram questionar se a Grã-Bretanha pensava mesmo no melhor para as colônias. Como a maior parte dos milicianos que lutaram na guerra, Obadiah não encontrara muito a admirar no exército britânico. Ele acreditava que os soldados o tinham colocado em perigo de propósito ao obedecer cegamente às ordens que vinham de Londres — com semanas, talvez meses, de atraso — e acabavam sendo inúteis.

Com a lealdade dividida, os pesadelos violentos da guerra que o perseguiam e o gosto por bebidas fortes, Obadiah não conseguia decidir se a luta atual contra o rei era ou não legítima. Aos poucos, a dúvida o enlouquecia.

— Diga a ele que não me viu. Que chegou do galinheiro e a arma tinha sumido — pediu Marcus. Não queria que a mãe nem a irmã pagassem o preço da desobediência dele.

— Seu pai não é bobo, Marcus. Ele vai escutar os sinos.

Eles ainda tocavam — em Hadley, em Northampton, provavelmente em todas as capelas de Massachusetts.

— Volto logo pra casa — disse, tentando tranquilizar a mãe.

Ele deu um beijo no rosto dela, empunhou a arma e seguiu para o centro.

Encontrou-se com Joshua Boston e Zeb Pruitt diante do cemitério da cidade, onde Zeb tinha acabado de abrir uma cova. O lugar era cercado por árvores altas, e as lápides saíam da terra em ângulos variados, cobertas de musgo e desgastadas pelo tempo.

— Ei, Marcus — chamou Joshua. — Vai entrar na luta?

— Pensei nisso — respondeu Marcus. — É hora do rei George parar de tratar a gente que nem criança. Como indivíduos britânicos, temos a liberdade como direito de nascença. Ninguém pode tirar isso de nós, e não deveríamos nem precisar lutar.

— Nem morrer — murmurou Zeb.

Marcus franziu a testa.

— Não quis dizer matar?

— Quis dizer o que disse — veio a resposta rápida de Zeb. — Se um homem beber rum suficiente, ou se alguém atiçar medo e ódio em seu peito, ele pode matar rapidinho. Mas esse mesmo homem vai fugir do campo de batalha assim que puder, caso não acredite, de corpo e alma, no motivo para lutar.

— Melhor pensar bem se você tem esse tipo de patriotismo, Marcus, antes de sair marchando com a milícia até Lexington — observou Joshua.

— Já é tarde — disse Zeb, forçando a vista ao longe. — Lá vem o sr. MacNeil, e Josiah também.

— Marcus? — chamou Obadiah, parando no meio da rua para fitá-lo com seus olhos avermelhados. — Aonde tá indo com minha arma, moleque?

A arma não era de Obadiah, mas Marcus tinha certeza que não era hora de discutir.

— Fiz uma pergunta. — Obadiah avançou na direção deles, a passos irregulares, mas ainda ameaçadores.

— Para o centro. Convocaram a milícia — disse Marcus, mantendo-se firme.

— Você não vai entrar na guerra contra o rei — retrucou Obadiah, estendendo a mão para pegar a arma. — Desafiá-lo vai contra a ordem sagrada de Deus. Além do mais, você é só uma criança.

— Já tenho dezoito anos — respondeu Marcus, e se recusou a soltar.

— Ainda não. — Obadiah estreitou os olhos e torceu a boca.

Normalmente, era nesse momento da discussão que Marcus cedia, desesperado para manter a paz, para que a mãe não interferisse nem acabasse entre o marido e o filho.

Porém, naquele dia, com as palavras de Zeb e Joshua ecoando em seus ouvidos, Marcus sentia que tinha algo a provar — para si, para o pai e para os amigos. Ele se empertigou, pronto para brigar.

O pai deu um tapa ardido em um lado do rosto dele e, depois, no outro. Não era jeito de bater em um homem, e sim em uma mulher, ou em uma criança. Mesmo com raiva, Obadiah estava determinado a lembrá-lo qual era o lugar dele.

Obadiah arrancou a arma das mãos de Marcus.

— Volte pra casa, pra sua mãe — disse Obadiah, com desprezo. — Nos vemos lá. Primeiro, preciso dar uma palavrinha com Zeb e Joshua.

Ele o espancaria quando voltasse para a fazenda. Pela expressão em seu rosto, talvez também espancasse seus amigos.

— Eles não têm nada a ver com isso — argumentou Marcus, com o rosto vermelho pelos tapas do pai.

— Já basta de desobediência, moleque — ladrou Obadiah.

Joshua indicou a direção da fazenda com a cabeça. Era um pedido silencioso para Marcus partir antes que a situação se agravasse.

Ele deu as costas aos amigos, à guerra e ao pai e seguiu a estrada de volta à fazenda dos MacNeil.

Marcus se prometeu que era a última vez que o pai lhe diria o que fazer.

Em junho, Marcus cumpriu a promessa e fugiu para Boston. Ele tinha apanhado diversas vezes desde o alarme de Lexington. A violência começava quando ele questionava o pai em relação a algo pequeno e insignificante — se as vacas precisavam de ordenha, ou se o poço estava seco. Obadiah interpretava as perguntas como sinais de rebelião.

A cada chibatada com as rédeas de couro dobradas, o pai parecia ficar mais calmo, com o olhar menos frenético e a fala, menos enfurecida. Marcus tinha aprendido, muitos anos antes, a não chorar quando as surras começavam, nem quando as pernas ficavam cobertas de vergões excruciantes. Lágrimas apenas aumentavam o desespero do pai para exorcizar os demônios do filho. Obadiah continuava até Marcus desabar de dor. Em seguida, ia de uma taberna a outra até desabar também, bêbado.

Foi depois de uma dessas surras, enquanto Obadiah ainda estava afogando as mágoas na rua, que Marcus encheu um pote de comida, pegou o almanaque da família, que delimitava as cidades na estrada de Boston, para marcar seu progresso, e partiu para o leste.

Quando chegou a Cambridge, Harvard Yard vibrava como um vespeiro. Não havia estudantes na universidade, e os alojamentos haviam sido ocupados pela milícia de toda a Nova Inglaterra. Após encher os prédios da faculdade, os soldados tinham armado barracas, sem pensar muito nas relações entre si, nas ruas de paralelepípedo, nos postes ou no fluxo do esgoto. O resultado foi um acampamento improvisado, atravessado por trilhas estreitas como rachaduras em louça velha, que abriam um caminho sinuoso entre lona, linho e juta.

Marcus entrou na cidade de barracas e o que antes era um zumbido constante de atividade se tornou um alvoroço que rivalizava com a artilharia britânica. Músicos do regimento animavam os soldados inexperientes para a batalha com o ritmo constante dos tambores. Cães, cavalos e uma ou outra mula latiam, relinchavam e zurravam. Homens recém-chegados de cidades distantes, de New Haven no sul a Portsmouth no norte, disparavam as armas à menor provocação, às vezes de propósito e, mais frequentemente, sem querer.

Marcus estava seguindo o cheiro de café queimado e carne assada em busca de algo para comer quando um rosto conhecido se virou para ele.

— Droga.

Ele tinha sido notado por alguém que conhecia da cidade.

Seth Pomeroy dirigiu a ele um olhar astuto, os olhos escuros e fundos acima das maçãs do rosto proeminentes, divididas por um nariz reto. A expressão perigosa do armeiro de Northampton anunciava que aquele não era um homem com quem deveria se meter.

— MacNeil. Cadê sua arma?

O hálito de Pomeroy era fétido — um dente podre na frente da boca balançava quando ele ficava com raiva. Tom Buckland quisera arrancá-lo, mas Pomeroy não confiava na odontologia, então o dente estava destinado a apodrecer ali mesmo.

— Ficou com meu pai — respondeu Marcus.

Pomeroy empurrou um mosquete para Marcus, um dele mesmo, muito mais elegante do que o velho bacamarte do vô MacNeil.

— E seu pai sabe que você tá aqui?

Como a sra. Buckland, Pomeroy sabia que Obadiah comandava a família a jugo de ferro. Ninguém fazia nada sem permissão, não se desse valor à própria pele.

— Não. — Marcus preferia responder o mínimo possível.

— Obadiah não vai gostar quando descobrir.

— E o que ele vai fazer? Me deserdar? — Todos sabiam que os MacNeil não tinham onde cair mortos.

— E sua mãe? — perguntou Pomeroy, com o olhar mais aguçado.

Marcus desviou o rosto e não respondeu. A mãe dele não precisava se envolver naquilo. O pai a empurrara quando ela tentara interromper a última briga deles, fazendo com que ela caísse e machucasse o braço. Ainda não tinha sarado, nem mesmo com a pomada de Tom Buckland e o cuidado do médico de Hadley.

— Um dia desses, Marcus MacNeil, você vai encontrar alguém de cuja autoridade não vai conseguir se safar — prometeu Pomeroy —, mas esse dia não é hoje.

Você é o melhor atirador do condado de Hampshire, e preciso de cada soldado que encontrar.

Marcus se juntou a uma fileira de soldados. Ele parou ao lado de um cara magricela da idade dele, vestindo uma camisa quadriculada vermelha e branca e um calção azul-marinho velho e esgarçado.

— De onde você veio? — perguntou o soldado, durante um intervalo momentâneo da ação.

— Lá do oeste — respondeu Marcus, sem querer revelar muito.

— Então somos dois caipiras. Meu nome é Aaron Lyon. Sou um dos soldados do coronel Woodbridge. Os caras de Boston fazem piada com todo mundo que vive a oeste de Worcester. Já me chamaram de ianque tantas vezes que perdi a conta. Como você se chama?

— Marcus MacNeil.

— Com quem você tá aqui, Marcus? — perguntou Lyon, mexendo em uma pochete.

— Com ele — disse Marcus, indicando Seth Pomeroy.

— Todo mundo diz que Pomeroy é um dos melhores armeiros de Massachusetts.

Lyon tirou da pochete um punhado de fatias de maçã seca e ofereceu um pouco para Marcus.

— Colhi ano passado no nosso pomar em Ashfield — explicou. — Não tem melhor.

Marcus devorou as maçãs e agradeceu com um murmúrio.

A conversa deu lugar ao silêncio quando chegaram ao estreito de terra que conectava Cambridge e Charlestown. Foi ali que a dimensão do que os aguardava ficou visível. Lyon assobiou entredentes quando viu bem a fumaça que vinha do panorama distante de Breed's Hill e Bunker Hill.

A fileira estacionou quando Seth Pomeroy parou para conversar com um homem rotundo que passava a cavalo, usando uma peruca branca e um chapéu tricorne apoiados na careca em ângulos opostos. Marcus reconheceu o perfil inconfundível do dr. Woodbridge de South Hadley.

— Parece que vocês vão se juntar à gente — disse Lyon, observando a conversa entre Pomeroy e Woodbridge.

Woodbridge seguiu a fileira a cavalo, analisando os soldados com calma.

— MacNeil, é você? — perguntou Woodbridge, forçando a vista. — Deus do céu, é ele mesmo. Vá com Pomeroy. Se consegue atirar chumbinho no olho de um peru no meu pasto, vai conseguir acertar um Casaca Vermelha. Vá também, Lyon.

— Sim, senhor. — Os *s* de Lyon assobiavam entre os dentes da frente, que eram tão separados quanto as tábuas da cerca da sra. Porter.

— Aonde vamos? — perguntou Marcus a Woodbridge, afastando um pouco os pés e segurando bem a arma.

— No exército, não se faz perguntas — respondeu Woodbridge.

— Exército? — perguntou Marcus. — Estou lutando por Massachusetts, na milícia.

— Não está sabendo de nada, MacNeil. O Congresso, com sua sabedoria, decidiu que treze milícias coloniais diferentes eram um exagero. Agora somos o alegre Exército Continental. Tem um cavalheiro da Virgínia, alto, bom de cavalo, vindo da Filadélfia pra cuidar das coisas. — Woodbridge cuspiu no chão, um pronunciamento crítico que pretendia incluir os donos de terra do sul, os homens altos, os cavaleiros e o povo da cidade. — Faça o que mandarem, ou vou te mandar de volta pra Hadley, onde é seu lugar.

Marcus alcançou o armeiro de Northampton bem a tempo de ouvi-lo se dirigir ao grupo desordenado de soldados.

— Não temos muita munição — explicou Pomeroy, distribuindo bolsinhas de couro —, então nada de tiro ao alvo, a não ser que o alvo tenha duas pernas e um uniforme britânico.

— Qual é nossa missão, capitão? — perguntou um homem alto de jaqueta de camurça, cabelo loiro e olhos aguçados de lobo, que pesava a bolsinha na mão.

— Resgatar o coronel Prescott em Breed's Hill. Ele ficou preso lá — respondeu Pomeroy.

Soaram gemidos de decepção. Como Marcus, a maioria dos homens queria atirar nos britânicos, e não ajudar outros colonos que tinham se metido em encrenca.

Os homens de Pomeroy começaram a marchar em silêncio enquanto o bombardeio de canhões britânicos fazia o chão tremer e sacudia a estrutura dos prédios mais próximos. As tropas do rei estavam tentando estilhaçar o trecho de terra frágil em que eles caminhavam, cortando o acesso entre Cambridge e Charlestown. A terra tremia sob os pés de Marcus. Por instinto, ele apertou o passo.

— Até as putas fugiram de Charlestown quando viram o que estava a caminho — contou Lyon, olhando para trás.

"O que estava a caminho" parecia o Armagedom — pelo menos, foi aquela a conclusão de Marcus ao ver a quantidade de navios britânicos no rio Charles, com o bombardeio pesado das armas do outro lado e as nuvens espessas de fumaça.

Ele observou a multidão de soldados britânicos de casaca vermelha que marchava rápido na direção deles, ao longe, e sentiu suas entranhas se liquefazerem.

Quando as tropas de Pomeroy finalmente encontraram os outros colonos, Marcus se surpreendeu ao descobrir que alguns dos soldados eram ainda mais jovens do que ele, como o sardento Jimmy Hutchinson, de Salem. Apenas alguns eram velhos como Seth Pomeroy. A maioria tinha quase a mesma idade de Obadiah, inclusive o capitão de cara de martelo cujas ordens Marcus obedeceria: John Stark, de New Hampshire.

— Stark foi um dos primeiros Rangers — sussurrou Jimmy para Marcus enquanto se agachavam atrás de um baluarte improvisado.

Os Rangers de Roger eram lendários pelos olhares atentos e pelas mãos firmes, além dos fuzis compridos, que eram mais precisos com alvos distantes do que os mosquetes que a maioria dos homens usava.

— Mais uma palavra sua, moleque, e vou te amordaçar. — Stark tinha ido de fininho até a linha de frente, sorrateiro como uma cobra. Uma bandeira vermelha, decorada com um pinheiro verde, estava amarrada em uma de suas mãos. Stark fixou a atenção em Marcus. — E quem é você?

— Marcus MacNeil. — Ele resistiu ao impulso de se levantar e bater continência. — De Hadley.

— É você que Pomeroy falou que sabe atirar em linha reta — disse Stark.

— Sim, senhor. — Marcus não conseguiu esconder a avidez para se provar.

— Está vendo aquele poste?

Marcus forçou a vista na pequena fresta no feno que fora enfiado entre as tábuas da cerca, no alto do muro velho, para protegê-los melhor. Ele assentiu.

— Quando os britânicos chegarem ali, você vai se levantar e atirar. Atire no uniforme mais chique que achar. Quanto mais brilho e enfeites, melhor. Todos os homens nessa cerca vão fazer o mesmo.

— Nos olhos ou no peito?

A pergunta de Marcus fez o perigoso homem sorrir.

— Não importa — respondeu Stark —, desde que só precise de um tiro pra derrubá-lo. Quando a arma descarregar, se abaixe e fique abaixado. Nesse momento, Cole vai atirar com a segunda linha.

Stark apontou o homem de olhos atentos com jaqueta de camurça. O soldado assentiu e tocou o chapéu.

— Quando Cole se abaixar — continuou Stark —, Hutchinson vai mirar com a última linha.

A estratégia era genial. Era preciso mais ou menos vinte segundos para recarregar um mosquete. Com o plano de Stark, não haveria pausa no ataque, apesar da quantidade relativamente pequena de soldados atrás da cerca. Os britânicos iam encarar um paredão de fogo.

— E depois? — perguntou Jimmy.

Cole e Stark se entreolharam por um bom tempo. O sangue acelerado de Marcus engasgou. Ele tinha pesado a bolsinha que Pomeroy lhe dera e desconfiava que contivesse pólvora suficiente apenas para um tiro. Aquela troca de olhares confirmava.

— É só esperar comigo, Jimmy — disse Cole, com um tapinha nas costas do garoto.

A guerra envolvia muito mais espera do que tiro. Levou quase metade do dia para os britânicos aparecerem. Assim que eles começaram a se aproximar do poste, porém, tudo pareceu acontecer de uma só vez.

Os músicos de pífaro e tambor começaram a tocar. Marcus notou que quem tocava tambor era um garoto de, no máximo, doze anos — não era mais velho do que Patience.

Um dos soldados britânicos assobiou no ritmo da música. O resto da fileira de casacas vermelhas entrou no ritmo com entusiasmo, entoando a letra com piadas e gritos.

> *Yankee Doodle came to town,*
> *For to buy a firelock,*
> *We will tar and feather him,*
> *And so we will John Hancock.*

— Filhos da mãe. — O dedo de Marcus tremeu no gatilho ao ouvir o insulto a um de seus heróis, presidente do recém-formado Congresso Continental.

— Ainda não — sussurrou Cole de trás de Marcus, lembrando as ordens de Stark.

Até o primeiro soldado britânico, cujo uniforme vermelho e dourado flamejava no ar nebuloso, passar pelo poste.

— Fogo! — gritou Stark.

Marcus se levantou em um pulo, junto à primeira fileira de homens na cerca.

Um garoto britânico — da idade de Marcus, e tão parecido com ele que poderiam ser primos — olhou diretamente para ele, boquiaberto de choque. Marcus mirou.

— Não atire antes de ver o branco dos olhos! — gritou Stark.

O garoto britânico arregalou os olhos.

Marcus apertou o gatilho.

Um buraco escuro surgiu no lugar do olho do soldado. Sangue começou a jorrar.

Marcus ficou paralisado, sem conseguir se mexer.

— Abaixe! — gritou Cole, empurrando-o para o chão.

Marcus largou a arma ao cair, com o estômago embrulhado. Estava atordoado, com os ouvidos apitando e os olhos ardendo.

Os britânicos miraram as baionetas com um estalo alto. Os soldados rugiram ao correr para o muro, acompanhados por uma rajada de balas que vinha voando de trás da linha britânica na direção dos colonos.

Stark abanou a bandeira vermelha e verde. Cole se levantou, junto com a segunda fileira de homens.

Deitado de barriga para cima no chão, Marcus acompanhou uma bala que passou pelo alto. Viu, estupefato, a bala atingir o peito de Cole bem quando o homem mirou seu fuzil longo. Cole grunhiu e caiu, mas antes conseguiu disparar.

Os soldados britânicos gritaram de surpresa. Não esperavam uma segunda rodada de fogo tão rápido. Gritos viraram urros quando as balas coloniais encontraram os alvos.

Marcus foi engatinhando até Cole.

— Ele morreu? — perguntou Jimmy, com os olhos arregalados. — Ai, meu Deus, ele morreu?

Os olhos de Cole fitavam o céu sem nada ver. Marcus se ajoelhou, esperando sentir a respiração.

Nada.

Ele fechou os olhos de Cole.

Stark jogou a bandeira para cima, atraindo propositalmente os tiros britânicos. Jimmy e os colonos restantes se levantaram, miraram e dispararam.

Os gritos e urros continuaram do outro lado do muro.

— Retirada! Retirada!

O comando do oficial britânico foi carregado pelo vento.

— Quem diria.

Stark se apoiou no muro de pedra enquanto os fazendeiros, lenhadores e caçadores da Nova Inglaterra — naquele momento, soldados no novo "Exército Continental" — se entreolhavam, incrédulos.

— Bem, moleques — continuou Stark, secando a testa com a manga —, foi uma bela tarde de trabalho. Parece que vocês fizeram o grande exército britânico recuar.

Vivas soaram das fileiras, mas Marcus não conseguiu comemorar. A arma de Cole estava caída em uma poça de sangue. Marcus a pegou e secou o punho na manga. Era ainda melhor do que a emprestada por Pomeroy. E talvez ele precisasse de outra arma ainda naquele dia.

Afinal, o homem de New Hampshire não precisava. Não mais.

O resto da batalha se passou em um borrão de sangue, chumbo e caos. Não havia água, comida e quase nenhum descanso da luta.

Stark e seus homens fizeram os britânicos recuarem de novo.

Quando os britânicos atacaram pela terceira vez, os colonos exaustos não tinham mais munição para lutar.

Os homens mais fortes e mais velhos se ofereceram para ficar no muro enquanto o restante batia em retirada.

Estavam quase de volta a Cambridge, passando o estreito, quando Jimmy Hutchinson caiu de repente, com um estilhaço de bala enfiado no pescoço. Gotas de sangue se misturaram às sardas no rosto do garoto.

— Vou morrer que nem o sr. Cole? — perguntou Jimmy, com a voz fraca.

Marcus arrancou a manga ensanguentada da própria camisa e tentou estancar o sangue.

— Hoje, não.

Que mal faria dar a Jimmy uma mínima esperança — apesar de Marcus saber que o garoto amaldiçoaria o destino antes de seu fim chegar?

Marcus pegou o casaco de um soldado britânico morto. Ele e Aaron Lyon o usaram para fabricar uma maca improvisada. Juntos, carregaram Jimmy na direção da barraca médica instalada em Harvard Yard.

A área cheirava a sepultura, o ar tomado pelo odor de sangue e carne queimada. O som era ainda pior. Gemidos e súplicas por água eram pontuados por berros agonizantes.

— Meu Deus, esse aí é Jimmy Hutchinson? — Uma mulher robusta de cabelo fogoso, com um cachimbo entre os dentes, apareceu no crepúsculo esfumaçado, bloqueando o caminho deles.

— Sra. Bishop? — disse Jimmy, fraco, pestanejando. — É a senhora?

— Quem mais seria? — respondeu a sra. Bishop, seca. — Quem foi o idiota que deixou você vir pra cá e levar um tiro? Não tem nem quinze anos na cara.

— Minha mãe não sabe — explicou Jimmy, fechando os olhos.

— Imagino. Você devia ter ficado em Salem, onde é seu lugar — disse a sra. Bishop, e fez sinal para Marcus. — Vai ficar parado aí? Traga ele pra cá.

Cá não era para onde carregavam a maioria dos feridos. *Cá* era uma pequena fogueira, ao redor da qual estava arranjado um monte de macas improvisadas. *Cá* estava quieto, diferentemente de *lá*, onde gritos, choro e um caos completo proclamavam a localização dos médicos.

Marcus olhou para a mulher, desconfiado.

— Pode levar ele pro dr. Warren se quiser, mas Jimmy tem mais chance de sobreviver aqui comigo — disse a sra. Bishop, mudando o cachimbo do lado esquerdo da boca para o direito.

— Deixamos o dr. Warren em Breed's Hill — respondeu Marcus, satisfeito em mostrar que a mulher era mentirosa.

— Não aquele dr. Warren, seu lerdo. O outro — disse ela, igualmente alegre de revelar a Marcus que ele era um tolo convencido. — Aposto que conheço os médicos de Boston melhor que você.

— Quero ficar com a sra. Bishop — murmurou Jimmy. — Ela é curandeira.

— É um jeito educado de dizer, Jimmy — disse a sra. Bishop. — Agora, os dois idiotas vão carregar meu paciente até o fogo, ou eu vou ter que levá-lo?

— Ele está com um estilhaço no pescoço — explicou Marcus, apressado, enquanto carregavam o jovem pelos metros restantes. — Acho que cortou alguma veia. Mas pode ter ficado preso na artéria. A pele ao redor está meio preta, mas pode ser só de queimadura. Amarrei minha manga no pescoço dele com a maior força que ousei.

— Estou vendo.

A sra. Bishop pegou uma pinça onde estava uma pequena vela de junco acesa e olhou bem a ferida.

— Como você se chama? — perguntou ela.

— Marcus MacNeil. Aqui.

Marcus revirou o bolso e tirou um pouco de madeira que trouxera de casa. A lasca de pinheiro resinoso alimentaria uma chama mais brilhante do que aquela vela bruxuleante de junco. Ele encostou a ponta na chama, e a madeira acendeu imediatamente.

— Agradeço. — A sra. Bishop trocou a pinça pela madeira dele. — Você entende bem de corpo. É um daqueles garotos de Harvard?

O olhar de desprezo dela já seria um bom motivo para negar. Ela nitidamente não valorizava a educação universitária.

— Não, senhora. Sou de Hadley — respondeu Marcus, olhando para o rosto pálido e a boca azulada de Jimmy. — Acho que ele não está respirando bem.

— Nenhum de nós está. Com essa fumaça toda.

A sra. Bishop contribuiu com a fumaça dando um trago no charuto. Ela suspirou, envolta pela baforada de tabaco, e olhou para Jimmy.

— Ele vai dormir um pouco — declarou.

Marcus sabia que era melhor não perguntar se Jimmy acordaria.

— Levei dezoito horas para trazer este jovem ao mundo, e um idiota com uma arma precisou só de alguns segundos para levá-lo embora — disse a sra. Bishop, tirando do bolso uma garrafinha. — A guerra é um desperdício tremendo do tempo das mulheres.

Ela usou os dentes para arrancar a rolha da garrafa, que jogou na fogueira. A rolha estalou e queimou um pouco antes de pegar fogo. A sra. Bishop tomou um gole substancial e ofereceu a bebida para Marcus.

— Não, obrigado.

Marcus ainda sentia que poderia vomitar a qualquer momento. As lembranças da batalha voltavam, com dificuldade, à superfície de sua mente.

Ele tinha matado um homem. Em algum lugar da Inglaterra, uma mãe acordaria sem filho, e a culpa era dele.

— Pense no pranto dessa mãe *antes* de apertar o gatilho, da próxima vez — disse a sra. Bishop, levando a garrafa à boca de novo.

A mulher de algum modo tinha adivinhado o que Marcus estava pensando. Assustado e sobrecarregado, ele cobriu a boca com a mão, sentindo o estômago revirar. A sra. Bishop o encarou atentamente, com faíscas nos olhos cor de mel.

— Nem ouse vir de frescura pra cima de mim. Não tenho tempo pras suas besteiras. Um dos garotos Proctor quebrou a perna fugindo das armas. Caiu num buraco. Primeira história de batalha razoável que escutei hoje.

A sra. Bishop tomou mais um gole da garrafa e se levantou com esforço. Ela fez sinal para Marcus segui-la.

Ele continuou parado até o estômago se acalmar. Demorou mais do que a curandeira ruiva achou aceitável.

— E aí? — questionou ela, parada acima de um soldado estirado, cujos olhos estavam arregalados de dor e medo. — Vai desmaiar, ou vai me ajudar?

— Nunca consertei uma perna quebrada. — Marcus sentiu que a honestidade era o melhor caminho.

— Também nunca tinha matado um homem. Há uma primeira vez pra tudo — retrucou a mulher, amarga. — Além do mais, não pedi pra consertar. Você vai segurar ele enquanto eu conserto.

Marcus parou perto da cabeça do homem.

— Não, aí, não — disse a sra. Bishop, perdendo a paciência. — Segure o quadril dele aqui, e a coxa aqui. — Ela posicionou as mãos de Marcus.

— Tem alguma coisa pra beber, Sarah? — perguntou o homem, rouco.

Marcus achou que beber alguma coisa parecia uma ótima ideia, considerando o ângulo do tornozelo do soldado em comparação com o joelho. Parecia que a tíbia tinha sido partida ao meio.

Ela largou a garrafa na mão de Marcus.

— Toma um gole primeiro, depois dá um pro John. Você já está ficando verde de novo.

Daquela vez, Marcus aceitou a oferta. O líquido queimou a garganta. Ele levou a garrafa à boca do soldado.

— Obrigado — sussurrou o homem. — Tem mais alguma coisa pra dor, Sarah? Alguma coisa mais forte?

Houve uma troca de olhares demorada entre o soldado e a curandeira.

A sra. Bishop fez que não com a cabeça.

— Aqui não, John Proctor.

— Não custava perguntar — disse Proctor, suspirando e se recostando. — O rum vai ter que bastar.

— Pronto, MacNeil? — A sra. Bishop prendeu o cachimbo entre os dentes.

Antes que Marcus pudesse responder, ou mesmo entender plenamente a pergunta, Sarah Bishop encaixou os ossos no lugar, enrijecendo os músculos do braço de tanto esforço.

Proctor uivou de agonia e desmaiou de choque.

— Pronto, pronto. Acabou — disse Sarah, dando um tapinha na perna de Proctor. — Esses Proctor não ficam tímidos para demonstrar sentimentos.

Marcus achou que o paciente tivera uma compostura notável, considerando a gravidade da lesão, mas não disse nada.

Sarah apontou o rum.

— Bebe mais um pouco disso. E, da próxima vez que consertar um osso, lembre-se de fazer o que eu fiz: imobilizar o membro e concentrar a força toda em um bom puxão. Assim, vai fazer menos mal. Não adianta ficar tímido com os ossos e acabar dilacerando os músculos.

— Sim, senhora.

Marcus tinha achado difícil obedecer às ordens de Woodbridge, mas Sarah Bishop era outra história.

— Tenho mais homens a tratar.

O cachimbo de Sarah tinha apagado, mas ela continuava com ele na boca, mastigando-o, como se lhe desse conforto.

— Fico para ajudar? — perguntou Marcus. Ele se perguntou se tratar do filho de outra mãe o ajudaria a se sentir mais em paz por ter tirado uma vida.

— Não. Volte para Hadley — respondeu Sarah.

— Mas a luta não acabou. — Marcus olhou ao redor, para os resultados. Homens tinham morrido, perdido membros, sido fatalmente feridos. — Precisam de cada soldado que puderem encontrar. A liberdade…

— Há modos de servir à causa da liberdade que não envolvem derramar sangue. O exército vai precisar muito mais de médicos do que de soldados.

A sra. Bishop apontou para ele com o cachimbo, com o olhar sombrio, as pupilas, arregaladas. Marcus estremeceu. Devia ser a bebida e o tabaco que davam a ela uma aparência tão estranha.

— Sua hora ainda não chegou — continuou ela, abaixando a voz em um sussurro. — Até lá, volte pra casa, que é o seu lugar, Marcus MacNeil. Esteja pronto. Quando o futuro chamar, você saberá.

10

Três

15 DE MAIO

Miriam entregou o gato de manhã cedo, no terceiro dia de Phoebe como vampira. Era preto e de porte substancial, com focinho, patas e a ponta do rabo brancos.

— É hora de você se alimentar — disse, deixando ao lado da cama a caixa de transporte, dentro da qual o gato miava, reclamando. — Preciso descansar dessa maternidade sem fim. Freyja, Charles e Françoise estão em casa, mas não vão responder a pedidos de comida nem de bebida.

A barriga de Phoebe roncou ao som das palavras de Miriam, mais por hábito do que por fome. Aquela sensação de *desejo* devoradora vinha das veias e do coração. Assim como o centro de gravidade, o apetite era tão palpável que, com base nos conhecimentos que Phoebe tinha de biologia, parecia impossível.

— Lembre-se, Phoebe. É melhor não falar com a comida. Não se apegue. Deixe na gaiola até estar pronta para comer — instruiu Miriam, no tom professoral que fazia Marcus e Matthew saírem correndo atrás dos tubos de ensaio e computadores quando ela administrava o laboratório bioquímico em Oxford.

Phoebe assentiu.

— E, pelo amor de Deus — acrescentou Miriam, saindo do quarto —, não dê um nome pro bicho.

Phoebe abriu a porta da gaiola imediatamente depois de ouvir a porta da casa fechar. O humor do dia anterior perdurava, e sua tendência rebelde não dava indício de desaparecer.

— Vem cá, gatinho — cantarolou Phoebe. — Não quero te machucar.

O gato, que não era bobo, se encolheu no fundo da caixa e sibilou, arqueando as costas e expondo os dentes afiados, brancos e pontudos.

Impressionada com aquela ferocidade, Phoebe recuou para analisar sua primeira refeição. O gato, pressentindo uma oportunidade de fuga, saiu correndo da caixa e se enfiou atrás do guarda-roupa.

Intrigada, Phoebe sentou-se no chão e esperou.

Duas horas depois, o gato decidiu que Phoebe não iria machucá-lo tão cedo e arriscou ir ao tapete diante da porta fechada que dava no corredor, como se planejasse fugir na primeira oportunidade.

Phoebe tinha perdido a paciência de esperar o próximo passo do gato e passara o restante do tempo examinando os próprios dentes no reflexo do vidro rachado da janela. Aquilo só era possível em algumas horas específicas, quando a luz atingia o vidro em determinado ângulo. Tudo de brilhante fora tirado do quarto na véspera, por medo de Phoebe ficar deslumbrada pelo próprio reflexo e, como Narciso, achar impossível interromper o fascínio.

Phoebe desejava um espelho quase tanto quanto desejava o sangue de Miriam. O vidro da janela oferecia algum reflexo, mas ela queria estudar os próprios dentes em detalhes. Seria mesmo possível terem se tornado afiados a ponto de atravessar pelo, pele, gordura e músculo, até atingir a fonte de vida do gato?

E se meus dentes não aguentarem?, perguntou-se Phoebe.

E se eu quebrar um dente? Dentes de vampiro se regeneram?

A mente vampírica ativa de Phoebe se agitou, pulando de pergunta a pergunta.

Vampiros conseguem se alimentar sem dentes?

São que nem bebês humanos, e dependem de outros para subsistir?

Arrancar dentes seria uma pena de morte, e também um sinal de vergonha, como arrancar a mão de um ladrão para impedi-lo de roubar?

— Pare — disse Phoebe, em voz alta.

O gato ergueu a cabeça e pestanejou, sem se impressionar. Ele se espreguiçou, amassando a superfície felpuda do tapete, antes de voltar a se enroscar em um nó tenso.

— Você ainda tem garras. — Era claro que Miriam não tinha se rebaixado a ponto de oferecer um gato indefeso. Além dos dentes afiados que o gato já mostrara ter, as garras eram prova de que ele precisava ser levado a sério. — Você é um sobrevivente. Que nem eu.

O gato tinha perdido a ponta de uma das orelhas, sem dúvida em uma briga na rua. Não era muito bonito, mas algo em seu olhar comoveu Phoebe — um cansaço que remetia a dificuldades e ao desejo de um lar.

Phoebe se perguntou se, quando Freyja e Miriam finalmente permitissem que ela tivesse um espelho, ela veria o mesmo olhar em seu rosto. Será que seus olhos teriam mudado? Será que continuariam a mudar, se tornando mais duros e assombrados, mais velhos, mesmo que o resto do corpo ficasse igual?

— Pare.

Desta vez, Phoebe falou alto o suficiente para a palavra ecoar no quarto de poucos móveis. Depois de dois dias em que as pessoas vinham correndo ao seu socorro quando ela suspirava de frustração, ela achou a falta de resposta da casa ao mesmo tempo desconcertante e estranhamente libertadora.

Miriam e Marcus a tinham assegurado, semanas antes, que sua primeira tentativa de se alimentar de uma criatura viva não seria simples. Também a tinham advertido que o pobre ser não sobreviveria. O trauma seria demais — mesmo que não físico, certamente mental. O animal se debateria nas mãos dela e provavelmente morreria de medo, o sistema inundado por tanta adrenalina que o coração explodiria.

Phoebe analisou o gato. Talvez ela não estivesse com tanta fome assim.

Quatro horas depois, Phoebe conseguiu pegar o gato no colo enquanto ele dormia. Ela o levantou, as patas penduradas como se nem tivessem ossos, e subiu na cama com ele. Sentou-se de pernas cruzadas e pousou o gato no espaço entre as coxas.

Phoebe acariciou o pelo macio, com toques levíssimos. Não queria estragar o momento e assustá-lo, levando-o a fugir arrepiado até o refúgio atrás do guarda-roupa. Estava com medo de ser invadida pela fome e, tentando alcançar o coração agitado do gato, derrubar o guarda-roupa e esmagá-lo antes de conseguir beber seu sangue.

— Quanto você pesa? — murmurou Phoebe, continuando a acariciar o gato, que começou a ronronar baixinho. — É pouco, mesmo que você esteja comendo bem.

O gato não teria muito sangue, percebeu Phoebe, e sua fome era considerável — e só aumentava. As veias dela pareciam secas e finas, como se o corpo não tivesse fluido vital suficiente para preenchê-las até a circunferência normal.

O gato empurrou de leve as pernas de Phoebe antes de voltar a se deitar em um círculo um pouco mais relaxado. Ele suspirou, contente e aquecido. Eram gestos instintivos de aninhamento, de pertencimento.

Phoebe se lembrou de que o gato não sobreviveria ao que ela estava prestes a fazer.

O aviso de Miriam ficou se repetindo na cabeça de Phoebe: *E, pelo amor de Deus, não dê um nome pro bicho.*

Phoebe não comia havia doze horas, dezesseis minutos e vinte e quatro segundos. Ela havia feito as contas e sabia que precisaria se alimentar logo para não correr o risco de se tornar frenética e cruel. Estava determinada a não ser aquele tipo de vampiro; ouvira histórias suficientes sobre os primeiros dias de Matthew, que Ysabeau contava com muito gosto, para desejar evitar que cenas desagradáveis como aquelas se repetissem.

O gato ainda dormia no colo de Phoebe. Nas horas que tinham passado juntos, ela aprendera muito sobre o animal — tratava-se de uma gata, que gostava de puxões leves no rabo e detestava que tocassem suas patas.

A gata ainda não confiava em Phoebe a ponto de deixá-la acariciar sua barriga. Que predador confiaria? Quando Phoebe tentava, a gata a arranhava em protesto, mas os arranhões saravam quase imediatamente, sem deixar marca.

Phoebe continuava a mexer os dedos, em ritmo repetitivo, sobre o pelo da gata, na esperança de mais sinais de entrega, de amizade. De *permissão*.

Porém, o contraste entre o som do coração da gata e o vazio nas veias de Phoebe tinha ido de insistente a atraente e, por fim, a enlouquecedor. Juntos, tinham se entrelaçado em uma melodia de desejo reprimido.

Sangue. Vida.

Sangue. Vida.

A melodia pulsava pelo corpo da gata, uma batida por vez. Phoebe mordeu o lábio de frustração, e o fez sangrar por uma fração de segundo antes de sarar. Ela não conseguia se conter e mordia os lábios havia uma hora, sentindo o gosto de sal, mesmo sabendo que aquilo não iria satisfazer a fome que sentia.

A gata entreabriu os olhos ao sentir o cheiro forte de sangue, o focinho rosa estremecendo. Quando percebeu que não era peixe nem carne, voltou a dormir.

Phoebe mordeu o lábio outra vez, mais forte e mais fundo. O gosto de sal voltou a encher a sua boca, saboroso, mas sem nutrientes. Era a promessa da nutrição, e mais nada. Phoebe sentiu água na boca ao pensar em uma refeição.

Mais uma vez, a gata ergueu a cabeça, fixando os olhos verdes em Phoebe.

— Quer provar? — Phoebe passou o dedo pelo lábio, sujando-o com uma gota de sangue. O corte já estava cicatrizando. O sangue já tinha escurecido, tomando um tom de violeta vivo. Em um gesto rápido, antes que o sangue secasse e ficasse preto, Phoebe o ofereceu à gata.

Curiosa, a gata lambeu a ponta do dedo dela com a língua rosada e áspera, que fez Phoebe estremecer de fome e desejo.

Até que algo extraordinário aconteceu.

A gata fechou os olhos devagar, com uma pontinha da língua rosa exposta.

Phoebe a cutucou, mas ela não se mexeu.

Passou os dedos devagar pela barriga da gata.

Nada.

— Ai, meu Deus, eu matei ela! — sussurrou Phoebe.

Phoebe a cutucou de novo, tentando despertá-la, e sentiu uma onda de pânico. Ninguém iria vê-la nas próximas horas, nem dias. Miriam — sua criadora, a mulher que ela mesma tinha escolhido para lhe dar uma nova vida — garantira que seria assim. Phoebe desmaiaria de fome, com a gata morta no colo. Ela não podia se alimentar de um ser morto. Era pior do que necrofilia, uma aberração para qualquer vampiro.

Sangue. Vida. Sangue. Vida.

O ritmo pulsante da melodia continuava, apesar da cadência mais lenta.

Phoebe reconheceu o som distante.

Um coração. Que não era o dela.

A gata não estava morta.

Estava dormindo.

Não, percebeu ela, *a gata está dopada.* Ela olhou para o dedo, ainda levemente sujo de roxo.

O sangue de vampiro tinha posto a gata em um estado de animação suspensa. Phoebe lembrou que Marcus e Miriam tinham mencionado aquilo e dito que alguns vampiros abusavam do efeito soporífico do sangue para fazer coisas indizíveis com sangue-quentes após se alimentarem deles.

Phoebe aproximou a gata do nariz, e o corpo do animal parecia ainda mais desossado do que antes, como uma roupa de pele. Não tinha um cheiro apetitoso. Era um odor seco e almiscarado.

Sangue. Vida. Sangue. Vida. O coração lento da gata cantava no quarto quieto. O som era tentador e atormentador.

Phoebe encostou a boca no pescoço da gata, buscando comida por instinto. O sangue devia estar mais próximo da superfície da pele naquela parte. Por qual outro motivo as histórias humanas sobre vampiros se concentrariam no pescoço? Freyja e Miriam tinham ensinado a ela o sistema circulatório dos mamíferos, mas, na fome do momento, Phoebe não conseguia se lembrar de nada.

A gata se remexeu nas mãos de Phoebe. Mesmo sob a influência de sangue vampírico, seu instinto de sobrevivência não tinha diminuído. A gata pressentia um predador muito mais perigoso do que ela.

Phoebe passou a boca pelo ombro da gata, sentindo a textura dos pelos. Segurou uma dobrinha de pele entre os dentes e mordeu uma fração de milímetro, o mínimo possível, esperando que o sangue escorresse.

Nada.

Não se preocupe com a sujeira, querida Phoebe, dissera Freyja na noite anterior, soando quase alegre ao pensar em um massacre. *Limparemos depois.*

Depois de você dilacerar esta gata, pensou Phoebe. *Depois de se alimentar. Depois de sobreviver às custas de outra criatura.*

A mente civilizada de Phoebe se revoltou contra a ideia, e o estômago a seguiu, se contorcendo e contraindo na fútil tentativa de expelir seu conteúdo — estava vazio.

Deveria haver outra coisa para comer, pensou Phoebe. Ela havia esvaziado a jarra de água havia horas, assim como as duas garrafas de água com gás Pellegrino que Françoise lhe dera quando ela reclamara que a água comum tinha um gosto metálico desagradável. Não conseguira suportar o vinho — nem mesmo o da Borgonha, seu preferido —, então Freyja o levara embora.

Phoebe tinha bebido até a água do vaso de flores na janela. Ela olhou as flores caídas no tapete, se perguntando se conseguiria mastigar os caules como antes fazia com aipo, mas a ideia de tanta verdura fez seu estômago se revoltar.

Ela se levantou, deixou a gata na cama e revirou a bolsa. Devia ter *alguma coisa* de comer ali — chiclete, uma pastilha para garganta, um pedaço de biscoito velho que escapara da embalagem. Ela virou o conteúdo da bolsa ao redor da gata adormecida.

Lenços de papel amarrotados.

Recibos dobrados.

Carteira de motorista.

Passaporte.

Bloquinho para anotar tarefas.

Uma balinha de menta grudenta, colada em fiapos e lascas de lápis apontado.

Phoebe pegou a balinha como se fosse uma serpente dando o bote. Desgrudou a moedinha de um centavo de Euro e jogou a bala na boca. Fechou os olhos, aguardando a inundação de menta e açúcar.

A bala virou cola em sua boca. Phoebe a cuspiu para longe, e a bala atingiu a janela com um ruído.

Outra rachadura, pensou Phoebe, desanimada.

A gata se espreguiçou, suspirou e virou a barriga, enchendo o quarto com seu cheiro almiscarado. Não tinha mais odor seco e desagradável. Conforme a fome de Phoebe crescia, o bicho ficava com um cheiro glorioso.

Phoebe interpretou a decisão da gata de expor a barriga macia como o sinal de permissão que tanto esperava. Rapidamente, antes de perder a coragem, debruçou-se sobre a gata e, decidida, a mordeu no pescoço. A boca de Phoebe se encheu do gosto metálico de sangue. Não era satisfatório como o de Miriam, mas era combustível, e a impediria de enlouquecer.

Depois de três goles, a gata começou a se mexer e Phoebe retirou a boca do pescoço dela, relutante, apertando com os dedos a ferida, e esperou a gata morrer.

A gata, porém, era uma sobrevivente. Ela fitou Phoebe com olhar atordoado. Deliberadamente, Phoebe levou o próprio dedo aos dentes. Mordeu. Com força.

A gata lambeu o sangue com a mesma curiosidade de antes e voltou a dormir.

Phoebe bebeu mais seis goles de sangue antes da gata se remexer outra vez. A bebida quente aliviara o pior da fome, mas ainda não era o suficiente. Ela usou um pouco mais do próprio sangue para ajudar a ferida no pescoço da gata a se fechar, para não estragar mais um jogo de cama. Phoebe não podia irritar Françoise outra vez, pois era ela quem trazia Pellegrino e revistas de fofoca.

A gata despertou do sono induzido quando os relógios da casa marcaram meia hora. Phoebe tirou a corda trançada que prendia uma das cortinas e brincou com a gata até os relógios marcarem a hora.

Foi então que Phoebe soube que ela e a gata não se separariam. Não pela morte. Nem por outro vampiro. Elas pertenciam uma à outra.

— Como devo te chamar? — perguntou Phoebe, em voz alta.

Fazia vinte e quatro horas desde que Phoebe tinha se alimentado de Miriam pela última vez.

Uma batida leve na porta anunciou a chegada das visitas. Phoebe as ouviu subir a escada como uma manada de elefantes, despertando a gata.

— Podem entrar — disse Phoebe, curvando o corpo, protetora, ao redor do bichinho ronronante. Ela puxou de leve o rabo da gata e coçou o focinho, deixando-a feliz.

— Você se saiu muito bem, Phoebe — disse Freyja, fazendo um rápido inventário do quarto, que não mostrava uma gota de sangue sequer. — Cadê o cadáver?

— Não há *cadáver*. Há uma gata, bem aqui.

— O bicho não morreu — retrucou Miriam, soando um pouco impressionada.

— *Ela* se chama Perséfone — respondeu Phoebe.

11

Liberdade e restrição

18 DE MAIO

— Tem um grifo no patamar do segundo andar.

Sarah entrou na biblioteca em uma nuvem de monarda e lavanda. Agatha estivera na destilaria perfumada anexa à cozinha, experimentando com óleos essenciais. Inspirada pela visita recente a Provence, ela andava considerando lançar uma linha de perfumes especiais.

Ergui o olhar da mesa, onde estava tentando contextualizar de algum modo o que Marcus tinha contado na véspera. As informações disponíveis na internet não ajudavam muito. A maior parte dos relatos dos primeiros anos da Revolução Americana se concentrava em estratégias de batalha ou na ocupação de Boston. Poucos tratavam do oeste de Massachusetts, do efeito socioeconômico da guerra franco-indígena ou de conflitos geracionais entre pais e filhos. Eu precisaria de acesso a uma biblioteca de pesquisa adequada para aprender mais.

— É muito bonito, não é? — perguntei, distraída, e voltei a atenção às anotações.

A tapeçaria na parede tinha um fundo vermelho-vivo, e a profusão de flores que cercava o grifo iluminava o espaço normalmente escuro.

— Ysabeau comprou no século XV. Phoebe acha que veio do mesmo ateliê que produziu as tapeçarias de unicórnio no Musée de Cluny em Paris — continuei. — Como se chamava aquele armeiro que Marcus mencionou? Saul? Stephen? Quero pesquisar o nome nessa enciclopédia de soldados e marinheiros de Massachusetts que encontrei na internet.

— Seth. E não estou falando do tapete velho de Ysabeau — corrigiu Sarah, e estendeu um dedo ensanguentado. — É um grifo vivo. É pequeno, mas o bico funciona.

Eu me levantei aos tropeços e corri até a escada.

O grifo que mordera Sarah estava sentado diante da tapeçaria, arrulhando e piando para seu sósia bem maior pintado no tecido. Do bico à ponta do rabo, tinha uns sessenta centímetros, com patas dianteiras, cabeça e pescoço semelhantes aos de uma águia, e parte traseira e rabo de leão. O bico e as garras tinham aparência formidável, apesar do tamanho relativamente pequeno.

Eu me aproximei da fera com cuidado. Ela soltou um ruído de alerta.

— Vai. Pega — disse Sarah, me empurrando na direção do grifo.

— Você me disse pra nunca mexer em um objeto mágico desconhecido — falei, resistindo. — Acho que grifos entram nessa categoria.

— Objeto? — grasnou o grifo, em voz rouca, indignado.

— Ah, não. Isso aí fala — disse Sarah, e se escondeu atrás de mim.

— *Isso aí* fala — repetiu o grifo, arrepiando as plumas do pescoço.

— É melhor deixar o bicho em paz — falei. — Talvez volte pro canto dele.

— *O bicho* — imitou o grifo.

— Dá pra tecer uma coleira mágica, que nem a que você fez pra Philip não cair da escada? — sugeriu Sarah, olhando por cima do meu ombro.

— Não era pra você notar. — Mesmo quando eu chamava a restrição mágica que fizera para meu filho pelo nome inglês antigo de *leading strings*, meu desconforto continuava.

— Bom, eu notei. Philip também — retrucou Sarah, e me empurrou. — Corre. Você não vai querer que ele fuja.

O pequeno grifo abriu as asas surpreendentemente amplas, com os tons fulvos gloriosos de águia e leão.

Sarah e eu recuamos para a biblioteca, como duas donzelas vitorianas recatadas que tinham acabado de encontrar um camundongo.

— Acho que ele não gosta da ideia de confinamento — falei.

— E alguém gosta? — retrucou Sarah.

— Bom, mas a gente não pode deixar ele voar assim pela casa. Lembra os problemas que Corra causou?

Eu me recompus, respirei fundo e fui com calma até a criatura. A três metros dela, levantei um dedo em alerta e me dirigi ao grifo.

— Parado.

O grifo veio pulando na minha direção. Quase que hipnotizada pela estranha imagem, fiquei onde estava. O grifo se aproximou tanto que eu teria como me abaixar para pegá-lo — se o bico afiado não me detivesse.

— Bicho. Parado — respondeu o grifo, pousando uma das garras pesadas da frente no meu pé, e a ponta quase furou meu tênis em advertência.

— Eu, não. Parado você! — retruquei, tentando, sem sucesso, me desvencilhar da garra afiada.

Indiferente à minha tentativa de domá-lo, o grifo encheu o peito e começou a ciscar as plumas das asas.

Sarah e eu nos abaixamos para observar, fascinadas pelo ritual de limpeza do pássaro.

— Será que ele tem piolho? — sussurrou Sarah.

— Tomara que não. Por que você foi invocar um grifo, Sarah?

— Não há feitiços para invocar seres míticos no grimório dos Bishop. Se passasse mais tempo estudando o legado familiar e menos tempo o desprezando, você saberia disso. É você quem tem um dragão. Você deve ter invocado. Estava fazendo magia outro dia. Talvez tenha agitado alguma coisa.

— Eu animei uma flor! — exclamei, pois não era nenhum feitiço de poder devastador. — E eu nunca invoquei Corra... que, por sinal, era um dragão *de fogo*. Ela só apareceu quando teci meu primeiro feitiço.

Sarah empalideceu.

— Ah, não.

Nós duas viramos o rosto para o quarto das crianças.

— Merda — soltei, mordendo o lábio. — O grifo deve ser de Philip.

— O que você vai fazer?

— Pegar o grifo. Depois... Bem, não sei.

Foi necessário o trabalho conjunto de duas bruxas, um demônio e um vampiro para capturar a criatura pequena, mas surpreendentemente ágil.

Agatha o atraiu até a caixa de transporte plástica e velha de Tabitha com pedacinhos de carne de pato. O grifo estendeu a língua rosada e comprida como um chicote para pegar os bocados suculentos dos dedos dela.

— Vem cá, bebê — chamou Agatha, já meio apaixonada pela fera. — Que grifinho lindo. Que plumas esplêndidas.

O grifo, sentindo-se devidamente admirado, deu um passo cauteloso atrás do outro na direção dos petiscos.

— Já está preso? — perguntou Marthe, lá embaixo. Ela servia ao mesmo tempo de vigia e de última defesa para o caso do grifo tentar fugir.

O grifo grasnou perigosamente e abanou o rabo. Marthe o deixou ansioso. Apesar de ser um duplo predador, vindo de linhagem mista de leão e águia, os vampiros estavam acima dele na cadeia alimentar. Sempre que Marthe fazia algum movimento, o grifo batia as asas e soltava um grito de alerta de apavorar.

— Ainda não, Marthe — disse eu, parada perto da porta aberta da gaiola.

Sarah estava do outro lado da caixa plástica, pronta para fechar a portinhola de metal. Depois de levar Tabitha ao veterinário por tantos anos, tinha experiência considerável em capturar animais ariscos.

Agatha balançou mais um pedaço de pato na frente do grifo, que mordeu e engoliu o petisco com gosto.

— Você está arrasando, Agatha — disse Sarah, encorajando-a tanto quanto Agatha encorajava o grifo. — Ele está hipnotizado.

— Que bebê lindinho. Amei esse tom de marrom do seu rabo. Quem sabe não faço um tema de grifos na linha de roupas do outono que vem — murmurou Agatha, enfileirando pedaços de pato no caminho até a porta da caixa transportadora. — O que acha, neném?

— Bicho — disse o grifo, feliz, ciscando o pato.

O cheiro de comida despertou Tabitha do cochilo. A gata veio correndo pelo patamar, tremendo de indignação por não ter sido convidada para aquele banquete que Agatha servia. Ela parou abruptamente, o olhar fixo no grifo.

— Águias comem gatos? — sussurrei.

— Tomara que não! — disse Sarah, preocupada.

Tabitha, porém, não era uma gata comum, e sim um felino superior, mais do que páreo para o recém-chegado. Ela passou pelo grifo sem nem olhar para trás, se esfregou em Agatha para indicar propriedade, pegou um pedaço de carne de pato com os dentes afiados e entrou na caixa transportadora, abanando o rabo bem alto, que nem uma bandeira. Depois deu uma volta na almofada de flanela, se enroscou em um nó de pelo cinza e soltou um suspiro enorme e contente.

O grifo foi andando atrás de Tabitha, as patas da frente pulando que nem as de uma ave, e as de trás, caminhando como as de um leão. Quando se enfiou na caixa, o grifo deitou, enroscando o rabo em Tabitha como proteção, e fechou os olhos.

Sarah fechou a porta de uma vez só.

O grifo abriu um olho. Esticou as garras pela grade de metal, se espreguiçando lentamente de modo felino, e se acomodou para cochilar.

— Ele está… ronronando? — perguntou Agatha, inclinando a cabeça para ouvir melhor.

— Deve ser a Tabitha — respondi. — Grifos não devem ronronar. Têm pescoço de águia. É outra laringe.

Um ronco gutural escapou das profundezas da caixa.

— Não tinha sido. *Esse último* é que foi a Tabitha — disse Sarah, com um ar de orgulho.

Mais uma vez, Matthew me encontrou na biblioteca. Eu estava revirando os livros de mitologia, em busca de informações sobre alimentação e cuidados com grifos.

Nossos bibliotecários fantasmagóricos, ainda determinados a ajudar, me entregavam o mesmo livro sem parar.

— Obrigada de novo, mas Pliny só diz que grifos são imaginários — falei para uma silhueta nebulosa antes de guardar o livro na estante. — Como tem um grifo lá embaixo, não vou dar muita atenção a ele. Isidore de Sevilha é muito mais útil. Vocês também seriam muito mais úteis se fossem organizar os dicionários.

— Pelo que entendi, houve alguma comoção. — Matthew estava no piso, abaixo de mim, com a mão apoiada no corrimão que protegia o caminho das prateleiras mais altas.

— Ah, ótimo — falei, abrindo o próximo exemplar antigo da estante. — Outro exemplar do *Physiologus*, desta vez do século X, pra combinar com os outros seis que já encontrei. Quantos exemplares desse livro Philippe precisava acumular?

— Autores não resistem a adquirir vários exemplares dos próprios livros, pelo que me dizem — respondeu Matthew, pulando o corrimão e pousando como um gato na escada. — Não posso confirmar, já que nunca publiquei um livro, mas, que eu lembre, você tem pelo menos dois exemplares dos seus.

— Você está sugerindo que seu pai foi o autor do bestiário mais influente da tradição ocidental? — Eu me levantei, estupefata, segurando o (sétimo, por enquanto) exemplar.

— Você entende a importância melhor do que eu. Sem dúvida, Philippe se orgulhava deles. Ele comprava todo exemplar que encontrava. Para ser sincero, acho que ele foi muito responsável pelo próprio sucesso de vendas — comentou Matthew, pegando o livro da minha mão. — Quer me explicar por que tem um grifo na despensa?

— Porque não dava pra botar ele no estábulo. Grifos não se dão com cavalos — respondi, pegando outro livro da estante para folheá-lo. — Lambert de Saint-Omer. Quem é?

— Um clérigo beneditino. Amigo de Gerbert, acho. Morava no norte. — Matthew também pegou aquele livro das minhas mãos.

— Todo mundo escrevia enciclopédias animais na Idade Média? — perguntei. — Por que ninguém registrou os fatos mais importantes, como o tamanho provável de grifos adultos, ou como alimentá-los e entretê-los?

Continuei a procurar nas estantes, convencida — como sempre — de que as respostas às minhas perguntas seriam encontradas em livros.

— Provavelmente porque poucos viram um grifo de perto, e os que viram não pretendiam tê-lo como bicho de estimação — disse Matthew, e a veia escura em sua testa pulsou de leve, devido à irritação. — Que ideia foi essa de conjurar um grifo, Diana? E por que não pode se livrar dele?

— O grifo não é meu.

Eu teria continuado a separar os bestiários dos livros sobre terras fabulosas, dos volumes sobre deuses e deusas antigos e dos relatos de vidas de santos cristãos, mas Matthew se meteu na minha frente, bloqueando a estante, determinado a me impedir de prosseguir.

— Então o grifo *é* o familiar de Philip — disse Matthew. — Não acreditei em Sarah quando ela me contou.

— Talvez seja.

Familiares eram seres que surgiam quando tecelões teciam o primeiro feitiço de suas vidas. Eram como rodinhas mágicas de bicicleta, que ajudavam a guiar o desenvolvimento dos talentos imprevisíveis dos tecelões.

— Só que nossos filhos são Nascidos Brilhantes, e não tecelões — continuei.

— E o que sabemos sobre Nascidos Brilhantes e suas capacidades? — perguntou Matthew, levantando a sobrancelha em questionamento.

— Pouco — admiti.

Tecelões eram bruxos com sangue de demônio nas veias. Nascidos Brilhantes eram criaturas nascidas de uma mãe tecelã e um pai vampiro com ira do sangue, uma característica genética também ligada ao sangue de demônio. Eram raros como unicórnios.

— Não é possível que Philip seja Nascido Brilhante *e* tecelão, ou que Nascidos Brilhantes também tenham familiares?

Havia apenas um modo de descobrir.

— Vá devagar — pediu Matthew a Philip. — Mantenha a mão aberta, como faz com Balthasar.

O fato de Matthew deixar Philip se aproximar de seu garanhão enorme e teimoso sempre fora motivo de preocupação, mas, naquele dia, tive motivos para agradecer.

Nosso filho foi cambaleando na direção do grifo, onde eu também estava, segurando Matthew com uma das mãos e um grão de cereal na outra. Becca estava sentada entre Sarah e Agatha, observando o procedimento.

O grifo piou e cacarejou, encorajando Philip — ou talvez apenas implorando pelo petisco.

Os livros de mitologia de Philippe não tinham me ajudado no que dizia respeito ao cuidado de grifos. Teríamos que descobrir do que a criatura gostava por tentativa e erro. Até então, o grifo tinha ficado satisfeito com pato, quantidades generosas de cereal e visitas esporádicas de Tabitha, que trouxera um ratinho quando ele começara a sentir fome.

— Meu Deus, que imenso — comentou Marcus, analisando as patas traseiras do grifo. — E só vai aumentar, se considerarmos o tamanho das patas.

Conforme Philip se aproximava, o grifo começou a pular de animação, batendo o bico e balançando o rabo.

— Senta. Fica. Deita. Bonzinho — disse Philip.

Ele estava acostumado à companhia de cachorros e, portanto, conhecia todas as besteiras que os adultos diziam para tentar conter o comportamento canino. Ia soltando comandos enquanto avançava.

O grifo se sentou.

Em seguida, abaixou o corpo entre as patas e esperou.

— Bom, Diana, se queria prova de que o grifo pertencia a Philip, acho que está aí — disse Sarah.

Philip esticou o braço, oferecendo o cereal para o grifo. Todos os adultos no ambiente prenderam a respiração enquanto o grifo estudava a comida.

— Petisco — disse Philip.

O grifo deu um pulo para se sentar e pegou o petisquinho de aveia. Enquanto ele engolia o cereal, contei para confirmar que os dedos de Philip ainda estavam todos presos à mão. Felizmente, estavam.

— Eba! — Philip abraçou o grifo com grande entusiasmo e orgulho. O bico estava perigosamente próximo da orelha do meu filho. Eu avancei para separá-los.

— Melhor não interferir, Diana — sugeriu Sarah, tranquila. — Esses dois têm uma relação especial.

— Vai chamar ele como, Pip? — perguntou Agatha. — Garibaldo?

— Acho que esse nome já era — disse Marcus, rindo. — Que tal George, em homenagem a George Washington? Já que ele é metade águia.

— Nome não é George — disse Philip, fazendo carinho na cabeça do grifo.

— Que outro nome, então? — quis saber Agatha. — Dora Cintilante?

Philip fez que não com a cabeça.

— Piu-Piu? — sugeriu Sarah. — É um bom nome de passarinho.

— Não é passarinho — retrucou Philip, olhando feio para Sarah.

— Por que não conta pra gente, Philip? — Eu não gostava da ideia de meu filho e uma criatura saída de um conto de fadas serem próximos assim.

— Segredo — disse Philip, e levou um dedo gorducho à boca. — Shhh.

Meu dedo pinicou em alerta.

Nomes são importantes, Ysabeau tinha me dito ao revelar os muitos nomes de Matthew.

Pode me chamar de Corra. Minha familiar, um dragão de fogo convocado quando fiz meu primeiro feitiço, se dispusera a compartilhar comigo um de seus nomes, apesar do modo de se apresentar me ter feito duvidar de que aquele fosse seu nome verdadeiro, o nome que tinha o poder de conjurá-la de onde ela considerasse ser seu lar.

— Conto pro papai — disse Philip, dando preferência ao pai.

Matthew se ajoelhou, pronto para escutar.

— Polo — revelou Philip.

O grifo bateu as asas uma vez, duas vezes, e se ergueu em voo, como se estivesse aguardando o chamado.

Metal bateu na pedra, ressoando como um sino que parecia anunciar que algo grandioso tinha acontecido.

Olhei para baixo, buscando a fonte do som. Uma ponta de flecha minúscula, de prata, com bordas afiadas, estava caída aos pés de Philip.

Ao voar, o grifo pairou ao redor da cabeça de Philip, atento ao próximo comando do mestre.

— Ele disse *Pollo*? — perguntou Sarah, franzindo a testa. — Que nem frango em espanhol?

— Foi Apolo — respondeu Matthew, me olhando, alarmado. — O irmão gêmeo da deusa Diana.

Becca e Philip brincavam no tapete de pele de ovelha felpudo no nosso quarto, contentes com blocos, um caminhão e uma manada de cavalos de plástico.

O grifo estava preso na despensa.

— Acho que os fantasmas estão tentando me avisar de Apolo há dias, por isso vivem revirando a seção de mitologia — comentei, me servindo de uma taça de vinho. Normalmente, eu não bebia durante o dia, mas era uma circunstância excepcional.

— Quanto você sabe do irmão da deusa Diana? — perguntou Matthew.

— Pouca coisa — admiti, examinando a pequena ponta de flecha prateada. — Tinha algo sobre ele em um dos livros de Philippe. Falava de três poderes.

Um borrão luminoso verde e dourado próximo à lareira tomou a forma de meu falecido sogro.

— Vovô! — disse Becca, mostrando um cavalo de plástico para ele.

Philippe sorriu para a neta e acenou com os dedos. Em seguida, sua expressão se tornou séria.

— *Constat secundum Porphyrii librum, quem Solem appellavit, triplicem esse potestatem, et eundem esse Solem apud superos, Liberum patrem in terris* — disse ele.

— De acordo com o livro de Porphyry, no qual ele é chamado de Sol, seu poder é tríplice, e o mesmo que o Sol no céu, o Pai da Liberdade na terra — traduzi o latim o mais rápido possível.

Aparentemente, por não fazer uma pergunta direta, escapei de alguma lei mágica antiga, e conseguiria o mais raro dos tesouros: informação de um fantasma.

— Porphyry? — perguntou Matthew, impressionado. — Quando você decorou isso?

— Não decorei. Seu pai me ajudou — contei e apontei as crianças. — Ele gosta de cuidar deles.

— *Et Apollinem apud inferos.*

A atenção de Philippe estava concentrada no neto.

— E Apolo no inferno — traduzi, atordoada.

A flecha reluziu ao sol, iluminando os fios dourados e pretos que a amarravam ao mundo.

— *Unde etiam tria insignia circa eius simulacrum videmus: lyram, quae nobis caelestis harmoniae imaginem monstrat; grypem, quae eum etiam terrenum numen ostendit* — continuou Philippe.

— Portanto, três atributos também podem ser vistos em suas representações: uma lira, imagem da harmonia celeste; um grifo, que mostra que ele também tem poder terrestre. — As palavras que eu pronunciava soavam como um encantamento, e o significado antigo que tinham ecoava pelo quarto.

— *Et sagittas, quibus infernus deus et noxius indicatur, unde etiam Apollo dictus est* — disse Philippe.

— E flechas, pelas quais se simboliza que ele é um deus infernal e nocivo, e por isso ele é chamado de destruidor.

Fechei os dedos ao redor da ponta prateada de flecha que o grifo dera a Philip.

— É isso, então — disse Matthew, e se levantou com um salto. — Não me importo com o que ele é, nem que Philip goste dele como bicho de estimação. O grifo vai embora.

— Vai para onde? — perguntei, fazendo que não com a cabeça. — Acho que não temos opção, Matthew. O grifo obedece a Philip, não a mim, nem a você. Apolo está aqui por um motivo.

— Se o motivo tiver qualquer relação com destruição, ou com essa flecha que largou no chão, esse grifo pode achar outra casa — disse Matthew. — Meu filho não vai ser um brinquedinho dos deuses... ou da deusa. É culpa dela. Eu sei bem.

Matthew não gostava do acordo que eu fizera com a deusa para salvar a vida dele. Em troca, eu oferecera a ela o uso da minha.

— Talvez seja exagero nosso — argumentei. — Talvez o grifo seja um presente inofensivo.

— Nada que ela faz é inofensivo. O que a deusa vai dar para Rebecca quando chegar a hora de ela fazer magia? Uma corça dourada? Um urso? — perguntou Matthew, cujos olhos iam escurecendo de acordo com suas emoções. — Não, Diana. Não aceito isso.

— Você mesmo disse que não podemos fingir que os gêmeos não têm magia no sangue — falei, tentando ser razoável.

— Uma coisa é magia. Outra coisa, inteiramente diferente, são grifos, deusas, inferno e destruição — continuou Matthew, a raiva subindo. — É isso que você quer para seu filho?

E o pai da liberdade na terra. A voz de Philippe era apenas um sussurro, com a expressão triste. *Por que, com Matthew, as coisas são sempre sombrias, nunca luminosas?*

Philippe já tinha me perguntado o mesmo. Não havia resposta simples. A fé de Matthew, sua ira do sangue e sua consciência exagerada afetavam tudo. Tornavam a alegria, os sorrisos inesperados e o perdão ainda mais preciosos, quando ele conseguia escapar dos sentimentos sombrios.

— Está me pedindo para enfeitiçá-lo? — questionei.

Matthew pareceu chocado.

— Porque talvez seja preciso isso para criar Philip em segurança, se ele *for* tecelão e não tiver Apolo para apoiá-lo — continuei. — Apolo pode estar com Philip mesmo quando não estivermos. Eles vão ser uma dupla.

— Philip não pode levar um grifo à escola — retrucou Matthew. — New Haven é um lugar progressista, mas há limites.

— Talvez não, mas ele pode levar um labrador. Se passar pelo treinamento adequado, é claro, e tiver certificado — respondi, pensando em voz alta. — Apolo pode se tornar um cão de assistência bem convincente, com o feitiço de disfarce certo.

— Não é au-au, mamãe — retrucou Philip, sacudindo o cavalo pelo tapete no que vagamente lembrava um galope. — É grifo.

— É, sim, filho — falei, com um sorriso fraco.

Meu filho tinha um grifo de estimação. Minha filha adorava o gosto de sangue.

Eu estava começando a entender por que meus pais poderiam ter considerado que me enfeitiçar era uma boa ideia.

Quando reencontramos o restante da família, todos estavam sentados no pátio, sob um guarda-sol colorido, ao redor de uma mesa coberta de lanches e bebidas, conversando a mil por hora. Apolo estava com eles.

— Mas você escutou minha ancestral, Sarah Bishop, e voltou para Harvard, como ela mandou — dizia Sarah. — Foi preciso coragem para abrir mão dos sonhos de glória e cuidar de sua mãe e de sua irmã.

— Na época, não pareceu coragem — disse Marcus, que abria cascas de pistache em um ritmo furioso e as jogava no chão para Apolo piscar. — Algumas pessoas me acusaram de covardia.

— Obviamente não viviam com seu pai. — Sarah cortou qualquer tensão que Marcus sentisse com sua combinação habitual de honestidade completa e compaixão.

Apertei o ombro dela e me sentei diante da jarra de chá gelado. Minha tia me olhou, surpresa.

— Está tudo bem? — perguntou Sarah.

— Claro. — Me servi de chá. — Matthew e eu estávamos falando do que fazer com Apolo.

— Ele não gostou de se separar de Philip — comentou Agatha.

— Não me surpreende — disse Marcus, comendo alguns pistaches. — O vínculo entre um familiar e um tecelão deve ser poderoso. Como está a Becca?

— Ela não parece nada enciumada — respondi, pensativa.

— Espere um tempo. — Marcus deu um sorriso. — Imagino que ela vá mudar de ideia quando Philip escolher brincar com Apolo, e não com ela.

— Talvez Apolo seja familiar dos dois... — argumentou Matthew, esperançoso.

— Acho que não — falei, frustrando as expectativas de Matthew. Ele pareceu tão desanimado que lhe dei um beijo. — Um familiar é como as rodinhas de bicicleta de um tecelão, lembra? São sempre diferentes, e perfeitamente adequados aos talentos do tecelão.

— Então, por Becca e Philip serem gêmeos dizigóticos, terão habilidades diferentes e, portanto, familiares diferentes — concluiu Marcus. — Saquei.

— E, claro, ainda não sabemos se Becca é tecelã — lembrei.

Todos me olharam com pena, como se eu tivesse enlouquecido.

Eu suspirei.

— Vamos pensar pelo lado bom. Pelo menos teremos ajuda para cuidar deles.

Matthew já tinha bebido uma taça inteira de vinho e estava começando a parecer menos atordoado.

— É verdade que Corra te defendia prontamente quando você estava em perigo — disse Matthew.

— E vinha ainda mais rápido se eu precisasse de ajuda ou de um empurrãozinho mágico — completei, pegando a mão dele.

— Não acha fascinante que o poder que você possui venha com um monitor de segurança próprio? — perguntou Agatha. — Ainda mais na forma de uma criatura mitológica.

— Sempre me perguntei como tecelões descobriam que eram diferentes, se não havia outros tecelões para ajudá-los, e como abordavam a dificuldade de criar feitiços em vez de apenas aprender a fazê-los do modo tradicional, estudando grimórios e a prática de outras bruxas — disse Sarah. — Agora já sei.

— Meu pai tinha uma garça — lembrei. — Quando o encontrei no passado, não pensei em perguntar que idade ele tinha quando Bennu surgiu.

— Parece que familiares são um pouco parecidos com vacinas — comentou Marcus. — Um pouco de magia que previne um mal maior. Faz sentido.

— Faz? — Eu tinha me acostumado a pensar em Corra com a metáfora da bicicleta, e era difícil mudar de comparação.

— Acho que sim. Um familiar é como uma vacina na infância. Falando tanto de 1775, tenho pensado muito nesse assunto — contou Marcus. — Além da guerra, era o principal assunto nas colônias. Me lembrar de Bunker Hill trouxe tudo de volta.

— Até assinarem a Declaração de Independência — falei, finalmente me sentindo em um terreno histórico mais firme. — Isso deve ter sido mais importante do que a medicina.

— Nada disso, professora Bishop. — Marcus riu. — Sabe o que estavam comemorando em Boston no dia quatro de julho de 1776? Nada que tenha acontecido na distante Filadélfia, garanto. O principal assunto da cidade, e da colônia inteira, era a decisão legislativa de Massachusetts de liberar a inoculação de varíola.

Até o momento, não havia tratamento eficiente para aquela doença terrível. Quando contraída, era contagiosa e potencialmente fatal. A infecção levava à febre alta e a bolhas de pus que deixavam cicatrizes deformadoras. Matthew me fizera tomar a vacina antes de viajarmos no tempo. Eu me lembrei da única bolha que tinha surgido no ponto da vacina. Eu carregaria aquela marca até o fim da vida.

— Tínhamos mais medo desse assassino silencioso do que de todas as armas britânicas — continuou Marcus. — Havia boatos de cobertores infectados e de doentes que eram propositalmente deixados para trás quando os britânicos bateram em retirada de Boston. Sua ancestral, Sarah Bishop, me alertou que médicos seriam tão necessários quanto soldados para vencer a guerra. Ela estava certa.

— Então você estudou para ser médico depois de Bunker Hill? — perguntei.

— Não. Primeiro, fui para casa encarar meu pai. Depois, veio o inverno, e, com ele, um intervalo na guerra. Quando as batalhas voltaram, no verão, e soldados se reuniram mais uma vez, vindo de todas as colônias, a quantidade de casos de varíola cresceu até estarmos à beira de uma epidemia. Não tínhamos nada para combater aquilo em nossas ferramentas médicas, apenas esperança de sobreviver.

Ele virou a palma esquerda para cima, revelando uma cicatriz branca e redonda com um centro elevado na parte de dentro do antebraço.

— Nós nos contaminamos com um caso leve de varíola para nos imunizar. A morte seria quase certa se contraíssemos a doença por exposição acidental — explicou. — Nossa independência do rei pode ter sido comemorada na Filadélfia, mas, em Massachusetts, estávamos felizes de ter alguma chance de sobrevivência.

Sociedade Histórica de Massachusetts, Acervo de Mercy Otis Warren
Carta de Hannah Winthrop para Mercy Otis
Cambridge, Massachusetts

8 de julho de 1776

(trecho retirado da página 2)

O Tema em questão é a Varíola. Boston abandonou seus Medos de invasão & se ocupa principalmente em comunicar a Infecção. Camas de feno & berços são transportados diariamente à Cidade. A sempre presente Paixão por acompanhar a Moda é tão Predominante quanto nunca.

Homens, Mulheres & crianças avidamente Aglomerados para se inocular é, na minha opinião, tão em voga quanto fugir das Tropas de um bárbaro George no Ano passado.

Mas ah, meu Amigo, eu não mencionei
o Luto que vivi e que vive em meu peito com a morte de
minha querida Amiga a boa Senhora Hancock, Um forte
apego a esta vida rompido, você que conhecia o valor dela pode
Lamentar comigo sua perda. Ah a incerteza de toda a felicidade Terrestre. O sr. Winthrop se junta a mim em Sincero respeito ao Cel. Warren & a você, ele espera que sejamos favorecidos pela sua companhia com você & seu filho.

Afetuosamente Sua,
Hannah Winthrop

12

Dor

AGOSTO-SETEMBRO DE 1776

Zeb Pruitt voltou a Hadley após a desastrosa campanha de Quebec e trouxe com ele o vírus da varíola. A notícia da infecção se espalhou pela cidade através da névoa de agosto que se instalava no vale após a passagem do calor de verão.

Anna Porter zanzava pelo mercado do pai como uma abelhinha importante. Ela gostava da colmeia de atividade ao redor do balcão, onde as pessoas se reuniam para comprar jornal, café e farinha — os três pilares da dieta patriota — e fofocar. As prateleiras da loja não estavam mais tão repletas de mercadorias estrangeiras quanto antes. Os Porter ainda encontravam muitos fornecedores locais de pregos e panelas, selas e sapatos, e escovas de cerda de porco, mas não havia chá, platina nem porcelana. Papel para escrita era escasso, e os poucos livros disponíveis vinham de Boston e da Filadélfia, e não de Londres. Especiarias e tabaco tinham passado a ficar expostos atrás do balcão, por medo dos clientes desesperados tentarem roubar a pouca quantidade adquirida.

Naquele dia, Marcus era um dos poucos clientes na loja. Era época da colheita, e a maior parte da população masculina da cidade estava em batalha, portanto mulheres e crianças estavam nos campos. Marcus tinha ganhado algum dinheiro fazendo serviços gerais pela cidade para ajudar, e as moedas pesavam no bolso. Ele se recostou no balcão da loja e apoiou o pé na tampa de uma batedeira de manteiga para analisar livros e jornais.

Ele estava considerando comprar um exemplar de *Senso comum*. Ultimamente, todos andavam falando de Thomas Paine. Marcus tinha acompanhado várias discussões acaloradas das ideias do autor na taberna de Pomeroy, e lido trechos da obra nos jornais antes do pai de Anna expulsá-lo, reclamando que aquilo era uma loja, não uma biblioteca. Marcus estava hipnotizado pelas palavras simples, mas poderosas, de Paine a respeito de liberdade, autonomia e obrigações do rei como pai da nação. Ele abriu o capítulo sobre sucessão hereditária que tinha estudado da última vez em que estivera na loja.

Pois, sendo todos os homens originalmente iguais, NINGUÉM por NASCIMENTO poderia ter o direito de determinar a própria família como preferência perpétua em relação a todas as outras para sempre, leu Marcus, *e, apesar de ele próprio talvez merecer ALGUM grau razoável de honra entre seus contemporâneos, ainda assim, seus descendentes poderiam ser indignos demais para herdá-la.*

Marcus olhou as prateleiras. Mesmo na guerra, havia confortos cotidianos suficientes na loja de Porter para manter os MacNeil felizes e contentes por meses. O contraste entre aquela abundância e o parco estoque de comida, tecido e outros itens essenciais que o aguardava em casa era gritante.

— O rosto de Zeb está monstruoso — comentou Anna Porter em voz baixa, tentando distrair Marcus da leitura. — Se não fosse a cor da pele, não daria para reconhecer.

Marcus ergueu o rosto com um protesto na boca. Entretanto, as palavras morreram antes de serem pronunciadas, banidas pela expressão de superioridade de Anna. Nem todos em Hadley admiravam o ânimo irreprimível e a criatividade de Zeb como Marcus.

— É mesmo? — perguntou Marcus, voltando a atenção ao panfleto do sr. Paine.

— Sim. Noah Cook disse que a varíola está destruindo o exército. Disse que não estão aceitando novos soldados, a não ser que provem já ter sobrevivido à doença.

Marcus não tivera varíola, nem o pai e a irmã. A mãe era a única na casa com imunidade, pois fora inoculada em Boston antes de se casar com Obadiah.

— Dizem que Zeb está em Hatfield. Nas antigas terras dos Marsh — contou Anna e estremeceu. — O fantasma de Zeb será o próximo a assombrar aquele lugar.

— O fantasma? — Marcus riu. Ele não temia mais histórias de assombração. — Imagino que você acredite que a velha Mary Webster era mesmo bruxa.

— Mary, meio enforcada, ainda caminha pela margem do rio nas noites sem lua — retrucou Ana, solene como uma juíza. — Minha irmã já a viu.

— Mary Webster não tinha amigos, nem sorte — retrucou Marcus —, mas não era imortal. Duvido muito que ela vague pelo píer à espera da barca.

— Como você sabe?

— Porque já vi mortos de perto.

A experiência de Marcus em Bunker Hill bastava para calar até mesmo Anna... mas não por muito tempo.

— Cansei de Thomas Paine — disse Anna, fazendo beicinho. — Só falam nele e na varíola.

— Paine está disposto a dizer o que outros homens pensam, mas temem pronunciar.

Marcus foi até o balcão e pagou pelo panfleto.

— A maioria das pessoas compram um exemplar apenas porque temem que alguém as acuse de ser *tory* — disse ela, estreitando os olhos para avaliar como ferir Marcus com suas palavras. — Seu primo comprou. Logo antes de fugir.

O primo Josiah fora suspeito de simpatizar com os ingleses, e os cidadãos de Amherst o tinham expulsado da cidade. A mãe de Marcus havia chorado por uma semana quase inteira diante da desgraça da família, recusando-se a aparecer na igreja.

— Eu não sou *tory* — retrucou Marcus, o rosto ardendo de vergonha, a caminho da porta.

— Que bom que comprou o panfleto do sr. Paine, então. Você sabe como gostam de falar. — Anna fez uma expressão crítica, como se não fosse uma das maiores fofoqueiras de Hadley.

— Bom dia, Anna — disse Marcus, demorando-se para se despedir com uma reverência completa antes de sair para a tarde de agosto.

Quando Marcus chegou à curva que levava para casa, parou de andar. Seu plano era ir à fazenda para esconder o exemplar de Thomas Paine na tremonha de grãos. Era sua função alimentar o gado e, por anos, ele enterrava seus tesouros onde o pai não encontraria. Os bens valiosos incluíam a arma que tinha pegado do soldado morto de New Hampshire em Bunker Hill, uma coleção preciosa de jornais, os livros médicos que Tom Buckland lhe emprestara e uma bolsinha de moedas.

Cada item era uma peça de sua futura liberdade — ao menos era o que Marcus esperava. Ele pretendia fugir e se alistar no exército na primeira oportunidade. Porém, se o que Anna dissera fosse verdade e o exército não estivesse aceitando ninguém que pudesse contrair varíola, Marcus poderia ser rejeitado assim que chegasse.

Ele tirou do bolso o carretel de linha vermelha que carregava por aí desde que soubera que Zeb tinha voltado da guerra. Pesou o carretel na mão, considerando as opções.

Não havia mais trabalho a fazer na fazenda. Levaria mais algumas semanas até o resto da plantação estar pronto para colheita.

A mãe e Patience estavam saudáveis, e tinha bastante comida na despensa.

O pai tinha levado a carroça a Springfield para vender madeira havia dois dias. Ninguém sabia o paradeiro dele, mas Marcus desconfiava que Obadiah estivesse gastando o lucro em todas as tabernas a caminho de Hadley. Poderia levar algumas semanas para voltar.

Com o panfleto em um bolso e o carretel de linha no outro, Marcus atravessou o rio a caminho de Hatfield.

A casa dos Marsh estava a ponto de desabar, em terras que não eram aradas havia anos. Lá dentro, a luz do sol entrava, inclinada, pelas frestas nas paredes de madeira grossa e pelas esquadrias vazias das janelas. O vidro desaparecera fazia tempo, junto com o trinco da porta e qualquer coisa de valor.

Marcus empurrou a porta para abri-la e localizou o amigo na penumbra. Pela aparência da silhueta que tremia na cama, a chance de sobrevivência de Zeb não era alta.

— Você não parece bem, Zeb.

— Ver. Por favor. — A pele ao redor da boca de Zeb estourara em bolhas que tinham se aberto e fechado com casquinha, dificultando a fala.

Marcus pegou a faca de caça e lustrou a lâmina na barra da camisa.

— Tem certeza?

Zeb assentiu.

Marcus aproximou a faca do rosto de Zeb. Esperava que o reflexo da lâmina fosse pequeno demais para o amigo entender como estava desfigurado pela varíola.

— Basta — disse Zeb.

Ele tinha perdido o cabelo e a cabeça estava coberta de feridas. Porém, o que Marcus não suportava olhar eram as solas dos pés dele. Gosmentas e em carne viva, estavam cobertas de vermes, que devoravam a pele morta.

A porta se abriu, inundando o ambiente de luz. Zeb fez um som inumano e desviou os olhos febris.

— Bom dia, Zeb. Trouxe comida e água, e também... o que você está fazendo aqui? — Era Thomas Buckland, que olhou para Marcus, horrorizado.

Marcus mostrou o carretel de linha.

— Achei melhor me inocular.

— Você sabe o que o pessoal de Hadley pensa disso.

As autoridades da cidade não aprovavam aquela nova mania. Se Deus quisesse que você pegasse varíola, você deveria aceitar, como bom cristão, sofrer e morrer.

— Não é ilegal. Não mais — respondeu Marcus. — Liberaram a legislação. Todo mundo está fazendo isso.

— Em Boston, talvez, mas em Hadley, não. Muito menos com um negro infectado.

Buckland pegou um pouco de pó na caixa e misturou com água para formar uma pasta.

— Acha que minha pele vai escurecer se eu pegar a doença de Zeb? — perguntou Marcus, achando graça. — Não me lembro de ler que negritude é contagiosa em nenhum daqueles livros médicos que você me deu.

— Você não pode só se inocular impulsivamente, Marcus — disse Buckland, passando um pouco de bálsamo com toques leves nos pés de Zeb. — Precisa seguir uma dieta específica. Se preparar por semanas.

— Passei a maior parte do verão comendo só mingau, maçã e verdura.

Graças aos livros de Tom, e ao que saíra nos jornais, Marcus sabia a recomendação dos médicos. Aconselhavam uma dieta restrita, que evitava comidas pesadas e carne — por acaso, era tudo que a família de Marcus podia pagar.

— Entendo — disse Buckland, fitando o rosto de Marcus. — Seu pai sabe?

Marcus fez que não com a cabeça.

— E sua mãe? O que ela acha desse plano?

— Ela foi inoculada quando menina.

— Sei o histórico médico dela, Marcus. Quero saber é se ela aprova que você fique aqui, trancado com Zeb, por três semanas.

Marcus se calou.

— Ela não sabe — suspirou Buckland. — Imagino que você queira que eu conte.

— Seria muito gentil, Tom. Obrigado. — Marcus ficou aliviado. Não queria que a mãe se preocupasse. Ele voltaria assim que se recuperasse. — Se puder também ficar de olho em Patience, eu agradeceria.

Patience andava arredia e abatida. Passava tempo demais sozinha e parecia ter medo até da própria sombra.

— Tudo bem, Marcus. Farei o que pediu. Mas — disse Buckland, e ergueu um dedo em alerta — você precisa jurar que ficará aqui até as feridas se secarem e sumirem. Você não pode sair para caçar. Nem passar na loja dos Porter. Nem pegar um livro emprestado em Northampton. Já tenho dificuldade suficiente para tratar os soldados que voltaram, como Zeb, sem enfrentar uma epidemia.

Como o curso da doença era muito mais leve quando contraído por inoculação, em comparação com o que ocorria quando se contraía por contágio, algumas pessoas relaxavam e seguiam a vida como sempre, sem perceber que a varíola estava chocando dentro do corpo como se estivesse em um ovo.

— Prometo. Além do mais, tenho tudo que preciso.

Marcus mostrou o exemplar já muito folheado de *Senso comum*.

— Melhor não deixar seu pai pegar você lendo isso — disse Buckland. — Os apelos por igualdade de Paine não fazem sucesso com ele.

— Não há nada de errado na justiça. — Marcus se sentou no chão, ao lado do estrado de cobertas dobradas de Zeb. Ele arregaçou a manga da camisa.

— O povo é sempre a favor da justiça, até ter de abrir mão de algo que tem por outra pessoa. — Buckland tirou uma lanceta da caixa de equipamentos. O bisturi de dois gumes era estreito e afiado. Zeb olhou para Buckland, desconfiado.

— Não se preocupe, Zeb — disse Marcus, fingindo ânimo. — A faca é para mim.

Buckland cortou a linha com o dente. Com cuidado, a arrastou por uma das feridas abertas de Zeb. Pus amarelo e branco encharcou o fio vermelho.

Marcus esticou o braço esquerdo. Ele queria inocular o esquerdo para o caso de dar errado e ele perder o tato por causa das cicatrizes. Para ser soldado, ele precisaria do dedo funcionando para puxar o gatilho.

Buckland arranhou o antebraço de Marcus com a lanceta. Ele e Marcus tinham discutido o método de inoculação suttoniano no verão anterior, quando Marcus voltara de Bunker Hill e a varíola começara a varrer Boston. Era uma técnica nova, que trazia menos risco porque as incisões da inoculação eram muito mais superficiais do que a de métodos anteriores.

Marcus viu o sangue subir à pele em linhas cruzadas. As marcas lembravam o tecido quadriculado que Patience trançava.

— Tem certeza, Marcus? Zeb não sofre de um caso leve. E ele se contaminou por exposição.

Idealmente, Tom teria administrado pus tirado de alguém também inoculado. Mas era um risco que Marcus precisaria aceitar.

— Pode prosseguir, Tom.

Marcus tremia por dentro, mas manteve a voz firme.

Buckland passou o fio pelas incisões na pele de Marcus até a linha vermelha ficar escura de sangue, indicando que o barbante encharcado de varíola tinha cumprido sua função.

— Que Deus nos acuda se isso der errado — disse Buckland, com a testa brilhando de perspiração.

Ao longo dos sete dias seguintes, a varíola avançou sob a pele de Marcus com a mesma determinação do exército britânico em Boston, transformando tudo no caminho.

O primeiro sinal de que a inoculação estava funcionando foi uma dor de cabeça esmagadora. Em seguida, Marcus começou a sentir uma dor nos rins que se espalhou pelas costas. Ele vomitou a casca de pão e o copo de cerveja que tinha se forçado a engolir no café. Depois, a febre o dominou. Era a pior que ele já sentira.

Marcus sabia que a febre abaixaria temporariamente, talvez por um dia ou mesmo algumas horas. Ele aguardava aquela breve calmaria na tempestade da infecção, antes da doença se recompor e irromper pela pele em bolhas doloridas. Até lá, ele tentava se distrair com *Senso comum*.

— Aqui a parte que eu comentei, Zeb.

Marcus estava tonto de febre e precisava se concentrar para as palavras não saírem tremendo pela página toda.

— "Nas primeiras eras do mundo, de acordo com a cronologia das escrituras, não havia reis" — continuou. Suor pingou nos olhos, que arderam. Ele secou o nariz, e os dedos ficaram sujos de sangue. — Imagine só, Zeb. Um mundo sem reis.

A água acabara havia horas. Normalmente, era Marcus quem saía para pegar os baldes que Tom Buckland enchia. Só de pensar em água fria e limpa, Marcus passava a língua seca nos lábios sedentos. A garganta estava dolorida e apertada e, quando ele engolia, sentia um gosto podre na boca.

Exausto e sedento, Marcus largou o livro e deslizou ao chão. O corpo todo doía, e ele não tinha energia para encontrar uma posição mais confortável.

— Vou só descansar os olhos uns minutinhos — disse Marcus.

A próxima coisa que Marcus percebeu foi o rosto escuro de Joshua Boston flutuando acima dele. Marcus pestanejou.

— Graças a Deus — disse Joshua. — Que susto você deu, Marcus.

— Você passou dois dias desacordado — disse Zeb. Os pés dele estavam sarando e, apesar das feridas no rosto terem deixado cicatrizes, ele estava reconhecível. — O dr. Buckland achou que a gente ia te perder.

Marcus tentou se sentar, engolindo a náusea que surgia com aquele movimento simples. Ele observou o braço esquerdo. Onde antes estavam linhas vermelhas cruzadas, havia uma pústula grande e gosmenta. Ele nunca mais teria que temer a varíola, mas a doença quase lhe tirara a vida. Marcus se sentia tão fraco quanto um dos gatinhos da irmã.

Joshua levou uma concha com água à boca de Marcus. O líquido fresco ardia na pele rachada, mas desceu pela garganta como maná.

— Quais são as novidades? — perguntou Marcus, rouco.

— Você é a novidade. A cidade toda sabe que você está aqui — respondeu Joshua. — Só falam disso.

Marcus sabia que levaria mais cinco dias — quatro, com sorte — para a casquinha da ferida cair.

— Cadê meu livro? — Marcus procurou pelo quarto pouco mobiliado.

— Aqui. — Joshua o entregou o exemplar de *Senso comum*. — Pelo que Zeb falou, parece que você já leu tudo.

— É um bom jeito de passar o tempo — explicou Marcus, reconfortado pelo peso familiar do panfleto fino nas mãos. Era um lembrete sólido do motivo para ele se sujeitar à inoculação e se arriscar diante da ira do pai para seguir a causa da liberdade. — Além do mais, Zeb tinha o direito de saber que somos uma democracia, e que o povo quer liberdade e igualdade.

— Algumas pessoas talvez queiram. Mas acho que a maioria do povo em Hadley, patriota ou não, não tem interesse em se sentar para jantar comigo — disse Joshua.

— A declaração escrita na Filadélfia disse que *todos* os homens são criados em igualdade, não apenas *alguns* homens — disse Marcus, apesar de sua dúvida.

— E ela foi escrita por um homem que é proprietário de centenas de escravizados — retrucou Joshua. — Melhor tirar a cabeça das nuvens, Marcus, senão vai se esborrachar quando voltar à terra.

Levou mais sete dias para a casquinha cair — dias durante os quais Marcus leu e releu *Senso comum*, debateu política com Joshua e começou a ensinar Zeb a ler. Finalmente, Tom Buckland declarou que ele podia voltar para casa.

Era um domingo, e os sinos da capela soavam pelo campo. Marcus saiu para o ar fresco do outono, nu como viera ao mundo. Joshua e Zeb o aguardavam perto da tina, com roupas limpas à mão.

Havia um aroma de madeira queimada e o cheiro suave de mofo nas folhas no ar. Zeb jogou uma maçã para Marcus, que a devorou em quatro dentadas. Depois de semanas vivendo à base de mingau ralo e cerveja, parecia o sabor mais fresco e limpo que ele já tinha sentido. Tudo que via, tudo que sentia e tudo que provava lhe pareciam uma dádiva depois das semanas passadas sob o jugo da varíola. O exército teria que aceitá-lo quando ele fugisse para se alistar.

Pela primeira vez, ele sentiu que a liberdade estava a seu alcance.

Tom saiu da casa, trazendo uma panela tampada.

— Acredito que isso seja seu. — Ele estendeu a panela. O cheiro de papel queimado tomou conta do ambiente. Tom queria queimar *Senso comum*, mas Marcus não permitira. Em vez disso, Tom fumigara o panfleto, enchendo a panela velha de musgo e agulha de pinheiro antes de acrescentar as brasas.

— Obrigado, Tom. — Marcus guardou as páginas no bolso. As palavras de Paine ajudariam a aquecê-lo a caminho da fazenda, assim como tinham mantido sua sanidade no período de quarentena.

Marcus deixou Zeb e Joshua queimarem as roupas e os lençóis antes de deixar a casa, para impedir que a varíola se espalhasse para quem quer que tentasse usar o lugar como abrigo temporário nas noites frias de outono. Tom e Marcus cruzaram o rio, em direção a Hadley, e se despediram na rua Oeste, diante do portão da fazenda dos MacNeil.

— Cuide-se, Marcus — disse Tom. — Dizem que Obadiah já voltou.

Marcus sentiu uma gota de preocupação invadir seu sangue.

— Obrigado de novo, Tom. Por tudo. — Ele empurrou o portão. A dobradiça estava ruim, e o portão pesava no poste. Ele teria que consertar aquilo, já que estava de volta.

Marcus foi para os fundos da casa para ver como estavam as vacas. Pensou em aproveitar e pegar alguns ovos. A mãe poderia fritá-los na banha quando voltasse da igreja, e Marcus poderia passar o restante no pão — se tivesse pão. A barriga dele roncou de antecipação pelo banquete.

Um estrépito soou, vindo do telheiro capenga que o pai tinha construído atrás de casa para servir de depósito, na época em que esperava que a fazenda se tornasse próspera. Das duas, uma: ou o porco dos Kellogg tinha fugido de novo e entrado na cozinha atrás de comida, ou Obadiah estava em casa, procurando a bebida que a mãe de Marcus escondia na calha. A porta, mal construída, estava entreaberta, e Marcus a empurrou um pouco mais com o pé. A surpresa seria vantajosa, fosse o invasor um porco ou um patriarca.

— Cadê o rum? — A voz do pai estava arrastada e furiosa. Outra louça caiu no chão.

— Não tem mais. — A voz de Catherine era baixa e continha um tremor de medo.

— Mentira! — gritou Obadiah.

A mãe berrou de dor.

Marcus deu meia-volta e correu até o celeiro. Pegou da tremonha de grãos o fuzil de pederneira, assim como a pólvora e as balas necessárias para o disparo.

Um antigo olmo ficava a menos de duzentos metros da porta da cozinha. Marcus se escondeu atrás do tronco grosso e carregou a arma. Ele andava treinando na mata. O que tinha descoberto era que, apesar do tempo necessário para carregar, a arma era de uma precisão impressionante, mesmo de longe.

— Pai! — chamou Marcus, gritando, e olhou pela mira da arma, apontada para a porta. — Vem aqui.

Fez-se silêncio.

— Marcus? — Obadiah riu. — Onde você se meteu, moleque?

Alguém abriu a porta com um chute.

Obadiah saiu, agarrado à esposa com uma das mãos, e puxando Patience pelo ombro com a outra.

— Desta vez a gente achou que o senhor tinha fugido de vez — disse Marcus.

— E por onde você andava? — Os olhos de Obadiah procuravam por Marcus. — Metido em encrenca, eu soube... enfiado naquela terra dos Marsh com Zeb Pruitt.

O choro de Patience aumentou.

— Cala essa boca! — Obadiah ralhou com a filha.

— Pegue a comida que quiser e vá embora, Obadiah — disse a mãe de Marcus, com a voz trêmula. — Não quero mais confusão.

— Você não me dá ordens, Catherine. — Obadiah a puxou para mais perto, gritando na cara dela. Tinha se esquecido de Marcus naquele momento. — Nunca.

— Solta ela! — gritou Patience, pulando no pai, acertando as costas dele com os punhos em uma tentativa fútil de chamar a atenção.

Obadiah se virou para Patience com um rosnado. Ele sacudiu a filha e a jogou no chão. Patience gritou de dor, torcendo a perna ao cair.

Marcus atirou.

O som da pólvora em ignição chegou ao pai antes da bala. O rosto de Obadiah MacNeil registrou surpresa momentos antes do disparo atingi-lo entre os olhos. Ele caiu para trás.

Marcus largou a arma e correu na direção da mãe e da irmã. A irmã estava desmaiada, e a mãe tremia como uma bétula.

— Tudo bem, mãe? — perguntou Marcus. Ele se ajoelhou ao lado de Patience, esfregando as mãos dela. — Patience. Está me ouvindo?

— Tu... tudo bem — gaguejou a mãe, cambaleando, e tirou a touca manchada de sangue. — Seu pai...

Marcus não sabia se a bala de metal tinha atravessado o crânio do pai, ou se ainda estava incrustada lá dentro. De qualquer modo, o homem estava morto.

Patience abriu os olhos, piscando-os, virou a cabeça e encarou os olhos vagos de Obadiah. Ela abriu a boca em um "O" sem som.

Marcus cobriu a boca da irmã antes de ela gritar.

— Silêncio, Patience — ordenou Catherine. Havia um inchaço vermelho sob um de seus olhos. Obadiah devia ter batido nela na busca frustrada por bebida.

Patience assentiu. Marcus afastou a mão da boca da irmã.

— Você matou o pai. O que a gente faz agora, Marcus? — perguntou a irmã, sussurrando.

— Podemos enterrar ele — disse Catherine, calma —, debaixo do olmo.

A árvore onde Marcus tinha se escondido e dado o tiro fatal.

Ele não havia considerado o que aconteceria depois que apertasse o gatilho e matasse o pai. Pensara apenas na mãe, na irmã e na segurança delas.

— Que Deus nos ajude. — Zeb estava parado perto do canto da casa. Ele fitou o corpo de Obadiah, os olhos avermelhados e o vestido rasgado de Patience, o rosto machucado de Catherine. — Vá se esconder na mata, Marcus. Eu e Joshua vamos encontrá-lo quando escurecer.

* * *

Só de madrugada é que Zeb e Joshua conseguiram convencer Marcus a partir de Hadley.

— Não tenho para onde ir — disse Marcus, atordoado. O choque dos acontecimentos do dia tinha começado a afetá-lo. Ele oscilava entre frio, ansiedade e tremor. — Minha casa é aqui.

— Você precisa ir embora. Você atirou no seu pai na manhã de domingo. Ninguém caça no sétimo dia. Alguém há de ter ouvido o disparo da arma. E o pessoal vai lembrar que viu Obadiah por aqui — argumentou Zeb.

Zeb estava certo. Um tiro na fazenda deles não passaria despercebido. Muitos moradores de Hadley teriam passado pela casa deles a caminho da capela. Até Tom Buckland tinha ouvido os boatos de que Obadiah estava de volta.

— Se ficar aqui, você vai ser preso. E talvez sua mãe e Patience até sejam acusadas de envolvimento — acrescentou Joshua.

— Se eu fugir, admitirei minha culpa, e elas se livrarão da responsabilidade.

Marcus apoiou a cabeça nas mãos. A manhã tinha sido tão clara e promissora. Ele sentira cheiro de liberdade no ar de outono de Hatfield. E, naquele momento, podia perder não apenas a liberdade, como a própria vida.

— Pegue a arma e siga para o sul, para o exército. É fácil um homem se perder na guerra. Se sobreviver, pode criar uma nova vida. Em outro lugar — sugeriu Joshua. — Bem longe de Hadley.

— Mas quem vai cuidar de minha mãe? E de Patience?

Os invernos eram sempre difíceis, mas, com a guerra e a pouca colheita, seria ainda mais sofrido sobreviver.

— Nós cuidaremos — disse Zeb. — Prometo.

Relutante, Marcus concordou com o plano. Joshua espalhou gordura de ganso no cabelo do amigo e acrescentou pó escuro para peruca, que grudou nos fios oleosos.

— Se procurarem um garoto loiro, nem vão te olhar. Espere chegar a Albany para limpar — orientou Zeb. — Ninguém viu suas cicatrizes de varíola. São poucas no rosto, mas, mesmo assim, a polícia vai estar atrás de alguém de pele lisa.

Zeb já tinha fugido e sabia como esconder a própria identidade.

— Fique perto das estradas primeiro, para se afastar mais rápido, e depois siga pelos caminhos menos comuns para sair de Albany, até chegar às tropas de Washington em Nova Jersey — acrescentou Joshua. — É lá que o exército está agora. Chegando lá, se não tiver lido sua história no jornal, nem sido pego, deve estar seguro.

— Que nome você vai usar? — perguntou Zeb.

— Nome?

— Você não pode se apresentar como Marcus MacNeil — disse Joshua. — Assim, vai ser pego, sem dúvida.

— Meu segundo nome é Galen — contou Marcus, devagar. — Vou usar ele. E Chauncey. Minha mãe sempre disse que eu era mais Chauncey que MacNeil.

Joshua cobriu a cabeça pintada de Marcus com o próprio chapéu.

— Fique de cabeça baixa e preste muita atenção, Galen Chauncey. E não olhe para trás.

Nove

21 DE MAIO

Dezenas de copos cobriam a mesa ampla de mogno na sala de jantar de Freyja: copinhos de dose estampados com nomes de bares do mundo todo; taças de cristal pesadas, feitas para servir vinho no fim do século XIX, com hastes lapidadas que projetavam arco-íris nas paredes; um vidrinho de geleia de Christine Ferber; uma taça de prata; um caneco coberto do Renascimento, de mais de trinta centímetros, cujo copo era feito de chifre, e a haste, de ouro.

Todos continham um gole de líquido vermelho-escuro.

Françoise abriu as cortinas azul-claras para deixar entrar mais luz, revelando telas finas de seda que filtravam a luz do sol. Mesmo com aquele véu protetor, Phoebe pestanejou. O brilho era tão fascinante quanto Freyja e Miriam advertiram, e ela se perdeu momentaneamente em meio à poeira que dançava no ar.

— Aqui. Experimente este.

Freyja, que servia de bartender vampírica, sacudiu uma coqueteleira de metal com Tiffany gravado em baixo relevo e serviu o conteúdo em uma taça de prata. Uma garrafa de vinho tinto estava por perto, já aberta, além de uma jarra de água para diluir o sangue, se necessário. Colheres compridas de prata, chifre e até ouro estavam espalhadas ao lado. Françoise pegou as colheres, deixou novas no lugar e se retirou para a região inferior da casa.

Miriam segurava uma prancheta e, como de costume, reunia informações. Para a criadora de Phoebe, a vida era uma coleção de dados a serem coletados, organizados, avaliados e analisados constantemente — e sempre havia mais dados. O desenvolvimento do gosto vampírico de Phoebe era o mais novo projeto dela.

Phoebe não conseguia deixar de se perguntar se era assim que Miriam mantivera a sanidade ao longo dos séculos sem Ori. Ela vira, no sangue de Miriam, que sua criadora fora prioresa em Jerusalém. O priorado tinha um ossuário extenso, e Miriam passara muito tempo lá contando e recontando ossos, arrumando-os e rearrumando-os em novos grupos de acordo com o tipo. Um ano, ela os organizara por data de enterro. No outro, por tamanho. Depois, montara esqueletos inteiros a partir de seus elementos, e os desmontara em seguida para recomeçar com outro esquema de organização.

— Número trinta e dois. O que contém? — perguntou Miriam, anotando mais um item na lista.

— Vamos esperar Phoebe decidir se gosta — disse Freyja, entregando a tacinha para Phoebe. — Não queremos que seu gosto natural seja alterado por noções preconcebidas de certo e errado. Ela deve se sentir livre para experimentar coisas novas.

Phoebe tinha vomitado o sangue de cachorro ao saber o que era e, apesar de Freyja ter tentado fazê-la beber mais, misturando-o a vinho Châteauneuf-du-Pape e água fria, a mera ideia de consumi-lo a deixava enjoada.

— Não estou com fome. — Phoebe queria apenas fechar os olhos e dormir. Não queria comida nova. Estava feliz com o sangue de Perséfone.

— Você precisa comer. — O tom de Miriam não permitia recusa.

— Já comi. — Phoebe tinha bebido da gata pela manhã.

Perséfone estava enroscada na cesta aos pés de Phoebe, perdida no sono, balançando suavemente as patas, o que indicava um sonho alegre de caça. Phoebe, por outro lado, estava tão mentalmente exausta que mal conseguia formar uma frase. Uma pontada aguda de fúria invejosa pela gata poder dormir tão tranquilamente subiu à sua garganta com velocidade impressionante. Ela avançou.

Freyja pegou a gata pela pele do pescoço em um instante, enquanto Miriam segurava Phoebe.

— Me solte. — As palavras de Phoebe saíram em um rosnado, e a reverberação no fundo da garganta quase a sufocou.

— Não se derrama sangue na casa de outra pessoa — disse Miriam, segurando com mais força.

— Já derramei sangue aqui — disse Phoebe, encontrando o olhar de Miriam. — Perséfone...

— A gata — interrompeu Miriam, ainda se recusando a chamá-la pelo nome — entrou nesta casa para seu uso, com permissão de Freyja, para consumo em seu quarto, e não em qualquer lugar em que deseje comer. Certamente não foi fornecida para você matá-la por inveja ou diversão.

Por um momento, Miriam e Phoebe se encararam. Até que Phoebe desviou o olhar. Era sinal de submissão. Aquilo ela havia aprendido naqueles quatro dias como vampira: não deveria desafiar os mais velhos — muito menos a criadora — com um olhar direto.

— Peça desculpas a Freyja — disse Miriam, soltando Phoebe e voltando à prancheta. — Ela se prestou a um enorme trabalho por sua causa. A maioria dos recém-renascidos não recebem tamanha consideração. Eles se alimentam do que têm, sem reclamar.

— Desculpa. — Phoebe se largou na cadeira sem a menor gentileza, com tanta força que as pernas rangeram perigosamente.

— Não tem proble... — começou Freyja.

— Ah, tem, sim — disse Miriam, lançando para Phoebe um olhar glacial. — Levante-se. Sem quebrar nada. Quando estiver de pé, vá até Freyja e se ajoelhe. Então, peça perdão. Direito.

Foi difícil saber quem ficou mais chocada pelas instruções — se Phoebe, ou Freyja.

— De jeito nenhum! — Para Phoebe, a ideia de prestar reverência a Freyja era revoltante, mesmo que ela fosse tia de Marcus.

— Não é necessário, Miriam — protestou Freyja, alarmada, e devolveu Perséfone à cesta.

— Discordo — disse Miriam. — É melhor que Phoebe aprenda as consequências da incivilidade aqui do que nas ruas de Paris, onde o mero fato de ela estar prestes a se casar com um Clermont atrairá uma fila de novatos dispostos a derrotá-la.

— Marcus nunca me perdoaria se sua parceira se ajoelhasse diante de mim — disse Freyja, fazendo que não com a cabeça.

— Não acredito muito no estilo parental moderno — disse Miriam, em voz baixa, mas carregada de uma advertência inconfundível. — Marcus sabia disso quando me pediu para criar Phoebe. Você também. Se meu método de criação for um problema, me mudarei com Phoebe para minha própria casa.

Freyja se empertigou e levantou o queixo. Phoebe não tinha muita informação sobre a origem da tia de Marcus, mas o gesto confirmou o pouco que sabia: que ela não apenas tinha sangue real, mas também havia assassinado seus três irmãos ainda jovens para impedi-los de herdar as terras da família.

— Prometi ao querido Marcus que não deixaria Phoebe até eles se reencontrarem — disse Freyja, fria. — Ele deve ter um bom motivo para pedir tal garantia.

Antes que irrompesse a guerra no oitavo *arrondissement*, Phoebe se levantou com cuidado da cadeira, para não botar pressão nos braços delicadamente esculpidos, e foi até Freyja na maior lentidão de que era capaz naquele estágio de seu desenvolvimento. Apesar do esforço para conter a rapidez, foram apenas dois piscares de olhos. Ela se ajoelhou graciosamente.

Na verdade, começou graciosamente, mas acabou abruptamente, e seus joelhos cavaram reentrâncias superficiais no assoalho de madeira.

Phoebe precisaria melhorar.

Ver os joelhos de Freyja, expostos e esculpidos sob a barra do vestido de linho turquesa, levemente sardentos devido à exposição ao sol no jardim, onde cuidava de suas amadas rosas, fez Phoebe perder a noção. Como o restante dela, os joelhos de Freyja eram perfeitos, elegantes e poderosos. Eles nunca seriam forçados a se dobrar diante de outra criatura.

— Perdão, Freyja — começou Phoebe, soando verdadeiramente arrependida. — Perdão por ser mantida como prisioneira em sua casa, contra minha vontade. Perdão por Marcus não ter mandado os Clermont se lascarem, para fazermos isso do nosso modo.

Miriam rosnou.

Freyja olhou para Phoebe com um misto de espanto e admiração.

— Perdão por não querer beber essa bagunça nojenta de sangue frio que você dispôs para mim tão cuidadosamente, para determinarmos se prefiro gato a cachorro, rato a camundongo, mulheres caucasianas a homens asiáticos. E peço enorme perdão por envergonhar minha querida criadora, a quem devo tudo — continuou Phoebe. — Não sou digna de seu sangue, mas o compartilho.

— Já basta — decretou Miriam.

Phoebe, porém, ainda não tinha acabado de zombar do pedido de desculpas forçado. Ela se dirigiu correndo à mesa e começou a virar os copos de sangue restantes com imensa velocidade.

— Revoltante — proclamou, e esmagou um copo de vidro até virar pó em suas mãos. Pegou o próximo. — Gosto muito forte de carne. — Uma taça de prata se partiu ao meio, separando o copo da base. — Pútrido, como a morte. — Ela cuspiu o líquido no copinho de dose, gravado com o alerta DECISÕES RUINS DÃO BOAS HISTÓRIAS. — Não é ruim, mas prefiro gato.

Phoebe virou ao contrário a taça vazia, e o resíduo sangrento escorreu pelo vidro, deixando um círculo grudento na mesa.

Ela continuou a dar a volta na mesa, bebendo sangue e largando copos, até ter consumido as últimas gotas. No fim, restava apenas um copo de prata. Phoebe secou a boca com a mão, que tremia, salpicada de sangue.

— Isso, eu beberia — disse Phoebe, apontando o copo pequeno e reto, com decoração de contas na borda (feito por um ourives do Kentucky por volta de 1850, se ela não estivesse enganada). — Mas só se não tivessem gatos por aí.

— Já é um progresso — disse Freyja, alegre, admirando a carnificina na mesa de jantar.

Uma exclamação anunciou a chegada de Françoise — que, é claro, seria obrigada a limpar aquela sujeira.

Porém, foi a expressão sombria de Miriam que atraiu a atenção de Phoebe. Era um semblante que prometia castigo — e não em qualquer cronograma humano previsível.

Miriam baniu Phoebe, como Cinderela, à cozinha para ajudar Françoise. Elas levaram várias idas e vindas pela escada apenas para recolher os destroços. Phoebe agradeceu pelo sistema cardiovascular recém-melhorado, além da velocidade vampírica.

Phoebe e Françoise tiraram a mesa, limparam a superfície, esfregaram o piso com uma escova e cataram os cacos de vidro dos joelhos e das canelas de Phoebe. Em seguida, se ocuparam na pia. Françoise cuidou de todos os copos quebráveis e entregou para Phoebe os de metal.

— Por que você continua com Freyja? — perguntou Phoebe, refletindo em voz alta.

— É meu trabalho. Toda criatura precisa de trabalho. Sem trabalho, não há respeito. — A resposta de Françoise foi sucinta, como de costume, mas não respondia bem à pergunta de Phoebe.

Phoebe tentou outro caminho.

— Você não preferiria fazer outra coisa?

Faxina parecia, a Phoebe, um trabalho muito limitado. Ela gostava de ir ao escritório e se atualizar dos desenvolvimentos do mercado de arte, de testar o conhecimento ao atribuir e autenticar obras cujo valor era desconhecido, ou fora esquecido havia muito tempo.

— Não. — Françoise abanou o pano de prato e o dobrou em três partes antes de pendurá-lo na barra. Ela voltou a atenção para uma cesta transbordando de roupa lavada e ligou o ferro de passar.

— Não preferiria trabalhar para si? — Phoebe estava disposta a considerar a possibilidade de haver recompensas escondidas no trabalho de limpeza e cozinha, mas não conseguia imaginar viver a serviço de outros.

— É a vida que escolhi. Uma boa vida. Sou bem paga, respeitada e protegida — respondeu Françoise.

Phoebe franziu a testa. Françoise era vampira e tinha braços do tamanho de pequenos presuntos. Não parecia precisar de proteção.

— Mas você pode estudar. Fazer faculdade. Dominar um campo. Fazer tudo que quiser, na verdade. — Phoebe tentou dobrar o próprio pano de prato molhado, mas não deu certo; acabou com um lado torto, deformado pelo esforço. Ela o pendurou na barra ao lado do de Françoise.

Françoise puxou o pano de prato de volta e o abriu. Ela o dobrou corretamente e voltou a pendurá-lo. Assim, ficou perfeitamente igual ao outro, e os dois panos transmitiam o ar de domesticidade perfeita, como as fotos nas revistas femininas que a mãe assinava: ao mesmo tempo relaxante e levemente crítico.

— Eu já sei o suficiente — respondeu Françoise.

Sei dobrar corretamente um pano de prato, o que você não sabe, dizia sua expressão.

— Você nunca quis... mais? — perguntou Phoebe, um pouco hesitante. Não queria enfurecer uma vampira mais velha, rápida e forte do que ela.

— Eu quis mais do que uma vida de esforço nos campos da Borgonha, com a terra no cabelo e entre os dedos, até cair morta aos quarenta anos, como minha mãe — respondeu Françoise. — E consegui.

Phoebe se sentou em um banco, os dedos entrelaçados, e se ajeitou nervosamente no assento. Françoise nunca dissera tantas palavras de uma vez, pelo menos não diante de Phoebe. Ela esperava não ter ofendido a mulher com as perguntas.

— Eu quis roupas quentes no inverno, e um cobertor a mais à noite — continuou Françoise, surpreendendo Phoebe. — Quis mais lenha na lareira. Quis dormir sem fome, e nunca mais me preocupar com a comida, sem saber se seria suficiente para alimentar as pessoas que amava. Quis menos doença, a doença que sempre vinha em fevereiro e agosto para levar as pessoas embora.

Phoebe reconheceu a cadência da própria demonstração de raiva diante de Freyja e Miriam. Era claro que Françoise ouvira tudo. Ela imitava Phoebe sutilmente — como argumento. Ou advertência. Entre vampiros, era muito difícil diferenciar.

— Então, veja bem, já possuo tudo que desejei — concluiu Françoise. — Eu não escolheria ser a senhora, com todo esse ensino inútil e essa suposta independência, por nada neste mundo.

Foi uma declaração espantosa, pois Phoebe sentia que a própria vida era quase perfeita, e que apenas melhoraria com a eternidade para fazer o que quisesse, com Marcus ao lado.

— Por que não? — perguntou.

— Porque tenho algo que a senhora nunca mais possuirá — disse Françoise, abaixando a voz em um sibilo de confidência —, um tesouro que dinheiro algum pode comprar, e tempo algum pode garantir.

Phoebe se aproximou, ávida para saber que tesouro seria. Não podia ser a vida longa, pois também a tinha.

Françoise, como a maioria dos indivíduos taciturnos, gostava de uma plateia atenta. Também dominava a arte da pausa dramática. Pegou o frasco de água de lavanda e borrifou em uma fronha. Em seguida, empunhou o ferro quente com a mesma experiência ágil com que fazia todas as outras tarefas na casa.

Phoebe esperou, com uma paciência tão rara quanto a franqueza de Françoise.

— Liberdade — disse Françoise, por fim.

Ela pegou outra fronha e deixou a palavra no ar.

— Ninguém presta atenção em mim — continuou. — Posso fazer o que quiser. Viver, morrer, trabalhar, descansar, me apaixonar… e me desapaixonar também. Todo mundo está atento à senhora, esperando que fracasse. Questionando se terá sucesso. Em agosto, milorde Marcus voltará à sua cama, mas também o olhar da Congregação. Quando se espalhar a notícia do noivado, todos os vampiros da terra terão curiosidade sobre a senhora. A senhora não terá um momento de paz ou liberdade na vida inteira… e essa vida, se Deus quiser, será longa.

Phoebe, que se movia nervosamente, parou, e o ambiente ficou tão quieto que até um sangue-quente escutaria a queda de um alfinete.

— Mas não precisa se preocupar — disse Françoise, dobrando a fronha lisa em um retângulo reto antes de pegar outra fronha úmida da cesta. — A senhora não terá liberdade, mas terá sucesso no trabalho… pois eu farei o *meu* trabalho e a protegerei daqueles que poderiam te fazer mal.

— Como assim? — Aquilo era novidade para Phoebe.

— Todo vampiro recém-renascido precisa de alguém como eu para cuidar dele, e os vampiros mais velhos também, quando fazem parte da sociedade. Eu vesti a madame Ysabeau, e as miladies Freyja e Verin — contou Françoise, sem notar a reação espantada de Phoebe. — Cuidei de milady Stasia no inverno de 802, quando ela adoeceu de *ennui* e não saía de casa para nada, nem mesmo para caçar.

Françoise terminou de passar a fronha e pegou um lençol. O ferro assobiava e cuspia no tecido úmido. Phoebe prendeu o fôlego. Era mais da história antiga dos Clermont, algo que ela nunca tinha ouvido, e não queria interromper.

— Servi à madame quando ela estava no passado com o *sieur* Matthew, e cuidei para ela não correr perigo quando circulava na cidade a negócios. Cuidei da casa de milady Johanna depois de milorde Godfrey falecer nas guerras, quando ela ficou furiosa e desejou morrer. Cozinhei e limpei para *sieur* Baldwin e ajudei Alain a cuidar de *sieur* Philippe quando ele voltou devastado da captura pelos nazistas. — Françoise fixou em Phoebe os olhos escuros. — Agora não está feliz por ser esta a vida que escolhi? A vida de cuidar desta família? Porque, sem mim, a senhora seria devorada, cuspida e pisoteada por todo vampiro que encontrasse, assim como o milorde Marcus.

Phoebe não estava *feliz*, mas, quanto mais Françoise falava, mais ela agradecia pelo conselho oferecido pela mulher. E ainda não entendia por que alguém com plenas faculdades — que Françoise possuía — *escolheria* cuidar de outras pessoas. Phoebe supunha que não era tão diferente da escolha de Marcus pela medicina, mas ele passara anos estudando para tal, e lhe parecia, de algum modo, mais digno do que a opção de Françoise.

Quanto mais considerava a pergunta de Françoise, porém, menos certeza Phoebe tinha da resposta.

Françoise começou a curvar a boca em um sorriso lento e deliberado.

Pela primeira vez desde que tinha se tornado vampira, Phoebe sentiu uma onda inconfundível de orgulho. De algum modo, simplesmente por seu silêncio, tinha ganhado a aprovação de Françoise. Era muito mais importante do que ela esperava.

Phoebe entregou a Françoise o lençol embolado no alto da cesta.

— O que é *ennui*? — perguntou Phoebe.

Françoise sorriu ainda mais.

— É um tipo de doença... menos perigosa que a ira do sangue de *sieur* Matthew, entenda, mas pode ser fatal.

— Stasia ainda sofre disso?

Phoebe voltou a se instalar no banco, observando os movimentos de Françoise e reparando em como ela sustentava o tecido úmido e comprido sem encostar no chão. Elas duas passariam muito tempo juntas. Se o cuidado da casa era importante assim para Françoise, Phoebe deveria ao menos tentar entender o motivo.

— Mulheres brancas de meia-idade — disse Miriam, entrando no território de Françoise.

— O que tem elas? — perguntou Phoebe, confusa.

— Era a amostra oitenta e três, a que você disse ser a única que beberia caso não houvesse um gato — explicou Miriam.

— Ah. — Phoebe pestanejou.

— Vamos arranjar mais. Françoise terá à mão, mas você precisa pedir. Especificamente. Se não pedir, terá apenas a gata para se alimentar — disse Miriam.

Qual era o propósito daquilo?, perguntou-se Phoebe. Não podia só dizer "Estou com fome" e assaltar a geladeira?

Françoise, porém, pareceu entender o que ocorria. Ela assentiu. Phoebe entenderia depois a razão daquela regra ridícula.

— A gata será suficiente, Miriam, obrigada — disse Phoebe, rígida.

Ela simplesmente não imaginava sentir necessidade a ponto de pronunciar as palavras "me sirva o sangue de uma mulher branca de meia-idade".

— Veremos — disse Miriam, sorrindo. — Venha. É hora de aprender a escrever.

— Eu sei escrever — respondeu Phoebe, irritada.

— Sim, mas gostaríamos que você escrevesse sem botar fogo no papel por excesso de fricção, e sem arranhar a mesa também. — Miriam fez sinal com o dedo de um modo que fez Phoebe estremecer.

Pela primeira vez na vida, Phoebe relutou em sair da cozinha. De repente, lhe parecia um lugar de conforto e segurança, com Françoise, a roupa limpa, os copos lavados e o assobio do ferro. Nos outros andares, havia apenas perigo e qualquer novo teste que suas professoras vampiras sádicas conseguissem inventar.

Quando fechou a porta forrada em baeta da cozinha, ela chegou à resposta para a pergunta de Françoise.

— Sim. Fico feliz. — Phoebe estava de volta à cozinha antes mesmo de planejar voltar. Miriam e Freyja estavam certas: pensar no lugar onde queria estar era mesmo suficiente para levá-la até lá.

— Imaginei. Agora vá. Não deixe sua criadora esperando — aconselhou Françoise, apontando a porta com o ferro de passar, como se não pesasse mais do que uma pluma.

Phoebe foi até Miriam. Quando a porta de baeta fechou de vez, ela ouviu um som estranhíssimo, algo entre uma tosse e um cacarejo.

Era Françoise — ela estava rindo.

14

Uma vida de problemas

25 DE MAIO

— Senta. Fica. Espera.

A voz estridente do meu filho escapava pela janela aberta, pronunciando uma sequência sem sentido, imitando as mesmas instruções que eu dava para Hector e Fallon sempre que tentávamos entrar em casa sem que eu fosse derrubada. A porta da cozinha se abriu, rangendo. Fez-se uma pausa.

— Espera. Fica. Ok.

Apolo entrou pulando no ambiente, parecendo satisfeito — só menos orgulhoso do que Philip, que veio cambaleando atrás dele, segurando a coleira de Fallon, de mãos dadas com Matthew.

A coleira de couro de Fallon não estava presa ao grifo, o que me alarmou.

— Mamãe! — Philip se jogou nas minhas pernas. Apolo se juntou ao abraço, nos envolvendo com as asas e piando de alegria.

— O passeio foi bom? — perguntei, ajeitando o cabelo de Philip, que tendia a ficar arrepiado pela menor das brisas.

— Muito bom — disse Matthew, que me deu um beijo demorado. — Você está com gosto de amêndoa.

— Tomamos café da manhã — falei, apontando para Becca, que estava com o rosto cheio de geleia e manteiga de amendoim. Ela deu um sorriso de boas-vindas para o pai e o irmão. — Becca dividiu comigo.

Era um comportamento pouco característico para nossa filha. Ela era atenta à comida e precisava ser lembrada de que nem tudo que era servido na mesa pertencia a ela.

Apolo foi pulando até a cadeira de Becca. Ele se sentou, com a língua comprida pendurada em expectativa e os olhinhos encarando a mesa, onde restava o fim do banquete. Becca estreitou os olhos para ele em advertência.

— Vejo que Rebecca e Apolo ainda estão se acertando — comentou Matthew, servindo-se de café fumegante e sentando-se para ler o jornal.

Philip continuava tagarelando comandos para o grifo, balançando a guia para atraí-lo.

— Vem. Senta. Ok. Vem, Polo. Senta.

— Vamos botar seu babador e tomar café da manhã — disse eu, pegando a guia e botando-a na mesa. — Marthe fez mingau de aveia. Seu preferido!

A refeição preferida de Philip pela manhã era uma gosma rosa-clara — um pouco de sangue de codorna, um punhado de aveia e algumas frutinhas —, acompanhada de muito leite. Chamávamos de mingau de aveia, mas críticos gastronômicos provavelmente não reconheceriam o prato.

— Apolo. Aqui! — insistiu Philip, cuja paciência se esvaía, com um tom de pirraça. — Aqui!

— Deixa o Polo ficar um pouco com a Becca — falei.

Para distrair Philip, peguei-o no colo e o virei de ponta-cabeça. Porém, tudo que consegui foi assustar o grifo. Apolo guinchou, horrorizado, e saiu voando, cacarejando ao redor de Philip e o reconfortando com tapinhas de rabo. Foi apenas depois de Philip voltar a se sentar na cadeirinha que o grifo parou quieto.

— Viu Marcus hoje? — perguntou Matthew, tentando ouvir algum som do filho adulto.

— Ele passou pela cozinha enquanto vocês estavam fora. Disse que ia correr.

Entreguei uma colher para Philip, que a usaria para jogar mingau para todos os lados, em vez de se alimentar, e peguei minha xícara de chá.

— Ele parece ansioso — acrescentei.

— Está esperando notícias de Paris — explicou Matthew.

Os telefonemas vinham de poucos em poucos dias. Freyja falava com Ysabeau, e a mãe de Matthew transmitia a informação ao neto. Até então, Phoebe estava ótima. Houve alguns percalços, Freyja reconhecia, mas nada de inesperado nas primeiras semanas de um vampiro. A forte Françoise estava dando apoio à recém-renascida, e eu sabia, por experiência própria, que ela se dedicaria à causa. Ainda assim, Marcus se preocupava.

— Marcus anda diferente desde que contou a você sobre Obadiah — disse Matthew, atribuindo a ansiedade do filho a outra causa.

O fim violento de Obadiah fora tema de muitas conversas cochichadas que eu tivera com Agatha e Sarah. Ao longo dos últimos dias, Marcus voltara a falar dos acontecimentos de 1776, acrescentando detalhes e cogitando se havia algum modo de não ter matado o pai, mas ainda ter protegido a mãe e a irmã.

— Os fios que o prendem ao mundo mudaram de cor, mas ainda estão embolados e embaraçados — admiti. — Ando pensando se um encanto simples pode ajudar, tecido com o segundo nó. Para ele, está tudo azul.

— Como assim? Você acha que para ele está tudo bem, mesmo que ele esteja ansioso? — perguntou Matthew, franzindo a testa.

— Não, não é "tudo azul" no sentido metafórico! Toda vez que Marcus esbarra no tempo, o registro aparece em tons de azul: azul real, azul-claro, roxo, lavanda, índigo, até turquesa. Eu gostaria de ver mais equilíbrio. Semana passada tinha um pouco de vermelho, branco e preto misturado. Não são apenas cores felizes, mas pelo menos variava.

Matthew parecia fascinado e preocupado ao mesmo tempo.

— Feitiços de segundo nó reequilibram a energia. É comum em magia do amor — expliquei. — Mas esse não é o único objetivo. Nesse caso, eu poderia tecer um feitiço para ajudar Marcus a processar as emoções emboladas de suas vidas passadas.

— O trabalho mais importante de um vampiro é processar as vidas passadas — disse Matthew, cauteloso. — Não acho que assistência mágica seja boa ideia, *mon coeur*.

— Mas Marcus está tentando ignorar o passado, em vez de enfrentá-lo. É impossível fazer isso.

Passado. Presente. Futuro. Como historiadora, a relação entre os três me intrigava. Examinar um fio exigia estudar todos os outros.

— Ele vai perceber isso — disse Matthew, voltando ao jornal. — Com o tempo.

Eu estava saindo para caminhar com Matthew e as crianças quando vimos um conversível se aproximar da casa. O carro virou na pista e se aproximou em curvas sinuosas e lentas.

— Ysabeau — disse Matthew. — E Marcus.

Era uma procissão bizarra. Alain vinha ao volante. Ysabeau de Clermont estava no banco do carona, de óculos escuros e com um vestido rosa-claro sem mangas. As pontas do lenço Hermès amarrado na cabeça dela esvoaçavam à brisa. Ela parecia ter saído de um filme dos anos 1960 sobre uma princesa europeia de férias. Marcus vinha correndo junto ao carro, perguntando por notícias de Paris.

— Meu Deus, *grand-mère* — disse Marcus, quando chegaram à casa e Alain desligou o motor. — Por que ter um carro possante assim e deixar Alain dirigir a dez quilômetros por hora, que nem um carrinho de golfe?

— Nunca se sabe quando será preciso fugir — respondeu Ysabeau, cautelosa.

As crianças tentaram chamar a atenção de Ysabeau. Ela as ignorou, dando apenas uma piscadela discreta para Rebecca.

— Como está Phoebe? — Marcus praticamente dançava de ansiedade.

Ysabeau não respondeu à pergunta do neto, apenas indicou o banco de trás do carro:

— Trouxe champanhe decente. Nunca tem o suficiente nessa casa.

— E Phoebe? — insistiu Marcus.

— O dente de Becca já nasceu? — Ysabeau perguntou a Matthew, ainda ignorando Marcus. — Olá, Diana. Você está com uma cara boa.

— Bom dia, *maman* — disse Matthew, abaixando-se para beijá-la no rosto.

Sarah e Agatha se juntaram a nós no pátio. Sarah ainda estava de pijama e roupão, e Agatha usava um vestido elegante. Elas formavam uma dupla engraçada.

— Já é tarde, Matthew. Não tem relógio em casa? — perguntou Ysabeau, olhando ao redor, em busca de outro alvo, que encontrou na minha tia. — Sarah. Que vestido curioso. Espero que não tenha custado caro.

— Também é um prazer vê-la, Ysabeau. Foi Agatha quem fez para mim. Ela faria um para você também, se pedisse com gentileza. — Sarah envolveu o quimono vívido ao redor do corpo. Ysabeau olhou de soslaio para a roupa e fungou.

— Estão sofrendo com pulgas? Por que tudo aqui fede a lavanda? — perguntou Ysabeau.

— Que tal entrarmos em casa? — falei, mudando Becca de lado no meu colo.

— Estava esperando esse convite — disse Ysabeau, deixando evidente sua irritação com a demora. — Não posso sair entrando, não é mesmo?

— Você saberia melhor do que eu — respondi, agradável, determinada a não brigar com minha sogra. — Minha etiqueta vampírica deixa a desejar. Nós, bruxas, só entramos sem pedir e seguimos para a cozinha.

Tendo confirmado seu maior temor, Ysabeau passou entre nós, criaturas inferiores, e entrou na casa que já tinha sido dela.

Após se instalar em uma poltrona confortável na sala de estar, ela insistiu que todos tivessem algo para beber, e então pegou os gêmeos no colo e entabulou uma longa conversa com cada um dos dois. O toque do telefone os interrompeu.

— *Oui?* — disse Ysabeau, após tirar o celular vermelho-vivo de uma bolsinha fina vintage cuja alça de acrílico tinha a forma marcante de um cão de corrida.

Marcus se aproximou para escutar o outro lado da conversa, durante a qual eu e as outras sangue-quentes no ambiente percebemos um longuíssimo silêncio.

— Ah. Que notícia excelente — respondeu Ysabeau, sorrindo. — Não esperava nada menos de Phoebe.

O rosto de Matthew relaxou minimamente, e Marcus soltou um grito de alegria.

— Bee Bee! — cantarolou Becca, chamando Phoebe pelo apelido.

— E ela está se sentindo bem? — perguntou Ysabeau, pausando para Freyja responder. — Perséfone? *Hein*, nunca gostei dessa menina, sempre cheia de reclamações.

Estreitei os olhos. Em um futuro próximo, conversaria com Ysabeau sobre mitologia. Talvez *ela* soubesse o tamanho e o peso médios de um grifo adulto.

— Phoebe perguntou por mim? — questionou Marcus.

Ysabeau encostou a unha comprida no peito do neto em um gesto de aviso. Eu tinha visto aquela mesma unha perfurar o coração de um vampiro. Marcus ficou quieto.

— Pode dizer que Marcus está em excelente saúde, e que estamos dando jeitos de ocupá-lo até ela nos ser devolvida — disse Ysabeau, como se Phoebe fosse um livro de biblioteca. — Até domingo, então.

Ela desligou.

— Dois dias inteiros! — resmungou Marcus. — Não acredito que preciso esperar mais dois dias por notícias.

— É sorte sua estar na época dos telefones, Marcus. Levou muito mais de dois dias para as notícias de Antioquia chegarem a Jerusalém quando Louisa foi criada, eu garanto — respondeu Ysabeau, com um olhar severo. — Você poderia tratar dos Cavaleiros de Lázaro, em vez de se arrastar na fossa. São tantos os cavaleiros agora, muito jovens e inexperientes. Vá brincar.

— O que propõe, *grand-mère*? Que eu os conduza em missão à Terra Santa? Comece um torneio de arco e flecha? Marque uma justa? — perguntou Marcus, com leve zombaria.

— Não seja ridículo — retrucou Ysabeau. — Odeio justas. Não há nada para as mulheres fazerem além de lançar olhares adoradores para os homens e servir de decoração. Certamente há algum país a conquistar, algum governo a infiltrar, alguma família má para levar à justiça.

O olhar dela brilhou com a ideia.

— Foi exatamente assim que acabamos com a Congregação — disse Marcus, com o dedo em riste, acusador. — Pense na encrenca que *isso* causou. Não nos comportamos mais assim, *grand-mère*.

— Então deve ser um tédio ser um cavaleiro — disse Ysabeau. — Eu não me preocuparia com a encrenca. Parece que problemas encontram esta família de qualquer modo. Algo logo vai acontecer. Sempre acontece.

Matthew e eu nos entreolhamos. Sarah riu.

— Diana já contou do grifo? — perguntou minha tia.

Em menos de uma hora, Apolo já estava empoleirado no braço de Ysabeau, como uma das águias do imperador Rodolfo. Apesar do grifo ter aproximadamente a mesma altura, eu desconfiava que a parte leonina do corpo acrescentasse peso considerável. Apenas uma vampira conseguiria sustentá-lo com tamanha elegância.

Apesar da roupa moderna, Ysabeau tratava da criatura com a delicadeza de uma dama medieval na falcoaria.

Becca preferiu que Sarah e Agatha lessem uma história para ela a brincar com o grifo. O restante de nós ficou com Ysabeau, para ver a rara imagem do grifo voando a céu aberto.

Ysabeau segurava um camundongo morto na mão, prendendo a atenção do grifo. Quando ela levantou o braço, o grifo se ergueu do poleiro e voou acima dela. Rapidamente, Ysabeau jogou o camundongo no ar.

Apolo mergulhou e pegou o animal no bico, o rabo esvoaçando no voo. Ele voltou a Ysabeau e deixou o troféu aos pés dela.

— Bom menino! — exclamou Philip, batendo palmas para dar ênfase.

Apolo piou em resposta.

— Ok. — Philip pareceu entender o que o grifo respondeu e pegou o camundongo. Ele jogou o bicho com toda a força, que caiu a meio metro atrás dele.

Apolo o pegou depois de vários saltos, e o largou aos pés de Ysabeau de novo.

— Temo que Apolo não esteja se exercitando suficientemente, Matthew. Você precisa fazer ele voar, senão ele vai se divertir sozinho... — disse Ysabeau, que pegou o camundongo outra vez e o arremessou para o outro lado do fosso — ... e você não vai gostar do resultado.

Apolo foi aos pulos até a beirada da água, voou por cima e encontrou o camundongo nos juncos do outro lado. O grifo o pegou, saiu voando e deu algumas voltas no ar. O assobio estridente de Ysabeau o fez voltar ao chão.

— Você parece entender muito de grifos, *grand-mère* — disse Marcus, desconfiado.

— Um pouco — respondeu ela. — Eles nunca foram tão comuns. Diferentemente dos centauros e das dríades.

— Dríades? — perguntei, com a voz fraca.

— Quando eu era moça, era preciso tomar muito cuidado ao andar pela mata — explicou Ysabeau. — As dríades pareciam mulheres comuns, mas, se você parasse para conversar com uma delas, acabaria cercada de árvores e não encontraria a saída.

Olhei de relance para a floresta densa na fronteira norte do terreno, incomodada com a ideia de as árvores tentarem puxar conversa com Becca.

— Quanto aos centauros, podem agradecer por Philip não ter invocado um desses. Eles podem ser malandros e são impossíveis de domesticar — comentou Ysabeau, agachada perto do neto. — Dê o camundongo para Apolo. Ele mereceu.

Apolo esticou a língua em antecipação.

Philip pegou o camundongo pelo rabo. Apolo abriu o bico, e Philip jogou o roedor na boca do grifo.

— Pronto — disse Philip, esfregando as mãos em gesto de conclusão.

— Ainda acha que vai conseguir tecer um feitiço de disfarce para ele? — murmurou Matthew no meu ouvido.

Eu não fazia ideia. Mas teria de reconsiderar os nós, para incluir pés pesados que mantivessem Apolo preso ao chão. A criatura definitivamente gostava de voar.

— Pena que Rebecca não ficou para ver a caça — disse Ysabeau. — Ela teria gostado.

— Becca está um pouco enciumada — expliquei. — Philip e Apolo têm recebido muito da minha atenção.

Philip soltou um bocejo enorme. O grifo logo fez o mesmo.

— Acho que é hora de uma soneca. Você viveu muitas emoções hoje — disse Matthew, balançando o filho no colo. — Vem. Vamos achar sua irmã.

— Polo também? — perguntou Philip, com ar simpático.

— Apolo pode cochilar na lareira, sim — disse Matthew, me dando um beijo. — Vem com a gente?

— Tinha um balde de cerejas na bancada da cozinha hoje cedo. Faz horas que penso nelas, e no que Marthe vai fazer com elas — confessei, seguindo para a cozinha.

Marcus riu e abriu a porta para mim, cavalheiro como sempre. Eu sabia que ele aprendera tais modos com a mãe. Voltei a pensar em Hadley e na história de Marcus. O que tinha acontecido com Catherine e Patience após a fuga de Marcus?

— Diana? — disse Marcus, preocupado, porque eu tinha parado de andar de repente.

— Estou bem. Estava só pensando na sua mãe. Ela ficaria muito orgulhosa de você, Marcus.

Marcus ficou tímido. Em seguida, sorriu. Desde que o conhecera, nunca tinha visto uma alegria tão genuína no rosto dele.

— Obrigado, Diana — disse ele, com uma curta reverência.

Lá dentro, Marthe tirava o caroço das frutas, enfiando um dedo mindinho magro em cada cereja e empurrando a semente em uma tigela de aço, onde fazia um *pling* satisfatório.

Estiquei a mão para a tigela. Algo bateu nos meus dedos.

— Ai!

— Mãos ao alto, e ninguém se machuca — disse Marthe, carrancuda.

Ela estava lendo um novo romance policial e aprendendo várias expressões úteis.

Ysabeau se serviu de champanhe. Eu me servi uma xícara de chá e peguei uma fatia de bolo de limão quentinho para me consolar até Marthe declarar que as frutas estavam para jogo. Sarah e Agatha se juntaram a nós. Elas tinham acabado a primeira — e a segunda — história para Becca, e a deixado nas mãos competentes de Matthew. Ele cantaria músicas da própria infância para ninar os gêmeos.

— Matthew tem mesmo jeito com as crianças — reconheceu Sarah.

Ela seguiu para a cafeteira. Como sempre, Marthe tinha antecipado a necessidade de cafeína, e o café estava quente e cheiroso.

— Os gêmeos têm sorte — disse Marcus. — Não vão precisar procurar um bom pai, um pai verdadeiro, como eu precisei.

— Então agora todos sabem de Obadiah? — perguntou Ysabeau.

— Phoebe ainda não — respondeu Marcus.

— Como assim? — questionou Agatha, estupefata. — Marcus, como pôde esconder isso dela?

— Eu tentei contar. Inúmeras vezes — explicou Marcus, soando triste. — Mas Phoebe não queria que eu falasse do passado. Ela queria descobrir por conta própria, pelo meu sangue.

— A narrativa do sangue é ainda menos confiável do que a memória de um vampiro — disse Ysabeau, fazendo que não com a cabeça. — Você não deveria ter se deixado dissuadir, Marcus. Sabe disso. Seguiu seu coração, em vez de sua cabeça.

— Eu respeitei o desejo dela! — retrucou Marcus. — Você me disse para escutar o que ela dizia, *grand-mère*. Eu segui o *seu* conselho.

— Parte de crescer e se tornar mais sábio é aprender que conselhos seguir, e que conselhos ignorar.

Ysabeau bebeu do champanhe, os olhos cintilantes. Minha sogra estava aprontando alguma coisa, mas eu sabia que não devia tentar desvendar. Em vez disso, mudei de assunto.

— O que seria um "pai verdadeiro", Marcus? — perguntei, pois o vocabulário familiar dos vampiros podia ser confuso, e eu queria confirmar que tinha entendido bem. — Você usou essa expressão. Obadiah foi seu pai biológico… É a mesma coisa, mas em termos vampíricos?

— Não — disse Marcus, e os fios coloridos ao redor dele escureceram, o roxo e o índigo se aproximando do preto. — Não tem nada a ver com vampiros. Um pai verdadeiro é um homem que nos ensina o que precisamos saber sobre o mundo, para sobreviver. Joshua e Zeb foram pais mais verdadeiros do que Obadiah. Assim como Tom.

— Encontrei algumas cartas na internet sobre o verão de 1776 e a liberação da inoculação em Massachusetts — contei, determinada a encontrar um assunto mais seguro do que pais e filhos. — Tudo que você lembra se encaixa no que descobri. Washington e o Congresso estavam em pânico diante da ideia da epidemia que poderia devastar o exército todo.

— O medo deles era justificado — respondeu Marcus. — Quando cheguei em Washington e alcancei o exército, era início de novembro. As batalhas do ano estavam chegando ao fim, mas as baixas estavam destinadas a aumentar quando a luta parasse e o exército recuasse para o acampamento de inverno. Naquela época, a paz era mais fatal ao exército do que a guerra.

— Por causa do contágio — completei. — É claro. A varíola se alastraria como fogo em um acampamento lotado.

— Disciplina era outro problema — observou Marcus. — Ninguém seguia ordens, a não ser que viessem do próprio Washington. Eu não era o único jovem que tinha fugido de casa em busca de aventura. Porém, para cada fugido que se alistava, parecia que dois homens desertavam. Eram tantas idas e vindas que ninguém conseguia controlar quem estava ali ou não estava, quem era de qual regimento, ou de onde cada um vinha.

— Você foi a Albany, como Joshua sugeriu? — perguntei.

— Fui, mas o exército não estava lá. Tinha ido para o leste, para Manhattan e Long Island.

— Foi então que você se juntou aos médicos militares... — Eu queria encaixar os fragmentos do que sabia.

— Ainda não. Primeiro, me juntei a uma companhia de artilharia. Fazia mais de um mês que eu viajava noite adentro. Estava sozinho, arisco como um potrinho recém-nascido quando falavam comigo, convencido de que seria pego e arrastado para Massachusetts, para responder pela morte de meu pai — explicou Marcus. — Os Voluntários da Filadélfia me acolheram sem questionar. Foi meu primeiro renascimento.

Mas não o último.

— Eu tinha um novo pai, o tenente Cuthbert, e irmãos, em vez de irmã. Tinha até uma espécie de mãe — continuou ele, balançando a cabeça. — A Gerty Alemã. Nossa, não penso nela há anos. E a sra. Otto. Meu Deus, que mulher formidável. — A expressão de Marcus se fechou. — Mas ainda havia tantas regras e tanta morte. E pouquíssimo da preciosa liberdade.

Ele se calou por um momento.

— E então, o que aconteceu? — perguntei.

— Então eu conheci Matthew.

Acervo de Washington, Arquivo Nacional dos Estados Unidos
George Washington para dr. William Shippen Jr.
Morristown, Nova Jersey

6 DE FEVEREIRO DE 1777

Caro Senhor:

Por constatar que a Varíola está se espalhando muito e temer que nenhuma precaução possa impedi-la de se alastrar por todo nosso Exército, determinei que as tropas devem ser inoculadas. Este Expediente pode enfrentar certos inconvenientes e certas desvantagens, mas ainda confio que suas consequências terão os efeitos mais felizes possíveis. A necessidade não apenas autoriza, como parece exigir, tal medida, pois, caso a doença infecte o Exército de modo natural e ataque com a virulência habitual, teríamos mais a temer dela do que da espada do inimigo... Se o serviço for iniciado imediatamente, e favorecido pelo sucesso, ouso esperar que eles logo estejam aptos ao combate e que, em curto intervalo de tempo, tenhamos um Exército que não esteja sujeito à maior de todas as calamidades que podem ocorrer quando enfrentada em seu modo natural.

15

Morte

JANEIRO-MARÇO DE 1777

Marcus olhou pela mira do fuzil que tinha arranjado em Bunker Hill, apontando na cabeça de George III. A imagem estava montada em uma árvore distante, presa pela ponta de uma baioneta quebrada.

— Cabeça ou coração? — perguntou Marcus à plateia, forçando a vista para mirar.

— Você não vai acertar — desdenhou um soldado. — Está muito longe.

Mal sabia ele que Marcus tinha se tornado um atirador melhor do que quando tirara a vida do pai.

O rosto do rei se transformou no rosto de seu pai.

Marcus apertou o gatilho. A arma estalou, ganhando vida, e lascas de madeira voaram. Quando a fumaça se dissipou, havia um buraco bem entre os olhos do rei George.

— Tiro ao alvo, pessoal. — Adam Swift andava entre o grupo com o quepe estendido, como um artista de feira. Ele era irlandês, astuto, esperto e fonte de diversão de metade do exército colonial, com suas músicas e brincadeiras. — Meio *penny* compra a chance de matar o rei. Faça sua parte pela liberdade. Faça George pagar pelo que fez.

— Quero entrar na fila! — exclamou um aparelhador holandês chamado Vanderslice, que fugira de um navio assim que atracara na Filadélfia e se juntara aos Voluntários logo depois.

— Você nem tem arma — argumentou Swift.

Marcus estava prestes a emprestar a dele para Vanderslice quando dois soldados à paisana apareceram.

— O que está acontecendo aqui? — O capitão Moulder, que, em nome, era chefe dos Voluntários da Filadélfia, observou a cena em desaprovação. O tenente

Cuthbert, um homem ossudo de vinte e tantos anos e origem escocesa, o acompanhava.

— Só uma diversão boba, capitão — disse Cuthbert, olhando feio para Marcus e Swift.

A resposta de Cuthbert teria apaziguado o capitão se Moulder não tivesse notado o rei George.

— Vocês roubaram esse retrato da faculdade em Princeton? — questionou Moulder. — Porque, se roubaram, a faculdade vai querer de volta.

Swift fechou a boca com força, e Marcus entrou em posição de sentido.

— O capitão Hamilton disse que danificou o retrato, capitão — disse Cuthbert, jogando a possível culpa em alguém que sofreria menos consequência. — Rasgou a tela com uma bola de canhão.

— Hamilton! — exclamou Vanderslice, enojado. — Ele não tem nada a ver com isso, Cuthbert. Fomos nós três que cortamos o quadro.

Era aquele o medo do capitão Moulder.

— Minha barraca. Agora. Os três! — ordenou Moulder.

Marcus se apresentou diante do capitão Moulder, entre Swift e Vanderslice. O tenente Cuthbert ficou na entrada da barraca, mantendo o resto do regimento suficientemente distante do capitão para evitar sua ira, mas ainda próximo o bastante para escutar. Cuthbert era muito benquisto. Ele não aceitava nenhum desaforo dos homens sob seu comando, mas ignorava a maioria das instruções que recebia dos superiores. Era o estilo ideal de liderança para o Exército Continental.

— Eu deveria mandar chibatar todos vocês — disse o capitão Moulder, erguendo o pedaço de tela mole que continha a imagem desfigurada do antigo rei. — Que ideia foi essa de roubar o retrato?

Vanderslice olhou para Marcus. Swift olhou para cima.

— Queríamos usar como alvo para treinar. Capitão — respondeu Marcus, encarando Moulder. Marcus o considerava um opressor e tinha experiência com aquele tipo de gente. — Foi minha iniciativa. Vanderslice e Swift tentaram me impedir.

Vanderslice ficou boquiaberto. Aquilo não era nem de longe a verdade. Em Princeton, Marcus tinha subido nos ombros de Swift e usado uma baioneta britânica, pega no campo de batalha, para decapitar o retrato do rei. Vanderslice o encorajara o tempo todo.

Swift olhou de relance para Marcus, em aprovação.

— E você, quem é? — perguntou Moulder, estreitando os olhos.

— Mar... Galen Chauncey. — Sob pressão, Marcus tendia a dar o nome de batismo.

— A gente chama ele de Doc — contou Vanderslice.

— Doc? Você não é da Filadélfia. E não me lembro de alistá-lo — respondeu Moulder.

— Não. Fui eu que o alistei, capitão — mentiu Cuthbert, com confiança tranquila, sinal de que era experiente nas invenções. — É meu primo distante. De Delaware. Ele atira bem. Achei que seria útil no mosquete, caso o canhão fosse dominado.

A história fictícia da origem de Marcus serviu para calar o capitão — pelo menos a respeito de sua trajetória até o regimento.

Moulder estendeu o pedaço de tela. Restava pouco do rosto de George III. O monarca não tinha mais olhos, a boca era apenas um buraco, e o cabelo pintado de pó branco estava salpicado de tiros.

— Bem, pelo menos uma coisa nessa história é verdade — admitiu Moulder. — O garoto atira bem.

— Doc salvou minha vida em Princeton — disse Swift. — Atirou bem no olho de um soldado britânico. E cuidou da mão do tenente quando ele se queimou. Ele é muito útil por aqui, capitão.

— E isso aqui? — perguntou Moulder, e pegou dois semicírculos de latão, com gravuras elegantes, que tinha encontrado na cargueira de Marcus ao revistá-la em busca de espólios. — Não me diga que são instrumentos médicos.

— Quadrantes — respondeu Swift. — Ou serão, quando acabarmos de montá-los.

Além da cabeça de George III, Marcus pegara dois pedaços do planetário diante da sala onde estava o retrato do rei. Outros soldados tinham quebrado o vidro e parte do mecanismo delicado que marcava a passagem dos planetas pelo céu. Ele guardara o restante, porque o lembrava da mãe e de casa.

— O general Washington vai acabar ouvindo falar desse tiro ao alvo de vocês. — Moulder suspirou. — O que propõe que eu diga a ele, Swift?

— Eu daria a entender que foi o capitão Hamilton — respondeu Swift. — Aquele papagaio gosta de levar o crédito por tudo, quer seja responsável ou não.

A afirmação era inegável, então o capitão Moulder nem discutiu.

— Saiam da minha frente — disse Moulder, cansado. — Vou dizer para o general que o tenente Cuthbert já os disciplinou. E vou descontar isso do seu salário.

— Salário? — Swift riu. — Que salário?

— Obrigado, capitão. Vou garantir que nada disso se repita — disse Cuthbert, puxando Swift pela nuca. — Bom almoço, capitão.

Ao sair da barraca, Vanderslice, Swift e Marcus foram recebidos por silêncio. Finalmente, começaram os tapinhas nas costas, as ofertas de rum e gim, os sorrisos de orgulho.

— Obrigado, Doc — disse Vanderslice, aliviado por não apanhar.

— Você mente que nem um irlandês — comentou Adam Swift, botando o quepe na cabeça com força. — Sabia que gostava de você.

— Os Voluntários cuidam do grupo — murmurou Cuthbert, ao pé do ouvido de Marcus. — Você agora é um de nós.

Pela primeira vez, desde que tinha deixado Joshua e Zeb em Hadley, Marcus sentiu que pertencia a um lugar.

Vários dias após o confronto com Moulder, Marcus e Vanderslice dividiram algo parecido com uma fogueira no acampamento de inverno de Washington: uma pilha de toras úmidas que soltavam muita fumaça e pouco calor. Marcus não sentia os dedos das mãos nem dos pés, e o ar estava tão frio que ardia na pele antes de queimar os pulmões.

A baixa temperatura dificultava a conversa, mas isso não impedia Vanderslice de falar. O único assunto que o garoto se recusava a discutir era a vida antes de entrar para a artilharia na Filadélfia. Era aquela a raiz da amizade entre Marcus e ele. Enquanto a maioria dos soldados só fazia falar das mães, das namoradas que tinham deixado para trás e dos parentes que lutavam em outros regimentos, era como se Marcus e Vanderslice tivessem nascido em novembro e só conhecessem a vida entre os Voluntários: a retirada de Manhattan após a derrota no forte Washington, a batalha em Trenton no Natal e a mais recente, perto da faculdade em Princeton.

— "Do norte dois anjos vieram, um Fogo e o outro Frio de inverno. Frio disse ao Fogo: vá-te embora, vá-te embora, em nome de Jesus, vá-te embora" — disse Vanderslice, soprando os dedos vermelhos de frio. Ele tinha apenas uma luva, e a trocava sem parar de mão.

— Será que a gente consegue expulsar o frio se falar ao contrário? — Marcus se encolheu mais no cachecol de lã que pegara de um soldado morto na batalha de Princeton.

— Provavelmente. Orações têm poder — respondeu Vanderslice. — Você conhece outras?

— O que congelou em janeiro, se amputa em julho. — Era mais uma profecia do que uma oração, mas Marcus compartilhou mesmo assim.

— Não vem que não tem, ianque. Você não aprendeu isso na igreja — disse Vanderslice, e tirou do bolso um pequeno cantil. — Quer um golinho de rum? Tem pólvora, pra dar coragem.

Marcus cheirou a boca do cantil por precaução.

— Você vai acabar se cagando todo se continuar bebendo isso aí — retrucou, devolvendo o cantil para Vanderslice. — É óleo de rícino.

O tenente Cuthbert veio a passos largos até a fogueira, atraindo a atenção dos outros Voluntários, que se aglomeraram para ver o que estava acontecendo.

— Que pressa é essa? — observou Swift, com o sotaque irlandês. Ele tinha sido um dos primeiros a se alistar na criação dos Voluntários e servia como vice-comandante de Cuthbert, na prática.

— Vamos voltar pra casa — disse Cuthbert, provocando gritos de alívio, que logo calou. — Soube de uma das putas, que soube de um dos assistentes de Washington, que ouviu o general conversar com outros soldados.

A conversa se animou entre os membros do regimento, que começaram a fazer planos do que fariam ao voltar para casa. Marcus estremeceu enquanto o frio assobiava por dentro do casaco. Filadélfia não era a casa dele. Ele teria que encontrar outro regimento para se alistar... e logo. Talvez tivesse que mudar de nome outra vez. Se Washington desmontasse o acampamento de inverno e mandasse todo mundo embora, Marcus precisaria de um lugar para ir.

— Vai com a gente, Doc? — perguntou Swift, dando uma cotovelada em Marcus.

Marcus sorriu e assentiu, mas sentiu um embrulho no estômago. Ele não teria o que fazer na Filadélfia. Não haveria trabalho nas fazendas até a primavera.

— É claro que vai. Ele vai pendurar uma placa na porta da Gerty Alemã e vender serviços médicos — disse Cuthbert. — Eu posso ficar na rua como prova. — Ele mostrou o polegar.

— Deixa eu dar uma olhada nisso.

Marcus se levantou e sentiu as articulações rangerem com a mudança de posição. Ele faria qualquer coisa por um pouco do linimento de Tom Buckland para aliviar a dor nos ossos.

Obediente, Cuthbert estendeu a mão. Marcus analisou de perto e arregaçou a manga dele para examinar o braço também. Em Princeton, Cuthbert pegara a ponta errada de uma escova de limpeza de armas, e o arame tinha entrado em seu dedo. A pele ainda estava bem vermelha e sensível, mas muito menos inchada do que antes.

— Não tem riscos vermelhos. É bom sinal... não está infeccionado — disse Marcus, pressionando a pele ao redor da ferida, da qual saía um pouco de líquido, mas não tanto. — Você tem uma saúde de touro, tenente.

— Você aí! — chamou um homem idoso e baixo, que usava uma peruca já fora de moda havia uns quarenta anos, apontando para Marcus. — Quem é você?

— Galen Chauncey — respondeu Marcus, com a maior confiança possível.

Cuthbert o olhou de relance, atento.

— Você é o médico do regimento desses homens?

Quanto mais longas eram as frases do homem, mais nítido ficava seu sotaque alemão.

Pressentindo uma crise, Cuthbert caprichou no charme; e ele tinha um charme considerável.

— Posso ajudar, senhor...?

— Dr. Otto — disse o homem, firmando bem os pés. — Esta é uma companhia da Pensilvânia, *ja*?

— Sim — admitiu Cuthbert.

— Eu sou o médico-chefe das companhias da Pensilvânia e não conheço este homem — disse Otto, analisando Marcus de cima a baixo. — Ele não parece um de nós. Essa camisa é muito estranha.

— Doc não é estranho. É só ianque — respondeu Swift.

Marcus olhou feio para ele. Não queria que os superiores soubessem daquilo.

— Doc? — perguntou Otto, erguendo a voz.

— Não sou médico — disse Marcus, apressado. — Só aprendi uns truques com um amigo.

— Truques? — A voz de Otto estava tão alta quanto as sobrancelhas dele.

— Conhecimentos — corrigiu-se Marcus.

— Se conhece tanto assim, quais são as propriedades do mercúrio?

— Tratar lesões na pele — disse Marcus, feliz por se lembrar um pouco do que tinha nos livros médicos de Tom.

— E para que se utiliza jalapa e calomelano?

— Para expurgar o intestino — respondeu Marcus, prontamente.

— Então conhece os métodos do dr. Rush. E o que sabe do dr. Sutton? — perguntou o dr. Otto, fixando os olhos escuros em Marcus.

— Sei que ele cobra muito caro para o povo comum pagar por seus serviços — disse Marcus, cansado da inquisição. Ele arregaçou a manga. A cicatriz em relevo da própria inoculação ainda era visível, como provavelmente seria pelo resto da vida. — E sei que seu método funciona. Mais alguma pergunta?

— Não — disse Otto, pestanejando. — Você virá comigo.

— Por quê? — perguntou Marcus, desconfiado.

— Porque, *herr* Doc, agora vai trabalhar para mim. Você deveria estar em um hospital, e não atrás de uma arma.

— Mas eu pertenço a esta companhia.

Marcus olhou para os homens em busca de apoio, mas Cuthbert apenas fez que não com a cabeça.

— Levaremos meses para voltar à batalha — disse Cuthbert. — Você vai ajudar mais a causa da liberdade com o doutor do que bebendo o inverno todo com Vanderslice e Swift.

— Está esperando o quê, *herr* Doc? — questionou o dr. Otto. — Dei uma ordem. Pegue sua cargueira e traga sua manta. Todas as minhas estão com soldados doentes.

Depois de Hadley, o trajeto de Marcus tinha sido tão sinuoso e sombrio quanto uma trilha no bosque. Viera pela Nova Inglaterra até Nova York, mantendo-se às margens da batalha, com medo constante de ser capturado como desertor, espião ou assassino. Até que os Voluntários tinham deixado ele se alistar, e Marcus conseguira ver alguns quilômetros adiante, em dezembro e janeiro.

Entretanto, os Voluntários voltariam ao conforto de casa. A vida dele dava outra guinada estranha, graças àquele estranho médico baixinho alemão, que o tirava das condições lotadas e esfumaçadas do acampamento para jogá-lo no mundo sangrento do que era considerado um hospital no exército de Washington. Para Marcus, era uma oportunidade de escapar ainda mais do próprio passado. Ele se lembrou do que Sarah Bishop tinha dito em Bunker Hill: que o exército precisaria de médicos mais do que de soldados.

Ainda assim, Marcus hesitou diante daquela bifurcação inesperada.

— Vá — disse Swift, jogando para Marcus a cargueira pesada. — Além do mais, se não gostar, é só encontrar a gente na taberna da Gerty Alemã. Fica nas docas da Filadélfia. Todo mundo sabe o caminho.

Quando abandonou a fogueira dos Voluntários, Marcus finalmente viu o exército de Washington, disposto em toda sua miséria confusa. Até aquele dia, não tinha explorado o restante do acampamento, por medo de encontrar alguém de Massachusetts — mas era improvável, visto que a população ali era igual a de algumas cidades grandes, e a geografia era igualmente confusa. O dr. Otto parecia conhecer todos os becos e todas as aleias e avançava confiante entre as tropas, as fogueiras esfumaçadas e as bandeiras rasgadas e manchadas que esvoaçavam, orgulhosas, no centro de cada companhia, para identificar que pedaço de solo congelado pertencia a Connecticut ou à Virgínia.

— Idiotas — resmungou Otto, com um tapa na bandeira de um regimento de Nova Jersey que balançava ao vento frio.

— Perdão? — Marcus tinha dificuldade de acompanhar o ritmo do velho.

— Andam tão ocupados brigando entre si que não é surpresa os britânicos estarem vencendo — disse Otto, notando um soldado sentado em um tronco caído, com a perna escurecida e purulenta. — Você aí. Mande seu médico olhar essa perna, senão vai perdê-la, *ja*?

Marcus olhou de relance a perna supurada. Ele nunca tinha visto nada tão nojento. O que aquele homem poderia ter feito para conseguir uma ferida daquele tamanho?

— Queimou com pólvora e marchou pelo frio, comendo pouco. E descalço! — exclamou Otto, continuando pelo acampamento, e seu sotaque ia ficando mais carregado a cada passo. — Idiotice. Pura loucura. Daqui a pouco, o Chefão não vai ter mais exército.

Marcus supunha que o Chefão fosse Washington. Ele tinha visto o general em três ocasiões: uma vez a cavalo, diante do rio Hudson, quando o forte Washington fora tomado pelas tropas hessianas; outra em Trenton, ao subir em um barco para atravessar o Delaware; e uma terceira em Princeton, quando Washington quase levara um tiro de um dos próprios canhões. Washington já se assomava entre o restante dos homens a pé, mas, a cavalo, lembrava um herói medieval.

— Um exército. Um acampamento. Um serviço médico. É assim que se vence uma guerra — murmurou Otto. — Connecticut tem caixas de remédio, mas não tem os remédios. Maryland tem os remédios, mas não tem ataduras. Virgínia tem ataduras, mas não tem caixas para guardá-las, então elas estragaram. E assim por diante. É loucura.

O dr. Otto parou bruscamente, o que fez Marcus esbarrar nele, quase derrubando o médico.

— Pergunto: como vamos tratar desses homens se Washington não escuta? — A peruca dele tombou para o lado, como se também considerasse a questão.

Marcus deu de ombros. Otto suspirou.

— Exatamente — disse o médico. — Devemos fazer o possível, apesar dos lunáticos.

— Na minha experiência é assim, senhor — disse Marcus, tentando apaziguar o alemão irascível.

Otto fez uma expressão ressentida. Eles finalmente chegaram ao destino: uma barraca grande na margem do acampamento. Do outro lado, ficava Morristown. Marcus tinha notado a prosperidade da cidade e o movimento de negócios que a cercava, mesmo nas profundezas da guerra e do inverno.

Ao redor da barraca, homens mexiam nas carroças, colocando algumas caixas e tirando outras que tinham chegado do interior. Uma tropa de garotos locais cortava uma pilha imensa de lenha para as fogueiras. Mulheres mexiam mantas em caldeirões de água fumegante.

Um homem de aparência cansada com um avental sujo de sangue estava sentado sobre um balde virado, fumando cachimbo.

— Este é meu novo assistente, dr. Cochran — disse o dr. Otto. — Ele se chama Margalen MacChauncey Doc. Soa escocês, *ja*?

— Escocês? Não, acho que não, Bodo — respondeu o dr. Cochran, com um sotaque escocês carregado, que lembrava Marcus de seu avô MacNeil. — De onde você vem, garoto?

— Mass... Filadélfia — disse Marcus, corrigindo-se a tempo. Um deslize daqueles poderia custar a vida dele se alguém especialmente curioso escutasse.

— Ele me parece estrangeiro — comentou Otto, com o sotaque pesado. — Uns jovens da Filadélfia disseram que ele é ianque, mas não sei se acredito.

— Talvez seja — disse Cochran, analisando Marcus de perto. — Ianques têm nomes muito estranhos. Já encontrei alguns chamados Submit, Endeavour e Fortitude. Ele tem experiência? Parece muito jovem pra saber tanta coisa, Bodo.

Marcus se irritou.

— Ele é familiarizado com os métodos do dr. Rush — respondeu Otto —, e sabe esvaziar o intestino de um homem com decidida força.

Cochran pitou o cachimbo.

— Nesse exército, não precisamos de ajuda com isso.

— Ele também já ouviu falar do dr. Sutton.

O dr. Otto piscava como uma das corujas que faziam ninho no celeiro em Hadley.

— É mesmo? — perguntou Cochran, com tom especulativo. — Muito bem. Vejamos se ele sabe algo mais útil do que as curas extremas do dr. Rush. Se seu paciente reclamasse de reumatismo e dor articular, como induziria suor, garoto?

Mais perguntas. Marcus preferia voltar aos Voluntários a ser interrogado e criticado como um garotinho por aqueles médicos militares.

— Eu mandaria ele ser examinado por um comitê de médicos militares, dr. Cochran — retrucou Marcus. — E o nome é sr. Chauncey, por favor.

Cochran caiu na gargalhada.

— Que tal, dr. Cochran? Encontrei um bom substituto para aquele jovem apavorado que fugiu em Princeton, não é? — perguntou Otto.

— É. Vai servir — disse Cochran, antes de apagar o tabaco do cachimbo e guardá-lo no bolso. — Seja bem-vindo ao corpo de médicos do exército, Doc... Ou seja lá qual for seu nome.

Pela segunda vez em sua curta vida, Marcus abandonou uma identidade e adotou outra.

Entre os médicos, o tempo passava diferente da fazenda em Hadley (onde nada parecia mudar além das estações), da vida de fugitivo (quando todo dia era diferente) e do breve período entre os Voluntários (quando o tempo passava tão rápido que nem havia oportunidade para pensar). No hospital temporário do exército em Morristown, o tempo passava em um fluxo incessante de feridas e doenças que corria entre mesas e macas, cestos de ataduras e caixas de remédio. Assim que chegava um paciente novo, saía um antigo. Alguns iam embora em caixões de pinheiro, destinados ao cemitério cavado na fronteira da cidade. Os mais sortudos eram mandados para casa, convalescentes, para se curar de ossos quebrados, feridas de bala ou casos de disenteria. Outros agonizavam no hospital, mal-alimentados e mal-abrigados, sem conseguir morrer nem sarar.

Como recruta mais recente, Marcus de início foi indicado à parte do hospital reservada aos homens com lesões e doenças menores. Lá, o trabalho era mecânico e não exigia nenhum conhecimento médico. Porém, a tarefa lhe dava a oportunidade de absorver o ritmo do novo ambiente e de desenvolver conhecimentos. Marcus aprendia a diagnosticar pacientes ao observar atentamente os corpos agitados, o ritmo da respiração enquanto sonhavam e a vermelhidão que surgia no meio da noite e indicava que a infecção se enraizava no corpo.

As horas de luar também davam a Marcus a oportunidade de escutar a conversa dos médicos superiores, que se reuniam perto do fogão antigo e ineficiente quando as alas estavam silenciosas, os pacientes tinham pego no sono inquieto que a doença permitisse e restava apenas a equipe noturna de assistentes de baixo escalão, como Marcus.

Cochran estava fumando o charuto, o que fazia sempre que surgia a oportunidade, mesmo em meio a um procedimento cirúrgico. Otto balançava devagar em uma cadeira com pés desequilibrados, o que lhe dava a aparência de montar um cavalinho de pau quebrado.

— Para continuarmos em Morristown, é preciso que haja casas adequadas, com latrinas cavadas mais distantes dos soldados — disse o dr. Otto. — Disenteria e tifo são mais fatais do que qualquer tiro britânico.

— Intestino solto, como a sarna, é parte da vida militar. Já a varíola... — disse Cochran, deixando a frase no ar, e pitou o charuto, envolvendo o rosto em fumaça. — Teremos que inocular todos eles, Bodo. Todos, sem falta, senão o exército inteiro vai morrer antes de a primavera chegar.

— Nada na vida militar é rápido, exceto a retirada — respondeu o dr. Otto.

Marcus riu, concordando, mas tentou disfarçar tossindo.

— Percebemos que nos escuta, sr. Doc — disse Otto, brusco. — Você é que nem um dos cães do Chefão, sempre atento, sempre ouvindo. Essa é uma boa característica em médicos, por isso deixamos.

— Washington me disse que em breve irei abrir um hospital na Pensilvânia. Mas se o general aceitar inocular o exército inteiro, como esperamos, a responsabilidade recairá principalmente em você em Trenton, Bodo — disse o dr. Cochran, retomando a conversa.

— *Das ist mir Wurst*, caro amigo — respondeu Otto. — Tenho a ajuda dos meus filhos... a não ser que você queira levá-los.

Os três filhos do dr. Otto eram médicos, treinados pelo pai para tratar uma variedade de doenças comuns, além de praticar procedimentos cirúrgicos. Eles sabiam preparar medicamentos, suturar feridas e diagnosticar pacientes. Marcus os vira trabalhar naquelas alas, seguindo o pai como um bando de pintinhos dedicados, e se impressionara com a competência e a calma deles diante das feridas mais horrendas.

— Agradeço, Bodo, mas minha equipe não abandonou os pacientes para voltar para casa, como tantos fizeram. Estou bem servido, por enquanto — observou Cochran, e depois inclinou a cabeça para indicar Marcus. — O que vai fazer com ele?

— Vou levá-lo a Trenton, é claro, para ver se podemos transformá-lo em médico de verdade, e não só no nome — respondeu o dr. Otto.

Marcus nunca imaginou que veria Trenton outra vez. Quase tinha morrido congelado ali, esperando para atravessar o rio Delaware com o restante das tropas de Washington nos dias sombrios antes do Natal, quando tudo parecia perdido.

Naquele momento, Trenton era um lugar muito diferente. Com rígido segredo e sob ordens diretas do general Washington, o dr. Otto e a equipe inoculavam todo o Exército Continental.

Ultimamente, os bolsos de Marcus andavam repletos de carretéis de linha e bisturis, em vez de munição e estopim. O dr. Otto tinha regras quanto à limpeza, e os bisturis eram fervidos em uma mistura de sabão e vinagre toda noite. Depois de usar uma linha, ela devia ser depositada em uma bacia rasa, cujo conteúdo era então arremessado no fogão para ser queimado ao fim do dia. Para impedir que as roupas contivessem a infecção, os soldados eram todos despidos e envoltos em mantas. A sra. Dolly, membra indispensável da equipe do dr. Otto, seguira para Trenton, assim como os três filhos dele, a caixa de remédios do médico e os caldeirões de ferro aparentemente sem fundo da lavadeira. Ela era a responsável por lavar as roupas puídas e, se possível, devolvê-las aos soldados quando se recuperavam da febre.

O quartel de Trenton abrigava homens de todos os cantos das colônias, todos passando por algum tratamento. Soldados de voz arrastada eram instalados junto a nova-iorquinos de fala rápida e gente da Nova Inglaterra, que alongava as vogais. Marcus ouvia muitas histórias de soldados nas longas noites em que limpava o lugar. Alguns tinham menos de quinze anos e haviam se alistado no lugar de um homem mais velho que não queria servir na guerra. Outros eram veteranos rígidos que contavam relatos apavorantes do serviço para se distrair nas horas de confinamento, esperando a varíola pegar.

Todos os homens — jovens e velhos, do sul ou da Nova Inglaterra — sentiam ansiedade diante da inoculação. O dr. Otto era paciente ao explicar o processo e o motivo do general Washington ter ordenado que o exército inteiro se submetesse ao procedimento.

A explicação podia ter base médica, mas não adiantava muito para aliviar a preocupação dos soldados. Conforme a varíola se espalhava, crescia o medo. Apesar de muitos dos soldados continentais saberem de pelo menos uma pessoa que sobrevivera à inoculação, a maioria também conhecia alguém que não tivera a mesma sorte. O dr. Otto mantinha registros minuciosos dos soldados que inoculava, anotando a progressão da febre em cada um, a severidade da varíola contraída e sua morte ou sobrevivência. Se um soldado se recusasse a ser inoculado, o dr. Otto compartilhava os relatos de inoculações bem-sucedidas. Se isso não convencesse o soldado, ele ralhava que estava seguindo ordens do general Washington.

Até então, o dr. Otto não tinha perdido um paciente sequer pela inoculação, apesar de homens *estarem* morrendo no hospital devido à varíola pega nos acampamentos.

No final de fevereiro, Marcus tinha sido promovido das tarefas de manutenção noturna a fazer as próprias inoculações. Era o fim de um dia longo, e ele tinha apenas mais um soldado a receber antes de poder sair do hospital e dormir por algumas horas.

— Como você se chama? — perguntou Marcus ao recém-chegado naquela ala, sentando-se à cabeceira.

— Silas Hubbard. — Ele tinha idade próxima à de Marcus, rosto liso e expressão desconfiada.

Marcus tirou do bolso uma faquinha e uma lata. O soldado olhou os objetos com um medo que não conseguia controlar.

— De onde você é, Silas?

— Daqui, de lá... Mais de Connecticut — confessou Hubbard. — E você?

— Mais de Nova York.

Marcus abriu a tampa da lata. Lá dentro estavam linhas enroladas, todas umedecidas pelos fluidos de bolhas dos pacientes inoculados com varíola.

— Isso vai me matar, doutor?

— Provavelmente não — disse Marcus, mostrando a Hubbard a cicatriz no próprio braço. — O que vou fazer com você foi feito comigo no verão passado. E cá estou, menos de seis meses depois, morrendo de frio no exército de Washington.

Hubbard abriu um sorriso hesitante.

— Me dê seu braço. Em troca, darei para você um caso leve de varíola. Assim, você pode sobreviver ao inverno e pegar um caso grave de sarna na primavera — brincou Marcus, usando o humor militar para aliviar o clima.

— E o que você vai fazer por mim quando eu for atormentado pela coceira?

— Nada. — Marcus sorriu. — A não ser que Washington mande eu te coçar.

— Eu vi Washington. Em Princeton.

Hubbard se recostou no travesseiro e fechou os olhos. Ele estendeu o braço, obediente, e Marcus o examinou em busca de um bom lugar para os cortes superficiais.

Marcus encontrou uma área entre duas antigas cicatrizes retorcidas e sobressalentes. Ele se perguntou como Hubbard as tinha conseguido, ou de quem.

— Queria que ele fosse meu pai — continuou o homem, com a voz desejosa. — Dizem que ele é justo, além de corajoso.

— Ouvi a mesma coisa — comentou Marcus, passando a lanceta pela pele de Hubbard, que nem se encolheu. — Deus não deu ao general filhos próprios. Imagino que seja por isso que Ele tenha dado a Washington um exército... para ser pai de todos nós.

Uma brisa passou pelos ombros de Marcus. Ele se virou, esperando ver o assistente que viria substituí-lo na ala.

Em vez disso, viu algo que o arrepiou.

Um homem alto de camisa de camurça e a calça justa de um atirador da Virgínia andava em silêncio entre as macas. Os pés dele não faziam som, apesar de Marcus saber que o piso instável rangia sob a menor pressão. Havia algo de conhecido no modo dele se mover e Marcus reviorou a memória, tentando encontrá-lo.

Até que lembrou onde tinha visto aquele rosto de lobo.

Era o atirador de New Hampshire, morto em Bunker Hill. Porém, aquele homem estava vivo e se vestia como se viesse da Virgínia, e não da Nova Inglaterra.

Eles se entreolharam.

— Ora, ora. Eu te conheço — disse o homem, e inclinou de leve a cabeça. — Você roubou meu fuzil. Em Bunker Hill.

— Cole? — sussurrou Marcus.

Ele piscou.

O homem desapareceu.

Pennsylvania Packet

26 DE AGOSTO DE 1777

Página 3

RECOMPENSA: DEZESSEIS DÓLARES.

ROUBADA do pasto deste que vos escreve, em North Milford Hundred, condado de Cecil, Maryland, na noite do último terceiro de julho, uma égua baia clara, de aproximadamente quatorze palmos de altura, crina e cauda pretas, de trote natural, com ferraduras novas. Tem uma pequena marca na testa e uma mecha notável de pelo branco no topo da crina, que segue até a raiz das orelhas. Quem capturar a égua e o ladrão, para o dono recuperar a égua e o ladrão ir à justiça, receberá a Recompensa acima dita e, apenas pela égua, serão pagos **OITO DÓLARES** por **PETER BAULDEN**.

RECOMPENSA: VINTE DÓLARES.

DESERTARAM ontem à noite da companhia do cap. Roland Maddison, no 12º regimento da Virgínia, sob comando do cel. James Wood, na brigada do gal. Scott, **JOSEPH COMTON**, de dezoito ou dezenove anos, 1,70 metro de altura, pele marrom; e **WILLIAM BASSETT**, da mesma idade, 1,65 metro de altura, pele clara, tem dois dos incisivos. Levaram com eles uma manta, outras roupas habituais de soldados e cartuchos. Quem capturar tais Desertores e levá-los ao acampamento do Quartel-General, ou prendê-los em qualquer cadeia estadual e fornecer informações, receberá a Recompensa acima dita e todos os gastos razoáveis, ou **DEZ DÓLARES** por Desertor.
Rowland Maddison, Capitão
Freehold, condado de Monmouth, Nova Jersey, 11 de agosto

RECOMPENSA: DEZ DÓLARES.

DESERTOU da companhia do cap. John Burrowes, no regimento do cel. David Forman das tropas continentais, no último seis de julho, **GEORGE SHADE**, de aproximadamente vinte e quatro anos, 1,70 metro de altura, cabelo claro e olhos azuis, com uma das pernas mais grossa do que a outra devido a uma fratura. Supõe-se que esteja em um dos navios de guerra no rio Delaware. Quem conseguir apreender tal desertor e contê--lo, para que ele seja devolvido, receberá a Recompensa acima dita e todos os gastos razoáveis.

JOHN BURROWES, Capitão

16

Aleijado

AGOSTO-SETEMBRO DE 1777

A taberna de Gerty estava tranquila, pois os mercantes tinham concluído o comércio do dia e os homens ainda não tinham saído do serviço nas docas da Filadélfia para beber com os amigos. Fazia um calor de rachar no cruzamento movimentado das ruas Spruce e Front, e o sol forte projetava no cais a sombra dos mastros dos navios. A temperatura atingiria o ápice às três da tarde, quando Marcus desconfiava que Gerty poderia até fritar bacon na porta, e a cidade ficaria inabitável devido ao fedor que emanava dos curtumes e da imundície nas ruas.

Ele estava sentado no canto, perto da janela aberta de esquadria funda, ao lado do esqueleto articulado de um homem que Gerty tinha ganhado dos estudantes de medicina em uma partida de carteado. Desde então, o esqueleto ficava montado no salão, repleto de anúncios e notícias amarrados nas costelas, com um cachimbo entre os dentes e ingressos usados para seminários de anatomia entre os dedos.

Marcus estava lendo o *Pennsylvania Packet*. Tinha desenvolvido o hábito de folhear os jornais que Gerty deixava à disposição, procurando notícias de Massachusetts. De início, ele o fazia por medo, atrás de menções ao assassinato de Obadiah. Porém, já se passara quase um ano e ainda não havia acusação alguma contra um rapaz loiro de nome MacNeil. Portanto, ele lia o jornal por fome nostálgica de notícias de casa. Eram poucas. Os jornais andavam cheios de ofertas de recompensa para quem entregasse um desertor do exército ou devolvesse um cavalo perdido ou roubado, além de notícias das últimas manobras britânicas na costa.

— Boa tarde, Doc — disse Vanderslice, largando-se no banco da frente e apoiando os pés na janela. — O que anda acontecendo pelo mundo?

— Está todo mundo fugindo — disse Marcus, lendo as colunas impressas.

— Eu fugiria desse calor, se pudesse. — Vanderslice secou a testa com a ponta da camisa de tecido rústico. O verão estava prodigiosamente quente, até para a Filadélfia. — Por que o dr. Franklin ainda não inventou um jeito de parar o calor? Ouvi falar que ele dá um jeito em tudo.

— Franklin ainda está em Paris, provavelmente comendo frutas geladas de colher. Acho que ele não tem tempo para se preocupar conosco, Vanderslice.

— Frutas geladas. Me refresquei só de pensar — disse Vanderslice, pegando um cartão da mão do esqueleto para se abanar. — E a colher provavelmente é servida por uma bela dama francesa.

Uma mulher desarrumada, de idade indeterminada, com a pele marcada por cicatrizes e um cabelo alaranjado que desafiava a natureza, veio à mesa deles. O vestido dela era verde-papagaio, com manchas de vinho, e ficava justo no peito.

— Você vai mesmo precisar que te deem de comer de colher se não tirar essas botas imundas da minha parede — disse Gerty, empurrando os pés de Vanderslice para o chão.

— Ai, Gert — reclamou Vanderslice, olhando para ela em súplica. — Só queria ver se sentia um ventinho nas pernas.

— Se me der um xelim, eu mesma sopro pra você — retrucou ela, fazendo biquinho para soprar, mas Vanderslice não aceitou a oferta. — Quando você vai receber, Claes? Está me devendo.

— Vou pagar — prometeu Vanderslice. — Você sabe que não dou calote.

Gerty não sabia nada daquilo, mas gostava do jovem holandês.

— Tenho que consertar as janelas. Se não me pagar até sexta, você vai acabar é trabalhando pra pagar a cerveja.

— Obrigado, Gert. — Vanderslice voltou a se abanar. — Você é um anjo.

— Eu também agradeço, Gerty — disse Marcus, e deixou uma moeda de cobre na mesa. — Tenho que voltar ao hospital. Você recebeu os mantimentos extras? Água e combustível? Para o caso dos britânicos chegarem?

— Nossa, você se preocupa demais — respondeu Gerty, abanando a mão para afastar o que ele dissera. — Agora que o general Washington tem a ajuda de todos aqueles franceses bonitões, a guerra vai acabar a tempo do Natal.

As mulheres da Filadélfia estavam todas apaixonadas pelo marquês de Lafayette, um magrelo ruivo de dezenove anos que mal falava inglês.

— Seu marquês trouxe apenas uma dúzia de homens com ele. — Marcus não achava que seria suficiente para fazer com que as tropas do rei recuassem, considerando o que já tinha visto em batalha.

— Que nada. — Era a resposta de Gerty para qualquer declaração irritantemente factual. — O marquês é tão alto que dava pra dividir em dois e ainda sobraria alguém mais apto à batalha do que a maioria dos meus clientes.

— Só lembre o que falei. Cale suas opiniões patriotas se os britânicos chegarem. Sirva todo mundo que tiver dinheiro. Sobreviva. — Marcus tentava transmitir aquela mensagem a Gerty desde que o quartel de Trenton fora esvaziado de tropas inoculadas e o dr. Otto, transferido para a Filadélfia com a equipe.

— Pode deixar, pode deixar. Agora dá um beijinho na Gerty e pode ir.

Gerty fez biquinho com a boca pintada de batom e esperou. Marcus deu um beijo rápido na bochecha dela.

— Diga para o dr. Otto que Gerty está sempre aqui se ele se sentir sozinho — continuou ela, sem se incomodar com a falta de entusiasmo no beijo de Marcus. — A gente pode falar nossa língua e rememorar os velhos tempos.

Marcus conhecia a sra. Otto, uma mulher roliça que falava pouco e comandava a família toda, além da equipe médica, apenas com carrancas e passos pesados pelo hospital. O dr. Otto preferiria se empalar em uma baioneta a buscar alento com a Gerty Alemã, mesmo em uma hora de desespero.

— Vou dar o recado. — Marcus pôs o chapéu, despediu-se de Vanderslice e saiu para o sol de verão.

A rota de Marcus até o hospital atravessava a maior parte da cidade lotada e caótica. Em poucos meses, ele já amava a Filadélfia e seus moradores, apesar da sujeira e do barulho. O mercado, em uma construção de tijolos, era repleto de produtos das fazendas e dos rios da área, mesmo em época de guerra. Falava-se todas as línguas nos cafés e nas tabernas, e o mundo inteiro parecia passar por aquelas docas.

Apesar do calor de agosto (que parecia fadado a nunca aliviar) e da ameaça iminente de invasão britânica (que parecia nunca chegar), a Filadélfia florescia. As ruas estavam cheias de carruagens e cavalos, rodas e cascos fazendo barulho nos paralelepípedos. Cada centímetro que não era ocupado por residências ou tabernas tinha alguém produzindo e vendendo algo: selas, calçados, remédios, jornais. O ar ressoava com o ruído dos martelos e o zumbido dos tornos.

Ele caminhou para o oeste, adentrando as ruas residenciais mais silenciosas, onde moravam os comerciantes ricos. O ar pesado de verão abafava o som de criados cuidando das crianças nos jardins amurados, o zunido de insetos bebendo das flores e o ocasional chamado de um entregador trazendo mercadorias. Marcus nunca tinha passado pela porta de uma daquelas casas grandiosas, mas gostava de imaginar como eram por dentro: piso polido em preto e branco, um corrimão curvo que chegaria ao segundo andar, janelas altas de vidro cintilante, velas brancas em candelabros de bronze para afastar o crepúsculo, uma sala cheia de livros e um globo para imaginar uma viagem pelo mundo.

Um dia, Marcus prometeu a si mesmo. *Um dia terei uma casa dessas.* Então ele voltaria a Hadley, buscaria a mãe e a irmã e as levaria para morar com ele.

Até então, Marcus aproveitava os prazeres associados à proximidade de tamanho luxo. Inspirava o perfume adocicado das castanheiras e o cheiro de café que escapava pelas janelas de salas de estar elegantes. O dr. Otto tinha comprado para ele uma xícara do elixir escuro na City Tavern quando chegaram à Filadélfia. Marcus nunca tinha bebido algo igual, apenas chá e a água suja que serviam no exército. A sensação de êxtase que acompanhava a pequena xícara o tinha preenchido por horas. Ele sempre associaria café a conversas interessantes e trocas de notícias. Uma hora sentado na City Tavern com os mercantes e empresários da Filadélfia era, na opinião de Marcus, o mais próximo que ele chegaria do céu.

Conforme caminhava, as casas finas aos poucos deram lugar aos edifícios altos de tijolos onde moravam e trabalhavam os cidadãos mais comuns. Ele avançou por mais algumas quadras até ver a silhueta dos dois hospitais da cidade, ambas coroadas com cúpulas. O Pennsylvania Hospital, anexo à faculdade, era onde os médicos treinados pela universidade faziam dissecções e davam seminários. O dr. Otto, junto com sua família e equipe, estava encarregado do outro hospital: Bettering House, dedicado aos indigentes, criminosos e loucos.

Quando Marcus chegou a Bettering House, a entrada estava tomada por caixas de todos os tamanhos, vários gaveteiros de madeira grandes de boticário e mais médicos com o sobrenome Otto do que qualquer exército. Os quatro homens da família Otto — Bodo; o filho mais velho, Frederick; o segundo filho, xará de Bodo, que era chamado de "dr. Júnior"; e o filho mais novo, John, chamado apenas de "moleque" — estavam ocupados, verificando o inventário. Enfermeiras e atendentes corriam de um lado para o outro, cumprindo os pedidos dos médicos. Apenas a sra. Otto se mantinha serena, enrolando faixas de atadura, apesar do gato do hospital estar determinado a brincar com elas.

— Aí está você — disse o dr. Otto, olhando para Marcus por cima dos óculos. — Por onde andou, sr. Doc?

— Ele estava lendo jornal no centro — disse o dr. Frederick. — Está com dedos pretos e o cheiro de cerveja chega a incomodar. Podia ter pelo menos lavado a boca, Doc.

Marcus se irritou e fechou a boca, tenso. Não falou uma palavra, apenas pegou uma caixa de frascos fechados com rolha e a entregou ao dr. Otto.

— Aqui está a cânfora! Pedi três vezes, moleque. Como você não viu? Estava bem do seu lado — exclamou o dr. Otto.

John, que era recém-casado e pensava em coisas mais agradáveis do que gaveteiros de boticário e jalapa, ouviu o próprio nome e olhou ao redor, confuso.

O dr. Otto resmungou em alemão, irritado. O conhecimento que Marcus tinha da língua estava crescendo. Ele escutou as palavras "idiota", "safado", "esposa" e "inútil". John também ouviu e corou.

— Aonde você vai primeiro, Bodo? — perguntou a sra. Otto, guardando a atadura enrolada em um cesto antes de pegar outra faixa. — Ao hospital de Bethlehem, para tratar dos feridos?

— Deixo essas decisões para o Chefão, sra. Otto — respondeu o médico.

— Ele vai direto para o campo de batalha — disse Júnior. — Dizem que o exército britânico inteiro está na boca do rio Elk, marchando para o norte.

— Dizem muitas coisas, e a maioria é mentira — observou Frederick.

— Uma coisa é certa — disse o dr. Otto, sério. — Aonde quer que a gente vá, será logo. A batalha está chegando. Dá para sentir, chega a pinicar nos pés.

Todo mundo parou para escutar. O dr. Otto tinha uma habilidade sobrenatural de antecipar as ordens que Washington daria. Ninguém, porém, sabia que ele podia receber tais informações dos pés. A sra. Otto olhou para os sapatos do marido com novo respeito.

— Não fique aí com cara de bobo, sr. Chauncey! — Após o prognóstico do marido, a sra. Otto foi tomada por ansiedade, impelida à maior eficiência. — Você escutou o médico. Não está mais carregando canhão. Não há tempo para ócio no serviço hospitalar.

Marcus abaixou a caixa de cânfora e pegou outra. Nem todo tirano, ele aprendera, era homem. Alguns usavam saias.

Quando a batalha finalmente chegou, em uma cidadezinha nos arredores da Filadélfia, à margem do Brandywine, o caos foi inexplicável.

Marcus achava saber o que esperar. Ele acompanhava o dr. Otto desde janeiro e tinha inoculado centenas de homens e visto soldados morrerem de varíola, febre tifoide, tifo exantemático, lesões adquiridas em expedições de busca, hipotermia e inanição. Contudo, nunca estivera atrás do exército em movimento com o serviço médico, esperando chegarem as baixas após as ordens de ataque. Da retaguarda, era impossível saber se o Exército Continental estava a instantes da vitória ou se os britânicos o tinham feito recuar.

O serviço médico montou o primeiro hospital em uma mercearia à margem da batalha, onde os assistentes transformaram o balcão de secos e molhados em mesa cirúrgica. Empilhavam os mortos em uma salinha onde antes se estocava a farinha e o açúcar. Pacientes aguardavam tratamento enfileirados no chão, preenchendo o corredor e a varanda.

Quando a batalha começou e a quantidade de homens feridos e mortos cresceu, o dr. Cochran e o dr. Otto decidiram que uma estação de tratamento deveria ser montada mais próxima da ação, para avaliar os feridos. O dr. Otto levou Marcus para aquele novo hospital de campanha e deixou o dr. Cochran encarregado da loja.

— Ataduras. Por que não temos ataduras? Preciso de ataduras — repetia o dr. Otto, murmurando, enquanto montavam a área de tratamento.

Só que as ataduras e faixas enroladas e guardadas pela sra. Otto já tinham sido usadas. Marcus e o dr. Otto foram obrigados a usar mata-borrão e curativos sujos de homens mortos, torcendo o sangue em baldes que atraíam os borrachudos do verão.

— Segure ele aí — disse o dr. Otto, dirigindo a atenção de Marcus com um olhar.

Sob as mãos deles, um soldado se contorcia de dor. Marcus via o osso esmagado e o músculo em carne viva através da roupa rasgada. Ele sentiu o estômago revirar.

— O paciente pode desmaiar, sr. Doc, mas o médico, não — disse o dr. Otto, severo. — Saia, respire fundo seis vezes e volte. Você vai voltar mais calmo.

Marcus saiu correndo, mas foi impedido de sair da casa por um desconhecido que projetava uma sombra comprida no corredor. A sombra apontou para ele.

— Você. Venha.

— Sim, senhor.

Marcus secou o suor dos olhos e pestanejou.

O homem entrou em foco, tão grande que preenchia a porta. Usava uma farda azul-escura com gola levantada e poucos botões, sem torçal dourado. *Francês*. Marcus reconheceu o modelo do uniforme, porque tinha visto as paradas nas ruas da Filadélfia.

— O senhor é doutor?

O francês falava um inglês perfeito, o que era atípico. A maioria de seus compatriotas se virava com gestos e uma ou outra palavra em inglês.

— Não. Sou assistente. Vou chamar…

— Não há tempo. Vai servir.

O homem esticou o braço comprido e pegou Marcus pelo colarinho. A mão dele estava coberta de sangue seco, e a calça branca, manchada de vermelho.

— Você está ferido? — perguntou Marcus a seu sequestrador.

O francês parecia bem robusto, mas, se caísse, Marcus não sabia se teria a força necessária para carregá-lo até um lugar seguro.

— Eu sou o *chevalier* de Clermont… e não sou seu paciente — respondeu o francês, com um tom afiado, e voltou a apontar com o braço comprido e os dedos finos e aristocráticos. — Ele é.

Outro soldado francês se encontrava deitado em uma maca improvisada, quase tão alto quanto o amigo e coberto de torçais dourados que atrairiam a atenção até da donzela mais criteriosa da Filadélfia. Um comandante… e importante, pelo que parecia. Marcus correu até ele.

— Não foi nada — protestou o comandante ferido, com o sotaque francês carregado, e tentou se sentar, com dificuldade. — É um buraquinho de nada... *une petite éraflure*. Você precisa cuidar primeiro deste homem.

Um jovem cabo de um regimento da Virgínia estava pendurado, desacordado, entre dois amigos, com sangue jorrando do joelho.

— Um tiro de mosquete atravessou a panturrilha esquerda do marquês. Não parece ter atingido o osso — disse o homem que levara Marcus até ali. — É preciso cortar a bota dele, limpar a ferida e fazer um curativo.

Deus nos acuda, pensou Marcus, fitando a maca. *Este é o marquês de Lafayette.*

Se Marcus não chamasse o dr. Otto, a sra. Otto o seguraria enquanto o dr. Frederick o espancava. O general Washington mimava Lafayette como se fosse um filho. Ele era importante demais para ser tratado por alguém como Marcus.

— Senhor, eu não sou médico formado — protestou Marcus. — Deixe-me buscar...

— É você, Doc? Graças a Deus.

Vanderslice ajudava o tenente Cuthbert a ir pulando na direção de Marcus. As sobrancelhas de Cuthbert estavam queimadas, e o rosto tinha a cor de uma lagosta cozida, mas foram os pés descalços e ensanguentados que capturaram a atenção de Marcus.

— Doc? — perguntou o francês alto, estreitando os olhos.

— *In de benen!* — Vanderslice assobiou, vendo uma bala passar pelo alto. Ele avaliou a trajetória com a atitude curiosa de um artilheiro experiente. — Eles estão se aproximando... ou atirando melhor. Se não sairmos da linha de fogo, nem Doc vai poder ajudar.

— Muito bem, *Meneer Kaaskopper* — disse o soldado francês, com uma reverência debochada.

— Queijeiro? — perguntou Vanderslice, irritado, e começou a soltar Cuthbert. — Retire o que disse, *kakker*.

— Leve o marquês até o salão. Já! — ordenou Marcus, a voz estourando como um tiro. — Ponha Cuthbert na varanda, Vanderslice. Vou cuidar dele assim que o dr. Otto examinar o marquês. E, pelo amor de Deus, levem esse soldado da Virgínia para a cozinha. Como ele se chama?

— Norman — gritou um dos amigos em meio ao ruído crescente. — Will Norman.

— Está me ouvindo, Will?

Marcus levantou o queixo do soldado e apertou de leve, esperando despertá-lo. O dr. Otto não acreditava em estapear pacientes desacordados.

— A prioridade é o marquês — disse o *chevalier*, apertando o antebraço de Marcus com força suficiente para machucar.

— Para mim, não é. Estamos nos Estados Unidos, *kakker* — retrucou Marcus. Ele não sabia o significado da ofensa, mas, se Vanderslice sentia que o sujeito merecia a alcunha, já lhe bastava.

— O soldado da Virgínia — disse o marquês, tentando se levantar da maca. — Prometi que ele não perderia os membros, Matthew.

Clermont inclinou de leve a cabeça na direção de um dos homens que carregava a maca do marquês. O homem, com uma expressão de sofrimento, assentiu, relutante, e deu um soco no queixo de Lafayette, fazendo o aristocrata francês desmaiar.

— Obrigado, Pierre — disse Clermont, virando-se para entrar na casa. — Obedeça ao ianque até eu voltar. Vou encontrar outro médico.

— *Vas ist das?* — perguntou o dr. Otto ao *chevalier* de Clermont, que o tinha arrancado de onde estava, com outro paciente, e o arrastado na direção de Lafayette.

— O marquês de Lafayette foi ferido — informou Clermont, brusco. — Cuide dele. Já.

— Você devia ter levado ele à mercearia — respondeu o dr. Otto. — Este é um hospital de campanha. Não temos...

O dr. Cochran chegou com o dr. Frederick.

— John. Graças a Deus — disse Clermont, com alívio visível.

— Viemos assim que soubemos, Matthew — respondeu Cochran.

Atrás dele vinham os doutores Shippen e Rush, acompanhados por um monte de assistentes ansiosos que não saíam de perto do general Washington.

— Cadê ele? — perguntou o dr. Shippen, em pânico, procurando pela sala escura com os olhos míopes. Havia duas coisas garantidas com o dr. Shippen: ele sempre escolhia o método de tratamento mais agressivo, mesmo que matasse o paciente, e nunca andava de óculos.

— Aos seus pés — disse Clermont. — Senhor.

— Precisamos cortar as duas pernas desse garoto — comentou o dr. Rush, apontando o soldado da Virgínia. — Temos uma serra?

— Há alternativas menos bárbaras — retrucou Clermont, com a expressão sombria.

— Talvez não seja a melhor hora de discuti-las — advertiu o dr. Cochran, mas já era tarde.

— Estamos no meio da batalha! — exclamou o dr. Rush. — Devemos arrancar as pernas agora, ou esperar para cortá-las depois da gangrena se instalar e da carne apodrecer. De qualquer modo, é improvável que o paciente sobreviva.

— Como você sabe? Nem o examinou! — retrucou Clermont.

— O senhor é médico, por acaso? — perguntou o dr. Shippen. — Não fui informado que o senhor marquês viajava com a própria equipe médica.

Marcus sabia que, quando médicos brigavam sobre tratamento, esqueciam os pacientes. Pelo menos por enquanto, as pernas de Norman estavam em segurança. Enquanto eles discutiam, ele podia pelo menos destapar a ferida do marquês de Lafayette.

— Eu entendo do corpo humano — disse Clermont, sério, em seu inglês perfeito. — E li Hunter. A amputação em contexto de batalha não é necessariamente o melhor tratamento.

— Hunter! O senhor está passando dos limites! — exclamou Shippen. — O dr. Otto é extremamente rápido. O soldado talvez até sobreviva à operação.

Marcus examinou a bota do marquês. O couro era macio e maleável, e não áspero e endurecido pelo tempo. Isso facilitaria o corte — apesar de ser uma pena estragar um sapato tão bom naquele exército, no qual tantos andavam mal calçados.

— Aqui — disse o homem de nome Pierre, estendendo uma faca.

Marcus olhou ao redor. Além daquele francês, ninguém prestava atenção. O dr. Cochran tentava acalmar o dr. Shippen, que ameaçava expulsar Clermont por desacato. O *chevalier* tinha começado a falar em latim — pelo menos, Marcus tinha quase certeza de que era latim, porque o dr. Otto e o dr. Cochran conversavam naquela língua quando não queriam que os pacientes entendessem —, provavelmente para continuar o sermão quanto à relutância de Hunter em amputar. Um dos assessores fitava Clermont com nítida admiração. O dr. Otto falava em voz baixa com o dr. Frederick, que sumiu, encaminhado para a cozinha. Enquanto isso, os assistentes de médico faziam apostas discretas sobre o resultado da discussão entre Clermont e Shippen.

Marcus pegou a faca e cortou a bota de uma vez só, do topo ao calcanhar. Afastou o couro da ferida. O corte estava com as bordas limpas e não havia sinal de osso aparente. *Sem fratura exposta*, pensou Marcus. Se fosse o caso, teria sido necessário amputar, independentemente da opinião do *chevalier* ou do dr. Hunter.

Marcus apalpou a lesão, procurando a protuberância que indicaria que a bala ainda estava alojada na perna, ou sinal de que o osso tinha lascado e deixado alguma parte no músculo. *Sem caroço, sem resistência*. Isso significava que não havia nada na lesão que fosse ferir os nervos, tendões ou músculos, nem um objeto estranho que pudesse causar infecção.

O marquês se mexeu. O toque de Marcus era leve, mas o homem tinha levado um tiro e a dor devia ser intensa.

— Bato nele outra vez, Doc? — sussurrou Pierre. Como Clermont, ele falava um inglês impecável.

Marcus negou com a cabeça. O exame confirmou o que ele já desconfiava: a única condição do marquês que exigia tratamento imediato era seu sangue aristocrático e a alta patente. O marquês era um homem de sorte, muito mais do que Will Norman.

Marcus sentiu um olhar pesado e atento recair sobre ele. Ao erguer o olho, encarou Clermont. Shippen continuava gaguejando sobre métodos cirúrgicos e resultados nos pacientes — o homem tinha um carinho profano pela faca —, mas foi Marcus, e não os médicos estimados, que deteve a atenção do *chevalier*.

— Não. — A palavra de Clermont ecoou pela sala. — O senhor não vai tratar o marquês de Lafayette, dr. Shippen. Estrague a vida do homem na cozinha com suas facas e serras, mas o marquês será atendido pelo dr. Cochran.

— Como... — soltou Shippen.

— É uma ferida leve, dr. Shippen — interveio o dr. Otto. — Deixe que eu e o dr. Cochran, seus pobres assistentes, cuidemos do marquês. Seu talento superior é necessário em outros lugares. Acredito que o garoto de joelhos feridos tenha sido recrutado das terras do general Washington.

Aquilo chamou a atenção de Shippen.

— Meu filho está limpando as feridas dele, pronto para assisti-lo — continuou o dr. Otto, recuando e fazendo uma pequena reverência.

— Certo — disse Shippen, puxando a barra do colete e ajeitando a peruca que, apesar de nada prática, usava em campo. — Veio da Virgínia, é?

— É um dos novos fuzileiros — respondeu o dr. Otto, concordando. — Deixe-me levá-lo até lá.

Assim que os médicos se foram, os restantes entraram em ação. Cochran pediu gaze, unguento e uma sonda enquanto examinava a perna do marquês.

— Você sabe que não se deve cutucar onça com vara curta, Matthew — disse Cochran. — Me passe a terebintina, Doc.

— Então, você é um doutor, como disse o holandês — comentou Clermont, analisando Marcus sem piscar.

— Ele poderia ser — disse Cochran, limpando as feridas do marquês —, se recebesse educação, aprendesse latim e fosse mandado para a faculdade. Em vez disso, o sr. Chauncey absorveu mais conhecimento do que a maioria dos alunos do dr. Shippen, por meio de algum modo oculto que se recusa a divulgar.

Clermont olhou para Marcus com admiração.

— Doc entende de anatomia e cirurgia básica, e tem um bom domínio dos ingredientes farmacêuticos — continuou Cochran, limpando com cuidado o buraco na perna de Lafayette. — A companhia de artilharia dele o apelidou de Doc depois do exército se retirar de Nova York. Bodo o encontrou em Morristown, e o sr. Chauncey se alistou novamente para passar três anos no departamento médico.

— Então o senhor é nova-iorquino, sr. Chauncey — observou Clermont.

— Sou um homem do mundo — murmurou Marcus, tentando não espirrar enquanto Cochran punha gaze felpuda na ferida.

"Homem do mundo." Era um gato de nove vidas, isso sim.

— Devemos levar o marquês a um lugar seguro, John — disse Clermont. — O futuro da guerra talvez dependa disso. Sem ele para argumentar a favor dos americanos, será difícil adquirir o armamento e os mantimentos necessários para derrotar o exército britânico.

A tarefa de Marcus ali tinha acabado. Havia homens doentes e feridos lá fora. Vanderslice estava perto, o que significava que a batalha se aproximava perigosamente. Ele seguiu para a porta.

— Fique com o marquês, Chauncey — ordenou Clermont, interceptando Marcus.

— Preciso atender o tenente Cuthbert — protestou Marcus. Cuthbert ainda esperava tratamento e não ficaria para trás, mesmo que Marcus precisasse carregá-lo.

O marquês de Lafayette se agitou.

— O soldado da Virgínia. Onde está?

O dr. Otto e o dr. Frederick apareceram carregando em outra maca o soldado ferido, ainda desacordado e ainda com as duas pernas.

— Não se preocupe, marquês — disse o dr. Otto, alegre. — O dr. Shippen e o dr. Rush partiram para algum lugar distante do alcance das armas britânicas. Para melhor preservar os feridos.

— Para melhor preservar os feridos — repetiu o dr. Frederick, solene, mas sua boca tremeu.

— Se ficarmos aqui, nosso próprio hospital será na cela de uma prisão britânica — advertiu Cochran. — Carregue os que podemos transportar para as carroças, Doc. Aonde foram Shippen e Rush, Bodo?

— Voltaram para a Filadélfia — respondeu o dr. Otto.

Marcus se perguntou por quanto tempo eles ficariam lá.

Les Revenants, Cartas e Documentos das Américas
Nº 2
Matthew de Clermont para Philippe de Clermont
Bethlehem, Pensilvânia

23 DE SETEMBRO DE 1777

Honrado Pai:

Estou com nosso amigo, que foi atingido em batalha. Ele me diz que foi o momento mais glorioso de sua vida, derramar sangue pela liberdade. O senhor deve perdoá-lo pelo entusiasmo. Se puder informar à esposa dele, a madame marquesa, que o marido dela está de bom humor e não sente desconforto algum, sei que a tranquilizaria. Ela terá ouvido todo tipo de relato — que ele foi gravemente ferido, que foi morto, que morrerá de infecção. Assegure a ela que nada disso é verdade.

A medicina aqui é selvagem, com poucas exceções. Estou administrando pessoalmente o tratamento de Lafayette para garantir que não o matem com suas curas.

Passei suas cartas para o sr. Hancock, que está aqui em Bethlehem, com a maioria do Congresso. Foram forçados a deixar a Filadélfia quando os britânicos ocuparam a cidade. Washington precisa de suprimentos para buscar o sucesso: munição, armas, cavalos. Mais do que isso, precisa de soldados experientes.

Devo ir tratar de uma controvérsia. O povo desta cidade é muito beato, e não lhes agrada a presença do exército e de seus soldados.

Com pressa,
Seu filho devoto,
Matthew

17

Nome

SETEMBRO DE 1777

— Não, sr. Adams. Inaceitável — disse o *chevalier* de Clermont, fazendo que não com a cabeça.

Marcus, assim como o resto do serviço médico, fora deixado de lado, esperando os políticos tomarem uma decisão relativa à expansão do hospital. O Congresso tinha retirado o acampamento da Filadélfia, que iria para o norte, até a cidade de Bethlehem, a fim de evitar captura pelos britânicos. Um bando de mulheres de roupas escuras, todas de touca branca de frufru, observavam a situação com hostilidade visível. O mesmo era feito pelo líder de Bethlehem e sua comunidade religiosa morávia, Johannes Ettwein.

— Devemos fazer sacrifícios em nome da liberdade, *chevalier*. Todos nós, de acordo com nossa posição — disse John Adams, tão afiado e tão predisposto à raiva quanto Ettwein.

— Há quatrocentos soldados doentes e feridos ocupando a casa que pertence aos irmãos solteiros — disse Ettwein, roxo de raiva. — Vocês tomaram nossas carroças para transportar mantimentos. Estão comendo a comida de nossas mesas. O que mais devemos fazer?

Vendo-os parados na esquina das ruas Main e Church, o dr. Otto falou algo em alemão. Uma das mulheres riu, mas logo disfarçou, fingindo um ataque de tosse. A boca de Clermont tremeu.

Quanto mais tempo Marcus passava com Lafayette, mais ficava fascinado pelo *chevalier* de Clermont. Não parecia haver uma língua que ele não falasse — francês, inglês, latim, alemão, holandês —, nem nada que ele não soubesse fazer, de cuidar de cavalos a examinar feridas a conduzir a diplomacia. Porém, o que o tornava indispensável no momento era seu ar calmo de autoridade.

— O senhor não pode deslocar tantas mulheres, muitas delas idosas, sr. Adams — decretou Clermont, como se a decisão dependesse dele e não do dr. Otto, dos médicos militares ou dos membros do Congresso. — Teremos de encontrar outro modo de abrigar os feridos e doentes.

— Não me parece cavalheiresco desalojar as damas, sr. Adams — disse o marquês de Lafayette, na cadeira de rodas que chamava de *La Brouette*.

O *chevalier* de Clermont tinha construído o apetrecho a partir de uma cadeira de madeira comum encontrada na casa dos irmãos solteiros quando se tornara necessário sair da pousada Sun Inn. Clermont receitara ao marquês descanso e uma boa dieta — nada disso seria encontrado na taberna, dominada pelo Congresso e por mensageiros que iam e vinham. O *chevalier* encontrara tudo que o marquês exigia a poucas portas da Sun Inn, na casa da família Boeckel — até mesmo enfermeiras experientes, na forma da sra. Boeckel e da filha, Liesel. Quando não era usada, *La Brouette* ficava estacionada perto da lareira da sala dos Boeckel, onde recebia mais visitas do que Lafayette.

— O cavalheirismo morreu, senhor! — declarou Adams.

— Não enquanto viver Gil — murmurou o *chevalier* de Clermont.

— Estamos lutando esta guerra para nos libertar da tradição, e não para nos tornarmos ainda mais dependentes dela — continuou Adams, sem se deixar deter. — Se os morávios de Bethlehem não lutarem por nós, devem provar lealdade de outro modo.

— Porém, é nosso dever proteger essas mulheres. Imagine se fosse sua querida esposa, sr. Adams, ou minha Adrienne.

Lafayette parecia sofrer genuinamente diante da ideia. Ele escrevia pelo menos uma carta por dia para a esposa distante, que, apesar de ainda não ter dezoito anos, já era mãe de dois filhos.

— A sra. Adams não hesitaria em acolher quatrocentos soldados feridos, se lhe fosse pedido!

Adams, como Ettwein, não gostava de ser desafiado.

O sr. Hancock, que, pelo que diziam, tinha uma esposa formidável, mostrou sinal de dúvida.

— Se me permitem opinar — interveio o dr. Otto —, não seria melhor para os médicos manter os soldados mais próximos? Já estamos sobrecarregados e correndo atrás de mantimentos pela cidade toda. Talvez possamos usar os jardins e montar barracas para pacientes convalescentes ao ar fresco, longe das febres que já começaram a se espalhar.

— Febres? — perguntou um homem com o sotaque distinto das colônias do sul, franzindo a testa. — Não é a varíola, certamente.

— Não, senhor — respondeu o dr. Otto, rápido. — As ordens do general no inverno passado nos pouparam disso. Mas a febre tifoide, o tifo exantemático...

Ele se calou.

Os membros do Congresso se entreolharam, nervosos. Ettwein se virou para Clermont, e os dois trocaram um olhar significativo.

— Essas doenças comuns ameaçam a saúde da comunidade inteira — disse Clermont. — Os irmãos não devem sofrer indevidamente. Ora, o filho do irmão Ettwein está tratando dos soldados, arriscando a própria vida. Que forma de patriotismo é maior do que arriscar o próprio filho?

Marcus olhou para o rapaz ao lado. O John Ettwein mais jovem era bem mais simpático do que o pai, mas se parecia muito com ele, de nariz arrebitado e olhos afastados. Apesar de John ser mesmo um enfermeiro eficiente, Marcus desconfiava que o filho de Ettwein tivesse sido mandado ao hospital para garantir que a casa dos irmãos não fosse danificada durante a ocupação do exército.

— Vamos nos retirar para a pousada — disse Hancock — e continuar a deliberar.

— Você sabe usar a enxada tão bem quanto o bisturi — comentou o jovem John Ettwein.

Marcus ergueu o olhar das ervas que eles estavam cortando em preparação para as barracas que logo seriam montadas na colina com vista para o rio. O boticário, irmão Eckhardt, ordenara que os dois colhessem todos os ingredientes farmacêuticos possíveis antes de os soldados destruírem o jardim.

— E seu sotaque não é da Filadélfia — continuou John.

Marcus voltou ao trabalho sem fazer nenhum comentário. Arrancou da terra uma mandrágora, que pôs no cesto ao lado da ageratina.

— Então, irmão Chauncey, qual é sua história? — perguntou John, os olhos brilhando de curiosidade. — Sabemos que você não é daqui.

Não foi a primeira vez que Marcus ficou feliz por ter nascido na fronteira, e não em Boston. Todos sabiam que ele vinha de outro lugar, mas ninguém conseguia identificar seu sotaque.

— Não se preocupe. A maioria das pessoas de Bethlehem é de outro lugar — assegurou John.

Só que a maioria não tinha matado o próprio pai. Marcus tinha falado pouquíssimo diante da delegação do Congresso, por medo de alguém reconhecer que ele era de Massachusetts e fazer alguma pergunta difícil.

— O gato comeu sua língua mesmo — disse John e, secando o suor da testa, olhou para a rua abaixo deles, à margem do rio. — *Mein Gott*.

— Carroças. — Marcus se levantou com pressa. Havia carroças até perder de vista. — Vieram da Filadélfia.

— São centenas — acrescentou John, enfiando a enxada na terra. — Temos que encontrar meu pai. E o *chevalier*. Imediatamente.

Marcus abandonou a cesta de raízes e folhas e seguiu John a caminho da casa usada como hospital. Em poucos metros, esbarraram em Clermont e no irmão Ettwein, que já estavam cientes da invasão.

— É gente demais! — dizia o irmão Ettwein a Clermont, com o olhar desvairado. — Já descarregamos setenta carroças em apenas dois dias. Os prisioneiros escoceses estão em uma das casas de família. Os guardas estão morando na estação de bombeamento. Os mantimentos do exército já lotaram os fornos de cal e o depósito de combustível. Os irmãos solteiros foram desalojados. E agora nos chegam mais gafanhotos! O que faremos?

As carroças da Filadélfia estacionaram nos campos na margem sul do rio, uma atrás da outra, atropelando o trigo-sarraceno plantado ali. Uma tropa de cavalos as acompanhava.

— Lá se vai nossa aldeia pacífica! — continuou Ettwein, a voz amarga. — Quando o dr. Shippen nos escreveu, disse que o exército seria inconveniente, mas não que nos tiraria a casa e o sustento.

Ainda assim, mais carroças chegavam. Marcus nunca vira tantas de uma vez. Os carroceiros desatrelavam os animais e os levavam à água. Os guardas do comboio também desmontavam, permitindo que os cavalos pastassem.

— Devo falar com eles, Johannes? — perguntou o *chevalier* de Clermont, com aparência soturna. — Não posso fazer muito, mas pelo menos saberemos os planos deles.

— Nós nos instalamos em Bethlehem para evitar a guerra — disse Ettwein, com a voz baixa e intensa. — Todos já vimos guerra suficiente, irmão Clermont. Guerra religiosa. Guerra com os franceses. Guerra com os indígenas. Agora guerra com os britânicos. Vocês nunca cansam?

Por um momento, a máscara de compostura do *chevalier* de Clermont escorregou, e ele pareceu tão amargo quanto Ettwein. Marcus pestanejou, e o rosto do francês se tornou tão impenetrável quanto antes.

— Estou mais cansado da guerra do que você imagina, Johannes — disse Clermont. — Venha, Chauncey.

Ele fez sinal para Marcus, que o seguiu colina abaixo, tentando, em vão, alcançá-lo para argumentar.

— Senhor — disse Marcus, tentando se equilibrar. — *Chevalier* de Clermont. Tem certeza...

Clermont se virou de uma vez.

— O que foi, Chauncey?

— Tem certeza que deveria interferir nessa questão? — perguntou Marcus. — Senhor — acrescentou, apressado.

— Acha que os cidadãos de Bethlehem se sairão melhor se for John Adams a argumentar por eles? Esse sujeito é uma ameaça às relações internacionais.

— Não, senhor. É que... — disse Marcus, parando para morder o lábio. — Esses homens são da Virgínia, senhor. Vejo pela roupa. Estão usando camurça, viu? O povo da Virgínia não gosta de receber ordens.

— Ninguém gosta de receber ordens — observou Clermont, estreitando os olhos.

— Sim, mas eles têm fuzis. Fuzis muito precisos, senhor. E espadas — continuou Marcus, determinado a evitar o desastre. — Não estamos armados. E o marquês está sozinho na casa do irmão Boeckel.

— A irmã Liesel está com Gil — disse Clermont, seco, voltando a descer a colina com velocidade. — Ela está lendo para ele sobre as missões morávias na Groenlândia. Ele diz que acha relaxante.

Marcus vira os olhares ardentes que o marquês dirigia à encantadora filha dos Boeckel, e ficava feliz por Lafayette ser casado, e também pela irmã Liesel ser um exemplo de virtude.

— Ainda assim, senhor...

— Pelo amor de Deus, Chauncey, pare de me chamar de senhor. Não sou seu comandante — disse Clermont, virando-se para ele outra vez. — Precisamos saber por que essas carroças chegaram. Será que a Filadélfia foi ocupada pelos britânicos? Eles vieram por ordem de Washington? Sem informação, não podemos determinar o que fazer. Vai me ajudar, ou me atrapalhar?

— Vou ajudar.

Marcus sabia que era a única opção. E o seguiu em silêncio pelo restante do caminho.

Quando chegaram à margem sul do rio, encontraram uma confusão.

Um homem de calça de couro e túnica azul foi até eles, montado em um cavalo que provavelmente valia a fazenda MacNeil inteira. Um fuzil longo — do tipo usado pelos lenhadores na fronteira — estava pendurado em uma alça na sela, e ele usava um capacete forrado de pele. Marcus imaginou o cérebro do homem cozinhando em um dia quente daqueles.

— Eu sou o *chevalier* de Clermont, auxiliar do marquês de Lafayette. Declare sua intenção.

Clermont fez sinal para Marcus ficar para trás.

— Venho ver o sr. Hancock — respondeu o homem.

— Ele está na pousada — disse Clermont, indicando o riacho com a cabeça. — No centro.

— Doc? — gritou uma voz da clareira. — É você?

Vanderslice estava em uma das carroças, empoleirado em uma pilha de feno. Ele acenou.

— O que está fazendo aqui? — perguntou Marcus, se aproximando.

— Trouxemos os sinos da Filadélfia para aqueles britânicos malditos não os derreterem para fazer balas — explicou Vanderslice, e saltou da pilha de feno, aterrissando de pé como um gato. — Não esperava ver você por aqui. Ainda está com aquele *kakker* francês e o amigo dele, pelo que vejo?

— Washington mandou o marquês para cá, para se recuperar... assim como o restante do exército, parece — respondeu Marcus.

Ele olhou para Clermont, que estava no meio de uma conversa com um grupo de soldados de cavalaria. O *chevalier* queria informação, e Marcus se dispusera a ajudar. Precisava ao menos tentar cumprir a promessa.

— Aonde vocês estão indo?

— Para uma cidade a oeste daqui — disse Vanderslice, vago. — Trouxemos tudo que conseguimos tirar da Filadélfia. Até a Gerty.

Ele olhou para o centro de Bethlehem e assobiou.

— Que tipo de lugar é esse, Doc? Parece muito grandioso para ser ocupado por beatos. Soube que as mulheres são todas solteiras, e que os homens moram juntos em um só quarto.

— É diferente de qualquer outro lugar que eu conheço — respondeu Marcus, honesto.

— A comida é boa? — perguntou Vanderslice. — As moças são bonitas?

— Sim — respondeu Marcus, rindo. — Mas o Congresso ordenou que não incomodemos as mulheres, então é melhor suas mãos só encostarem nos doces.

Naquela noite, John Ettwein conduziu Marcus e Vanderslice em uma visita pela cidade. Em vez de começar pelos edifícios grandes e imponentes de pedra no centro, John seguiu diretamente para o aglomerado de estruturas construídas à margem do riacho Monocacy.

— Foi aqui que nosso povo se instalou inicialmente — explicou John, diante de uma pequena estrutura baixa, feita de toras de madeira.

A terra descia em direção à água, com vista limpa a oeste, para as manufaturas, os curtumes, os açougues e as azenhas dos morávios. Ettwein apontou uma das construções.

— Ali fica a nascente — continuou ele —, que nunca congela, nem no inverno. Nessa construção fica a azenha que gira e manda a água colina acima, até o centro.

Marcus tinha ficado impressionado ao descobrir que a água chegava à destilaria do boticário. Ele não precisava subir e descer a colina a fim de buscar água fresca para o remédio do marquês.

— Eu mostraria a construção por dentro — disse John —, mas seus guardas ocuparam o espaço.

Alguns dos soldados coloniais instalados estavam reunidos lá fora, vendo estoques de munição serem carregados para o depósito de combustível.

John mostrou para eles as marcenarias. Conforme se aproximavam da oficina, um casal de pele negra surgiu, subindo a colina, vindo do rio. Os dois tinham idade próxima do irmão Ettwein e andavam de braços dados. Usavam as roupas simples e escuras dos irmãos morávios, e a mulher estava com uma touca branca, sem babados e amarrada com um laço azul — sinal de que era casada. Marcus e Vanderslice observaram o casal com curiosidade.

— Boa noite, irmão Andrew e irmã Magdalene — cumprimentou John. — Estava mostrando as marcenarias para nossas visitas.

— Deus nos envia muitas visitas — observou a irmã Magdalene.

— Deus nos envia apenas o que podemos suportar — disse o irmão Andrew, com um sorriso reconfortante para ela. — Nos perdoem. A irmã Magdalene tem trabalhado muito, por muitas horas, na lavagem das roupas dos soldados doentes.

— Estavam repletas de vermes — contou ela — e retalhadas. Não há nada para substituí-las. Se Deus quiser nos ajudar, Ele deve nos mandar calças.

— Devemos agradecer pela misericórdia Dele, esposa.

O irmão Andrew deu um tapinha na mão dela. Ele abriu a boca para falar de novo, mas seu corpo foi tomado por uma tosse forte.

— Parece asma — disse Marcus, franzindo a testa. — Um chá de sabugueiro e funcho pode ajudar.

— Foi a colina — respondeu o irmão Andrew, curvado pelo esforço de esvaziar os pulmões. — Sempre estimula minha tosse. Isso, e as manhãs mais frias.

— Doc pode tratar de você — disse Vanderslice. — Ele curou todos os Voluntários no inverno passado, quando lutamos juntos.

A irmã Magdalene olhou para Marcus, interessada.

— As costas de meu Andrew doem após os acessos de tosse. Tem algo que possa aliviar a dor?

Marcus assentiu.

— Um linimento, aplicado com mãos quentes. Os ingredientes estão todos no boticário.

— Não há necessidade de se preocupar comigo, quando já tem tantos pacientes — disse o irmão Andrew. — Preciso apenas descansar.

O irmão Andrew e a irmã Magdalene entraram na frente deles pela porta da marcenaria. O cheiro de farpas de madeira tomou o ar empoeirado, e o irmão Andrew voltou a tossir.

— Você não deveria estar dormindo aqui — protestou Marcus. — Este ar vai piorar a tosse.

— Não há outro lugar — explicou a irmã Magdalene, soando cansada. — Tomaram nossa casa para acomodar os prisioneiros. Eu poderia ir à casa das irmãs, mas, para isso, abandonaria Andrew, e já estamos habituados à companhia um do outro.

— Magdalene não confia nos visitantes do outro lado do rio, nem nos guardas nas azenhas — explicou o irmão Andrew. — Ela teme que me tirem da irmandade e me vendam a um novo senhor.

— Você não é livre, Andrew — disse ela, determinada. — Lembre o que aconteceu com Sarah. Os irmãos a venderam com facilidade.

— Ela não era da congregação, como eu — disse Andrew, ainda ofegante. — É diferente.

A irmã Magdalene não pareceu convencida. Ela ajudou o marido a se sentar em uma cadeira próxima a um forno. Havia um pequeno colchão no canto, atrás do forno, coberto por um lençol limpo e arrumado. Alguns objetos de uso pessoal — um copo, duas tigelas e um livro — estavam dispostos ali perto.

— Vou cuidar do meu marido, irmão John — disse. — Voltem ao hospital, aos soldados doentes.

— Rezarei por ti, irmão Andrew — disse John.

— Já estou aos cuidados de Deus, irmão John — respondeu o homem. — Ore pela paz.

Marcus estava trabalhando com o boticário de Bethlehem, irmão Eckhardt, no pequeno laboratório nos fundos da loja, de frente para a praça da cidade, conhecida por *der Platz*. Naquele dia, as carroças do exército sairiam do acampamento à beira do rio e atravessariam a cidade a caminho do próximo destino, transformando uma avenida já movimentada em estrada pública.

Ao voltar da marcenaria na véspera, Marcus fora informado de que ficaria com os Ettwein e compartilharia o quarto com John. Clermont e o dr. Otto tinham entabulado uma negociação complexa com o irmão Ettwein para retirar Marcus da casa dos irmãos solteiros e afastá-lo dos soldados, para que não transmitisse, sem saber, um contágio ao marquês. Os novos anfitriões de Marcus eram uma família devota, e o irmão Ettwein não era apenas o principal intermediário dos morávios e do exército colonial, como também o pastor da cidade. Portanto, a casa ecoava tanto de orações quanto de reclamações. Em comparação, Marcus achava que a paz e o silêncio da botica eram relaxantes.

Ele estava de pé, diante de uma mesa de madeira limpa, na qual estava uma variedade de potes de barro. Todos tinham etiquetas indicando o conteúdo: malva, óleo de amêndoa, sal amoníaco. Um frasco de tintura de lavanda se encontrava ao lado.

— Isso não é para o irmão Lafayette — observou o irmão Eckhardt, analisando os remédios na mesa.

Ele era um homem alto e idoso de pernas magras, óculos na ponta do nariz adunco e ombros curvos que lhe davam a aparência de uma estranha garça.

— Não. É para o irmão Andrew — disse Marcus, misturando mais óleo na tigela de latão. — Ele estava tossindo ontem.

— Ponha também um pouco de beladona — sugeriu o irmão Eckhardt, e entregou outro pote para ele. — Alivia espasmos.

Marcus aceitou o pote, agradecido pelo conselho — que guardou para referência futura. Ele conhecia o irmão Eckhardt havia apenas algumas horas, mas não duvidava de que o homem tinha um conhecimento prodigioso de medicamentos.

— Acho que mais um pouco de malva cai bem — comentou o irmão, depois de cheirar a tigela.

Marcus acrescentou mais flores cor-de-rosa secas à tigela e as moeu com o pilão.

— Vou preparar um bálsamo para as mãos da irmã Magdalene, e você pode levar tudo à marcenaria de uma vez — disse o irmão Eckhardt. — O alvejante e o sabão que ela usa são muito fortes, e as mãos dela ficam rachadas e acabam sangrando.

— Eu reparei — disse Marcus, que tinha visto evidências do trabalho árduo nas mãos da mulher. — Ela não parece feliz de lavar as roupas dos soldados.

— Ela está quase sempre infeliz — explicou o irmão Eckhardt, tranquilo. — É assim desde que chegou, pelo que me dizem. Ela ainda era menina quando foi mandada da Filadélfia para cá por seu senhor, que depois a libertou.

— E o irmão Andrew? — perguntou Marcus, com a mente tão ocupada quanto as mãos.

— Andrew pertence à irmandade e é membro de nossa congregação. Ele e a irmã Magdalene se casaram há algum tempo. São parte de nossa comunidade, e vivem e trabalham ao nosso lado, sob os olhos de Deus.

Ao lado de vocês, pensou Marcus, voltando a trabalhar, *mas não entre vocês*.

Marcus estava incomodado pela distância entre a linguagem de amor fraterno e igualdade da comunidade e o fato de escravizarem pessoas. Também lhe incomodava em Hadley e no exército que homens pudessem declarar ideais de liberdade e igualdade do *Senso comum* e ainda tratar Zeb Pruitt ou a sra. Dolly como se fossem seres inferiores.

Gritos e um enorme estrépito quebraram o silêncio do laboratório.

— O que foi isso? — exclamou o irmão Eckhardt, ajeitando os óculos.

Ele saiu correndo, e Marcus foi atrás.

Uma carroça tinha enguiçado na frente da Sun Inn, bem onde a estrada começava a descer em direção ao riacho. Os irmãos saíram correndo das casas, oficinas e celeiros para ver o que estava acontecendo. Os últimos membros do Congresso estavam de pé diante da pousada, observando o estrago. Até o *chevalier* de Clermont e o marquês de Lafayette estavam lá para testemunhar o espetáculo, graças a *La Brouette*.

Enquanto Marcus e o irmão Eckhardt se aproximavam, ouvia-se uma voz, mais alta do que o ruído da multidão.

— Eu falei que isso ia acontecer! — disse John Adams, abanando os braços ao se aproximar da carroça emperrada. — Falei que iam precisar de um grupo de bois para descer a colina com o sino, e de correntes mais grossas para segurar as rodas! Ninguém nunca me escuta.

— Devo levar o marquês de volta à casa dos Boeckel? — perguntou Marcus a Clermont.

Aquela agitação toda não poderia ser benéfica para o paciente.

— Temo que nem Adams e seus bois conseguiriam tirar Gil daqui — respondeu o *chevalier*, com um suspiro. — Espere. Vou tratar da carroça. Se ficar onde está, vai interromper o tráfego todo.

Clermont se juntou à multidão ao redor da roda quebrada. Marcus via que a corrente havia causado o acidente, parte dela envolta em um dos raios e a outra parte caída na estrada.

— Temo que seja mau presságio — lamentou Lafayette. — Primeiro, a rachadura. Agora isso. Você acredita em agouros, Doc?

— Eu acredito — disse uma voz baixa.

Marcus se virou e viu o irmão Andrew.

— Fui ensinado a me manter atento a agouros, quando meu nome era Ofodobendo Wooma e eu ainda morava na terra de meus pais — continuou ele. — Relâmpagos, chuvas e ventos... eram todos sinais de que os deuses estavam furiosos e precisavam ser apaziguados. Depois, quando meu nome era York e eu vivia com um senhor judeu na ilha de Manhattan, ele planejava me vender para Madeira, em troca de vinho. Eu orei por salvação, e um dos irmãos me comprou e me trouxe para cá. Esse também foi um sinal... do amor de Deus.

Lafayette escutava, fascinado.

— Mas não creio que esta roda quebrada deva ser considerada um sinal, irmão Lafayette — disse Andrew, meneando a cabeça. — Deus não precisa mandar para os servos a mensagem de que calculamos mal o peso de um sino. A corrente quebrada já é indício suficiente.

— Foi o que Matthew disse — respondeu o marquês, vendo o amigo discutir com John Adams.

Os ânimos estavam acalorados perto da carroça.

— Busque o irmão Ettwein — pediu o irmão Eckhardt a Andrew. — E volte à marcenaria. Vão precisar de você antes do fim do dia.

Era crepúsculo quando Marcus teve a oportunidade de levar os remédios para o irmão Andrew e a irmã Magdalene. A área junto ao riacho estava agitada em atividade, apesar da hora, e a luz do lampião se derramava pelas janelas, iluminando o caminho de Marcus.

A porta da marcenaria estava entreaberta, e Marcus esticou a cabeça para ver o que acontecia lá dentro. O que viu foi espantoso.

O *chevalier* Clermont trabalhava ao lado do irmão Andrew. Ele tinha arregaçado as mangas, exibindo os antebraços musculosos, e a calça escura estava coberta de lascas de madeira. A pele de Clermont era pálida e lisa, sem as marcas de batalha comuns nos soldados que Marcus tratava. Não era a primeira vez que ele se questionava que tipo de cavaleiro era Clermont, considerando seu talento artesanal e a preferência pela oficina, e não pela taberna. Era difícil conhecer bem o *chevalier* — e ainda mais complicado compreendê-lo.

— Acho que está reto — disse o *chevalier*, entregando um raio de roda para o irmão Andrew. — O que acha?

O irmão Andrew pesou a madeira na mão e analisou o comprimento com um olhar treinado. Ele tossiu depois de inspirar o ar da marcenaria.

— Está bom, irmão Matthew. Devo levá-los para o carpinteiro?

— Deixe Doc levar. — O *chevalier* de Clermont se virou e chamou Marcus com um gesto.

— Trouxe o linimento, irmão Andrew, e o chá — disse Marcus. — O irmão Eckhardt preparou algo para tratar as mãos da irmã Magdalene.

— Ela ainda está na lavanderia — disse irmão Andrew. — Pedi para ela não voltar para casa desacompanhada. Vou...

— Não. Vou buscar a irmã Magdalene e escoltá-la até em casa — disse Clermont. — A colina é muito íngreme para seu pulmão no momento. Doc preparará um pouco de chá para você e, assim que voltar do carpinteiro, passará o linimento nas suas costas. Quando eu voltar com a irmã Magdalene, você estará saudável e vigoroso como no dia de seu casamento.

O irmão Andrew riu, mas a gargalhada logo se transformou em espasmos de tosse. Marcus e Clermont aguardaram em silêncio pelo fim do acesso, até o homem conseguir respirar.

— Agradeço, irmão Matthew — disse irmão Andrew —, pela sua bondade.

— Não é nada, irmão Andrew — respondeu Clermont, com uma reverência. — Volto já.

Marcus atiçou o fogo e pôs a chaleira amassada no fogão para ferver a água. Quando estava bem quente, salpicou algumas das ervas secas do embrulho de chá e as deixou em infusão. Certificou-se de que o irmão Andrew estava confortável, respirando melhor, antes de sair com os raios de roda. Graças aos irmãos solteiros, que empurravam um aro de metal na direção do centro, certamente para completar a nova roda que levaria o sino embora de Bethlehem, Marcus não teve de ir até lá.

Quando Marcus voltou à marcenaria, o irmão Andrew ainda estava tossindo, mas em acessos menos severos. Marcus serviu um pouco do chá numa xícara que encontrou. O irmão Andrew o bebeu devagar, e a tosse diminuiu ainda mais.

— O gosto é melhor do que o dos chás que o irmão Eckhardt prepara.

— Eu acrescentei hortelã — explicou Marcus —, como Tom me ensinou.

— Quem é esse Tom? Seu irmão? — perguntou o irmão Andrew, olhando-o por cima da xícara.

— Só alguém que eu conhecia. — Marcus desviou o olhar.

— Acho que você já viajou muito e já teve muitos nomes — comentou o irmão Andrew. — Como eu. Como o irmão Matthew.

— O *chevalier* de Clermont? — perguntou Marcus, surpreso. — Nunca o ouvi ser chamado de mais nada, exceto por seu nome de batismo, Matthew.

— Ainda assim, hoje ele respondeu por Sebastien, quando um dos soldados alemães o chamou — contou o irmão Andrew, bebendo o chá. — Por que outros nomes você responde, irmão Chauncey?

O homem de algum modo adivinhou que Marcus não era quem fingia ser.

— Eu respondo por Doc — disse Marcus, se dirigindo à porta. — O linimento está na mesa. Peça para a irmã Magdalene aquecer as mãos antes de aplicá-lo. Duas ou três vezes ao dia devem ajudar a aliviar os espasmos, assim como o aperto no peito.

— Minha esposa já respondeu por Beulah. Antes, tinha ainda outro nome, que seus pais lhe deram. — O irmão Andrew estava com os olhos desfocados, como se tivesse esquecido da presença de Marcus. — Quando nos casamos, pedi por esse nome, mas ela disse que não lembrava. Disse que o único nome importante era o que ela escolhera ao ser libertada.

Marcus pensou em todos os nomes que já tivera na vida: Marcus e Galen, Chauncey e MacNeil, Doc, moleque, um dia até filho. Se um dia se casasse, e a esposa perguntasse por seu nome verdadeiro, qual deles compartilharia com ela?

No dia seguinte, Bethlehem tinha retornado a um ritmo mais semelhante à rotina normal. O Congresso deixara a cidade, e as janelas da Sun Inn estavam escancaradas para arejar os quartos. Todas as carroças, com uma exceção, tinham partido, assim como a maioria dos guardas e do acampamento — exceto por Gerty, que decidira permanecer em Bethlehem. Marcus a vira diante da padaria, conversando sem parar na sua língua nativa. Alguns dos irmãos já estavam trabalhando no campo ao sul da cidade, trocando as cercas que os soldados tinham queimado na fogueira e limpando o estrume deixado pelos cavalos nas plantações pisoteadas de trigo-sarraceno.

Em *der Platz*, um pequeno grupo de homens tirava o sino da carroça quebrada. Os raios que irmão Andrew e Clermont tinham fabricado na véspera não eram para uma nova roda, mas para uma carroça inteiramente nova. Era um mistério a rapidez com que os dois tinham conseguido construí-la tão rápido. Ela estava ao lado da antiga, aguardando a carga.

Marcus viu os homens se esforçarem, com dificuldade, para carregar aquele peso. Apenas um homem parecia nem se incomodar: o *chevalier* de Clermont. Ele nunca relaxava a mão que segurava o sino e não escapava da boca dele nenhum gemido, nem reclamação.

Não eram apenas os homens que participavam do trabalho em *der Platz*. Algumas das irmãs ajudavam no processo, ajustando cordas e correndo para posicionar mais um bloco sob as rodas da carroça, para mantê-la estável. Um grupo do coral infantil se encontrava lá perto, enquanto o professor explicava o que estava acontecendo, destacando a matemática e a engenharia usadas para decidir a melhor forma de transferir o sino de uma carroça à outra.

O irmão Andrew estava atento à nova carroça quando o sino foi posto lá dentro e os blocos, removidos, para permiti-la descer devagar pela estrada que levava ao riacho. Os irmãos e as irmãs irromperam em aplausos espontâneos quando a carroça começou a andar. Marcus também aplaudiu.

— Que tal ficar aqui, *Liebling*, e aprender alemão? — perguntou Gerty, sorrindo para Marcus, expondo os espaços vazios dos dentes que faltavam. — Acho que pode gostar da vida na irmandade... por um tempo. Talvez possa cortejar a irmã Liesel, começar uma família.

Por um momento, Marcus considerou como seria sua vida se deixasse o exército e ficasse em Bethlehem, trabalhando junto ao irmão Eckhardt no laboratório, passando mais tempo com John Ettwein, lendo os livros na Gemeinhaus.

— Para se juntar à irmandade, é preciso contar a história da sua vida e de como encontrou Deus — explicou o *chevalier* de Clermont, a poucos metros dali, escutando cada palavra.

Havia um ar de perigo ao redor do soldado francês, como se Clermont soubesse o nome verdadeiro de Marcus — e o que tinha acontecido em Hadley.

— Que nada! — disse Gerty, abanando a mão. — Doc inventa alguma coisa. Uma história tão pecaminosa que vai satisfazer até a *Brüdergemeine*. Eu ajudo, Doc, contando um pouco da minha história para você.

Gerty deu uma piscadela maliciosa para ele e saiu rebolando.

— Fique com o dr. Otto e o exército, Doc — aconselhou Clermont. — Já é família suficiente.

Por enquanto, pensou Marcus. *Por enquanto.*

PARTE II
É HORA DA DESPEDIDA

*Homens e mulheres são a distinção da natureza,
bem e mal, a distinção do céu;
mas como um tipo de homem veio ao mundo
tão exaltado acima do restante,
e distinto como uma nova espécie,
merece questionamento,
assim como se são o meio para a
felicidade ou a miséria dos homens.*

— Thomas Paine

18

Quinze

28 DE MAIO

Quando Phoebe acordou em seu décimo quinto dia como vampira, descobriu que o mundo de algum modo era mais sensual do que no dia anterior. O toque da seda na pele era tão excitante, tão provocante, que ela buscou refúgio na nudez, arrancando a camisola tão rápido que arrebentou as alças e rasgou as costuras.

Foi um erro.

O sopro de ar que acariciou seu pescoço nu a lembrou de Marcus. A sensação dos lençóis frios a levou de volta à cama dele. Mas a maciez do travesseiro em que descansava a face era uma péssima substituta para o corpo dele.

Ela tomou uma chuveirada para esfriar os pensamentos ardentes, mas só fez piorar a pulsação entre as pernas. Deslizou os dedos escorregadios para dentro a fim de atenuar a pressão, mas a mente não se acalmava e o toque não trazia alívio. Ela pegou uma barra de sabonete e a arremessou na parede de porcelana, frustrada e insatisfeita.

O dia tinha sido longo.

Françoise lhe levou uma bandeja pouco antes da meia-noite com café, chocolate amargo e vinho tinto — as únicas substâncias, além de sangue, que ela aguentava ingerir naquele ponto do desenvolvimento.

— Você vai precisar se alimentar em breve — avisou Françoise, afundando devagar o filtro na cafeteira de vidro. — E *não* de gato.

Phoebe ficou hipnotizada pelo deslizamento sugestivo do metal no vidro. A lembrança de Marcus veio de repente, penetrante, emanando por seu corpo uma onda de desejo. Lembranças inundaram sua mente.

Ela estava no apartamento em Spitalfields. Na primeira noite em que ela e Marcus fizeram amor. Ele fora tão carinhoso, sem nunca interromper a conexão do olhar enquanto a penetrava devagar — tão devagar. Na primeira vez, não tinham nem chegado até a cama. Nem na segunda.

Phoebe fechou os olhos, mas o cheiro paradisíaco de café despertou a lembrança de outro momento.

Era uma manhã quente e lânguida na casa de Marcus, na rua Coliseum, em Nova Orleans. O aroma de chicória e café era uma nota amarga e sombria no clima agradável. Ransome tinha deixado os dois sozinhos depois de regalá-los com histórias dos acontecimentos da noite no Domino Club. Marcus ainda ria de uma das histórias, com uma xícara do líquido fumegante diante dele, os dedos frios apesar do calor, um deles enganchado na calça de pijama que ela encontrara na cômoda. A calça estava macia pelo uso, e ela enrolara a barra para não tropeçar. Marcus acrescentara mais um dedo, mexendo-os em padrão sinuoso na lombar dela, e beijara seu pescoço úmido, uma promessa da tarde de prazeres que viria.

Phoebe ficou com água na boca, mas engoliu a saliva, remexendo-se na cadeira.

— Você precisa de sangue.

A voz dura de Françoise rompeu o feitiço da memória.

— Não é isso que eu quero.

O corpo de Phoebe era uma única dor concentrada. Originava-se em seu cerne, em um lugar vazio que só seria preenchido por outra criatura.

Por Marcus.

— Esses seus sentimentos são sinal de que você está pronta para tomar sangue humano — explicou Françoise, erguendo Perséfone do ninho feito com os restos da camisola de Phoebe e depositando a gata na poltrona. Depois, pegou os retalhos de seda e os jogou na cesta de roupa suja escondida dentro do armário.

Desejo insaciável é sinal de que passei para o nível dos bípedes? Phoebe estreitou os olhos escuros, considerando as palavras de Françoise, que normalmente carregavam algum sentido oculto.

— Vampiros são apenas desejo, entende? — disse Françoise, voltando à bandeja para servir café. — Você não pode resolver isso sozinha? Afinal, seu parceiro não estará sempre por perto.

Mas o que Phoebe queria eram os dedos ágeis de Marcus, a boca macia dele em sua pele, a mordida leve quando ele queria atenção, o jeito que a provocava até ela enlouquecer de vontade, para só depois entregar o clímax devastador que ela queria. E o que Marcus sussurrava ao levá-la àquele precipício inúmeras vezes, até ela estar louca, suplicando — Phoebe queria aquelas palavras sedutoras, íntimas e sombrias, acima de tudo.

— Não — disse Phoebe, seca, e olhou para o alto do armário.

— Se ligar para ele, só vai piorar — suspirou Françoise.

— Ligar? — Phoebe tentou fingir inocência.

— Sim. Com um dos telefones na bolsa no alto do guarda-roupa.

A expressão de Françoise continha desdém, compreensão e um toque de humor. Ela uniu as mãos bruscamente.

— Milady Freyja saiu para jantar hoje — continuou —, então sugiro que seja rápida.

— Acho que não estou no clima.

Phoebe não tinha intenção alguma de sussurrar palavras vazias para Marcus (que sempre se tornavam palavras muito cheias) de acordo com a agenda de outra pessoa.

— Espere uns minutinhos — disse Françoise, antes de partir. — Você logo vai entrar no clima outra vez.

Françoise estava certa. Seus passos mal tinham se afastado quando a pulsação entre as pernas de Phoebe voltou. Antes de sequer tentar formular um plano, ela foi até o guarda-roupa, pulou para pegar o celular (um feito surpreendentemente fácil, percebeu) e discou o número de Marcus.

— Phoebe?

O efeito da voz de Marcus nos nervos frágeis de Phoebe foi eletrizante. Ela fechou as pernas com força.

— Você não me contou tudo — respondeu Phoebe, com a voz ofegante e rouca.

— Um minuto. — Ouviu-se uma conversa, abafada e indistinta, e o som de passos. Em seguida, a voz de Marcus voltou. — Imagino que seus hormônios vampíricos tenham aparecido.

— Você deveria ter me avisado — disse Phoebe, a irritação crescendo junto do desejo.

— Eu te contei, bem explicitamente, dos prazeres e problemas associados ao despertar sexual de um vampiro — retrucou Marcus, abaixando a voz.

Phoebe revirou a memória em busca de detalhes da conversa. Lembrou-se vagamente de algumas informações.

— Você disse que era perigoso, e não que eu ia sentir um desejo insaciável de... sabe...

— Diga.

— Não consigo. — Ela não era boa em conversa erótica.

— Claro que consegue. O que você quer, Phoebe?

Marcus estava brincando — mas apenas um pouco. Havia seriedade na maior parte.

— Eu preciso... eu quero...

As palavras de Phoebe se esvaíram no silêncio, substituídas por imagens espantosamente nítidas do que ela faria com Marcus se ele entrasse pela porta do quarto naquele momento. Uma ocorria no chuveiro, onde Marcus a penetrava enquanto a água escorria por seus corpos. Outra envolvia empurrá-lo contra a parede, se ajoelhar e tomá-lo na boca. E havia a imagem espetacular de Marcus por trás dela, inteiramente vestido, enquanto ela estava arreganhada, de barriga para baixo, na ponta da mesa de jantar posta para uma refeição romântica, com flores e um castiçal de prata da era georgiana.

— Quero você de todos os modos imagináveis — sussurrou Phoebe, o rosto vermelho pela honestidade.

Não havia nada de carinhoso em sua primeira onda de fantasias vampíricas — apenas vontade pura e crua.

— E depois? — perguntou Marcus, a voz arranhada.

— Depois quero fazer amor, devagar, por horas, em uma cama de lençóis brancos, as cortinas esvoaçando na brisa que entra pelas janelas abertas — disse Phoebe, a imaginação tomada de imagens inteiramente diferentes, motivadas menos por desejo e mais por saudade. — Depois quero nadar com você, e fazer amor no mar. E de novo em um jardim, sob as estrelas, sem lua.

— No verão ou no inverno? — perguntou Marcus.

Ela ficou feliz por ele pedir detalhes. Mostrava que ele estava prestando atenção.

— Inverno. A neve vai derreter sob nosso movimento.

— Nunca fiz amor na neve — disse Marcus, pensativo.

— Já fez amor no mar?

Os sonhos eróticos de Phoebe foram atingidos por uma correnteza de ciúmes.

— Já. É divertido. Você vai gostar.

— Odeio suas antigas amantes… todas elas. E odeio você.

— Não odeia, não. Não de verdade.

— Me diz o nome delas — exigiu Phoebe.

— Por quê? Estão todas mortas.

— Veronique não morreu!

— Você já sabe o nome dela, o número de telefone e o endereço — disse Marcus, tranquilo.

— Odeio que você seja mais experiente do que eu. Você vive falando da nossa igualdade, mas nesse aspecto…

— Espero que não esteja pensando em igualar a conta — disse Marcus, com um tom mais afiado.

Phoebe se sentiu um pouco apaziguada. Não era a única no relacionamento que sentia uma pontada de ciúmes quando outros parceiros, reais ou imaginários, surgiam na conversa.

— Eu me sinto uma adolescente — confessou Phoebe.

— Me lembro bem dessa fase. Fiquei com ereção uma semana inteira em novembro de 1781. Eu estava em um navio repleto de homens, todos batendo punheta de noite quando achavam que os outros estavam dormindo.

— Parece um horror — disse Phoebe, fingindo pena. — Mas ficar aqui com sua tia e Miriam não é lá essas coisas, garanto. Me diz como vai ser quando estivermos juntos.

— Eu já disse — respondeu Marcus, rindo.

— Diz de novo.

— Vai ser como uma lua de mel muito longa. Quando você tiver certeza de que sou eu quem quer, poderemos viajar juntos.

— Aonde vamos?

— Aonde você quiser — veio a resposta rápida de Marcus.

— Índia. Não, uma ilha. Um lugar em que não nos incomodem. Um lugar sem gente para atrapalhar.

— Poderíamos estar no centro de Pequim, cercados por milhões de pessoas, e nem notaríamos — disse Marcus, soando muito decidido. — É um dos motivos para Ysabeau querer que a gente espere noventa dias completos.

— Porque é fácil recém-renascidos se perderem no amor do parceiro.

Phoebe se lembrava da conversa que ocorrera nos aposentos de Ysabeau em Sept-Tours, em cadeiras de espaldar duro. A avó de Marcus contara histórias horripilantes de jovens apaixonados que tinham morrido de inanição em casa, tão dedicados aos prazeres da carne que se esqueceram de comer. Havia também histórias de fúrias enciumadas em que um apaixonado matava outro por causa de um olhar para uma criatura que passava pela janela, ou de uma menção a um antigo amante. Em situações tão emocionalmente frágeis entre vampiros recém-unidos, até a simples palavra "não" podia ser causa de destruição e morte.

— É o que dizem.

A resposta de Marcus foi um lembrete de que ele podia até ter se apaixonado antes, mas era muito diferente do que aconteceria entre ele e Phoebe quando eles se reencontrassem.

De repente, o humor dela mudou.

— Queria que já fosse agosto — disse, saudosa, o coração acelerando de expectativa.

— Vai passar rápido — prometeu Marcus —, muito mais rápido do que suas primeiras duas semanas. Vai ter tanta coisa para fazer que nem vai ter como pensar em mim.

— Fazer? — perguntou Phoebe, franzindo a testa. — Françoise disse que vou precisar me alimentar de sangue humano. Ela não mencionou mais nada.

— Você está crescendo como vampira. Vai se alimentar de sangue humano, sair para caçar, conhecer outros membros da nova família, escolher seu nome e passar um tempo fora do ninho.

Tanto tempo tinha sido dedicado a preparar Phoebe para as primeiras semanas como vampira que Miriam e Freyja nunca tinham avançado muito além daquilo. Parecia até que...

— Elas esperavam que eu morresse? — perguntou Phoebe, que nunca tinha considerado a sério a possibilidade.

— Não. Não de verdade. Mas filhos vampiros podem ser imprevisíveis, e às vezes há... complicações — disse Marcus, e a leve pausa antes daquela última palavra dizia tudo. — Lembra como Becca ficou doente, depois de nascer, e recusava qualquer comida que não fosse o sangue de Diana?

Rebecca fora uma criatura abatida e frustrada. Enquanto Philip adorava o leite materno, a filha de Diana precisava de comida mais pesada.

— O vício no sangue do criador é raro, mas pode ser fatal — continuou Marcus. — A maioria dos vampiros desenvolve um paladar mais amplo depois de algumas semanas, mas não é sempre assim.

— Então foi por isso que me apresentaram tantos tipos diferentes de sangue.

Phoebe achara que Miriam estava apenas sendo exagerada, como de costume, mas o zelo, afinal, tomou um tom mais materno.

— Todos queremos que esse processo seja o mais tranquilo e indolor possível, Phoebe — disse Marcus, soando sério. — Nem todos tivemos esse tipo de criação. Mas eu queria que fosse diferente para você.

Phoebe estava curiosa quanto à vida de Marcus como sangue-quente no século XVIII, e a seus primeiros anos como vampiro. Porém, também queria vê-los pela perspectiva de um vampiro, pelas memórias do próprio Marcus. Portanto, ela ficou de boca fechada e só falou quando estava certa de que não perguntaria nada.

— Agora não falta tanto — disse Phoebe, com o tom brusco.

— Não. Não falta — repetiu Marcus, mas soava frustrado. — É só o suficiente para parecer uma eternidade.

Eles se despediram. Antes do fim da ligação, Phoebe arriscou uma última pergunta.

— Qual era o nome da sua mãe, Marcus?

— Minha mãe? — perguntou Marcus, surpreso. — Catherine.

— Catherine.

Phoebe gostava daquele nome. Era atemporal, tão comum naqueles dias quanto no início do século XVIII. Ela repetiu a palavra, sentindo o som em sua língua, imaginando responder por ele.

— Catherine.

— O nome é grego, significa "pura" — explicou Marcus.

Mais importante, tinha significado para Marcus — e aquela era a única coisa importante para Phoebe.

Depois de desligarem, ela pegou uma folha de papel na gaveta da escrivaninha.
Phoebe Alice Catherine Taylor.

Ela olhou o papel, crítica. A mãe dela escolhera o nome Phoebe em seu nascimento. Alice era o nome de sua avó paterna. Catherine pertencia a Marcus. Ela queria manter o Taylor, em respeito ao pai.

Satisfeita com a escolha, Phoebe devolveu o papel à gaveta, por segurança.

Em seguida, voltou à cama, para sonhar ainda mais com o reencontro com Marcus.

Vinte e um

2 DE JUNHO

Em comemoração aos vinte e um anos de Phoebe como sangue-quente, os pais a haviam presenteado com um pequeno pingente em forma de chave, incrustado de brilhantes, e uma festa para cem amigos. A chave era para destrancar seu futuro, segundo a mãe, e Phoebe usava o pingente todos os dias. A festa, que incluíra um jantar servido sob uma marquise e danças no jardim, era para impulsioná-la à vida adulta e dar a ela um dia memorável para lembrar quando fosse mais velha.

Em comemoração aos vinte e um dias de Phoebe como vampira, ela ganhou outra chave e um jantar muito mais íntimo.

— É a chave do seu quarto — disse Freyja, ao lhe entregar o pequeno item de bronze.

Como muitos dos presentes que Phoebe tinha recebido de vampiros até então, a chave era simbólica, um sinal de confiança, pois não garantiria nenhuma privacidade real em uma casa onde qualquer porta poderia ser derrubada com um empurrão.

— Obrigada, Freyja — disse Phoebe, guardando a chave.

— Agora, quando trancar a porta, saberemos que deseja ficar sozinha e não a incomodaremos — explicou Freyja. — Nem mesmo Françoise.

Françoise entrara no banheiro quando Phoebe estava na banheira pensando em Marcus e tentando satisfazer um de seus incômodos mais persistentes. Françoise deixara a roupa limpa e se fora do cômodo sem dizer uma palavra. Phoebe preferia evitar momentos como aquele, se possível.

— Miriam está esperando por você lá embaixo, na cozinha — disse Freyja. — Não se preocupe. Vai ficar tudo bem.

Até aquele momento, Phoebe não estivera preocupada com os planos da criadora para seu vigésimo primeiro dia, mas a combinação das palavras de Freyja e do local do encontro sugeria que não seria um presente comum.

Assim que viu o presente de Miriam, Phoebe confirmou suas suspeitas.

Sentada perto da tábua de cortar, diante de uma taça de champanhe, estava uma mulher branca de meia-idade. Miriam estava com ela.

Elas conversavam sobre *E. coli*.

— Verduras. Não imaginei que fossem as culpadas — disse a mulher, pegando uma cenoura.

— Pois é. Os casos de Bordeaux se originaram em mudas contaminadas — comentou Miriam.

— Que emoção para epidemiologistas. Toxina de Shiga em uma variante de EAEC. Quem diria?

— Entre, Phoebe. Esta é Sonia — apresentou Miriam, servindo outra taça de champanhe, que ofereceu a ela. — Ela é uma colega da Organização Mundial de Saúde. Veio jantar com você.

— Olá, Phoebe. Ouvi falar muito de você — disse Sonia, sorrindo, e tomou um gole de champanhe.

Phoebe olhou de Sonia para Miriam, e de volta para Sonia. Sua boca estava seca como pó.

— Sonia e eu nos conhecemos há mais de vinte anos — contou Miriam.

— Vinte e três, para ser exata — respondeu Sonia. — Em Genebra, lembra? Daniel nos apresentou.

Sonia tinha idade para ser mãe de Phoebe.

— Eu tinha esquecido que você estava com ele há tanto tempo — disse Miriam, e se virou para Phoebe. — Daniel Fischer é um vampiro suíço, e muito bom químico.

— Ele pagou minha pós-graduação, em troca de eu alimentá-lo.

— Ah. — Phoebe não sabia para onde olhar. Para o vinho? Para Sonia? Para Miriam? Para o chão?

— Não há motivo para constrangimento. Isso tudo é bem normal... pelo menos para mim — disse Sonia. — Miriam me disse que sou sua primeira.

Phoebe assentiu, sem conseguir falar.

— Bem, estou pronta — avisou Sonia, abaixando a taça e arregaçando a manga. — A expectativa é pior do que o ato. Pelo menos é o que me dizem. Depois que sugar e provar, vai ser instintivo.

— Não estou com fome — respondeu Phoebe, e deu meia-volta.

Miriam barrou a saída e a olhou com severidade.

— Isso é jeito de tratar sua convidada?

Phoebe se virou para Sonia. Ela sentia o cheiro do sangue da mulher, pulsando, quente, pelas veias, mas não lhe atraía nem um pouco. Ainda assim, ela ia tentar. Se não conseguisse, tentaria em outro momento. Ela esperou Miriam ir embora.

— Não vou a lugar nenhum — disse Miriam. — Você não vai virar um desses vampiros que bebem sozinhos, engolindo a comida de uma vez, com vergonha de serem vistos. Os problemas começam assim.

— Você não vai... *olhar*, né? — perguntou Phoebe, horrorizada.

— Não de perto. Não tem muita coisa pra ver, não é mesmo? Mas vou ficar aqui com Sonia até você acabar de jantar. A alimentação é parte normal da vida dos vampiros. Além do mais, você nunca fez isso. Não queremos acidentes.

Phoebe tinha conseguido se alimentar de Perséfone sem dificuldades, mas não dava para imaginar o que aconteceria quando fosse exposta ao sangue mais saboroso de uma humana.

— Tudo bem.

Ela só queria acabar com aquilo.

Assim que se aproximou de Sonia, porém, a compostura dela se dissolveu. Primeiro, o cheiro e o som do sangue de Sonia a distraíram. Segundo, Phoebe não imaginava como aconteceria, do ponto de vista logístico. Sonia estava sentada em uma banqueta alta. Phoebe precisaria se abaixar para levar à boca o cotovelo exposto da mulher. Era para Sonia levantar? Ou para Phoebe sentar? Ou outra posição seria mais vantajosa?

— Reclinar é mais fácil — disse Miriam, seguindo seu pensamento silencioso —, mas não é sempre desejável, nem prático. Tradicionalmente, o vampiro se ajoelhava. Era considerado sinal de respeito e gratidão àquele que o nutria.

Não seria a primeira vez que Phoebe se ajoelharia como vampira. Algo lhe disse que não seria a última. Antes que seus joelhos atingissem o chão, porém, Miriam tinha chutado um banquinho baixo e quadrado de sob a bancada. Françoise usava o banco para alcançar as prateleiras mais altas. Aparentemente, não era a única utilidade dele na cozinha de uma vampira.

Ao se ajoelhar no banco, Phoebe ficou na altura ideal para tomar o sangue da pele macia na dobra interna do cotovelo de Sonia. Havia veias azuis próximas da superfície. Ela sentiu água na boca.

Sonia apoiou a mão, com a palma virada para cima, no joelho. Com a outra, pegou a taça de champanhe.

— Soube a última de Christopher? — perguntou a Miriam.

As adultas iam continuar a conversa enquanto ela comia. Sentindo-se uma criancinha naquele banco baixo, Phoebe esperou algum gesto de permissão, de reconhecimento do que ela estava prestes a fazer.

Não veio nada.

— Ele voltou com a Jette... de novo! — continuou Sonia, tomando um gole de champanhe. — Imagina só?

— Não! — exclamou Miriam, chocada. — Mas ela vendeu a casa dele enquanto ele viajava a negócios. Não é o tipo de coisa que um vampiro esquece... nem perdoa.

Phoebe escutava a pulsação enlouquecedora de Sonia, sentia o cheiro ácido de minerais no sangue. Ela não ia conseguir esperar.

— Obrigada — murmurou antes de fechar os olhos.

Ela abaixou o rosto e mordeu sem olhar. Seus dentes afiados cortaram a pele de Sonia, liberando o fluido da vida em sua boca.

Phoebe gemeu, sentindo o prazer intenso do sabor. Era inteiramente diferente de beber vinho ou sangue de um copo. Se alimentar direto da veia era inebriante. Ela chupou o mais leve que conseguiu, mas a atração era insistente. Alguém a interromperia antes de ela passar do limite.

— E os bens dele, também — completou Sonia. — Talvez Phoebe possa ajudá-lo a recuperar um pouco do que ele perdeu. Baldwin disse a Daniel que ela é muito boa.

Normalmente, a ideia de negociar arte despertaria toda a atenção dela, mas Phoebe só conseguia pensar em comer.

— Vou ligar para Christopher. Daria uma distração para Phoebe até o fim dos noventa dias — disse Miriam, como se Phoebe não estivesse ali.

— Coitada. É muito tempo para esperar. Daniel ficou chocado por vocês seguirem um caminho tão tradicional. Não combina com Marcus, esse estilo antiquado. — Sonia riu.

Phoebe sentiu um arrepio de irritação. Que direito Sonia tinha de questionar os planos deles?

— Foi decisão de Phoebe — contou Miriam. — É claro que Ysabeau teve muito envolvimento.

— Ela ainda está em Sept-Tours? — Sonia tentou soar casual, mas não conseguia disfarçar a curiosidade.

— Está, sim. Não que seja da sua conta.

Phoebe lambeu o sangue dos lábios com cuidado, para pegar até a última gota. Ela mordeu o dedo e passou no braço de Sonia para ajudar a cicatrizar a mordida.

— Não quis ofender — disse Sonia, tranquila.

— Sonia é sangue-quente, Phoebe, e não vampira — lembrou Miriam. — E é sua convidada. As regras habituais sobre informações particulares não valem aqui.

— E Ysabeau é a avó de meu parceiro — retrucou Phoebe. As veias dela ribombavam de sangue fresco, e ela se sentia um pouco tonta. Olhou para a garrafa de champanhe. Estava quase vazia.

— Vejo que ela é leal, além de educada — comentou Sonia, desenrolando a manga. — Ela agradeceu antes de morder. E conseguiu parar. Estou impressionada.

Phoebe se levantou e serviu o final da garrafa na taça. Mais uma vez, ela havia passado em um teste. Sentia que merecia uma bebida.

Depois disso, esperava sinceramente que lhe oferecessem sobremesa.

Depois de duas outras garrafas de champanhe, Miriam deixou Sonia no táxi. Houve sobremesa, graças à generosidade de Sonia e, certamente, à excelência da adega de Freyja, que voltou para casa logo depois de a humana ir embora. Ela olhou para os móveis, viu que Perséfone ronronava perto da lareira e soltou um suspiro de alívio.

— Correu tudo como previsto — assegurou Miriam, olhando por cima do notebook.

— Como imaginamos — disse Freyja, sorrindo. — E a outra questão?

— Que outra questão? — perguntou Phoebe, ainda aquecida pelo sangue adulterado com champanhe.

— Precisa mesmo de *cinco* nomes, Freyja? — refletiu Miriam. — Parece excessivo.

— É comum na família Clermont — explicou Freyja —, e também útil. Somos uma família de vida longa, e nos poupa de trabalho futuro. Assim, não há necessidade de confusões jurídicas de última hora se a propriedade precisar mudar de mãos.

— Eu já escolhi quatro — disse Phoebe, tirando do bolso a folha de papel, pois tinha imaginado que aquela questão fundamental dos nomes surgiria sem aviso. — Phoebe Alice Catherine Taylor. Que tal?

— Alice? — perguntou Miriam, franzindo a testa. — Mas é um nome alemão! Que tal Yara?

— Taylor? — questionou Freyja, chocada. — Não acho adequado, querida Phoebe. Vão achar que você é comerciante. Ando pensando se Maren combinaria com você. Tive uma grande amiga com esse nome, e você me lembra dela.

— Eu gosto de Taylor — disse Phoebe.

Freyja e Miriam não lhe deram atenção e se puseram a discutir as vantagens dos nomes Illi, Gudrum e Agnete.

— Na verdade, eu gosto de todos os meus nomes. Baldwin também — disse Phoebe, erguendo um pouco a voz.

— Baldwin? — repetiu Miriam, estreitando os olhos.

— Escrevi para ele na semana passada — disse Phoebe.

— Mas a decisão não é de Baldwin — observou Miriam, a voz ronronando na garganta. — Você é *minha* filha. Seu nome é *meu* trabalho.

Sabiamente, Phoebe ficou quieta. Passaram-se alguns momentos. Miriam suspirou.

— A família Clermont vai ser meu fim. Fique com seus nomes. E acrescente Najima.

— Phoebe Alice Najima Catherine Taylor de Clermont — disse Freyja, considerando a sequência. — Resolvido, então.

Phoebe apertou os lábios para conter um sorriso.

Tinha vencido a primeira batalha contra sua criadora.

Precisava apenas contar para Baldwin, para o caso de Miriam desconfiar da mentira e procurá-lo a fim de confirmar a história. Phoebe tinha certeza de que ele a ajudaria.

— E como foi seu vigésimo primeiro dia como vampira? — perguntou Freyja.

Tornara-se parte do ritual da casa — e da educação dela — que Phoebe compartilhasse o que tinha achado do dia.

— Perfeito — disse Phoebe, finalmente podendo sorrir abertamente, sem desrespeito à criadora. — Todo perfeito.

20

Pau que nasce torto

5 DE JUNHO

Dez dias antes do aniversário de renascimento de Matthew, estávamos na biblioteca, revendo a organização da festa que aconteceria no verão. Apesar de eu ter prometido que não seria um evento grande, como no ano anterior, não poderia deixar o dia passar em branco. Finalmente, decidimos organizar uma pequena festa familiar: só Sarah, Agatha, Marcus, Ysabeau, Marthe, Alain, Victoire, Jack e Fernando, além de mim e das crianças.

— São mais nove pessoas — disse Matthew, carrancudo, ao olhar a lista. — Você prometeu que ia ser pouca gente.

— São dez, contando Baldwin.

Matthew resmungou.

— Eu não podia deixar de convidá-lo — argumentei.

— Está bem — disse Matthew, apressado, querendo impedir qualquer outro convite. — Quando eles chegam?

Foi então que um rapaz loiro de pernas compridas e magricelas e ombros largos entrou.

— Oi, mãe — falou. — Oi, pai.

— Jack! — respondi, surpresa. — Não esperávamos te ver tão cedo.

Jack, de muitas maneiras, era nosso primeiro filho. Matthew e eu o tínhamos acolhido na Londres elisabetana, esperando dar a ele uma vida que não fosse repleta de terror, indigência e fome. Quando partimos, em 1591, eu o deixara aos cuidados de Andrew Hubbard, que comandava os vampiros de Londres — já na época, assim como naquele momento. Não esperávamos rever Jack, mas ele escolhera virar vampiro em vez de sucumbir à peste.

— O que houve, Jack? — perguntou Matthew, e sua expressão mostrou desconforto ao perceber sinais silenciosos de angústia no outro.

— Eu me meti em uma encrenca — confessou Jack.

Na última "encrenca" de Jack, ele acabara nos jornais como o misterioso "vampiro assassino", que drenava o sangue das vítimas antes de abandonar os cadáveres.

— Ninguém morreu — explicou ele, apressado, ao adivinhar o que eu pensava. — Eu estava me alimentando... de Suki, pai, não de um desconhecido. Bebi sangue demais, muito rápido, e ela acabou no hospital. Padre Hubbard mandou eu vir para cá imediatamente.

Suki era a moça que a família contratara para cuidar de Jack em Londres e oferecer alimento quando ele não aguentasse mais apenas animais e bolsas de sangue humano. Vampiros precisavam caçar, e havia humanos dispostos a ceder — por um preço. Era um negócio perigoso, que eu achava que a Congregação deveria regular. Minha proposta, entretanto, tinha encontrado resistência.

— E onde está Suki agora? — perguntou Matthew, sério.

— Em casa, com a irmã. Padre Hubbard disse que vai visitá-la duas vezes ao dia.

Jack parecia muito triste, na expressão e no tom de voz.

— Ah, Jack.

Eu queria abraçá-lo e confortá-lo, mas a tensão no ar entre Matthew e nosso filho me fez reconsiderar a intromissão em algo que não entendia.

— Suki é sua responsabilidade — disse Matthew. — Você não deveria tê-la deixado nesse estado.

— Padre Hubbard falou...

— Não estou interessado no que Andrew disse — interrompeu Matthew. — Você conhece as regras. Se não puder priorizar o bem-estar de Suki em detrimento do seu, o relacionamento deve acabar.

— Eu sei, pai. Mas eu não estava... ainda não... nem sei o que aconteceu. Uma hora eu estava bem, e depois... — disse Jack, deixando a frase no ar. — Quando fui embora com Padre Hubbard, achei que *estivesse* cuidando dela.

— Não há segundas chances, Jack. Não a respeito da ira do sangue — disse Matthew, lamentoso. — Vou resolver as coisas com a Suki. Você não vai precisar revê-la.

— Mas ela não fez nada de errado, nem eu! — retrucou Jack, com tom mais defensivo e olhar mais sombrio em resposta à decepção de Matthew. — Não é justo!

— A vida não é justa — disse Matthew, em voz baixa. — Mas é nossa obrigação, como vampiros, fazer o possível para cuidar das criaturas mais fracas do que nós.

— O que vai acontecer com ela? — perguntou Jack, triste.

— Nunca faltará nada a Suki. Marcus e os Cavaleiros de Lázaro cuidarão dela — assegurou Matthew.

Era a primeira vez que eu ouvia falar de alguma conta da irmandade cobrindo pagamentos por serviços prestados por humanos. Era esquisito, mas explicava por que não havia ainda mais histórias sensacionalistas por aí sobre vampiros que se alimentavam de sangue-quentes.

— Deixe eu pegar algo para você comer — disse Matthew, apoiando a mão no ombro de Jack. — Você vai querer conhecer o novo membro da família.

— Você deu um cachorro para a mamãe? — perguntou Jack, alegre.

Ele amava seu companheiro Komondor e acreditava que ter mais cachorros nunca era demais.

— Não. A deusa deu um grifo para Philip — respondeu Matthew. — Parece que ele é tecelão, que nem a mãe.

Jack nem pestanejou diante daquele anúncio, apenas seguiu Matthew tranquilamente até a cozinha. Depois de ele beber alguma coisa e nós nos atualizarmos das notícias menos preocupantes de Jack, fomos atrás de Agatha, Sarah e dos gêmeos. Eles estavam brincando lá fora, em uma barraca colorida que Agatha fizera, estendendo lençóis velhos por cima de cadeiras. Os quatro estavam aconchegados lá dentro, brincando com todos os cavaleiros, cavalos e bichos de pelúcia que encontraram.

Apolo também estava lá, mantendo um olho redondo atento ao restante do grupo e ocasionalmente repreendendo um dos membros por uma infração imaginária com uma bicada.

Quando todos escaparam da barraca (que desabou com a agitação da chegada de Jack), trocaram cumprimentos e as crianças receberam abraços e beijos até se satisfazerem, Jack se agachou perto do grifo.

— Olá, Apolo.

Jack estendeu a mão para cumprimentá-lo. Apolo imediatamente pôs a garra em cima da mão dele.

O grifo esticou a língua comprida e, com ela, tocou o cabelo, a orelha, o nariz e o rosto de Jack, como se tentasse conhecer o novo membro da família. Ele começou a cacarejar, abanando a cabeça em aprovação.

— Jack! — exclamou Becca, esticando o papagaio de pelúcia. — Olha. Passarinho. Meu.

— Legal, Becca. Já vou brincar com ela também — disse Jack, por pouco escapando de uma lambida de grifo na narina. — Ele voa?

— Ah, e como voa — disse Sarah. — Ysabeau carregou Apolo por aí que nem um gavião e o treinou para pegar camundongos no ar.

Jack riu.

Becca, que sentia que Apolo estava recebendo a parcela de atenção que devia ser dela, arremessou o papagaio em Jack. Ela acertou o ombro dele e ele recuou, surpreso. Becca rosnou, arreganhando os dentes.

— Rebecca Arielle — disse Matthew, firme, e se abaixou para pegá-la no colo. — Já falamos disso. Nada de jogar coisas.

Becca abriu a boquinha. Achei que fosse gritar. Em vez disso, ela abaixou o rosto até a mão do pai com a agilidade de uma cobra. E mordeu. Com força.

O silêncio que se seguiu foi absoluto, e todos encaramos pai e filha, estupefatos. Matthew estava pálido que nem papel, os olhos pretos.

A mordida tinha atiçado a ira do sangue de Matthew.

— E nada de morder, definitivamente — concluiu Matthew. Ele encarou a filha com uma intensidade que fez Becca erguer os olhos azuis para ele. Assim que viu a expressão do pai, ela abriu a boca e o soltou. — Diana, por favor, leve Philip e Apolo para dentro de casa — pediu ele.

— Mas... — comecei.

Um olhar de desespero feroz de Matthew me fez pegar Philip no colo. Segui para dentro de casa sem olhar para trás.

Depois de um momento, Matthew mandou embora o restante da família.

— O que Matthew vai fazer? — perguntou Sarah, juntando-se a mim e a Philip na cozinha.

— O papai vai rejeitar ela — disse Jack, soando infeliz.

— Senti cheiro de sangue? — perguntou Marcus, ao entrar na cozinha com Marthe.

— Becca mordeu Matthew — respondi.

Através do vidro grosso e ondulado, vi Matthew falar algo com Becca. Em seguida, ele deu as costas à filha.

— Uau — disse Jack. — Que pesado.

— Quando um vampiro mais velho e poderoso dá as costas a você, é ao mesmo tempo uma ofensa e uma rejeição, sinal de que você fez algo de errado — explicou Marcus. — Não gostamos de nos dar mal com o líder do clã.

— É uma mensagem muito sutil para uma criança entender — disse Sarah.

A expressão de Becca, porém, sugeria que ela entendia perfeitamente. Ela parecia devastada.

— Milady Rebecca deve se desculpar — disse Marthe. — Então, *sieur* vai perdoá-la e vai ficar tudo bem.

Ela me deu um tapinha carinhoso de conforto.

— Becca não é boa com desculpas — respondi, preocupada. — Pode demorar.

— Desculpe — disse Philip, com os olhos cheios d'água.

Nosso filho, por outro lado, se desculpava o tempo todo — mesmo se não tivesse feito nada.

— Graças a Deus — relatou Marcus, soando aliviado. — Ela se desculpou.

Matthew pegou Becca no colo e beijou a cabeça dela. Então, ele a levou para a cozinha.

A expressão de Becca ao reencontrar a família era de preocupação. Ela sabia que tinha feito algo terrivelmente errado e não sabia como seria recebida.

— Olá, princesa — disse Jack, com um sorriso largo.

— Oi, Jack — respondeu Becca, a ansiedade evaporando.

Sem saber o que fazer no meio de tantos vampiros e suas regras implícitas, fiquei parada, com Philip no colo, esperando o restante do grupo recebê-la de volta. Philip se contorceu para se desvencilhar e correu na direção da despensa com Apolo, sem dúvida atrás de um cereal para parabenizar a irmã.

Finalmente, Matthew pôs Becca no meu colo. Eu dei um beijo nela e a abracei com força.

— Que menina corajosa — falei, fechando os olhos para agradecer silenciosamente pelo fim daquele momento.

Quando voltei a abri-los, Matthew já tinha saído.

Matthew estava correndo pela floresta do outro lado do fosso como se perseguido pelos cães do inferno. Eu o localizei com a ajuda de Rakasa, que era quase tão rápida quanto ele, e um apetrecho de rastreamento mágico no qual eu andava trabalhando para me ajudar a cuidar das crianças. Eu o chamava de olho de dragão, porque o orbe preto e reluzente no centro me lembrava de Corra. As asas cintilantes que saíam dos dois lados se assemelhavam às de uma libélula. Era um negocinho mágico útil, inspirado por desenhos em um exemplar de *Historia Monstrorum* de Ulisse Aldrovandi que encontrara entre os livros de Philippe.

Alcancei Matthew apenas quando ele parou para respirar sob um carvalho amplo do outro lado do bosque que marcava o ponto de encontro entre quatro plantações. Antigamente, servia de sombra para os cavalos de tração e fazendeiros das terras no descanso do meio-dia. No momento, oferecia uma proteção diferente.

Matthew agarrou a casca áspera da árvore com os dedos, seus pulmões mais ativos do que de costume. Eu desmontei de Rakasa e amarrei suas rédeas.

— Você e Rebecca estão bem? — A voz de Matthew parecia lhe arranhar a garganta. Mesmo naquele estado, sua primeira preocupação era com as criaturas que amava.

— Estamos — respondi.

Matthew se recostou na árvore e desceu, deslizando, de olhos fechados. Ele cobriu o rosto com as mãos.

— Até crianças sangue-quente mordem quando estão frustradas, Matthew — falei, tentando reconfortá-lo. — Vai passar.

— Vampiros não vão ver assim. Mordidas são atos de agressão — explicou Matthew. Os olhos dele ainda estavam escuros de ira do sangue, apesar da exaustão física normalmente oferecer um alívio temporário dos sintomas. — Nosso instinto é morder de volta. Se Rebecca morder o vampiro errado, e ele reagir como dita a genética, ele pode matá-la em um instante, transformar os ossinhos dela em pó. Precisei de todo meu autocontrole para não reagir. Será que outro vampiro se conteria também, se estivesse no meu lugar? Gerbert, por exemplo?

— Ela é só uma criança... — protestei.

— É por isso que é proibido transformar crianças em vampiros — interrompeu ele. — O comportamento delas é imprevisível, e elas não têm o autocontrole necessário. Vampiros recém-renascidos mostram algumas das mesmas tendências, mas pelo menos têm corpos adultos que sobrevivem ao castigo.

Alguém se aproximava a cavalo. Era Marcus. Eu nunca o vira montando antes, e ele cavalgava com a mesma confiança experiente do restante da família. Ele nem tinha colocado sela e rédea, apenas subira nas costas do animal, deixando a corda pendurada no cabresto.

— Só vim confirmar se vocês estavam bem — disse Marcus, trotando ao se aproximar. — Jack se preocupou, então falei que viria ver se vocês tinham se encontrado.

Eu também estava preocupada. A ira do sangue de Matthew não estava diminuindo com a velocidade de costume.

— Você reagiu melhor do que a maioria dos vampiros — comentou Marcus.

— Ela é minha filha. Eu a amo — respondeu Matthew, olhando-o. — Mas cheguei perto, tão perto, de atacar. Como fiz com Eleanor.

E Eleanor morrera. Fazia muito tempo, em um mundo diferente, sob circunstâncias muito distintas, mas Matthew descobrira, em um instante horrível, que amar alguém não bastava para protegê-la do mal.

— Como fiz com Cecilia — sussurrou Matthew, voltando a esconder o rosto nas mãos.

Marcus não era o único na casa que andava sofrendo com o passado.

— Você não é mais o homem que era naquela época — falei, firme.

— É, sim — disse Marcus, com a voz rouca.

— Marcus! — exclamei, chocada. — Como você pode...

— Porque é verdade.

— John Russell sempre disse que você era sincero demais para um Clermont — lembrou Matthew, com uma risada sem humor. — Ele disse que era loucura eu transformar você em vampiro.

— Então por que transformou? — perguntou Marcus.

— Você me fascinava — respondeu Matthew. — Eu sabia que você tinha segredos, mas era muito honesto e sincero. Eu não sabia como você conseguia isso.

— Então não foi meu talento médico — disse Marcus, sarcástico.

— Foi parte do motivo. — A onda de lembranças o estava distraindo, afastando a ira do sangue. Ele se recostou na árvore, mais confortável. — Mas a pergunta não deveria ser por que eu fiz você, humano, virar vampiro, e, sim, por que você aceitou minha oferta.

Marcus refletiu antes de responder.

— Porque não me restava mais nada de importante a perder. E achei que talvez você fosse o pai que eu procurava.

21

Pai

OUTUBRO DE 1781

O hospital nos arredores de Yorktown ecoava com os sons quietos da morte. Corpos agitados se debatiam nos lençóis e cobertores puídos, fazendo um farfalhar suave. A cada poucos minutos, suspiros flutuavam pelo ar, quando os fantasmas dos soldados se libertavam.

Marcus estava deitado na maca do canto, os olhos fechados com força para evitar os fantasmas, incapaz de responder aos chamados de socorro que antes o fariam se levantar para cuidar dos doentes e confortá-los. Naquela noite, ele era apenas outro soldado, longe de casa, morrendo entre irmãos e companheiros.

Ele engoliu a saliva para aliviar a garganta seca. A boca ressecada estava ferida por causa da febre, e fazia horas que não passava ninguém com o balde e a concha. Eram tantos os homens do exército de Washington com febre — tantos que não havia como cuidar, já que a guerra estava quase finda e os saudáveis voltavam para casa, para suas antigas vidas.

Ele ouviu vozes baixas na entrada da ala hospitalar. Arranhou de leve o lençol, na esperança de chamar a atenção de um enfermeiro.

— Qual é a aparência desse soldado francês, Matthew?

A luz de um lampião bruxuleou diante das pálpebras fechadas de Marcus.

— *Dieu*, John. Como quer que eu saiba? — veio a voz familiar, puxando a memória de Marcus. — Eu mal o conhecia. É Gil que quer que eu o encontre.

Marcus entreabriu os olhos grudentos. Ele se esforçou para fazer sair algum som da garganta, mas saiu apenas um sussurro, baixo demais para ser ouvido.

— *Chevalier* de Clermont.

As botas pararam no chão de terra.

— Alguém chamou meu nome — disse o *chevalier* de Clermont. — Fale de novo, Le Brun. Viemos levá-lo embora daqui.

O lampião veio balançando, mais e mais perto. O brilho atravessou a pele fina das pálpebras de Marcus, emanando rios de dor pelo corpo febril. Marcus gemeu.

— Doc?

Mãos frias tocaram sua testa, seu pescoço, e puxaram os lençóis de entre suas mãos cerradas.

— Jesus Cristo, ele está pegando fogo.

— Sinto o cheiro da morte no hálito desse sujeito — disse o outro homem, de voz também conhecida.

Veio o som de água movimentada junto à madeira. Clermont encostou a borda lascada de uma concha, ainda melada da baba de outros homens, na boca dele. Marcus estava muito fraco para engolir, e a maior parte da água escorreu pelos cantos dos lábios.

— Segure a cabeça dele... devagar, Russell... Segure aí, bem assim.

Marcus foi levantado. O líquido entrou em sua boca, fresco e doce.

— Incline a cabeça para trás. Um pouco só — instruiu Clermont. — Vamos lá, Doc. Beba.

A água escorreu de novo. Marcus tossiu, sacudindo o corpo e gastando mais da pouca força que tinha.

— Por que ele não bebe? — perguntou o outro homem.

— O corpo dele está se extinguindo — respondeu Clermont. — Está recusando a própria salvação.

— Não seja tão católico, Matthew. Logo aqui, cercado por esses pios puritanos.

Quem quer que estivesse falando — quando Marcus ouvira aquela voz? — tentava aliviar o clima com humor de soldado.

Marcus abriu os olhos e viu Cole, o fuzileiro morto de Bunker Hill — o mesmo homem que tinha visto no hospital em Trenton, com uma roupa da Virgínia.

— Você não é Russell — disse Marcus, e, indo contra as probabilidades, sua garganta se mexeu para engolir, deixando uma gota de umidade descer pelo tecido ressecado. — É Cole. Você morreu.

— O senhor também... ou quase, pelo cheiro — respondeu o homem.

— Você conhece Doc? — perguntou Clermont, a voz registrando a surpresa.

— Doc? Não. Conheci um garoto de nome Marcus MacNeil, um sujeito corajoso da fronteira, com o olho de um artilheiro e um desrespeito ousado pelas ordens — disse o homem de Bunker Hill.

— Meu nome é Galen — retrucou Marcus, rouco. — Galen Chauncey.

O *chevalier* de Clermont levou mais água à boca dele. Desta vez, alguns goles desceram pela garganta ferida de Marcus, chegando ao estômago. O esforço o fez arfar. Com a mesma velocidade com que desceu, a água subiu. Seu corpo a rejeitava.

Um pano úmido e fresco limpou a remela dos olhos dele e desceu para remover o resíduo de bile e água da boca e do queixo. Alguém lavou o pano com água antes de passar em sua face e acariciar suavemente sua testa.

— Mãe?

Nenhuma outra pessoa jamais o tocara com tanta ternura.

— Não. É Matthew.

A voz dele era igualmente tenra. Não podia ser o mesmo *chevalier* de Clermont que tinha encurralado o dr. Shippen e calado John Adams.

— Eu morri? — perguntou Marcus, em voz alta.

Se tivessem ido todos para o inferno, a noite faria mais sentido. Marcus não se lembrava de nenhuma das descrições vívidas do submundo que o reverendo Hopkins compartilhara no púlpito de Hadley nos domingos incluir um hospital militar, mas o diabo era criativo.

— Não, Doc. Você não morreu.

Clermont encostou a concha na boca de Marcus. Desta vez, Marcus sorveu e engoliu — e a água ficou.

— Você é o diabo? — perguntou Marcus.

— Não, mas eles são muito amigos — respondeu Russell.

Marcus viu que o companheiro de Clermont não usava mais uma camisa de caça, nem roupa de camurça. O homem vestia o uniforme vermelho e elegante do regimento britânico.

— Você é um espião — declarou Marcus, apontando o dedo trêmulo.

— Errou, sinto muito. Quem recolhe inteligência é Matthew. Eu sou apenas um soldado. John Russell, décimo sétimo regimento dos Light Dragoons. Morte ou glória. Antigo John Cole, primeiro regimento de New Hampshire — disse Russell, e deu um tapinha no peito do casaco, causando um som estranho, como se estivesse cheio de papel. — Vamos, Matthew. Temos que acabar com a guerra.

— Vá. Você tem os termos de rendição — retrucou Clermont. — Farei companhia a Doc.

— Por que a irmandade esperou tanto para agir, cacete? Poderíamos ter nos poupado de um verão todo de campanha... e salvado a vida desse garoto.

— Pergunte ao meu pai — disse Clermont, soando tão cansado quanto Marcus. — Ou a Baldwin, se o encontrar entre os *jaegers*.

— Ah, bem. Não faz mal. Se não fosse a guerra, o que criaturas como nós faríamos na primavera? — perguntou Russell, bufando.

— Não sei, John. Plantaríamos jardins? Nos apaixonaríamos? Fabricaríamos coisas? — sugeriu Clermont, soando saudoso.

— Você é um bobo sentimental, Matthew.

Russell estendeu o braço direito. Clermont o pegou, apertando o cotovelo. Era um gesto de despedida antiquado, que parecia mais adequado a cavaleiros de armadura e Agincourt do que ao campo de batalha em Yorktown.

— Até a próxima — disse Russell, e desapareceu.

A noção de tempo e espaço de Marcus se tornou ainda mais vaga depois da partida de Russell. Seus sonhos febris eram repletos de fragmentos estranhos e nítidos do passado, e ele achava cada vez mais difícil responder às perguntas do *chevalier* de Clermont.

— Há alguém para quem eu deva escrever? — perguntou Clermont. — Família? Uma namorada que o espera em casa?

Marcus repassou os fantasmas de Hadley que assombravam seus dias: o gentil Tom Buckland e sua esposa afetuosa; Anna Porter, provavelmente já casada; a velha Ellie Pruitt, provavelmente já morta; Joshua Boston, que já tinha preocupações suficientes; Zeb Pruitt, seu herói, que mal sabia ler. Seus amigos entre os voluntários da Filadélfia tinham seguido com a vida. Por um momento, Marcus considerou escrever para o dr. Otto, que lhe dera a oportunidade de uma vida melhor.

— Não tenho família — concluiu Marcus. — Nem casa.

— Todo mundo tem família — disse Clermont, com a expressão pensativa. — Você é um homem curioso, Marcus MacNeil. O que o fez abrir mão de seu nome? Quando o conheci em Brandywine, você já era Doc. E Galen Chauncey é o nome mais falso que já ouvi.

— Sou Chauncey, sim — retrucou Marcus, que achava exaustivo falar, mas se forçaria a argumentar sobre aquela questão importante. — Que nem minha mãe.

— Sua mãe. Entendi.

Clermont parecia compreender.

— Cansei — disse Marcus, virando a cabeça dolorida.

O *chevalier*, porém, continuava a fazer perguntas. Sempre que o delírio de Marcus se aliviava, ele respondia.

— O que fez você virar assistente médico? — perguntou Clermont.

— Tom. Ele cuidou de mim. Me ensinou.

Marcus se lembrou das lições de anatomia e medicina que tinha aprendido no consultório de Buckland em Northampton.

— Você deveria ter ido à universidade, estudado medicina de verdade — disse Clermont. — Já é um bom médico, e desconfio que poderia ter sido um profissional excelente se tivesse tido a oportunidade.

— Harvard — sussurrou Marcus. — Minha mãe diz que os Chauncey estudam em Harvard.

— Sem querer contradizer sua mãe, mas hoje em dia os melhores médicos estudam em Edimburgo — respondeu Clermont, sorrindo. — Antes, estudavam em Montpellier ou Bolonha. Ainda antes, Salamanca, Alexandria ou Pérgamo.

Marcus suspirou, desejoso diante da ideia de tanto conhecimento, eternamente inalcançável para ele.

— Bem que eu queria.

— E se alguém pudesse concretizar esse desejo, lhe dar uma segunda chance na vida, você aceitaria a oferta?

A expressão de Clermont era estranha, ávida.

Marcus assentiu. A mãe dele ficaria muito feliz se ele fizesse faculdade, mesmo que não fosse em Harvard.

— E se você precisasse esperar um pouco para começar a estudar... estabelecer um novo nome, aprender uma nova língua, melhorar no latim? — perguntou Clermont.

Marcus deu de ombros. Ele estava morrendo. Em comparação, melhorar no latim parecia fácil.

— Entendo — disse Clermont, cujos olhos astutos ficaram mais sombrios. — E se precisasse caçar, todos os dias da sua vida, apenas para sobreviver?

— Caço bem — respondeu Marcus, orgulhoso ao pensar nos esquilos, peixes, perus e veados que havia matado para manter a família viva.

Uma vez, tinha até conseguido atirar em um lobo, apesar de supostamente eles não existirem por ali e Noah Cook ter dito que era apenas um cachorro velho do mato.

— Marcus? Me ouviu?

O rosto de Clermont estava muito próximo, e aqueles olhos brilhantes lembraram Marcus do animal cinzento e peludo que ganira e fugira, sem nunca mais ser visto.

— Você não tem mais muito tempo para decidir — continuou Clermont.

Marcus sentia, até os ossos, que tinha todo o tempo do mundo.

— Preste atenção, Marcus. Eu perguntei se você estaria disposto a matar alguém pela chance de viver como médico. Não um animal... mas um homem.

A voz de Clermont continha um tom de urgência que atravessava a febre de Marcus e a névoa de desorientação e dor que a acompanhava.

— Sim... se ele merecesse — disse Marcus.

Depois disso, Marcus dormiu um pouco. Quando despertou, o *chevalier* de Clermont estava no meio de uma história mais fantástica do que os delírios que tivera enquanto ardia de febre. Ele disse ter vivido mais de mil anos. Que já tinha sido carpinteiro e pedreiro, soldado e espião, poeta, médico e advogado.

Clermont falou de alguns dos homens que tinha matado. Alguém em Jerusalém, outros na França, na Alemanha e na Itália. Mencionou também uma mulher de nome Eleanor.

Havia partes aterrorizantes na história, elementos que fizeram Marcus pensar que estava mesmo no inferno. O *chevalier* falou de seu gosto pelo sangue, que bebia de criaturas vivas e tentava não matá-las — o que parecia impossível.

— Você beberia o sangue das veias de um homem para sobreviver?

Mesmo no meio da história, o *chevalier* continuava a fazer perguntas.

Marcus estava queimando de febre, a mente confusa pelo calor e pela pressão nas veias.

— Se eu bebesse, a dor pararia? — perguntou Marcus.

— Sim — respondeu Clermont.

— Então, sim — confessou Marcus.

Marcus sonhou que estava voando, alto e rápido, por cima do hospital. O chão lá embaixo estava manchado de vômito e de coisa pior, e ratos buscavam restos para comer.

Até que tudo virou verde, a barraca hospitalar sumiu, o chão imundo virou grama, e a grama, floresta. A floresta foi ficando mais densa, mais verde. Marcus ia cada vez mais rápido. Ele nunca subia mais, mas seu progresso ágil transformava o mundo todo em um borrão verde, marrom e preto. Sentiu o ar frio junto ao corpo febril. Os dentes tremiam como o esqueleto no salão de Gerty na Filadélfia.

Dia virou noite, e ele estava voando a cavalo. Alguém deu um tapa nele. Forte.

— Não morra — disse um homem de olhos escuros e pele pálida, encarando-o. — Ainda não. Você precisa estar vivo para isso.

O *chevalier* de Clermont estava no seu sonho; Russell também. Estavam em uma clareira protegida, cercada de árvores. Com eles, estava um bando de guerreiros indígenas que obedecia às ordens de Clermont.

— O que você está fazendo? — perguntou Russell.

— Dando uma segunda chance a esse garoto — respondeu Clermont.

— Você tem que acabar com a guerra! — disse Russell.

— Cornwallis não tem pressa para aceitar os termos de rendição. Além do mais, tenho que buscar a correspondência.

Marcus finalmente entendeu por que o serviço de correios colonial era tão caro e tão pouco confiável: era comandado por demônios e mortos. Ele riu diante da imagem de Belzebu, montado em um alazão preto, carregando uma bolsa de correio. Entretanto, o humor rachou sua cabeça como uma maçã podre, e sua boca se encheu do gosto amargo do sangue.

Algo sofria hemorragia.

— Acabou.

Para Marcus, aquela palavra encapsulava uma vida de decepção e promessas quebradas.

— A guerra é uma época infernalmente difícil para virar *wearh*, Matthew — disse Russell, preocupado. — Tem certeza?

Russell também tinha começado a fazer perguntas.

— Sim — disseram Marcus e Clermont ao mesmo tempo.

Uma dor repentina e violenta no pescoço indicou a Marcus que sua carótida fora rompida. Era tarde. Ele iria morrer e não havia nada que pudessem fazer por ele.

Com um sopro profundo e trêmulo, a alma de Marcus abandonou o corpo dele.

O inferno, descobriu, era estranhamente frio, já que estava sem alma. Não havia nada do fogo nem do enxofre que o reverendo Hopkins tanto mencionava, e o calor da febre também se foi. Era tudo gelado e quieto. Nada de gritos, nem de uivos de dor; apenas uma batida de tambor lenta e entrecortada.

Aquele som também se afastou.

Marcus engoliu.

Quando o fez, veio uma cacofonia repentina de som, mais alta do que a banda de Washington. Gafanhotos estridulando, corujas chilrando. Os galhos das árvores marcavam um ratatá.

— Jesus, não — murmurou Clermont.

Marcus caiu do alto com um baque. A pele pinicava, o ar noturno e o sopro do vento arrepiando o cabelo todo, e os pelos do pescoço também.

— O que foi, Matthew? O que você viu? — perguntou Russell.

O som da voz de Russell fez imagens piscarem na mente de Marcus, como se estivessem impressas nas cartas de Gerty que ele embaralhava em velocidade recorde. Parecia ver o mundo através de outros olhos, olhos que enxergavam tudo em detalhes nítidos. De início, eram imagens de John Russell.

John Russell de túnica escura, expressão amarga e severa.

Uma espada cortando o pescoço de John Russell, através da fenda em uma armadura — um golpe fatal.

John Russell sentado, forte e saudável, à mesa de uma taberna escura, com uma mulher no colo.

John Russell bebendo sangue do braço de uma mulher — engolindo, devorando. A mulher gostava. Ela gritou de êxtase, mexendo os dedos entre as pernas enquanto Russell se alimentava.

— A família dele. — A voz de Clermont soava como vidro estilhaçado, cacos afiados nos ouvidos sensíveis de Marcus.

Ao ouvir a palavra "família", a enchente de imagens se revirou e mudou de sentido.

Uma mulher de cabelo dourado.

Um homem grande como uma montanha, com olhar crítico.

Uma criatura pálida e esguia com um bebê no colo.

O olhar sombrio, caótico e vago de uma mulher de roupa amarela.

Um homem gentil reclinado à frente de outro homem — o segundo, moreno e bonito.

Uma mulher idosa de rosto redondo e enrugado, uma expressão gentil de boas-vindas.

Família.

— O pai dele.

Mãos pegaram os braços de Marcus e os apertaram com tanta força que ele temeu que os ossos fossem quebrar.

Pai.

Daquela vez, a palavra moldou as imagens seguintes em uma história.

Matthew de Clermont, as mãos agarradas a um cinzel e um martelo, as roupas manchadas de suor e cobertas de pó cinzento, andando para casa em uma noite de verão, encontra no caminho a mulher que Marcus tinha visto, aquela com a criança no colo.

Matthew de Clermont, apoiado no cabo de uma pá, o rosto úmido de esforço ou lágrimas, a expressão miserável, olhando para uma cova que continha dois corpos.

Matthew de Clermont caído em um piso de pedra.

Matthew de Clermont, coberto de sangue e imundície, ajoelhado e exausto.

Matthew de Clermont lutando com um rapaz de rosto severo, pouco mais velho que Marcus, que transmitia um ar de malevolência amarga.

— Já sei por que MacNeil mudou de nome — disse Clermont. — Ele matou o próprio pai.

Dali em diante, estavam em movimento constante, sempre à noite. O delírio de Marcus deu lugar a uma sede desesperada, que nada satisfazia. A febre baixou, mas a cabeça continuava inquieta e confusa. A vida de Marcus se transformou em uma colcha de retalhos de impressões e conversas, costuradas com fio vermelho--sangue. Russell os deixou e voltou aos exércitos em Yorktown. Os amigos indígenas de Clermont levaram Marcus e Matthew por trilhas pouco mais largas do que o rastro de um cervo, impossíveis de seguir a não ser que se soubesse os sinais sutis que indicavam o caminho.

— E se nos perdermos? — perguntou Marcus. — Como vamos nos encontrar no escuro?

— Você agora é um *wearh* — disse Clermont, seco. — Não tem nada a temer na noite.

Durante o dia, Marcus e Clermont se refugiavam em casas à beira da estrada, cujas portas se abriam sem questionamento quando o *chevalier* aparecia, ou em cavernas escondidas nas encostas. Os guerreiros indígenas que viajavam com eles se mantinham distantes das fazendas, mas sempre os reencontravam após o pôr do sol.

Marcus sentia o corpo desajeitado, ao mesmo tempo estranhamente fraco e poderoso. Lento em um momento, mas rápido no seguinte. Às vezes, ele derrubava coisas. Em outras, as esmagava com um mero toque.

Enquanto eles descansavam, Clermont o oferecia uma bebida forte, com gosto acre, medicinal e metálico. Era espessa e doce, de sabor delicioso. Marcus se sentia mais são e calmo depois de bebê-la, mas seu apetite por comida sólida não voltava.

— Você agora é um *wearh* — lembrou Clermont, como se aquela palavra significasse algo para Marcus. — Lembra-se do que falei em Yorktown? Para sobreviver, precisa apenas de sangue, e não de carne, nem pão.

Marcus se lembrava vagamente de Clermont ter dito aquilo, mas também se lembrava de alguma menção a nunca mais adoecer e a ser difícil morrer. Clermont dissera estar vivo havia mais de mil anos, o que era ridículo. O homem tinha o cabelo farto e preto e a pele lisa.

— Você também é *wearh*? — perguntou Marcus.

— Sim, Marcus — respondeu Clermont —, senão como você teria sido transformado? Eu fui seu criador. Não se lembra de concordar, quando dei a opção de viver ou morrer?

— E Cole... Russell... ele também é um, e por isso não morreu em Bunker Hill?

Marcus insistia no esforço de conectar os acontecimentos da semana em algo coerente. Por mais que tentasse, o resultado era sempre mais fantástico do que *Robinson Crusoé*.

Eles tinham chegado à fronteira entre a Pensilvânia e Nova York quando a sede poderosa de Marcus deu lugar a impulsos diferentes. O primeiro era curiosidade. O mundo parecia mais colorido e vivo do que antes de Yorktown. Sua visão estava mais aguçada, e os cheiros e sons faziam o mundo brilhar de tanta textura e vida.

— O que é esse negócio? — perguntou Marcus, tomando um gole comprido do caneco que Clermont ofereceu.

Era como néctar, ao mesmo tempo satisfatório e fortificante.

— Sangue. Com um pouco de mel — respondeu Clermont.

Marcus cuspiu o líquido em um jorro violento de vermelho. Clermont deu um soco no ombro dele.

— Pare de grosseria — disse o *chevalier*, a voz arranhando a garganta como um gato ronronando. — Nenhum filho meu vai se comportar que nem um grosseiro mal-agradecido.

— Você não é meu pai.

Marcus atacou ele, esticando o braço em um soco. Clermont bloqueou o golpe com facilidade, segurando a mão de Marcus como se nem fizesse força.

— Agora eu sou, e você vai fazer o que eu mandar — respondeu Clermont, com a voz calma e a expressão tranquila. — Você nunca vai ter a força para ganhar de mim, Marcus. Nem tente.

Marcus tinha crescido sob outro punho de ferro e não tinha intenção alguma de ceder a Clermont, assim como não cedera a Obadiah. Nos dias seguintes, enquanto continuavam a viajar para o norte, mais a fundo na mata de Nova York, Marcus brigava com Clermont a respeito de tudo, apenas porque podia, porque era melhor brigar do que engolir. Marcus tinha três desejos poderosos: beber, aprender e lutar.

— Você não pode me matar, por mais que queira — disse Clermont, após uma briga por causa de um coelho, que deixou os dois temporariamente ensanguentados, o coelho dilacerado e os braços de Marcus quebrados. — Avisei na noite em que te transformei em *wearh*.

Marcus não tinha coragem de confessar que não se lembrava muito daquela noite, e que o pouco que lembrava não fazia sentido.

Clermont encaixou o pulso direito de Marcus com o toque treinado de um médico experiente.

— Seu braço vai sarar em instantes. Meu sangue, que agora é seu, não vai permitir que nenhuma doença nem lesão se instalem no seu corpo — explicou Clermont. — Aqui. Me dê o outro braço.

— Eu mesmo faço.

Quando o pulso direito voltou a funcionar, Marcus encaixou o antebraço esquerdo à força. Ele sentia os ossos se reparando, o sangue repleto de poder. A sensação de que algo invadia seu corpo e o dominava o lembrava da inoculação. Marcus estava se perguntando o que tinha o sangue de Clermont para torná-lo imune a doenças e outros males, quando o *chevalier* fez a pergunta que pairava entre eles, sem resposta, desde aquela noite em Yorktown.

— Você matou seu pai porque ele batia em você? — perguntou Clermont. — Eu vi o que ele fez. Estava no seu sangue, quando o tomei em Yorktown. Ele batia na sua mãe também. Mas não na sua irmã.

Marcus não queria pensar na mãe, nem em Patience. Não queria pensar em Hadley, em Obadiah, na vida de antes. Tinha matado o pai, mas sempre guardara uma pequena esperança de voltar para casa. Mas já bebia sangue, e sabia que não era mais possível. Ele não era melhor do que um lobo voraz.

— Vai se foder — rosnou Marcus.

Clermont se levantou sem dizer uma palavra e sumiu escuridão adentro. Ele voltou apenas após o nascer do sol, com um pequeno veado. Marcus se alimentou dele, engolindo melhor o sangue de uma criatura de quatro patas do que de outra pessoa.

Finalmente, Marcus e Clermont chegaram às colinas e aos vales de uma parte de Nova York que Marcus nunca tinha visto antes — no extremo norte, quase no Canadá. Foi lá que se refugiaram com os oneida. Aquilo lembrou Marcus da primavera de 1778, em Valley Forge, quando tinha chegado ao acampamento a notícia de que o marquês de Lafayette e seus companheiros franceses tinham trazido uma tropa de aliados oneida para lutar contra os britânicos. Quando os indígenas que os tinham guiado até lá foram acolhidos por amigos e parentes, Marcus percebeu que eram os oneida que os protegiam.

Em Nova York, Marcus finalmente pôde caçar. Ele sentiu alívio ao correr atrás de veados e outros bichos, e prazer ao tomar o sangue deles. Clermont também o encorajou a competir com os jovens guerreiros. Marcus podia ser veloz e imune a ferimentos, mas nem se comparava aos oneida quando se tratava de perseguir animais na floresta. Ao lado deles, sentia-se tolo e desajeitado.

— Ele tem muito a aprender — disse Clermont a um ancião, cheio de cicatrizes de batalha, que observava as tentativas fúteis de Marcus de pegar um pato com desprezo mal disfarçado.

— Ele precisa de tempo — respondeu o ancião. — E é seu filho, Dagoweyent, então vai ter tempo de sobra.

A rotina exaustiva de Marcus com os oneida aliviou sua vontade de brigar. Ele só queria dormir, mas não parecia conseguir fechar os olhos e descansar. Ainda não entendia completamente o que tinha acontecido com ele. Como tinha sobrevivido à febre? E por que estava tão forte e ágil?

Clermont não parava de repetir as mesmas informações — que Marcus se recuperaria de quase qualquer ferida, que seria difícil de matar, que nunca mais adoeceria, que seus sentidos iam muito além do que os da maioria dos humanos, que ele era um *wearh* —, mas faltava algo no relato, uma perspectiva maior que explicaria como aquilo tudo era verdade.

Foi a caça — não a luta, as perguntas, nem mesmo o sangue que bebia — que o fez compreender que não era mais humano. Todo dia e toda noite, Clermont o levava à caça. De início, perseguiam veados, depois partiram para outras presas. Patos e aves eram difíceis de capturar e continham apenas um pouco do sangue precioso que mantinha Marcus vivo. Javalis e ursos eram raros, e o tamanho e a vontade de sobreviver os tornavam oponentes formidáveis.

Clermont não deixava Marcus caçar com armas, nem mesmo com arco e flecha.

— Você agora é *wearh* — repetiu Clermont. — Precisa correr atrás da presa, pegá-la com a própria esperteza e as próprias mãos, derrotá-la e se alimentar. Armas e flechas são para sangue-quentes.

Lá estava outro termo novo.

— Sangue-quentes?

— Humanos. Bruxas. Demônios — explicou Clermont. — Criaturas abaixo de nós. Você vai precisar de sangue humano para sobreviver, agora que está crescendo e se desenvolvendo. Mas ainda não é hora de tomá-lo. Quanto às bruxas e demônios, é proibido beber esse sangue. Sangue de bruxa vai destruir suas veias e o de demônio, azedar seu cérebro.

— Bruxas? — perguntou Marcus, pensando em Mary Webster, e questionando se as velhas lendas de Hadley eram mesmo verdade. — Como vou reconhecê-las?

— Elas fedem — contou Clermont, torcendo o nariz de desgosto. — Não se preocupe. Elas nos temem e fogem de nós.

Quando Marcus já conseguia derrubar um cervo rapidamente e se alimentar sem dilacerar o animal, eles deixaram os oneida e viajaram para o leste. No trajeto, encontraram soldados em fuga, alguns feridos e outros saudáveis. Alguns eram soldados britânicos fugindo da guerra. Outros, lealistas tentando fugir para a liberdade do Canadá, pois viam como a guerra acabaria. Muitos outros eram soldados do Exército Continental que tinham cansado de esperar uma declaração de paz formal e decidido voltar para suas fazendas e famílias.

— Qual você quer? — perguntou Clermont.

Eles estavam agachados na grama alta que crescia ao lado de um riacho sinuoso, de onde observavam um grupo de soldados britânicos na margem oposta. Eram quatro homens, um dos quais estava ferido.

— Nenhum — respondeu Marcus, que estava feliz com os cervos.

— Você precisa escolher, Marcus. Mas lembre-se: vai precisar viver por muito tempo com essa decisão.

— Aquele ali.

Marcus indicou o menor do grupo, um sujeito magrelo que falava em um sotaque forte e desconhecido.

— Não — disse Clermont, e apontou o homem que gemia, caído perto da água. — Ele. Pegue ele.

— Pegar ele? — perguntou Marcus, franzindo a testa. — Quer dizer, me alimentar dele.

— Já vi você se alimentar de veados. Não vai conseguir parar de beber o sangue de um humano, depois de começar — disse Clermont, e farejou a brisa. — Ele está morrendo. A perna gangrenou.

Marcus inspirou fundo. Algo adocicado e podre atacou seu olfato, causando uma ânsia de vômito.

— Quer que eu me alimente *disso*?

— A infecção ainda está localizada. Se não fosse o caso, o cheiro estaria pior — explicou Clermont. — Não vai ser o sangue mais delicioso que já provou, mas não vai matá-lo.

Clermont sumiu. Uma sombra atravessou o riacho estreito e pedregoso. Os soldados britânicos ergueram o rosto, assustados. Um deles — o maior e mais musculoso — soltou um grito apavorado quando Clermont o agarrou e mordeu seu pescoço. Os dois companheiros fugiram correndo, deixando os poucos pertences para trás. O soldado ferido, aquele com a perna morta, começou a berrar.

O cheiro de sangue fez Marcus correr atrás de Clermont. Ele chegou à margem oposta mais rápido do que sonharia... antes.

— Não vamos matar vocês — disse Marcus, ajoelhando-se ao lado do homem. — Preciso só tomar um pouco do seu sangue.

A presa de Clermont caía devagar no chão, conforme seu sangue era drenado.

— Jesus. Por favor. Não me mate — implorou o soldado ferido. — Tenho esposa. Filha. Fugi apenas porque disseram que nos botariam em uma presiganga.

Era o pior pesadelo de qualquer soldado ser largado em um dos navios imundos ancorados no mar, sem comida, água fresca, ou modo de sobreviver às condições de sujeira e lotação.

— Shh.

Marcus deu um tapinha desajeitado no ombro dele. Via a pulsação do homem tremendo no pescoço. E a perna... Senhor, John Russell tinha razão em Yorktown. Sangue-quentes emanavam um fedor horrível quando a carne morria.

— Se me permitir...

Mãos brancas e fortes pegaram o soldado pelo colarinho. O homem começou a chorar, suplicando constantemente diante do que parecia morte certa.

— Pare de falar. Morda ele aqui. Firme. É menos provável que o mate se pegar com força, como um neném no peito da mãe — disse Clermont, segurando bem o soldado. — Morda.

Marcus mordeu, mas o homem chorou e se mexeu, e o impulso que Marcus sentia, de lutar e lutar ainda mais, voltou à vida. Ele rosnou e enfiou os dentes no pescoço do soldado, sacudindo-o um pouco para aquietá-lo. O homem desmaiou, e Marcus sentiu uma pontada de decepção. Ele queria que o homem o desafiasse. De algum modo, sabia que o gosto do sangue seria melhor assim.

Mesmo sem resistência, o sangue humano era inebriante. Marcus sentia um toque azedo, que supunha ser da gangrena e das outras doenças pulsando nas veias do soldado, mas ainda assim se sentia mais forte e animado a cada gole.

Quando acabou, tinha bebido até a última gota de sangue do homem. O soldado estava morto, o pescoço rasgado com uma ferida aberta, como se um animal o tivesse atacado.

— Os amigos dele... — disse Marcus, olhando ao redor. — Onde estão?

— Bem ali — respondeu Clermont, apontando com a cabeça um aglomerado de árvores ao longe. — Estavam observando.

— Esses covardes ficaram parados, vendo a gente se alimentar de pessoas que eles conheciam?

Ele nunca teria deixado Clermont se alimentar de Vanderslice, de Cuthbert ou do dr. Otto.

— Pegue o menor — disse Clermont, largando algumas moedas perto do soldado. — Eu fico com o outro.

Quando chegaram ao rio Connecticut, Marcus já tinha se alimentado de homens velhos e jovens, doentes e saudáveis, criminosos e fugitivos, e até de um estalajadeiro rotundo que nem despertou do cochilo diante da lareira enquanto Marcus bebia seu sangue. Houve alguns acidentes trágicos — quando a fome o dominou — e um ataque de fúria contra um homem que atravessava a Nova Inglaterra estuprando quem encontrasse, que até Clermont concordou que merecia morrer.

Marcus e Matthew pegaram uma barca e fizeram a travessia. Quando chegaram ao outro lado, Marcus percebeu que estava perto de Hadley. Ele olhou para Clermont, sem saber por que tinham ido até lá.

— É bom você ver o lugar de novo — disse Clermont —, com um novo olhar.

Entretanto, foi pelo nariz que Marcus registrou a familiaridade do lugar. Seu olfato foi tomado pelos cheiros do outono no oeste de Massachusetts — folhas apodrecidas, abóboras, prensas de sidra repletas de maçã, fumaça de lenha vindo das chaminés — muito antes da fazenda MacNeil aparecer no horizonte.

O lugar estava em condições muito melhores do que no dia em que Marcus matara o pai.

Uma mulher riu. Não era a risada da mãe — ele reconheceria aquele som raro e tilintante em um piscar de olhos. Ele parou o cavalo para ver quem morava lá, e Clermont parou ao lado dele.

Uma moça de mais ou menos vinte anos saiu do galinheiro. Era loira, de aparência forte e robusta, e usava um avental vermelho e branco por cima de um vestido azul simples, mas limpo. Trazia uma cesta de ovos em um braço e um balde de leite pendurado no outro.

— Mãe! — chamou a moça. — As galinhas puseram ovo! Tem o bastante para fazer creme para Oliver!

Era a irmã dele. Aquela moça — ela era a irmã dele.

— Patience.

Marcus chutou o cavalo e avançou.

— É decisão sua falar ou não com sua família — disse Clermont. — Mas lembre-se: você não pode contar a elas o que se tornou. Elas não entenderiam. E você não pode ficar, Marcus. Hadley é uma cidade pequena demais para abrigar um *wearh*. As pessoas saberão que você é diferente.

Em seguida, a mãe saiu de casa pelos fundos. Estava mais velha, os cabelos estavam grisalhos, e mesmo de longe Marcus via as rugas sulcando-lhe a pele. Ainda assim, não parecia tão cansada quanto da última vez que a vira. No colo, trazia um bebê embrulhado em uma manta feita em casa. Patience beijou a testa do bebê e falou com ele com a adoração fervorosa de uma mãe por seu filho.

Meu sobrinho, percebeu Marcus. *Oliver.*

Catherine, Patience e Oliver formavam um pequeno laço familiar perto da porta. Estavam felizes. Saudáveis. Rindo. Marcus se lembrava de quando a dor cobria a casa como uma mortalha. A alegria tinha voltado após a partida de Obadiah e Marcus.

O coração de Marcus parou em um espasmo de luto pelo que poderia ter vivido. E voltou a bater.

Aquela não era mais sua família. Marcus não pertencia mais a Hadley.

Porém, ele possibilitara que a mãe e a irmã encontrassem uma nova vida. Marcus esperava que o marido de Patience — se ela ainda o tivesse, e ele não tivesse morrido na guerra — fosse bom e gentil.

Marcus deu meia-volta com o cavalo.

— Quem é aquele ali?

A pergunta de Patience flutuou no ar. Se não fosse um *wearh*, Marcus talvez nem a escutasse.

— Parece... — começou a mãe.

Ela parou, parecendo considerar se seus olhos a enganavam.

Marcus se manteve voltado para a frente, de olho no horizonte.

— Não. Foi engano meu — disse Catherine, a voz tomada de tristeza.

— Ele não vai voltar para casa, mãe — disse Patience. — Nunca.

O suspiro de Catherine foi a última coisa que Marcus escutou antes de deixar para trás tudo que um dia ele tinha sido e poderia ser.

22

Bebê

NOVEMBRO DE 1781

O porto de Portsmouth estava repleto de navios esperando para carregar e descarregar. Apesar de já ter passado muito da meia-noite, as docas seguiam agitadas.

— Veja se encontra um navio chamado *Aréthuse* — disse Clermont a Marcus, e passou para ele as rédeas do cavalo. — Vou perguntar na taberna se alguém o viu chegar.

— Qual é o tamanho?

Marcus estudou os saveiros, as escunas, os bergantins e os baleeiros.

— É grande o suficiente para atravessar o Atlântico — respondeu Clermont, apontando em seguida um navio bem no limite do porto. — Ali. É aquele.

Marcus forçou a vista no escuro, tentando ler o nome. Foi a bandeira francesa esvoaçando na popa que o convenceu.

Clermont pulou em um pequeno esquife e puxou Marcus com ele. O marinheiro de vigia estava horrivelmente bêbado e nem notou que o barco sob seu cuidado tinha sido roubado. Clermont foi rápido para chegar ao *Aréthuse*, puxando com força os remos, de modo a erguer a proa pontuda do barco a cada movimento.

Quando chegaram ao navio, alguém jogou uma escada de corda pela borda.

— Suba — comandou Clermont, mantendo o esquife junto ao casco.

Marcus olhou, preocupado, a lateral íngreme do navio.

— Vou cair no mar! — protestou.

— O caminho é longo, e a água, fria. Melhor tentar subir pela escada — veio uma voz lá de cima.

Logo em seguida, surgiu um rosto quadrado, de barba feita, emoldurado por cabelo dourado até a altura do ombro, que escapava da peruca torta posta ao contrário na cabeça.

— Olá, tio — acrescentou o homem.

— Gallowglass — cumprimentou Clermont, tocando o próprio chapéu.

— E quem é esse que o acompanha? — perguntou Gallowglass, lançando um olhar para Marcus.

— Vamos esperar ele subir para você começar o interrogatório.

Clermont pegou Marcus pelo pescoço e o levantou na altura dos dois primeiros degraus da escada de corda enquanto o esquife balançava.

Quando chegou no alto, Marcus tombou no convés, tonto. Parecia que ele não era mais muito afeito a alturas. Ele fechou os olhos para deixar o mar e o céu voltarem à posição correta. Quando os abriu, havia um *wearh* gigante acima dele.

— Jesus! — exclamou Marcus, e fugiu se arrastando, temendo pela própria vida. Podia até ser difícil matá-lo, mas ele não era páreo para aquela criatura.

— Por Cristo e seus apóstolos, deixe de besteira, moleque — disse Gallowglass, rindo. — Até parece que vou atacar meu primo.

— Primo?

O parentesco não ajudou em nada a aliviar o medo de Marcus. Na experiência dele, família era o maior perigo.

O homem esticou o braço do tamanho de um obus, de palma aberta e cotovelo dobrado. Marcus se lembrou de como John Russell e Clermont tinham se cumprimentado e despedido. Os *wearhs* deviam ser todos maçons, pensou — ou talvez o costume fosse francês?

Marcus segurou o braço oferecido com cautela, de cotovelo a cotovelo, ciente de que o primo poderia quebrá-lo como um galhinho. Nervoso diante da ideia de mais machucados, Marcus apertou com os dedos o braço musculoso de Gallowglass.

— Cuidado aí, filhote.

Gallowglass semicerrou os olhos em advertência e ajudou Marcus a se levantar.

— Desculpa. Perdi a noção da minha força — murmurou Marcus, com vergonha da falta de experiência.

— Sei.

Gallowglass contraiu o maxilar e o soltou.

Clermont pulou da escada para o convés com a confiança de um tigre. Gallowglass se virou e, em um borrão, deu dois socos na cara de Clermont.

Primo ou não, o instinto protetor de Marcus foi despertado, e ele se jogou no desconhecido. A enorme mão de Gallowglass o manteve afastado com uma facilidade preguiçosa.

— Você vai preferir amadurecer um pouco mais antes de me enfrentar — aconselhou Gallowglass.

— Recue, Marcus — disse Clermont, depois de realinhar a mandíbula e abri-la e fechá-la algumas vezes.

— Que ideia foi essa, tio, de fazer um filho no meio da guerra? — questionou Gallowglass.

— A circunstância do seu renascimento não foi tão diferente, que eu me lembre — disse Clermont, levantando as sobrancelhas pretas e aristocráticas.

— Hugh me transformou depois do calor da batalha, quando percorria o campo em busca dos amigos mortos — disse Gallowglass. — Esse moleque é muito jovem para ter visto a batalha. Aposto que você o encontrou à toa em um canto qualquer, e o resgatou que nem um vira-lata.

— O moleque viu mais do que você imagina — retrucou Matthew, em um tom que desencorajava mais discussão. — Ademais, a guerra praticamente acabou. Os dois exércitos estão devastados pela febre, cansados de lutar.

— E Gil? Não deixou ele para trás? — perguntou Gallowglass, e soltou palavrões violentos. — Você tinha dois serviços, Matthew: garantir que os coloniais vencessem a guerra e devolver o marquês de Lafayette à França inteiro.

— Pierre está com ele. Baldwin está entre os *jaegers*. E John Russell tem um posto na equipe de Cornwallis, com os termos de rendição no bolso. Cumpri meu serviço — garantiu Matthew, ajeitando a costura das luvas. — A manhã está chegando. Vamos aos negócios, Gallowglass.

Gallowglass os conduziu a uma pequena cabine no convés inferior, cuja janela retangular e larga tinha vista para a água. O cômodo tinha poucos móveis: uma escrivaninha, alguns bancos, um baú de fundo pesado e uma rede pendurada entre duas vigas.

— Suas cartas.

Gallowglass abriu o baú e tirou uma bolsinha impermeável, que jogou para Clermont.

Clermont soltou as amarras e revirou o conteúdo. Tirou dali alguns pertences e os guardou no bolso no peito do casaco.

— Aqui tem mais uma — disse Gallowglass, pegando uma carta selada por bastante cera vermelha. — *Mademoiselle* Juliette mandou notícias. E aqui estão as correspondências do vovô.

A segunda bolsa que Gallowglass tirou do baú era consideravelmente maior do que a primeira, e cheia de volumes interessantes, um dos quais parecia uma garrafa de vinho.

— Madeira. Para o general Washington — comentou Gallowglass, notando a atenção curiosa de Marcus. — O vovô pensou que ele poderia tomar com a sra. Washington ao voltar para casa.

Marcus sabia que o marquês de Lafayette era querido pelo general Washington, mas não fazia ideia de que havia conexão entre o *chevalier* de Clermont e o comandante do Exército Continental.

— Que gentileza — disse Marcus, guardando aquela informação para reflexão futura.

— Ah, duvido — disse Gallowglass, alegre. — Philippe vai querer algo em troca. Sempre quer.

— E como vai Philippe? — perguntou Clermont. — E minha mãe?

— Davy disse que estão às mil maravilhas — respondeu Gallowglass.

— Só isso? É a única notícia da França?

— Não tenho tempo para tomar uma xícara de chá e ter uma reunião, Matthew. Quero aproveitar a maré. — Gallowglass farejou o ar como um cão.

— Você não tem jeito — suspirou Clermont, entregando uma pequena pilha de cartas e uma bolsa de seda. — Isso é para Juliette. Não perca o colar de contas.

— Quando é que perdi alguma coisa? — perguntou Gallowglass, arregalando os olhos azuis, indignado. — Fui até os confins da terra a fim de fazer serviços para essa família e levei até aquele maldito leopardo de Constantinopla a Veneza para o vovô não esquecer o presente do sultão.

Marcus gostava daquele escocês brigão. Gallowglass o fazia pensar em como teria sido o próprio avô escocês quando jovem.

— Verdade. Isso é para Philippe. As cartas do general Washington estão por cima. Faça ele lê-las primeiro — disse Clermont, entregando outra pilha de cartas. — E, é claro, tem ele — acrescentou, apontando para Marcus.

Gallowglass ficou estupefato. Marcus, igualmente.

— Ah, não. Não. De jeito nenhum — disse Gallowglass, levantando as mãos, horrorizado.

— Eu? — perguntou Marcus, olhando de Matthew para Gallowglass e para Matthew outra vez. — Não posso ir para a França. Vou ficar com você.

— Tenho que voltar a Yorktown para garantir a paz, e você não está pronto para tanta socialização — disse Clermont.

— E meu navio? A vida no mar não é adequada para um *wearh* recém-transformado! — gritou Gallowglass. — Ele vai comer a tripulação antes de chegar à França.

— Algum marinheiro há de alimentá-lo, pelo preço certo — respondeu Clermont, despreocupado.

— Mas não há onde caçar no mar. Você enlouqueceu, tio?

Marcus se perguntava a mesma coisa.

— Ele ao menos sabe se alimentar sozinho? — insistiu Gallowglass. — Ou precisa de mamadeira que nem um bebê chorão?

— Eu me alimentei de um homem... em Albany! — respondeu Marcus, indignado.

— Ah, claro. Albany. Muito bem. Comeu um pouquinho de fazendeiro, um naco de caçador? — bufou Gallowglass. — Aqui, vai arranjar só cerveja velha e rato. Não é suficiente para alimentar um bebê.

— Bebê?

Marcus tentou socar Gallowglass com um movimento de velocidade satisfatória. Infelizmente, não chegou a atingir o alvo. Clermont o pegou pelo colarinho e o arremessou para o canto do cômodo.

— Nada de discussão... de nenhum dos dois — disse Clermont, brusco. — Você vai levar ele para a França, Gallowglass. Mantenha-o vivo. Prometi educação a ele.

— Vamos precisar de mais galinhas — disse Gallowglass. — E o que faço com ele quando chegarmos a Bordeaux?

— Leve ele até *maman* — disse Clermont, a caminho da porta. — Ela vai saber o que fazer. *À bientôt*, Marcus. Obedeça a Gallowglass. Deixo você aos cuidados dele.

— Um minuto! — protestou Gallowglass, indo atrás de Clermont.

Do tombadilho, Marcus viu os dois homens discutirem acaloradamente. Quando Gallowglass gaguejou e se calou, Clermont pulou pela borda e sumiu escada abaixo.

Gallowglass o viu descer. Balançou a cabeça, se virou para Marcus e suspirou. O *wearh* gigantesco cercou a boca com as mãos e soltou um assobio ensurdecedor.

— Levantar âncora, marujos!

Do tombadilho, Marcus observou a manchinha da costa sumir e cogitou se seria mais sábio voltar a nado, afinal. O grande marinheiro se agachou ao lado dele.

— Ainda não nos apresentamos direito — disse, esticando o braço para Marcus. — Eu me chamo Eric. Em geral, me chamam de Gallowglass.

— Marcus MacNeil — respondeu, pegando o braço de Gallowglass outra vez, em um gesto que, naquele momento, lhe parecia correto e familiar. — Em geral, me chamam de Doc.

— Marcus, é? Nome romano. Vovô vai gostar.

Os olhos de Gallowglass estavam sempre com os cantos franzidos, dando a impressão de que ele estava prestes a cair na gargalhada.

— O *chevalier* de Clermont não me disse que tinha pai — comentou Marcus, ousando revelar a própria ignorância.

— *Chevalier* de Clermont? — repetiu Gallowglass, jogando a cabeça para trás e gargalhando alto. — Minha nossa, moleque. Ele é seu criador! Entendo a relutância em chamá-lo de pai, pois Matthew é tão paterno quanto um porco-espinho, mas pode pelo menos chamá-lo pelo primeiro nome.

Marcus considerou a ideia, mas achava impossível ver o francês austero e misterioso como qualquer coisa além de "*chevalier* de Clermont".

— Você vai se acostumar — disse Gallowglass, dando um tapinha no ombro de Marcus. — Temos semanas para compartilhar histórias do seu querido pai. Quando chegarmos à França, você terá nomes muito mais criativos para ele do que Matthew. Mais adequados, até.

Talvez a viagem não fosse tão tediosa quanto Marcus temia. Ele sentiu a forma fina e familiar do *Senso comum* no bolso. Entre Thomas Paine e Gallowglass, Marcus podia passar o percurso inteiro lendo e descobrindo o que seria necessário para sobreviver como *wearh*.

— Eu vi... na verdade, senti... um pouco da história do *chevalier* — arriscou Marcus. Ele não sabia se deveria discutir aquilo.

— A narrativa do sangue é complicada. — Com o dedo enluvado, Gallowglass secou o nariz, que tinha começado a escorrer com o vento forte. — Não substitui uma história de verdade.

Era outro termo desconhecido — como "*wearh*" ou "criador". Marcus deixou sua curiosidade transparecer.

— Narrativa do sangue é o conhecimento nos ossos e no sangue de todas as criaturas. É uma das coisas que desejamos como *wearhs* — explicou Gallowglass.

Marcus sentia aquela fome de conhecimento — junto ao impulso de caçar, beber sangue e lutar. Era reconfortante perceber que sua curiosidade aguçada — que Obadiah chamava de maldição — havia se tornado parte normal e aceitável de quem ele era.

— Matthew não explicou como funciona o mundo, e o que você viraria, antes de transformá-lo? — perguntou Gallowglass, preocupado.

— Talvez. Não tenho certeza — confessou Marcus. — Eu estava com febre... grave. Não me lembro muito bem. O *chevalier* disse que eu poderia fazer faculdade, estudar medicina.

Gallowglass soltou um palavrão.

— Tenho algumas dúvidas — disse Marcus, hesitante.

— Imagino, garoto. Pode perguntar.

— O que é um *wearh*? — perguntou Marcus, em voz baixa, para o caso de alguém da tripulação estar ali por perto.

Gallowglass cobriu o rosto com as mãos e grunhiu.

— Vamos começar do começo — sugeriu ele, levantando-se com a leveza experiente de um homem que passara a vida flutuando, e estendeu a mão para ajudar Marcus a se levantar. — Você tem uma longa jornada pela frente, meu jovem Marcus. Quando chegarmos à França, vai ter entendido o que é um *wearh*... e o que assumiu ao se tornar um.

* * *

Quando saíram para o mar aberto, Gallowglass abaixou todas as bandeiras, exceto por uma preta, estampada com uma cobra prateada mordendo a própria cauda. Aquela bandeira mantinha a maioria dos outros navios a uma distância respeitosa.

— É o brasão da família — explicou Gallowglass, apontando o estandarte que esvoaçava e chicoteava ao vento. — Vovô é mais feroz que qualquer pirata. Nem Barba Negra quis se meter com ele.

Durante a viagem, Gallowglass contou para Marcus uma história sobre o que era ser *wearh* que finalmente o fez entender as semanas desde Yorktown. Finalmente, Marcus compreendeu a natureza não apenas dos *wearhs*, mas também das bruxas, dos demônios e dos humanos. Ele tinha certeza, em retrospecto, de que a curandeira em Bunker Hill era uma bruxa. Sabia também, sem dúvida, que John Russell, o homem que tinha conhecido como Cole, era *wearh*. Quanto aos demônios, Marcus pensava não conhecer nenhum, apesar de Vanderslice ser o mais provável.

Gallowglass também o ensinou como era ser um Clermont. Estranhamente, parecia que virar uma criatura bípede volátil, quase imortal, que bebia sangue, era a tarefa mais simples. Ser um Clermont parecia exigir conhecimento de muitos personagens complicados e domínio de uma longuíssima lista de regras. Pela descrição da família e de seu funcionamento dada por Gallowglass, não parecia que os Clermont tinham lido *Senso comum*. Não havia indícios de que acolhiam o mundo de liberdade e justiça que Paine delineava na obra. Enquanto estava deitado na cabine, lendo e relendo as páginas gastas daquele livro valioso, Marcus teve tempo de cogitar o que a nova família pensaria da asserção de Paine de que a virtude não era hereditária.

Após mais de um mês enfrentando bloqueios navais, ventos violentos e mares revoltos e frígidos, o *Aréthuse* chegou ao porto francês de Bordeaux. Gallowglass fez a travessia em um tempo excelente, graças a uma combinação de coragem absoluta, domínio enciclopédico das correntes e o fato do estandarte Clermont apavorar todos os corsários e violadores de bloqueio no Atlântico.

Velejando pelo Gironde, Marcus observava o interior da França com um misto de alívio e receio, sem saber o que os aguardava em terra firme.

Marcus nunca havia se afastado muito do rio Connecticut quando mais novo e, apesar da origem variada dos Voluntários da Filadélfia lhe ter apresentado a um mundo além das colônias, ele ainda não tinha vivido aquela experiência direta. O ar na França tinha um cheiro diferente, e os sons da orla também eram outros. Os campos eram vazios, exceto por fileiras de vinhas sustentadas por estruturas de madeira, que dariam as frutas para o vinho que *wearhs* bebiam para saciar a sede quando não havia sangue. As folhas brilhantes que ainda ornavam as árvores em Portsmouth não eram visíveis na França no final de dezembro.

Marcus tinha se acostumado a não ver nada além de lona e água, e à proximidade apenas de Gallowglass e da tripulação. Bordeaux era um porto movimentado como a Filadélfia, repleto de criaturas de todo tipo — inclusive mulheres. Depois de ancorar e preencher todos os documentos necessários para descarregar o *Aréthuse*, Gallowglass o ajudou a descer do navio. A mão do primo segurava seu cotovelo com força. Mesmo assim, a proximidade daqueles corpos quentes, junto às cores brilhantes e aos cheiros fortes do porto, deixaram Marcus atordoado e um pouco confuso.

— Vá com calma — disse Gallowglass, em um murmúrio. — Pare e observe tudo. Lembre-se do que falei. Não siga o rastro do seu nariz, que nem um moleque indo atrás de qualquer rabo de saia.

Marcus cambaleou sobre as pernas bambas, sentindo o chão se mexer e o estômago cheio também. Stefan, o cozinheiro rechonchudo do *Aréthuse*, o alimentara de manhã, quando estavam ancorados do lado de fora do porto, esperando a alfândega inspecionar a carga. Stefan não apenas fornecia nutrição para os sangue-quentes, na forma de biscoito de água e sal e de grogue, como também alimentava os *wearhs* com as próprias veias.

— *À bientôt* — disse Stefan ao passar, alegre, carregando rampa abaixo a última galinha sobrevivente do navio, que ia cacarejando e resmungando na gaiola de vime.

— Até a próxima, Stefan — respondeu Gallowglass, e entregou a ele uma bolsa de moedas gorda que fez um tilintar satisfatório. — Pelo seu trabalho.

— *Non* — recusou Stefan, por educação, apesar de já estar pesando as moedas e calculando o valor. — Fui pago antes de partir, milorde.

— Considere um bônus, então — disse Gallowglass. — Por cuidar do jovem.

Marcus ficou boquiaberto. Nunca achou que valeria tanto dinheiro.

— *Monsieur* Marcus foi um cavalheiro. Foi meu prazer servi-lo.

Stefan fez uma reverência, jogando a galinha para a frente na gaiola com um grasnido de raiva.

Marcus retribuiu a reverência. O cozinheiro arregalou os olhos. Se Stefan fosse uma galinha, também teria grasnado. Gallowglass levantou Marcus à força e o conduziu para longe dali.

— Não se curve para criados, Marcus — murmurou Gallowglass. — Você agora é um Clermont. Quer que os fofoqueiros notem sua estranheza?

Como um *wearh* que se alimentava do sangue de criaturas vivas, não dormia e podia transformar um mastro em farpas com as próprias mãos, Marcus tinha certeza de que se curvar para criados era o menor dos problemas para sangue-quentes.

— Imagino que possamos atribuir sua idiossincrasia a ser americano — refletiu Gallowglass, avaliando os bordaleses nas docas. Estavam todos adornados com fitas vermelhas, brancas e azuis. Os franceses eram mais visivelmente patriotas do que a maioria dos cidadãos da Filadélfia.

— Jesus amado e Nossa Senhora! Quem é esse?

Um pequeno e sombrio *wearh* com um estrabismo evidente se aproximou deles pela multidão, trazendo dois cavalos vigorosos. Marcus sabia que criatura ele era pelo cheiro, muito menos maduro e sangrento do que o de um sangue-quente. O homem tinha as pernas um pouco tortas, como se tivesse passado tempo demais montado em cavalos.

— Este é o último projeto de Matthew — disse Gallowglass. — Marcus, apresento Davy Gams. Chamamos ele de Hancock.

— É um prazer conhecê-lo, senhor.

Marcus fez uma reverência. Davy arregalou os olhos.

— Ele é americano — justificou Gallowglass.

Davy fez cara feia para ele.

— Vocês, americanos, causaram um problemão, e ainda custaram uma nota. É melhor que valham a pena.

Sem saber como responder, Marcus adotou a postura silenciosa e atenta que aperfeiçoara enquanto trabalhava para os doutores Otto.

— Que idade ele tem? — perguntou Davy a Gallowglass, que fitava o rosto das pessoas que passavam por eles.

— *Bonjour!* — exclamou Gallowglass para uma moça especialmente atraente, de roseta vermelha, branca e azul no corpete, que fazia compras entre os vendedores do píer. — Deve ter uns cinquenta e poucos — continuou, voltando-se para Davy. — Matthew não me deu informações exatas.

— Franceses malditos — disse Davy, e cuspiu no chão. — Eles gostam mesmo é de falar, com aqueles cafezinhos e aquelas cocardas azuis, vermelhas e brancas na cabeça, mas não dá para confiar. Nem mesmo em Matthew.

— Eu tenho só vinte e quatro anos. Nasci em 1757 — disse Marcus, engolindo a pontada de desejo que o atravessou ao ver aquele colo bordalês, claro e sardento.

— Gallowglass está falando em dias, não em anos. E não contradiga os mais velhos — disse Davy, com um soco no queixo de Marcus, um golpe que antigamente teria quebrado sua mandíbula, mas naquele momento causava apenas uma reverberação desagradável. — Não que faça diferença. Você é inútil que nem um peido num vidro de geleia.

— Vai se foder.

Marcus fez um gesto grosseiro que aprendera no *Aréthuse* com Faraj, o piloto do navio. Ele já sabia xingar em árabe, holandês, francês, alemão e inglês.

— Acho que vamos ter que levar ele para Paris — disse Davy, e soltou um assobio ensurdecedor. — Vamos precisar de uma carruagem. Não dá para viajar montado com um bebê. Mais gastos desnecessários.

— Eu sei, eu sei — disse Gallowglass, com uma risada de pena e um tapinha no ombro de Davy. — Tentei parar em Saint-Malo, mas os mares não deixaram.

— Maldito Matthew, cheio de ideias idiotas — resmungou Davy, e levantou o dedo em riste. — Um dia desses, Eric, vou esganar aquele moleque.

— Eu seguro e você bate — disse Marcus, ainda incomodado com tudo que aprendera sobre a nova vida com Gallowglass. — Filho da mãe arrogante.

Davy e Gallowglass o encararam, espantados. Finalmente, Davy começou a rir, arfando e chiando como alguém que não tinha hábito de se divertir.

— Nem sessenta dias ainda, e já está com raiva do próprio criador — apontou Davy, chiando e tossindo ainda mais.

— Pois é — disse Gallowglass, com carinho. — O rapaz tem potencial.

Marcus nunca tinha andado de carruagem, apenas de carroça, e descobriu que não gostava. De modo geral, conseguia sair antes de vomitar. Hancock logo perdeu a paciência com as paradas frequentes e passou a segurar a cabeça de Marcus pela janela aberta para ele poder vomitar enquanto viajavam.

Com os olhos ardendo devido à poeira da estrada, Marcus rangeu os dentes com força para conter a bile (já tinha se esvaziado de sangue e vinho) e se esforçou para escutar a conversa na carruagem antes das palavras serem sopradas pelo vento.

— ... vovô vai ter um derrame — disse Gallowglass.

— Matthew não estava proibido de... — começou Hancock, mas as palavras seguintes foram inaudíveis.

— Espere só até Baldwin descobrir — disse Gallowglass, parecendo ao mesmo tempo preocupado e satisfeito com a ideia.

— ... vai começar outra guerra.

— Pelo menos a vovó vai...

— ... mimar ele que nem uma velha.

— Segura essa língua na frente da Marthe, senão ela...

— ... melhor levar ele para lá, se ela estiver na cidade.

— Tia Fanny não vai estar em casa. Vai ser um inferno...

— ... largar ele com Françoise e sair pra beber.

— É muita coisa...

— ... meter num navio e mandar pra família.

Os nomes desconhecidos — Marthe, Fanny, Françoise — se embolavam pelo cérebro confuso de Marcus junto com a constatação de que ele não tinha apenas um avô, como também uma avó. Depois de anos sozinho no mundo, Marcus sentia-se parte de uma família. O sentimento caloroso de compromisso preencheu suas veias ocas de gratidão. Mesmo com a cabeça quicando no pescoço que nem uma abóbora no caule enquanto sacolejavam pela estrada Bordeaux-Paris, Marcus percebeu que devia aquela terceira — não, quarta — chance de ter uma nova vida ao *chevalier* de Clermont.

Esta nova vida seria sua última, prometeu-se Marcus.

— Lembre-se: não se curve para ninguém nesta casa. Não vão gostar — disse Gallowglass, ajeitando o lenço murcho e manchado no pescoço de Marcus. — Sem dúvida, sua mãe era uma mulher adorável, mas agora você está na França.

Marcus guardou aquela informação em um compartimento da mente que reservava para estudo futuro — e que já estava lotado.

— Você logo vai conhecer uma mulher chamada Françoise. Não é para se meter com ela, por mais apetitoso que seja seu cheiro. Charles vai espancar você com o rolo de massa se sequer olhar para ela — continuou Gallowglass, ajeitando o casaco de Marcus. — E nunca, de jeito nenhum, jogue carteado com tia Fanny.

Uma combinação impressionante de aromas, incluindo doces, limão e amido, preencheu a carruagem. Três *wearhs* homens farejaram o ar como lobos perseguindo um novo animal atraente. Marcus olhou pela janela, ávido para ver quem seria a criatura ligada àquele odor irresistível.

— *Oh la vache*! — gritou uma mulher ossuda de altura e capacidade pulmonar impressionantes. — *Qu'est-ce que c'est*?

— *Mademoiselle* Françoise, não se assuste — disse Hancock, saindo da carruagem em um pulo para pegar a mão dela. — Ele é apenas um bebê chorão e não apresenta perigo à senhorita.

— Bebê! — protestou Marcus.

Ele tinha matado soldados britânicos, salvado dezenas de patriotas americanos e franceses, auxiliado em várias amputações e se alimentado de um ladrão perigoso antes de matá-lo por acidente em Newburyport. Não era bebê nenhum.

Era, porém, ainda virgem. Ele olhou interessado para a boca trêmula de Françoise. Eram lábios carnudos e úmidos, parecendo prometer prazer. A mulher tinha um cheiro divino.

Françoise estreitou os olhos e apertou os lábios cheios em uma linha rígida e severa.

— Este é Marcus — apresentou Gallowglass. — Ele pertence a Matthew. Pensamos em deixá-lo aqui com Fanny.

Gallowglass desceu da carruagem e abriu um sorriso estonteante para a mulher. O charme poderia ter funcionado com um sangue-quente, mas não com uma *wearh*. Françoise cruzou os braços, o que a fez parecer duas vezes maior do que seu tamanho já grande, e bufou.

— Não podem deixar ele aqui. Madame Fanny saiu.

— Pronto. Leve ele para Philippe. A gente pode fugir de Paris a tempo de ele explodir — disse Davy, secando a testa com a manga da camisa.

— Onde ela está? — perguntou Gallowglass, atravessando a porta impetuosamente, e Françoise correu atrás dele. — Dinamarca? Sept-Tours? Borgonha? Londres?

— Não, milorde. *Mademoiselle* Fanny está na casa do dr. Franklin. Ajudando com a correspondência dele.

Françoise olhou feio para Marcus, como se ele tivesse qualquer culpa da ausência da patroa.

— Correspondência, é? Que safadeza... — disse Hancock, arfando e chiando outra vez.

— Vamos esperar por ela no salão, se não for incômodo, Françoise. E talvez Charles possa preparar algo para o jovem sr. Marcus — sugeriu Gallowglass, alegre. — Ele está enjoado de tamanha agitação, pobrezinho.

Françoise considerou Marcus comum e sujo demais para o salão de Fanny, e o enxotou para a cozinha.

Charles, o *wearh* que comandava aquele antro subterrâneo, não era mulher e não tinha um cheiro tão apetitoso quanto o de Françoise, mas, apenas uma hora após conhecê-lo, Marcus já sentia puro amor pelo homem. Charles lançou um olhar para Marcus e o pôs em uma poltrona perto da lareira. Em seguida, começou a revirar despensas, armários e depósitos de caça em busca de algo para estimular o apetite e aliviar o estômago do jovem.

Marcus estava bebendo uma mistura inebriante de vinho tinto da Borgonha — nunca tinha provado nada igual — e sangue de um pombo do bosque da Normandia quando um *wearh* alto e loiro entrou no ambiente. A criatura era uma mistura desconcertante de homem e mulher, atração e agressão, doçura e desaforo. Os cachos loiros compridos e as saias volumosas indicavam que era mulher. A farda rígida e engomada com botões de bronze e torçal, o chapéu triangular decorado com uma roseta vermelha, branca e azul, a arma presa à cintura, os culotes que apareciam sob a anágua de renda e os sapatos grossos sugeriam o contrário.

— *Bon sang*, que cheiro é esse? Matthew voltou da guerra com o rabo entre as pernas?

A voz calorosa de contralto resolvia a questão: era uma mulher.

Lembrando-se de seus modos, mas se esquecendo que era *wearh*, Marcus se levantou rapidamente para demonstrar a cortesia necessária a um membro do sexo mais frágil. Seu vinho saiu voando, e um dos braços acolchoados da poltrona soltou um estalido agudo.

— É um bebê! — disse ela, arregalando os olhos azuis de fascínio.

Mulher, definitivamente. Marcus fez uma reverência.

— Por que está fazendo isso? — perguntou ela, em inglês com sotaque estranho. — Pare imediatamente. Charles, por que ele está se curvando?

— *Le bébé est américain* — disse Charles, torcendo a boca como se tivesse mordido algo azedo.

— Que útil — declarou ela. — Não tinha nenhum na família.

— Eu sou Mar... Gale... Chaun... — tentou Marcus, perdendo-se no silêncio confuso antes de se recompor. — Sou de Matthew.

— Isso eu sei. Você ainda fede a ele — disse ela, e estendeu o braço, dobrado no cotovelo, com a palma aberta. — Eu sou Freyja de Clermont. Sua tia. Pode me chamar de Fanny.

Marcus pegou o cotovelo de Fanny, e ela, o dele. A mão dela era firme, como aço. Marcus levaria um tempo para absorver o conceito — e ainda mais a realidade — de *wearhs* mulheres. Mulheres deveriam ser gentis e suaves, necessitadas de cuidado e proteção. Nem Fanny — apesar de o nome Freyja combinar muito mais com ela, na opinião de Marcus —, nem Françoise combinavam com tal descrição. A instrução severa de Gallowglass para nunca jogar carteado com a tia passou a fazer sentido depois de conhecê-la.

— Matthew veio com você? — perguntou Fanny.

— Não. O *chevalier* está em Yorktown, concluindo a guerra — respondeu Marcus, que ainda não conseguia chamar Clermont por seu nome de batismo.

— Ah, a guerra acabou. Pelo menos é o que os jornais disseram.

Fanny largou o chapéu, de ponta-cabeça, em uma montanha de farinha.

Marcus esperava que aquilo causasse uma retaliação severa de Charles, mas o cozinheiro fitava Fanny com pura adoração.

— Já comeu, *mademoiselle* Fanny? — perguntou Charles. — Deve estar faminta, depois da manhã toda trabalhando com *monsieur* Franklin. Antoine está no estábulo. Posso mandá-lo para seus aposentos? Ou Guy, se preferir?

— Vou tomar o desjejum na cama — respondeu Fanny, e pausou, considerando as opções. — Gostaria de Josette.

Charles saiu para atender ao pedido. Marcus tentou desesperadamente entender as palavras de Fanny. Ela não pretendia...

— Eu sinto vontade de doce a esta hora — explicou Fanny.

Fanny ia se alimentar de Josette. Na cama. O que mais poderia acontecer lá atiçou a imaginação de Marcus. Fanny farejou o ar e sorriu.

— Pode aproveitá-la quando eu acabar e ela se recuperar. Josette é uma moça muito querida e generosa.

Fanny se sentou na poltrona em que Marcus estava e apoiou as botas na pedra que cercava a lareira. Isso fez a saia dela subir na direção do quadril, revelando um par de pernas compridas e torneadas.

— Você é extremamente jovem para estar tão longe de seu criador — acrescentou ela.

— Tenho pouco mais de sessenta, *mademoiselle*.

Marcus estava tentando pensar na própria idade em dias, e não anos, mas ainda lhe soava estranho. Ele se sentou devagar na beira do cesto que continha a lenha para a lareira.

— É claro que está tendo pensamentos lascivos. Você precisa explorá-los para aprender autocontrole — opinou Fanny. — Graças a Deus não está mais com Matthew. Ele o criaria como monge e proibiria qualquer interação com mulheres.

Exatamente o que acontecera em Pittsfield, onde Marcus salivara de desejo por provar uma moça, mas precisara aceitar um homem embebido em rum.

— Matthew diz que não devo me alimentar de mulheres. Diz que é muito fácil confundir desejo e fome. Diz que...

Fanny o calou com um gesto comum entre os soldados dos Voluntários da Filadélfia.

— É uma tremenda sorte, então, que Matthew não esteja aqui. Vivemos em outra época, em outro mundo. Devemos acolher a carnalidade, e não fugir dela.

Marcus estava tão excitado que chegava a doer, o desejo alimentado pelas ideias libertinas de Fanny. Ultimamente, a luxúria que sentia era tão incessante quanto os outros apetites. No *Aréthuse*, até a lona balançando estimulava pensamentos lascivos.

Charles entregou uma xícara de café preto aromático para Fanny.

— Josette está preparando seu banho, *mademoiselle*.

— Peça para ela entrar na banheira com calma e me esperar — disse Fanny, tomando um gole de café. Ela soltou um suspiro sensual. — A água quente vai trazer todo o sangue à superfície da pele, e deixar ela em um estado de maior relaxamento.

Marcus registrou a sabedoria de Fanny para uso no futuro e se ajeitou na borda do cesto para abrir mais espaço.

— Então. Me dê as notícias. Como foi com *Far*? — perguntou Fanny, fixando o olhar azul gélido em Marcus.

Marcus não fazia ideia de quem era *Far*. Ele deu de ombros. A expressão de Fanny tornou-se compreensiva.

— Dê tempo a Philippe — disse Fanny, dando um tapinha no joelho dele. — Quando o pai descobrir sua utilidade para ele, e lhe dar seus nomes, vai abrandar. Até lá, fique aqui comigo. Vou ensiná-lo a ser *wearh*... muito melhor do que Matthew ensinaria. Até *Far* ficará espantado com o resultado.

Marcus conteve um suspiro de alívio. Ele não sabia se Fanny seria uma mãe melhor, mas estava confiante de que ela tornaria sua educação uma experiência mais interessante — e também prazerosa.

Fanny recebeu o desafio da educação de Marcus com entusiasmo, oferecendo a ele professores de dança e esgrima, tutores de francês e latim, um alfaiate e um peruqueiro. Os dias de Marcus eram tomados de compromissos, e as noites, de leitura e escrita.

Ainda assim, Fanny se preocupava com o desenvolvimento dele e aspirava a fazer tudo que pudesse para torná-lo um ganho para a família.

— Devemos ocupar sua mente com novas experiências, Marcus — declarou Fanny certa noite. — Senão, pode se entregar ao *ennui* e acabar amargurado, que nem minha irmã Stasia. Não se preocupe. Mandei recado para uma amiga. Ela terá ideias maravilhosas para aperfeiçoá-lo.

Stéphanie Félicité du Crest de Saint-Aubin, *comtesse* de Genlis, recebeu o pedido de socorro de Fanny e abandonou a ópera para oferecer auxílio. Ela chegou como um pôr do sol de primavera, envolta em seda lavanda e azul, cintilante com tranças metálicas, e coroada por uma peruca volumosa e coberta de pó, que lembrava nuvens. A condessa observou Marcus através dos óculos pendurados no pescoço por uma fita azul-celeste.

— Que criatura excepcional — pronunciou, em inglês perfeito, ao fim do exame.

— Sim, mas ainda é um bebê — disse Freyja, triste. — Não devemos poupar esforços para preparar *monsieur* Marcus para conhecer o avô, Stéphanie. Você deve vir morar aqui... imediatamente.

Juntas, Fanny e madame de Genlis o cutucaram e questionaram, disparando perguntas (em inglês) e comentários (em francês) tão rápido que Marcus não acompanhava. Ele parou de tentar criar expectativa quanto ao tema seguinte: se seria sua experiência com mulheres (tragicamente limitada, concordavam), sua educação (de uma pobreza chocante) ou seus modos (antiquados de modo simpático, mas ele *precisava* parar de se curvar para os criados).

— Que bom que Le Bébé não precisa dormir — comentou madame de Genlis. — Se trabalharmos dia e noite, talvez ele fique pronto para conhecer seu pai, *le comte*, no meio do verão.

— Não temos seis meses, Stéphanie — disse Fanny.

— Já será sorte se tiverem seis dias — previu Françoise, pessimista.

— *Six jours!* — exclamou a madame de Genlis, chocada. — Françoise, você precisa fazer alguma coisa! Fale com madame Marthe. Ela afastará Philippe e Ysabeau de Paris. Talvez eles possam ir à corte?

— Ysabeau odeia Versalhes. Além do mais, as notícias correm muito rápido entre Paris e o palácio — disse Fanny, preocupada.

— Eles gostariam de passar o inverno em Blois, ou quem sabe Sept-Tours? Pode sugerir, Fanny? — insistiu madame de Genlis.

— Meu pai saberia que estou aprontando — respondeu Fanny. — Não, Stéphanie, precisamos ser destemidas e impiedosas, e ensinar tudo que pudermos, o mais rápido possível, para Le Bébé. O medo da descoberta aguçará nosso foco e nos despertará para novas possibilidades. Energia e persistência superam qualquer obstáculo, como diz o dr. Franklin!

Os dias e as noites de Marcus passaram em um turbilhão atordoante de atividades. Ele não gostava muito das aulas de latim, francês e dança. As de esgrima eram melhores. Melhores ainda eram as discussões sobre política e filosofia na biblioteca opulenta de Fanny. Marcus nunca tinha visto tantos livros juntos. Madame de Genlis era inteligente e culta, então ele precisava se esforçar para acompanhá-la, mesmo quando a conversa tratava de Thomas Paine. Entretanto, o que Marcus mais amava eram os passeios pela cidade.

— Paris é a melhor professora — proclamou madame de Genlis ao atravessar o Sena a caminho das ruas estreitas e sinuosas da Île de la Cité.

Juntos, viam vacas serem abatidas e as prostitutas do bordel de madame Gourdan durante as abluções da tarde. Motivados pelo desejo frustrado de Marcus por Françoise, passaram uma manhã gloriosa entre os *bateaux-lavoirs* no Sena, inspirando os perfumes inebriantes de goma e sabão e dando alguns *sous* às lavadeiras em troca de um copo do sangue delas. Depois, veio a pólvora, após esbarrarem em um duelo tenso enquanto caçavam ao amanhecer no Bois de Vincennes. Em seguida, as gráficas, cujas páginas úmidas e tinta metálica atraíam Marcus como ferro a um ímã.

Apesar de Marcus ter visto alguns jornais saírem da gráfica na Filadélfia, os livreiros de Paris trabalhavam em escala inteiramente diferente. Livros em francês, latim, grego, inglês e idiomas que Marcus não reconhecia eram compostos em estruturas de madeira. Às vezes, as letras de metal ainda brilhavam com a tinta do serviço anterior. Dali, seguiam para a prensa, para alinhar, pintar e imprimir. Relutante, Marcus entregou seu exemplar do *Senso comum* para um encadernador, para impedi-lo de se desfazer. Ele viu o homem selecionar o cartão rígido para sustentar a nova capa de couro e colar um novo papel para proteger o conteúdo gasto. Quando o profissional o devolveu, envolto em segurança com couro marrom estampado de ouro, Marcus segurou um exemplar que não ficaria deslocado nas bibliotecas mais elegantes.

Marcus estava tão fascinado pelo mundo dos livros que Fanny pagou a um impressor parrudo, cuja filha precisava de dote, metade do que ele ganhava em um ano para permitir que Marcus bebesse seu sangue e absorvesse uma noção mais verdadeira do envolvimento no serviço editorial.

— *Alors*. Foi um experimento — disse madame de Genlis, com uma pontada de decepção, após Marcus confessar que o que mais tinha visto no sangue do homem dizia respeito à esposa dele (uma verdadeira megera, para ser sincero) e às suas tentativas fúteis de pagar as dívidas.

— Tentaremos de novo — disse Fanny, sem se incomodar com o fracasso.

Nada lhe era proibido por Fanny e madame de Genlis — mesmo que o olfato aguçado de Marcus o conduzisse pelo nariz, como Gallowglass temia. Ele achava irresistível o perfume das moças.

— Sei exatamente aonde ir — Fanny disse à madame de Genlis. — Um bordel onde as mulheres são jovens e entusiasmadas.

Até que Marcus sentiu um cheiro ainda mais atraente do que o das mulheres.

— Parem. O que é isso?

Marcus descobriu que conseguia interromper o progresso de Fanny se plantasse os pés com tanta firmeza na rua que sua canela rachava sob pressão.

— O Hôtel-Dieu.

Madame de Genlis apontou um edifício vasto, degradado pelo fogo, que se estendia pela margem do Sena até a sombra da catedral de Notre Dame. Parte do prédio havia desabado e o resto parecia prestes a cair no rio a qualquer momento.

— Hotel? — perguntou Marcus.

— É o hospital — respondeu ela.

— Quero entrar — disse Marcus.

— Igual ao pai — comentou Fanny, parecendo decepcionada diante da decisão de Marcus de abandonar as mulheres, preferindo doença e morte. Por fim, ela se animou. — Talvez possamos aprender com a semelhança... O que acha, Stéphanie?

Aromas de cânfora, gaze, café e especiarias atingiram o nariz de Marcus quando ele entrou, seguidos pelo cheiro doce de podridão e pelas notas mais sombrias de ópio e morte. Ele inspirou fundo, junto às camadas de cobre e ferro.

Tanto sangue, percebeu, notando a diferença sutil entre cada pessoa.

Marcus vagou pelas alas, usando o nariz — parte tão poderosa do corpo de um *wearh* — em vez de exames para diagnosticar doenças e condições dos pacientes.

O hospital era enorme — ainda maior do que Bettering House da Filadélfia, ou daquele que o exército tinha ocupado em Williamsburg —, e a noite caiu antes de ele terminar de explorar. Sua roupa já estava manchada de sangue e vômito —

ele não conseguira ignorar as súplicas por água e cuidado dos pacientes. Também estava faminto; queria ir a uma taberna e pedir um caneco de cerveja e um bife bem temperado, mesmo sabendo que não iria satisfazer sua fome.

Sua refeição foi Josette.

Marcus estava na biblioteca na manhã seguinte, conjugando verbos em latim, quando ouviu uma comoção no saguão.

Uma mulher pequena entrou na sala, acompanhada pelo lacaio de Fanny, um sujeito estranho chamado Ulf, cujos braços eram compridos demais para o restante do corpo. Atrás deles vinha outra mulher baixa e elegante.

Uma *wearh*.

— Viu! Ali está ele! — exclamou a mulher, levando ao peito um papel dobrado.

Ela estava envolta em metros de seda listrada, vermelha e branca, e usava um redingote, além de um chapéu ridiculamente minúsculo, pousado em ângulo torto na peruca. A mulher tinha aparência infantil e feições pequenas.

— É igualzinho ao que meu Gilbert descreveu, não é? — perguntou. — Eu o reconheci assim que o vi da carruagem, entrando no Hôtel-Dieu.

A *wearh* inspecionou Marcus através do véu fino que descia da borda do chapéu, cobrindo os olhos verdes e penetrantes.

— Madame de Clermont, madame *la marquise*, deixem-me chamar... — disse Ulf, abanando as mãos grandes, consternado.

— Ysabeau!

Fanny chegou em um turbilhão de azul e verde-claro. Vinha acompanhada por madame de Genlis que, a passos mais calmos, continuava a vestir as cores da revolução: naquele dia, era azul-marinho com tranças douradas. O modelo de um navio com velas abertas estava preso à sua peruca no lugar de um chapéu.

— E a marquesa de Lafayette — disse a madame de Genlis, pegando a saia para fazer uma reverência. — A que devemos a honra?

Marcus encarou a esposa do antigo paciente. Ela não parecia ter idade para *ter* um marido, mas Lafayette também não parecia ter maturidade para *ser* um marido.

— Vim agradecer ao salvador de meu marido.

Adrienne correu até Marcus, fazendo biquinho para beijá-lo.

— Por favor, madame. Não há necessidade...

O protesto de Marcus foi interrompido por um abraço entusiasmado.

— Como posso retribuir sua bondade? — Adrienne chorou no ombro do casaco dele, agarrando-o com toda a força. — Seu talento como médico? Seu...

— Eu vim ver meu neto — interrompeu a mulher de véu, nitidamente sem paciência para a efusividade de Adrienne.

Ela ergueu o tecido, revelando o rosto. Tinha um formato perfeito, de uma beleza espetacular, mas havia uma ferocidade em suas feições que serviria de aviso a qualquer sangue-quente sensato para manter distância.

— Vó? — sussurrou Marcus, aproximando-se em um passo.

— Marcus ainda não está pronto... — começou Fanny.

Um olhar frio a interrompeu.

— Se insiste... — disse Fanny, tranquila, apesar de Marcus escutar o coração dela batendo mais rápido do que de costume. — Marcus, lhe apresento Ysabeau de Clermont, criadora de Matthew... e sua avó.

Sua avó. O sangue de Marcus batia em um staccato marcante de orgulho e respeito. Ele avançou um passo, e mais outro.

Enquanto andava, Marcus analisava a avó, intrigado pela afinidade que sentia pela desconhecida. Ficou impressionado pela beleza de seu rosto e de suas feições, pela delicadeza fina dos ossos, pela qualidade azulada de porcelana da pele. Os olhos dela eram da cor de jade, tão penetrantes que pareciam esfolar Marcus até o osso. O vestido era de seda cor de creme, mas as camadas de tecido enroscadas e avolumadas ao redor de sua silhueta esbelta não diminuíam em nada a presença da mulher. Ysabeau de Clermont era poderosa — e sua inteligência também.

Marcus não conseguiu se conter. Ele fez uma reverência. Sua avó era a mulher mais elegante que já encontrara. Adrienne aplaudiu e murmurou de aprovação, secando uma lágrima diante da comovente cena doméstica que se desenrolava na biblioteca de Fanny.

Mãos frias e delicadas tocaram os ombros dele em um comando silencioso para ele se erguer.

— Sim. Você é filho de Matthew — disse Ysabeau, sustentando o olhar dele. — Escuto a canção de sangue dele em suas veias. Vai diminuir com o tempo, quando você se tornar sua própria criatura. Mas você ainda é muito jovem para tal independência. É importante que vampiros entendam quem você é, até você poder se proteger.

— Vampiro? — perguntou Marcus, e olhou para Fanny, confuso.

— Não usamos mais o termo antiquado "*wearh*" — explicou Fanny. — Vampiro é novo, moderno.

— Não faz diferença como você se chama — disse Ysabeau, com desprezo. — O importante é apenas quem você é: filho de Matthew... e um Clermont.

Trinta

12 DE JUNHO

— Pegou o celular?

— Sim, Miriam.

Phoebe esperou perto da janela, impaciente pelo primeiro vislumbre do visitante.

— E dinheiro?

— No bolso.

Phoebe deu um tapinha na calça jeans, onde estavam dobradas notas de menor valor (para táxis) e de maior valor (para propina).

— E nada de documento? — perguntou Miriam.

A necessidade de sair para caçar sem identificação, para o caso de acontecer o inimaginável e alguém morrer, fora repetida insistentemente para Phoebe.

— Nada.

Phoebe tirara até mesmo a chave de diamantes que os pais lhe tinham dado de aniversário, para o caso de a joia estar registrada e de algum modo ser identificada com seu nome. Porém, o anel de esmeralda que Marcus lhe dera como aliança de noivado não saíra de seu dedo.

— Pare de encarar a janela — disse Miriam, soando irritada.

Phoebe se afastou da vista da rua. Ela logo estaria lá fora.

Ela ia caminhar.

Em Paris.

À noite.

Com Jason.

Ele era parente de Miriam — bom, já era parente de Phoebe —, um homem vampiro, filho do antigo parceiro de Miriam.

Aquela noite marcava o próximo passo de Phoebe como vampira independente. A importância daquele rito de passagem lhe foi descrita por todos os membros da casa, até mesmo o motorista de Freyja, que levara Phoebe de carro pelas ruas que ela percorreria a pé. Miriam dissera que, se tudo corresse como planejado, Phoebe poderia receber permissão para caçar com Jason, mas não para se alimentar. Ela ainda não tinha maturidade para isso.

Com tal incentivo, Phoebe estava determinada a ter sucesso. Ela revisara os detalhes, ensaiara todos os momentos da saída na privacidade do quarto e se sentia pronta para qualquer eventualidade.

Soou uma batida na porta.

Phoebe praticamente pulou de animação. Ela ia conhecer um membro da nova família. Françoise lhe lançou um olhar severo quando pareceu que a recém-renascida poderia correr até a porta e escancará-la. Phoebe parou, cruzou as mãos e esperou no salão de Freyja.

O autocontrole fez ela merecer um olhar de leve aprovação de Miriam e um pequeno sorriso de Françoise, que foi receber a visita.

— Milorde Jason — disse Françoise, e uma onda de aromas desconhecidos inundou Phoebe: abeto e o perfume forte de amoras. — *Serena* Miriam está no salão.

— Obrigado, Françoise.

A voz de Jason era grave e agradável, com um sotaque que Phoebe — por mais viajada que fosse — nunca tinha ouvido.

Quando Jason entrou na sala, ele focou os olhos cor de mel em Miriam. Ignorou Phoebe completamente, passando por ela sem nem olhar. Tinha quase a mesma altura de Marcus — talvez fosse uns dois centímetros mais baixo — e o mesmo tipo de silhueta compacta e musculosa.

— Miriam.

Jason deu dois beijos nas bochechas da criadora de Phoebe. Era um cumprimento respeitoso e afetuoso, mas nada caloroso.

— Jason — cumprimentou Miriam, fitando o filho do parceiro. — Você está com uma cara boa.

— Você também. A maternidade lhe caiu bem — respondeu Jason, seco.

— Esqueci como é difícil criar um vampiro — contou Miriam, com um suspiro. — Phoebe, este é Jason, filho de Bertrand.

Jason se virou para Phoebe, como se notasse sua presença pela primeira vez. Phoebe o encarava com curiosidade evidente, mesmo sabendo ser o auge da grosseria. Admirou sua expressão aberta e honesta, o leve calombo no nariz, as mechas douradas no cabelo castanho.

— Perdoe ela. Ainda é uma criança — disse Miriam, decepcionada.

Phoebe lembrou que deveria se comportar e engoliu uma resposta defensiva. Em vez disso, estendeu a mão. Fazia dias que Phoebe imaginava aquele momento. Sabia que seria impossível andar até ele — ela o atropelaria de tanta animação.

Ainda assim, como poderia se comportar como humana e simplesmente apertar a mão de Jason sem esmagar seus dedos?

Jason parou diante dela, estreitando um pouco os olhos para avaliá-la. Finalmente, assobiou.

— Pela primeira vez na vida, Marcus não exagerou — disse ele, suave. — Você é linda como ele descreveu.

Phoebe sorriu. Ainda estava de mão estendida, e a ergueu um pouco.

— É um prazer conhecê-lo.

Jason pegou a mão dela, a levou à boca e beijou seus dedos.

Phoebe puxou a mão de volta como se tivesse levado um tapa.

— É para apertar, não beijar.

A voz de Phoebe tremia de fúria, apesar de ela não saber por que o gesto inocente lhe despertara tanta raiva. Jason recuou, sorrindo e levantando as mãos em sinal de rendição.

— Bem, Miriam, ela não aceitou minha aproximação, nem me bateu, mordeu ou fugiu porta afora. Você se saiu bem — comentou Jason, com um aceno de aprovação, depois que a tensão se dissipou.

— *Phoebe* se saiu bem — corrigiu Miriam, com a voz carregando algo que Phoebe nunca ouvira antes: *orgulho*. — Eu apenas forneci o sangue. Freyja e Françoise fizeram o resto. E a própria Phoebe, é claro.

— Não é verdade — retrucou Phoebe, espantada por se ouvir contradizendo Miriam. — Não foi apenas sangue, mas história. Linhagem. A compreensão de meu dever como vampira.

— Parabéns mesmo, Miriam — disse Jason, em voz baixa. — Tem certeza que ela tem apenas trinta e um dias?

— Talvez as ideias de maternidade moderna de Freyja não sejam tão ridículas assim — refletiu Miriam, e fez sinal para expulsar Phoebe e Jason. — Vão. Saiam da minha frente. Voltem daqui a uma hora. Duas, no máximo.

— Obrigada, Miriam — disse Phoebe, já saindo da sala.

— E, pelo amor de Deus, não se metam em confusão — acrescentou Miriam.

As ruas do oitavo *arrondissement* não estavam nada vazias naquela hora da noite. Casais voltavam de jantares em seus restaurantes preferidos. Apaixonados caminhavam de braços dados nos bulevares largos. Pelas janelas iluminadas, Phoebe via as pessoas mais noturnas assistindo à televisão, e a gargalhada da claque e a voz dos âncoras pessimistas formavam um coro estranho. Pedaços de conversa escapavam pelas janelas abertas dos quartos, os sangue-quentes aproveitando o ar de junho.

E, por todo lado, ela ouvia um ritmo baixo e constante.

Corações.

O som era tão hipnotizante que Phoebe quase não percebeu quando Jason parou, com as mãos nos bolsos. Ele estava falando com ela.

— Perdão? — perguntou Phoebe, voltando a atenção ao irmão postiço.

— Está tudo bem?

Os olhos de Jason eram mais verdes do que castanhos, Phoebe reparou ao inspecionar melhor. Ele tinha leves rugas no canto dos olhos, apesar de não parecer mais velho do que ela. Phoebe já vira aquele tipo de ruga em amigos que velejavam e passavam muito tempo na água.

— De onde você é? — perguntou Phoebe.

— Você não deveria perguntar — disse Jason, voltando a andar. — Nunca pergunte a um vampiro sua origem, sua idade nem seu nome verdadeiro.

— Mas você não é um vampiro qualquer. É parte da minha família.

Phoebe o alcançou com facilidade.

— Sou mesmo. — Jason riu. — Mas você precisa tomar cuidado. A última criatura que perguntou a idade de Miriam está enterrada no fundo do Bósforo. Sua criadora é feroz. Não a contrarie.

Phoebe já tinha feito aquilo. Na sala de jantar de Freyja.

— Opa. Seu coração acelerou — observou Jason. — O que você fez?

— Eu a desafiei.

— Acabou querendo nunca nem ter nascido? — perguntou Jason, com expressão de pena.

— Miriam não mencionou mais nada desde então — disse Phoebe, e mordeu o lábio. — Será que ela me perdoou?

— De jeito nenhum — respondeu Jason, sorrindo. — Miriam tem memória de elefante. Não se preocupe. Ela vai fazer você se redimir. Um dia.

— É esse meu medo.

— Miriam vai esperar você abaixar a guarda. Não vai ser agradável. Mas pelo menos vai acabar. — Jason se virou para ela. — Se há algo que todos sabem de Miriam é que ela não guarda rancor. Diferentemente do pai de Marcus.

— Ainda não entendo Matthew — confessou Phoebe. — Ysabeau, Baldwin, Freyja... até Verin... me sinto conectada a todos, mas não a Matthew.

— Duvido que Matthew entenda a si mesmo — disse Jason, em voz baixa.

Phoebe refletia sobre aquela informação quando viraram na avenida George V, chegando à margem do Sena. O Palais Bourbon, do outro lado do rio, estava bem iluminado, assim como as pontes que atravessavam a água. Do outro lado da ponte Alexandre III, a Rose de Paris brilhava em azul e branco.

Phoebe andou na direção das luzes coloridas, hipnotizada.

— Espere, Phoebe. — Jason segurou o cotovelo dela, uma âncora que a prendia.

Phoebe tentou se desvencilhar, fascinada pela ideia de existir tanta luz. Jason apertou mais forte, fazendo uma pressão dolorida com os dedos.

— Está muito rápida, Phoebe. Tem gente olhando.

Isso fez ela parar. Phoebe arfou.

— Minha mãe dizia isso — comentou Phoebe, o passado e o presente em colisão. — Quando íamos ao balé. Ou ao teatro. Ou ao parque. *Tem gente olhando.*

Jason disse algo, a voz soando distante e abafada pelo ritmo ruidoso dos corações, inconsequente diante das cores brilhantes que os cercavam. Ele virou Phoebe. Ela rosnou, as luzes e cores se misturando em um turbilhão atordoante.

— Você está sensível à luz — disse Jason, cujos olhos eram cata-ventos de verde e dourado, e soltou um palavrão.

Os joelhos de Phoebe cederam, e ela caiu na calçada.

— Exagerou no champanhe, querida? — perguntou uma mulher, rindo.

Branca. De meia-idade. Norte-americana, pelo sotaque. Turista.

Phoebe atacou.

A turista arregalou os olhos, apavorada de repente, e gritou.

Pedestres — os casais apaixonados, aparentemente perdidos em adoração mútua — pararam e se viraram.

— *Qu'est-ce que c'est?*

Uma policial, inteiramente uniformizada de azul-marinho e branco, patrulhava sozinha. Ela firmou os pés separados e levou as mãos ao cinto que continha as armas e os apetrechos de comunicação.

A pergunta chegou tarde demais. Phoebe já estava agarrada ao pescoço da turista, segurando o suéter fino da mulher com as mãos.

Uma lanterna brilhou bem nos olhos de Phoebe. Ela se encolheu e soltou a mulher assustada.

— Está tudo bem, madame? — perguntou a policial à turista.

— Sim. Acho que sim — respondeu ela, com a voz trêmula.

— Isso é um absurdo. Estávamos a caminho do hotel quando aquela mulher nos atacou — disse o companheiro da turista. Depois do perigo passar, ele era puro blefe e arrogância.

Uma onda de desprezo inundou Phoebe. *Sangue-quentes patéticos.*

— Ela está drogada — sugeriu a mulher. — Ou bêbada.

— As duas coisas, provavelmente — completou o outro, com um ar cruel.

— Querem registrar um boletim de ocorrência? — perguntou a policial.

Fez-se um longo intervalo enquanto os turistas consideravam a ideia de lidar com a inconveniência de passar o resto da noite, e a maior parte do dia seguinte, preenchendo documentos e respondendo a perguntas de rotina.

— Ou podem deixar comigo — continuou a policial, abaixando a voz. — Vou garantir que ela não incomode mais ninguém. Dar tempo para ela ficar sóbria.

A lanterna não se movia mais nos olhos de Phoebe. Em vez disso, era um farol firme. A atenção de Phoebe se mantinha fixa nela, sem vagar.

— Prenda ela — recomendou o homem. — Uma noite na cadeia vai resolver.

— Deixe comigo, *monsieur* — respondeu a policial, rindo. — Aproveitem o resto da noite.

— Perdão — disse Jason para o casal, e entregou algo para o homem. — Pelo suéter.

— Melhor apertar mais a coleira da sua namorada — retrucou o homem, guardando o dinheiro. — Na minha opinião, é uma beleza pro humor delas.

Phoebe rosnou em resposta ao insulto, mas a luz a manteve parada. Se a lanterna não estivesse lá, Phoebe teria arrancado a língua do homem para ele nunca mais dizer algo tão ofensivo.

— Sou irmão dela — explicou Jason. — Ela veio visitar. De Londres.

— Vamos, Bill — disse a mulher, mudando o peso dos pés nas pedras. — A polícia vai resolver.

A policial só apagou a lanterna quando os passos e a conversa do casal se dissiparam no silêncio.

— Foi quase — disse Jason.

— Muito perigoso. E está muito cedo. Trinta não é idade para sair à noite — disse a policial.

— Freyja?

Phoebe pestanejou, e sua visão entrou em foco. Ali, diante dela, estava Freyja de Clermont, de jaqueta impermeável azul-marinho, calça tática enfiada em botas pretas e pesadas e quepe inclinado na cabeça. Seu cabelo estava preso em um rabo de cavalo apertado.

— Prometi a Marcus que cuidaria de você.

Freyja guardou a lanterna em um aro do cinto, ao lado de uma arma de aparência impressionante.

— Onde você arranjou essa fantasia? — perguntou Phoebe, intrigada pelas possibilidades de liberdade e aventura que aquilo sugeria.

— Ah, não é fantasia — disse Freyja. — É meu uniforme desde que começaram a permitir que mulheres servissem na polícia como assistentes, lá em 1904.

— Como você nunca disse... — começou Phoebe, mas se distraiu com a sirene barulhenta e as luzes vermelhas de uma ambulância.

— Eu não explico. Sou uma Clermont. Todo mundo em Paris que estiver em posição de me questionar sabe exatamente o que isso quer dizer — disse Freyja.

— Mas deveríamos ser um segredo. Não entendo.

Phoebe estava cansada e com fome, e seus olhos ardiam. Se não fosse vampira, juraria que estava com enxaqueca.

— Somos um segredo, querida Phoebe — respondeu Freyja, e pôs a mão no ombro dela. — É só um segredo compartilhado por muita gente. Venha. Vamos para casa. Já foi muita emoção por hoje.

De volta à casa de Freyja, Phoebe recebeu óculos escuros enormes da Chanel, um copo de sangue quente e um par de pantufas. Françoise a ajudou a se sentar diante da lareira, que, naquela noite de junho, estava apagada.

Miriam estava lendo e-mails. Ergueu o olhar do celular quando Phoebe entrou na sala com seus acompanhantes.

— E então? — perguntou Miriam, com um sorriso felino. — Como foi seu primeiro gostinho de independência?

24

A mão escondida

15 DE JUNHO

— Me lembre de nunca mais organizar uma festa de aniversário. Era fim de tarde e eu estava na cozinha, decantando uma garrafa de vinho tinto. A família estava no jardim — onde as mesas estavam postas e as velas, esperando para ser acesas —, todos sentados em cadeiras de madeira confortáveis ou recostados em espreguiçadeiras sob guarda-sóis coloridos. O cunhado de Matthew, Fernando Gonçalves, tinha se juntado a nós. Até o líder da família Clermont, Baldwin, irmão de Matthew, aparecera.

Fernando estava comigo na cozinha, ajudando Marthe a organizar as travessas de comida. Como de costume, ele estava descalço. A calça jeans e a camisa de gola aberta enfatizavam sua abordagem casual à maioria das coisas na vida, muito diferente da tendência de Baldwin, cuja única concessão a uma comemoração familiar fora tirar o paletó e afrouxar a gravata.

— Sua senhoria está pedindo mais vinho — disse Marcus, entrando na cozinha com um decanter vazio, os olhos azuis cintilando de irritação.

Normalmente, Marcus e Baldwin se davam bem, mas as notícias de Paris tinham azedado a relação. Vampiros podiam até ser imunes a todas as doenças humanas, mas pareciam sofrer de outras condições, como ira do sangue, *ennui* e queimadura de luz.

— Estou resolvendo — falei, me debatendo com a rolha da garrafa.

— Dê aqui. Deixe que eu faço — disse Marcus, estendendo a mão.

— Como vai Jack? — perguntei, virando um pote de tomatinhos amarelos na travessa de *crudités*.

Agatha tinha projetado aquela travessa, que era digna de um casamento no Ritz, adornada com repolho, couve e folhas de amoreira, que serviam de fundo colorido para cenoura, tomates amarelos, tiras de pimentão, rosetas de rabanete e pepinos em palitos. Uma raiz de aipo no meio da travessa, com caules de folhas, lembrava uma árvore.

— Ele está grudado em Matthew.

Com um gesto habilidoso, Marcus tirou a rolha da garrafa.

— E Rebecca? — perguntou Fernando, o olhar astuto contradizendo o tom casual.

— No colo de Baldwin, contente — disse Marcus, meneando a cabeça, impressionado. — Ele mima ela.

— E Apolo continua na estufa?

Eu queria dar a notícia do familiar de Philip para Baldwin do meu próprio modo, em um momento de minha escolha.

— Por enquanto — disse Marcus, decantando o vinho. — Eu serviria um pouco de sangue, Marthe. De veado ou de humano, se tiver... por via das dúvidas.

Com aquela declaração alegre, Marcus voltou ao jardim. Marthe pegou a travessa de verduras e foi atrás. Eu suspirei.

— Talvez Matthew esteja certo. Talvez esses aniversários familiares sejam má ideia — falei.

— Via de regra, vampiros não comemoram aniversários — disse Fernando.

— Nem todo mundo na família é vampiro — retruquei, incapaz de conter a frustração. — Perdão, Fernando. As coisas têm sido excepcionalmente...

— Desafiadoras? — sugeriu Fernando, sorrindo. — E quando foram diferentes entre os Clermont?

Passamos pelos aperitivos e pelo papo-furado com nota dez. Foi quando nos sentamos para jantar que a costura da união começou a arrebentar. Quando o assunto chegou em Phoebe, a confusão começou.

— Trinta dias é cedo demais para ficar vagando por Paris à noite — disse Baldwin, desaprovando. — É claro que ela se meteu em encrenca. O relaxamento de Miriam não me surpreende, mas esperava mais de Freyja.

— Não diria que chegou a ser *encrenca* — disse Ysabeau, com o tom afiado como uma adaga.

— Os filhos de Miriam enfrentaram algumas situações terríveis no passado. Lembra a união de Layla, Ysabeau? Que escolha ruim — disse Baldwin. — E Miriam permitiu.

— Layla ignorou o conselho da mãe — observou Fernando. — Nem todos os filhos são covardes como você diante dos criadores, Baldwin.

— E você não sabe de tudo só porque é um velho gagá — retrucou Jack, mexendo na haste da taça que ainda continha os resquícios de uma mistura forte de vinho tinto e sangue.

— O que você disse, menino? — perguntou Baldwin, semicerrando os olhos.

— Você me ouviu — murmurou Jack. — Tio.

A última palavra chegou tarde demais para valer como sinal de respeito.

— Tenho certeza de que Miriam considerou cautelosamente a noite de Phoebe e achou que seria melhor assim — falei, querendo colocar panos quentes.

Sarah, que estava sentada ao lado de Jack, pegou a mão dele. Baldwin reparou no gesto. Meu cunhado tinha dúvidas quanto a deixar Matthew estabelecer o próprio ramo reconhecido da família — um ramo que não apenas continha bruxas, como também vampiros com ira do sangue. Ele me fez prometer que eu faria tudo que pudesse para impedir que outras criaturas percebessem que os Clermont abrigavam parentes com tal doença. Eu jurei até que enfeitiçaria Jack, se necessário.

Jack se serviu de mais uma dose caprichada de sangue da jarra à sua frente. Como Matthew, ele sentia que ingerir sangue o ajudava a estabilizar o humor quando enfrentava os sintomas da doença.

— Você está pesando a mão no sangue hoje, Jack — comentou Baldwin, o que causou forte reação nos membros mais jovens da família.

Marcus se recostou na cadeira, revirando os olhos. Jack serviu tanto sangue na taça que a encheu até a borda e escorreu para fora. Philip sentiu o cheiro forte de sangue e esticou as mãos para Jack.

— Suco — disse Philip, flexionando os dedinhos. — Por favooor.

— Aqui. Coma um pouco disso.

Cortei rapidamente um pouco de bife quase cru em pedacinhos e servi no prato do meu filho, esperando distraí-lo.

— Quero suco — disse Philip, franzindo a testa, e empurrou a carne.

— Suquinho — disse Becca, sentada ao lado de Baldwin, balançando os pés.

Que ela soubesse, existiam dois elixires maravilhosos no mundo: suco (leite misturado com sangue) e suquinho (sangue misturado com água). Ela preferia a segunda opção.

— Não estão te alimentando bem, *coeur*? — Baldwin perguntou a Becca.

Becca fez cara feia para ele, como se a ideia de que existisse no mundo comida suficiente para satisfazer seu apetite fosse um ultraje.

Baldwin gargalhou. Era um som quente, rico e inteiramente desconhecido. Nos quase três anos desde que o conhecera, não ouvira ele rir nem um pouco, muito menos abertamente.

— Amanhã, capturo um pombo para você — prometeu à sobrinha. — Podemos dividir. Deixo até você brincar com ele primeiro. Que tal?

Matthew parecia um pouco assustado com a ideia de Baldwin e Becca caçarem juntos.

— Aqui, *coeur*. Beba isso — disse Baldwin, levando à boca de Becca sua taça de vinho com sangue.

— Tem vinho demais — protestei. — Não faz bem...

— Besteira — disse Baldwin, e bufou. — Eu cresci bebendo vinho no café, no almoço e no jantar. E isso antes de Philippe me transformar. Não vai fazer mal a ela.

— Baldwin — disse Matthew, sua voz cortando a tensão no ar. — Diana não quer que Rebecca beba.

Baldwin deu de ombros e abaixou a taça.

— Vou misturar leite com sangue para ela. Ela vai tomar antes de deitar — falei.

— Isso parece revoltante — disse Baldwin, estremecendo.

— Pelo amor de Deus, deixe para lá — retrucou Marcus, levantando as mãos. — Você vive se intrometendo. Parece o Philippe.

— Já basta — declarou Ysabeau.

Ela estava na posição nada invejável do assento entre os dois vampiros. Eu a avisei antes que ela dera o azar de ser posicionada entre Marcus e Baldwin, mas nem o protocolo, nem a prudência permitiriam outro arranjo.

— Tio! — gritou Philip, com toda a potência da voz, sentindo-se abandonado.

— Não precisa gritar para chamar minha atenção, Philip — disse Baldwin, franzindo a testa. Ele claramente via o sobrinho de modo diferente da sobrinha, que passara a tarde toda fazendo barulho. — Amanhã, você também vai comer pombo. Ou caçar é proibido, que nem o vinho, irmã?

Todos prenderam a respiração ao ouvir o desafio de Baldwin para mim. Jack se remexeu na cadeira, sem suportar o peso da tensão. Seus olhos estavam enormes, pretos como tinta.

— Agatha. Conte dos seus planos na Provence — sugeriu Sarah, ainda de mãos dadas com Jack.

Ela me olhou do outro lado da mesa, como se dissesse: *Estou fazendo o possível para salvar esta festa, mas não garanto nada.*

— Jack! — Philip tentava chamar a atenção, repetindo o nome como uma buzina.

— Estou bem, morceguinho — disse Jack, tentando acalmar Philip com seu apelido. — Me dá licença, mãe?

— Claro, Jack. — Eu queria que ele se afastasse ao máximo daquela tempestade.

— Você precisa regular ele melhor, Matthew — opinou Baldwin, olhando de forma crítica para Jack, que estava se levantando.

— Nenhum neto meu vai perder as garras — sibilou Ysabeau.

Por um momento, pensei que ela poderia esganar Baldwin — o que não era má ideia.

— Sede — disse Philip, a voz aguda, estridente, e muito, muito alta. — Socorro!

— Pelo amor de Deus, alguém dê algo pra ele! — rosnou Jack. — Não suporto ouvir ele implorar por comida.

Marcus não era o único enfrentando o passado. A memória de Jack, de quando passara fome nas ruas de Londres, voltou com os gritos de Philip.

— Calma, Jack — disse Matthew, pegando o colarinho de Jack em um piscar de olhos.

Porém, Jack também não era a única criatura angustiada pelo pedido de socorro de Philip. Um animal fulvo pulou na nossa direção, carregando a esquadria da janela da estufa ao redor do pescoço, como se fosse um colar.

— Ah, não — disse Agatha, puxando a manga de Sarah. — Olha.

Apolo sentiu a tensão que cercava seu pequeno protegido. Ele berrou antes de se jogar em Philip para protegê-lo do mal.

Sarah jogou um punhado de sementes no ar, que choveram no grifo e o fizeram parar de repente. Em seguida, tirou do pescoço uma corrente comprida na qual estava pendurada uma pedra dourada, quase da cor das plumas e da pelagem de Apolo.

Apolo sacudiu a cabeça, confuso, sentindo o cheiro de cominho no ar. Sarah pendurou a corrente no pescoço dele. A pedra encostou no peito do grifo, e ele se acalmou imediatamente.

— Âmbar — explicou Sarah. — Supostamente serve para domar tigres. E sementes de cominho impedem minhas galinhas de fugirem. Achei que valeria tentar... Já que a água da paz mancharia a mesa.

— Boa ideia, Sarah — falei, impressionada por sua criatividade.

Baldwin, por outro lado, não se impressionou.

— Quando meu sobrinho adquiriu um grifo? — perguntou Baldwin.

— Apolo surgiu quando *meu filho* pronunciou seu primeiro feitiço — respondeu Matthew, enfatizando sua maior relevância na vida de Philip.

— Então ele puxou à mãe — suspirou Baldwin. — Eu esperava que ele fosse mais vampiro do que bruxa, como Rebecca. Ainda podemos esperar que o tempo o mude.

Becca, que sabia identificar uma boa oportunidade para aprontar, aproveitou a distração dos adultos e tentou pegar a taça de sangue de Baldwin.

— Não — disse Baldwin, afastando a taça dela.

Becca fez biquinho, com a boca tremendo. Lágrimas, entretanto, não iriam dissuadir o tio.

— Eu disse não, e é não — disse Baldwin, balançando o dedo. — Se ainda estiver com fome, pode reclamar com sua mãe.

Mesmo nas melhores horas — e aquela definitivamente não era uma —, Becca não tinha interesse em tarefas complicadas envolvendo responsabilidade e culpa. Na opinião dela, Baldwin tinha traído sua confiança, e merecia ser castigado.

Becca estreitou os olhos.

— Rebecca — adverti, esperando um escândalo.

Em vez disso, Becca pulou e enfiou os dentes afiados no dedo de Baldwin.

No dedo do tio. Do homem que era o líder daquele clã vampírico. Da criatura que esperava sua obediência e seu respeito absolutos.

Baldwin encarou a sobrinha, estupefato. Ela respondeu com um rosnado.

— Ainda lamenta que Philip puxe o lado da mãe? — perguntou Sarah a Baldwin, doce.

— Becca não fez de propósito — assegurei a Baldwin.

— Ah, sem dúvida fez — murmurou Ysabeau, soando impressionada e um pouco invejosa.

Tínhamos nos retirado para a sala de estar. As crianças estavam dormindo, os dois exaustos da emoção do dia e da quantidade de lágrimas derramadas após o comportamento de Rebecca. Os adultos estavam bebendo o que fosse necessário para acalmar os nervos: sangue, vinho, uísque ou café.

— Aqui — disse Sarah, acabando de colocar um band-aid de super-herói na ferida já sarada de Baldwin. — Sei que não precisa, mas vai ajudar Becca a conectar ações e consequências quando ver seu dedo enfaixado.

— Era isso que eu temia quando vocês dois anunciaram seu desejo de se tornar independentes, Matthew — disse Baldwin. — Graças a Deus, fui a primeira criatura que Rebecca mordeu.

Desviei o olhar. E, no mesmo instante, Baldwin soube.

— Não fui o primeiro — disse Baldwin, e olhou para Matthew. — Os exames que pedi indicaram ira do sangue?

— Exames?

Encarei meu marido. Ele certamente não teria examinado o sangue das crianças em busca de anomalias genéticas — muito menos sem falar comigo.

— Não obedeço às ordens de ninguém quando se trata de meus filhos — respondeu Matthew, frio e impassível. — Eles são jovens demais para serem cutucados, investigados e rotulados.

— Precisamos saber se ela herdou a doença de sua mãe, Matthew, como você — respondeu Baldwin. — Se for o caso, as consequências podem ser fatais. Enquanto isso, quero mantê-la distante de Jack, para o caso dos sintomas dele piorarem a situação dela.

Olhei de relance para Ysabeau, que parecia perigosamente calma, e para Jack, que parecia devastado.

— É culpa minha ela se comportar mal? — perguntou Jack.

— Não estou falando com você, Jack — disse Baldwin, e se virou para mim. — Preciso lembrá-la de sua promessa, irmã?

— Não. *Irmão*.

Eu estava presa em uma teia que eu mesma tinha criado. Prometi a ele que enfeitiçaria qualquer membro da família cuja ira do sangue ameaçasse o bem-estar e a reputação do clã Clermont. Nunca me ocorreu que poderia ser forçada a fazê-lo com minha própria filha.

— Quero que enfeitice Jack e Rebecca — anunciou Baldwin — até o comportamento deles se estabilizar.

— Ela é só uma bebê — falei, atordoada pela implicação daquilo na vida dela. — E Jack...

— Eu proíbo — declarou Matthew, em voz baixa, mas com um alerta inconfundível.

— Na minha frente, não, Baldwin — disse Marcus, cruzando os braços. — Os Cavaleiros de Lázaro não permitirão.

— Lá vamos nós — disse Baldwin, se levantando em um salto. — Os Cavaleiros de Lázaro não são nada, *nada*, sem o apoio da família Clermont.

— Quer testar essa teoria? — perguntou Marcus, em discreto desafio.

Um lampejo de dúvida piscou nos olhos de Baldwin.

— É claro que pode-se dizer o mesmo dos Clermont: eles não seriam nada sem a irmandade — continuou Marcus.

— Não se pode criar um vampiro sem disciplina e estrutura — retrucou Baldwin.

— O modo como fomos criados não funcionará com Rebecca e Philip — argumentou Matthew, que, no inusitado papel de conciliador, se postava entre o irmão e o filho. — Hoje o mundo é diferente.

— Já esqueceu como os métodos modernos de criação fracassaram com Marcus? — lembrou Baldwin, retaliando. — Não acredito que você gostaria que eles sofressem como Marcus sofreu em Nova Orleans. Quando jovens vampiros determinam o percurso da própria vida, deixam para trás morte e destruição.

— Eu estava mesmo me perguntando quando você falaria de Nova Orleans — disse Marcus.

— Philippe não permitiria que você comprometesse o futuro de Rebecca, e eu também não permitirei — continuou Baldwin, com a atenção concentrada em Matthew.

— Você não é Philippe, Baldwin — disse Marcus, em voz baixa. — Nem de longe.

Todas as criaturas da sala prenderam a respiração. A única reação de Baldwin foi torcer a boca em um sorriso que prometia retribuição. O filho de Philippe não sobrevivera ao exército romano, às Cruzadas, a duas guerras mundiais e aos altos e baixos de Wall Street agindo com pressa quando se tratava de vingança.

— Vou voltar a Berlim. Você tem duas semanas para fazer os exames, Matthew. Se não, vou cobrar a promessa de Diana — avisou Baldwin. — Dê um jeito na sua família, ou eu darei.

— Por que raios Philippe escolheu ele como filho? — perguntou Sarah, depois de Baldwin ir embora.

— Nunca entendi o que ele viu em Baldwin — admitiu Ysabeau.

Marthe sorriu para ela, compreensiva.

— O que vai fazer, Matthew? — perguntou Fernando, em voz baixa.

Tabitha estava sentada no colo dele, ronronando que nem um motor enquanto ele fazia carinho nas orelhas dela.

— Não sei — disse Matthew. — Queria que Philippe estivesse aqui. Ele saberia lidar com Baldwin... e com Rebecca.

— Ah, puta que pariu! — exclamou Marcus. — Quando é que essa família vai parar de falar de Philippe como se ele fosse o pai perfeito?

Sarah se espantou. Eu também me surpreendi com aquele furor. Era difícil pensar em Philippe como qualquer coisa além de um herói.

— Marcus. — Matthew olhou para o filho em advertência e desviou o olhar para Ysabeau. Marcus, porém, não se calaria.

— Se Philippe estivesse aqui, já teria determinado todo o futuro de Becca, e que se danassem os seus desejos, os de Diana, ou até os da própria neta — disse Marcus. — Ele faria o mesmo com Phoebe, interferindo em todas as decisões que tomamos e coordenando todos os aspectos da vida dela.

Philippe se materializou no canto, em contornos difusos. Era suficientemente substancial, porém, para que eu conseguisse enxergar a expressão de orgulho em seu rosto e o respeito que tinha pelo neto.

Ele sempre foi inequivocamente honesto, disse Philippe, com um gesto de aprovação para Marcus.

— Philippe era um intrometido abelhudo que tentava controlar tudo e todos — continuou Marcus, a raiva tomando conta da voz. — A mão oculta. Não é assim que Rousseau chamava? Nossa, como o vovô amava *Emílio*. Se deixasse, ele passava o dia citando trechos.

— Seu avô era igual com as noções de Musônio Rufo a respeito de criar filhos virtuosos — comentou Fernando, tomando um gole de vinho. — Era só mencionar o nome do sujeito que Hugh gemia e ia embora.

— Ao me tornar vampiro, eu achei que ia trocar uma vida de impotência por uma vida de liberdade — continuou Marcus. — Mas me enganei. Eu simplesmente troquei um patriarca por outro.

25

Depender

JANEIRO DE 1782

— Espadas em punho! — declarou o mestre Arrigo, se afastando de Marcus e Fanny. — *En garde!*

Fanny girou o florete, cortando tão perfeitamente o ar que a lâmina cantou. Marcus tentou imitá-la, mas só conseguiu quase empalar o espadachim italiano e cortar a própria manga, do cotovelo até o punho.

Era uma tarde atipicamente quente de janeiro na rua Saint-Antoine. Fanny mudara a aula de esgrima de Marcus do salão de baile da casa, que tinha piso de madeira escorregadio, para o pátio de paralelepípedos irregulares. Madame de Genlis estava sentada em um lugar seguro, em uma cadeira acolchoada que havia trazido da sala de jantar, aproveitando o sol aguado de inverno.

— *Pret!* — disse o mestre Arrigo.

Marcus apertou o florete e o posicionou.

— Não, não, não — corrigiu o mestre Arrigo, interrompendo o procedimento com um aceno frenético. — Lembre-se, *monsieur* Marcus. Não agarre o punho como um bastão. É preciso segurá-lo com leveza e firmeza... como se fosse seu pau. Mostre quem o domina, mas não o esgane.

Marcus olhou para madame de Genlis, horrorizado. Ela assentia entusiasmadamente, concordando com a analogia vívida.

— *Exactement* — concordou madame de Genlis, erguendo-se da cadeira. — Quer que eu demonstre, *maître*?

— Pelo amor de Deus, madame — protestou Marcus, sacudindo o florete, fazendo a ponta tremer e balançar, na tentativa de persuadi-la a não se aproximar. — Fique onde está. Eu imploro.

— Stéphanie não se incomoda com sua moral puritana, Marcus — retrucou Fanny. — Diferentemente de você e de Matthew, ela não teme a carne.

Marcus respirou fundo e se preparou outra vez para atacar a tia com uma lâmina letal.

— *Pret!* — exclamou o mestre Arrigo, que depois se virou para Marcus e acrescentou: — Com cuidado, *monsieur*, com cuidado.

Marcus tentou com todas as forças imaginar a espada como o próprio pau e tratá-la com a combinação correta de disciplina e leveza.

Uma pontada percorreu sua coluna, distraindo-o da lição. Alguém o observava. Ele olhou para as janelas com vista do pátio. Uma sombra passou na frente do vidro de um quarto do segundo andar.

— *Allez!* — exclamou o mestre Arrigo.

Alguém mexeu nas cortinas. Marcus forçou a vista para identificar quem era. Sentiu uma leve ardência no ombro, irritante como uma picada de abelha, e abanou a mão.

— *Touché, mademoiselle* Fanny! — comemorou Arrigo St. Angelo, aplaudindo.

— *Zut.* Ele mal notou — disse Fanny, puxando a ponta do florete do ombro de Marcus, enojada. — De que adianta lutar com espadas se você nem se encolher quando eu perfurar sua pele, Marcus? Está tirando toda a graça do combate.

— Tentemos outra vez — disse o mestre Arrigo, recompondo a paciência. — *En garde!*

Marcus, porém, já tinha atravessado o pátio para subir a escada em busca de sua presa. Quando chegou ao andar superior, sentiu um leve cheiro de pimenta e cera, e nada mais que indicasse a presença de outra pessoa. Será que estava vendo coisas?

Entretanto, a sensação estranha que Marcus teve no pátio não se aliviou nos dias seguintes. A impressão o acompanhou à ópera quando foi com madame Genlis a uma apresentação de *Colinette à la cour*. Ele pegou os binóculos emprestados e espreitou os membros da plateia, todos igualmente mais interessados nos outros espectadores do que na última obra-prima do *monsieur* Grétry.

— É claro que você está sendo examinado! — retrucou madame de Genlis, quando, durante um aplauso, Marcus reclamou de se sentir observado. — Você é um Clermont. Além do mais, por que alguém iria à ópera, se não para ver e ser visto?

O instinto de sobrevivência de Marcus, afiado durante os anos sob o jugo tirânico de Obadiah, tinha se tornado ainda mais aguçado depois de sua transformação em vampiro. Ele gostaria de perguntar à avó sobre a sensação incômoda que o atingia no mercado, quando avaliava os tipos de aves que poderiam abrir seu apetite com Charles. Ou diante do Hôtel-Dieu, no qual não ousava mais entrar por medo de enlouquecer com o cheiro de sangue. Ou nas livrarias, onde lia trechos do jornal enquanto esperava Fanny fazer compras, levando o mais novo romance e exemplares importados do *Transactions*, da Sociedade Real de Londres.

— Talvez música seja paixão demais para um vampiro tão jovem — comentou madame de Genlis na manhã após a segunda ida desastrosa à ópera, de pés cruzados em um escabelo baixo e estofado, com uma xícara de chocolate quente na mão.

Marcus tinha ficado tão desconfortável, tão convencido de que alguém os espionava, que partiram depois do primeiro ato.

— Besteira — protestou Fanny. — Eu estava na batalha, de machado em mão, sete horas depois de ser transformada. Foi um batismo de sangue e fogo, digo logo.

Marcus se esticou para a frente, mais ávido para ouvir a história de Fanny do que para voltar à biblioteca e conjugar mais verbos em latim, sua tarefa para aquele dia.

Porém, antes que Fanny pudesse começar o relato, chegou Ulf, pálido e trazendo uma bandeja de prata. Nela, havia uma carta. Ulf a tinha posicionado com o selo de cera para cima: um turbilhão distinto de vermelho e preto. Aninhada na poça de cor estava uma moeda de prata pequena e gasta.

— *Merde* — disse Fanny, pegando a carta.

— Não é para a senhorita, *mademoiselle* Fanny — disse Ulf em um sussurro sepulcral, com o rosto longo e soturno. — É para Le Bébé.

— Ah — disse Fanny, e fez sinal para Ulf se aproximar de Marcus. — Guarde no bolso.

— Mas eu nem sei o que diz — respondeu Marcus, estudando o endereço no envelope, escrito em traços escuros e marcantes. — "Para *monsieur* Marcus *L'Américain*, do Hôtel-Dieu e da loja do *monsieur* Neveu, que agora reside na casa da *mademoiselle* de Clermont, leitor de jornais e estudante do *signore* Arrigo."

A pessoa que escrevera a carta parecia saber muito da vida e da rotina de Marcus.

— Mas eu sei — suspirou Fanny. — Diz "Venha ver-me imediatamente".

— Era só questão de tempo, *ma chérie* — disse madame de Genlis, tentando reconfortar a amiga.

Marcus rompeu o selo e soltou a moeda, que caiu. Fanny a pegou antes de atingir o chão e a largou na mesa ao lado dele.

— Não perca. Ele vai querer de volta — advertiu.

— Quem?

Marcus desdobrou a carta. Como Fanny tinha adivinhado, a carta continha uma única frase breve — exatamente a que ela previra.

— Meu pai — disse Fanny, levantando-se. — Venha, Marcus. Vamos a Auteuil. É hora de conhecer seu *farfar*.

Fanny e madame de Genlis meteram Marcus, que protestava sem parar, em uma carruagem. Aquela era equipada com molas melhores do que a que o levara de

Bordeaux a Paris, mas as ruas irregulares da cidade não permitiam uma viagem calma. Quando chegaram à estrada de terra esburacada que se estendia pelo campo a oeste de Paris, Marcus soube que vomitaria se não parasse de quicar e sacolejar. Ele atravessara o Atlântico sem sentir nada além de uma leve náusea, mas parecia que as carruagens o derrotavam completamente.

— Por favor, me deixem ir andando — suplicou Marcus.

Ele estava tão verde de enjoo quanto a lã da jaqueta que tinham encontrado em um armário do segundo andar, descartada por um amante de Fanny que fugira da casa de madrugada ao descobrir que ela era vampira. Quase cabia nele, apesar de apertar o ombro e sobrar nos braços, o que fazia com que se sentisse ao mesmo tempo sufocado e solto. Ele tinha estragado o único casaco que cabia nele no hospital e fora forçado a se virar com roupa de segunda mão.

— Você é muito jovem, e estamos em plena luz do dia — disse Fanny, brusca, as plumas no cabelo balançando de um lado para o outro no movimento da carruagem. — Vai levar tempo demais para chegar em velocidade humana, e *Far* não gosta de esperar.

— Ademais — acrescentou madame de Genlis —, imagine se encontrar uma donzela, ou uma vaca, e for tomado por uma pontada de fome?

O estômago de Marcus se revirou que nem um peixe.

— *Non* — continuou madame de Genlis, abanando a cabeça, decidida. — Você deve redirecionar os pensamentos do desconforto, ser superior a eles. Talvez possa escrever seus comentários para o *comte* Philippe?

— Ai, meu Deus.

Marcus cobriu a boca com a mão. Esperavam que ele se apresentasse para o avô, que nem o mico treinado na frente da Opéra, que dançava e dava cambalhotas por dinheiro. Ele se lembrava de ser arrastado à casa da sra. Porter quando era criança.

— Acho que deve começar com alguns versos — aconselhou madame de Genlis. — O *comte* Philippe é grande admirador de poesia, e tem uma ótima memória para tal!

Marcus, porém, que fora criado nos campos e florestas do oeste de Massachusetts, onde desconfiavam de versos que não viessem da Bíblia, não conhecia poema algum. Madame de Genlis fez o possível para ensinar a ele alguns versos de um poema chamado "Le mondain", mas as palavras francesas se recusavam a se fixar na memória de Marcus, e a náusea constante não parava de interromper a lição.

— Repita o que eu disser — instruiu madame de Genlis. — "*Regrettera qui veut le bon vieux temps, / Et l'âge d'or, et le règne d'Astrée, / Et les beaux jours de Saturne et de Rhée, / Et le jardin de nos premiers parents.*"

Marcus repetiu, obediente, até madame de Genlis ficar satisfeita com a pronúncia.

— E depois? — perguntou sua professora autoritária.

— "*Moi, je rends grâce à la nature sage*" — Marcus conseguiu dizer entre arrotos. Sua noção do sentido do poema era no máximo nebulosa, mas Fanny garantia que era adequada para a ocasião. Ulf, que os acompanhava a Auteuil, não parecia convencido. — "*Qui, pour mon bien, m'a fait naître en cet âge / Tant décrié par nos tristes frondeurs*" — concluiu.

— E não esqueça o final! Precisa declamar com vontade, Marcus, com convicção — disse Fanny. — "*Ce temps profane est tout fait pour mes moeurs.*" Ah, que saudade de nosso querido Voltaire. Lembra nossa última noite com ele, Stéphanie?

Finalmente, a carruagem desacelerou, passando pelo portão amplo de uma casa que se estendia no topo de uma colina. Era vasta e feita de pedra branca, ladeada por jardins mais impressionantes do que qualquer coisa que Marcus já tinha visto. Apesar de estarem praticamente vazios naquela época, ele imaginava como deviam ficar no verão. Olhou para Fanny, maravilhado.

— Eles pertencem a Marthe — contou Fanny. — Ela tem um carinho estranho pela jardinagem. Você vai conhecê-la.

Mas não era uma mulher quem os aguardava na base da escada larga do adro, e sim um vampiro de cabelo grisalho. Como o restante da casa, o adro era de escala grandiosa e estava limpíssimo. Havia um zumbido baixo de movimentação vindo da cozinha, além de aromas apetitosos. Lacaios tiravam das baias belos cavalos. Criados e comerciantes iam e vinham de uma vastidão de salas e quartos nos prédios de serviço, escondidos atrás de um muro de pedra.

— Milady Freyja — cumprimentou o homem, e fez uma reverência. — *Monsieur* Marcus.

— Alain.

Era a primeira vez que Marcus via Fanny parecer menos do que confiante.

— Pimenta — comentou Marcus, reconhecendo o cheiro do vampiro. — É você quem anda me observando.

— Sejam bem-vindos ao Hôtel de Clermont. *Sieur* Philippe os aguarda — disse Alain, abrindo espaço para que entrassem pela porta central em arco, a caminho do saguão.

Marcus passou pela porta e entrou em uma casa muito mais grandiosa do que aquela que ele prometera a si mesmo possuir um dia. O piso de mármore preto e branco do saguão era tão polido que refletia a luz, fazendo a entrada cintilar. Uma escadaria de pedra se curvava até um patamar amplo, de onde subia em espiral até outro andar, e depois mais outro. Uma floresta de pilares brancos acrescentava substância e estilo ao espaço arejado, criando um arco entre a porta de entrada e a porta do outro lado, que levava a uma varanda expandida, com vista para além do rio.

A impressão de estar sendo observado voltou a Marcus, mais forte do que antes. Louro, cera e uma fruta que Marcus não sabia nomear se misturaram ao aroma de pimenta de Alain, ao perfume almiscarado de madame de Genlis e ao toque adocicado de rosas que sempre cercava Fanny. Havia outras notas mais leves também. Lã. Pelo. E algo um pouco fermentado que Marcus detectara em alguns dos pacientes mais velhos do Hôtel-Dieu. Supunha que fosse o cheiro da pele idosa.

Ele fez um inventário cauteloso do que notava com o nariz, mas não parava de voltar ao louro e à cera. A pessoa que pertencia àqueles cheiros era o centro de gravidade daquela casa. E estava atrás de Marcus, onde ele era mais vulnerável.

Seu avô. O homem que Fanny chamava de *Far*; madame de Genlis, de *comte* Philippe; e Alain, de *sieur*. Marcus queria que Gallowglass — ou mesmo Hancock, cheio de desaprovação — estivesse ali para oferecer conselhos quanto ao que se esperava dele. Ele aprendera muito a respeito de lavar roupas, preparar remédios e tratar cavalos desde que tinha chegado à França, mas não fazia ideia de como cumprimentar adequadamente um vampiro, exceto pelo aperto de cotovelos que Gallowglass e Fanny usavam.

Portanto, Marcus se baseou em sua criação em Massachusetts. Primeiro, fez sua reverência mais polida. Depois de se transformar em vampiro, qualquer silhueta irregular ou linha infeliz havia sido suavizada em movimentos perfeitos e graciosos que dariam orgulho a sua mãe. Em seguida, reviroou as profundezas da consciência e buscou a honestidade que lhe fora ensinada do púlpito e da cartilha.

— Avô. O senhor deve me perdoar, pois não sei o que devo fazer.

Marcus se endireitou e esperou que alguém o resgatasse.

— O filho já ofusca o pai — veio a resposta.

A voz era veludo e pedra, controlada e límpida. Pertencia, Marcus supôs, a um homem que tinha feito música a vida inteira. O domínio que seu avô tinha do inglês era perfeito, mas era impossível identificar o sotaque que perpassava suas palavras.

— Não precisa se preocupar. Não há a menor agressividade nele, *Far*. — disse Fanny, aparecendo de uma das muitas portas do salão, acompanhada por madame de Genlis. Carregava duas pistolas, ambas apontadas e prontas para disparar em Marcus.

— Ele é pura curiosidade, *comte* Philippe — confirmou madame de Genlis, e sorriu para Marcus, em encorajamento. — Ele preparou um poema para o senhor.

Infelizmente, Marcus não se lembrava de uma única palavra de "Le mondain". Mais uma vez, ele recorreu às memórias de Hadley.

— "A coroa dos velhos são os filhos dos filhos; e a glória dos filhos são seus pais" — recitou Marcus, com toda a convicção que madame de Genlis podia desejar.

— Ah, muito bem — elogiou um homem, da escada, a voz rouca e nasalada com um leve silvo, que talvez fosse uma risada, no final. — Provérbios. Sempre adequado... especialmente quando o sentimento é sincero. Uma escolha muito sensata.

O homem que descia os degraus tinha a cabeça — careca — um pouco grande demais para o corpo e uma cintura que rivalizava com a do coronel Woodbridge. O cheiro doce se intensificou junto à ardência férrea da tinta preta. Ele espiou Marcus por cima dos óculos. Havia algo de familiar nele, apesar de Marcus ter certeza de que não se conheciam.

— E o que me diz, Marthe?

O avô estava próximo o bastante para ver que Marcus tremia, tomado por nervosismo. Marcus cerrou os punhos e respirou fundo.

Uma mulher idosa, pequena e enrugada, de olhos cintilantes e ar maternal, surgiu das sombras. Ali estava a mulher que, segundo Fanny, ele conheceria: Marthe.

— Madame — cumprimentou Marcus, com uma reverência. — Minha mãe teria invejado seus jardins. Mesmo no inverno, são impressionantes.

— Um homem de fé... e também de charme — disse o homem na escada, com mais uma risada arfada. — E parece que entende de jardins e *potagers*, além de medicina.

— O coração dele é sincero, mas há nele uma sombra — declarou Marthe, analisando Marcus de perto.

— Matthew não teria sido atraído por ele se não fosse o caso — observou o avô, cujo suspiro baixo flutuou ao redor de Marcus.

— Tenha misericórdia, meu caro *comte* — aconselhou o homem na escada. — O pobre coitado parece um peixe preso entre gatos. Tem certeza de que será devorado, mas não sabe qual de nós terá a honra de lamber seus ossos.

Mãos pesadas se apoiaram nos ombros de Marcus e o giraram. Philippe de Clermont era um homem gigante, tão musculoso quanto seu amigo idoso era macio e rechonchudo. Tinha cabelo louro-arruivado e grosso, e olhos fulvos que viam... tudo. Pelo menos era o que Marcus desconfiava.

— Eu sou Philippe, parceiro de sua avó — disse o avô, com a voz suave, e continuou após o intervalo de um batimento cardíaco humano. — É sinal de respeito, entre nosso povo, desviar o olhar do líder da família.

— O respeito deve ser merecido. Senhor.

Marcus continuou a olhar o avô. Encarar os olhos de um homem tão antigo e poderoso não era simples, mas Marcus se forçou a fazê-lo. Obadiah o ensinara a nunca desviar o olhar de alguém mais velho e forte do que ele.

— É mesmo — disse Philippe, e enrugou o canto dos olhos em sinal do que, em um ser inferior, poderia ser graça. — Quanto a essa escuridão que todos sentimos, você um dia me contará. Não tomarei o conhecimento de você.

Nunca ocorreu a Marcus que alguém além de Matthew pudesse aprender sobre seu passado pela narrativa do sangue. As palavras de Philippe, que pareciam carinhosas e paternas, causaram um calafrio em Marcus.

— Você se saiu bem com ele, filha. Estou satisfeito — comentou Philippe, se virando para Fanny. — Do que devemos chamá-lo?

— Ele se chama Marcus, apesar de tentar me convencer a chamá-lo de Galen, e Gallowglass o chamou de Doc — contou Fanny. — Ele dormiu por um momento no outro dia e gritou por notícias de Catherine Chauncey.

Então Fanny também o espionava. Marcus estreitou os olhos diante da traição.

— Marcus. Filho da guerra. E Galen... aquele que cura. Não consigo nem imaginar de onde vem o nome Chauncey, ou o que pode significar — disse Philippe —, mas deve ser precioso para ele.

— Chauncey é um nome de Boston — disse o homem de óculos, analisando Marcus com atenção. — Eu estava certo, *comte* Philippe. O homem não é da Filadélfia, e sim da Nova Inglaterra.

A menção à Filadélfia deu mais foco ao rosto do homem, e Marcus percebeu quem ele era.

— O senhor é o dr. Franklin.

Marcus olhou para o senhor idoso de ombros caídos e barriga protuberante com algo semelhante a reverência.

— E você é um ianque. Estou surpreso pelos Voluntários o terem aceito — disse Franklin, com um sorriso lento. — Eles são bem fechados, não costumam aceitar ninguém nascido ao norte da rua Market.

— Qual era o nome do seu pai, Marcus? — perguntou Philippe.

— Thomas — respondeu Marcus, pensando em Tom Buckland.

— Nunca minta para mim — disse o avô, com voz agradável, apesar do brilho em seus olhos alertar Marcus de que aquela falsidade, assim como um olhar de desafio, era coisa séria.

— O homem cujo sangue um dia carreguei nas veias se chamava Obadiah, Obadiah MacNeil. Mas não resta nada dele em mim — disse Marcus, erguendo o queixo. — Thomas Buckland me ensinou a ser médico. E homem. Ele é meu pai verdadeiro.

— Alguém anda lendo Rousseau — murmurou Franklin.

Philippe considerou Marcus por um momento. Por fim, assentiu.

— Muito bem, Marcus Raphael Galen Thomas Chauncey de Clermont — declarou o avô. — Eu o aceito na família. Você será conhecido por Marcus de Clermont... por enquanto.

Fanny parecia aliviada.

— Não vai se decepcionar, *Far*, apesar de Marcus ainda ter muito a aprender. Seu latim é abominável, seu francês, deplorável, e ele não leva jeito para a espada.

— Eu sei atirar — contou Marcus, brusco. — Do que me adianta uma espada?

— Um cavalheiro deve ao menos *carregar* uma espada — disse madame de Genlis.

— Dê a mim e a Stéphanie mais um mês, ou dois, e o deixaremos pronto para Versalhes — prometeu Fanny.

— Talvez seja melhor Ysabeau decidir — disse Philippe, olhando carinhosamente para a filha.

— Ysabeau! Mas eu... — disse Fanny, indignada, antes de desviar o olhar do pai. — É claro, *Far*.

— E do que devo chamar o senhor?

Marcus não queria soar insolente, mas a expressão horrorizada de Fanny indicou que talvez tivesse soado. Philippe apenas sorriu.

— Pode me chamar de avô. Ou de Philippe. Meus outros nomes não combinariam com a sua língua.

— Philippe — experimentou Marcus.

Fazia meses, e ele ainda não conseguia pensar no *chevalier* de Clermont como Matthew, muito menos como pai. Definitivamente era cedo demais para chamar aquele homem apavorante de avô.

— Agora que você é parte da família, há algumas regras que deve obedecer — disse Philippe.

— Regras? — perguntou Marcus, estreitando os olhos.

— Primeiro, nada de criar filhos sem minha permissão — começou Philippe, erguendo um dedo em riste.

Após conhecer mais membros da família Clermont, Marcus não tinha o menor interesse em aumentá-la. Ele concordou.

— Segundo, se receber uma moeda minha, como aquela na carta que mandei à casa de Fanny, deve devolvê-la para mim. Pessoalmente. Se não devolver, eu mesmo irei procurá-lo. Entendeu?

Mais uma vez, Marcus concordou. Achava a ideia de ter Philippe aparecendo à sua porta sem avisar tão pouco atraente quanto a de adicionar novos membros à família Clermont.

— E mais uma coisa: nada de hospitais. Só quando eu achar que você está pronto — finalizou Philippe, e desviou o olhar firme de Marcus para Fanny. — Fui claro?

— Como água, *Far* — disse Fanny, abraçando Philippe, e se virou para Franklin. — Stéphanie e eu discutimos todos os possíveis riscos, dr. Franklin, assim como as vantagens. Não acreditamos que ninguém corresse real perigo. Certamente não Le Bébé.

— Diga-me como tiveram a ideia de deixá-lo soar os sinos da Notre Dame. Que ideia... Algo que eu mesmo desejo — confidenciou Franklin, conduzindo Fanny pela porta que levava à varanda, acompanhados por madame de Genlis.

Marcus foi deixado a sós com Philippe.

— Sua avó o aguarda no salão — avisou Philippe. — Ela está ansiosa por revê-lo.

— Você sabe de nosso encontro? — perguntou Marcus, com a garganta seca.

Philippe sorriu mais uma vez.

— Eu sei da maioria das coisas.

— Marcus! — exclamou a avó, oferecendo o rosto para um beijo. — Que prazer vê-lo aqui.

Ysabeau estava sentada em uma poltrona confortável perto da lareira, acesa apesar da janela aberta.

— Avó — disse Marcus, beijando sua pele fria.

Ele se sentou em silêncio no salão de Ysabeau, escutando a conversa ao redor enquanto Fanny, madame de Genlis e Franklin se juntavam a eles. Ele entendia quase um quarto do que era dito. Sem o dr. Franklin, que periodicamente traduzia na tentativa de atrair Marcus para a conversa, teria sido muito menos.

Porém, ele ficava contente com o silêncio. Permitia que tentasse absorver a situação, ao mesmo tempo deslumbrante e desconcertante. Estudou os arredores, mais luxuosos e elegantes do que qualquer coisa que já tinha visto pelas janelas da Filadélfia. Havia livros dispostos nas mesas, tapetes grossos no chão e o cheiro de café e chá no ar. A lareira ardia em fogo crepitante, e havia velas por todos os lados.

Philippe estava sentado próximo de Ysabeau, na única cadeira que não era acolchoada. Era de madeira, pintada de azul, e tinha o espaldar curvo, com hastes. O assento tinha forma de sela, típica da mobília da Filadélfia. Marcus sentiu uma pontada de saudades de casa. A conversa estrangeira, que antes lhe parecia agradável e musical, tornou-se barulhenta e dissonante. Ele sentiu dificuldade de respirar.

— Vejo que notou minha cadeira — disse Philippe, chamando a atenção de Marcus.

Marcus sentiu o pânico diminuir um pouco. E mais um pouco. Voltou a respirar.

— Foi presente do dr. Franklin — explicou Philippe. — Te faz lembrar do que deixou para trás?

Marcus assentiu.

— Para mim, são os cheiros — observou Philippe, em voz baixa. — Quando o sol recai sobre os pinheiros, aquecendo a resina, sou imediatamente levado de volta à infância. Momentos de deslocamento, de nos sentirmos em outro lugar e outra época, acontecem com todos nós, renascidos.

Davy Hancock quase moera Marcus no soco quando perguntado sobre sua juventude e há quanto tempo ele era vampiro. Portanto, Marcus sabia que não deveria perguntar a idade nem o nome verdadeiro de nenhum dos Clermont. Ainda assim, não conseguia deixar de se questionar quão antigos eram Philippe e Ysabeau.

O ar pesou ao redor, e Marcus notou que Ysabeau o observava. A expressão no rosto dela sugeria que sabia o que ele pensava. Tinha um poder tão diferente do marido. Philippe era pura civilização, uma espada afiada em uma bainha elegante. Ysabeau, por outro lado, tinha um lado bravio e indomável que não poderia ser disfarçado por cetim ou suavizado por renda. Havia algo de feroz e perigoso na avó, algo que apertava a garganta de Marcus e fazia seu coração pular de alerta.

— Você está muito quieto, Marcus — disse Ysabeau. — Há algo de errado?

— Não, madame — respondeu Marcus.

— Você vai se habituar a nós, prometo — assegurou ela. — E nós também nos habituaremos a você. É muita coisa, imagino, conhecer a nova família toda de uma vez. Você deve voltar... sozinho.

Philippe observava a esposa de perto.

— Deve fazê-lo em breve — continuou Ysabeau — e, ao voltar, pode contar notícias de Matthew. Philippe e eu gostaríamos disso. Gostaríamos muito.

— Eu também gostaria, madame.

Talvez ele e Ysabeau pudessem negociar: uma informação sobre Matthew e o que acontecia nas colônias em troca de uma informação sobre costumes vampíricos e a história dos Clermont.

Uma árvore genealógica seria útil, para começar.

26

Babel

OUTUBRO DE 1789 A JANEIRO DE 1790

Veronique largou a touca branca, decorada com as fitas vermelhas, azuis e brancas da revolução, na mesa ao lado da cama. Ela se jogou nos lençóis amarrotados, quase derrubando o bule de café equilibrado em uma pilha de livros. Corada de vitória e triunfo, compartilhou sua notícia.

— A marcha a Versalhes foi um sucesso. Milhares de mulheres foram. O rei Louis e sua prole estão todos em Paris agora — disse ela. — Marat é um gênio.

Marcus a olhou por cima do exemplar de *L'ami du peuple*.

— Marat é um demônio.

— Também — concordou Veronique, passando o dedo pela perna de Marcus. — É justo que criaturas tenham voz. Até seu Lafayette acredita nisso.

— Você sabe que vai contra o acordo — disse Marcus, deixando de lado o jornal. — Meu avô diz...

— Não quero falar da sua família.

Veronique se apoiou em um ombro. Sua combinação deslizou, expondo a curva macia do seio.

Marcus afastou o café e os livros. O sangue dele se agitava diante do cheiro de Veronique, a mistura inebriante de vinho e mulher que nunca parecia ser suficiente.

Veronique rolou por cima das páginas espalhadas da última edição de Marat. Marcus ergueu a barra da combinação, expondo as pernas torneadas. Veronique suspirou, abrindo o corpo a seu toque.

— Lafayette levou os guardas, apesar de ter esperado até demais — comentou ela, enquanto Marcus provocava seus seios com a boca.

Ele ergueu minimamente a cabeça.

— Não quero falar do marquês.

— Isso sim é novidade — respondeu Veronique, arqueando o corpo e rindo.

— Safada — disse Marcus.

Veronique mordeu o ombro dele com os dentes afiados, arrancando gotas de sangue. Marcus a pressionou contra a cama, penetrando-a em um único movimento que arrancou dela um grito de prazer. Ele se moveu dentro dela, devagar, deliberado, aos poucos.

Veronique arreganhou os dentes, pronta para morder outra vez. Marcus encostou a boca macia em seu pescoço.

— Você sempre me diz para ser carinhoso — disse Marcus, roçando na pele dela os dentes e a língua.

Veronique tinha muito mais experiência do que Marcus, e ficava feliz de guiá-lo enquanto ele explorava seu corpo e descobria os melhores modos de satisfazê-la.

— Hoje, não — respondeu ela, fazendo-o pressionar mais com a boca. — Hoje, quero ser devastada. Como a Bastilha. Como o rei e seus ministros. Como...

Marcus a impediu de compartilhar outros sentimentos revolucionários com um beijo feroz e se dedicou a satisfazer todos os desejos dela.

Já estava escuro lá fora quando Marcus e Veronique emergiram do sótão na margem esquerda do Sena. O cabelo ruivo e cacheado de Veronique caía solto nos ombros, as fitas patriotas da touca branca esvoaçando à brisa. A saia listrada tinha sido erguida ao lado, revelando anáguas simples e um pouco de tornozelo, além dos tamancos pesados que protegiam os pés tanto dos paralelepípedos duros quanto da lama funda de Paris. Ela ia abotoando a jaqueta azul debaixo dos seios, acentuando as curvas de modo que fazia Marcus querer voltar ao quarto.

Veronique, porém, estava decidida a trabalhar. Ela era dona de uma taberna, que Marcus ainda frequentava, junto com um amigo, também médico: Jean-Paul Marat. Lá, Marcus e Marat falavam de política e filosofia enquanto Veronique servia vinho e cerveja para os alunos das universidades próximas. Era o que ela fazia havia séculos.

Ela era a mais rara das criaturas: uma vampira sem família. A criadora dela fora uma mulher formidável chamada Ombeline, que fizera vida própria quando a família que servia não voltara da cruzada na Terra Santa. Ombeline transformara Veronique em vampira um século depois, durante o caos da primeira epidemia de peste em 1348, resgatando-a de uma pousada infectada perto do Sacré Coeur. Os clãs parisienses de vampiros tinham visto a oportunidade, apresentada pela doença, de aumentar drasticamente seu contingente; humanos desesperados para sobreviver aceitavam qualquer esperança de vida que lhes fosse oferecida.

Ombeline fora morta em agosto de 1572 por católicos violentos que a confundiram com uma protestante durante a revolta que irrompera quando Paris celebrara o casamento da princesa Margaret com Henrique IV. Veronique, portanto, não acreditava muito em religião. Era algo que ela e Marat tinham em comum.

Apesar de muitos dos clãs vampíricos da cidade terem tentado adotá-la — primeiro por persuasão, depois por coerção —, Veronique resistira a toda tentativa de subjugação. Ela estava satisfeita com a taberna, o apartamento de sótão distante da rua, a clientela fiel e o modo de aproveitar a própria vida, que, mesmo após mais de quatro séculos, ainda lhe parecia preciosa e milagrosa.

— Vamos passar a noite em casa — sugeriu Marcus, pegando a mão dela e a puxando de volta para a porta.

— Seu filhote insaciável — disse Veronique, e lhe deu um beijo intenso. — Tenho que confirmar que está tudo bem no trabalho. Não sou Clermont, não posso passar o dia todo na cama.

Marcus não conseguia pensar em um membro sequer da família que passasse o dia na cama, mas tinha aprendido a mudar de assunto quando surgia o tema sensível do privilégio aristocrático.

Infelizmente, era o único assunto de conversas em Paris, então os perseguia em diálogos escutados apenas em parte no caminho até a rua des Cordeliers, onde lhes aguardava a taberna torta de Veronique, cujo telhado se curvara com o tempo e cujas janelas pendiam para lados diferentes. A luz se derramava na rua em ângulos agudos, refratada pelo vidro como se envolvida em um dos experimentos ópticos de dr. Franklin. Uma placa antiga de metal rangia no mastro no alto. O desenho recortado de uma colmeia dava o nome do lugar: La Ruche.

Lá dentro, a conversa era ensurdecedora. Veronique foi recebida com vivas, que viraram assobios quando Marcus surgiu atrás dela.

— Se atrasou para o trabalho, cidadã? — brincavam os clientes. — Acordou com o canto do pinto, Veronique?

— Qual é seu problema, moleque? — exclamou alguém nas sombras fumacentas. — Por que não deixou ela na cama, que é o lugar dela?

Veronique atravessou o salão beijando o rosto dos seus prediletos e aceitando parabéns pelo sucesso da marcha a Versalhes, que ela ajudara a organizar.

— Liberdade! — exclamou uma mulher do balcão de bebidas.

— Fraternidade! — acrescentou o homem a seu lado.

Ao ouvir isso, um colega empurrou o sujeito, brincalhão, derramando o café pela borda da xícara. Veronique servia todo tipo de bebida que uma criatura poderia desejar: vinho, café, chá, cerveja, chocolate e até sangue. A única coisa que se recusava a servir era água.

Os clientes começaram a bater os copos — de lata amassada e estanho pesado, de vidro fino e cobre reluzente, de cerâmica grossa e porcelana delicada — nas mesas, nas janelas, no balcão, nas paredes, no espaldar das cadeiras, nos bancos e até na cabeça de quem estava por perto.

Marcus sorriu. Ele não era o único atraído pelo fogo e pela paixão de Veronique.

— Igualdade! — gritou Veronique, levantando o punho no ar.

Marcus viu a multidão engoli-la, todos animados para saber o que ela havia visto no palácio, qual fora a resposta da família real, e se tinha mesmo falado com a rainha.

Ele não entrava mais em pânico quando sentia um calafrio e sua pele se arrepiava em alerta pela proximidade de outro predador. Fazia oito anos que ele era vampiro, considerado um filhote, não mais um bebê, capaz de se alimentar e de se movimentar como um sangue-quente. As horas insones não lhe incomodavam mais. Ele falava francês como nativo, podia conversar com o avô e Ysabeau em grego e debatia filosofia com o pai em latim.

— Olá, Matthew.

Naquela noite, porém, Marcus falava inglês, uma língua compartilhada por ele e pelo pai, mas inacessível para os parisienses comuns que enchiam La Ruche. Ele se virou.

Matthew estava sentado em um canto escuro, como de costume, bebendo vinho na taça mais fina de Veronique. Usava um colete com a cor da fuligem, bordado com fios de cinza mais claro e prateado. A camisa branca e simples que usava por baixo era imaculada, assim como a meia de seda que ia dos sapatos polidos aos joelhos. Marcus se perguntou o custo daquele figurino e calculou que devia ser suficiente para alimentar uma família de oito pessoas por um ano inteiro naqueles lados da cidade.

— Você exagerou na roupa — comentou Marcus, tranquilo, ao se aproximar do banco do pai. — Deveria ter posto um avental de couro e trazido um martelo e um cinzel para combinar.

O homem ao lado de Matthew se virou, revelando um rosto estranhamente retorcido, a face e a boca em ângulos que imitavam, em carne, as janelas da taberna. Olhos fundos e escuros estudavam Marcus, sob uma cabeleira preta. Como Marcus, ele não usava peruca, e suas roupas eram simples, feitas de tecido grosso e prático.

— Jean-Paul!

Marcus se surpreendeu ao ver Marat bebendo com o pai. Não sabia que eles se conheciam.

— Marcus — cumprimentou Marat, abrindo espaço para ele no banco. — Estamos falando da morte. Conhece o dr. Guillotin?

O doutor inclinou a cabeça. Ele usava uma roupa preta e soturna, apesar do material ser caro, e o casaco, bem cortado. As sobrancelhas escuras de Guillotin e a sombra da barba no maxilar sugeriam que o cabelo sob a peruca era também moreno.

— Apenas de reputação — respondeu Marcus, desejando ter pedido uma bebida. — O dr. Franklin sempre falou bem do senhor.

Guillotin estendeu a mão para Marcus. Marat os observou, desconfiado, e meteu o nariz no caneco de lata.

Marcus pegou a mão do doutor e sentiu a mudança da pressão no cumprimento, confirmando o que Marat desconfiava: Guillotin era maçom, como Marcus. Como Matthew. Como Franklin. Portanto, Guillotin sabia das criaturas e, principalmente, dos vampiros.

— Marcus acompanhava o trabalho do dr. Franklin no laboratório — disse Matthew. — Ele trabalha na área e se interessa por questões médicas.

— Tal pai, tal filho — disse Guillotin. — E o senhor também é médico, dr. Marat. Que sorte eu ter encontrado meu velho amigo, o *chevalier*.

Ninguém encontrava Matthew de Clermont por acaso. Marcus se perguntou que constelação de influências tinha posto Matthew no caminho de Guillotin.

— O doutor está tentando reformar a medicina — disse Marat, cuja voz ecoava estranhamente nas cavidades nasais contorcidas. — Ele escolheu o ponto de partida mais estranho. O dr. Guillotin quer dar a criminosos uma morte mais rápida e humana.

Marcus afastou as caudas da casaca e sentou-se no banco. Nossa, como precisava beber. As horas agradáveis com Veronique perderam força na memória enquanto ele se preparava para navegar pelas águas turbulentas daquela conversa.

— Talvez, doutor, possamos nos livrar inteiramente da morte. O *chevalier* de Clermont nos tornaria todos imortais, se quisesse — insistiu Marat, apesar de ser demônio e saber que não deveria provocar Matthew. — Mas a verdadeira igualdade não teria vantagem para os vampiros. Quem seriam seus *serviteurs de sang*?

— Ah, acho que sempre manteríamos por aí alguns demônios... para entreter, mesmo que não para alimentar — disse Matthew, em voz baixa. — Como os bobos e palhaços antigos.

Marat corou. Ele era sensível quanto à baixa estatura e à aparência. Coçou o pescoço, onde se espalhava uma mancha alérgica, vermelha e rosa.

— Eu me oponho à pena de morte, como o senhor sabe, dr. Marat — disse Guillotin. — Porém, se devemos matar criminosos, que a morte seja rápida e indolor. E feita de modo correto e confiável.

— Não sei se Deus pretende que a morte seja indolor — disse Marcus.

Ele procurou pelo salão alguém que pudesse trazer uma bebida. Veronique encontrou o olhar dele, ficando de boca aberta ao ver de quem ele estava acompanhado.

— Há de se fazer melhorias nas execuções mecânicas — continuou Guillotin, como se Marcus não tivesse falado, pois sua verdadeira plateia era Matthew, que o escutava atentamente. — Na Inglaterra e na Escócia, há aparelhos de morte, mas os machados são grosseiros, esmagam a coluna e arrancam a cabeça do corpo.

Marat enfiou com mais força os dedos na pele, buscando, em vão, alívio para a coceira. Matthew abriu as narinas quando o sangue subiu à superfície, e Marcus viu o pai conter o apetite que afligia todos os vampiros. O *chevalier* de Clermont era famoso por seu autocontrole. Marcus o invejava. Apesar de Marat ser seu amigo, e demônio, o cheiro metálico do sangue ainda fazia Marcus salivar.

— Preciso falar com você — disse Matthew, de repente ao lado de Marcus.

Relutante, Marcus deixou Marat e Guillotin. Não era a conversa que o fazia querer ficar ali, mas a ideia de aliviar a sede. Matthew o conduziu até o balcão de madeira manchada, onde Veronique diluía sangue com água. Ela entregou a Marcus um copo alto.

— Beba — disse ela, parecendo preocupada. Marcus ainda era muito jovem para ser inteiramente confiável em uma multidão de sangue-quentes.

Matthew esperou Marcus engolir metade do líquido para falar.

— Acho que você deve se afastar de Marat. Ele é perigoso — aconselhou Matthew.

— Então eu também sou, pois compartilhamos a mesma visão — retrucou Marcus, irritando-se. — Você pode me dar ordens, me obrigar a estudar a lei, restringir meus recursos e me proibir de trabalhar, mas não pode escolher meus amigos.

— Se persistir, você será convocado a uma audiência com Philippe.

Mais uma vez, Matthew voltou a falar em inglês. Era uma prática comum entre os Clermont, ir de uma língua a outra para tentar falar mais discretamente.

— O vovô não se importa com o que eu faço — disse Marcus, e tomou mais um gole. — Ele tem preocupações maiores do que eu e Jean-Paul.

— Não há preocupações pequenas na revolução — argumentou Matthew. — Qualquer criatura que causar um efeito, por mais insignificante que pareça, pode mudar o percurso dos acontecimentos. Você sabe disso, Marcus.

Talvez, mas Marcus não tinha intenção de ceder às exigências do pai. Aquela cidade era o lar dele. Marcus se sentia confortável entre os pobres trabalhadores de Paris, como nunca tinha se sentido empoleirado em uma cadeira forrada de seda no salão de Ysabeau, ou em um baile aristocrático com Fanny.

— Volte à Île de la Cité, onde é seu lugar — respondeu a Matthew. — Juliette deve estar esperando.

Ele não gostava da companheira de Matthew, cujos lábios macios e generosos diziam uma coisa, mas os olhos severos e perigosos diziam outra.

Matthew estreitou os olhos. Marcus sentiu a satisfação de acertar o alvo.

— Eu sei me cuidar — insistiu Marcus, voltando a atenção para a bebida.

— É o que todos pensamos... um dia — disse Matthew, em voz baixa, e empurrou no balcão uma carta selada com cera vermelha e preta, que envolvia uma moeda antiga. — Não pode dizer que não tentei. Espero que tenha aproveitado sua liberdade, igualdade e fraternidade, Marcus. Na família Clermont, nunca dura muito.

Marcus estava nos fundos de La Ruche, limpando seus machucados e usando roupas imundas e rasgadas. Era um dia frio de fim de janeiro, e ele tinha passado a maior parte das horas correndo para sobreviver.

— Já esqueceu o que isso quer dizer? — perguntou Philippe, jogando a moeda antiga e gasta para cima e pegando-a antes de cair.

Marcus balançou a cabeça em negativa. A moeda era uma convocação. Ele sabia. Todo Clermont sabia. Se não respondesse, enfrentaria as consequências. Antes, Marcus sempre obedecia aos comandos do avô. Finalmente ia descobrir o que acontecia quando os ignorava por meses a fio.

— Estamos ganhando, avô. Ocupamos o velho convento — respondeu Marcus, na esperança de uma tática de evasão funcionar.

Philippe, porém, era um general experiente, que não se impressionaria com algo tão pequeno quanto a conquista de um edifício religioso velho e mofado em uma parte decadente de Paris. Ele apertou o pescoço de Marcus, ainda segurando a moeda com a outra mão.

— Onde está Marat? — perguntou Philippe.

— Estou surpreso por você não saber.

Marcus não conseguia resistir a provocar o avô, mesmo que ele fosse mais forte, mais velho, mais rápido e capaz de destruí-lo em um instante.

— Então, deve estar no primeiro lugar em que vão procurá-lo — afirmou Philippe. — No sótão acima da padaria do *monsieur* Boulanger, onde você e Veronique se instalaram.

Marcus engoliu em seco. Philippe, como sempre, estava certo.

— Estou decepcionado, Marcus. Esperava mais criatividade de você — disse Philippe, virando-se para sair.

— Aonde você vai? — perguntou Marcus, correndo atrás dele.

Philippe não respondeu.

— Eu vou tirar Marat de Paris! Vou levá-lo para o interior — garantiu Marcus, tentando alcançar o avô e ainda manter os parâmetros normais de locomoção humana. Mas as pernas de Philippe eram mais compridas, o que dificultava ainda mais aquela tarefa.

Philippe não lhe dava atenção.

O baque de sons que os recebeu na rua des Cordeliers atingiu Marcus como uma pancada. Apesar de ser inverno, as ruas estavam repletas de comerciantes e barracas de feira. Gaivotas urravam no alto antes de mergulhar em busca de comida. Pessoas gritavam entre si, anunciando os produtos à venda, o preço e as últimas notícias e fofocas.

— Juro, Philippe. Por minha honra — disse Marcus, apressando-se atrás do avô.

— Sua honra não vale muito hoje em dia — retrucou Philippe, se virando. — Você vai fazer o que eu mandar, e levar *monsieur* Marat para Londres. Gallowglass vai encontrá-los em Calais. Ele está esperando por lá desde o Natal, e vai ficar feliz de se livrar da França.

— Londres? — perguntou Marcus, parando. — Não posso ir para Londres. Sou americano.

— Se um vampiro for se abster de viajar a lugares ocupados por seus antigos inimigos, não poderá ir a lugar algum na terra — respondeu Philippe, voltando a caminhar rapidamente em direção à padaria de Boulanger. — O *monsieur* Marat conhece o lugar. Veronique também. Pode levá-la com você, se quiser.

— Jean-Paul não vai querer partir — disse Marcus. — Ele tem trabalho a fazer por aqui.

— *Monsieur* Marat já fez o suficiente, na minha opinião — respondeu Philippe. — Não devemos interferir em política ou religião humanas. É essa a regra.

— Mas não para você, ao que parece — retrucou Marcus, furioso. O avô conduzia a política francesa como uma orquestra e tinha um espião em cada esquina de Paris.

Philippe não se dignou a responder. Ele e Marcus estavam começando a atrair olhares de soslaio dos humanos que enchiam as ruas e os becos. Marcus queria acreditar que o que chamava a atenção era a presença de um aristocrata naquele bairro revolucionário, mas temia que fosse porque os dois eram vampiros.

— O *comte* de Clermont — sussurrou uma mulher para outra. O comentário foi carregado ao vento, de boca a boca.

— Entre — disse Philippe, empurrando Marcus pela porta da loja do *monsieur* Boulanger.

Ao passar, ele cumprimentou os padeiros, a maioria dos quais tinha troncos muito musculosos e pernas tortas de tanto enfiar pães imensos no forno.

— Aí está você — disse Veronique ao abrir a porta, a corrente de ar soprando o cheiro de fermento e açúcar escada acima. Ela soava aliviada; até ver Philippe.

— *Merde* — sussurrou.

— Pois não, madame — respondeu Philippe. — Vim ver o seu hóspede.

— Marat não está... ah, pois bem.

Ela abriu espaço para eles e olhou feio para Marcus. *A culpa é sua*, dizia a expressão.

Marat, que estava aconchegado em uma cadeira perto da janela, se levantou em um salto. Ele não era preparado para a vida de fugitivo, e estava só pele e osso. A preocupação e a necessidade de ir de esconderijo a esconderijo tinham afetado sua saúde. Marcus, que ainda se lembrava da sensação de fugir, sempre olhando para trás, sem nunca descansar os olhos por medo de descoberta, sentiu uma onda de fúria compreensiva pelo sofrimento do amigo.

— *Monsieur* Marat. É um prazer encontrá-lo antes dos guardas. Os acadêmicos na universidade só fazem falar de como o senhor se refugiou com a bela Veronique e *Le Bébé Américain* — disse Philippe, jogando as luvas na mesa de pernas desequilibradas, que balançou perigosamente sob o mero peso de couro macio.

— Você não tem o que temer, Jean-Paul — assegurou Marcus. — Philippe veio ajudar.

— Não quero ajuda dele — disse Marat, cuspindo no chão em demonstração de desprezo.

— Mas aceitará mesmo assim — retrucou Philippe, alegre. — O senhor está a caminho do exílio.

— Vou ficar aqui. Não sou nenhum camponês, obrigado a cumprir os desejos de seu suserano — disse Marat, com escárnio. — Paris precisa de mim.

— Infelizmente, suas ações impossibilitam que continue na cidade, ou mesmo na França, *monsieur* — observou Philippe, considerando o resto de vinho em uma jarra e decidindo não beber. — Irá para Londres. Ainda será preciso se esconder, é claro, mas não será morto imediatamente, como seria ao sair por esta porta.

— Londres? — perguntou Veronique, olhando de Marat para Marcus, para Philippe, e para Marcus de novo.

— Por enquanto — respondeu Philippe. — Marcus encontrará o pai lá. Matthew levará *monsieur* Marat à casa da sra. Graham, uma amiga do dr. Franklin que será simpática às suas paixões revolucionárias.

— De jeito algum — contestou Veronique, os olhos brilhando de desgosto. — Jean-Paul deve ficar em Paris. Dependemos da visão dele, da sensibilidade dele.

— *Monsieur* Marat não verá muita coisa da cadeia... que é aonde irá parar se persistirem nesta loucura — disse Philippe.

— Isso é culpa de Lafayette — rosnou Marat, contorcendo a boca. — Ele é um traidor do povo.

Uma espada apareceu junto ao pescoço de Marat. Do outro lado, estava Philippe.

— Vá com calma, Marat. Vá com calma. A única coisa que o protege da destruição total é sua amizade com Marcus, e por consequência a decisão do marquês de não persegui-lo hoje. Lafayette mandou os guardas correrem para outro lado, mesmo sabendo onde o senhor estava e podendo mandar caçá-lo — disse Philippe.

Marat respirou com dificuldade, abaixando o olhar para observar a ponta da espada. Ele assentiu. Depois de um momento, Philippe afastou a arma.

— Vocês todos se pouparão de mais envolvimento nos assuntos humanos — disse Philippe, embainhando a espada. — Se persistirem, deixarei a Congregação se virar. Os castigos deles são muito menos civilizados do que os métodos de execução do dr. Guillotin, eu garanto.

Marcus tinha apenas um vago conhecimento da Congregação e de suas táticas. A sede da organização era muito distante, em Veneza, mas Marcus tinha aprendido, pela experiência com Philippe, que criaturas não precisavam estar próximas para destruir planos.

— As regras da Congregação têm pouco poder sobre as criaturas de Paris — disse Veronique. — Por que não devemos ter voz? Não vivemos neste mundo que os humanos criam?

— Pierre e Alain vão acompanhá-los à costa — continuou Philippe, como se Veronique não tivesse falado. — Estejam prontos daqui a uma hora.

— Uma hora? — repetiu Marat, boquiaberto. — Mas preciso escrever para algumas pessoas. Há negócios...

— Vai com eles, madame, ou vai ficar aqui? — perguntou Philippe, que perdia a paciência, apesar dos sinais serem visíveis apenas àqueles que o conheciam bem: a leve tensão no ombro direito, o tremor do dedo mindinho da mão esquerda, a ruga mais funda no canto da boca. — Não tenho certeza de poder protegê-la se continuar em Paris, mas farei o possível.

— Desde que eu me comporte como uma mocinha? — perguntou Veronique, rindo da impossibilidade da ideia.

— Sou um homem prático — ronronou Philippe. — Não seria tolo a ponto de pedir pela lua e pelas estrelas.

— Venha conosco, Veronique — pediu Marcus. — Não vai ser por muito tempo.

— Não, Marcus. Você pode precisar obedecer a Philippe, mas eu não sou Clermont — respondeu Veronique, e seu olhar de desdém para o avô de Marcus deixou claro o que pensava da família. — Paris é meu lar. Eu me erguerei e cairei com ela. Meu coração bate junto ao dela. Não irei para Londres.

— Pense no que pode acontecer se ficar aqui — suplicou Marcus, tentando argumentar.

— Se você me amasse, Marcus, se preocuparia mais com o que aconteceria comigo se eu fosse — respondeu Veronique, triste.

27

Incenso

ABRIL A JULHO DE 1790

Estar na Inglaterra quando o inverno dava lugar à primavera, Marcus descobriu, era balançar como um pêndulo entre polos opostos de tormento e deleite. Gallowglass os transportara em segurança pelo canal em janeiro e os conduzira a Londres, uma cidade monstruosa e vasta, maior e mais suja do que Paris. A imundície que escorria pelas ruas e flutuava no rio Tâmisa congelava, mas ainda emanava um fedor que revirava o estômago de Marcus.

O mesmo valia para a quantidade de soldados de casaca vermelha se pavoneando pelo palácio de St. James e pelo parque nas proximidades. Certa noite, Marcus se alimentara de um soldado bebum e o achara chorão e pouco apetitoso. A experiência não ajudou em nada a melhorar a opinião que Marcus tinha do exército britânico.

Diferentemente de Marat, que adorava Londres e tinha vários amigos por lá, Marcus estava doido para deixar aquele lugar e ficou feliz ao trocar a cidade por Berkshire, no interior, onde o sr. e a sra. Graham os abrigaram. No caminho, ele se admirara, como um caipira, diante do tamanho do castelo de Windsor. Achava a fortaleza antiga mais imponente do que Versalhes, e também admirara as torres de Eton em contraste nítido com a queda de neve invernal e o céu de um azul penetrante.

Enquanto Londres não conseguira capturar seu amor, as travessas sinuosas, as plantações cobertas de geada e as casas amplas da rural Berkshire lembravam sua casa em Hadley. A paisagem familiar lhe trazia a memória de viver de acordo com os ciclos da natureza, em vez de medir a passagem do tempo pelo tique-taque dos relógios e pelas datas dos jornais.

Matthew escoltou Marat e Marcus à casa da sra. Graham — que se revelou a mulher mais notória da Inglaterra, e também uma das mais inteligentes. Catharine Sawbridge Macaulay Graham tinha quase tantos nomes quanto um Clermont, além da mesma confiança. Uma dama autocrática de quase sessenta anos, com testa alta e curvada, nariz que lembrava uma pontuação, rosto corado e um modo direto de falar, a sra. Graham escandalizara a sociedade ao se casar com um médico de menos da metade de sua idade após a morte do primeiro marido. William Graham era jovem, baixo, parrudo e escocês. Ele mimava a esposa e admirava suas opiniões radicais e tendências intelectuais.

— Vamos caminhar? — propôs William, aparecendo na biblioteca, onde Marcus aproveitava a coleção impressionante de livros médicos da casa. — Venha. O ar do interior vai fazer bem a você. Os livros ainda estarão aqui quando voltar.

— Eu adoraria — respondeu Marcus, fechando o livro ilustrado de anatomia.

Era abril, e Marcus escutava e sentia o cheiro da terra retomando a vida após dormir no inverno. Ele gostava de ouvir os sapos coaxarem perto do rio e de medir o crescimento lento das folhas nas árvores.

— E podemos... — acrescentou William, mexendo a mão em um gesto que indicava o envolvimento de bebida.

Marcus riu.

— Se quiser.

Eles saíram pelo que tinha se tornado sua rota costumeira, deixando a casa Binfield para trás, em direção à cidade, ao sul. Diante deles estava o portão de uma residência mais antiga e muito mais grandiosa do que a nova casa de tijolos que os Graham alugavam.

— Matthew se lembra de se hospedar ali no século passado — comentou Marcus, quando passaram pela construção em formato de E, com janelas altas de esquadria de ferro e chaminés tortas.

Os Graham se mantinham informados sobre o funcionamento real do mundo, e Catharine era amiga de Fanny e Ysabeau havia anos, então Marcus tinha liberdade para falar daquelas coisas com seus anfitriões.

— Cheia de madeira podre e cupim, pássaros fazendo ninho nas vigas... — disse Graham, fungando. — Que bom que moro em uma casa moderna, com portas e janelas estáveis, e uma chaminé que não vai pegar fogo.

Marcus fez um ruído de concordância, mas, na verdade, gostava daquele amontoado velho e charmoso, com telhados em ziguezague e vigas expostas. O pai explicara que a casa tinha sido construída com uma mistura de madeira e tijolos estreitos, usando pedra para estruturar as janelas. Uma das vantagens inesperadas daquele exílio forçado era que Matthew ficava muito mais relaxado na Inglaterra do que nos Estados Unidos ou em Paris.

Marcus e William viraram a oeste, na direção do bosque Tippen. Era o campo preferido dos vampiros para caçar, apesar da fauna ser esparsa naquela época e dos galhos secos não os protegerem tanto dos olhos curiosos dos humanos. Como resultado, a maior parte da alimentação de Marcus vinha de vinho tinto, pedaços de aves de caça e um suplemento de sangue do açougue. Marcus tinha se acostumado a uma dieta mais variada — e saborosa — em Paris.

— Como está a sra. Graham hoje? — perguntou Marcus.

Catharine sofria de uma gripe que havia se instalado em seu peito. William e Marcus tinham conversado sobre o tratamento e a mandado ficar na cama com uma das receitas de infusão de Tom Buckland, além de passar uma pomada descongestionante feita de mostarda e ervas no peito.

— Melhor, obrigado. Queria que em Edimburgo tivessem me ensinado algo tão útil quanto o que seu Tom ensinou na América. Se fosse o caso, eu já seria um médico próspero.

William podia até ter estudado na melhor faculdade de medicina da Europa, mas não tinha os contatos nem os recursos para estabelecer a própria clínica. Seu irmão mais velho, James, o tinha ofuscado com tratamentos controversos em Londres e Bath; o mais famoso dentre eles era a "cama celestial". Para casais que tentavam, sem sucesso, conceber — o que, de acordo com James, era seu dever patriótico —, a engenhoca (que envolvia rolinhas, lençóis perfumados e um colchão inclinado para que marido e mulher fizessem amor no ângulo mais propício) renovava as esperanças procriadoras. James fazia uma fortuna com casais desesperados, mas a perspectiva médica de William sofria em consequência. Felizmente, Catharine Macaulay fora uma das pacientes sem filhos de James, e o futuro de William foi garantido quando eles se apaixonaram e se casaram.

— Como foi Edimburgo? — perguntou Marcus.

Matthew ainda prometia mandá-lo para lá um dia, assim que Marcus tivesse a maturidade necessária para suportar as aulas de anatomia.

— Cinza e úmido — respondeu William, rindo.

— Perguntei da faculdade, não da cidade — disse Marcus, sorrindo para o amigo.

Ele sentira saudade de ter alguém da própria idade para brincar e trocar insultos. Marcus e William tinham nascido em 1757. William tinha, portanto, trinta e poucos anos. Sempre que Marcus o olhava, lembrava como seria atualmente se Matthew não o tivesse transformado em vampiro.

— Foi entediante e emocionante, como qualquer campo de estudo — disse William, cruzando as mãos nas costas. — Quando for estudar lá, o que espero acontecer logo, insista para assistir às aulas de química do dr. Black, mesmo que o dr. Gregory queira que você trate dos pacientes.

— E as aulas de anatomia?

Marcus sabia que deveria dominar um campo mais amplo de conhecimento médico, mas cirurgia ainda era seu primeiro amor.

— O dr. Monro tem curiosidade e coragem ilimitadas no que diz respeito a experimentação cirúrgica. Seria sábio se aproximar dele e aprender o possível com seus métodos e descobertas — aconselhou William.

Aquela ideia quase fez Marcus desejar continuar na Inglaterra, apesar de, claro, precisar voltar à França e à Revolução assim que possível. Além do mais, precisava considerar Veronique.

Marcus e William emergiram do bosque e atravessaram os campos a leste, na direção de Monk's Alley. Antigamente, a vereda ladeada de árvores levava a uma casa religiosa que pertencia à abadia de Reading, mas a construção tinha se tornado uma ruína desmoronada. William pintara uma aquarela do lugar com base nas lembranças de Matthew, da casa aninhada nos pastos verdes, fornecendo um retiro bucólico para os clérigos da cidade mais próxima.

— Desconfio que seus professores já estarão todos mortos e enterrados quando eu chegar lá — disse Marcus, e deu uma cotovelada em William. — Quem sabe? Talvez você tenha até entrado para o corpo docente.

— Meu lugar é junto a Catharine — respondeu William. — O trabalho dela é muito mais importante do que o meu jamais seria.

No momento, Catharine estava escrevendo a história da revolução americana bem-sucedida e da nascente revolução francesa. Desde a chegada de Marat, ela dividia o tempo entre fazer perguntas a ele sobre o que acontecia em Paris e analisar os documentos que recebera do general Washington quando ela e William tinham visitado Mount Vernon em 1785. Catharine até entrevistara Marcus e Matthew para entender melhor os acontecimentos de 1777 e 1781, fascinando-se com os relatos de Marcus sobre Bunker Hill.

— Como você soube que a sra. Graham era... — Marcus interrompeu a frase, envergonhado da própria ousadia.

— A mulher da minha vida? — completou William, sorrindo. — Foi rápido... instantâneo, até. As pessoas acham que Catharine é uma velha vaidosa e que eu só estou atrás do dinheiro, mas, assim que nos conhecemos, eu soube que queria apenas estar ao lado dela.

Marcus pensou na faculdade de medicina em Edimburgo, e em Veronique em Paris. Talvez ela considerasse abrir um negócio na Escócia.

— Ouvi você falar da mulher que deixou em Paris... madame Veronique — continuou William. — Acha que ela pode ser sua alma gêmea?

— Achei que sim — disse Marcus, hesitante. — Acho que sim.

— Uma decisão tão importante deve ser difícil para um vampiro longevo — observou William. — É muito tempo para manter a lealdade.

— É o que Matthew diz — respondeu Marcus. — Ele e Juliette estão juntos há décadas, mas meu pai não se uniu a ela. Ainda.

Marcus temia que Juliette persuadisse Matthew a dar aquele passo irrevogável, apesar de Ysabeau assegurá-lo de que, se fossem se unir, já o teriam feito.

— *Monsieur* Marat diz que madame Veronique é uma revolucionária e tanto — disse William, enquanto se aproximavam do Kicking Donkey, a última parada antes de voltar para casa. — Pelo menos vocês têm isso em comum.

— Ela é mesmo — confirmou Marcus, orgulhoso. — Veronique e a sra. Graham se dariam maravilhosamente bem.

— Aposto que mais ninguém conseguiria dizer uma palavra — comentou William, segurando a porta aberta para Marcus.

O ar quente os atraiu, aromatizado por cevada e vinho azedo.

Marcus abaixou a cabeça para entrar no ambiente de pé-direito baixo. Era escuro e fumacento, repleto de fazendeiros murmurando sobre o preço do trigo e trocando dicas sobre o melhor gado que entraria em leilão. Marcus relaxou em meio aos sons e cheiros familiares da taberna rural — algo que nunca conseguia fazer no estabelecimento de Veronique em Paris, onde a cacofonia das vozes e a pressão dos corpos eram tão esmagadoras.

William pediu dois canecos de cerveja espumosa e eles foram para o canto mais afastado do salão. Sentaram-se nas cadeiras de madeira com espaldar alto e braços grossos nos quais podiam apoiar os copos entre goles. Marcus suspirou, contente.

— À sua saúde — brindou ele, antes de beber um gole.

Diferentemente do vinho, a cerveja às vezes azedava no estômago, mas valia a pena pelo sabor, que, como todo o restante em Binfield, o lembrava de casa.

— E à sua — disse William, retribuindo a cortesia —, mas, se continuarmos com essas caminhadas diárias, precisaremos pensar em outro brinde. À sua segurança, talvez?

O conflito crescente na França era tema de todas as conversas à mesa de jantar.

— Meu pai se preocupa demais — disse Marcus.

— *Monsieur* de Clermont viveu muita guerra e dificuldade ao longo dos anos — respondeu William. — E *monsieur* Marat clama pela morte de todos os aristocratas... Até de seu amigo, o marquês de Lafayette. Não surpreende que seu pai se preocupe com o fim que isso pode ter.

Na véspera, Catharine tinha convencido Matthew e Marcus a falar do que pensavam da situação atual da França, em comparação com o que tinham visto nas colônias. Marat interrompera a conversa, sacudindo os braços e gritando por mais igualdade e pelo fim de distinções sociais. Matthew pedira licença para sair da mesa, a fim de não ser atacado por Jean-Paul nem mostrar grosseria diante da anfitriã.

— Concorda com seu pai que a revolução na França será muito mais sangrenta e destrutiva do que a que aconteceu na América? — continuou William.

— Como pode ser? — perguntou Marcus, pensando nos campos manchados em Brandywine e no inverno em Valley Forge, nas barracas médicas com serras de amputação, nos gritos de homens moribundos, na fome, na imundície e nos horrores das presigangas britânicas ancoradas na costa de Nova York.

— Ah, a humanidade é de uma criatividade maravilhosa no que diz respeito a morte e sofrimento — disse William. — Vamos dar um jeito, meu amigo. Lembre-se dessas palavras.

Marcus e Marat voltaram para Paris em maio. Matthew foi convocado à casa Binfield a fim de realizar algum serviço para Philippe, e, deixado sem supervisão, Marat fez um plano de fuga. Era complicado e caro, mas, com a mesada de Marcus (que crescera devido a seu bom comportamento na Inglaterra), a esperteza de Marat (que não tinha limites) e o auxílio conspiratório de Catharine (que ajudava na logística), o plano deu certo. Marcus voltou a se encaixar na vida de Veronique e em sua nova moradia, no coração do bairro cada vez mais radical. Veronique abrira mão de seu antigo apartamento no sótão da padaria do *monsieur* Boulanger para que um sujeito plebeu de nome Georges Danton e os capangas dele usassem o lugar como base de operações para o novo clube político, os Cordeliers.

Matthew, que ao voltar para Binfield descobriu os quartos vazios e uma sra. Graham triunfante, escreveu uma carta furiosa exigindo que Marcus voltasse imediatamente para a Inglaterra. Marcus a ignorou. Ysabeau mandou uma cesta de morangos e alguns ovos de codorna para os Cordeliers, acompanhada de um pedido para Marcus visitá-los em Auteuil. Também foi ignorada, apesar de Marcus gostar muito da ideia de rever a avó e contar sobre Catharine e William. Quando Veronique reclamou que os Clermont tentavam interferir na vida deles, Marcus prometeu que a única coisa a que responderia no futuro seria uma convocação direta de Philippe. Porém, tal mensagem nunca chegou.

Marat embarcou em uma vida perigosa e clandestina, cada dia mais voltada para fantasias loucas e arroubos demoníacos. Ele voltou a publicar seu jornal, *L'ami du peuple*, logo depois de retornar, aparentemente impresso em uma loja na rua de L'Ancienne-Comédie. Durante o dia, ele se escondia à vista de todos, protegido por Danton e pelos outros valentões do bairro, enquanto uma rede de impressores, livreiros e jornaleiros na cidade toda arriscava a vida para distribuir o periódico aos leitores ávidos. À noite, Marat se recolhia aos porões, apartamentos e depósitos dos amigos, arriscando a segurança deles, além da própria.

A falta de endereço fixo de Marat — além da alta ansiedade causada pelo esforço coordenado da polícia, da Guarda Nacional e da Assembleia Nacional para capturá-lo — não ajudou em nada a melhorar seu frágil estado físico e mental.

Sua pele, que havia melhorado na Inglaterra, voltou a estourar em uma agonia de feridas vermelhas que coçavam. Marcus receitou uma lavagem de vinagre para diminuir a inflamação e prevenir uma infecção. Ardia, mas aliviava — tanto que Marat começou a andar com um lenço embebido em vinagre ao redor da cabeça. O cheiro acre anunciava sua presença muito antes de ele aparecer, então Veronique o apelidou de Le Vinaigrier e passou a arejar o depósito sempre que ele dormia lá, para não alertar às autoridades.

Enquanto Marat se escondia, Marcus passou o fim de maio e junho cavando no Champs de Mars e transportando carrinhos de mão repletos de terra até o lado de uma arena oval vasta, para que Paris pudesse comemorar adequadamente o primeiro aniversário da Queda da Bastilha quando julho chegasse. Marat era a única criatura que ele conhecia que não participava da escavação, alegando dor nas costas e nas mãos devido às muitas horas debruçado no texto dos jornais e escrevendo discursos contra seus rivais políticos.

Com Marat cada vez mais convencido de que havia conspirações vastas para desfazer a Revolução, e Veronique ocupada recrutando novos membros para os Cordeliers de Danton, Marcus acabou passando mais tempo com Lafayette. Como líder da Guarda Nacional e autor da nova constituição francesa, o marquês estava mergulhado nos planos de comemoração em julho. Ele tinha ordenado que tropas do país inteiro fossem a Paris — uma das teorias conspiratórias de Marat alegava que Lafayette fizera aquilo para se proclamar rei — e precisava encontrar abrigo, alimentação e entretenimento para os soldados. Ao mesmo tempo, Lafayette era chamado para receber os visitantes que chegavam para se juntar às festividades. Até a família real pretendia participar da festa.

Considerando a presença do rei, da rainha e do herdeiro ao trono, assim como de centenas de milhares de parisienses bêbados, dignatários estrangeiros e soldados armados, Lafayette, compreensivelmente, estava preocupado com a segurança. A ansiedade dele cresceu quando Marat anunciou oposição ao espetáculo planejado, levando ao ponto de fervura vitriólico a hostilidade latente entre os dois amigos de Marcus.

— "Cidadãos cegos impenetráveis pelos meus gritos de dor; durmam ainda, à beira do abismo" — leu Lafayette no jornal, e gemeu. — Marat está tentando causar uma revolta?

— Jean-Paul não acha que estejam ouvindo o clamor dele por igualdade — respondeu Marcus, tentando explicar a posição de Marat.

— Ele publica um clamor estridente atrás do outro para destruir a sociedade. E somos obrigados a ouvir. — Lafayette jogou o exemplar de *L'ami du peuple* na mesa.

Estavam sentados no escritório particular de Lafayette, onde a porta da pequena varanda estava aberta para o ar pesado de julho. A casa dele era luxuosa, mas menor do que o Hôtel de Clermont. O marquês escolhera propositalmente uma residência menos ostentosa do que a da maioria dos aristocratas e a decorara com elegância simples e neoclássica. Junto com Adrienne e os filhos Anastasie e Georges, tinha deixado Versalhes com prazer para aproveitar a vida em família na rua de Bourbon.

O pajem de Lafayette entrou trazendo uma carta.

— *Monsieur* Thomas Paine — anunciou o pajem. — Ele aguarda o senhor no salão.

— Não há necessidade de tal cerimônia — disse Lafayette. — Vamos recebê-lo aqui.

Marcus se levantou de um pulo.

— *Aquele* Thomas Paine?

— Infelizmente, existe apenas um.

Lafayette ajeitou o colete e a peruca enquanto o criado buscava o visitante americano.

Depois do que pareceu uma eternidade para Marcus, o criado voltou, acompanhado por um homem que parecia um pároco inglês do interior, vestido de preto da cabeça aos pés, com a gravata branca e simples sendo o único contraste, além do cabelo grisalho como pólvora. O nariz de Paine era comprido e bulboso, a ponta levemente virada para a direita. O lado esquerdo da boca era um pouco caído, formando uma estranha aparência de alguém cujas feições tinham sido moldadas em argila mole.

— Ah, sr. Paine. O senhor nos encontrou. Adrienne ficará triste por não vê-lo. Ela está com a família no momento.

— *Monsieur* — cumprimentou Paine, com uma reverência.

— Mas tenho um consolo, além de algumas bebidas — disse Lafayette, e mais criados apareceram com o chá antes de desaparecerem sem pronunciar uma palavra. — Este é meu caro Doc, que fez meu tratamento em Brandywine. Ele é um grande admirador de sua escrita, e sabe recitar *Senso comum* de cor e salteado. Marcus de Clermont, lhe apresento meu amigo Thomas Paine.

— Senhor — cumprimentou Marcus, retribuindo a reverência educada de Paine antes de ser invadido por uma onda de emoção e correr até ele com a mão estendida. — Permita-me expressar meu agradecimento por tudo que o senhor fez para levar a liberdade à América. Suas palavras foram meu maior conforto durante a guerra.

— Não fiz nada além de iluminar verdades autoevidentes — respondeu Paine, apertando a mão de Marcus.

Para leve surpresa de Marcus, o cumprimento foi perfeitamente comum. Ele sempre desconfiara que Paine fosse maçom, como o resto deles.

— Marcus de Clermont, é isso? Acredito que o senhor conheceu o dr. Franklin.

— Marcus e o dr. Franklin passaram muitas horas felizes experimentando juntos — contou Lafayette, conduzindo Paine a uma cadeira. — A morte dele foi um baque para todos que acreditam na liberdade, e mais ainda para os amigos, para quem seus conselhos seriam muito bem-vindos nesta época turbulenta.

A notícia da morte de Franklin tinha chegado a Marcus alguns dias após ele e Marat voltarem à França. O amigo tinha morrido de pleurisia, pois a infecção havia causado um abscesso que o impedia de respirar. Marcus sempre imaginou que ele viveria para sempre, de tão forte que era sua personalidade.

— Foi uma tremenda perda, realmente. E o que perguntaria ao dr. Franklin, se ele estivesse aqui? — questionou Paine delicadamente a Lafayette, aceitando, com um agradecimento, a xícara de chá.

Lafayette ponderou a pergunta, com dificuldade de responder, enquanto mexia no bule e no coador. Ele preferia café, e não era tão familiarizado com o utensílio quanto deveria. Marcus, que fora treinado pela mãe para mexer adequadamente no aparelho de chá, resgatou o marquês do desastre e se serviu também.

— O marquês está preocupado com *monsieur* Marat — explicou Marcus enquanto se servia. — Jean-Paul não gosta de insinceridade e acredita que a celebração da Bastilha é frívola.

— Insinceridade! Como ousa? — exclamou Lafayette, batendo a xícara no pires com um estrépito. — Posso ser acusado de muitas falhas, Doc, mas não se pode criticar minha devoção à liberdade.

— Então não há nada a temer — disse Paine, soprando o chá para esfriá-lo antes de tomar. — Ouvi que Marat se opõe a toda tentativa de reconciliação entre os que apoiam sua visão e os mais moderados.

— Marat é uma ameaça — disse Lafayette. — Não confio nele.

— Talvez seja por isso que ele também não confia em você — observou Paine.

Outro criado os interrompeu e murmurou ao pé do ouvido do senhor.

— Madame de Clermont chegou — anunciou Lafayette, o rosto tomado por sorrisos. — Que maravilha. Ela não vai querer chá. Pegue um vinho para ela, imediatamente. A madame deve estar exausta, se estiver chegando de Auteuil.

Marcus não via a avó desde que tinha voltado de Londres e não sabia o que esperar do encontro, considerando a quantidade de convites que recusara para agradar Veronique. Ele se levantou, nervoso, e Ysabeau de Clermont adentrou o cômodo, envolta em fitas e babados esvoaçantes. O vestido amarelo-claro era listrado de branco, adornado com ramos de miosótis azuis. O cabelo tinha sido levemente empoado, o que evidenciava os olhos verdes e o toque de cor nas bochechas. E a inclinação do chapéu de aba larga era decididamente lúdica — além de lisonjeira.

— Madame! — cumprimentou Lafayette, indo até Ysabeau para fazer uma reverência e lhe dar dois beijos em cada bochecha em um gesto familiar. — Você trouxe os jardins de verão consigo. Que surpresa agradável receber sua visita hoje. Eu e Marcus estamos falando da festa com *monsieur* Paine. Gostaria de se juntar a nós?

— Marquês — disse Ysabeau, sorrindo. — Não resisti a visitá-lo quando Adrienne me disse que estava sozinho aqui. Acabo de vir do Hôtel de Noailles. Como as crianças cresceram! Anastasie está a cada dia mais parecida com a mãe. E Georges... como ele é arteiro.

— Olá, *grand-mère* — disse Marcus, soando tão sem jeito quanto se sentia. Tentando disfarçar o nervosismo, pegou a mão dela para beijá-la. Tinha sentido mais saudade dela do que percebera.

— Marcus. — O tom de Ysabeau foi frio, como se uma brisa forte soprasse pelo Sena. Felizmente, apenas Marcus percebeu. Ela se virou para Paine. — Sr. Paine. Seja bem-vindo de volta. Como está sua perna? Ainda incha pelas manhãs?

— Está muito melhor, madame — respondeu Paine. — E como vai nosso querido *comte*?

— Ocupado com os negócios, como de costume — contou Ysabeau. — Como o senhor sabe, ele tem um interesse ávido por como a América enfrenta sua juventude.

Ela olhou de relance para Marcus.

— Se puder passar o recado, gostaria de agradecê-lo por me enviar uma cópia da carta do sr. Burke para o *monsieur* Depont — pediu Paine.

— Philippe teve certeza de que o senhor gostaria de saber o que estava sendo dito nos clubes de Londres — respondeu Ysabeau.

Ela se sentou na cadeira que a aguardava. Era funda, como cadeiras precisavam ser para sustentar as gaiolas que as mulheres vestiam ao redor da cintura, além da seda e do cetim que as cobriam. Veronique conseguia se virar com um banco de costas retas e uma almofada, mas Ysabeau, não.

— Estou agora mesmo redigindo minha resposta a Burke, madame — disse Paine, virando-se para ela. — Ele pretende publicar a carta, e eu desejo ter uma réplica pronta. Não há motivos para a França não poder tornar-se república, como os Estados Unidos. Posso incomodar o *comte* e visitá-lo para conversarmos? Não há homem algum cuja opinião eu valorize mais do que a dele.

Marcus olhou de Ysabeau para Paine, e de volta para Ysabeau.

— É claro, sr. Paine. As portas do Hôtel de Clermont estão abertas a todos com perspectivas políticas sérias — disse Ysabeau, fixando os olhos verdes em Paine como se ele fosse um corvo rechonchudo que ela considerava para a próxima refeição. — O que o senhor pensa da comemoração do marquês?

— Não é minha, madame — protestou Lafayette. — Pertence à nação.

Ysabeau ergueu a mão, o interrompendo.

— É modéstia sua, Gilbert. Sem você, não haveria nação. Ainda viveríamos no reino da França, e os camponeses ainda pagariam dízimo à igreja. Não é verdade, Marcus?

Marcus hesitou, mas assentiu. Veronique e Marat discordariam, mas Lafayette havia redigido a nova constituição, afinal.

— Acho que as pessoas precisam ver aquilo em que se pede que acreditem... neste caso, é a democracia — disse Paine. — Que mal pode haver em um desfile?

— Exatamente! — concordou Lafayette, assentindo com entusiasmo. — Não é um "espetáculo fútil", como alega *monsieur* Marat. É uma cerimônia de harmonia, um ritual de fraternidade.

O relógio sobre a lareira de Lafayette marcou as quatro horas. Marcus se levantou em um pulo, chocado ao ver quanto tempo tinha passado. Ele estava atrasado.

— Preciso ir — falou. — Tenho um compromisso marcado.

— Minha carruagem pode levá-lo — sugeriu Lafayette, tocando um sino a seu lado.

— Meu compromisso é aqui por perto, chegarei mais rápido a pé — explicou Marcus, que, relutante ao se despedir de Paine, considerou mudar de planos, mas foi impedido pela lealdade. — Adeus, sr. Paine.

— Espero que nossos caminhos voltem a se cruzar, *monsieur* de Clermont — respondeu Paine. — Na comemoração do marquês, se não antes.

— Eu adoraria, sr. Paine. *Grand-mère*.

Marcus fez uma reverência para Ysabeau.

— Não suma — disse a avó, erguendo os cantos da boca na sombra de um sorriso.

Marcus seguiu para a porta o mais rápido possível sem assustar o sr. Paine.

— Marcus? — chamou Ysabeau.

Marcus se virou.

A avó pegou o chapéu de lã vermelha que Marcus tinha deixado na cadeira na pressa para partir. Era um sinal visível da lealdade de Marcus aos ideais da Revolução.

— Não se esqueça do chapéu.

O Café Procope estava lotado de corpos quentes e suados. Mal tinha lugar para ficar em pé, e Marcus era como um peixe nadando contra a corrente enquanto tentava abrir caminho da porta até o fundo, onde os amigos esperavam.

— Marcus? É você? — chamou Fanny, acenando com a mão.

Ela usava um vestido simples de seda, no tom branco da revolução. O cabelo não estava empoado e caía até os ombros, no penteado que tinha sido adotado pelas damas mais elegantes, e ela usava uma versão do chapéu vermelho de Marcus — o dela, fabricado por um dos chapeleiros mais careiros da cidade.

— Fanny! — Depois de quase dois meses evitando a família, Marcus parecia incapaz de evitá-los naquele dia. — Você está longe de casa.

— Estamos no Quartier Latin, não na África — retrucou Fanny, abrindo caminho até ele em uma série de movimentos ágeis que incluíam pisar nos pés das outras pessoas, acotovelar costelas e piscar para homens. — O trânsito na cidade está um horror, é claro, então abandonei minha carruagem no Pont Neuf e vim andando. O que o traz aqui?

— Eu moro aqui — respondeu Marcus, procurando Veronique com o olhar.

— Com Danton e seu bando de assassinos e ladrões? — perguntou Fanny, fazendo que não com a cabeça. — Charles disse que você e Veronique estavam apertados em um sótão com seis outras criaturas. Parece um horror. Você deveria voltar a morar na minha casa. É muito mais confortável.

— Veronique e eu saímos do sótão — explicou Marcus e, desistindo de procurar Veronique com os olhos, tentou usar o nariz e os ouvidos. — Agora estamos morando em um apartamento de segundo andar. Mais perto da Sorbonne.

— Quem é seu alfaiate hoje em dia? — perguntou Fanny, o analisando. — Pelo corte dessa casaca, você parece combinar mais com o salão de Lafayette do que com os Cordeliers. Exceto pelo chapéu, é claro.

Marcus estreitou os olhos ao ouvir a menção ao marquês.

— O que você e Ysabeau estão aprontando, Fanny?

— Ysabeau? — Fanny deu de ombros. — Você anda passando tempo demais com Marat. Agora acha que há conspirações atrás de qualquer porta. Você sabe que não nos damos bem.

Era verdade que a avó e a tia trocavam farpas nos jantares de família, mas Marcus não conseguia deixar de sentir que estava sendo manipulado.

— *Liberté! Égalité! Fraternité!*

O coro dos Cordeliers ecoou pelo salão. Tinha começado nos fundos, onde Marcus iria encontrar Marat.

A multidão se abriu e Jean-Paul emergiu, com a ponta mole do chapéu vermelho caída sobre um olho e um punhado de papel na mão. Georges Danton vinha atrás, pronto para acompanhar o demônio ao antro subterrâneo que pretendia ocupar aquela noite. Com eles, estava Veronique.

— Marcus! — exclamou Veronique, de rosto corado, usando o vestido revolucionário autêntico que inspirava a versão da moda de Fanny. — Esperamos horas por você.

— Acabei me atrasando — disse Marcus, se desculpando.

Ele foi beijá-la, e ela farejou sua casaca.

— Esteve com Ysabeau. Você prometeu...

— Ysabeau foi visitar Lafayette — disse Marcus, interrompendo-a na pressa de assegurá-la de que não tinha quebrado a promessa. — Eu não fazia ideia de que ela iria.

— Lafayette! Viu, falei que ele não era confiável — murmurou Marat para Danton. — Ele é um Clermont e, como qualquer aristocrata, prefere rasgar a barriga da esposa e arrancar o coração do próprio filho pequeno a abrir mão de um privilégio sequer.

— Você sabe que não é verdade, Jean-Paul. — Marcus não conseguia acreditar no que o amigo dizia.

— Vamos embora — murmurou Fanny, puxando a manga dele. — Não adianta discutir.

Um emaranhado de espectadores se agrupava ao redor deles, de roupas rústicas e já no terceiro ou quarto copo de bebida. A maioria estava imunda, com farrapos amarrados no pescoço para absorver o suor e a sujeira, como se tivessem ido à taberna logo depois de um dia de trabalho braçal no Champs de Mars.

— Acorde, Marcus — disse Marat, com o tom feroz. — Essa gente não é sua família de verdade. Lafayette não é seu amigo. Querem apenas usá-lo para seus propósitos, para avançar os próprios projetos. Você é uma marionete dos Clermont, se sacudindo sempre que um deles puxa os fios.

Marcus olhou em silêncio para Veronique, esperando que ela o defendesse. Veronique não o resgatou, mas Fanny, sim.

— Você é muito corajoso, Marat, desde que esteja escondido no esgoto, ou atrás de um jornal, ou cercado por seus amigos — retrucou Fanny, dando o braço a Marcus. — Quando está sozinho, porém, aposto que você se mija até quando um inseto peida.

Soaram gargalhadas de alguns membros da plateia. Não de Marat, contudo. Nem de Veronique.

— Vocês são todos traidores — sibilou Marat, com o olhar desvairado, um demônio por completo, e os clientes humanos começaram a recuar, como se pressentissem a estranheza. — Logo vão ser todos obrigados a fugir, que nem ratos.

— Talvez, Jean-Paul — disse Fanny, dando de ombros. — Mas, assim como os ratos, eu e Marcus sobreviveremos até muito depois de você ser reduzido a pó e osso. Lembre-se disso antes de voltar a ofender minha família.

* * *

Semanas após a discussão no Café Procope, Marcus voltou para casa da grande cerimônia de aniversário do marquês de Lafayette. Estava coberto de lama, com as roupas ensopadas. Um dilúvio de proporções bíblicas tinha caído durante o desfile e os exercícios militares, ensopando a família real e os parisienses que tinham se reunido no Champs de Mars.

Apesar da chuva, tudo tinha sido perfeito. Ninguém levara um tiro acidental. O rei havia se comportado. Ainda mais importante, a franca rainha Maria Antonieta cumprira seu papel à perfeição, abraçando o *dauphin* e prometendo honrar os ideais da Revolução. Lafayette jurara defender a constituição. Paris inteira tinha comemorado, mesmo que as únicas criaturas capazes de ouvir tudo que era dito fossem vampiros como Marcus.

A maioria das pessoas em Paris concordaria que a comemoração de Lafayette convencera a nação de que o pior tinha ficado para trás, que houvera progresso. Infelizmente para Marcus, Veronique e Marat não estavam entre essa maioria. Eles tinham se recusado a frequentar os eventos.

— Estou em greve — declarara Veronique.

Aquelas palavras provocavam terror em qualquer coração parisiense, pois sugeriam uma interrupção na rotina que duraria muito tempo.

— Vá embora! Tenho um jornal para imprimir — gritara Marat quando Marcus insistira para ele sair e comemorar a revolução que tinha ajudado a criar. — Você é uma criança, Marcus, que brinca em vez de ocupar seu tempo com trabalho sério. Se deixarmos criaturas como você no comando, tudo estará acabado. Agora me deixe em paz.

Marcus decidira não forçar a questão com Jean-Paul. Quando ele estava naquele humor, nunca dava certo. Portanto, fora sozinho à comemoração e se divertira escutando as conversas entre Paine e o rei a respeito do que constituía a liberdade e o que era sinal de anarquia.

Quando Marcus empurrou a porta do apartamento — seca e lascada de um lado e inchada da umidade da varanda gotejante do outro, o que dificultava a abertura —, descobriu que Veronique o aguardava.

E também seu avô.

— Philippe.

Marcus ficou paralisado na entrada.

A presença do patriarca Clermont naquele pequeno apartamento servia apenas para enfatizar a pobreza e o desconforto de Marcus. Philippe era maior do que a maioria das pessoas, e seu tamanho dava a impressão de que ele ocupava mais espaço do que deveria. Naquele momento, estava empoleirado na beirada de um banco baixo, de pernas esticadas e tornozelos cruzados. No lugar das roupas elegantes de costume, usava linho marrom e, se não fosse o tamanho, poderia ser confundido com um *sans-culotte*. Ele estava com as mãos cruzadas atrás da cabeça e olhava as chamas que ardiam na lareira como se aguardasse um oráculo.

Veronique foi até a janela, roendo as unhas, furiosa. Ela se virou para ele.

— Onde você estava?

— No Champs de Mars — disse Marcus, declarando o óbvio. — Está tudo bem com Ysabeau?

Ele não conseguia pensar em mais nada que pudesse fazer Philippe aparecer ali, sozinho, sem aviso.

— Você precisa escolher, Marcus — disse Veronique, pondo as mãos na cintura em postura de desafio. — Ou eles, ou eu.

— Podemos ter essa discussão depois? — perguntou Marcus, que estava cansado, encharcado e com fome. — Me diga o que quer, Philippe, e vá embora. Você está perturbando Veronique.

— Madame Veronique resumiu bem a questão, a meu ver — respondeu Philippe, levando as mãos ao colo e tirando um punhado de papel do bolso. — Seu amigo Marat está violando o acordo e fomentando a rebelião entre o povo de Paris. Isso já seria motivo de preocupação. Agora, porém, ele pretende publicar este clamor para assassinar centenas de aristocratas em nome de expurgar a nação de possíveis traidores. Marat vai pregar esta convocação em todos os muros e todas as portas de Paris.

Marcus pegou os papéis da mão do avô. Passou o olhar pelas frases, escritas no garrancho inconfundível de Marat, incluindo correções riscadas com vigor e alterações feitas entre as linhas e nas margens.

— Como conseguiu isso? — perguntou Marcus, atordoado.

— E você se diz um defensor da liberdade — disse Philippe, em voz baixa. — Acaba de ler a exigência de Marat que decapitemos *quinhentos* ou *seiscentos* aristocratas em nome da paz e da felicidade, e sua única reação é perguntar como consegui isso. Pelo menos não me insultou ao fingir que era falsificado.

Marcus, como Philippe e Veronique, sabia que era genuíno.

— Marat gostaria que seu amigo Lafayette, um homem de honra, que lutou e derramou sangue pela liberdade da sua terra natal, fosse executado. Ele executaria o rei, e o *dauphin*, mesmo que seja apenas uma criança. Ele me mataria, assim como sua avó e Fanny — disse Philippe, deixando as palavras pesarem antes de continuar. — Você não tem lealdade, não tem orgulho? Como pode defender uma pessoa assim? Como vocês conseguem?

— O senhor não é meu pai, e não lhe devo lealdade, *sieur* — disse Veronique, usando o termo antigo para o líder de uma família de vampiros. Tal cortesia era sinal da seriedade da situação, e de sua possível fatalidade. — O senhor não tem direito de entrar em minha casa e me questionar.

— Ah, tenho, sim, madame — disse Philippe, com um sorriso agradável. — Não esqueça que sou a Congregação. Tenho todo o direito de questioná-la, se sentir que é um perigo para seu povo.

— O senhor quer dizer que é *um dos representantes* da Congregação — disse Veronique, apesar de haver dúvida em sua voz.

— É claro — respondeu Philippe, e sorriu, exibindo os dentes brancos à luz fraca. — Erro meu.

Philippe de Clermont, porém, não errava. Era uma das características dele que Fanny fizera de tudo para ensinar a Marcus, quando ele era mais jovem e ainda tentava conhecer a família e seu funcionamento.

— Acho que você está pronto para estudar na faculdade em Edimburgo, Marcus. As aulas de anatomia não podem ser mais sangrentas do que suas companhias em Paris — disse Philippe, entregando uma chave a ele. — Matthew está em Londres e o aguarda.

Marcus olhou o objeto de metal ornamentado com desconfiança.

— É a chave da sua casa. Fica perto do palácio de St. James. Fora dos muros da cidade, onde o ar é menos poluído, e onde terá mais privacidade do que aqui. Há um parque próximo para caçar — continuou Philippe, ainda estendendo a chave. — A sra. Graham e o marido têm uma casa nos arredores. Ela não está bem, e você será um bom conforto para William quando ela morrer. Quando voltarem as aulas, você viajará para o norte, para a Escócia. Lá, me será útil.

Marcus ainda não tinha aceitado a chave. Ele tinha certeza de que havia mais responsabilidades ocultas ali do que ajudar William na hora da morte de Catharine.

Philippe jogou a chave no ar, a pegou e a deixou no canto de um engradado próximo, que servia de cadeira ou mesa, dependendo da ocasião.

— Confio que você já tenha idade para chegar a Londres por conta própria. Leve Fanny consigo e garanta que ela não volte mais aqui. Paris não é mais segura — disse Philippe, se levantando, e seu cabelo roçou no teto baixo. — Não deixe de escrever para sua avó. Ela se preocupará se não souber de você. Obrigado pela hospitalidade, madame Veronique.

Tendo declarado os termos de rendição de Marcus, Philippe desapareceu em um clarão de marrom e dourado.

— Você sabia disso, Veronique? — perguntou Marcus, mostrando os papéis.

O silêncio de sua amada disse mais do que palavras.

— Jean-Paul está clamando por um massacre! — gritou Marcus.

Não era aquela sua ideia de liberdade.

— São inimigos da Revolução — disse Veronique.

Havia algo de fanático em seu tom seco e em seus olhos febris.

— Como pode dizer isso? Você nem sabe quem ele planeja matar — retrucou Marcus.

— Não faz diferença — argumentou Veronique. — São aristocratas. São todos iguais.

— Lafayette estava certo. Marat quer apenas causar confusão. Nenhuma igualdade jamais o satisfará. A revolução dele não pode vencer.

— *Marat* estava certo — disse Veronique, com raiva. — Você é um traidor, como o restante. Não acredito que o deixei entrar em mim... que confiei em você.

Toda aquela conversa sobre morte e revolução despertara algo sombrio e terrível em Veronique. Marcus precisava tirá-la de Paris também.

— Arrume suas coisas — disse Marcus, jogando o manuscrito de Marat no fogo. — Você vai para Londres comigo e com Fanny.

— Não!

Veronique revirou as chamas com as próprias mãos para recuperar as páginas. Estavam retorcidas e chamuscadas, mas ainda não inteiramente destruídas.

As mãos dela, porém — os dedos lindos, esguios e ágeis, as palmas macias —, ficaram queimadas e cheias de bolhas. Horrorizado, Marcus foi até ela.

— Deixe-me ver — disse ele, tentando pegá-las.

— Não — disse Veronique, desvencilhando-se. — Onde quer que eu diga "não", seja na minha cama, na minha taberna, na minha casa ou na minha cidade, você deve respeitá-la como minha palavra final, Marcus.

— Veronique. Por favor.

Marcus estendeu a mão.

— Não obedecerei a você, a seu avô, nem a homem algum.

Veronique tremia, o corpo consumido pelo choque e pela raiva. Marcus via as mãos começarem a sarar, o sangue poderoso reparando o dano causado pelo fogo.

— Vá, Marcus. Vá embora.

— Sem você, não — disse Marcus.

Ele não podia deixá-la ali, onde poderia cair nos encantos de Marat.

— Pertencemos um ao outro, Veronique.

— Você escolheu os Clermont — disse ela, amarga. — Agora, você pertence a Philippe.

28

Quarenta e cinco

26 DE JUNHO

Uma mulher roliça de cinquenta e tantos anos ia andando às margens do Sena. Ela usava tênis de caminhada pesados, um cardigã esvoaçante e uma echarpe colorida amarrada no pescoço. Carregava no ombro uma bolsa pesada. Ao avançar poucos passos, pegava uma folha de papel, a afastava do rosto para enxergar as palavras, olhava os pontos de referência ao redor e dava mais alguns passos.

— Ela precisa de óculos — observou Phoebe.

— Não é importante ela ver *você* — respondeu Jason. — É você quem tem que ver *ela*.

— E como eu não veria, com uma echarpe dessas?

O crepúsculo demorado de junho oferecia luz suficiente para os sentidos vampíricos de Phoebe processarem todos os detalhes da aparência da mulher — os brincos de prata compridos com pedras turquesa, o relógio grande, as leggings pretas, a camisa branca.

— A echarpe foi parte do combinado, lembra? — disse Jason, tentando ser paciente.

Phoebe mordeu o lábio. O combinado tinha levado mais de uma semana. Freyja fizera entrevistas no salão e meia dúzia de mulheres brancas de meia-idade haviam desfilado pela casa, elogiando a decoração e perguntando sobre os jardins.

No fim, Freyja escolhera a mulher que fizera o mínimo de perguntas e parecera menos interessada na casa. Curiosidade, segundo Freyja, não era uma qualidade importante na comida.

— Atente-se aos hábitos dela — orientou Jason. — Com que rapidez ela anda? Está no celular? Está distraída com um mapa, ou uma lista de compras? Está carregando sacolas e, portanto, é alvo mais fácil? Está fumando?

— Fumantes têm gosto ruim? — perguntou Phoebe.

— Não necessariamente. Depende do seu paladar. Mas fumantes sempre precisam de um isqueiro, ou estão dispostos a dividir o deles. Ande sempre com cigarros — aconselhou Jason. — Fica mais aceitável abordar desconhecidos.

Phoebe acrescentou os cigarros à lista mental de tudo que deveria carregar consigo — lencinhos umedecidos, dinheiro de propina, uma lista de hospitais próximos — e tudo que não deveria — cartões de crédito, um celular, qualquer documento de identidade.

Por alguns minutos, Phoebe e Jason observaram a mulher em silêncio. Sempre que a humana olhava as anotações e forçava a vista para se orientar, acabava esbarrando em alguém ou tropeçando em um paralelepípedo irregular. Uma vez, fez as duas coisas ao mesmo tempo e por pouco não caiu na água.

— Ela é muito desastrada — comentou Phoebe.

— Eu sei. Freyja escolhe muito bem — disse Jason, satisfeito. — Mas, lembre-se, ela pode até saber que você vai caçá-la, mas ainda não sabe onde, como ou quando vai atacar. Margot vai levar um susto e sentir medo... você vai escutar no coração, sentir o cheiro no sangue. A vontade de fugir se manifesta de qualquer jeito. É instinto.

A mulher parou de novo, parecendo observar a luz fraca na água e nas pedras.

— Pronto, a hora é essa — afirmou Jason, dando uma cotovelada em Phoebe. — Ela vai ficar mais um minuto na nossa frente. Desça e aproveite.

Phoebe continuou grudada no muro de pedra que servia de assento improvisado. Jason suspirou.

— Phoebe. É hora de você começar a se alimentar sozinha. Você está pronta, prometo. Essa mulher sabe o que está fazendo. Freyja já se alimentou dela, e ela tem um currículo impressionante.

A mulher — que se chamava Margot e era de Áries, pelo que Phoebe lembrava — tinha alimentado metade dos vampiros de Paris, de acordo com as referências que fornecera na entrevista. Sua aparência discreta disfarçava o fato de morar em um apartamento luxuoso no quinto *arrondissement* e ser detentora de diversos investimentos imobiliários pela cidade.

— Você não pode fazer por mim? — perguntou Phoebe. — Prefiro assistir e confirmar que entendi todos os passos.

O único jeito de abordar o ato de se alimentar de um humano, Phoebe descobrira, era tratá-lo como se fosse um balé. Havia passos específicos, posições para os pés, expressões faciais e até considerações de figurino.

— Não. Você já me viu caçar três humanos — respondeu Jason.

Ela e Jason tinham saído várias vezes depois da noite desastrosa em que ela atacara uma turista. Miriam os acompanhara na primeira vez, ficando de olho em

Phoebe enquanto Jason atacava um corredor atraente e forte no Jardin du Luxembourg. Aquilo tinha atiçado o apetite dela, além do desejo chocante de correr e perseguir alguém. Naquela hora da manhã, as únicas criaturas disponíveis, além de corredores, eram esquilos e pombos, mas Miriam deixara que ela se divertisse com os bichos até o sol nascer. Jason até a desafiara a lanchar um esquilo, e tinha sido tão nojento quanto ela imaginava.

Como Phoebe se comportara sem envergonhar a criadora naquela ocasião, ela e Jason tinham recebido permissão para sair sozinhos. O amanhecer e o anoitecer eram considerados horários seguros para caçar, já que as sombras se estendiam e não havia risco de as luzes fortes da noite parisiense queimarem os olhos de Phoebe.

— Phoebe — disse Jason, desta vez com um empurrão.

Se Phoebe ainda fosse sangue-quente, ela teria caído os cinco metros até a rua. Como era vampira, ficou meramente irritada e o empurrou de volta.

— Margot está passando — apontou Jason, a voz urgente.

— Talvez eu espere para morder ela por trás — hesitou Phoebe.

— Não. Não é seguro. Não para alguém tão jovem. Se ela corresse, e você fosse atrás, o que seria irresistível, os humanos notariam — explicou Jason, vendo Margot sumir ao virar uma curva no rio. — Droga.

— Freyja vai ficar chateada, né?

Phoebe não queria decepcionar a tia de Marcus — nem Miriam. Entretanto, ainda não se sentia pronta para se alimentar de uma *pessoa*.

— Desculpa, Jason — acrescentou. — Só não estou com fome.

Phoebe, na verdade, estava faminta. Precisava passar um tempo agradável com Perséfone e uma garrafa de vinho.

Um grupo de mulheres veio andando pela rua do outro lado, de braços dados. Estavam rindo e tinham se divertido muito à tarde, considerando os passos cambaleantes e a quantidade de sacolas de compras que carregavam.

Phoebe farejou o ar.

— Não, Phoebe — disse Jason. — Essas mulheres não são adequadas. Primeiro, porque não foram pagas. Você não pode só...

— Phoebe? — perguntou Stella, olhando espantada para Phoebe.

— Stella!

Phoebe arrancou os óculos escuros e pestanejou diante da luz escura como se fosse meio-dia e o sol estivesse a pino. Ela desceu para cumprimentar a irmã, mas foi interrompida por Jason.

— Muito rápido. Muito cedo — sussurrou Jason.

Freyja lhe advertia todos os dias para ir mais devagar. Porém, era a irmã dela e Phoebe não a via, nem falava com ela, havia quase dois meses.

— Mal te reconheci — comentou Stella, recuando um passo quando ela se aproximou. — Você está...

— Fantástica! — exclamou uma das amigas de Stella. — Essa jaqueta é Seraphin?

Phoebe olhou para a jaqueta de couro que tinha pegado de Freyja. Deu de ombros.

— Não sei. É de uma amiga.

— Sua voz... — começou Stella, mas, lembrando-se de que não estavam sozinhas, se interrompeu.

— Como vão a mamãe e o papai? — perguntou Phoebe.

Ela estava desesperada por notícias da família. Sentia saudade dos jantares casuais de fim de semana, em que compartilhavam histórias sobre tudo que acontecia.

— O papai anda cansado, e a mamãe, preocupada por ele estar dormindo mal. Mas como dormiria bem, já que... sabe...

Stella se calou.

— Quem é esse seu amigo? — perguntou uma das mulheres, com um olhar sedutor para Jason, que esperava a poucos passos delas.

— Ah, é meu irmão postiço. Jason.

Phoebe o chamou, e Jason veio andando até elas, com um sorriso amistoso.

— Você não contou pra gente que tinha um irmão — murmurou a mulher para Stella —, muito menos um bonito assim.

— Ele não... Ele é um amigo íntimo da família, na verdade — explicou Stella, a voz animada, e olhou feio para Phoebe.

Normalmente, aquele olhar de ultraje e culpa faria Phoebe correr para se desculpar e se redimir. Sempre fora a boazinha da família, aquela que sempre cedia, se entregava e abria mão para manter a paz.

Mas, naquele momento, Phoebe era uma vampira, e se preocupava muito menos com os sentimentos da irmã do que antes do sangue de Miriam entrar em suas veias. Ela torceu a boca e levantou as sobrancelhas, retribuindo o olhar de Stella com igual ultraje, mas desdém no lugar da culpa.

Não é problema meu, pensou Phoebe.

Pela expressão espantada de Stella, ela entendeu o recado. Era atípico que Phoebe a desafiasse. Stella, desacostumada a ceder tão rápido, a alfinetou:

— E o que aconteceu com Marcus? Ele sabe que você anda por aí com outro cara?

Phoebe reagiu como se tivesse sido mordida por uma cobra peçonhenta. Recuou, horrorizada diante da sugestão de que estaria sendo infiel.

— Vamos, Phoebe — disse Jason, pegando o braço dela.

— Ah, entendi — continuou Stella, com uma expressão triunfante. — Não suportou o tempo de distância e decidiu se divertir um pouquinho?

As amigas de Stella riram, um pouco nervosas.

— Ele liga para a mamãe e o papai de tantos em tantos dias, sabia? — contou Stella. — Pergunta por eles, por você. Até por mim. Vou contar que você está ótima... sem ele.

— Não ouse.

Phoebe estava a milímetros de Stella, sem lembrança de como tinha chegado ali. Não era boa notícia. Significava que ela havia se esquecido de se mover como sangue-quente.

— E vai fazer o quê? — perguntou Stella, baixinho. — Me morder?

Phoebe queria. Queria também arrancar aquela expressão de superioridade do rosto da irmã e dar um susto daqueles nas amigas dela.

— Você não faz meu tipo — respondeu Phoebe.

Stella arregalou os olhos.

— Não mexa comigo, Stella — advertiu Phoebe, abaixando a voz. — Como deu pra ver, não sou mais a moça boazinha de antigamente.

Phoebe deu as costas. Foi libertador, como se estivesse se despedindo do passado, a caminho de um novo futuro brilhante.

Ela foi caminhando, batendo na calçada os saltos altíssimos das botas. Jason a alcançou e a fez desacelerar, em passos que pareciam arrastados.

— Devagar, Phoebe — disse Jason.

Eles andaram em silêncio por horas, até a lua se erguer e as luzes de Paris se acenderem, forçando Phoebe a pôr os óculos escuros de volta.

— Hoje não deu tão certo, né? — perguntou Phoebe.

— Era para você caçar uma humana e se alimentar — lembrou Jason. — Em vez disso, você brigou com sua irmã sangue-quente bem na frente das amigas dela. Eu diria que foi um leve desastre.

— Miriam vai ficar furiosa.

— Vai, sim.

Phoebe mordeu o lábio, ansiosa.

— E eu ainda estou com fome.

— Deveria ter aproveitado Margot quando podia.

Uma mulher branca de meia-idade passou andando por eles, digitando no celular. Ela parou e revirou a bolsa.

— Vocês têm um isqueiro? — perguntou, mal desviando o olhar da tela.

— Tenho — respondeu Jason, e jogou o isqueiro para Phoebe, sorrindo.

29

Sua parte de liberdade

1 DE JULHO

Eu comecei a perder as estribeiras alguns dias depois do aniversário de Matthew. Como na maioria das crises, não notei os sinais. Foi só no dia primeiro de julho que percebi o problema.

O dia começou razoavelmente bem.

— Bom dia, pessoal! — exclamei alegremente para Matthew ao calçar meus tênis, depois de tomar um banho e me vestir. — Hora de levantar!

Matthew me olhou feio e me puxou de volta para a cama.

Nosso último projeto familiar — lidar com duas crianças Nascidas Brilhantes entrando naquela fase difícil um pouco antes do previsto, uma delas com um grifo e a outra com vontade de morder — se mostrara muito mais difícil do que encontrar Ashmole 782 e suas páginas perdidas, ou enfrentar a Congregação e seus preconceitos antiquados. Estávamos completamente exaustos.

Depois de um rala e rola energizante debaixo do dossel, fomos acordar os gêmeos. Apesar do sol mal ter acabado de nascer, o restante do time Bishop-Clairmont estava desperto e a postos.

— Fome — disse Becca, cuja boca tremia.

— Dormiu — avisou Philip, apontando para Apolo. — Shh.

O grifo tinha saído da lareira e dado um jeito de subir no berço de Philip. O peso dele desequilibrava a cama perigosamente, e seu rabo comprido pendia para fora. O berço balançava suavemente no ritmo de seus roncos.

— Acho que a gente devia pensar em trocar os berços por camas — disse Matthew, desvencilhando Philip da manta e das asas do grifo.

Apolo abriu um olho. Ele se espreguiçou e deu um salto no ar. Bem quando achei que ele ia cair com um baque, ele abriu as asas e flutuou suavemente até pousar. Apolo bicou as plumas do peito e abanou as asas para ajeitá-las. Passou a língua comprida ao redor dos olhos e da boca, como se limpasse os resquícios do sono.

— Ah, Apolo — falei, sem conseguir conter a risada ao ver o equivalente grifo da rotina matinal dos gêmeos: pentear o cabelo, ajeitar o pijama, lavar o rosto.

Apolo baliu um som lamurioso e foi saltitando até a escada. Ele estava pronto para o segundo ato: café da manhã.

Becca estava tagarelando alegremente com a colher e enfiando mirtilos na boca com os dedos quando Philip começou a se incomodar.

— Não. Descer.

Ele estava se debatendo e se revirando na cadeirinha enquanto Matthew tentava prender o cinto de segurança.

— Se ficasse quieto enquanto come, não teríamos que te amarrar na cadeira — disse Matthew.

Ao ouvir aquelas palavras, algo em mim estourou.

Estivera bem escondido, encolhido em uma parte sombria da alma que eu escolhia não notar.

A tigela de cerâmica que continha meu cereal com fruta caiu das minhas mãos. Ela se estilhaçou ao bater no chão, espalhando frutas e cacos por todos os lados.

Uma cadeira. Pequena. Rosa. Com um coração roxo pintado nas costas.

— Diana? — chamou Matthew, com o rosto franzido de preocupação.

Marthe entrou no cômodo, alerta, como sempre, a qualquer mudança na casa. Ela localizou Becca, sentada na cadeira com a colher erguida e os olhos arregalados. Philip tinha parado de se debater e me olhava.

— Opa — disse Philip.

Um tremor subiu pelos meus braços. Meus ombros se sacudiram.

Alguma coisa aconteceu naquela cadeira. Alguma coisa que não gostei. Alguma coisa que queria esquecer.

— Sente-se, *mon coeur* — disse Matthew, devagar, apoiando as mãos nas minhas costas.

— Não toque em mim — falei, me desvencilhando e me debatendo como Philip.

Matthew recuou, levantando as mãos em gesto de rendição.

— Marthe, vá buscar Sarah — pediu ele, olhando fixamente para mim.

Fernando apareceu na porta da cozinha e Marthe passou correndo por ele.

— Tem alguma coisa errada — falei, de olhos marejados. — Desculpa, Matthew. Não queria...

Não queria voar.

— A casa da árvore — sussurrei. — Foi depois do meu pai construir aquela casa da árvore no quintal.

Eu estava de pé na plataforma que se estendia entre os galhos grossos. Era outono, e as folhas tinham a cor do fogo, cobertas por uma camada de geada. Estiquei os braços, sentindo o ar me tocar e sussurrar. Sabia que não devia estar lá em cima sem um adulto. Aquilo me fora ensinado tantas e tantas e tantas vezes.

— O que aconteceu? — perguntou Fernando.

— Não sei. Algo a afetou — respondeu Matthew.

Eu levantei os braços.

— Ah, cacete — disse Sarah, chegando e fechando o quimono ao redor do corpo. — Achei mesmo que tinha sentido cheiro de poder.

Não minta para mim, Diana. Eu sinto o cheiro da sua magia.

— Qual é o cheiro? — perguntei, tanto antes quanto naquele momento.

O ambiente se enchia de criaturas — Marcus e Agatha, Marthe e Sarah, Fernando e Jack. Becca e Philip. Apolo. Matthew. Todos me observavam.

Não estava nem aí se minha mãe sentia o cheiro da minha magia. Queria brincar com o ar. Mergulhei de cabeça. Algo puxou meu braço. O medo me agarrou pela barriga, me segurou em cheio, me revirou.

— Vão embora! Me deixem em paz! Parem de me olhar! — gritei.

Philip caiu no choro, confuso com meu ataque.

— Não chore — supliquei. — Por favor, amor, não chore. Não estou brava. A mamãe não está brava.

Becca começou a chorar, soluçando junto ao irmão, e então começou a sentir outra coisa.

Medo.

Passado e presente me atingiram em ondas aterrorizantes e doloridas. Fiz a única coisa em que consegui pensar para fugir.

Subi ao ar e saí voando, escada acima até o topo da torre, de onde mergulhei, de cabeça, no ar sussurrante.

Daquela vez, ninguém tentou me impedir de voar.

Daquela vez, não caí no chão.

Daquela vez, usei minha magia.

Daquela vez, eu subi.

Matthew estava esperando nas ameias quando voltei do meu voo imprevisto. Apesar de ser um dia ensolarado e claro, ele tinha acendido a fogueira e jogado galhos verdes para criar uma nuvem de fumaça, como se quisesse garantir que eu encontrasse o caminho de casa. Avistei-a ao me aproximar: uma pluma cinza e espessa subindo ao céu azul.

Mesmo quando meus pés aterrissaram no deque de madeira, Matthew não se aproximou, o corpo retesado como uma mola de preocupação e tensão. Quando avancei até ele, primeiro devagar, e depois correndo, Matthew me abraçou com a força suave das asas de um anjo.

Suspirei, meu corpo se encaixando no dele. Exausta, esgotada e confusa, deixei ele me sustentar por alguns momentos. Em seguida, me afastei e o olhei de frente.

— Meus pais não me enfeitiçaram uma vez, Matthew — comecei. — Eles me enfeitiçaram várias vezes, pouco a pouco, mês a mês. Começaram devagar, com pequenos pesos e amarras para me manter aqui, para me impedir de voar, para me impedir de botar fogo nas coisas. Quando Knox foi à nossa casa, eles não tiveram escolha além de me amarrar em tantos nós que eu não pude fugir.

— Eu ativei essa memória quando tentei prender Philip na cadeira — concluiu Matthew, devastado.

— Foi só a gota d'água. Acho que as histórias de Marcus sobre Philippe e a mão invisível que guiava tudo que ele fazia me ajudaram a desbloquear essas lembranças.

Na grama lá embaixo, as crianças conversavam, brincando com Apolo. Ruídos suaves sugeriam que Marcus estava pescando no fosso. Sussurros entre os adultos forneciam uma melodia quieta e regular. Porém, havia vampiros entre eles — jovens e velhos —, e eu não queria ser ouvida.

— A memória não é o pior. É o medo... não só meu, mas dos meus pais. Apesar de saber que aconteceu faz muito tempo, a *sensação* é de que ainda está acontecendo — expliquei, em voz baixa. — Tenho a péssima impressão de que algo horrível está prestes a acontecer. Parece que minhas crises de ansiedade voltaram, ainda piores.

— É assim que ressurgem memórias de trauma — disse Matthew, também em voz baixa.

— Trauma? — A palavra conjurava imagens de crueldade e violência. — Não, Matthew. Não é isso. Eu amava meus pais. Eles me amavam. Eles estavam tentando me proteger.

— É claro que queriam proteger, ajudar e guiar você. Mas, quando um filho descobre que os pais estavam escolhendo seu caminho o tempo inteiro, é impossível não se sentir traído.

— Que nem Marcus.

Nunca pensei que meus pais tinham qualquer coisa em comum com Philippe de Clermont. Eles eram tão diferentes, mas, naquilo, eram muito parecidos.

Matthew concordou.

— A tradição familiar vai parar aqui e agora — falei, rouca. — Não vou amarrar meus filhos. Não me importo se Becca morder todos os vampiros da

França, ou Philip convocar um esquadrão de grifos. Nada de coleiras. Baldwin vai ter que engolir.

O sorriso de Matthew foi lento, mas largo.

— Então você não vai ficar chateada quando eu contar que destruí todas as amostras de sangue e de cabelo das crianças sem examinar? — perguntou ele.

— Quando?

— Logo antes do Natal. Quando estávamos na Velha Cabana. Achei que o melhor presente que eu podia dar a eles era a incerteza.

Eu abracei meu marido com força.

— Obrigada — sussurrei ao seu ouvido.

Pela primeira vez na vida, eu estava inteiramente feliz por não ter todas as respostas.

Mais tarde, no mesmo dia, eu estava observando as crianças dormirem no tapete da biblioteca. Desde que eu voltara do voo espontâneo, eles estavam carentes, querendo ficar por perto. Eu também queria.

Vi os fios que os cercavam cintilarem e estremecerem a cada respiração. Os gêmeos tinham passado meses juntos no útero, e ainda havia fios que pareciam uni-los. Eu me perguntei se gêmeos eram sempre assim e se haveria algo forte o suficiente para romper tal vínculo, ou se aqueles fios simplesmente relaxariam e se alongariam com o passar do tempo.

Becca jogou um braço para cima. Um fio iridescente e prateado escorreu de seu cotovelo. Eu o acompanhei enquanto ele serpenteava, se enroscava e deslizava pelo chão até...

Meu dedão do pé.

Sacudi meu pé, e o braço de Becca estremeceu de leve, antes de relaxar.

Um olhar frio me atingiu. Culpada por Matthew ter me descoberto interferindo na autonomia de nossa filha, eu me virei.

Porém, quem me observava era Fernando, e não meu marido. Eu me levantei e saí do cômodo, deixando a porta entreaberta para ficar de olho nos gêmeos.

— Fernando — falei, afastando-o da porta. — Precisa de alguma coisa? Está tudo bem com Jack?

— Está tudo bem — respondeu Fernando. — E com você? Sei como você admira Philippe.

Uma sombra verde esvoaçou pelo corredor. Mesmo morto, meu sogro não conseguia deixar ninguém quieto.

— Eu sabia que Philippe me observava no passado e que continuou a me observar até morrer. Nada do que Marcus me disse foi surpreendente. Eu só não tinha feito a conexão entre o que ele fez e o que meus pais fizeram.

— Acreditar que está sendo manipulada e ter provas disso são coisas muito diferentes — disse Fernando.

— Eu não diria dessa forma. — Assim como "trauma", "manipulação" soava negativo e malicioso.

— Dou crédito a Philippe, ele era bom em manipulação — continuou Fernando. — Quando o conheci, achei que ele fosse em parte bruxa, para conseguir prever tão precisamente as ações dos outros. Agora sei que ele era apenas um juiz experiente da ética das criaturas... Não apenas do senso moral, mas dos hábitos de pensamento e corpo que informam cada ação.

Mesmo naquele momento, apesar de Philippe ser um fantasma, eu sentia seu olhar em mim. Olhei de relance para o outro lado do patamar.

Ali estava ele, envolto nas vestes escuras de um príncipe medieval, de braços cruzados, com um leve sorriso no rosto.

Atento.

— Sei que ele está ali. Também sinto ele — disse Fernando, apontando o canto com a cabeça. — Ysabeau pode até afastar o espírito dele por necessidade, mas eu, não. Eu gostaria da aceitação de Philippe, é claro, mas nunca precisei de nada dele. Hugh era o predileto de Philippe, sabia? E nunca mudou, nem mesmo depois dele se unir a um homem de pele escura demais para passar por branco, um homem que não seria útil à família se não fosse como servo ou escravizado. Eu nunca pude me sentar à mesa ao lado de Hugh, ou me juntar a ele nos corredores do poder onde Philippe se sentia tão à vontade.

O mal que Philippe causara a Fernando fora temperado pela amargura ao longo dos muitos séculos, e, por isso, sua voz se mantinha firme e tranquila.

— Sabe por que Hugh era tão especial para o pai? — perguntou Fernando.

Balancei a cabeça em negativa.

— Porque Philippe não o entendia. Nenhum de nós entendia. Nem eu, mesmo bebendo de sua veia do coração. Havia algo de misterioso e puro em Hugh que nunca podia ser tocado ou conhecido e que, ainda assim, aguardava ser descoberto. Sem aquela peça que faltava, Philippe nunca tinha certeza quanto a ele e ao que ele faria.

Pensei na decisão de Matthew de não investigar o DNA dos gêmeos em busca de sinais de magia e ira do sangue. A história de Fernando me deu ainda mais confiança de que era a escolha certa.

— Você me lembra de Hugh, e tem a mesma aura de guardar um segredo que ainda não está pronta para compartilhar — comentou Fernando. — Acho que Philippe teria passado por poucas e boas para tentar acompanhá-la. Talvez seja por isso que a tenha escolhido como filha.

— Quer dizer que Philippe me tornou sua filha por juramento de sangue porque estava entediado? — perguntei, com um toque de graça.

— Não... foi pelo desafio. Philippe amava desafios. E nada despertava mais sua admiração do que alguém que o enfrentasse — explicou Fernando. — É por isso que Philippe também gostava tanto de Marcus... apesar de ter descoberto as engrenagens do filho de Matthew mais rápido do que um engenheiro. Foi o que provou em 1790, e também depois.

— Em Nova Orleans — completei, pensando nas revelações que ainda viriam. Fernando confirmou.

— Mas apenas Marcus pode contar essa história.

O quarto de Marcus em Les Revenants ficava em uma das torres redondas, como a maioria dos quartos. Como eu queria que toda a família de Matthew se sentisse bem-vinda e acolhida ali, eu consultara cada um quanto ao que podíamos fazer para tornar o espaço confortável e único para eles. Marcus queria apenas uma cama com muitas almofadas para ler, uma poltrona confortável perto da janela para ver o mundo passar, alguns tapetes grossos para manter o silêncio e uma televisão. A porta do quarto estava entreaberta, o que tomei como sinal de que aceitava visitas.

Antes que eu pudesse bater na porta, Marcus a abriu.

— Diana — disse ele, fazendo sinal para eu entrar. — Achamos que você viria.

Matthew e Ysabeau estavam com ele.

— Você está ocupado — falei, recuando um pouco. — Volto depois.

— Fique — pediu Marcus. — Estamos falando de heresia e traição. Temas tipicamente alegres para a família Clermont.

— Marcus está nos contando como foi a vida dele depois de Philippe mandá-lo para longe — disse Ysabeau, observando o neto de perto.

— Não usemos eufemismos, *grand-mère*. Ele me exilou.

Marcus estava com *Senso comum* na mão, e ergueu o livro.

— Fui embora com Fanny, este livro e uma bolsa de cartas para Matthew — continuou. — E apenas meio século depois me pediram para voltar.

— Você deixou claro que não queria nossa interferência — disse Ysabeau, com a expressão pétrea.

— Mas vocês interferiram — retrucou Marcus, andando em círculos como um animal enjaulado. — Philippe ainda dirigia minha vida. Ele passou a maior parte do século seguinte atrás do meu rastro. Edimburgo, Londres, Filadélfia, Nova York, Nova Orleans. Onde quer que eu estivesse, o que quer que eu fizesse, havia sempre lembretes de que ele estava de olho. Julgando.

— Não sabia que você tinha percebido — disse Ysabeau.

— Você não pode achar que fui tão distraído. Não depois daqueles últimos dias em Paris, quando você apareceu na casa de Gil... ainda por cima com Tom Paine. Depois, Fanny no Café Procope. Finalmente, o próprio Philippe na casa de Veronique. Foi meio orquestrado demais.

— Não foi o melhor momento de Philippe — concordou Ysabeau.

Seus olhos tinham um brilho estranho. Pareciam cobertos por um filme avermelhado.

Ela estava chorando.

— Já basta, Marcus — disse Matthew, preocupado com o bem-estar da mãe. Ysabeau ainda não tinha se recuperado da morte de Philippe, e seu luto persistia.

— Quando foi que esta família decidiu que a verdade é inaceitável? — questionou Marcus.

— Honestidade nunca foi parte dos valores da nossa família — disse Ysabeau. — Desde o início, tivemos muito a esconder.

— Minha ira do sangue não tornou os Clermont mais abertos — observou Matthew, melancólico, aceitando parte da culpa. — Penso muito em como tudo seria diferente se eu não fosse suscetível à doença.

— Para começo de conversa, você não teria Becca e Philip — retrucou Marcus. — Precisa parar de se culpar, Matthew, ou vai machucar seus filhos de modos que não poderá consertar, como fez comigo em Nova Orleans.

Matthew pareceu espantado.

— Eu sabia, Matthew — continuou Marcus, cansado. — Eu sabia que Philippe tinha mandado você, e que você teria me deixado em paz, para me virar sozinho. Eu sabia que ele tinha mandado nos matar... Philippe não teria aberto uma exceção para mim, nem para ninguém, se nossa existência pusesse Ysabeau em perigo. Você desobedeceu às ordens dele, apesar de Juliette estar ao seu lado, encorajando-o a fazer a "coisa certa" e me sacrificar.

Eu queria saber de Nova Orleans, e achava que seria difícil fazer Marcus falar daquela época horrível. Porém, parecia que ele estava pronto para revisitar o que tinha acontecido lá.

— Philippe sempre foi mais implacável com aqueles que amava do que com aqueles de quem sentia pena — disse Ysabeau.

Algo em sua expressão me dizia que era um fato que ela sabia por experiência.

— Meu pai não foi perfeito, você está certo — disse Matthew. — Nem foi onisciente. Ele nunca sonhou que você voltaria para a América, por exemplo. Philippe fez todo o possível para tornar a Inglaterra atraente para você... Edimburgo, a casa em Londres, William Graham. Mas havia duas coisas que ele não podia controlar.

— Que coisas? — perguntou Marcus, sinceramente curioso.

— A imprevisibilidade da doença epidêmica e seu talento para a cura — respondeu Matthew. — Philippe estava tão ocupado tentando te afastar de Veronique e do Terror na França que esqueceu seu vínculo com a Filadélfia. Depois do assassinato de Marat, Philippe alertou os capitães de todos os navios que não deveriam te transportar pelo canal por motivo algum. Se desobedecessem, os negócios deles seriam arruinados.

— Jura? — Marcus parecia mesmo impressionado. — Bem, serei sincero: apenas um lunático escolheria ir para a Filadélfia em 1793. A guilhotina era menos assustadora do que a febre amarela. E era mais rápida, também.

— Nunca houve nenhuma dúvida em mim quanto ao caminho que você escolheria — disse Matthew, com um olhar carinhoso e orgulhoso para o filho. — Você cumpriu seu dever de médico e ajudou aos outros. É tudo que sempre fez.

Morning Chronicle, Londres

24 DE OUTUBRO DE 1793

Página 2

A execução ocorreu na quarta-feira, dia 16.
...
Nada semelhante à tristeza ou pena pelo destino da Rainha foi revelado pelo povo, que encheu as ruas pelas quais ela passaria. Na ocasião de sua chegada à Place de la Revolution, ela desceu da carruagem com auxílio e subiu ao cadafalso com aparente compostura. Foi acompanhada por um Padre, que serviu de Confessor. Ela usava um vestido de meio-luto, evidentemente não ajustado com muita atenção. De mãos amarradas às costas, ela olhou ao redor, sem terror, inclinou-se para se ajustar à máquina, o machado foi abaixado e a cabeça imediatamente se separou do corpo. Quando a cabeça foi exposta pelo Carrasco, três jovens mulheres foram vistas mergulhando os lenços no sangue que escorria da Rainha falecida.

30

Dever

OUTUBRO DE 1793 A DEZEMBRO DE 1799

Marcus morava na Inglaterra havia anos e estava habituado a procurar notícias estrangeiras nos jornais. A primeira página era sempre dominada por anúncios de teatro, propagandas de tratamentos médicos, alertas imobiliários e vendas de bilhetes de loteria. As notícias da América normalmente vinham na terceira página. O assassinato de Marat em julho merecera menção ainda na segunda.

Ele, contudo, se surpreendeu ao encontrar a história do julgamento e da execução da rainha Maria Antonieta relegada ao mesmo lugar que Marat antes ocupara na segunda página, os dois tornando-se estranhos companheiros na morte.

— Executaram a rainha — contou Marcus para Fanny, em voz baixa. Tornara-se parte da rotina matinal dos dois se sentarem juntos para beber café e ler os jornais. — Chamaram ela de vampira.

Fanny ergueu o olhar do exemplar de *The Lady's Magazine*.

— Não com essas palavras — corrigiu-se Marcus, apressado. — "Maria Antonieta, viúva de Louis Capet, desde sua moradia na França, tornou-se o flagelo e a sanguessuga dos franceses."

— Viúva Capet — suspirou Fanny. — Como a França chegou a esse ponto?

Todas as notícias que chegavam da França traziam novas histórias apavorantes de morte, terror e traição. Philippe e Ysabeau tinham fugido de Paris havia meses para se refugiar no *château* da família, Sept-Tours, com intenção de evitar a violência crescente. Os jacobinos haviam prometido dar uma guilhotina montada em carroça para todos os regimentos do exército, de modo a executar aristocratas conforme avançavam pela França.

"Não se preocupe. A família já sobreviveu a tempestades piores atrás desses muros", escrevera Ysabeau em uma das últimas cartas para Marcus. "Sem dúvida também sobreviveremos a isso."

Mas não eram apenas os avós que estavam em perigo. O mesmo acontecia com Lafayette e sua família. O marquês estava aprisionado na Áustria, e sua esposa e filhos, em prisão domiciliar no interior. Thomas Paine tinha voltado a Paris, enfrentando Robespierre e os outros radicais na Convenção Nacional.

E havia Veronique, de quem Marcus não conseguia nenhuma notícia.

— Deveríamos voltar — disse Marcus a Fanny, do outro lado da vasta mesa de mogno que dominava a sala de jantar em Pickering Place.

— *Far* não quer que voltemos — observou Fanny.

— Preciso saber se Veronique está bem. Parece que ela desapareceu completamente.

— É assim que sobrevivem os vampiros, Marcus. Aparecemos, desaparecemos, nos transformamos em outra coisa e emergimos, como uma fênix, das cinzas de nossa antiga vida.

John Russell surgiu na sala. Ele usava um casaco de camurça extraordinário que tinha comprado de um comerciante no Canadá, decorado com espinhos de porco-espinho tingidos e contas coloridas. Era tão longo que quase cobria a calça comprida de linho, o que o marcava como um homem que tinha desistido da decência e da tradição.

— Você viu? Mataram aquela moça austríaca, afinal. Sabia que o fariam — comentou John, brandindo o próprio jornal, e parou por um momento para processar o ambiente. — Bom dia, Fanny.

— Sente-se, John — disse Fanny. — Tem café.

Ela indicou a superfície reluzente da mesa. Desde que Marcus tinha saído de Edimburgo e voltado para Londres, com o objetivo de trabalhar oficialmente como médico, ela se tornara a dona da casa em Pickering Place, onde fazia o papel de anfitriã para jogos de carteado e recebia visitas à tarde.

— Muito agradecido.

John deu um beijo familiar no rosto dela ao passar e puxou de leve uma mecha loira que havia escapado do coque elaborado.

— Seu paquerador — disse Fanny, voltando a ler.

— Sua sedutora — respondeu John, com carinho.

Ao olhar para Marcus, ele soube que havia algo de errado.

— Ainda não teve notícias de Veronique — falou.

— Nenhuma.

Todo dia, Marcus esperava que chegasse uma carta. Quando não chegava, procurava no jornal um obituário e sentia alívio por não encontrar — mesmo que o destino de uma mulher como ela não fosse digno de notícias para ninguém além dele.

— Veronique sobreviveu à peste, à fome, a guerras, a massacres e à atenção indesejada de homens — listou Fanny. — Ela sobreviverá a Robespierre.

Marcus estivera inserido na revolução e sabia que a luta pela liberdade podia tomar caminhos repentinos e desastrosos. Na França, a situação era complicada por homens vaidosos e arrogantes, como Danton e Robespierre, que lutavam pela alma da nação.

— Vou sair — avisou Marcus, e bebeu o restinho do café. — Vem comigo, John?

— Caça ou negócios? — perguntou Russell, avaliando.

— Um pouco dos dois — respondeu Marcus.

Marcus e John foram para o leste, a partir dos bairros residenciais elegantes de Londres, passando pelos bordéis e teatros de Covent Garden e adentrando as avenidas sinuosas da antiga City.

Quando chegaram a Ludgate, Marcus bateu no teto da carruagem para lembrar o cocheiro de pagar o pedágio ao pedinte com deficiência que ficava por ali a qualquer hora do dia ou da noite. O líder daquela parte de Londres insistia que todas as criaturas que entrassem nos três quilômetros quadrados de seu território pagassem tributo em troca da passagem segura. Marcus nunca tinha visto o homem, que era conhecido como padre Hubbard e parecia ocupar na imaginação civil uma posição vagamente semelhante à de Gogue e Magogue, os antigos gigantes que protegiam Londres de inimigos.

Após pagar tributo, Marcus e John ficaram presos no trânsito (uma das maiores desvantagens da vida londrina) e decidiram seguir a pé até o beco Sweetings. Era uma rua estreita e escura, que fedia como um penico. Encontraram Baldwin em New Jonathan, negociando ações e trocando títulos com o resto dos corretores e banqueiros.

— Baldwin.

Marcus tirou o chapéu. Ele tinha parado com as reverências, mas, diante de um dos Clermont mais velhos, achava impossível não demonstrar algum sinal de respeito.

— Finalmente. Por que demorou? — perguntou o tio.

Baldwin Montclair era o último filho de sangue sobrevivente de Philippe de Clermont. Era ruivo e mal-humorado. Sob o terno verde-floresta de banqueiro, tinha o corpo musculoso e atlético de um soldado. Fosse marchando pela Europa ou por contas correntes, Baldwin era um oponente temível. Fanny advertira Marcus a nunca subestimar o tio — e ele não tinha intenção de ignorar aquele conselho.

— É sempre um prazer ver você, Baldwin — disse John, a voz carregada de falsidade.

Baldwin fitou John, da aba do chapéu forrado de pele às solas das botas, e não respondeu. Ele voltou a atenção para a mesa, coberta de jarras de vinho vazias, tinteiros, livros-razão e pedaços de papel.

— Soubemos da execução da rainha — comentou Marcus, tentando capturar a atenção do tio. — Tem alguma notícia da França?

— Não — disse Baldwin, simplesmente. — Você precisa se concentrar no trabalho a ser feito aqui. As propriedades da irmandade em Hertfordshire precisam de atenção. Há dois casos de inventário a resolver, e as vistorias estão desatualizadas há anos. Você deve tratar disso imediatamente.

— Não entendo por que Philippe me mandou estudar medicina em Edimburgo — resmungou Marcus — se tudo o que faço é escrever relatórios e redigir documentos e declarações.

— Meu pai está acostumando você — disse Baldwin. — Que nem um cavalo novo, ou um sapato. Os Clermont devem ser adaptáveis, prontos para qualquer necessidade que surja.

Russell fez um gesto grosseiro, que, felizmente, Baldwin não viu, pois estava de nariz enfiado em um livro-razão.

Baldwin notou uma informação no livro.

— Ah. Queria ter visto isso antes de Gallowglass partir para a França.

— Gallowglass esteve aqui? — perguntou John.

— Sim. Vocês se desencontraram — respondeu Baldwin, com um suspiro, enquanto anotava no caderno. — Ele chegou ontem à noite da América. Uma pena ter ido embora tão rápido. Matthew poderia ter utilizado esta dúvida na chantagem de Robespierre.

— Matthew está nos Países Baixos — disse Marcus.

— Não, está em Paris. Meu pai precisava de outro par de olhos na França — disse Baldwin.

— Que Deus nos acuda — disse John. — Paris é o último lugar no mundo que eu gostaria de ver. Quantas mortes um homem aguenta ver antes de enlouquecer?

— Não podemos todos nos esconder e fingir que o mundo não está desmoronando, Russell — disse Baldwin, que era sempre direto. — Como de costume, isso quer dizer que os Clermont devem agir e tomar as rédeas da situação. É nosso dever.

— Que bom que sua família sempre pensa primeiro nos outros, e não em si.

John não gostava do ar de superioridade de Baldwin, assim como Marcus, mas, enquanto Marcus era obrigado a ficar quieto e obedecer, John tinha a liberdade de falar o que pensava. Infelizmente, Baldwin não percebeu o sarcasmo e aceitou aquelas palavras como um elogio genuíno.

— É verdade — respondeu. — Sua correspondência está na mesa, Marcus. Gallowglass trouxe alguns jornais, assim como uma carta que parece ter sido escrita por um louco.

Marcus pegou um exemplar da *Federal Gazette*, dos últimos dias de agosto.

— Gallowglass chega mais rápido quando vem da Filadélfia — comentou Marcus, folheando o jornal.

— Ele parou em Providence para recolher mantimentos no caminho — contou Baldwin —, por causa da febre.

Marcus começou a passar as páginas.

"... serviços neste período preocupante e crítico..."

As palavras chamavam a atenção dele na impressão borrada do jornal.

"Nada é tão eficiente para interromper o progresso da febre amarela quanto o disparo de um canhão."

— Jesus, não — disse Marcus.

A febre amarela era uma doença terrível. Ela se espalhava como fogo pela cidade, especialmente no verão. As pessoas desenvolviam icterícia e cuspiam vômito preto e sanguinolento enquanto a febre envenenava seus intestinos.

"O Conselho de Medicina declarou que concebe o incêndio como método muito ineficiente, além de perigoso, de controlar o avanço do vírus..."

Marcus revirou o resto da correspondência, procurando um jornal mais recente da Filadélfia, mas aquele era o último. Encontrou, entretanto, um exemplar do *United States Chronicle* de Providence com data posterior, e buscou nele uma atualização da situação ao sul.

— "Estamos todos muito preocupados com o progresso rápido que uma febre pútrida tem tido nesta cidade" — leu Marcus em voz alta. — "Não há como se preparar."

Marcus tinha crescido à sombra da varíola, combatido cólera e tifo no exército e se habituado aos perigos febris da vida urbana em Edimburgo e Londres. Como vampiro, era imune à doença humana, o que o permitia tratar os doentes e observar o progresso de epidemias mesmo quando seus colegas sangue-quentes adoeciam, abandonavam os pacientes ou morriam. Aqueles relatos nos jornais americanos marcavam o início de um ciclo de morte que ele já conhecia, e muito bem. Era pouco provável que a situação na Filadélfia tivesse melhorado. A cidade teria sido devastada pela febre amarela entre o fim de agosto e aquele momento.

Ele pegou a carta. *Para Doc, na Inglaterra ou na França*. As letras subiam e desciam como ondas.

Era de Adam Swift, e continha uma única frase.

Deixei meus livros para você, então não deixe esses safados tomarem eles como imposto.

— Para que lado Gallowglass foi? — perguntou Marcus, pegando os jornais e a carta.

— Para Dover, é claro. Aqui, leve isso também — disse Baldwin, estendendo alguns dos livros-razão. — Vai precisar deles em Hertfordshire.

— Eu não vou pra essa porcaria de Hertfordshire — respondeu Marcus, já saindo pela porta. — Vou para a Filadélfia.

As ruas da Filadélfia estavam quietas quando Marcus chegou, no início de novembro. Como de costume, a travessia para o oeste demorou muito mais do que a viagem dos Estados Unidos para a Inglaterra. Marcus enlouquecera Gallowglass e a tripulação com perguntas constantes sobre velocidade, distância e o tempo que ainda levariam.

Quando chegaram, Gallowglass ordenou que os sangue-quentes ficassem todos no navio, ancorado bem distante do porto. Fazia meses que ele tinha ido à Filadélfia, e não dava para saber o estado da cidade que encontrariam. Gallowglass remou de onde tinham ancorado até a estação de balsas entre as ruas Arch e Market. Os cais estavam vazios, e os únicos navios ali não tinham tripulação nem vela.

— Não é bom sinal — disse Gallowglass, soturno, ao amarrar o esquife.

Como precaução, o primo pegou um dos remos e o pendurou no ombro. Marcus trazia uma pistola e uma pequena bolsa de provisões médicas.

— Jesus do céu — disse Gallowglass, tapando o nariz ao entrarem na rua Front. — Que fedor.

Era a primeira vez que Marcus voltava à Filadélfia depois de virar vampiro. A cidade sempre tivera um cheiro ruim. Mas, naquele momento, o cheiro era de…

— Morte.

Marcus engasgou de náusea. O odor de carne podre estava por todo lado, substituindo os aromas mais conhecidos dos curtumes e da imundície cotidiana da vida urbana. Havia também um toque estranho e acre no ar.

— E salitre — disse Gallowglass.

— Por favor — suplicou uma criança magra, de gênero indeterminado, que se aproximava vestindo apenas um avental e um sapato em um só pé. — Comida, por favor. Estou com fome.

— Não temos comida — disse Gallowglass, gentil.

— Como você se chama? — perguntou Marcus.

— Betsy.

Os olhos da criança eram enormes, em um rosto milagrosamente rosa e branco, sem sinal da febre amarela. Marcus guardou a pistola no cinto e pegou a criança no colo. Ela não tinha cheiro de morte.

— Vou arranjar comida — disse Marcus, seguindo na direção de Dock Creek.

Como a área ao redor do cais, as ruas movimentadas estavam estranhamente vazias. Cachorros corriam soltos, e ouvia-se ocasionalmente um porco fungar. Montes de esterco apodreciam pelos cantos e barracas de feira tinham sido abandonadas. Estava tão quieto que Marcus escutava os mastros dos navios rangerem. Ouvia o ruído regular de cascos de cavalo nos paralelepípedos. Surgiu à vista uma carroça. O cocheiro tinha abaixado o chapéu e usava um lenço amarrado para cobrir o nariz e a boca. Parecia um bandoleiro.

A carroça carregava cadáveres.

Marcus escondeu da criança a imagem, apesar de desconfiar que ela já tivesse visto coisa pior.

Quando o cocheiro se aproximou, Marcus viu que ele tinha pele negra e olhos cansados.

— Vocês estão doentes? — perguntou o homem, com a voz abafada.

— Não. Acabamos de chegar — respondeu Marcus. — Ela precisa comer.

— Todos precisam — disse o homem. — Posso levar ela para o orfanato. Lá vão dar comida.

Betsy se segurou em Marcus, indicando que não queria ir.

— Acho que vou levar ela para a taberna da Gerty — disse Marcus.

— Gert fechou há anos — contou o cocheiro, estreitando os olhos. — Você parece saber muito da Filadélfia, para alguém que acabou de chegar. Qual é seu nome mesmo?

— Ele não se apresentou — respondeu Gallowglass. — Eu sou Eric Reynold, capitão do *Aréthuse*. Este é meu primo, Marcus Chauncey.

— Absalom Jones — apresentou-se o cocheiro, tocando o chapéu.

— A febre acabou? — perguntou Marcus.

— Esfriou uns dias atrás e achamos que sim, mas o clima esquentou de novo, e ela voltou — disse Jones. — As lojas estavam abrindo, o povo, voltando para casa... Até hastearam a bandeira em Bush Hill para mostrar que não tinha mais gente doente. Mas agora tem.

— E o terreno dos Hamilton?

Marcus se lembrava vagamente do nome da mansão nos arredores da cidade.

— Está vazio há anos — explicou Jones. — O sr. Girard se apossou quando a febre chegou. Essa carroça é dele. Mas esse pessoal não vai para o hospital. Estamos a caminho da vala.

Marcus e Gallowglass se despediram do homem. Puseram Betsy no chão, cada um pegando uma de suas mãozinhas. Ela ia saltitando entre eles, cantarolando uma música, prova da resiliência das crianças.

A taberna que Marcus conhecia como pertencendo à Gerty Alemã continuava na esquina das ruas Front e Spruce. Dock Creek, porém, tinha sido pavimentada e se tornado um beco estreito e sinuoso que atravessava em ângulo fechado o projeto de ruas comum da Filadélfia.

A porta estava aberta.

Gallowglass fez sinal para Marcus esperar e entrou na área escura segurando o remo.

— Tudo certo — relatou Gallowglass, com a cabeça na janela. — Não tem ninguém aqui, só uns ratos e alguém que morreu muito antes de agosto.

Para a surpresa de Marcus, o esqueleto ainda estava sentado à janela, apesar de ter perdido o rádio e a ulna do braço esquerdo. A mão esquerda estava apoiada de um jeito engraçado na cabeça.

Eles procuraram comida de um lado ao outro, mas não encontraram nada. A boca de Betsy começou a tremer. A criança estava faminta.

Marcus ouviu um estalido.

— Parados aí.

Ele se virou, com as mãos para cima.

— Não viemos roubar — disse Marcus. — Precisamos só de comida para a menina.

— Doc?

O homem diante deles, com um mosquete nas mãos trêmulas, parecia saído de um desenho animado, uma caricatura de um ser humano de pele amarela, lábios escurecidos e olhos avermelhados.

Marcus abaixou as mãos.

— Vanderslice? Jesus, amigo. Você devia estar na cama.

— Você veio. Adam disse que viria.

Vanderslice largou a arma e começou a chorar.

Eles subiram com Vanderslice e, no segundo andar, encontraram pão velho que ainda não estava mofado, um pouco de queijo e alguma cerveja. Instalaram Betsy no canto, o mais distante possível da cama de Vanderslice, que estava coberta de vômito e moscas. Marcus arrancou os lençóis e as cobertas da cama e arremessou tudo pela janela.

— É melhor colocá-lo no chão — disse Marcus, tenso, quando Gallowglass começou a deitar Vanderslice no colchão.

Os dois usaram os próprios casacos para forrar o piso, e Marcus limpou o amigo como pôde.

— Você está com uma cara boa, Doc — disse Vanderslice, cujos olhos reviravam de febre. — A morte lhe cai bem.

— Eu não morri, nem você — respondeu Marcus, levando um pouco da cerveja à boca de Vanderslice. — Beba. Vai ajudar com a febre.

Vanderslice virou o rosto.

— Não dá. Arde na descida, e mais ainda na subida.

Gallowglass fez que não com a cabeça para Marcus. *Não adianta*, dizia a expressão dele.

Porém, Vanderslice tinha sido o primeiro a abrir um lugar para Marcus ao lado da fogueira quando ele estava congelando, faminto, fugindo de seus fantasmas. Vanderslice era quem tinha compartilhado comida e cobertor com ele em Trenton. Vanderslice era quem assobiava canções natalinas quando estava de patrulha, em qualquer época, e contava piadas grosseiras quando o amigo estava desanimado. Quando Marcus estivera inteiramente só no mundo, apavorado, sem amigos nem família, Vanderslice o aceitara como parente.

Marcus podia até ter matado o pai, mas não tinha a menor intenção de perder Vanderslice. Já tinha perdido demais — a casa, a mãe, a irmã, inúmeros pacientes, o dr. Otto e Veronique.

Marcus queria ser algo de alguém outra vez. Queria alguém para restaurar sua fé na família, depois de Obadiah e dos Clermont o terem feito duvidar dos elos de sangue e lealdade.

— Posso fazer a ardência passar — disse Marcus.

Ele se agachou ao lado do amigo — do irmão.

— Não, Marcus — disse Gallowglass.

— Vai doer muito no começo, mas, depois, você não vai sentir tanta dor — continuou Marcus, como se o primo não tivesse dito nada. — Leva um tempo para se acostumar, mas você vai ter que beber sangue pra sobreviver. E vai ter que aprender a caçar. Você nunca soube botar isca no anzol, muito menos derrubar um veado, mas eu ensino.

— Puta merda, você enlouqueceu? — perguntou Gallowglass, agarrando Marcus pelo colarinho e puxando-o para que ficasse de pé. — Você é muito jovem para começar uma família.

— Me solte, Gallowglass. — A voz de Marcus estava calma, mas ele estava preparado para esganar o homem se o primo recusasse. Quanto mais tempo passava, mais óbvia ficava sua escolha, e mais decidido ele estava a salvar Vanderslice.

— Eu amadureci. Posso não ter seu tamanho, sua força ou sua idade, mas isso sempre foi verdade na minha vida.

A intenção de Marcus deve ter ficado clara em sua expressão. Gallowglass o soltou com um palavrão violento que fez Vanderslice arfar de admiração.

— Ele me lembra aquele *kakker* francês — disse Vanderslice. — Qual era o nome dele mesmo? Beauclere ou Du Lac, sei lá.

— Clermont — disseram Matthew e Gallowglass em uníssono.

— Isso. Clermont. O que será que aconteceu com ele? — perguntou Vanderslice. — Deve ter sido decapitado na França, junto com aquele amigo.

— Na verdade, os dois ainda estão vivos — disse Marcus. — O *chevalier* de Clermont salvou minha vida em Yorktown. Eu estava com febre, que nem você.

Vanderslice olhou para Marcus, cético.

— Nem você pode me salvar, Doc. Estou doente demais.

— Posso, sim.

— Quer apostar?

Vanderslice sempre topava uma aposta.

— Não faça isso, Marcus — advertiu Gallowglass. — Pelo amor de Deus, me escute. Matthew nunca deveria ter criado mais filhos, e você prometeu o mesmo. Philippe disse...

— Sai daqui, Gallowglass — disse Marcus gentilmente. Ele observava Vanderslice atentamente e, apesar de estar lúcido naquele momento, seu coração acelerava mais do que o de Betsy a caminho da taberna. Vanderslice respirava com dificuldade. — Leve Betsy com você.

— Se quebrar seu juramento para Philippe, vai se arrepender — disse Gallowglass.

— Ele vai ter que me encontrar — respondeu Marcus. — Homem nenhum tem alcance ilimitado, Gallowglass.

— Eu também pensava assim... antigamente. Todos já acreditamos nisso — respondeu Gallowglass. — E todos aprendemos a verdade.

— Obrigado por me trazer para a Filadélfia. Por favor, diga a Ysabeau onde estou.

Marcus sabia que Matthew o encontraria, desde que a avó soubesse onde ele estava. E, se Matthew soubesse, informaria a Veronique — se ela ainda estivesse viva. Marcus não podia fazer nada para salvá-la, mas Vanderslice já era outra história.

— E é só isso que vai dizer? Obrigado, e não deixe a porta bater na sua bunda na saída? — Gallowglass bufou e chamou Betsy, que escutava, interessada, a conversa. — Vamos, mocinha. Deixemos esses dois prepararem e beberem a poção do desastre, e vamos procurar sua mãe.

— A mamãe está dormindo — disse Betsy.

— Vamos ver se a acordamos — respondeu Gallowglass, e a pegou pela mão. — Melhor você também acordar, Marcus. Não pode sair transformando em *wearh* todo mundo que ama. O mundo não funciona assim.

— Adeus, Gallowglass — disse Marcus, e olhou para trás. — E fui sincero. Obrigado por me trazer para a Filadélfia.

Com ou sem febre, era ali que Marcus deveria estar. Ali, naquele lugar conhecido, onde tinha salvado algumas vidas e sido salvo pela fé do dr. Otto nele e pela amizade dos Voluntários. Ali, na Filadélfia, onde tinha absorvido a atmosfera da liberdade naquele verão inebriante de 1777.

Quando os sons dos passos pesados de Gallowglass e da voz fina de Betsy se afastaram, Marcus voltou a olhar para Vanderslice, que o estava analisando.

— Você está igualzinho a quinze anos atrás — disse Vanderslice. — O que você é, Marcus?

— Um vampiro — respondeu Marcus, se recostando na beirada da cama imunda de Vanderslice. — Eu bebo sangue. De animais. De humanos também. Me impede de envelhecer. Me impede de morrer.

Os olhos de Vanderslice brilharam de medo.

— Não se preocupe. Não vou beber seu sangue... a não ser que você queira que eu tome tudo, e dê um pouco do meu em troca.

Marcus estava determinado a oferecer a Vanderslice uma explicação melhor do que a que tinha recebido de Matthew. Aproveitou o que Gallowglass tinha contado a bordo do *Aréthuse*.

— Humanos não são as únicas criaturas do mundo — continuou. — Há vampiros, como eu, que bebem sangue. Há também bruxas, que comandam poderes indizíveis. Mas elas morrem, que nem humanos. Demônios também. Eles são muito espertos. Achei que você pudesse ser um demônio, mas, pelo cheiro, não é.

Marat tinha cheiro de ar fresco e eletricidade, como se um dos experimentos do dr. Franklin tomasse vida.

— Demônio? — perguntou Vanderslice, com a voz fraca.

— Eu gosto dos demônios — disse Marcus, com carinho, ainda pensando em Marat. — Você também gostaria. Não há tédio perto deles. Vampiros podem ser meio sem graça.

Vanderslice passou a mão pela boca, e ela ficou suja de sangue preto. Ele examinou a mão por um momento e deu de ombros.

— O que eu tenho a perder? — perguntou Vanderslice.

— Não muito — admitiu Marcus. — Vai morrer de qualquer jeito. A única diferença é que, se eu tomar sua vida antes da febre, você pode beber meu sangue e, talvez, sobreviver. Mas não há garantia. Nunca fiz isso.

— Foi o que você disse para Cuthbert antes de cortar aquele arame do dedo dele — lembrou Vanderslice. — Que eu lembre, ele ficou bem.

— Se você sair dessa vivo, vai ter que me contar de Cuthbert, dos últimos dias de Adam e até do capitão Moulder — disse Marcus. — Combinado?

— Combinado — respondeu Vanderslice, com um resquício de seu velho sorriso. — Mas só se você retribuir o favor e me contar histórias da França.

— Eu conheci Franklin, sabia?

— Não!

Vanderslice voltou a arfar de rir. A gargalhada se transformou em tosse, e a tosse em um vômito vermelho, quase preto.

— Tem certeza, Claes?

Marcus nunca o tinha chamado pelo seu nome de batismo, mas aquele parecia o momento certo para fazê-lo.

— Por que não? — perguntou Vanderslice.

— Tenho que te morder primeiro, para beber seu sangue — explicou Marcus, como antes explicava inoculação aos soldados em Trenton. — Depois, vou beber até a última gota.

— Você não vai ficar doente de febre amarela?

Marcus fez que não com a cabeça.

— Não. Vampiros não adoecem.

— Me parece vantagem — disse Vanderslice, cansado.

— Você pode se assustar quando eu morder, mas tente não reagir. Vai acabar rápido — disse Marcus, usando sua melhor conduta de relação médico-paciente. — Depois, vou pedir para você beber meu sangue. Tome tudo que conseguir. Você vai ver coisas, todo tipo de coisa. Betsy e Gallowglass, minha viagem de navio, o *chevalier* de Clermont. Não se detenha. Só continue a beber.

— Vai ter alguma moça bonita?

— Algumas. Mas uma das mais bonitas é sua bisavó, então nem pense nada.

Vanderslice fez o sinal da cruz com os dedos trêmulos.

— E depois, o que vai acontecer?

— Depois, vamos descobrir como sobreviver em uma cidade repleta de gente morta, até ser seguro levá-lo para outro lugar — respondeu Marcus, acreditando que não adiantava dizer nada além da verdade. — Pronto?

Vanderslice concordou.

Marcus pegou o amigo no colo. Ele o abraçou, como um amante. Como uma criança. Hesitou. E se Gallowglass estivesse certo? E se ele se arrependesse?

Vanderslice o olhou, quieto e entregue.

Marcus mordeu o pescoço do amigo. O gosto era azedo e sujo, amargo de febre, o sabor doentio da morte iminente. Marcus precisou se esforçar para continuar, para puxar o sangue de Vanderslice na boca e engoli-lo.

Ele continuou. Era o que devia a Vanderslice.

Quando não havia mais nada a beber, e as veias de Vanderslice estavam secas, o coração prestes a parar, Marcus mordeu o próprio pulso e o levou à boca de Vanderslice.

— Beba.

A voz de Marcus tinha o mesmo tom de preocupação calma de quando atendia um paciente ou trabalhava numa enfermaria. *Confie em mim*, dizia a mensagem implícita.

Vanderslice obedeceu. Ele se agarrou com os dentes e a língua, instintivamente faminto pelo que o traria de volta à vida.

Marcus precisou interromper Vanderslice — seu filho, lembrou — antes de desmaiar por hemorragia. Não podia cuidar de uma criança se apagasse. Ele se desvencilhou devagar. Vanderslice rosnou para ele.

— Você pode beber mais — disse Marcus —, mas deve digerir um pouco por enquanto.

Vanderslice cobriu os ouvidos.

— Por que você gritou? — sussurrou.

— Não gritei. Seus sentidos só ficaram mais aguçados — explicou Marcus.

— Estou com sede — reclamou Vanderslice.

— Vai sentir sede mesmo. Por semanas — disse Marcus. — Vai ficar cansado também. Mas não vai conseguir dormir. Passei quase dois anos sem dormir depois de Matthew me transformar em vampiro. Deite-se e feche os olhos. É melhor se não tentar fazer coisa demais, rápido demais.

Era uma das coisas que Marcus tinha aprendido quando ele e Matthew tinham fugido de Yorktown para a Pensilvânia, e então para Nova York e Massachusetts. Ele estava feliz de poder compartilhar com alguém o conhecimento que adquirira a duras penas, em vez de ser aquele que sempre perguntava tudo para vampiros mais velhos e experientes. Por enquanto, ele estava gostando de ser pai.

— Enquanto você descansa, vou falar da França. Da sua nova família.

Depois daquele esforço todo, Marcus estava meio delirante. Ele também fechou os olhos, feliz por ter corrido tudo bem.

— Eu falei para não fazer isso — disse Gallowglass, pescando Vanderslice da água.

— Eu precisei. Ele merecia uma segunda chance — respondeu Marcus. — Foi meu dever...

— Não. Salvar o mundo *não* é seu dever. Sei que é o que Matthew tenta fazer, mas um dia vai acabar matando todos nós — retrucou Gallowglass, sacudindo Vanderslice para secá-lo. — Seu dever é escutar Philippe e fazer precisamente o que ele manda, e nada mais. Era para você estar em Hertfordshire, contando carneirinhos. Em vez disso, está na Filadélfia, fazendo bebês.

— Não sou um bebê — rosnou Vanderslice, batendo os dentes na cara de Gallowglass.

— Já viu um vampiro desdentado? — perguntou Gallowglass a Vanderslice.

— Não.

— Tem motivo para isso — grunhiu Gallowglass. — Se tentar me morder de novo, vai descobrir qual é.

— Por que ele é tão...?

Marcus abanou as mãos, sem saber descrever o comportamento de Vanderslice. Ser recém-renascido não era fácil, mas Vanderslice se comportava como um lunático, correndo atrás de cães na rua e roubando carne do açougue. Se não tomasse mais cuidado, acabaria sendo morto ou, pior, preso.

— Porque você é muito jovem pra ser pai, Marcus. Eu avisei — lembrou Gallowglass. — Há motivos para Philippe ter proibido você de criar filhos.

— Que motivos são esses? — questionou Marcus.

— Não posso contar. — Gallowglass largou Vanderslice nos paralelepípedos grudentos da rua Front. O chão estava coberto de pedaços de peixe podre, alga e esterco. — Você precisa perguntar para Matthew.

— Matthew não está aqui! — gritou Marcus, sentindo-se no limite.

— E você pode dar graças a Deus por isso — disse Gallowglass. — Escute meu conselho. Seque o jovem Claes e saia da Filadélfia. Ele é conhecido aqui. Você talvez também seja. Vá para Nova York. É uma cidade que vai engolir vocês dois, e ninguém vai notar.

— E o que eu faço em Nova York? — perguntou Marcus.

Gallowglass o olhou, com pena.

— O que quiser — respondeu o primo. — E é melhor aproveitar, porque vai ser seu último gostinho de independência depois de Matthew e Philippe descobrirem o que você fez.

Marcus e Vanderslice chegaram a Nova York em janeiro. Os dois começaram nos cais e depósitos na ponta inferior de Manhattan, ganhando a vida com dificuldade, ajudando a carregar e descarregar navios. A orla era familiar; como a Filadélfia, só que em menor escala. O que faltava de tamanho em Nova York sobrava em violência. Gangues humanas vagavam pelas ruas, e havia um mercado clandestino de sucesso, que traficava contrabando e mercadoria roubada. Marcus e o filho participavam da economia marginal, pegando carga esquecida para revender. Devagar, começaram a acumular dinheiro — e a reputação de viver mais do que os concorrentes. Vanderslice ganhou o apelido de "Claes Sortudo" por causa disso, mas a maioria das pessoas o chamava apenas de Sortudo, como chamavam Marcus de Doc.

Foi questão de tempo até Marcus se cansar dos roubos e da bebida — preferências de Claes — e dedicar mais tempo ao trabalho médico. Como na Filadélfia, em Nova York havia uma boa quantidade de casos de febre amarela, e Marcus achava mais satisfatório tratar dos doentes do que acumular fortuna. Entre epidemias, ele encarava os problemas da pobreza na população urbana, lutando contra as pragas constantes de tifo, cólera e vermes.

Vanderslice tinha outra opinião. Ele gostava dos prazeres comprados pelo dinheiro. Quando Marcus o encorajou a ir atrás de interesses profissionais próprios, Vanderslice se meteu com os sócios errados: uma dupla de vampiros recém-chegada de Amsterdã que tinha dinheiro de sobra, mas nenhum escrúpulo. Os vampiros holandeses destruíam os rivais sem pensar duas vezes e sem a menor culpa, convencidos de que sobrevivência era o único sinal de valor. Vanderslice logo começou a passar mais tempo com eles do que com Marcus, e a distância entre eles cresceu.

Marcus, que não sabia nada sobre criar uma criança, muito menos sobre criar um homem, não conseguiu conter o impulso de Vanderslice ao desastre inevitável. A abordagem paterna de Marcus não tinha nada da violência de Obadiah, nem da vigilância de Philippe, e era composta do apoio inquestionável de Tom Buckland, do bom humor do dr. Otto e da negligência benigna de Matthew. Aquela suave mistura dava a Vanderslice liberdade suficiente para se meter em sérias confusões com prostitutas bêbadas e infinitas apostas em carteado, sem enfrentar qualquer consequência grave.

Em uma manhã de março em 1797, poucos dias depois de John Adams tomar posse como presidente, Marcus encontrou Vanderslice caído ao pé da escada que levava a seus aposentos alugados. Estava com a garganta cortada de orelha a orelha, caído em uma poça do próprio sangue, vítima de uma aposta arriscada ou de um negócio que deu errado. Marcus usou o próprio sangue para fechar a ferida e tentou forçar Vanderslice a beber mais para revivê-lo, mas já era tarde. Seu filho — sua família — estava morto. Nenhum sangue de vampiro podia reviver um cadáver.

Marcus o abraçou e chorou. Era a primeira vez que chorava desde a infância, e o que escorria de seus olhos daquela vez não era água salgada, mas sangue. Gallowglass estava certo: Marcus se arrependia de ter transformado Claes em vampiro. Ele ergueu uma lápide de pedra no túmulo e jurou que cumpriria a promessa feita a Philippe. Nunca criaria outro filho sem permissão do avô.

Após a morte de Vanderslice, Marcus se dedicou inteiramente à medicina, trabalhando nos hospitais de Belle Vue e na segunda avenida. A prática da medicina parecia mudar todos os dias, a inoculação dando lugar a vacinas, e os médicos abandonando as sangrias e preferindo outros tratamentos. A educação de Marcus em Edimburgo lhe foi útil, fornecendo uma base sólida sobre a qual desenvolver as próprias habilidades. Com um bisturi na mão e a caixa médica por perto, Marcus se concentrou na profissão, em vez de na vida particular.

Marcus estava sozinho em Nova York quando George Washington morreu em dezembro de 1799. Algumas semanas depois, o século em que Marcus tinha nascido chegou ao fim. Os acontecimentos da Guerra de Independência sumiam da memória da maioria dos americanos. Marcus se perguntou onde estava Veronique, se Patience tivera mais filhos e se a mãe ainda estava viva. Pensou em Gallowglass e desejou que o primo estivesse em Nova York para comemorar com ele. Marcus escreveu uma carta para Lafayette, mas não sabia para onde enviá-la, então queimou o papel na lareira para o vento carregar seus bons votos ao amigo ausente. A lembrança do único filho, Vanderslice, veio à mente, junto com o arrependimento por ter cometido tantos erros.

Na frente de sua casa na vila de Greenwich, bem na periferia da cidade, pessoas festejavam e recebiam o novo século com gritos entusiasmados e dança. Lá dentro, Marcus se serviu de vinho, abriu a capa gasta de seu exemplar de *Senso comum* e pensou na própria juventude.

O aniversário de um novo mundo está chegando. Marcus leu as palavras conhecidas várias vezes, como uma prece, e esperou que o prognóstico de Paine fosse confirmado.

31

O pai verdadeiro

4 DE JULHO

Normalmente, não comemorávamos o Dia da Independência. Porém, naquele ano, tínhamos um veterano da guerra em casa — dois, se contássemos o serviço de Matthew. Perguntei a Sarah o que ela achava que deveríamos fazer para homenagear a ocasião.

— Tem certeza que Marcus quer se lembrar da guerra, e de tudo que veio antes e depois? — perguntou Sarah, em dúvida. — Ele nem pode comer nosso bolo de bandeira. Por que comemorar?

A contribuição das Bishop em toda feira de Madison era um bolo de tabuleiro de baunilha, com cobertura branca, fileiras de morangos para representar as listras da bandeira, e mirtilos no lugar do campo azul das estrelas.

— É verdade que ele passou por uns dias difíceis — concordei.

Estavam todos pensando no relato de Marcus sobre a Filadélfia e o que tinha acontecido lá. Naquele verão, qualquer conversa parecia acabar com uma narrativa de renascimento e das complicações resultantes.

Phoebe, portanto, parecia muito presente entre nós, o tempo todo, e também muito distante. Eu nem imaginava a dificuldade daquela tensão estranha entre passado, presente e futuro para Marcus.

No fim, ele acabou se responsabilizando pelo Dia da Independência.

— Eu tive uma ideia — disse Marcus, na manhã do dia quatro de julho. — Que tal a gente soltar uns fogos de artifício hoje?

— Ah, não sei... — respondi. Eu não imaginava a reação de Hector e Fallon a tanto barulho e estouro; muito menos de Apolo e dos gêmeos.

— Fala sério, vai ser legal. O clima está perfeito — insistiu ele.

Era aquele o Marcus de quem eu me lembrava de Oxford: irreprimível, energético, cheio de charme e entusiasmo. A cada memória compartilhada, conforme cada dia o aproximava do reencontro com Phoebe em agosto, ele ficava mais esperançoso e otimista, menos embolado nos fios de tempo que o cercavam. Ainda havia fios vermelhos em nós de dor e arrependimento, mas eu via também sinais de verde, indicando equilíbrio e cura, além de tranças em preto e branco, sinal de coragem e otimismo, e o azul sincero que era típico dele.

— No que você está pensando? — perguntei, rindo.

— Em um espetáculo bem colorido. Tem que ser brilhante, é claro, senão Becca não vai gostar — disse Marcus, sorridente. — Podemos aproveitar o reflexo do fosso para dar a impressão de explosões no chão, além de no céu.

— Está parecendo até um show de fogos de artifício em Versalhes — falei. — Estou surpresa de você não pedir chafarizes iluminados, arcos de água e acompanhamento de Handel.

— Eu topo, se você topar — disse Marcus, me observando por cima da xícara de café, com brilho no olhar. — Mas, para ser sincero, nunca me dei muito bem com esse estilo da monarquia... inclusive com Handel.

— Ah, não — interrompi, erguendo as mãos. — Se formos soltar fogos, vão ser fogos normais e comuns, desses que a gente compra em uma barraca de beira de estrada. Nada de magia. Nada de bruxaria.

— Por quê? — questionou Marcus.

Ficamos em silêncio por um momento. Os olhos azuis de Marcus exibiam um ar de desafio.

— Não vejo por que fazer algo comum, se pode ser extraordinário — disse ele. — Sei que este verão está sendo a porra de uma loucura. Para começo de conversa, você não esperava minha companhia constante aqui. Nem imaginava precisar reviver meu passado comigo.

— Mas essa tem sido a melhor parte das férias — discordei. — Muito melhor do que corrigir trabalhos, lidar com a Congregação, ou até minha pesquisa.

— Fico feliz pela minha presença nem se comparar com Gerbert e Domenico — brincou Marcus. — Mas todos merecemos um pouco de fermento na massa. O verão não foi exatamente férias até agora.

— Essa é uma boa expressão — comentei, rindo. — Onde você aprendeu? Parece algo que Em teria dito.

— É da Bíblia — respondeu Marcus, pegando um mirtilo da tigela que Marthe tinha deixado no balcão. — Você não anda estudando bem seus provérbios e parábolas, professora Bishop.

— Sou culpada de paganismo, meritíssimo — respondi, levantando bem a mão. — Mas aposto que você também não sabe os nomes e as datas de todos os sabás das bruxas.

— Verdade — concordou Marcus, e estendeu a mão para mim. — Então, fechado?

— Nem sei o que estou topando — falei, indo pegar a mão dele.

Marcus recuou um pouco.

— Depois de apertar as mãos, não dá para voltar atrás. Acordo é acordo.

— Fechado.

Apertei a mão dele.

— Não se preocupe. O que pode dar errado?

— Meu Deus do céu.

Matthew admirou nosso trabalho, boquiaberto e maravilhado.

Marcus estava pendurado que nem um gambá na árvore, carregando um fio de luzinhas entre os dentes. Eu estava encharcada e queimada de sol, e uma das minhas sobrancelhas tinha ficado meio chamuscada. Fardos de feno estavam espalhados no campo do outro lado do fosso. Tínhamos trazido os dois barcos mais largos da casa para amarrá-los na doca estreita que Marcus e Matthew usavam para pescar. Eu tinha decorado os barcos com guirlandas de flores brancas e vermelhas para dar uma aparência mais festiva.

Dei um abraço e um beijo em Matthew.

— Está incrível, né?

— Eu não fazia ideia de que a produção ia ser tão extravagante — disse Matthew, sorrindo para mim. — Uns foguinhos, talvez, mas isso tudo?

— E você ainda nem viu os fogos de artifício. Marcus foi a Limoges e comprou tudo que sobrou da Fêtes des Ponts de junho.

— Planejamos algo bem especial para depois — disse Marcus, pendurando as luzes na ponta do galho.

Ele abaixou as pernas, se balançou pendurado em uma só mão, que nem um macaco, e pulou os dez metros até o chão.

— E quando é que vai começar? — perguntou Matthew.

— Dez e meia, em ponto — disse Marcus. — Os gêmeos estão cochilando?

— Profundamente, com Apolo — respondeu Matthew.

— Que bom, porque não quero que eles percam isso.

Marcus se despediu com um aceno e foi embora, sorridente. Conforme caminhava, o sorriso se transformou em assobios.

— Faz meses que não vejo ele assim — comentou Matthew.

— Nem eu.

— Estamos passando da metade do tempo de separação dele e de Phoebe. Talvez perceber que tanto tempo já passou explique a mudança de humor...

— Pode ser. Contar a história dele ajudou. — Olhei para Matthew. — Será que ele vai estar pronto para falar de Nova Orleans?

Uma sombra passou pelo rosto de Matthew, que deu de ombros.

— Falando no tempo — começou Matthew, mudando de assunto propositalmente. — Você teve notícias de Baldwin? As duas semanas de prazo dele passaram sem sinal.

— Não tenho falado com ele, não.

Nem precisei cruzar os dedos. Era inteiramente verdade.

Mas Baldwin tinha deixado dezenas de mensagens para mim, tanto no celular quanto no e-mail. Também tinha escrito uma carta, que chegara com um selo do Japão. Eu tinha largado o envelope no fosso sem nem ler, confortada pelo fato de ele estar do outro lado do mundo.

— Que esquisito. Não é do feitio dele deixar uma coisa assim passar — observou Matthew.

— Quem sabe ele mudou de ideia... — Peguei uma das mãos de Matthew. — Vou tecer um feitiço ao redor de Apolo. Quer ver?

Matthew riu.

— Espera — falei —, tive uma ideia melhor. Mas você vai ter que me pegar para descobrir.

Fiz sinal com o dedo e saí correndo.

— É o melhor convite que recebi faz muito tempo — disse ele, andando tranquilamente atrás de mim.

Eu continuei correndo, sabendo que era parte da brincadeira e que Matthew me alcançaria, mas mesmo assim me surpreendi quando ele me derrubou no chão, me abraçando para me proteger do impacto, a poucos metros de nosso esconderijo secreto.

Em algum momento, no final do século XIX, Philippe tinha construído uma pequena garagem de barcos na curva do fosso, com vista para os campos abertos e as florestas do terreno. A estrutura era típica da época, de madeira, em vez das pedras do castelo, decorada com beirais ornamentados.

A construção se encontrava em estado de decadência romântica, a tinta amarela da parte externa desbotada e descascada, e a área interna, empoeirada pela falta de uso. Matthew tinha consertado o telhado para protegê-la do clima, e fizera grandes planos de restaurá-la inteiramente. Depois de alargar e aprofundar o fosso e enchê-lo de peixes, os planos não pareciam mais tão ridículos quanto antes. Eu nos imaginava remando pelo fosso quando as crianças crescessem — apesar do fosso nunca ter espaço suficiente para uma embarcação de corrida.

Matthew e eu escapávamos para aquela casinha quando precisávamos de privacidade. Lá dentro ficava uma espreguiçadeira robusta e acolhedora, pela qual tínhamos desenvolvido carinho durante os momentos a sós. Nessas férias, considerando tudo que estava acontecendo com Marcus, além da visita de Agatha e Sarah, não tínhamos passado tanto tempo quanto gostaríamos ali.

Aproveitamos a espreguiçadeira e ficamos mais um tempo vendo as nuvens pela claraboia. As manchas brancas surgiam em contraste com o fundo azul-claro, mudando de forma e passando em um desfile incessante.

Ficamos ali por todo o tempo que achamos ser possível antes de alguém ir nos procurar. Quando não havia mais como enrolar, Matthew me ajudou a ficar de pé e voltamos para casa, de mãos dadas, felizes e relaxados.

Senti a tensão, porém, assim que entramos na cozinha.

— O que houve? — perguntei, procurando sinais de incêndio, enchente ou outro desastre natural.

— Vocês têm visita — disse Sarah, comendo pipoca de uma tigela. — Marcus mandou ele embora... Bom, mandou ele se ferrar, mas dá na mesma.

Um grito paralisante soou lá de cima.

— Apolo não gosta nada do seu irmão, Matthew — continuou Sarah. — Ele está voando pela escada e berrando como se fosse o fim do mundo.

Matthew se virou para mim com ar de acusação.

— Você disse que não tinha notícias de Baldwin.

— Não, eu disse que não andava falando com ele — respondi, sentindo que a distinção era importante. — Não é a mesma coisa.

— Cadê as crianças? — perguntou Matthew.

— Jack e Marthe estão cuidando delas. Marcus e Agatha estão com Fernando no salão, tentando acalmar Baldwin um pouco — disse Sarah, ainda mastigando pipoca. — Eu me ofereci para ficar de vigia. Baldwin me deixa nervosa.

Matthew saiu batendo os pés até o salão.

— É melhor chamar Ysabeau? — perguntou Sarah.

— Ela já está vindo — respondi. — Foi convidada para o show de fogos.

— Parece que não vamos ter que esperar escurecer para começar a emoção — disse Sarah, limpando o sal das mãos e descendo do banquinho. — Vamos lá. Não queremos perder nada.

Quando chegamos ao salão, Matthew e Baldwin se encaravam enquanto Marcus e Fernando insistiam para eles serem razoáveis. A contribuição de Agatha na negociação era argumentar que aquele drama familiar todo era puro privilégio masculino.

— Vocês precisam respirar fundo e perceber que nem tudo é sobre vocês — dizia Agatha. — Estão tratando as crianças como se fossem gado.

— Nossa, como eu amo essa mulher — disse Sarah, sorridente. — Abaixo o patriarcado. Mandou bem, Agatha.

Eu também tinha perdido a paciência. Virei as mãos para o céu e espalmei os dedos. Fios coloridos surgiram, serpenteando pelos dedos, palmas e punhos.

— Com o nó de um, o feitiço começa — falei.

— É isso que acontece quando você não responde seus e-mails! — disse Baldwin, sacudindo o dedo indicador para mim.

— Com o nó de dois, o feitiço se torna real.

Toquei a ponta do polegar e do mindinho. Uma estrela prateada emergiu do encontro.

— Não fale assim com Diana, Baldwin — advertiu Matthew.

— Com o nó de três, o feitiço está livre — continuei, soltando a estrela ao céu.

— Maneiro — disse Sarah, observando meus movimentos.

— Com o nó de quatro, o poder é estocado.

Meu dedo anelar brilhou com uma luz dourada interna e a estrela prateada cresceu, flutuando na direção dos homens no salão.

— Alguém sentiu cheiro de queimado? — perguntou Marcus, torcendo o nariz.

— Com o nó de cinco, o feitiço prospera.

Toquei o polegar verde da mão direita no dedo do meio, unindo a energia da deusa como mãe com o espírito de justiça.

— Ora, ora — disse Fernando, olhando a estrela prateada de cinco pontas que pairava acima dele. — Acho que nunca ninguém jogou um feitiço em mim.

— Com o nó de seis, o feitiço se fixa de vez — concluí.

A estrela desceu em um sopro, embolando Matthew, Baldwin e Marcus, surpresos, e Fernando, curioso, em laços e rodopios. Com um movimento de dedos, apertei a estrela para segurá-los com força. Em seguida, acenei mais uma vez, para que apertasse mais a cada vez que eles se debatessem.

— Você enlaçou a gente! — exclamou Marcus.

— Diana foi pra colônia de férias em Montana um ano — disse Sarah. — Ela queria ser vaqueira. Não fazia ideia que tinham ensinado ela a fazer *isso*.

— Você queria falar comigo, Baldwin? — perguntei, avançando devagar. — Estou ouvindo.

— Me solte — disse Baldwin, rangendo os dentes.

— É chato, né, ficar amarrado assim?

— Já entendi seu ponto.

— Ah, francamente. Desde quando é fácil fazê-lo mudar de ideia? Como você está vendo, Baldwin, não sou contra amarrar ninguém que mereça. Mas esse núcleo da família vai parar de fazer as crianças de marionete e de atar elas todas.

— Se Rebecca tiver ira do sangue...

— Se Becca tiver ira do sangue, se Philip for tecelão, se, se, se — interrompi. — Vamos ter que pagar pra ver.

— Eu mandei você fazer exames — disse Baldwin, tentando agarrar Matthew. O movimento apertou mais os nós, como eu pretendia.

E então Ysabeau chegou, trazendo uma cesta de vime repleta de garrafas. Ela observou a cena e sorriu.

— Que saudade dessas reuniões familiares — comentou. — O que você fez desta vez, Baldwin?

— Estou só tentando impedir esta família de se destruir — gritou Baldwin. — Por que é tão impossível vocês verem os problemas que Rebecca pode causar? A menina não pode sair por aí mordendo gente. Se ela tiver ira do sangue, pode transmitir para outros.

Jack entrou na sala, trazendo Becca no colo. Ela estava com os olhos vermelhos, abraçando-o com força. Dava para ver que tinha chorado.

— Parem. Parem, vocês todos — disse Jack, enfático. — Estão chateando Becca.

A voz de Jack estava rouca de emoção, mas não havia sinal de ira do sangue nos olhos dele. As crianças serviam como influências estabilizadoras para Jack, como se a responsabilidade pelo bem-estar delas fosse maior do que outras emoções ou preocupações dele.

— Becca é um *bebê* — destacou Jack. — Ela não faria mal a ninguém. Ela é fofa, doce e ingênua. Como podem achar que ela precisa ser castigada por ser quem é?

— Falou e disse, Jack — elogiou Agatha, sorrindo de orgulho.

— Meu pai sempre me diz que o que aconteceu na minha infância não foi culpa minha — continuou Jack. — Que o homem que deveria cuidar de mim não me machucou porque eu era ruim, nem malvado, nem filho da puta, nem nada do que ele dizia.

Becca olhou para Jack como se entendesse tudo que ele dizia. Ela esticou um dos dedinhos frágeis e tocou suavemente a boca dele.

Jack abriu um sorriso tranquilizador para ela antes de continuar a falar.

— Meus pais *confiam* em mim. Por isso, pela primeira vez na vida, sinto que posso confiar em mim também. Famílias devem fazer isso, e não dar ordens ou fazer promessas que ninguém deveria ser obrigado a cumprir.

Eu estava tão emocionada com o discurso de Jack que me esqueci de sustentar o feitiço. Os laços caíram ao chão, formando uma estrela brilhante e reluzente aos pés dos Clermont.

O homem mais jovem da família, em cujos ombros já repousavam tantas esperanças e expectativas, veio cambaleando escada abaixo, se segurando em Marthe com uma das mãos e no rabo de Apolo com a outra. Os três eram um grupo pequeno, mas unido.

— Titio! — disse Philip, muito feliz ao ver Baldwin.

— Planejamos uma comemoração para o Dia da Independência — falei. — Vai ficar para ver os fogos, Baldwin?

Baldwin hesitou.

— Podemos cavalgar um pouco, enquanto esperamos a diversão começar — propôs Matthew ao irmão. — Será como nos velhos tempos.

Becca se remexeu, pedindo para ser solta. Quando Jack a pôs no chão, ela correu imediatamente até Baldwin, de passos firmes e rosto determinado, pisoteando no resquício apagado do meu feitiço.

— Pocotó? — perguntou, olhando para meu tio com um sorriso adorável.

Baldwin pegou a mão dela.

— É claro, *coeur*. O que você quiser.

Baldwin tinha sido derrotado, e sabia muito bem. Porém, o olhar que lançou na minha direção prometia que as discussões sobre as crianças ainda não tinham acabado.

Às 22h37 — pois, no fim, nosso show de fogos, como todos os outros, não ficou pronto na hora exata —, a apresentação começou.

Marcus e eu tínhamos dividido o trabalho perfeitamente. Eu cuidava dos fogos. Ele cuidava do artifício.

Enquanto a família subia nos barcos preparados para flutuar no fosso e para permitir que assistissem ao espetáculo de todos os ângulos, Marcus corria de um lado para o outro, garantindo que os fogos fabricados estavam prontos. Ele ligou as luzes em uma fileira de cabos de extensão que saía da casa. Quando todas estavam acesas, as árvores brilharam como se centenas de vaga-lumes tivessem pousado em seus galhos. Em seguida, ligou a música. Era uma combinação emocionante de Handel e de marchas militares das revoluções americana e francesa.

— Pronta? — perguntou Marcus, atrás de mim.

— Mais pronta, impossível — respondi.

Subi em um fardo de feno e me posicionei como uma arqueira, empertigada e ereta. Estiquei o braço esquerdo para a frente e puxei o braço direito. Um arco reluzente surgiu, assim como uma flecha de ponta prateada.

Do fosso, apenas aqueles com visão vampírica notariam minha silhueta no escuro. O resto veria apenas o arco e a flecha iluminados no céu noturno.

Relaxei os dedos e a flecha disparou, viajando em um arco flamejante até os primeiros fogos de Marcus: um grupo de carrapetas montadas em estacas compridas no chão. A flecha os atravessou, iluminando um atrás do outro. Eles começaram a girar e cuspir fogo, de cores alegres e vívidas.

Exclamações de assombro, assim como aplausos entusiasmados dos gêmeos, serviram de pano de fundo enquanto Marcus corria entre as candelas romanas.

Cada uma disparava ao céu, explodindo em milhares de estrelas, com um estouro baixo que não pareceu incomodar Apolo, nem as crianças. Eu tinha feito um feitiço de silêncio para diminuir o ruído e acalmar os animais.

Finalmente, chegou a hora do encerramento. Eu e Marcus tínhamos decidido usar meu domínio do fogo e da água para criar algo que fosse impressionar não apenas as crianças, mas também os adultos. Preparei mais uma flecha de fogo e a apontei ao céu, diretamente acima de mim.

A bola de fogo subiu e subiu. Enquanto voava, surgiu uma cauda verde flamejante. A cauda se esticou, crescendo, e a bola começou a tomar a forma de um dragão de fogo.

Preparei mais uma flecha de fogo de bruxa e a disparei no ar. Aquela era dourada e polida, e foi se retorcendo até se transformar em um jovem grifo que perseguiu o dragão pelo firmamento.

Com a magia quase esgotada, peguei minha última flecha de fogo e a arremessei no fosso. A superfície sibilou e estourou enquanto as chamas mágicas atravessavam a água, passando pelos dois barcos de espectadores admirados. Peixes, seres marinhos, sereias e tritões saltaram no ar como espuma de sabão esculpida, cintilando e dançando antes de estourar e sumir, como sonhos.

O dragão e o grifo perderam o brilho e desapareceram. As carrapetas pararam de girar.

Matthew interrompeu o silêncio que se seguiu com uma adição improvisada ao nosso espetáculo.

— "Nós somos do estofo / De que se fazem sonhos" — declamou, em voz baixa. — "E esta vida / Encerra-se num sono."

Quando as crianças foram dormir, os adultos se reuniram na cozinha.

— Não me lembro de passar tanto tempo na cozinha antes — disse Baldwin, olhando ao redor como se o espaço lhe fosse desconhecido. — Devo admitir que é um cômodo agradável.

Sarah e eu nos entreolhamos e sorrimos. Tinha começado a domesticação de Baldwin.

— Você deveria dormir até mais tarde amanhã, *mon coeur* — comentou Matthew, massageando minha lombar. — Gastou muita energia hoje.

— Valeu a pena.

Ergui minha taça de champanhe. Ysabeau tinha razão. A champanhe dela era muito melhor do que a que tomávamos normalmente.

— À vida, à liberdade e à busca da felicidade — brindei.

A família brindou comigo e vi até Fernando encostar a taça na de Baldwin, um sinal definitivo de que, um dia, talvez a família Clermont formasse uma união mais perfeita.

— O que será que estão fazendo em Hadley para comemorar? — refletiu Marcus. — É engraçado. Passo décadas sem pensar na minha cidade, até que acontece alguma coisa que traz as memórias de volta. Hoje, foi o cheiro de feno e a luz dos fogos.

— Qual foi a última vez que você esteve em Hadley? — perguntou Sarah.

— Quando fui embora dos Estados Unidos, em 1781. Quase voltei... uma vez. Mas acabei indo para Nova Orleans. Desde que conheci Phoebe, tenho pensado em voltar. Gostaria de levar ela lá, depois de ela saber de Obadiah. Se ela ainda me quiser.

— Ela vai querer — afirmei. Daquilo, eu tinha certeza.

— Quanto a Hadley, pode voltar quando quiser — acrescentou Matthew. — A casa é sua.

— Como assim? — perguntou Marcus, confuso.

— Você obviamente não acompanhou todas as transações imobiliárias dos Cavaleiros de Lázaro — disse Matthew, seco. — Comprei da sua mãe, logo antes de ela se mudar para a Pensilvânia com o resto da família. O marido de Patience tinha direito à pensão pela guerra, que eles optaram por receber como cessão de terra.

— Não entendi — disse Marcus, atordoado. — Como você saberia que eu um dia ia querer voltar?

— Porque é sua casa, a terra onde você nasceu. Coisas horríveis aconteceram lá e você sofreu como nenhuma criança deveria sofrer.

Pensei em Matthew, que, como Marcus, escolhera acabar com a vida de Philippe, em vez de deixar o pai viver como um homem destruído. Aquelas palavras não eram vazias. Ele falava com sinceridade — e com experiência.

— O tempo tem o costume de sarar feridas antigas — continuou Matthew. — Chega um dia em que não doem como antes. Esperava que fosse o seu caso. Vi como você amava Hadley, mesmo quando as lembranças do seu pai ainda eram agudas e vívidas, em 1781.

— Então você comprou a fazenda — concluiu Marcus, cauteloso —, e a manteve.

— E cuidei dela — completou Matthew. — A terra é trabalhada desde então. Aluguei para os Pruitt por todo o tempo que pude.

— A família de Zeb?

Matthew confirmou.

Marcus escondeu o rosto com as mãos, inundado de emoção.

— A mão escondida nem sempre precisa esmagar — disse Ysabeau, gentil, olhando com amor para Matthew. — O toque que sentimos como restrição quando mais novos costuma nos confortar mais tarde.

— Todos sofremos sob as regras de Philippe, Marcus — disse Baldwin. — Só nunca nos ocorreu que deveria, ou mesmo poderia, ser diferente.

Marcus pensou nas palavras do tio por um momento.

— De início, culpei Matthew pelo que aconteceu. Ele parecia o último em uma longa linhagem de patriarcas que tentavam me tirar a liberdade — disse Marcus. — Levei muito tempo para ver que ele estava preso na mesma armadilha de lealdade e obediência que tinha me capturado em Hadley. Levei ainda mais tempo para admitir que Matthew estava certo em ir a Nova Orleans e interromper o que eu estava fazendo.

Vi, pela expressão dele, que aquilo era novidade para Matthew.

— Eu não tinha idade para ter filhos — continuou Marcus. — Deveria ter aprendido minha lição com Vanderslice. Mas continuei a criar outros. Se você não tivesse ido a Nova Orleans, Matthew, não sei o que teria acontecido. Mas tenho certeza de que teria sido ainda mais sangrento.

Marcus se debruçou na bancada da cozinha, passando os dedos pelos arranhões e pelas reentrâncias da madeira.

— Sempre que penso naquela época, o que mais lembro são os enterros. Minha jornada para Nova Orleans começou com um, e eu deixei a cidade depois de mais cem — disse ele, em voz baixa. — Outras pessoas pensam em cores, gargalhadas e desfiles quando pensam em Nova Orleans. Mas hoje a cidade tem um lado mais sombrio... como tinha na época.

32

Futuro

JANEIRO DE 1805 A SETEMBRO DE 1817

Marcus estava voltando para casa em uma madrugada fria de janeiro quando encontrou um velho enrugado se defendendo de um bando de garotos no cruzamento tranquilo das ruas Herring e Christopher. As casas e lojas de madeira estavam fechadas, e não havia nenhum pedestre para intervir. O sobretudo comprido do homem estava enlameado, como se ele tivesse sido derrubado, posto de pé e derrubado outra vez.

— Fora! — disse o homem, sacudindo na direção dos garotos uma jarra de barro.

A voz arrastada indicava que ele tinha bebido. Muito.

— Fala sério, vovô. Cadê seu patriotismo? — provocou um dos garotos. — Todos merecemos felicidade, não é?

O grupo se juntou aos gritos de provocação, fechando o círculo ao redor do homem.

Marcus empurrou os garotos, afastando-os com movimentos rápidos. O velho estava encolhido junto a um muro de tijolo, de postura bamba e olhos desfocados. O fedor acre de medo e mijo o cercava. Ele levantou as mãos em gesto de entrega.

— Não me machuque — pediu o homem.

Marcus o fitou. Sob as manchas de sujeira e o cabelo desgrenhado e grisalho, viu um rosto conhecido.

— Sr. Paine?

Paine forçou a vista, tentando entender se Marcus era amigo ou inimigo.

— Meu nome é Marcus… Marcus de Clermont — disse ele, estendendo a mão para ajudá-lo. — De Paris.

— Ei, moço, você tem que esperar sua vez — disse um dos garotos, com os punhos ensanguentados e o nariz escorrendo pelo frio.

Marcus se virou para ele, arreganhando os dentes. O garoto recuou, de olhos arregalados.

— Encontrem outra diversão — rosnou Marcus.

Os garotos se mantiveram firmes, sem saber o que fazer. O líder, um adolescente parrudo e valentão de aparência ruim, sem os dentes da frente, decidiu enfrentar Marcus. Ele avançou de punhos erguidos.

Marcus o nocauteou com um só soco. Os amigos do garoto o arrastaram dali, olhando para trás, ansiosos.

— Obrigado, amigo — disse Thomas Paine, que se sacudia, com a boca tremendo devido à exposição ao tempo e à bebida forte. — Qual é seu nome mesmo?

— Marcus de Clermont. O senhor conhece meus avós — explicou Marcus, tirando da mão de Paine a jarra de rum. — Vou levá-lo para casa.

Paine emanava um cheiro peculiar de álcool, tinta e carne seca. Marcus seguiu o olfato e localizou a fonte da combinação: uma pensão de muro de ripa no meio de uma quadra da rua Herring, logo ao sul dali. Lá dentro, velas iluminavam as frestas da persiana.

Marcus bateu na porta. Quem abriu foi uma mulher bonita de trinta e muitos anos, olhos cor de conhaque e cachos castanhos com mechas grisalhas. Dois meninos a acompanhavam, um deles brandindo o atiçador da lareira.

— *Monsieur* Paine! Estávamos preocupados! — exclamou a mulher.

— Posso entrar com ele? — perguntou Marcus. Paine estava pendurado, inerte, nos braços dele, pois tinha desmaiado no curto trajeto. — Madame...?

— Madame Bonneville, amiga do *monsieur* Paine — explicou ela, em inglês com sotaque. — Por favor, entre com ele.

Assim que Marcus atravessou a porta daquela pensão na rua Herring, trocou sua vida de isolamento e trabalho por outra, de debate animado e preocupação familiar. A família Bonneville não cuidou apenas de Paine — que era um beberrão com tendência à fúria —, mas também de Marcus. Tornou-se um hábito voltar à rua Herring após o trabalho, fosse no hospital ou atendendo pacientes particulares em sua casa, na rua próxima de Stuyvesant. A França tinha rejeitado Paine, e os colegas americanos de Marcus tinham passado a ridicularizar as ideias radicais do político sobre religião. Porém, não havia nada de que Marcus gostasse mais do que se sentar com Paine junto à janela do térreo aberta, com vista para o sul, para escutarem as conversas da rua e discutirem as notícias do dia. Sempre havia livros na mesa deles, assim como os óculos de Paine e um decanter de líquido escuro. Após exaurirem os acontecimentos atuais, relembravam a época de Paris e seus conhecidos em comum, como o dr. Franklin.

Marcus sempre estava com o exemplar de *Senso comum*, lido tantas vezes que o papel era macio e suave ao toque, e às vezes lia trechos em voz alta. Ele e Paine falavam dos fracassos das duas revoluções, assim como dos sucessos. A separação das colônias do rei não resultara em maior igualdade, como Paine esperava. Ainda havia privilégio e riqueza hereditários na América, como antes da revolução. Ainda era possível escravizar pessoas negras, apesar do que ditava o segundo parágrafo da Declaração de Independência.

— Meu amigo Joshua Boston me disse que era tolice minha acreditar que Thomas Jefferson pensava em gente como ele ou os Pruitt ao escrever que todos os homens eram nascidos em igualdade — confessou Marcus.

— Bem, não devemos descansar até a América fazer valer tais ideais — respondeu Paine, com quem Marcus discutia os males da escravidão e a necessidade de aboli-la. — Não somos todos irmãos?

— Acho que sim — concordou Marcus. — Talvez seja por isso que eu carregue sempre comigo suas palavras, e não as da Declaração de Independência.

Conforme passavam as semanas, Marcus conhecia melhor Marguerite Bonneville, a amiga de Paine. Ela havia conhecido o escritor em Paris junto com seu marido, Nicholas Bonneville, que publicara os trabalhos de Paine em sua gráfica e fugira quando as autoridades tentaram fechá-la. Quando Paine voltou aos Estados Unidos, no outono de 1812, levara consigo madame Bonneville e os filhos do casal. A amizade de Marcus com a madame Bonneville se aprofundou após começarem a conversar em francês. Pouco depois, se tornaram amantes. Ainda assim, madame Bonneville mantinha-se dedicada a Paine, administrando a fazenda dele no interior e os negócios na cidade, assim como compromissos, correspondências e a saúde decadente.

Marguerite e Marcus estavam à cabeceira de Paine quando aquele que dera voz à revolução se foi silenciosamente do mundo dos homens, em um dia quente e úmido de junho de 1809.

— Ele se foi.

Marcus cruzou suavemente as mãos de Paine no peito dele. O ano que Paine passara na prisão de Luxemburgo em Paris em 1794 o tinha fragilizado, e Marcus sabia que a devoção do amigo à bebida aceleraria o fim.

— *Monsieur* Paine era um bom homem, e também um grande homem — disse madame Bonneville, de olhos inchados de tanto chorar. — Não sei o que teria acontecido conosco se ele não nos trouxesse à América.

— Onde estaríamos, todos nós, sem Tom? — refletiu Marcus, fechando o baú de madeira de remédios, pois já não precisava mais dos bálsamos e elixires.

— Você sabe que ele queria ser enterrado em New Rochelle, entre os quacres — disse a madame Bonneville.

Os dois sabiam onde Paine guardava o testamento final: atrás de um painel fino de madeira, no fundo do armário da cozinha.

— Vou levá-lo para lá — afirmou Marcus, preparado para honrar o desejo do amigo, apesar do custo e da distância de mais de trinta quilômetros. — Espere com ele. Vou buscar uma carroça.

— Iremos também — disse ela, tocando o braço de Marcus. — Eu e as crianças não vamos abandonar ele. Nem você.

Eles chegaram a New Rochelle no crepúsculo demorado do verão. A viagem tinha levado o dia inteiro. Dois homens negros haviam conduzido a carroça que carregava o corpo de Paine. Eram os únicos trabalhadores dispostos a carregar um homem morto quase até Connecticut no calor do verão. Os primeiros três homens que Marcus abordara tinham rido na cara dele diante da proposta. Tinham muito trabalho na cidade, por que carregariam um cadáver apodrecido costa acima?

Marcus cavalgara ao lado da carroça, e Marguerite e o filho mais velho, Benjamin, os acompanharam de carruagem. Ao chegar a New Rochelle, hospedaram-se em uma pousada, pois já era tarde para enterrar Paine. Marcus e os Bonneville dividiram um quarto, enquanto os cocheiros, Aaron e Edward, dormiam no estábulo com os cavalos.

Na manhã seguinte, Marcus e Marguerite foram rejeitados pelo cemitério quacre.

— Ele não era nosso irmão — disse o ancião que os impediu de atravessar o muro baixo de pedra.

Marcus discutiu com o homem e, como não funcionou, tentou apelar para o patriotismo. Aquilo também não deu resultado, assim como a tentativa de convencê-lo por pena ou culpa.

— Irmandade de uma figa — enfureceu-se Marcus, socando a porta da carruagem de frustração.

— E agora, fazemos o quê? — perguntou Marguerite, branca como um lençol de tanta exaustão, com olheiras fundas de luto. — Não sei por quanto tempo podemos manter esses homens...

— Vamos enterrá-lo na fazenda — disse Marcus, apertando a mão dela para apaziguá-la.

Marcus cavou sozinho, sob a nogueira onde Paine gostava de se sentar nos dias de verão, cuja copa de folhas o protegia do sol. Era a segunda vez que Marcus cavava um túmulo entre as raízes de uma árvore antiga. Daquela vez, a força de vampiro e o amor que sentia por Paine ajudaram na tarefa.

Não havia pastor presente, ninguém para declamar as palavras de Deus acima do corpo enquanto Aaron, Edward, Marcus e Benjamin Bonneville abaixavam Paine na terra. Marguerite levou um buquê de flores colhidas no jardim e o pôs junto ao corpo. Os cocheiros foram embora assim que terminaram o serviço e voltaram a Nova York.

Marcus e Marguerite ficaram junto ao túmulo até a luz do sol começar a diminuir. Benjamin e Thomas, os filhos dela, também continuaram em seus lugares, em silêncio entre os dois.

— Ele gostaria que você dissesse algo, Marcus — sugeriu Marguerite, com um olhar de encorajamento.

Marcus, entretanto, não conseguia pensar em nada de adequado para dizer ao velar um homem que não acreditava em Deus, na igreja, nem mesmo na vida após a morte. Thomas Paine acreditava que a religião era a pior forma de tirania, pois os perseguia até a morte e eternidade afora — algo que nenhum rei ou déspota conseguia fazer.

Finalmente, Marcus decidiu repetir algo escrito pelo próprio Thomas.

— "Meu país é o mundo, e minha religião é o bem" — disse Marcus, pegando um punhado de terra para jogar no túmulo. — Fique em paz, meu amigo. É hora de outros continuarem seu trabalho.

A morte de Thomas Paine cortou os últimos laços que Marcus tinha com sua antiga vida, algo que o fim do século, por mais simbólico que fosse, não conseguira fazer. Ele caminhava pela terra havia mais de meio século e sempre sentira uma atração retrógrada por Hadley, pela família e pela Guerra de Independência. Com o falecimento de Paine, não restava nada para relembrar além de uma crônica de dor e decepção. Marcus precisava encontrar um futuro que não contivesse tanto do passado, e se perguntou quanto tempo tal busca levaria.

Marcus encontrou seu futuro na fronteira sul dos Estados Unidos, na tórrida cidade de Nova Orleans.

— Quando você chegou aqui? — perguntou Marcus ao paciente, um rapaz de dezoito anos que viera de Saint-Domingue.

Refugiados continuavam a inundar Nova Orleans, vindos da ilha que antes chamavam de lar, e da qual tinham sido expulsos pela guerra entre Espanha e França.

— Terça-feira — respondeu o homem.

Era sexta-feira.

— Foi vacinado contra varíola? — perguntou Marcus, tateando o pescoço do paciente e examinando as pálpebras em busca de sintomas de icterícia.

O novo método de Jenner para prevenir varíola, usando uma variante de varíola bovina, era mais seguro e tinha revolucionado a medicina. Marcus tinha certeza de que era o início de uma era melhor para os pacientes, com tratamentos mais eficientes baseados em estimular a resposta do corpo humano às doenças.

— Não, *monsieur*.

Após examiná-lo, Marcus acreditava que o homem não tinha varíola, febre amarela nem nenhuma das outras doenças contagiosas que apavoravam os habitantes da cidade. A diarreia e o vômito do homem indicavam cólera. Considerando o saneamento precário, a pobreza e as moradias aglomeradas, a cólera era uma doença endêmica.

— É um prazer informar ao senhor que é cólera, e não varíola — declarou Marcus, anotando o diagnóstico no prontuário.

Ele estava registrando os pacientes por idade, navios de chegada, moradia na cidade e se tinham sido inoculados ou vacinados. Em Nova York, aqueles relatórios médicos o tinham ajudado a reagir com prontidão no caso de novos surtos de febre, e em Nova Orleans já estavam sendo usados pela prefeitura.

— Cólera? Vai me matar? — perguntou o rapaz, apavorado.

— Acho que não.

O homem parecia jovem e saudável. A doença costumava afetar mais crianças e idosos — mas Marcus ainda precisaria confirmar se o padrão se repetiria em Nova Orleans.

Enquanto reunia ervas e extratos necessários para preparar o medicamento do novo paciente, ele teve a sensação estranha e incômoda de estar sendo observado. Ergueu o olhar do prontuário em que anotava os tratamentos e os resultados. Havia um homem do outro lado da rua da pequena botica de Marcus. Tinha altura e porte médios, e usava um terno de bom corte, apesar de não estar bem ajustado. Ele embaralhava cartas e observava todos os movimentos de Marcus, que, mesmo de longe, ficou impressionado por aqueles olhos verdes hipnotizantes.

— Aqui. Fiz um pacote de medicamento — disse Marcus ao paciente. Havia misturado menta, cânfora e um pouco de papoula para ajudar com a náusea e as cólicas. — Misture uma colherada na água fervente e beba devagar quando estiver morno, não quente. Não beba de uma vez só, senão vai vomitar. Tente descansar. Você deve melhorar em uma semana, mais ou menos.

Quando o paciente pagou pelo serviço, Marcus saiu da loja.

Ele tinha certeza de que o homem que o observava não era vampiro, mas não dava para saber o que o avô faria para ficar de olho dele, mesmo que envolvesse contratar um espião sangue-quente. Marcus esperava que os Clermont levassem anos para encontrá-lo em Nova Orleans, mas talvez Philippe fosse mais poderoso do que ele imaginava.

— Precisa de alguma coisa comigo? — questionou Marcus.

— Você é muito jovem pra ser médico, não é?

O homem falava com o sotaque lento e arrastado das colônias do sul, misturado a um toque de francês e uma nota de dialeto local, forçado demais para ser natural. Quem quer que fosse, escondia algo.

— De onde você é? — perguntou Marcus. — Não é daqui. Imagino que seja da Virgínia.

O olhar do homem faiscou.

— Precisa de ajuda médica?

— Não, ianque. Não preciso.

O homem cuspiu um pigarro de tabaco, que atingiu um pedaço de casca de ovo boiando no mar de imundície da sarjeta.

Marcus se recostou na porta de tinta descascada. Havia algo de intrigante naquele homem. A combinação de insinceridade ousada e charme honesto o lembrava de Vanderslice. Mesmo após quase vinte anos, ele sentia saudade do amigo.

— Meu nome é Chauncey — disse Marcus.

— Eu sei. O jovem Doc Chauncey caiu na boca do povo. As mulheres estão todas apaixonadas, e os homens juram que saem da botica mais saudáveis e viris do que se sentiam há anos. Um estardalhaço, se quer saber — disse o homem, com um sorriso desconcertante. — Ransome Fayreweather, a seu dispor.

— Você embaralha essas cartas como se gostasse de apostar — disse Marcus. Os dedos ágeis de Ransome o lembravam o modo de Fanny de embaralhar.

— Um pouco. — Fayreweather não parava de mexer nas cartas, que passavam rapidamente de uma mão à outra.

— Talvez a gente possa jogar um dia — sugeriu Marcus. Ele tinha aprendido alguns truques com Fanny, e sentia que encararia bem aquele tal de Fayreweather.

— Veremos — respondeu o homem, antes de tirar o chapéu em um gesto de galanteio exagerado. — Tenha um bom dia, Doc Chauncey.

Marcus tinha certeza de que voltaria a ver Fayreweather, e estava certo. Duas semanas depois, o viu na Place d'Armes, vendendo remédios em uma mesinha coberta por uma toalha preta, fixa no lugar pelo peso de um crânio humano. Os habitantes de Nova Orleans — de pele marrom, preta, vermelha, branca e todos os tons entre esses — vagavam pela praça, falando em francês, espanhol, inglês e línguas que Marcus não conhecia.

— Você foi vacinada? — perguntou Fayreweather, em uma imitação razoável de Marcus.

— Sim, senhor — disse a paciente. — Pelo menos, acho que foi vacina. Uma das bruxas arranhou meu braço com um pé de galinha e cuspiu.

Marcus ficou horrorizado.

— É um prazer, madame, anunciar que você tem cólera. Tenho o tratamento perfeito. Elixir de Chauncey, receita própria — disse Fayreweather, mostrando um frasco verde.

Marcus continuou a observar enquanto Fayreweather fazia o papel de Doc Chauncey, o milagroso médico do norte, recém-chegado a Nova Orleans. Após mais alguns pacientes, o golpista percebeu que estava sendo observado. Quando Fayreweather o olhou, Marcus tirou a cartola em cumprimento.

Fayreweather começou a desmontar a mesa. Não demonstrou pressa, mas Marcus sentiu cheiro de medo nele e ouviu o coração do homem acelerar.

— Dr. Chauncey, que surpresa agradável — disse Marcus, andando na direção de Fayreweather. — O que fez o senhor abandonar a botica e atender nas ruas?

— O cheiro do dinheiro — respondeu Fayreweather. — Tem mais aqui do que na rua Chartres.

— Parabéns por passar no exame de Cabildo e certificar-se para distribuição de tratamentos. — Marcus pegou a folha de papel enrolada no crânio. Lembrava o documento que ele expunha na botica para indicar que era um médico com reputação, e não um charlatão. Ele olhou de relance para um grupo de Garde de Ville ali por perto. Fayreweather tinha muita cara de pau para passar a perna no povo bem na frente da polícia. — Soube que a prova leva três horas.

— Leva mesmo — respondeu Fayreweather, pegando o papel da mão de Marcus.

— Escute — disse Marcus, abaixando a voz. — Não desejo privá-lo de liberdade, nem de renda, mas, por favor, imite outra pessoa.

Ele se despediu com um aceno de chapéu e se foi.

Após apenas alguns passos, a voz de Fayreweather o alcançou.

— Qual é seu esquema, amigo?

Marcus se virou.

— Esquema?

— Sei reconhecer um salafrário.

— Não sei do que está falando — respondeu Marcus, tranquilo.

— Se não quiser me contar, tudo bem — retrucou o homem, sorrindo. — Mas vou descobrir seu segredo. Pode acreditar.

Depois do encontro na praça, Fayreweather não parou de aparecer pela cidade lotada. Marcus o viu jogar carteado nos fundos de seu café preferido. Ouviu sua voz melosa tentando seduzir uma jovem viúva na rua Chartres. O homem tinha uma rabeca, que tocava nas esquinas, atraindo multidões de ouvintes maravilhados. Aonde quer que ele fosse, havia vida e gargalhada. Marcus logo passou a invejá-lo.

Marcus começou a procurar por Fayreweather durante o dia a dia e a se decepcionar quando não encontrava os olhos verdes e sardônicos do homem ou não tinha a chance de cumprimentá-lo no mercado. Um dia, acabou dividindo a mesa com Fayreweather em seu estabelecimento preferido, o Café des Réfugiés na rua de St. Philip.

— Acho que você devia me chamar de Ransome — sugeriu Fayreweather após brindarem. — E acho que precisa se divertir, Doc. Senão, vai envelhecer rápido demais.

Marcus se viu envolvido no mundo sedutor de apostadores e prostitutas de Ransome, cercado por homens e mulheres que tentavam mudar as próprias vidas no porto movimentado que recebia o mundo inteiro. Navios ancoravam na boca do Missisippi vindo de todos os lugares imagináveis, alguns com passageiros, outros com carga.

Pouco a pouco, Marcus começou a descascar suas camadas feridas pela infância e pela revolução, e calejadas pela guerra e pela adversidade. Cercado pelos amigos de Ransome, ele se lembrava de sua época entre a irmandade — por mais estranho que fosse pensar em Johannes Ettwein e na irmã Magdalene em um bar sujo ou um puteiro — e a vida compartilhada por aliados improváveis. Marcus começou a rir das piadas de Ransome e a compartilhar fofoca e notícias políticas ao se sentar com seu café na taberna de Lafitte.

Foi em um desses momentos confortáveis que Ransome finalmente arrancou de Marcus seu segredo.

Estavam fumando charutos e bebendo vinho em um salão de apostas na avenida St. Charles. As cortinas de veludo vermelho pesado davam um ar lúrido a tudo, e a névoa de ansiedade dos jogadores e a fumaça do tabaco eram tão espessas que era quase sufocante.

— Não acredito nesse seu blefe, Doc — disse Ransome, jogando um punhado de fichas no meio da mesa.

— Chegou no meu limite. — Marcus não tinha mais dinheiro, nem fichas, nem sorte.

— Se me contar seu segredo, estamos quites.

Era sua oferta habitual quando Marcus perdia um jogo de azar.

Marcus riu.

— Você não desiste nunca, né, Ransome?

— Nem se a própria morte olhasse na minha cara — disse Fayreweather, alegre. — Eu a desafiaria para uma partida de vermelhinha e trapacearia, como faço com todo mundo.

Fayreweather andava ensinando a Marcus alguns dos truques que usava nos visitantes mais abastados de Nova Orleans. Fanny o adoraria, pensou Marcus, saudoso, lembrando a casa movimentada e o ânimo exuberante da tia. A cada ano, ele ficava mais solitário e nostálgico.

— Que expressão facial estranha para um homem bem-sucedido como você — comentou Fayreweather, que, como qualquer apostador, era um observador astuto. — Está deprimido, Doc. Não tem nada que possa receitar para curar seu desânimo?

— Estou só pensando nas pessoas que deixei para trás.

— Entendi. Todos perdemos algo na viagem para cá.

— Eu perdi minha vida, e a recuperei — disse Marcus, olhando o fundo da taça de vinho. — Saí de casa, voltei, e saí outra vez. Viajei pelos mares, conheci Ben Franklin, enterrei Thomas Paine. Estudei na universidade e aprendi mais em uma noite nas ruas de Paris do que em um ano em Edimburgo. Amei duas mulheres, tive um filho e cá estou, perdido em Nova Orleans, bebendo vinho azedo e perdendo dinheiro pelo ladrão.

— Ben Franklin? — perguntou Ransome, mastigando o charuto.

— Foi — respondeu Marcus, com mais um gole de vinho.

— Meu filho, acho que ele morreu antes de você nascer. — Fayreweather abriu as cartas na mesa. Uma sequência. — Se quiser se fingir de algo que não é, precisa tomar mais cuidado com o que inventa. Por um momento, quase acreditei. Mas foi falar de Franklin...

— Eu nasci há mais de cinquenta anos. Sou um vampiro.

— Um desses sanguessugas de que a madame D'Arcantel e as amigas vivem falando?

— Elas são bruxas. Não dá para acreditar em uma palavra do que elas dizem.

— Não — concordou Ransome, estreitando os olhos. — Então por que acredito em você?

Marcus deu de ombros.

— Porque estou falando a verdade?

— Acredito que está, sim... e pela primeira vez.

Depois daquela noite, Marcus contou mais do que provavelmente devia sobre vampirismo para Ransome. Levou-o para caçar no bayou e demonstrou como às vezes usava um pouco de sangue de vampiro para fechar feridas e salvar vidas, apesar de não dever fazê-lo. Mais uma vez, ele tinha encontrado um irmão improvável, alguém como Vanderslice, que o aceitava por quem e pelo que era.

— Por que não nos transforma todos em vampiros, como você? — perguntou Ransome.

— Não é simples assim. Eu transformei uma pessoa, um filho, mas ele se meteu com as pessoas erradas e acabou morto.

— Precisa escolher filhos mais espertos — comentou Ransome, fitando Marcus com especulação aberta.

— Entendi. E você acha que tem o necessário para ser vampiro? — Marcus riu.

— Sei que tenho — afirmou Ransome, os olhos brilhando com um desejo repentino antes de voltarem ao normal. — Juntos, poderíamos formar uma família que comandaria esta cidade por séculos.

— Não se meu avô souber.

Aquilo não deteve Ransome. Ele ofereceu pagamento para Marcus transformá-lo em vampiro. Ameaçou expô-lo às autoridades caso não fosse transformado em imortal. Quando Ransome estava morrendo de malária, aquele flagelo da localização aquática da cidade, ofereceu a Marcus a casa de jogo, a fortuna substancial e uma casa particular que Marcus não sabia que ele possuía, tudo em troca de seu sangue. Ransome Fayreweather, por golpes e manipulação, acumulara dinheiro suficiente para abrir o próprio estabelecimento no centro antigo da cidade, dedicado à bebida, aposta, prostituição e outros prazeres carnais. No pior dos dias, Ransome recebia uma pequena fortuna em lucros. No melhor dos dias, juntava mais dinheiro do que Creso. Quando ele mostrou o livro-razão que detalhava os vários bens e investimentos, Marcus ficou espantado — e admirado.

Indo contra a razão, Marcus decidiu tentar ser pai pela segunda vez. Não tinha vontade de voltar à vida que tinha antes da chegada de Ransome: uma vida produtiva, discreta, com pouco humor e muitas leituras do *Senso comum*. Ele queria participar do plano de Ransome para desenvolver melhor o bar conhecido como Domino Club, reunindo os cidadãos mais espirituosos de Nova Orleans ao redor de mesas de jantar e em salões de dança para celebrar os prazeres da juventude.

Marcus serviu o próprio sangue ao amigo moribundo no quarto luxuoso do segundo andar da casa grandiosa de Ransome na rua Coliseum.

Diferentemente de Vanderslice, Ransome se adaptou a ser vampiro como se beber sangue humano lhe fosse natural. Marcus descobriu, na narrativa do sangue de Ransome, que ele passava a perna nas pessoas desde os oito anos, tirando dinheiro de inocentes ao manipular três cascas de nozes e um grão de milho em cima de uma porta de porão.

O consultório médico de Marcus continuou a crescer após a transformação de Ransome. A cidade estava crescendo graças ao fluxo contínuo de refugiados caribenhos, aos escravagistas que descarregavam os cativos nos cais e aos especuladores e construtores que chegavam em busca de fortuna. O plano tinha funcionado para Ransome, que se tornara um dos homens mais ricos de Nova Orleans e pretendia manter aquela posição invejável pelo resto de seus dias.

O futuro de Ransome dependia de ter os próprios filhos. Ele começou com um homem birracial chamado Malachi Smith — um rapaz baixo e ágil que escalava muros de casas e invadia quartos para roubar joias das mulheres. Marcus virou avô, e com seu título vieram novas preocupações quanto à notoriedade crescente da família.

Em seguida, Ransome adotou Crispin Jones, um jovem britânico recém-chegado a Nova Orleans, com cabeça para os negócios e gosto por rapazes.

— Você não pode continuar a transformar vampiros, Ransome. Assim, vamos ser pegos — advertiu Marcus certa noite quando estavam caçando nos pântanos dos arredores da cidade, buscando alimento para o projeto mais recente de Ransome, uma prostituta *créole* de nome Suzette Boudrot que tinha sido atropelada por uma carroça perto da catedral.

— E daí? Vão fazer o que quando descobrirem que somos vampiros? Atirar na gente?

— Uma bala entre os olhos mata qualquer um, vampiro ou não. A forca também.

— Só enforcam escravizados fugidos e criminosos na Place d'Armes. O pior que me aconteceria seria um dia no pelourinho com uma placa pendurada no pescoço — retrucou Ransome. — Além do mais, não teríamos nenhum problema judicial se você me deixasse transformar alguns policiais.

— Você é jovem demais — disse Marcus.

— Sou mais velho do que você — observou Ransome.

— Em termos humanos, sim. Mas ainda não está pronto para ter mais filhos. — Marcus se interrompeu para não continuar reproduzindo a lógica dos Clermont. — Enfim, é muito arriscado. Não é para formar um clã. Os humanos percebem. Deixamos eles nervosos, sabe, e assim que alguma coisa der errado...

— E sempre dá — disse Ransome, com a voz da experiência.

— Exatamente — concordou Marcus. — É então que humanos começam a procurar alguém para culpar. A gente chama atenção, que nem as bruxas.

— Nesta cidade? — gargalhou Ransome. — Meu Deus, Marcus. Com tanta gente estranha aqui, um ou outro vampiro a mais não vai fazer a menor diferença. Além do mais, você não cansou de se despedir de amigos?

A cidade estava assolada por doenças, e Marcus parecia perder alguém todo mês devido ao mal mais recente que varresse as ruas. Relutante, ele assentiu.

— Imaginei — disse Ransome. — Além do mais, estou só cumprindo a promessa da revolução que você lutou para vencer: liberdade e fraternidade. Igualdade. A questão não é essa?

Encorajado pela convicção de Ransome de que ninguém notaria e motivado pela própria necessidade de pertencimento, Marcus começou a prestar atenção em jovens que pareciam destinados a algo maior do que uma vida triste. Um a um, começou a salvá-los.

Marcus começou com Molly, uma mulher do povo Choctaw que trabalhava em um dos quartos de Ransome e tinha a voz de um anjo. Era mesmo justo que uma moça tão linda perdesse a vida, e ainda por cima a beleza, porque um cliente lhe passara sífilis? Marcus sentia que ter uma filha traria respeitabilidade à família, forneceria a ele e a Ransome uma anfitriã para a bela casa e acabaria com o falatório dos vizinhos. Nenhum daqueles sonhos se concretizou.

Ele tentou de novo com Jack Caolho, que andava com a gangue de ladrões de Lafitte antes de cair bêbado em um remate de ferro na forma de um lírio, cuja ponta perfurou seu olho. Marcus retirou o ferro, mas não o olho, e o sangue inteiro. Em seguida, Marcus deu a Jack Caolho sangue suficiente para trazer de volta à vida o homem, mas o olho nunca se recuperou. Em vez disso, a íris tornou-se preta e dura, como se a pupila estivesse sempre dilatada, e ele não enxergava mais daquele lado.

Após Jack Caolho veio Geraldine, a acrobata francesa que se dependurava de varandas na rua Bourbon antes mesmo de ser vampira, e Waldo, que distribuía as cartas na nova casa de jogo de Ransome e identificava trapaça mais rápido do que qualquer outra pessoa em Nova Orleans. Depois, Myrna, a vizinha de Ransome que criava gatos demais e doava as roupas todas aos pobres — mesmo que para isso se despisse na rua Royale, a fim de dar as calcinhas a um pedinte —, tinha o coração de ouro e a mente quixotesca que os entretinha, mesmo quando os escravizados se revoltaram e os britânicos ameaçaram invadir a cidade. Marcus não podia deixá-la morrer, apesar de seu estado mental delicado não ter melhorado quando ela começou a beber sangue.

Um a um, a família de Marcus foi ficando maior e mais tempestuosa. Foi tão gradual que Marcus mal reparou, apesar de Marguerite D'Arcantel e seu conciliábulo terem percebido, assim como a prefeitura.

Quando a febre amarela assolou a cidade com força, no verão de 1817, Marcus tinha uma família de duas dúzias de mulheres e homens, de todo tipo de origem, religião, cor e língua, além de administrar três destilarias, dois bordéis e o Domino Club de Ransome, que fora fechado várias vezes antes de voltar à vida, como um vampiro, no formato de um restaurante exclusivo para membros. Como o prefeito fora o primeiro a se inscrever, parecia improvável que o carteado e as relações sexuais que ocorriam antes e depois das refeições causassem problemas.

Foi no auge da epidemia que os habitantes de Nova Orleans começaram a fazer perguntas sobre Marcus e a família. Por que não ficavam doentes? Por que eram sempre saudáveis, enquanto o resto do povo morria de febre? Havia boatos de vodu, o que fizera Marcus rir. Ele se sentia confortável em Nova Orleans; gostava da cidade e da população. Comia bem, estava feliz com o trabalho e gostava da vida agitada da família. Às vezes, temia que ele e Ransome atraíssem muita atenção, mas era simples ignorar aquela preocupação e se concentrar em outra partida de baralho ou em uma nova mulher na cama.

Ele e Ransome estavam no Domino Club, contando o lucro da noite enquanto Geraldine registrava os valores no livro-razão, quando uma mulher bateu à porta. Ela era linda — não apenas bonita, mas de uma perfeição de cair o queixo. A origem birracial era aparente nos cachos suaves do cabelo — preso no alto da cabeça, com algumas mechas soltas grudando no pescoço devido à umidade do ar —, na pele marrom-clara e nas maçãs do rosto proeminentes.

— Marcus de Clermont.

A mulher sorria como um gato.

Ransome tirou da gaveta uma pistola.

— Juliette.

O coração de Marcus deu um pulo, e Geraldine olhou dele para a mulher à porta, curiosa quanto a seu efeito nele.

— Olá, Marcus — disse o criador dele, Matthew de Clermont, ao se juntar à mulher. — Eu falei que ele se lembraria de você, Juliette.

— O que estão fazendo aqui? — perguntou Marcus, atordoado pela intrusão repentina do passado no presente.

— Vim conhecer meus netos. Só se fala neles — respondeu Matthew, furioso apesar da voz calma. — Vai nos apresentar… ou eu mesmo me apresento?

— Acredito que você conheça meu filho.

Matthew serviu uma taça de vinho para o vampiro aristocrata sentado ao outro lado da mesa. A superfície de mogno estava tão polida que dava para ver os reflexos escuros ali.

— Todo mundo o conhece.

O vampiro, como Matthew, falava francês. O francês de Marcus era excelente, graças a Fanny e Stéphanie, e morar em Nova Orleans mantivera a fluência.

— Peço perdão por isso — disse Matthew, soando genuinamente arrependido.

— Louis.

Juliette veio deslizando, a cabeça envolta em um turbante de seda que ainda permitia que alguns cachos escapassem, caindo delicadamente ao redor do rosto e do pescoço. O vestido que usava também era de seda, acinturado sob os seios de modo a acentuar o corpo esguio e a curva dos ombros e do colo.

— Juliette.

Louis se levantou e fez uma reverência. Ele a beijou nas bochechas, ao modo francês, e puxou uma cadeira.

— Então conheceu o filho problemático de Matthew — disse Juliette, fazendo biquinho de modo sedutor. — Soube que ele anda muito safadinho. O que faremos com ele?

Matthew olhou com carinho para Juliette e serviu para ela uma taça de vinho.

— Obrigada, meu amor, mas prefiro sangue — recusou Juliette. — Quer um escravo, Louis, ou está satisfeito com vinho?

— Tenho tudo que preciso no momento — disse Louis.

— Não temos nenhum — disse Marcus. Ele fora ordenado a ficar calado a não ser que um dos anciões se dirigisse a ele, mas detestava Juliette Durand.

— Agora têm.

Juliette estalou os dedos e uma garota de pele negra e olhar atordoado entrou no ambiente. Ela tropeçou e quase caiu.

— Juliette. Aqui, não — disse Matthew, com um toque de alerta.

Juliette o ignorou.

— Falei para ser menos desajeitada — disse Juliette, apontando o chão. — Ajoelhe-se. Ofereça-se para mim.

A garota obedeceu. Pânico surgiu no olhar dela, mas logo sumiu. Ela inclinou a cabeça para o lado e quase caiu outra vez.

— Quanto sangue você já bebeu dela?

Marcus se levantou da cadeira de um salto e puxou a garota. Ele examinou os olhos dela e sentiu a pulsação fraca e hesitante.

— Não mexa no que é meu — ordenou Juliette, agarrando Marcus pelo cabelo e enfiando as unhas no couro cabeludo. — É esse o problema do seu *filho*, Matthew. Ele não tem respeito por idade nem poder.

— Solte ele, Juliette — disse Matthew. — Quanto a você, Marcus, não interfira nas questões de Juliette.

— Esta é a minha casa! — gritou Marcus, segurando a garota. — Criança nenhuma será agredida aqui... nem por comida, nem por diversão.

— Todos temos gostos diferentes — disse Louis, baixinho. — Com o tempo, você vai aprender a aceitar.

— Nunca — retrucou Marcus, e olhou para Matthew, enojado. — Esperava mais de você.

— Nunca toquei numa criança — disse Matthew, com o olhar mais sombrio.

— Não, mas fica quieto e deixa sua puta fazê-lo.

Juliette se jogou em Marcus, com os dedos curvados em garras.

A garota, presa entre eles, gritou de pavor. O coração dela pulou, desacelerou e parou. Ela caiu ao chão, morta.

Myrna entrou correndo, vestindo apenas um corpete e um par de sapatos de salto. O cabelo estava desgrenhado, e ela empunhava uma faca de pão.

— A menina. A menina — soluçou Myrna, de olhar transloucado.

Ela começou a cortar o ar, de um lado para o outro, atacando os fantasmas que a tinham acompanhado até ali.

— Calma, Myrna. Você está segura. Ninguém vai machucá-la.

Marcus a protegeu do olhar dos outros vampiros. Ele tirou o casaco e cobriu os ombros trêmulos de Myrna.

— Saiam desta casa. Todos vocês — declarou Ransome.

Ele vinha empunhando uma arma. Um amigo dele tinha modificado o cano, e a arma tinha balas tão grandes que estourariam a cabeça de um vampiro. Ransome chamava a arma de "meu anjo".

— Eu acho, *monsieur* de Clermont, que chegou a hora de ir além da conversa — observou Louis, fungando com superioridade.

As mortes começaram com Molly. O corpo dela foi encontrado no bayou, o pescoço, dilacerado com violência.

— Jacarés — declarou o legista.

Juliette sorriu com os dentes duros e brancos.

Em poucos dias, Marcus soube que não foram os jacarés que se livraram de sua família, um a um. Todos morreram sob circunstâncias misteriosas que sugeriam que a família Chauncey da rua Coliseum passava por uma onda colossal de azar.

Marcus sabia que a sorte não era responsável por aquela crueldade. Era Juliette. E Matthew.

Ele sabia qual morte pertencia a qual criatura. Juliette mostrava um elemento de selvageria, com feridas abertas, sinais de briga. Matthew era cirúrgico e preciso. Um corte rápido e simples, de um lado ao outro da garganta.

Como Vanderslice.

— Não haverá mais filhos — disse Matthew a Marcus, quando restava apenas um punhado de filhos, inclusive Ransome, todos escondidos, a maioria longe da cidade. — Philippe deu ordens rígidas quanto a isso.

— Diga ao avô que recebi o recado.

Marcus se sentou, a cabeça apoiada nas mãos, à mesma mesa em que se reunia com a família, contando histórias e trocando insultos durante as longas noites de Nova Orleans.

— Que tragédia — comentou Juliette. — Que perda de vida desnecessária.

Marcus rosnou para ela, desafiando-a a continuar. Sabiamente, ela lhe deu as costas. Se não tivesse feito isso, Marcus teria arrancado o coração dela e deixado Matthew se alimentar de seus ossos, se assim desejasse.

— Nunca vou perdoá-lo por isso — prometeu Marcus a Matthew.

— Não espero que perdoe — disse Matthew. — Mas foi necessário.

Sessenta

11 DE JULHO

Finalmente, depois de dois meses, o sangue de vampiro de Miriam estava começando a se enraizar no corpo de Phoebe. Algumas das mudanças físicas e emocionais eram sutis — tanto que nem a própria Phoebe percebeu de imediato. Havia momentos, como a noite em que encontrara Stella à margem do Sena, nos quais seu sangue alterado ficava óbvio. Na maior parte do tempo, porém, Phoebe olhava no espelho e via o mesmo rosto de sempre.

No entanto, conforme se aproximava do estágio de filhote, tornava-se cada vez mais claro que ela não era mais sangue-quente. Seus cinco sentidos se tornaram afiadíssimos e precisos. Não havia, por exemplo, ruído de fundo na audição de vampiros. Ela escutava grilos com o estrondo de uma banda marcial. Conversas ao celular, todas as quais pareciam ser conduzidas no volume máximo, infringiam tanto em sua sanidade que ela precisava resistir ao impulso de arrancar os aparelhos das mãos das pessoas e pisoteá-los. Mas a música… ah, a música era um prazer. Ninguém lhe dissera que a música se tornaria algo tão profundamente envolvente. Quando Phoebe ouvia qualquer tipo de música — clássica, pop, não fazia diferença —, sentia que as notas tomavam o lugar do sangue em suas veias.

Ela aprendera a classificar a informação do olfato nas mesmas cinco categorias que sangue-quentes usavam para o paladar: doce, salgado, amargo, azedo e umami. Phoebe sabia, apenas pelo cheiro, que gosto teria um animal ou uma pessoa, e se ela gostaria de se alimentar deles. Era muito mais compassivo cheirar do que morder, e chamava menos a atenção dos humanos.

Bruxas, Phoebe descobrira ao caminhar pela rua Maître Albert com Jason, tinham um cheiro quase enjoativo. Apesar de ela gostar de doces e ainda achar agradável cheirar e admirar as lindas cores dos macarons na vitrine da Ladurée, o odor das bruxas a deixava nauseada. Ela não sabia como suportaria a presença de Diana. Talvez fosse possível tornar-se menos sensível a um cheiro tão forte, ou identificar mais as notas distintas, como se fazia com um perfume fino...

A memória de Phoebe mudava com seus sentidos. Entretanto, em vez de se tornar mais aguçada, ficava mais enevoada e fragmentada. Antigamente, conseguia lembrar a cor que tinha vestido no aniversário dez anos antes, o preço de cada bolsa que tinha, os títulos (em ordem cronológica) de todas as telas pintadas por Renoir. Naquele momento, porém, esquecia o número de celular de Freyja de uma hora para a outra.

— Qual é meu problema? — perguntou a Françoise, tentando encontrar os óculos. — Quero sair para o jardim com Perséfone, mas ainda está muito claro lá fora.

Eram oito da manhã e estava nublado, mas Phoebe ainda sentia dor nos olhos.

Com a ajuda de Françoise, ela achou os óculos, mas perdeu Perséfone. Elas se reencontraram na lavanderia, onde a gata dormia em uma cesta repleta de roupas sujas de Miriam.

— Todos os *manjasang* têm problema de memória — contou Françoise. — O que você esperava? Agora tem memória demais para o cérebro suportar. Vai piorar com o tempo.

Ninguém tinha contado aquilo.

— Sério? Como vou voltar a trabalhar?

Boa memória era uma característica crucial para quem trabalhava com belas artes. Era preciso lembrar diferenças de estilo, mudanças de técnica e material e várias outras coisas.

Françoise a olhou, cheia de pena.

— Eu *vou* voltar a trabalhar — insistiu Phoebe, firme.

— É o que diz.

Françoise envolveu Perséfone com uma das camisetas de Miriam, como se fosse um cobertor. A estampa da camiseta dizia ALTA COSTURA É ATITUDE, ideia da qual Freyja discordava.

Phoebe estava percebendo que ser vampira, como a maioria das coisas na vida, era um equilíbrio delicado de perdas e ganhos. A cada perda — fosse temporária, como o emprego, ou permanente, como o gosto do sorvete —, havia ganhos.

Um dia, Françoise a encontrou estudando a última marca que havia deixado na porta. Para o alívio de Phoebe, ela havia crescido mais de dois centímetros e meio.

— Sua professora chegou — disse Françoise, entregando para ela uma meia--calça e um collant recém-lavados.

— Já vou descer — respondeu Phoebe, anotando em tinta vermelha a data na porta. Freyja pedira para ela não arranhar a madeira e para usar uma canetinha com cheiro de cereja e produtos químicos não identificados. — Eu cresci, Françoise.

— Você ainda tem muito a crescer.

— Eu sei, eu sei — disse Phoebe, rindo.

Françoise não falava da altura. Ainda assim, a crítica dela não doía como antes.

— Precisa de ajuda? — perguntou Françoise.

— Não. — Phoebe já conseguia se vestir sem estourar todos os botões das blusas ou emperrar os zíperes.

Ela tirou o roupão e o pijama. Ambos eram de seda, para impedi-la de acordar de madrugada com a pele machucada e coçando. Phoebe ainda estava sensível, mesmo em comparação com outros jovens vampiros. Tecidos, luzes, sons — tudo tinha o potencial de irritá-la. Porém, Phoebe aprendera a perceber os gatilhos e conseguia lidar com eles na maior parte do tempo.

Ela cobriu as pernas com as meias, afastando as unhas dos remendos que a lembravam de tentativas anteriores de se enfiar naquela mistura de náilon e lycra. Daquela vez, conseguiu vestir as meias coradas sem puxar nenhum fio, abrir nenhum buraco ou amarrotar. Em seguida, veio o collant preto, de alças finas nos ombros. As alças já tinham arrebentado e sido substituídas várias vezes. Phoebe ajeitou o collant para o decote se encaixar bem. Em seguida, conferiu a silhueta no espelho e pegou as sapatilhas de ponta.

Fazia algumas semanas que tinha aulas com uma vampirinha russa de pernas compridas e olhos arregalados. Phoebe e madame Elena treinavam no salão espelhado, que tinha uma ótima acústica e um piso de madeira resiliente. O filho de madame Elena, Dimitri, um vampiro de aparência tímida que parecia ter uns trinta e poucos anos, os acompanhava, tocando o piano de cauda de Freyja com ar determinado.

Balé tinha sido parte importante da infância de Phoebe, mas ela havia passado mais de uma década sem encostar em um tutu. Apesar de ter adorado a música e os rituais relaxantes de se arrumar e fazer exercícios de aquecimento na barra, seguidos da emoção dos saltos e piruetas, as professoras tinham concluído que ela não era tão promissora como bailarina. Tanto Phoebe quanto Stella gostavam de se mostrar excelentes em suas atividades, então Phoebe tinha trocado a dança pelo tênis. Na época, sentia que não adiantava dedicar tanto tempo a algo que nunca faria bem. Naquele momento, porém, o que mais tinha era tempo.

Após o incidente com Stella, Freyja achava que Phoebe precisava de um círculo social mais amplo e de mais exercícios para aliviar seu humor volátil. Para surpresa de todos, madame Elena conhecia a professora de balé da infância de Phoebe, madame Olga.

— Bons braços, pés terríveis — dissera madame Elena, com certo pesar.

No salão de Freyja, desenhando círculos delicados com o pé e alongando o corpo de vampira, Phoebe conseguia fazer esforço até quase sentir que tinha se exercitado. Depois de noventa minutos constantes de movimentos controlados combinados a *jetés* expansivos e uma série estonteante de *fouettés*, ela estava agradavelmente relaxada, com dor nos músculos. Aqueles incômodos, sabia, desapareceriam em questão de minutos.

— Você está progredindo, *mademoiselle* — disse madame Elena. — Seu tempo ainda é abominável, e você precisa se lembrar de abrir o quadril, e não o joelho, para não quebrar essas pernas.

— Sim, senhora. — O que quer que madame Elena dissesse, Phoebe concordava, desde que a mulher voltasse.

Ela se despediu da professora e de Dimitri com um aceno e ficou nas sombras seguras do saguão, onde a luz não a alcançaria. Aquele tempo todo entre espelhos a deixara com dor de cabeça, e ela voltou a colocar os óculos escuros.

— Como foi sua aula? — perguntou Freyja.

— Maravilhosa.

Phoebe revirou a correspondência na mesa. Não havia nada para ela. Não haveria antes de se passarem os noventa dias. Ainda assim, estava habituada a conferir.

— Cadê a Miriam? — perguntou.

— Na Sorbonne, para uma conferência — disse Freyja, com desdém distraído.

Ela deu o braço para Phoebe, e as duas foram andando até os fundos da casa, onde Phoebe tinha se apossado de um cômodo com vista para o jardim.

Freyja acreditava que todas as vampiras deveriam ter um espaço em casa separado do quarto onde dormiam, se banhavam e recebiam visitas íntimas. Com vinte e quatro horas a ocupar, era importante desenvolver rotinas com movimento, que dessem ao dia estrutura e substância. Por insistência dela, Phoebe recolhera algumas das suas coisas preferidas na casa e as levara à antiga sala íntima, que passara a ser conhecida por todas como "escritório de Phoebe". Estavam ali o vaso romano que antes ficava no saguão e um Renoir especialmente bonito que a lembrava do que ela sentia com Marcus. Era suave e sensual, e a mulher morena colhendo rosas se parecia um pouco com ela.

— Você acabou a pintura! — exclamou Freyja, olhando a tela no cavalete.

— Ainda não — disse Phoebe, fitando o trabalho com olhar treinado e crítico. — Ainda preciso ajustar o fundo, e acho que a luz está muito forte.

— Você acha toda luz muito forte, Phoebe, mas se atrai por ela tanto na vida quanto na arte — comentou Freyja, inspecionando o quadro. — Está mesmo muito bom, sabia?

Como balé, pintura era uma atividade que Phoebe estava feliz de retomar.

— O que estou aprendendo será de muita ajuda quando eu voltar a trabalhar. Na Sotheby's. — Phoebe inclinou a cabeça de um lado para o outro a fim de mudar a perspectiva de visão do quadro.

— Ah, Phoebe — disse Freyja, parecendo triste. — Você sabe que nunca vai voltar a trabalhar na Sotheby's.

— É o que vocês dizem. Mas vou precisar fazer alguma coisa além de pintar e dançar, senão vou enlouquecer. Você pode até ter sido princesa, Freyja, mas eu não.

— Vamos encontrar boas causas para você. Vão ocupar o tempo. Você pode construir escolas, entrar para a polícia, cuidar de viúvas. Eu faço tudo isso e me sinto mais útil.

— Não acho que a polícia combina muito comigo, Freyja — brincou Phoebe. A cada dia que passava, ela gostava mais da tia de Marcus.

— Você também achava que não lembrava como fazer um *plié* — lembrou Freyja. — Nunca se sabe o caminho que a vida vai tomar.

— Imagino que eu sempre possa catalogar a coleção de Baldwin. Também posso fazer o inventário de Pickering Place. E de Sept-Tours.

— Você pode listar tudo da minha casa quando acabar. E não se esqueça da casa de Matthew em Amsterdã. O sótão é repleto de telas imensas de homens mortos com golas de frufru.

Phoebe não se surpreendeu, pois já vira alguns dos lugares onde Matthew guardava arte, inclusive o banheiro do térreo da Velha Cabana.

— Mas você precisa fazer algo além de caçar tesouros, Phoebe — advertiu Freyja. — Você não pode salvar o mundo e todos seus habitantes, mas precisa encontrar um modo de fazer a diferença. Meu pai sempre dizia que foi para isso que os vampiros vieram à terra.

34

A vida é um sopro

16 DE JULHO

Estávamos acabando o banho das crianças quando Marcus entrou correndo no cômodo. Marthe vinha logo atrás, preocupada.

— Edward Taylor está no hospital — disse Marcus a Matthew. — Freyja disse que foi um ataque cardíaco. Ela não quer me dizer onde ele está, nem em que estado.

Matthew entregou a toalha de Philip para Marcus antes de pegar o celular.

— Miriam? — chamou Matthew, quando a mulher atendeu. Ele botou a ligação no viva-voz para todos ouvirmos.

— Freyja não deveria ter ligado, Marcus — disse Miriam, seca.

— Onde está Edward? — perguntou Matthew.

— No Salpêtrière — respondeu Miriam. — Era mais perto do apartamento.

— E em que estado? — perguntou Matthew.

Miriam se calou.

— Em que estado, Miriam? — insistiu Matthew.

— Ainda é cedo para determinar. Foi grave. Quando soubermos, decidiremos o que contar a Phoebe — disse Miriam.

— Phoebe tem direito de saber que o pai dela está doente! — disse Marcus.

— Não, Marcus. Phoebe não tem direito algum no que diz respeito à família humana dela, e é minha responsabilidade garantir que minha filha não represente perigo para si, nem para outros. Um hospital? Ela tem apenas sessenta dias de idade! — retrucou Miriam. — E ainda se queima com luz. O Salpêtrière brilha mais que uma árvore de Natal, vinte e quatro horas por dia. Ela não estaria segura lá.

— Edward pode ser transferido?

Matthew estava pensando além das opções médicas tradicionais para sangue--quentes. Se necessário, ele transformaria a casa de Freyja em uma clínica, forneceria os equipamentos mais tecnológicos, contrataria o cardiologista mais avançado do mundo e internaria Edward como único paciente.

— Não sem morrer. — Miriam foi direta. — Padma já perguntou. Ela queria transferi-lo para Londres. Os médicos se recusaram.

— Vou para Paris.

Marcus largou a toalha de Philip, deixando o bebê de pé, pelado e cor-de-rosa depois do banho, com um patinho de borracha na mão. Marthe correu até ele para ajudá-lo a vestir o pijama.

— Você não é bem-vindo, Marcus — disse Miriam.

— Já estou acostumado — respondeu Marcus. — Mas Edward é pai de Phoebe, então você pode imaginar que não me importo nem um pouco se você me receberá bem.

— Chegaremos em quatro horas — disse Matthew.

— Os dois? — perguntou Miriam, e soltou um palavrão. — Não, Matthew. Não...

Matthew desligou e se virou para mim.

— Vem com a gente, *mon coeur*? Talvez precisemos de sua ajuda.

Eu tinha acabado de vestir Becca com o pijama e a entreguei para Marthe.

— Claro — respondi, pegando a mão de Matthew.

A preocupação de Marcus por Phoebe e o pé firme de Matthew no acelerador nos levaram aos arredores de Paris em pouco mais de três horas. Ao chegar, Matthew disparou por ruas que nenhum turista encontraria, tomando todos os atalhos até chegarmos ao antigo bairro universitário próximo da Sorbonne e do hospital Salpêtrière. Ele desligou o carro e se virou para o filho no banco de trás.

— Qual é o plano? — perguntou.

Até então, não tínhamos plano algum — além de chegar a Paris o mais rápido possível. Marcus levou um susto.

— Não sei. O que acha que devemos fazer?

Matthew balançava a cabeça.

— Phoebe é sua parceira, não minha. Você é quem sabe.

Eu amava Matthew com todo o coração e me orgulhava da perseverança silenciosa com que enfrentava os muitos desafios que lhe apareciam. Porém, nunca tinha sentido tanto orgulho quanto naquele momento, parados no carro em uma rua do décimo terceiro *arrondissement* de Paris, esperando o filho dele tomar a própria decisão.

— Freyja me ligou porque sou médico — disse Marcus, olhando para o hospital. — Você também. Um de nós deve examinar Edward e garantir que ele esteja recebendo um tratamento decente.

Eu achava improvável que um diplomata britânico, levado de ambulância a um dos melhores hospitais do mundo, *não* estivesse recebendo um tratamento decente, mas me calei.

— Não estou nem aí para a opinião de Miriam. Phoebe precisa saber o que aconteceu. E precisa estar aqui, ao lado do pai, por via das dúvidas — continuou Marcus.

Matthew ainda esperava.

— Lide com os médicos — disse Marcus, saltando do carro. — Eu e Diana vamos falar com Phoebe.

— Sábia decisão — respondeu Matthew, entregando ao filho o lugar ao volante.

Marcus deu a volta no carro. Eu apertei o botão para baixar a janela.

— Cuide dele — murmurou Matthew antes de me beijar.

Miriam nos aguardava na entrada quando chegamos à casa de Freyja. Eu nunca tinha estado lá e fiquei impressionada com a grandiosidade da construção, além da privacidade que tinha.

— Onde está Phoebe? — perguntou Marcus, indo direto ao ponto.

Miriam se manteve firme diante da porta.

— Isso vai contra todas as regras, Marcus. Fizemos um acordo.

— A doença de Edward não era parte do plano.

— Sangue-quentes adoecem e morrem. Phoebe precisa aprender que não pode correr para o hospital toda vez que isso acontecer.

— Edward é o *pai* dela — retrucou Marcus, furioso. — Não é um sangue--quente qualquer.

— Ainda é muito cedo para expor ela a esse tipo de luto — disse Miriam, os olhos repletos de advertências que eu não compreendia. — Você sabe.

— Eu sei. Me deixe entrar, Miriam, ou vou arrombar a porra da porta.

— Tudo bem. Se acontecer um desastre, vai ser sua culpa, não minha.

Miriam abriu passagem.

Françoise, que eu não via desde que deixara para trás a Londres do século XVI, abriu a porta e nos cumprimentou com uma reverência.

Phoebe aguardava no saguão, junto a Freyja, que a protegia com um abraço. Phoebe estava pálida, o rosto riscado de rosa pelas lágrimas de sangue.

Ela já sabia do pai. Não era necessário corrermos até Paris para contar a ela. O único motivo da velocidade era reunir dois apaixonados o mais rápido possível.

— Você sabia que Marcus viria — falei para Miriam em voz baixa.

Miriam concordou.

— Como não viria?

Marcus foi até ela, mas parou, lembrando que era a mulher que deveria escolher, e não o homem. Ele se recompôs.

— Phoebe. Eu sinto muito — começou ele, com a voz rouca de emoção. — Matthew está com Edward agora...

Phoebe o abraçou com uma velocidade que provava como ela era jovem e inexperiente. Ela o apertou, chorando de preocupação e medo.

Era a primeira vez que eu via uma vampira tão jovem, e a imagem era deslumbrante. Phoebe era como uma moeda recém-cunhada, forte e reluzente. Se ela passasse por uma calçada parisiense, já seria impossível humanos não pararem para olhar, então nem imaginava como seria em um hospital. Como a levaríamos ao quarto de Edward, brilhando tanto de vigor e vitalidade?

— Se ele morrer, não sei o que farei — disse Phoebe. As lágrimas de sangue voltaram a fluir.

— Eu sei, meu bem. Eu sei — murmurou Marcus, com os dedos enfiados em seu cabelo, o corpo dela aninhado junto ao dele.

— Freyja disse que posso ir vê-lo, mas Miriam acha que é má ideia.

Phoebe fungou, tentando conter as lágrimas. Pela primeira vez, pareceu perceber minha presença.

— Oi, Diana — cumprimentou.

— Oi, Phoebe. Sinto muito por Edward.

— Obrigada. Tenho certeza de que há algo que eu deveria fazer ou dizer ao encontrá-la pela primeira vez desde minha transformação, mas não sei o que é.

Phoebe fungou e voltou a chorar.

— Tudo bem. Pode chorar — disse Marcus, balançando um pouco no abraço, o rosto devastado de preocupação. — Não se preocupe com o protocolo. Diana não se importa.

Não me importava, mas tinha bastante certeza que os funcionários do hospital se importariam se aparecesse alguém com sangue jorrando dos olhos.

— Vocês veem por que Phoebe não pode ir ao Salpêtrière para acompanhar o pai — disse Miriam, com a franqueza habitual.

— A decisão é de Phoebe — declarou Marcus, seu tom carregado de advertência.

— Não, a decisão é *minha*. Sou eu a senhora dela — retrucou Miriam. — Phoebe ainda não é confiável perto de sangue-quentes.

O que achavam que Phoebe ia fazer? Chupar o sangue do acesso intravenoso de Edward e mastigar os ossos dele? Eu estava muito mais preocupada com a reação que os sangue-quentes teriam à aparência dela.

— Phoebe — falei, me intrometendo —, você se incomodaria muito se eu fizesse um pouco de magia em você?

— Graças a Deus — disse Françoise. — Sabia que pensaria em algo, madame.

— Eu estava pensando em um feitiço de disfarce, como o que usei quando assumi meus poderes — expliquei, analisando Phoebe como se a medisse para costurar uma roupa. — E acho que você deveria acompanhá-la ao hospital, Françoise, se puder.

— *Bien sûr.* Achou que eu deixaria *mademoiselle* Phoebe se virar sozinha? Mas vai precisar de algo bem sem graça para ela ser convincente como humana. Era mais fácil fazer a senhora parecer uma pessoa comum. Ainda era sangue-quente, afinal.

Françoise me impedira de cometer centenas de erros — grandes e pequenos — durante minha época no século XVI. Se ela conseguia impedir uma feminista do século XXI de causar um escândalo na Londres elisabetana e em Praga, saberia lidar com uma jovem vampira em um hospital. Mais otimista simplesmente por causa de sua presença sólida, eu prossegui.

— Vai estar todo mundo concentrado em Edward — argumentei. — Talvez possamos nos virar com algo mais tranquilo de vestir, mais para um véu do que para um saco de batatas?

No fim, foi um tecido pesado, lembrando uma mortalha. Não apenas apagava a aparência de Phoebe, mas também a desacelerava. Ela ainda não parecia comum, mas não chamaria tanta atenção.

— Uma última coisa — falei, tocando o rosto dela de leve.

Phoebe se encolheu como se meu toque a queimasse.

— Te machuquei? — perguntei, afastando as mãos imediatamente. — Estava só fazendo com que, se chorar, as lágrimas pareçam transparentes, e não vermelhas.

— Phoebe está bem sensível — explicou Freyja.

— E ainda não fizemos os testes completos para determinar tais sensibilidades — disse Miriam, e sacudiu a cabeça. — Não é uma boa ideia, Marcus.

— Você me proíbe de levá-la ao hospital? — perguntou Marcus.

— Até parece que você não me conhece — retrucou Miriam, e se virou para Phoebe. — A decisão é sua.

Phoebe saiu correndo pela porta, seguida de perto por Françoise.

— Daremos notícias — disse Marcus, a acompanhando.

Matthew estava no saguão com o prontuário de Edward quando chegamos ao hospital. Um grupo de médicos e enfermeiros estava reunido ali perto. Do outro lado da porta, vi Padma e Stella sentadas junto a Edward, que estava conectado a aparelhos para monitorar o coração e auxiliar a respiração.

— Como ele está? — perguntei, tocando o braço de Matthew.

— Em condição crítica, mas estável — disse Matthew, fechando o prontuário.

— Estão fazendo todo o possível. E Phoebe?

— A caminho, com Marcus e Françoise. Achamos que seria melhor eu vir na frente, para o caso...

Matthew assentiu.

— Estão discutindo opções cirúrgicas agora.

A porta do elevador se abriu. Phoebe estava lá dentro, entre Marcus e Françoise. Ela usava óculos escuros, com o cabelo sem vida, em vez de brilhante, e parecia vestir um casaco puído e feio, verde-azeitona.

— Feitiço de disfarce — murmurei para Matthew. — Bem forte.

— Phoebe — cumprimentou Matthew, ao se aproximar.

— Cadê meu pai?

Os olhos de Phoebe estavam marejados. Felizmente, as lágrimas apenas molharam seu rosto.

— Ali dentro. Sua mãe e sua irmã estão com ele.

— Ele...

Phoebe olhou para Matthew, sem conseguir concluir a frase.

— Está em condição crítica, mas estável — respondeu Matthew. — O coração dele sofreu danos consideráveis. Estão considerando cirurgia.

Phoebe inspirou fundo, trêmula.

— Está pronta para entrar? — perguntou Marcus.

— Não sei.

Phoebe apertava a mão de Marcus com tanta força que o estava deixando manchado de hematomas azuis, roxos e verdes. Ela olhou para ele, em pânico.

— E se Miriam estiver certa? — perguntou. — E se eu não aguentar?

— Vou estar ao seu lado — afirmou Marcus, tentando apaziguá-la. — Françoise e Diana também. E Matthew está aqui.

Phoebe assentiu, hesitante.

— Não me solte.

— Nunca — prometeu Marcus.

Padma ergueu o rosto choroso quando entramos. Stella correu até a irmã.

— Ele está morrendo! — exclamou Stella, o rosto inchado de lágrimas, a dor estampada nos olhos vermelhos. — Faça alguma coisa!

— Já basta, Stella — disse Padma, com a voz trêmula.

— Não. Ela pode resolver isso. Conserte ele, Phoebe! — insistiu Stella, angustiada. — Ele ainda é muito jovem para morrer.

A aproximação rápida de uma sangue-quente — irmã ou não — era mais do que qualquer jovem vampiro suportaria. Phoebe arreganhou os dentes, rosnando.

Matthew tirou Stella dali. Ela ainda suplicava para alguém — qualquer um — fazer algo pelo pai.

Quando Stella se afastou, Phoebe conseguiu se recompor. Procurou o pai entre os aparelhos que o mantinham vivo.

— Ah, mãe.

— Eu sei, Phoebe — disse Padma, e deu um tapinha no lugar ao lado. — Venha se sentar comigo. Fale com ele. Ele sentiu saudades suas nesses últimos meses.

Marcus conduziu Phoebe à cadeira. Ele olhou demoradamente para Padma, como se para confirmar que ela suportava aquela pressão.

— É culpa minha, não é? — sussurrou Phoebe. — Eu sabia que ele não estava bem. Mas só queria casar antes... antes...

— O coração do seu pai está fraco há anos, Phoebe — disse Padma, de olhos marejados. — Não tem nada a ver com sua decisão.

— Mas o estresse — insistiu Phoebe, voltando-se para a mãe. — Ele nunca quis que eu virasse vampira. Discutimos inúmeras vezes sobre isso.

— Não adianta se questionar, nem entrar nessas fantasias... Pensar que, se não tivéssemos passado férias em Mumbai, ele não teria pego aquele vírus, ou que deveria ter se aposentado mais cedo e descansado, como o médico queria — respondeu Padma.

— Sua mãe está certa, Phoebe. Eu soube que o coração de Edward estava frágil assim que o conheci, e que ele não estava se cuidando bem. Lembra? Já falamos disso. — Marcus esperou a resposta da parceira.

Relutante, Phoebe concordou.

— Você não tem responsabilidade alguma pelas escolhas dele — afirmou Padma. — Você está aqui agora. Não desperdice esse tempo precioso. Diga a ele que o ama.

Phoebe se esticou para pegar a mão do pai.

— Oi, pai — disse ela, fungando. — Sou eu. Phoebe. Marcus também está aqui.

O pai dela estava inconsciente, sem responder. A mãe de Phoebe apertou a outra mão dela para encorajá-la.

— Miriam e Freyja acham que estou indo bem, sabe, com a transformação — contou, secando os olhos e rindo, trêmula. — Cresci quase três centímetros. Você sabe como eu sempre quis ser um pouco mais alta. Voltei a dançar. E a pintar.

O pai de Phoebe sempre quisera que ela voltasse a desenhar e a pintar. Ele ainda tinha uma de suas tentativas adolescentes, um retrato da mãe no jardim, pendurada no escritório de casa.

— Que maravilha, Phoebe — disse Padma. — Fico feliz por você.

— Ainda não sou muito boa — explicou Phoebe, sem querer criar expectativa. — Sou só uma vampira, não Van Gogh.

— Você não se dá o devido crédito.

— Talvez.

Crédito era departamento de Stella.

— Acho que você não tem que ter medo de tédio nas reuniões de família dos Clermont, pai — continuou Phoebe. O pai não respondia àquela conversa, mas ela sentia que ele ouvia e que gostava de ouvir sobre a vida dela. Ele sempre tinha gostado, por menor que fosse o acontecimento ou mais insignificante a preocupação. — Freyja e Miriam contam as histórias mais incríveis. É como morar com duas Scheherazades.

Antes que pudesse falar mais, Phoebe se distraiu com a conversa de Stella com os médicos no corredor.

— Como assim, ele precisa de cirurgia? — perguntou Stella.

— Aconteceu alguma coisa? — quis saber Padma, notando a distração de Phoebe.

— Eles podem salvar ele — disse Stella aos médicos, apontando para ela e Marcus do outro lado da janela. — Podem dar o sangue deles e vai ficar tudo bem.

— Seu pai não precisa de sangue — respondeu um médico. — Se fizermos a cirurgia, claro...

— Não, vocês não entenderam — gritou Stella. — O sangue deles pode salvá-lo!

— Deixe-me falar com ela — disse Matthew. — Ela está em choque.

Ele pegou Stella pelo cotovelo e a afastou dos médicos, levando-a de volta ao quarto do pai.

— Não posso salvar Edward — disse Matthew. — Perdão, Stella. Não funciona assim.

— Por que não? — questionou Stella, e se virou para Phoebe. — Então, salve você. Ou é egoísta demais para compartilhar com a gente sua sorte?

Um dos aparelhos de Edward soltou um ruído agudo, seguido de outro. Funcionários invadiram o quarto, analisando os aparelhos, conversando com urgência e examinando o paciente. Marcus puxou Phoebe para o canto para não atrapalhar.

— Deixe os médicos trabalharem — disse Marcus, quando ela protestou.

— Ele... — Phoebe parou, sem conseguir pronunciar as palavras.

Padma deixou Matthew afastá-la um pouco da cama. Ela tremia, e ele apoiou a mão no ombro dela, oferecendo o pouco conforto que podia. Padma se virou para abraçá-lo, os ombros tremendo de pesar.

— Se você deixar ele morrer, nunca vou perdoar você, Phoebe — disse Stella, com a voz repleta de dor. — Nunca. A morte dele será sua culpa.

Mas Edward não morreu. Os médicos conseguiram salvá-lo com uma cirurgia longa e árdua, apesar do dano significativo no coração, e de seu prognóstico ainda ser cauteloso. Depois de muito argumentar, conseguimos convencer as Taylor a deixar o hospital quando Edward saiu da cirurgia e se instalou na UTI cardiológica. Nós as levamos à casa de Freyja, em vez do hotel, para ficarem todas juntas. Matthew recomendou um leve sedativo para Padma, que não dormia havia dias.

Freyja instalou Padma e Stella em uma suíte com vista para os jardins. Miriam mandou Phoebe para o quarto, a fim de descansar. Ela havia olhado para a filha, farejado bem Marcus e informado Phoebe que não era um pedido e que não havia espaço para discussão. Phoebe, exausta, protestou um pouco, mas foi persuadida por Françoise.

Charles se preocupou com Marcus, que recusou sangue e vinho. Matthew, por outro lado, aceitou as duas coisas.

— É sempre a mesma coisa — disse Matthew. — Todo sangue-quente acha que uma segunda chance na vida responde a todas as suas preces.

— Claro que não — respondeu Miriam. — É só outra oportunidade para dar tudo errado outra vez.

— Eu aprendi isso do modo mais difícil... em Nova Orleans — comentou Marcus, parado perto da lareira e olhando a porta pela qual Phoebe tinha se retirado.

— E agora? — perguntou Miriam a Matthew. — Não tem mais sentido fingir que cumprimos as regras. Marcus pode muito bem ficar aqui.

— Phoebe não vai ficar aqui — respondeu Marcus, seco. — Quero ela em casa. Longe de Stella. Edward está estabilizado. Os médicos vão avisar se algo mudar.

— Pickering Place é muito pequena — disse Freyja. — E não tem onde caçar, nem mesmo um jardim, a não ser que queira que Phoebe circule por Piccadilly Circus.

— Marcus está pensando em Sept-Tours, Freyja — disse Matthew, pegando o celular. — Vou ligar para *maman*. Pode ser, Miriam?

Miriam considerou as opções. Eu estava habituada a suas reações rápidas. Aquele lado pensativo de Miriam era inesperado... e bem-vindo.

— Se Phoebe quiser ir com vocês, não irei me opor — declarou, por fim.

Viajamos a Sept-Tours à noite, esperando que a escuridão tornasse o trajeto mais tranquilo para Phoebe. Ela e Marcus foram sentados juntos no banco de trás, de mãos dadas, ela com a cabeça apoiada no ombro dele. Françoise ia ao lado como uma dama de companhia vitoriana, apesar de passar mais tempo olhando pela janela do que para eles.

Ysabeau nos esperava. Ela ouviu o carro se aproximar, o som do motor e dos pneus no cascalho, que eram o único sistema de alerta necessário, e ajudou Phoebe a descer do carro.

— Você deve estar cansada — disse Ysabeau, beijando-a nas bochechas. — Vamos sentar um pouco juntas para ouvir os pássaros acordarem. Sempre acho muito relaxante fazer isso nessas horas. Mas, primeiro, Françoise vai preparar um banho para você.

Marcus deu a volta no carro com uma pequena mala de roupas de Phoebe.

— Vou instalar você.

— Não — avisou Ysabeau, olhando para o neto com expressão proibitiva. — Phoebe veio ficar comigo, não com você.

— Mas... — disse Marcus, de olhos arregalados. — Achei...

— Achou que ia ficar aqui? — bufou Ysabeau. — Ela não precisa de um homem correndo atrás dela. Volte para Les Revenants e fique lá.

— Vamos — disse Françoise, puxando Phoebe devagar em direção à escada.

— Você ouviu madame Ysabeau.

Phoebe parecia dividida entre o desejo de estar com Marcus e o respeito pela matriarca Clermont.

— Não vai demorar muito — sussurrou ela para Marcus, antes de deixar Françoise levá-la.

— Não estarei longe — disse Marcus.

Phoebe assentiu.

— Não foi justo, *grand-mère* — disse Marcus. — É muito cedo para Phoebe precisar tomar uma decisão dessas. Especialmente depois do comportamento de Stella.

— Muito cedo? Isso não existe — disse Ysabeau. — É exigido de todos nós que a gente cresça rápido demais. É o modo dos deuses nos lembrarem de que a vida, por mais longa que seja, é apenas um sopro.

Setenta e cinco

26 DE JULHO

Phoebe estava ajoelhada, cavando a terra macia do jardim. O sol mal tinha subido atrás das colinas, mas ela usava um chapéu de abas largas para se proteger dos raios de sol, assim como os óculos escuros grandes, ao estilo Jackie O, que tinham se tornado itens essenciais de seu guarda-roupa.

Marthe estava trabalhando no canteiro ao lado, arrancando ervas-daninhas ao redor das folhas de cenoura e dos caules verde-claros de aipo. Ela viera de Les Revenants, onde estivera para ajudar Diana e Matthew com as crianças. Sarah e Agatha ainda estavam lá, assim como Marcus e Jack, então não precisavam de tanto auxílio como quando chegaram dos Estados Unidos, exaustos e perdidos no fuso-horário.

Phoebe esfregou o rosto com a mão suja. Uma mosquinha ali a estava enlouquecendo. Em seguida, voltou a cavar.

O sol esquentava suas costas, e o solo sob as mãos tinha um cheiro fresco de vida. Phoebe enfiou a pá na terra, desmanchando-a e preparando-a para plantar as mudas que Marthe queria trazer da estufa.

Phoebe tinha certeza de que havia alguma lição a aprender com o trabalho com Marthe, assim como aprendia lições com Françoise e Ysabeau. Em Sept-Tours, lições estavam envolvidas em todas as atividades.

Desde a internação do pai, tudo tinha mudado. Miriam voltara para Oxford e a deixara sob responsabilidade de Ysabeau. Freyja não quisera passar as semanas antes da decisão de Phoebe sob o telhado da madrasta, apesar de planejar estar ali no dia em si. Dali a duas semanas, Baldwin chegaria e começaria o próximo estágio da vida de Phoebe. Ela seria uma vampira filhote.

Na casa de Ysabeau, as quatro mulheres coexistiam com notavelmente pouco escarcéu e drama. Não era assim na casa de Phoebe quando ela era mais nova porque as três mulheres Taylor viviam disputando posição e controle. Françoise e Marthe eram uma dupla impressionante, ambas forças da natureza, sem ceder um pingo de poder para a outra, mas respeitando as esferas de influência cuidadosamente delineadas. Phoebe ainda não entendia quais eram todas as divisões de responsabilidade, mas sentia os ajustes sempre que Marthe aparecia nos aposentos familiares para cuidar de Ysabeau, ou quando Françoise atravessava a cozinha a caminho de remendar uma camisa.

Autoridade. Poder. Status. Eram aquelas as variáveis que moldavam a vida de um vampiro. Um dia, Phoebe as entenderia. Até lá, ficava contente de observar e aprender com duas mulheres que sabiam não apenas sobreviver, mas se dar bem.

Porém, era com a castelã que Phoebe mais aprendia a ser vampira. De acordo com Françoise, Ysabeau era a vampira mais velha e sábia sobrevivente na terra. Fosse ou não verdade, Ysabeau fazia Freyja e até mesmo Miriam parecerem jovens e inexperientes. Quanto a Phoebe, ela se sentia mesmo um bebê na presença daquela mulher.

— Aí estão vocês — disse Ysabeau, desfilando pelo jardim sem que os passos soassem no cascalho, com movimentos mais suaves e elegantes do que os de madame Elena. — Vocês sabem que não é possível cavar até a China, como esperavam os antigos?

Phoebe riu.

— Então lá se vão meus planos para o dia.

— Por que não vem caminhar comigo? — sugeriu Ysabeau.

Phoebe enfiou a pá no chão e se levantou de um pulo. Ela amava as caminhadas com Ysabeau. Cada trajeto a levava por uma parte diferente do castelo ou do terreno. Ysabeau contava histórias da família enquanto andavam pelo espaço, apontando onde antes ficavam as lavanderias, o fabricante de velas e o ferreiro.

Phoebe já tinha ido a Sept-Tours, quando Matthew e Diana estavam viajando no tempo e Marcus quisera sua companhia. Ela voltara também depois do retorno do casal, e mais algumas vezes desde o nascimento dos bebês. Contudo, algo mudara na relação de Phoebe com a casa. Ia além do fato de ser vampira. Naquele momento, ela era uma verdadeira Clermont — ou pelo menos era o que Ysabeau dizia, confiante de que Phoebe não mudara de ideia a respeito de Marcus.

— O sol está subindo rápido hoje — observou Ysabeau, olhando o céu. — E não tem nuvens. Que tal entrarmos para você tirar o chapéu e os óculos?

Phoebe deu o braço para Ysabeau ao se virar para o castelo. Ysabeau pareceu um pouco espantada com o gesto familiar, mas, quando Phoebe recuou, temendo ter quebrado alguma regra, a puxou para perto. As duas entraram no castelo devagar, inspirando os perfumes da manhã.

— *Monsieur* Roux queimou os croissants — disse Ysabeau, farejando o ar. — E eu queria que o padre parasse de trocar de sabão em pó. Assim que me acostumo ao cheiro de um, ele compra outro.

Phoebe fungou. O cheiro floral forte não era "fresco e primaveril", apenas muito químico. Ela torceu o nariz.

— Escutou ontem a briga de Adele com o novo namorado? — perguntou Phoebe.

— Como não escutaria? Estavam bem do outro lado do muro, gritando até não poder mais.

Ysabeau abanou a cabeça.

— E madame Lefebvre... como ela está? — perguntou Phoebe.

A senhora tinha mais de noventa anos e ainda saía para fazer compras todos os dias sozinha, puxando um carrinho de arame para guardar as sacolas. Na semana anterior, tinha caído e quebrado o quadril.

— Mal — disse Ysabeau. — O padre foi visitá-la ontem. Não esperam que ela sobreviva a esta semana. Vou visitá-la hoje à tarde. Deseja me acompanhar?

— Posso?

— Claro. Tenho certeza de que ela gostaria de vê-la.

Estavam já dentro do castelo, caminhando imponentemente pelos ambientes do térreo — o salão de Ysabeau, com móveis dourados e porcelana de Sèvres; a sala de jantar formal, com estátuas ladeando a porta; a biblioteca da família, com sofás macios e pilhas de jornais, revistas e livros; a sala de café de cores quentes de Ysabeau, que dava sempre a impressão de estar ensolarada, mesmo nos dias mais nublados; o salão principal, de pé-direito alto com vigas aparentes e paredes pintadas. Em cada cômodo, Ysabeau revelava algo que tinha acontecido ali em outra época.

— O dragão de fogo de Diana quebrou um desses — contou, apontando um grande vaso no formato da cabeça de um leão. — Philippe encomendou um par. Devo confessar que nunca gostei muito deles. Se dermos sorte, Apolo vai quebrar o outro e poderemos encontrar algo novo para colocar no lugar.

Outra memória de Philippe surgiu na sala de jantar formal, com a mesa longa e polida e as fileiras de cadeiras.

— Philippe sentava sempre ali, e eu, na outra cabeceira. Assim, podíamos cuidar da conversa de todos e garantir que não houvesse guerra entre os convidados — comentou Ysabeau, passando os dedos pelo espaldar alto da cadeira. — Demos tantas festas nesta sala.

Quando chegaram à biblioteca, Ysabeau afofou uma almofada. Apesar do restante do sofá ser revestido em marrom desbotado, aquela almofada era cor-de-rosa.

— A bolsa de Sophie estourou nesse sofá, no dia antes de Margaret nascer. Não precisamos trocar o móvel todo, como Sophie temia, apenas a almofada. Está vendo, não combina com o resto. Falei para Marthe nem tentar combinar, e usar algo que sempre nos lembraria do nascimento de Margaret.

Na sala de café, Ysabeau sorriu.

— Aqui, tentei assustar Diana para ela se afastar de Matthew — contou. — Só que ela foi mais corajosa do que eu imaginava.

Ysabeau deu uma volta lenta no salão principal do castelo, convidando Phoebe a fazer o mesmo.

— Foi aqui que Diana e Matthew deram o banquete de casamento — disse ela, admirando o salão repleto de armaduras, armas e decorações de inspiração medieval. — Eu não estava, é claro, e Philippe não me contou. Só ouvi a história quando Diana e Matthew voltaram do passado. Talvez você e Marcus possam comemorar aqui e voltar a encher o salão de risadas e dança.

Ysabeau conduziu Phoebe a uma escada de pedra que levava às altas ameias do torreão quadrado do castelo. Em vez de subir, como normalmente faria, levou Phoebe a uma porta baixa e arqueada que vivia trancada. Então, tirou do bolso uma chave de ferro antiga e a encaixou na fechadura, girando-a e chamando Phoebe para entrar.

Phoebe levou alguns minutos para ajustar os olhos à mudança na luz. Aquele cômodo tinha apenas poucas janelas pequenas, revestidas de vidro colorido. Ela tirou os óculos e massageou os olhos para focar.

— É outro depósito? — perguntou, querendo saber que outros tesouros encontraria ali.

Porém, o ar abafado e o cheiro leve de cera logo indicaram que aquele ambiente tinha outro propósito. Era a capela — e cripta — dos Clermont.

Um grande sarcófago de pedra ocupava o centro da pequena capela. Vários outros caixões estavam dispostos em nichos nas paredes, assim como certos objetos: escudos, espadas, pedaços de armadura.

— Humanos acham que vivemos em lugares sombrios assim — comentou Ysabeau. — Estão mais certos do que imaginam. Meu Philippe está aqui, no centro desta sala, como um dia esteve no centro da família e do meu mundo. Um dia, serei enterrada aqui com ele.

Phoebe a olhou, surpresa.

— Nenhum de nós é imune à morte, Phoebe — disse Ysabeau, como se escutasse os pensamentos dela.

— Stella acha que somos. Ela não entendeu por que ninguém salvaria meu pai... Eu também não sei se entendo. Mas sei que ele não ia gostar... que seria um erro.

— Você não pode transformar em vampiro todas as pessoas que ama. Marcus tentou e isso quase o destruiu.

Phoebe sabia de Nova Orleans e tinha conhecido os filhos sobreviventes de Marcus.

— Stella pode ter sido a primeira humana a pedir para você salvar a vida de alguém, mas não será a última — continuou Ysabeau. — Você deve se preparar para recusar, inúmeras vezes, como recusou ontem. Dizer "não" exige coragem, muito mais do que dizer "sim".

Ysabeau voltou a dar o braço a Phoebe e a caminhar.

— As pessoas se perguntam o que é necessário para virar vampiro — disse, com um olhar de soslaio para Phoebe. — Sabe o que eu respondo?

Phoebe fez que não com a cabeça, intrigada.

— Para ser vampiro, é preciso escolher a vida. A sua vida, e não de outrem, de novo e de novo, dia após dia. É preciso escolhê-la no lugar do sono, da paz, do luto, da morte. No fim, o que nos define é o nosso desejo incansável de viver. Sem isso, somos apenas um pesadelo ou um fantasma: uma sombra do humano que um dia fomos.

Noventa

10 DE AGOSTO

Phoebe se sentou no salão de Ysabeau — entre a porcelana azul e branca, as cadeiras douradas, os estofos de seda e as obras de arte inestimáveis — e esperou, outra vez, que o tempo a alcançasse.

Baldwin entrou na sala, o terno azul-marinho em harmonia com as cores do ambiente. Phoebe, por outro lado, escolhera um vestido que a destacasse, não que se misturasse. Era de um tom vivo de turquesa, uma cor que simbolizava lealdade e paciência. Lembrava a roupa do casamento da mãe, os olhos de Marcus e a cor do mar ao voltar para a orla.

— Baldwin.

Phoebe pensou em se levantar e reparou que já estava de pé, oferecendo o rosto para o líder da família do marido.

— Você está bonita, Phoebe — comentou Baldwin depois de beijá-la, observando-a de cima a baixo. — Vejo que Ysabeau não a maltratou.

Phoebe nem respondeu ao comentário. Depois daquelas semanas, ela atravessaria desertos a pé por Ysabeau, e estava mantendo um relatório silencioso de cada ofensa murmurada contra a matriarca do clã Clermont.

Phoebe pretendia cobrar aquelas dívidas um dia.

— Onde estão seus óculos? — perguntou Baldwin.

— Decidi não usá-los hoje.

Phoebe estava com dor de cabeça e fazia uma careta sempre que as cortinas esvoaçavam, mas tinha determinado que seu primeiro olhar demorado para o rosto de Marcus seria sem interferência. Quando o vira no Salpêtrière, estava distraída demais pela condição do pai para prestar qualquer atenção.

— Olá, Phoebe — cumprimentou Miriam ao entrar.

Ela não usava o couro preto e as botas de sempre, e sim uma saia esvoaçante. O cabelo comprido caía nos ombros, e havia joias pesadas cobrindo o pescoço, os braços e os dedos.

— Excelente. Podemos começar — disse Baldwin. — Miriam, você consente com a decisão de sua filha de se unir a Marcus, membro de minha família e do ramo Bishop-Clairmont, filho de Matthew de Clermont?

— Você vai mesmo fazer a cerimônia de noivado inteira? — perguntou Miriam.

— Era meu plano, sim — confirmou Baldwin, e a olhou com irritação. — Você queria oficializar.

— Espere. Marcus não precisa estar aqui para avançarmos? — perguntou Phoebe. — Onde ele está?

A ansiedade dela cresceu. E se Marcus tivesse dúvidas? E se decidisse que não a queria mais?

— Estou bem aqui.

Marcus estava logo do outro lado da porta, de camisa azul, calça jeans e tênis com furo em um pé. Estava bonito e um pouco malicioso, como sempre. Com um cheiro divino. Freyja estava com ele, mas Phoebe teve que se forçar a desviar o olhar do parceiro para cumprimentar a tia.

— Olá, Phoebe — disse Freyja, sorridente. — Falei que chegaríamos até aqui.

— Sim — respondeu Phoebe, com o olhar fixo em Marcus.

Ela estava com a garganta seca e teve dificuldade de dizer aquela simples palavra.

Marcus sorriu. O coração de Phoebe pulou em resposta.

Os sentidos dela ficaram sobrecarregados. Tudo que ela ouvia era o batimento do coração dele. O único cheiro que sentia era o perfume marcante dele. Pensava apenas em Marcus. Desejava apenas seu toque.

De repente, ele a abraçou, encostou os lábios nos dela, e os cheiros límpidos de alcaçuz, monarda e pinheiro a envolveram, junto a centenas de outras notas que ainda não sabia reconhecer nem nomear.

— Eu te amo, meu bem — murmurou ele ao ouvido dela. — E nem pense em mudar de ideia. Já é tarde. Você já é minha. Para sempre.

Seguiram-se parabéns, champanhe e risadas quando Phoebe escolheu Marcus formalmente como parceiro. Mas nada a impressionou. Ela havia esperado noventa dias para anunciar a intenção de se unir irrevogavelmente a outra criatura. Naquele momento, contudo, tudo que conseguia fazer era encarar Marcus com atenção extasiada.

— Tem um toque ruivo no seu cabelo — disse Phoebe, tirando um fio dos ombros dele. — Nunca tinha notado.

Marcus beijou a mão dela, com um toque eletrizante. O coração de Phoebe deu um pulo e pareceu que ia explodir. Marcus sorriu.

Aquela covinha no canto da boca dele... ela também nunca tinha notado. Não chegava a ser uma ruga, apenas uma leve depressão na pele, como se fosse uma lembrança precisa de como Marcus sorria.

— Phoebe. Me ouviu? — A voz de Miriam penetrou a consciência de Phoebe.

— Não. Quer dizer, perdão — disse Phoebe, tentando se concentrar. — O que disse?

— Disse que é minha hora de ir embora — repetiu Miriam. — Decidi voltar a New Haven. Nos próximos meses, Marcus não vai ser muito útil na pesquisa. É melhor eu pelo menos me virar.

— Ah. — Phoebe não sabia o que dizer. Uma ideia apavorante lhe ocorreu. — Não tenho que ir junto, tenho?

— Não, Phoebe. Mas pode soar um pouco menos angustiada ao pensar em passar um tempo com sua criadora — respondeu Miriam, antes de se voltar para Ysabeau. — Confio minha filha a você.

Ver Miriam e Ysabeau de frente, uma loira e outra morena, era como ver duas forças primitivas da natureza buscarem o equilíbrio à força.

— Sempre cuidei dela. Ela é parceira de meu neto — garantiu Ysabeau. — Phoebe agora é Clermont.

— Sim, mas será sempre *minha* filha — respondeu Miriam, com um toque feroz.

— É claro — disse Ysabeau, tranquila.

Finalmente, Miriam e Baldwin partiram. De mãos bem entrelaçadas, Phoebe e Marcus os acompanharam até o carro.

— Quanto tempo preciso esperar para ficar a sós com você? — sussurrou Marcus, encostando de leve a boca na pele sensível atrás da orelha dela.

— Sua avó ainda está aqui — disse Phoebe, com dificuldade de manter a compostura, apesar de sentir os joelhos bambos.

Depois daquela separação, tudo que ela queria era passar os noventa dias seguintes na cama com Marcus. Se era bom assim quando ele lhe beijava o pescoço, como seria fazer amor?

— Paguei Freyja para levar Ysabeau e Marthe para almoçarem em Saint-Lucien — disse Marcus.

Phoebe riu.

— Estou vendo que você aprovou.

A leve risada de Phoebe virou uma gargalhada.

— Se continuar rindo assim, vão desconfiar que estamos aprontando — advertiu Marcus, antes de engolir a risada em um beijo que a deixou sem ar.

Depois disso, Phoebe teve certeza de que Ysabeau e Marthe sabiam o que aconteceria quando descessem a colina na direção do restaurante da madame Laurence.

Quando os dois ficaram enfim a sós, Phoebe já tivera tempo de ficar nervosa com o que ia acontecer.

— Ainda não sou boa de mordida — confessou ela quando Marcus a puxou na direção do quarto dele.

Marcus a beijou até deixá-la tonta.

— A gente troca sangue antes ou depois de fazer amor? — perguntou Phoebe depois de entrarem e trancarem a porta. A tranca era muito forte, ela notou, e devia ser do século XV. — Não quero fazer errado.

Marcus se ajoelhou na frente dela, puxando a calcinha por baixo do vestido.

— Estou tão feliz que você não está de calça — disse ele, levantando o tecido turquesa para expor a pele. — Ai, meu Deus. Seu cheiro é ainda melhor do que antes.

— É?

Phoebe parou de se preocupar com o que *devia* fazer a tempo de aproveitar plenamente o que Marcus *estava* fazendo com a boca e a língua. Ela arfou.

Marcus a olhou com aquela expressão safada que só ela via.

— É. O que é impossível, porque antes já era perfeito. Como pode ter ficado ainda mais perfeito?

— Meu... gosto... mudou? — perguntou Phoebe, entrelaçando os dedos no cabelo dele e o puxando de leve.

— Vou ter que experimentar mais para confirmar — disse Marcus, sorrindo antes de mergulhar nela de novo.

Phoebe descobriu que, como a maioria das coisas na vida, vampiros não precisavam se apressar quando a questão era prazer. Ela podia expandir seu ser em todo momento em que faziam amor, despreocupada com o tempo, sem temer estar demorando demais, ou pensar se deveria ser sua vez de dar prazer a Marcus.

O tempo apenas... parou. Não havia *então*, nem *logo*, apenas um *agora* sem-fim de satisfação profunda.

Todos os nervos do corpo dela estremeciam quando, segundos ou minutos ou horas depois, Marcus já havia se refamiliarizado com o corpo dela, e ela havia explorado o dele com o tato, o paladar, o olfato, a audição e a visão excepcionais que passara a ter. Ela nunca imaginou que poderia *sentir* tão profundamente, ou se conectar tão completamente a outra pessoa.

Quando Phoebe estava a instantes do clímax, Marcus os fez rolar, deixando-a em cima dele. Ele ainda estava dentro dela. Suavemente, Marcus segurou o rosto dela com as mãos. Olhou para ela como se procurasse por algo. Quando encontrou o que buscava, puxou a boca de Phoebe na direção de seu peito.

Phoebe sentiu um cheiro — esquivo, misterioso. Era diferente de qualquer coisa que já tinha sentido.

Marcus se mexeu devagar. Phoebe gemeu conforme o cheiro enlouquecedor e atraente ficava mais forte. Ele pôs as mãos no quadril dela, segurando-a firme, aumentando a fricção entre eles.

Phoebe sentiu o corpo começar a se entregar à completude. Com o rosto apoiado no peito de Marcus, ela ouviu o coração dele bater. Uma vez.

Phoebe mordeu a pele de Marcus, e sua pele foi inundada pelo sabor-cheiro do paraíso — do homem que amava e amaria sempre. Seu sangue cantou dentro dela, as notas ecoando na cadência lenta do coração.

Eternamente.

Os pensamentos e sentimentos de Marcus percorreram as veias dela como mercúrio, um lampejo de luz e fogo que trazia consigo um caleidoscópio de imagens. Era demais para Phoebe reconhecer, e ainda mais para absorver. Ela levaria séculos para entender as histórias contadas pelo sangue de Marcus.

Eternamente, cantava o coração de Marcus.

Havia uma constante na enchente infinita de informações: a própria Phoebe. A voz dela, ouvida por Marcus. Os olhos dela, vistos por Marcus. O toque dela, sentido por Marcus.

Phoebe ouviu o próprio coração responder ao dele, em harmonia perfeita.

Eternamente.

Ela ergueu a cabeça e olhou nos olhos de Marcus, sabendo que ele se veria refletido nos dela.

Eternamente.

37

Uma cerca contra o mundo

13 DE AGOSTO

— Meu Deus, é um grifo!

Chris Roberts estava na porta da cozinha de New Haven, segurando um bolo de aniversário e olhando para Apolo.

— É, sim — falei, tirando do forno uma travessa de legumes assados. — Ele se chama Apolo.

— Ele morde? — perguntou Chris.

— Morde, mas tenho um pouco da água da paz de Sarah, para o caso de ele ficar ansioso — expliquei, tirando do bolso e sacudindo o frasco repleto de camadas de líquidos azuis em tons diferentes. — Vem, Apolo.

Apolo, obediente, veio saltitante.

— Muito bem.

Tirei a rolha do frasco e passei um pouco do líquido na testa e no peito do grifo.

Ardwinna se aproximou e farejou Chris, depois instalou-se num canto para roer o osso que trazia.

— E que bicho é esse? — perguntou Chris.

— Uma cadela. Foi meu presente de aniversário de Matthew, é uma lebréu escocesa. Ela se chama Ardwinna.

— Ard... quê? Willa?

Chris fez que não com a cabeça e observou a filhote magrela, que no momento era só perna e olho, com tufos de pelo cinza espalhados pelo corpo.

— Qual é o problema dela? — perguntou Chris. — Parece estar passando fome.

— Olá, Chris. Vi que já conheceu Ardwinna e Apolo.

Matthew chegou de mãos dadas com Philip. Assim que Philip viu Chris, começou a dançar ao redor dele, balbuciando a mil por hora. Dava para entender um terço das palavras. Com base no que eu entendia, ele estava contando das férias para Chris.

— Blocos. Vovó. Barco. Marcus — disse Philip, listando os destaques enquanto pulava. — Jack. Grifo. Vovô. Aggie.

— Essa raça de cachorro é assim — falei, tentando responder a Chris. — E nem ouse arranjar um apelido para ela. Ardwinna é perfeita do jeitinho dela.

Ardwinna me olhou quando falei o nome dela e abanou o rabo antes de voltar a atenção para o osso.

— Chris! — berrou Becca, correndo pela casa que nem um diabo da Tasmânia. Ela se jogou nos joelhos de Chris.

— Opa. Cuidado. Oi, Becca. Sentiu saudade?

— Sim.

Becca estava abraçando Chris com tanta força que temi que cortasse sua circulação.

— Eu também — disse Philip, quicando que nem uma bola de tênis cheia de energia.

Chris o cumprimentou com um *high-five*, o que causou enorme alegria no meu filho.

Matthew tirou o bolo das mãos de Chris, o que o tornou um alvo fácil para mais da atenção de Becca.

— Colo! — exigiu Becca, esticando os braços para cima para Chris pegá-la.

— Por favor — acrescentou Matthew, automaticamente, e pegou a garrafa de vinho na mesa.

— Por favoooooooooor — disse Becca, em tom choroso.

Eu ia enlouquecer se ela não parasse com aquilo. Antes que eu pudesse reclamar, porém, Matthew me beijou.

— Vamos aceitar a cortesia exagerada hoje — disse Matthew. — Quer uma cerveja, Chris?

— Pode ser — disse Chris, olhando ao redor para ver nossa nova casa. — Bonito o lugar. Meio sombrio. Podiam pintar a madeira, deixar mais claro.

— Temos que pedir para o proprietário. A casa é do Marcus — expliquei. — Ele achou que seria bom para os gêmeos, agora que estão crescendo.

Desde a chegada de Apolo, tinha ficado óbvio que nossa família crescente não caberia na minha antiga casa na rua Court. Precisávamos de um quintal e de uma lavanderia maior. Marcus insistira para usarmos a ampla mansão próxima do campus enquanto procurávamos uma casa um pouco mais distante do movimento de New Haven, onde as crianças e os bichos pudessem correr. Não fazia muito nosso estilo. Marcus comprara a casa no século XIX, quando a moda era formal. Era tudo de madeira esculpida, e tinha mais salas de estar do que eu poderia usar, mas estava sendo útil por enquanto.

— Miriam odeia essa casa, sabia?

Chris curvou a boca ao mencionar a criadora de Phoebe. Eu e Marcus especulávamos incessantemente sobre a natureza da relação deles.

— Então ela não precisa morar aqui — respondi, seca, um pouco defensiva em relação à nova casa.

— É verdade. Se voltar para o laboratório, Miriam pode ficar hospedada comigo. Tenho bastante espaço.

Chris tomou um gole de cerveja, e olhei triunfante para meu marido. Matthew me devia dez dólares e uma massagem nos pés. Eu planejava cobrar assim que Chris fosse embora.

— Alguém viu a caixa dos talheres? Achei que tinha etiquetado — comentei, remexendo nas pilhas de coisa perto da pia.

Chris tirou uma colher da caixa mais próxima dele.

— Ta-da!

— Eba! Magia! — exclamou Philip, dando pulinhos.

— Não, amigo, é só um velho truque escoteiro: abrir caixas, procurar nas caixas, encontrar coisas. Simples — explicou Chris, entregando a colher a Philip, e olhou para mim e Matthew. — Ele não está meio novo para saber essa palavra?

— Não pensamos mais assim — respondi, misturando alguns pedaços de carne crua no purê de beterraba de Philip.

— A não ser que nós os enfeitiçássemos, não daria para afastar os gêmeos da magia, ou a magia dos gêmeos — explicou Matthew. — Philip e Becca ainda não entendem o que é magia, nem as responsabilidades que vêm com ela, mas vão entender. Com o tempo.

— Nem morto que deixo enfeitiçarem essas crianças — disse Chris, áspero. — Sou padrinho delas, podem levar a ameaça a sério.

— Só Baldwin achava boa ideia — comentei, acalmando-o.

— Ele precisa aprender a relaxar — disse Chris. — Agora que sou cavaleiro e preciso falar com ele vez ou outra, aprendi que ele não tem vida além do que considera seu dever à memória do pai.

— Falamos muito de pais e filhos nesse verão — contei. — De mães e filhas, também. No fim, até Baldwin mudou de ideia quanto a enfeitiçar os gêmeos. Quanto à magia, bom, aqui em casa a gente se diverte muito na hora de contar histórias.

Eu mexi os dedos no ar, imitando como humanos pensavam em bruxas fazendo magia.

— Quer dizer... que está fazendo magia na frente deles? — perguntou Chris, chocado, antes de sorrir. — Legal. E o grifo é seu? Você que conjurou para brincar com as crianças?

— Não, ele é do Philip — contei, olhando com orgulho para meu filho. — Ele parece ser bem precoce nisso de magia. E é um bruxo promissor.

— Como trouxeram Apolo para cá? — perguntou Chris, preocupado apenas com o lado prático, e não com a questão maior de como uma criatura mitológica tinha acabado morando em New Haven. — Ele tem passaporte?

— Parece que não dá para transportar grifos em avião comercial — falei, indignada. — Marquei gato e ave no formulário, mas só me devolveram e me mandaram corrigir.

— É um assunto traumático — murmurou Matthew para Chris, que assentiu, compreensivo.

— Ardwinna podia vir de avião e tem o dobro do tamanho dele. Não sei por que a gente não podia só trazer ele escondido em uma caixa para cachorros — resmunguei.

— Porque ele é um grifo... — disse Chris, e olhei feio para ele. — Só sugestão.

— Eu teria usado um feitiço de disfarce, óbvio.

Levantei Philip para sentá-lo na cadeirinha e entreguei a mistura de beterraba com carne. Ele começou a jantar com entusiasmo. Becca queria apenas sangue e água, então deixei ela tomar em um copinho no chão. Ela se sentou ao lado de Ardwinna para beber enquanto a via roer o osso.

— Óbvio — respondeu Chris, sorrindo.

— Para sua informação, Apolo é bem convincente de labrador. Ele foi muito bonzinho no parque, quando o levamos para brincar com Ardwinna.

Chris se engasgou com a cerveja, mas logo se recuperou.

— Imagino que ele seja divertido, com essas asonas. Talvez goste de brincar de frisbee — comentou Chris, que, como de costume, aceitava as idiossincrasias da nossa família. — Posso brincar com ele, se vocês estiverem ocupados. Será um prazer.

Matthew tirou da geladeira uma bandeja de bifes. Ele me beijou no caminho, desta vez na nuca.

— Vou botar isso na grelha lá fora. Que ponto você quer, Chris?

— Pode só passar por uma sala quente que já tá bom, amigo.

— Muito bem. Concordo plenamente.

— Passa um pouco mais devagar por essa tal sala quente com o meu — lembrei.

— Selvagem — disse Matthew, sorrindo.

— Então, Phoebe e Marcus chegaram ao grande dia — disse Chris.

— A reunião oficial foi há três dias — respondi. — Mas eles já tinham se visto antes.

— Parece que a coisa complicou um pouco, com a doença do pai dela.

— Todos tínhamos certeza de que ia dar certo.

— E vocês parecem bem — acrescentou Chris, apontando Matthew com a cerveja.

— No fim, foi um ótimo verão — falei, pensando em tudo o que tinha ocorrido. — Mas não deu pra trabalhar em nada, claro.

— É, nunca dá. — Chris riu.

— Fora isso, foi perfeito. — Para minha surpresa, eu estava sendo sincera.

— E você está feliz — comentou Chris. — Então eu fico feliz.

— É — falei, olhando para o caos de caixas abertas, beterraba amassada, crianças, bichos, pilhas de correspondências acumuladas durante o verão, livros e cadernos, brinquedos que faziam barulho e outros que não faziam. — Estou mesmo.

À noite, depois de Chris ir embora e botarmos as crianças para dormir, eu e Matthew nos sentamos na varanda larga que dava a volta no canto da casa, com vista para o jardim cercado. O céu estava repleto de estrelas, e o ar noturno continha uma nota bem-vinda de frescor para equilibrar o calor do dia.

— Aqui é tão protegido — comentei, olhando o quintal. — Nosso paraíso particular, escondido do mundo, onde nada de ruim pode acontecer.

O luar enviesado se refletia nas feições de Matthew, prateando o cabelo e acrescentando ao rosto dele sombras e linhas. Por um momento — um momento só —, imaginei ele como senhor idoso, e eu como senhora idosa, de mãos dadas em uma noite de verão, nos lembrando de quando nossas crianças estavam dormindo lá dentro, seguras, e o amor preenchia cada canto da nossa vida.

— Sei que não pode ser assim — falei, pensando nos acontecimentos do verão anterior. — Não podemos ficar para sempre no jardim.

— Não. E a única verdadeira cerca contra o mundo e seus perigos é o conhecimento pleno — disse Matthew, enquanto balançávamos juntos, em silêncio.

Cem

20 DE AGOSTO

Marcus atravessou de carro o centro de Hadley, ao longo do parque que preservava a estrutura colonial da cidade. Casas amplas de portas esculpidas cercavam o espaço verdejante com uma atitude de persistência determinada.

Ele virou com o carro para uma estrada que levava para o oeste. Desacelerou um pouco ao passar pelo cemitério e parou diante de uma casa pequena de madeira. Era muito mais modesta do que as casas do centro, sem extensões ou puxadinhos que alterassem a planta original: dois cômodos no térreo e dois quartos no segundo andar, arrumados ao redor de uma chaminé central de tijolos. A fachada cintilava com janelas nos dois andares, e Phoebe ajeitou os óculos para diminuir o brilho do reflexo. Um degrau de pedra levava à porta. Um pequeno jardim na frente da casa estava cheio de girassóis que se destacavam como bolinhas em contraste com as ripas de madeira pintadas de branco da fachada. Como a casa, a cerca de madeira branca fora recém-pintada e estava em condição surpreendentemente boa. Um roseiral antigo e vasto preenchia o espaço sob as janelas de um lado da porta, e um arbusto alto de folhas verde-escuras em forma de coração ficava do outro lado. Campos cercavam a casa por todos os lados, e dois celeiros decadentes davam um toque romântico.

— É lindo — disse Phoebe, e se virou para Marcus. — É como você lembrava?

— A cerca era menos resistente quando eu morava aqui, sem dúvida. — Marcus estacionou o carro. Ele parecia hesitante e vulnerável. — Matthew andou ocupado.

Phoebe pegou uma das mãos dele.

— Quer ir até lá? — perguntou ela, baixinho. — Se não quiser, podemos continuar na estrada e ficar em outro lugar.

Não seria surpreendente se Marcus quisesse esperar mais um pouco. Voltar à casa da infância era uma grande decisão.

— Já está na hora.

Marcus abriu a porta e deu a volta no carro para abrir a dela. Phoebe revirou a bolsa e tirou o celular. Ela tirou uma foto da casa e mandou para Diana, como prometera.

Phoebe segurou bem a mão de Marcus quando passaram pelo portão do jardim. Ele fechou o portão com cuidado. Ela franziu a testa.

— Hábito — explicou Marcus, sorrindo. — Para o porco dos Kellogg não invadir o jardim da minha mãe.

Phoebe o abraçou e o beijou. Ficaram parados, abraçados, de nariz encostado. Marcus respirou fundo.

— Me mostre nossa casa — disse Phoebe, voltando a beijá-lo.

Marcus a conduziu pelo caminho de cascalho que levava à soleira de pedra. Era irregular, esculpida grosseiramente, um pedaço enorme de pedra gasto pelo tempo, com um sulco no meio devido ao trânsito de centenas de passos. A porta estava rachada no painel superior, e a tinta vermelho-escura, descascada. Phoebe arranhou a porta, e a tinta por baixo era exatamente da mesma cor, assim como a camada ainda anterior.

— É como se o tempo tivesse parado, e estivesse tudo como eu deixei — comentou Marcus. — Exceto pela tranca, é claro. O sr. Segurança caprichou.

Quando giraram a chave de metal moderna no mecanismo e empurraram a porta, o ar que os recebeu tinha um cheiro velho e abafado. Havia também um toque de umidade e um leve odor de mofo.

Phoebe procurou um interruptor. Para sua surpresa, não encontrou.

— Acho que não tem luz elétrica — disse Marcus. — Matthew só aceitou ligar Pickering Place na rede elétrica há uns vinte anos.

O olhar de Phoebe se ajustou à luz fraca que entrava pelas janelas antigas. Devagar, o interior da casa entrou em foco.

Havia pó por toda parte — nas tábuas de pinheiro largas do assoalho, na viga horizontal que atravessava a casa, nos peitoris rasos que sustentavam os losangos de vidro das janelas, no balaústre redondo que marcava o fim do corrimão.

— Caramba — disse Marcus, trêmulo. — Eu quase achei que minha mãe fosse sair da cozinha, secando as mãos no avental, para ver se eu estava com fome.

Eles andaram juntos pelos quatro cômodos da infância de Marcus. Primeiro, a cozinha, cujas paredes eram feitas de tábuas grossas na horizontal. A madeira era pintada de amarelo-mostarda, e tinha ficado preta ao redor da lareira onde Catherine Chauncey preparava as refeições da família. Restava apenas um gancho comprido do equipamento de ferro que antigamente ocupava aquele espaço de tijolos — os trempes, as chapas e as panelas fundas. As vigas que sustentavam os quartos de cima eram expostas, e teias de aranha se esticavam pelos cantos. Havia alguns pregos nas paredes e uma cadeira frágil no canto. Uma área de amarelo mais vivo na parede indicava onde antes ficava um armário.

Atravessaram o saguão em direção à sala de estar, onde outra lareira compartilhava a parede daquela da cozinha. A sala era mais grandiosa, com paredes de gesso caiado. Pedaços de gesso tinham descascado, e a poeira era visível no ar, graças aos raios enviesados do sol da tarde. Havia uma mesa comprida no centro do cômodo, cuja superfície de madeira escura estava rachada e lascada. Encostada nela ficava uma cadeira pequena, com furos no encosto.

Marcus encostou nos ganchos acima da lareira.

— Era aqui que ficava a arma do meu avô — disse Marcus, apoiando a mão na prateleira. — Aqui, o relógio da minha mãe. Ela deve ter sido enterrada com ele, ou deixou para Patience.

Phoebe abraçou a cintura de Marcus por trás e encostou a testa nas costas dele. Ela sentia a dor do parceiro, mas também ouvia o tom agridoce na voz enquanto ele lembrava e relembrava. Ela o beijou bem ali.

Marcus pôs um livro velho na prateleira acima da lareira, um exemplar fino, encadernado em couro marrom. Acariciou as lombadas por um momento. Ele se virou para ela e se distraiu com algo no canto.

— A cadeira de Philippe — disse, incrédulo.

Phoebe reconhecia a cadeira antiga, pintada de azul, com volutas curvadas que lembravam troncos na lateral do encosto, as pernas graciosamente afuniladas e o assento marcante. Ficava sempre no mesmo lugar do escritório de Philippe em Sept-Tours, e Phoebe nunca vira ninguém se sentar nela, apesar de ser robusta. A tinta dos braços estava gasta a ponto de expor a madeira, sinal de que um dia fora usada com frequência.

Um envelope endereçado a Marcus estava apoiado nas hastes finas.

Ele franziu a testa e pegou a carta. Rasgou o envelope com o dedo e tirou a única folha.

— "Philippe gostaria que você ficasse com esta cadeira" — leu Marcus. — "O dr. Franklin também. Lembre-se de que não estamos distantes, se precisar de nós. Do seu pai, Matthew."

Diana fizera questão de ensinar Phoebe exatamente como chegar à casa deles em New Haven, quais partes do trajeto podiam ser difíceis na neve e em quais números de telefone poderiam falar com ela e Matthew — só por via das dúvidas.

— Não sei se tenho coragem de sentar — disse Marcus, soando um pouco assombrado pela nova posse.

— Se você não sentar, eu sento — disse Phoebe, rindo. — Ysabeau me disse que Philippe a achava a cadeira mais confortável do mundo.

Marcus sorriu e passou um dedo pelo braço.

— Devo dizer que combina mais com esta casa do que com Sept-Tours.

Phoebe achava que também combinava com Marcus.

De volta ao saguão, Marcus encarou o balaústre da escada, onde tinta preta fraca delineava uma encosta irregular. Eles subiram a escada estreita, que cedeu um pouco sob os passos. Os dois quartos de cima eram simples, o piso feito de tábuas nuas sobre as vigas, sem gesso nem painel de madeira para disfarçar a construção das paredes. Entre as tábuas, dava para ver alguns raios de sol.

— Qual era o seu quarto? — perguntou Phoebe.

— Este aqui — disse Marcus, apontando para o quarto acima da cozinha. — Minha mãe insistia que dormíssemos aqui, porque era mais quente.

O quarto estava vazio, exceto por um velho galo de bronze que parecia pertencer a um cata-vento.

— É muito menor do que eu lembrava — comentou Marcus, ao lado da janela.

— Precisamos de mais do que isso?

Phoebe já imaginava a casa com uma demão de tinta fresca por dentro, os vidros limpos e reluzentes, o fogo crepitando na lareira da cozinha, enchendo o ambiente com sons e cheiros do lar.

— Não tem porta nos quartos — disse Marcus, olhando ao redor. — Nem sei se conseguimos subir com uma cama.

— Que diferença faz? — Phoebe riu. — A gente não dorme, esqueceu?

— Não é só para isso que servem as camas — retrucou Marcus, com a voz mais baixa e intensa do que de costume. Ele puxou Phoebe para um beijo longo e possessivo. Se ela ainda fosse sangue-quente, teria ficado sem fôlego.

Mas não havia pressa para fazerem amor. Eles tinham horas e mais horas naquele dia, sem necessidade de buscar comida, abrigo, calor ou luz. Eles tinham um ao outro, e era suficiente.

— Vamos olhar o celeiro — disse Phoebe, puxando-o escada abaixo.

Eles saíram pela porta dos fundos da cozinha — Phoebe reparou que precisaria ser lixada para abrir e fechar com mais facilidade. E que bom que eram vampiros, resistentes ao frio, porque a madeira não era grossa o bastante para manter o ambiente quente por muito tempo. Como a família de Marcus sobrevivia ao inverno em Massachusetts, se apenas aquela porta fina os protegia da neve e do vento?

Marcus parou de repente.

Phoebe olhou para ele. Ela reconhecia aquele lugar. Estava entalhado no sangue de Marcus, assim como a costa dos Estados Unidos no balaústre da escada.

— Você fez a única escolha possível — disse Phoebe, voltando ao lado dele.

— Foi necessário.

— Ei! — chamou uma mulher da estrada. Tinha cabelo cinza-chumbo e vestia camisa laranja e calça branca e curta, como se estivesse prestes a sair de férias no Caribe. — Isso é invasão de propriedade. Fora daqui, senão chamo a polícia.

— Eu sou Marcus MacNeil. Sou dono desta terra.

O nome verdadeiro dele soou com leveza. Phoebe pestanejou, habituada a pensar nele como Marcus Whitmore.

— Bem, já era hora de aparecer. Todo ano vem alguém limpar a neve, podar o feno e confirmar se o teto não vai desabar, mas casa nenhuma gosta de ficar vazia — disse a mulher, fitando-os através dos óculos de armação de arame. — Sou sua vizinha. Sra. Judd. E ela, quem é?

— Sou a noiva de Marcus — disse Phoebe, segurando o braço dele.

— Vocês estão pensando em morar aqui? — perguntou a sra. Judd, olhando para os dois. — Vai dar um trabalhão deixar essa casa habitável. Não está ligada no esgoto, nem na rede elétrica, para começo de conversa. Mas é claro que nada que vale a pena é fácil.

— É verdade — concordou Marcus.

— Contam muitas histórias sobre essa casa, sabia? Acharam um crânio humano debaixo daquela árvore — disse a sra. Judd, apontando o olmo. — Dizem que a rachadura na porta foi de um dos últimos conflitos com os indígenas. E o porão é assombrado, sem dúvida.

— Que encantador — disse Phoebe, querendo que aquela intrometida esquecesse as histórias de assombração até eles se conhecerem melhor.

— Você parece estrangeira — comentou a sra. Judd, desconfiada.

— Sou inglesa.

— Sabia que era diferente.

Com aquela conclusão bastante ambígua, a sra. Judd decidiu que a conversa já bastava.

— Vou passar o feriado em Cape Cod com meus filhos — falou. — Se forem ficar aqui, podem levar minha correspondência pra dentro? Ah... e se puderem dar comida pra minha gata, eu agradeço. É só deixar comida nos fundos. Ela encontra se sentir fome.

Sem esperar resposta, a sra. Judd foi se afastando.

Marcus abraçou Phoebe e a segurou bem. O coração dele estava batendo um pouco rápido, tirando de sincronia suas canções de sangue.

— Não tenho certeza de que é uma boa ideia.

— Eu tenho — disse Phoebe, com um suspiro alegre. — Eu escolho você, Marcus MacNeil. Escolho este lugar. Escolho acordar aqui amanhã, ao seu lado, cercada de memórias e fantasmas, sem eletricidade e com um celeiro caindo aos pedaços.

Phoebe o abraçou até o sangue dele se acalmar e os corações baterem no mesmo ritmo.

Eternamente.

— Você nunca nem sonhou que acabaríamos aqui — disse Marcus. — Não é exatamente uma praia indiana.

— Não — confessou Phoebe, pensando em Pickering Place, com seus móveis elegantes, e na grandeza de Sept-Tours.

Ela voltou a olhar a casa dos MacNeil. Pensou em tudo que tinha se perdido entre aquelas paredes, e em todas as alegrias que poderia encontrar ali.

— Não percebi como este lugar ainda era importante para mim — disse Marcus.

De mãos dadas, eles olharam a fazenda onde Marcus tinha vivido tantos anos antes e que, naquele momento, era dele. Dela. Deles.

— Bem-vindo de volta — disse Phoebe.

Eternamente, cantaram seus dois corações.

Eternamente.

Agradecimentos

Não sei por onde começar, então me pego seguindo o conselho de Hamish Osborne: começar pelo fim.

A Laura Tisdel e a toda a equipe da Viking: obrigada por tantas gentilezas com a autora e pela competência profunda que trouxeram a este projeto em cada departamento e em cada etapa de sua produção.

A meus apoiadores leais, Sam Stoloff, da Frances Golden Literary Agency, e Rich Green, da ICM Partners: eu não conseguiria fazer isso sem vocês.

A minha representante de relações públicas, Siobhan Olson, da Feisty PR: obrigada por cuidar da Trilogia das Almas e por me lembrar de me divertir.

A minha gerente de operações, braço direito e conspiradora, Jill Hough: todos os dias agradeço a você, por todos os muitos modos de você me ajudar a tornar isto possível.

A minhas gentis leitoras, Candy, Fran, Karen, Karin, Lisa e Jill: obrigada por sempre dizerem *sim* quando eu perguntava se podia perturbar com uma nova versão.

A minhas especialistas históricas, Karen Halttunen, Lynn Hunt, Margaret Jacob e Karin Wulf: obrigada por tanta paciência com uma especialista no início do período moderno que foi parar no longo século XVIII. Eu as enchi de perguntas e de reações ao período e, de modo geral, fui um incômodo. Vocês responderam com generosidade e emprestaram ao livro seu conhecimento considerável quando necessário. Vocês saberão, mais do que ninguém, que os erros que existirem são meus!

Aos amigos e parentes (de duas ou quatro patas) que me levantam, sacodem minha poeira e me ajudam a dar a volta por cima — vocês sabem quem são: obrigada por participarem do meu circo. Minha mãe, Olive, pode compartilhar desta experiência e é uma fonte de alegria, além de inspiração. Obrigada, mãe, por ser sempre minha maior torcedora.

A minha Karen, não há palavras para expressar quanto seu apoio e amor tornam isso tudo possível.

Primeiro, e por último, este livro é dedicado à memória de meu amado pai, John Campbell Harkness (1936-2015), cujas raízes se estendiam ao fundo da terra de Pelham e Hadley, que viveu muito da vida na Filadélfia e que compartilhou comigo seu amor pela história.

Impressão e Acabamento:
LIS GRÁFICA E EDITORA LTDA.